La raíz del mal

Crimen y Misterio

Håkan Nesser

La raíz del mal

Serie Inspector Barbarotti, 2

Traducción de Pontus Sánchez

DESTINO

Ediciones Destino, un sello editorial de Editorial Planeta, S. A.
Avda. Diagonal, 662-664, 08034 Barcelona (España)
www.edestino.es
www.planetadelibros.com

Adaptación de la cubierta: Booket / Área Editorial Grupo Planeta
Fotografía de la cubierta: © Chloe Edwards / Millennium Images UK
Primera edición en Colección Booket: enero de 2024

Depósito legal: B. 19.247-2023
ISBN: 978-84-233-6455-8
Impresión y encuadernación: Liberdúplex, S. L.
Printed in Spain - Impreso en España

Biografía

Håkan Nesser (1950) es uno de los autores de novela negra más destacados del mundo; sus obras se publican en más de treinta países y acumulan más de veinte millones de ejemplares vendidos. Doctor *honoris causa* por la Universidad de Örebro (Suecia), trabajó como profesor de secundaria hasta que en 1988 publicó su primera novela. De entre los muchos premios que ha recibido, destacan el Glass Key, el European Crime Fiction Star Award y el SNCF de Francia. Además, es el único autor galardonado hasta en tres ocasiones con el premio a Mejor Novela Negra Escandinava otorgado por la Academia Sueca de Escritores. La serie protagonizada por el inspector Barbarotti la componen, hasta el momento, las novelas *La noche más oscura* (Destino, 2021), *La raíz del mal* (Destino, 2022) y *Las dos vidas del señor Ross* (Destino, 2023).

La ciudad de Kymlinge no existe en la realidad y la llave inglesa Bahcos del número 08072 nunca ha sido comercializada en Francia. Por lo demás, el contenido de este libro se corresponde en todo lo esencial con el conocido estado de las cosas.

I

Notas de Mousterlin

29 de junio de 2002

Yo no soy como otras personas.

Ni quiero serlo. Si en algún momento de la vida encuentro a un grupo de personas entre las que me siento como en casa solo significará que me he vuelto romo. Que incluso yo me he ido limando hasta alcanzar la roca madre de las costumbres y la estupidez. Es así, nada podría alterar estas condiciones fundamentales. Sé que he sido elegido.

A lo mejor ha sido una equivocación quedarme aquí. A lo mejor debería haber hecho caso a mi primer impulso y haber dicho que no. Pero la ley del mínimo esfuerzo es poderosa, y los primeros días Erik me llamó la atención; está claro que no es una persona del montón. Tampoco tenía ningún plan en concreto, ninguna estrategia pensada para mi viaje. Al sur, lo único importante era dirigirme al sur.

Pero, como iba diciendo, esta noche me siento más dubitativo. No hay nada que me retenga aquí, en cualquier momento puedo hacer la mochila y seguir adelante, una circunstancia que no deja de parecerme un buen seguro de cara al futuro. Caigo en la cuenta de que podría marcharme ahora mismo, en este preciso instante: son las dos, la voz monótona del mar se oye a unos pocos cientos de metros de distancia desde la terraza en la que estoy sentado escribiendo. Entiendo que está subiendo la marea. Podría bajar a la playa y echarme a caminar hacia el este, sería realmente muy fácil.

Sin embargo, una especie de pereza, combinada con el cansancio y el alcohol en mis venas, me frena. Al menos hasta mañana. O, probablemente, unos días más. Lo que menos tengo es prisa, y puede que me deje atraer por el papel de observador. Quizá habrá cosas sobre las que se puede escribir. Cuando le conté al doctor L mis planes de hacer un viaje largo, al principio no lo noté muy entusiasmado, pero cuando le expliqué que necesitaba tiempo para pensar y escribir sobre lo que me había pasado en un entorno desconocido —que este era el objetivo en sí—, asintió con la cabeza para mostrar su conformidad. Más adelante incluso me deseó buena suerte, y a mí me pareció que le había salido del corazón. Al fin y al cabo, llevaba más de un año a su cuidado, así que por fuerza debe de sentirse como un triunfo cuando en alguna ocasión puedes dejar que un cliente vuele libre.

Por lo que respecta a Erik, está claro que ha sido muy generoso al permitirme vivir aquí de gratis. Me dijo que había alquilado la casa junto con su novia, pero que habían cortado cuando ya era demasiado tarde para anular la reserva. Al principio pensé que me mentía: sospeché que era un marica que quería jugar conmigo, pero se ve que no es así. No creo que sea homosexual, pero estoy lejos de estar seguro. Posiblemente sea bi. Es un ser de naturaleza complicada este Erik. Supongo que por eso lo aguanto, hay rincones oscuros de su persona que me atraen, al menos mientras sigan sin ser explorados.

Y va sobrado de dinero, la casa es lo bastante grande como para que no tengamos que toparnos el uno con el otro. Hemos acordado compartir los gastos de comida el tiempo que yo me quede, pero también compartimos algo más. Una suerte de respeto, quizá. Ya han pasado casi cuatro días y cuatro noches desde que me recogió en las afueras de Lille, y tres desde que llegamos aquí. Lo normal es que me canse de la gente en una fracción de ese tiempo.

Pero como iba diciendo, esta noche —mientras escribo— me veo azotado por las primeras dudas serias. Todo ha empezado con la larga comida en el puerto de Bénodet, hoy al mediodía. Enseguida he entendido que eran los preliminares de una tarde dura. Esas cosas son tan fáciles de percibir... Incluso se me ha pasado una idea por la cabeza, cuando al fin nos hemos sentado en el ruidoso restaurante y por fin hemos logrado que el camarero entendiera nuestros pedidos:

Mata a todos los comensales de la mesa y vete.

Habría sido lo más fácil para los implicados, y a mí no me habría afectado lo más mínimo.

Si tan solo hubiese tenido un método... O como mínimo un arma, y una forma de huir.

A lo mejor la idea solo ha aflorado por culpa del calor que hacía. La distancia entre el calor intenso y la locura es más bien corta. Ya habíamos movido las mesas y trasteado con las sombrillas para hacer sombra, pero aun así he terminado al sol —sobre todo cuando me reclinaba en la silla—, y ha sido de todo menos agradable. El solo hecho de existir me provocaba urticaria. Una irritación vibrante que se iba acercando segundo a segundo hacia lo inexorable.

Sea como fuere, toda la circunstancia era una ocurrencia infame. Puede que no haya sido fruto de la iniciativa directa de nadie, sino una mera cuestión de consideración general hacia el prójimo. Un grupo de paisanos que se cruzan un sábado en el mercado semanal de una pequeña ciudad de la Bretaña. Es muy posible que las costumbres exijan ciertos comportamientos en una situación así. Ciertos rituales. Yo detesto las costumbres tanto como detesto a la gente que se rige por ellas.

También es posible que no viera con los mismos ojos a un grupo de húngaros sentados alrededor de una mesa en Estocolmo o en Malmö: es la cara interior del grupo lo que me cuesta, la cara exterior me da igual. Saber y percibir suele ser peor que vivir en la ignorancia. O que fingir ser ignorante. Es más fácil vivir en un país donde no entiendes del todo el idioma.

Por ejemplo, el francés, la lengua que nos rodea en esta ocasión, resulta de lo más transparente cuando no comprendes del todo lo que se está diciendo.

Pero a mí nunca se me ve lo que pienso, no dejo entrever nada de nada. Maldigo por dentro pero sonrío y pongo buena cara, sonrío y pongo buena cara. Así es como he aprendido a avanzar por la vida. *Navigare necesse est*. Puede ocurrir perfectamente que los demás me consideren simpático. Los pensamientos no son peligrosos siempre y cuando no pasen de ser eso, pensamientos, lo cual no deja de ser una verdad como cualquier otra.

Y yo tengo por principio no decir nunca nada desagradable.

Así pues, se trataba de dos parejas. Al principio he partido de la base de que ya se conocían, quizá estaban pasando las vacaciones juntos, pero al final resulta que no era el caso. Simplemente ha sido mera coincidencia que estuviéramos los seis paseando entre los puestos del mercado de la plaza: quesos artesanos, confituras y mermeladas caseras, moscatel y sidra también caseros, chales hechos a mano. Me atrevería a decir que Erik se ha sentido atraído por una de las dos mujeres. Ambas son jóvenes y bastante guapas. De hecho, puede que le hayan gustado las dos. No cabe duda de que ha derrochado carisma, mientras estábamos ahí sentados zampando marisco y vaciando una botella de vino tras otra.

Es probable que yo también lo hiciera.

Y luego está esta conexión tan curiosa con Kymlinge. Por lo visto, Erik ha vivido toda su vida en esa ciudad, la mujer de una de las parejas se crio allí, pero después se mudó a Gotemburgo, la otra mujer vive en Kymlinge desde los diez años. Ninguno de los tres conocía de nada a los otros dos, pero la circunstancia geográfica les ha parecido tremendamente interesante a todos, incluso a Erik.

A mí, en cambio, me ha parecido nauseabunda en la misma proporción. Como si hubiesen venido en autocar en un viaje organizado y ahora pudieran estar sentados en el pueblecito francés deleitándose con las costumbres y particularidades locales y comparar con cómo se comportaba la gente en su tierra natal. En Kymlinge y en otros sitios. Yo me he tomado tres copas de vino blanco frío antes del segundo plato, mientras una especie de desesperación muy familiar ha empezado a apoderarse de mí, allí sentado sudando al sol. Lo dicho, urticaria.

Y en lo referente a mi propia relación con Kymlinge, he elegido mantener la boca cerrada. También estoy seguro de que los demás no saben quién soy; en caso contrario, no sería posible quedarme aquí.

Una de las parejas está compuesta por Henrik y Katarina Malmgren. Ella es la que se ha criado en Kymlinge, pero ahora viven en Mölndal. Rondan los treinta años los dos, ella trabaja en el hospital Sahlgrenska, él es académico de algo. Están casados, pero no tienen hijos. Aunque ella tiene toda la pinta de poder, y querer, quedarse embarazada, así que si existe algún tipo de impedimento médico debe de ser por parte de él. Seco y tenso, piel rosada, probablemente se queme con facilidad con el sol. Creo que ha estado igual de incómodo que yo durante las horas que ha durado la comida, me ha dado esa impresión. Supongo que se siente más a gusto delante de una pantalla de ordenador o entre libros llenos de polvo que entre seres humanos. Me pregunto cómo han acabado juntos.

La otra pareja son Gunnar y Anna. No están casados, ni viven juntos, por lo que parece. Se han esforzado lo suyo para conseguir ofrecer esa superficialidad natural, los dos, han tratado de aparentar haberle dado vueltas a esto y a lo otro y haberse decantado por cierto estilo de vida. Huelga decir que no les ha salido muy bien el intento, los dos se habrían visto beneficiados si hubieran mantenido la boca cerrada, en especial ella. Él es profesor o algo así, no me han quedado claros los detalles; ella trabaja en una agencia de publicidad. Supongo que ocupando un puesto de cara al público, pues su rostro y su busto son, sin duda, sus mejores recursos. También han comentado que acaban de hacerse con un caballo de carreras entre los dos, o que tienen intención de hacerlo.

Por alguna extraña razón, Katarina Malmgren habla un francés bastante fluido, una habilidad de la que no disponíamos ni por asomo ninguno de los demás que estábamos sentados a la mesa, y durante la comida se ha ganado un estatus injustificado de ser algo así como un oráculo. Hemos comido por lo menos ocho clases diferentes de marisco, y ella las ha ido comentando todas con el camarero. Corchos con agujas insertadas para poder extraer a los habitantes de sus conchas: cuando por fin tienes a los pequeños bivalvos en la boca nunca sabes si están vivos o muerto. Por lo que tengo entendido, se trata de matarlos masticándolos antes de tragártelos.

Pero Erik se ha encargado del tema de la bebida: hemos empezado con un vino seco normal y corriente, pero al cabo de tres botellas nos hemos pasado a la sidra local, un matarratas fuerte y dulce que luego nos ha obligado a hacer dos horas de siesta.

Después hemos pasado la tarde con Gunnar y Anna. Están hospedados a poco más de cien metros de aquí, siguiendo la playa en dirección a Beg-Meil, en otra casita pintoresca arropada por las dunas. Nos hemos sentado los seis en la terraza, hemos vuelto a comer marisco y a beber vino y calvados. Gunnar ha cogido la guitarra y ha cantado algunas canciones. Evert Taube, los Beatles y Olle Adolphson. Los demás nos íbamos sumando según nos iba viniendo la letra. Era fácil sentir que la velada tenía un aura un poco mágica. Alrededor de medianoche íbamos lo bastante ebrios como para que alguien sugiriera darnos un chapuzón desnudos. Un cuarteto entusiasmado compuesto por las dos mujeres y Erik y Gunnar se ha ido con una botella de blanco espumoso y los brazos alrededor de los hombros.

Yo me he quedado con Henrik el seco. Es evidente que debería haberle preguntado a qué se dedica exactamente, qué clase de investigación es la que está haciendo, pero no me apetecía hablar con él. Era más agradable permanecer sentado y mojarme los labios con el calvados, fumar y contemplar la oscuridad. Él ha hecho un par de intentos de entablar conversación sobre las cualidades de la gente de aquí de Finistère, pero yo no le he seguido la corriente. No ha tardado en quedarse callado él también, probablemente mis opiniones le interesaban igual de poco que a mí las suyas. Parece que guarda cierta integridad detrás de toda esa sequedad, a pesar de todo. Me ha dado la sensación de que estábamos los dos sentados escuchando a nuestros amigos mientras se bañaban en la oscuridad: sin duda, él tenía más razones para aguzar el oído; al fin y al cabo era su esposa, no la mía, la que se había despelotado junto con tres personas desconocidas.

Han pasado más de cinco años desde que yo tenía una esposa. A veces la echo de menos, pero por lo general no.

Cuando los demás han vuelto, por lo menos iban decentemente envueltos en las toallas y estaban bastante más tranquilos que cuando se habían ido, y yo no he podido evitar sentir que estaban compartiendo un secreto.

Que había pasado algo y lo estaban ocultando.

Pero quizá solo iban borrachos y estaban cansados. Y helados; en junio el Atlántico está muy por debajo de los veinte grados. No nos hemos alargado más de media hora después de que regresaran. Al deshacer Erik y yo el camino por la playa hasta nuestra casa, él tenía claras dificultades para mantenerse en pie, y se ha quedado dormido en cuanto hemos entrado, sin quitarse nada más que las sandalias.

En lo que a mí respecta, siento que tengo la cabeza sorprendentemente despejada. Casi en modo analítico. Las palabras y los pensamientos presentan una claridad que solo puede surgir de noche. Algunas noches. El mar se percibe ahí fuera, en la oscuridad, la temperatura ambiente debe de rondar los veinticinco grados. Los insectos van rebotando contra la lámpara, me enciendo un Gauloises y le doy un sorbo a la última copa de la jornada. Erik está durmiendo con la ventana abierta, puedo oír sus ronquidos, por sus venas corren por lo menos dos litros de vino. Pasan unos pocos minutos de las dos, es un gusto estar por fin solo.

El matrimonio Malmgren tiene su casa en la otra dirección, al otro lado de la bahía de Mousterlin. En total, a lo largo de la costa debe de haber más de cincuenta casas de alquiler. La mayoría más tierra adentro, claro, y quizá no sea tan llamativo que tres de ellas estén alquiladas por suecos. Por lo que Erik me dio a entender, las gestiones no han pasado por el mismo intermediario, pero a grandes rasgos podría decirse que los demás son igual de recién llegados que nosotros.

Tenemos por delante tres semanas de posible relación. De pronto me doy cuenta de que estoy pensando en Anna. Es en contra de mi voluntad, pero había algo en su rostro transparente y su pelo mojado cuando han vuelto de tomarse un baño. Y esa conciencia de culpa, como he dicho antes. En los ojos de Katarina había algo más, una especie de anhelo.

También debería haberme fijado en la cara de Henrik, desde luego, para tener un contrapunto, pero no ha sido así. El papel del observador no siempre es fácil de llevar a cabo.

Vivir o morir no tiene importancia, me digo. No sé por qué pienso justo eso.

Desechos, no somos más que desechos en la eternidad.

Comentario, julio de 2007

Han pasado cinco años.

Pero pueden parecer tanto quince años como cinco meses. La elasticidad del tiempo es llamativa, todo depende del ángulo desde el que decida mirar. A veces puedo ver la cara de Anna claramente delante de mí, como si la tuviera enfrente aquí en la habitación, y al instante siguiente puedo ver a esas seis personas, incluido yo mismo, desde las alturas: hormigas deambulando por la playa, haciendo piruetas ridículas y sin sentido alguno. En la luz fría de la eternidad —y en la trinidad del océano, la tierra y el cielo— nuestra insignificancia casi resulta irrisoria.

Como si en realidad hubiesen podido seguir viviendo. Como si ni siquiera sus muertes fueran a tener suficiente peso y relevancia. Pero he tomado mi decisión y voy a ejecutar lo que he acordado. Los actos deben tener sus consecuencias. Si no, la creación descarrila. Hay que materializar las decisiones, una vez que han sido tomadas ya no hace falta cuestionarlas. Grabar estas finas rayas de orden en el caos es lo único que podemos hacer, todo nuestro deber como individuos morales que somos reside ahí.

Y se lo merecen. Los dioses saben que se lo merecen.

Por lo demás, lo primero que me llama la atención es mi ingenuidad. Qué poco comprendí aquella primera noche. Esas seis personas en sus casas en la playa. Podría haber hecho la mochila y haber dejado atrás la llana franja costera al día siguiente mismo. De haberlo hecho, todo habría sido muy diferente.

O tal vez nunca tuve alternativa. No deja de ser interesante que me pasara aquella idea por la cabeza en el restaurante de Bénodet. *Mata a todos los comensales de la mesa y vete.* Ya entonces, ya en ese mismo instante, había algo dentro de mí que entendía lo que vendría tantos años más tarde.

He decidido quién tiene que ser la primera víctima. De hecho, el orden no es un detalle menor.

24 de julio – 1 de agosto de 2007

Capítulo 1

El inspector de la policía criminal Gunnar Barbarotti titubeó un instante. Luego giró la llave en la cerradura de siete puntos.

No era habitual. A veces ni siquiera se molestaba en cerrar la puerta con llave. Si quieren entrar, lo harán de todos modos, solía pensar, no hay ninguna necesidad de que, además, causen un destrozo.

Quizá ese tipo de pensamientos daban fe de una especie de derrotismo, quizá daban fe de una falta de confianza en el gremio al que él mismo representaba. Pero se decía que ninguna de las opciones era del todo incompatible con la imagen que tenía del mundo. Prefería ser realista antes que fundamentalista, en todos los aspectos, pero no había indicios apuntando hacia lo uno o lo otro que le pudieran servir de guía.

En eso pensaba, y al mismo tiempo se preguntaba cómo algo tan banal como cerrar la puerta con llave podía dar pie a tanta teoría porosa.

Aunque tampoco podía hacer ningún daño que el cerebro estuviera en marcha ya de buena mañana. Desde que se mudó a su mísero piso de dos habitaciones en la calle Baldersgatan en Kymlinge, a raíz de su divorcio, cinco años y medio atrás, no había tenido nunca una visita inesperada, a excepción de algún dudoso compañero de clase que su hija Sara hubiese llevado a casa. Hay que confiar en la bondad del prójimo hasta que se demuestre lo contrario. Este principio optimista se lo había intentado inculcar su madre desde que Barbarotti tenía uso de razón, y no dejaba de ser una norma de vida tan válida como cualquier otra.

Por lo demás, el ladrón que se pensara que detrás de una trivial puerta de caoba laminada como aquella se ocultaba algo digno de robar y vender tenía que ser muy zoquete. Eso también era ser realista.

En cualquier caso, esa vez había cerrado con dos vueltas de llave. Tenía sus motivos. El piso iba a permanecer vacío durante diez días. Ni él ni su hija iban a pisarlo. Para ser honestos, Sara no lo había hecho desde hacía más de un mes: en cuanto se hubo graduado en el instituto, en junio, se marchó a Londres y empezó a trabajar en una tienda de ropa —o tal vez fuera un pub, en cuyo caso lo había ocultado para no preocupar a su padre de forma innecesaria—, y en esa línea iba a seguir.

Tenía diecinueve años, y la sensación de haber perdido una parte del cuerpo cuando ella se fue comenzaba poco a poco a desvanecerse. Muy poco a poco. La idea de que seguramente ya no volverían a vivir bajo el mismo techo iba penetrando en su corazón de padre más o menos al mismo ritmo.

Pero todo tiene su tiempo, pensó Gunnar Barbarotti con actitud estoica, y se guardó el manojo de llaves en el bolsillo de los vaqueros. Y cada propósito tiene su momento adecuado bajo el cielo.

Vivir juntos, separarse y morir.

Había empezado a leer la Biblia hacía cosa de medio año, a recomendación del mismísimo Nuestro Señor, y no dejaba de llamarle la atención la frecuencia con la que le venían palabras y versículos a la mente. Aunque no existas, querido Dios, solía pensar, hay que reconocer que las Sagradas Escrituras conforman un libro endiabladamente bueno. Al menos a ratos.

Nuestro Señor solía estar de acuerdo con eso.

Gunnar Barbarotti cogió su maleta de viaje de lona en una mano, la bolsa de basura a reventar en la otra y comenzó a bajar la escalera. De pronto sintió una alegría creciente en el cuerpo. Había algo en el hecho de bajar la escalera a pie, lo había pensado muchas veces: descender a una velocidad regular por una escalera agradablemente redondeada para desembocar en la ingente diversidad que ofrecía el mundo. ¿Acaso no se decía que el auténtico núcleo de la vida era el movimiento? ¿Un movimiento oscilante y fácil como aquel? Además, justo ese día las ventanas del hueco de la escalera estaban abiertas de par en par, el verano entraba a raudales, el olor a césped recién cortado se le metía por los orificios de la nariz y risas alegres de niños y niñas le llegaban desde el patio interior.

También los gritos de una niña que sonaba como un cerdo apuñalado, pero no hay por qué escuchar todo lo que se oye.

El cartero debía de bailar tango en su tiempo libre, porque evitó verse arrollado por la maleta mediante un elegante paso hacia atrás.

—¡Ten cuidado! ¿De viaje?

—Disculpa —dijo Gunnar Barbarotti—. Me he acelerado un poco... Sí, así es.

—¿Al extranjero?

—No, esta vez me conformo con la isla de Gotland.

—No hay ninguna razón para irse de Suecia en esta época del año —reflexionó el cartero inesperadamente dicharachero, a la par que señalaba hacia el patio con el dedo—. ¿Quieres la cosecha del día o te la meto en el buzón, y así te libras de verla unos días?

Gunnar Barbarotti se lo pensó un momento.

—Dámela. Pero nada de publicidad.

El cartero asintió con la cabeza, repasó su puñado cartas y le entregó tres sobres. Tal como los cogió, Barbarotti los metió en el bolsillo exterior de la maleta. Le deseó un buen verano y continuó a un ritmo un tanto más tranquilo hasta la planta baja.

—¡Gotland es una perla! —gritó el cartero a su espalda—. Más horas de sol que en ninguna otra parte de Suecia.

¿Horas de sol?, pensó Gunnar Barbarotti tras dejar Kymlinge atrás y bajar la temperatura del coche a veinticinco grados. Bueno, no es que tenga nada en contra de las horas de sol, pero si llueve diez días seguidos tampoco me va a dar demasiada pena.

Era otro tipo de calor el que tenía planeado, a decir verdad, pero el cartero no podía saber nada al respecto... *Si dos durmieren juntos, se calentarán mutuamente; mas ¿cómo se calentará uno solo?*

Mucho Eclesiastés hoy, constató Gunnar Barbarotti, y miró la hora. No eran más que las once menos veinte, el cartero había pasado antes de lo habitual, quizá tuviera planes de ir a bañarse a algún sitio al mediodía. Barbarotti pensó que le parecía bien que lo hiciera. En Kymmen o en el lago Borgasjön. Ese día le parecía bien que cualquier persona hiciera lo que le apeteciese. Estrictamente hablando. Se le escapó un suspiro de bienestar. Así deberían ser todos los suspiros, reflexionó de pronto. No deberíamos suspirar de forma premeditada, se nos tendrían que escapar siempre. Eso también debería aparecer en el Eclesiastés.

Se observó el rostro en el espejo retrovisor y descubrió que estaba sonriendo. Iba sin afeitar y se le veía un tanto desaliñado, pero la sonrisa le partía la cara de oreja a oreja.

¿Y por qué no iba a sonreír? El ferri salía de Nynäshamn a las cinco, la carretera estaba tan despejada de coches como el cielo lo estaba de nubes, era el primer día de un viaje largamente esperado. Aumentó la velocidad, metió un CD de Lucilia do Carmo en el reproductor y pensó que la vida era una delicia.

Luego se puso a pensar en Marianne.

Luego pensó que, en realidad, se trataba del mismo pensamiento.

Llevaban conociéndose casi un año. Con la vaga sensación de que el tiempo debía de estar dislocado, Barbarotti cayó en la cuenta de que no era más tiempo que eso. Habían coincidido en la isla griega de Tasos el verano pasado, en circunstancias óptimamente favorables —libertad, ausencia de responsabilidades, entorno desconocido, noches de terciopelo, ovulación y un cálido mar mediterráneo—, pero la cosa no había quedado en un amor de verano. Yo no soy de amores de verano, le había declarado Marianne tras la primera noche. Yo tampoco, había reconocido él. Ni siquiera sé cómo funcionan; si miro a una mujer a los ojos, por norma general también suelo casarme con ella.

A Marianne eso le había parecido de lo más decente. Así que de vuelta en casa habían continuado viéndose. A intervalos regulares, como dos solitarios planetas de mediana edad, solía pensar él, que poco a poco y de forma implacable van gravitando el uno hacia el otro. A lo mejor era así como tenía que ser, como tenían que comportarse: como si construyeran de forma delicada pero consciente un puente compuesto a partes iguales de valentía y cautela. Marianne vivía en Helsingborg y tenía dos hijos adolescentes, él tenía su casa doscientos cincuenta kilómetros más al norte —en Kymlinge— y una hija que acababa de abandonar el nido y dos hijos en apropiación indebida. Así que podía decirse que era un puente bastante largo.

Un halo de melancolía se le echó encima al pensar en Lars y Martin. Sus chicos. Ahora vivían con su madre en las afueras de Copenhague. Había pasado dos semanas con ellos a comienzos del verano y, si todo iba bien, le esperaba una más en agosto, pero la sensación de que los estaba perdiendo era ineludible. Su nuevo padrastro se llamaba Torben, o algo parecido, y tenía un centro de yoga en Vesterbro. Barbarotti nunca había coincidido con él, pero había indicios de que era un poquito mejor que su predecesor. Este había sido una maravilla de hombre hasta el día en que se vio azotado por un arrebato de locura y se fugó con una bailarina de danza del vientre, una bomba africana oriunda de Costa de Marfil.

¿Qué te dije?, pensó Barbarotti en aquella ocasión, pero ya entonces lo había vivido como una satisfacción a medias con la fecha de caducidad superada desde hacía tiempo.

Y Lars y Martin tampoco parecían demasiado infelices ante la idea de tener que vivir en Dinamarca, eso era algo que Barbarotti no podía sugerir ni poniéndole todo el empeño del mundo. La cuestión era más bien por qué de vez en cuando —en uno de los rincones más viciados de su alma— quería que estuvieran a disgusto allí. ¿Acaso no iba a terminar nunca la guerra fría con Helena? ¿Seguiría él levantando carteles pálidos y enfermizos de TE LO DIJE toda la eternidad?

Mi responsabilidad es hacerlos felices a ellos, solía subrayar ella, no a ti. Eso es algo del pasado.

En otro rincón de su alma Barbarotti sabía que Helena tenía razón. Después del divorcio, Sara había elegido quedarse a vivir con él, y era a ella a quien ahora echaba de menos. No a su exmujer, ni tampoco a sus dos hijos, si era totalmente sincero. Sara lo había salvado de los demonios de la soledad durante cinco años, así que era mucho peor ahora, cuando lo había dejado atrás para lanzarse al mundo.

Y entonces había llegado Marianne. Gunnar Barbarotti sabía que debía agradecer a su estrella de la suerte el que hubiera aparecido en su vida, o quizá a ese dios potencialmente existente con el que a veces negociaba como un auténtico caballero.

Espero que Marianne entienda el agujero que tiene para llenar, pensó. O tal vez sería mejor que no lo viera, se corrigió al cabo de un rato. No a todas las mujeres les encantaba ocuparse de hombres de mediana edad necesitados de ayuda. Al menos no a la larga.

Barbarotti se dio cuenta de que sus ánimos estaban decayendo —¿por qué tenía que ser tan difícil mantener la cabeza fuera del agua?—, y dado que en ese mismo instante un piloto rojo comenzó a parpadear en el panel del coche, se desvió para hacer una parada en una gasolinera Statoil que se le había aparecido en el momento oportuno.

Gasolina y café. Hay un momento para todo.

El ferri a Gotland no iba tan a reventar como había temido.

Quizá se debía a que era martes. Entre semana. El

alud de locos por darse un chapuzón provenientes de la capital se concentraba en fin de semana, cabía suponer. Gunnar Barbarotti sintió cierta gratitud por no hospedarse en el centro de Visby los diez días que iba a pasar con Marianne. Recordó con aversión una semana hacia el final de su matrimonio, cuando Helena y él habían alquilado un piso carísimo dentro de la zona amurallada más o menos en esa misma época del año. Había sido como vivir en un parque de atracciones destartalado. Jóvenes gritones, vomitones y fornicadores en cada callejón, imposible pegar ojo antes de las tres de la madrugada. Joder, había pensado Gunnar Barbarotti en aquella ocasión, si esto es lo que llaman turismo vital para la economía, ya pueden reformar el Palacio Real de Estocolmo y reconvertirlo en cervecería y burdel. Así ya no hace falta que cojan el barco.

El sentimiento de impotencia se había visto reforzado, evidentemente, por el hecho de que llevaban consigo a tres críos a los que cuidar, y además el matrimonio en sí se hallaba en las últimas. Recordaba que se habían dado una noche para cada uno para salir y desmelenarse. Había empezado Helena, había vuelto a la casa a las cuatro de la madrugada y parecía bastante satisfecha. Como él no quería ser menos, la noche siguiente se había apalancado a solas en la playa del camping Norderstrand con una caja de cervezas hasta las cuatro y media.

Eso sí, al pasear de vuelta a casa aquella madrugada, entre las ruinas y los rosales, la ciudad estaba hermosa, incluso para él. Endiabladamente hermosa.

Cuando Marianne le había preguntado por su experiencia en Gotland, él se había contentado con contarle un par de visitas que había hecho a la isla en sus años mozos —a Fårö y a Katthammarsvik—, pero no había comentado la terrible semana en Visby.

Y ahora lo que tocaba era Hogrän. El nombre significaba «abeto grande», le había explicado ella. Se trataba de un pueblecito en el corazón de la isla, poco más que un cruce de caminos y una iglesia, pero era allí donde Marianne y su hermana tenían la casa. Era una herencia de la generación anterior, le habían comprado su parte a un hermano de carácter un poco difícil, y Marianne le había garantizado que el sitio estaba libre del molesto turismo.

Porque quedaba a más de diez kilómetros del mar, le había aclarado. Tofta era la playa más próxima, los niños solían ir en bici un par de veces a la semana, pero ella pasaba. Y en los siguientes ocho días no había críos a la vista.

Apacible es una palabra tan manida, había añadido Marianne. Es una lástima, porque la tranquilidad es la esencia de Gustabo.

Gustaf, que le había dado nombre a la vivienda, había levantado la casa encalada a mediados del siglo XIX, y cuando el padre de Marianne la había comprado, a comienzos de la década de los cincuenta, se había enamorado de ella, en primer lugar, por el nombre. El hombre también se llamaba Gustaf, y los últimos cinco años de su vida —después de quedarse viudo— se los había pasado prácticamente enteros allí.

Gustaf en Gustabo.

Así que había lo esencial para vivir. Tanto agua como electricidad y radio. Pero ni tele ni teléfono. No puedes llevarte el móvil, le había instruido Marianne. A tus hijos puedes darles el número fijo del granjero vecino, con eso es más que suficiente. La idea no es tener todo el planeta zumbando a tu alrededor cuando estás en Gustabo. Incluso mis hijos han aprendido a aceptarlo.

Solemos sentarnos a escuchar la predicción marítima y *El poema del día*, había añadido, a ellos les gusta. Johan incluso ha dibujado un mapa con todos los faros de Suecia.

Él había obedecido. Había apagado el teléfono móvil y lo había dejado debajo de unos papeles en la guantera. Si le robaban el coche, bien podían llevarse también el teléfono, pensó, y no había ninguna cerradura de siete puntos ni para el uno ni para el otro.

Cuando el ferri comenzó a acercarse a la isla, subió a cubierta y observó la archiconocida silueta de la ciudad, que ardía bajo la luz de los últimos rayos del sol poniente. Techumbre, almenas y torreones. Era casi dolorosamente bonita. Pensó en lo que un buen amigo le había dicho una vez: Gotland no es solo una isla, es otro país.

Espero que ya esté allí, esperándome, tal y como me prometió, pensó luego. No sería divertido tener que buscar una cabina y llamar al granjero ese.

¿Aún existían las cabinas?

Marianne estaba allí.

Bronceada e irradiando belleza veraniega. No es posible que una mujer así esté esperando a un hombre como yo, pensó Barbarotti. Debe de tratarse de un malentendido.

Pero Marianne le echó los brazos al cuello y le dio un beso, así que parecía que Barbarotti estaba incluido en los planes, a pesar de todo.

—Estás tremendamente guapa —dijo él—. No vuelvas a besarme, que me desmayo.

—A ver si me puedo aguantar —respondió ella, y se rio—. Me parece...

—¿Sí?

—Me parece grandioso, de alguna manera. Recibir

a un hombre al que quiero en una hermosa tarde de verano. Un hombre que llega en barco.

—Hummm —murmuró él—. Aunque yo me sé algo aún mejor.

—¿El qué?

—Llegar en barco y que te reciba una mujer amada. Sí, tienes razón, es bastante grandioso. Habría que hacerlo cada tarde.

—También da gusto ser lo bastante mayor como para poder detenerte a apreciar cosas así.

—Exacto.

Gunnar Barbarotti se rio. Marianne se rio. Luego se quedaron en silencio y mirándose, y Barbarotti sintió algo húmedo y cálido creciéndole en la parte de atrás de la laringe. Lo deshizo con un carraspeo y pestañeó unas cuantas veces.

—Estoy tan contento de haberte conocido... Toma, tengo un regalo para ti.

Sacó la cajita con la joya que le había comprado. Nada del otro mundo, solo una piedra amarilla rojiza con una cadenita de oro, pero ella la abrió enseguida con dedos fervorosos y se la puso alrededor del cuello.

—Gracias. Yo también tengo algo para ti, pero te toca esperar hasta que lleguemos a casa.

¿A casa?, pensó él. Y sonaba como si Marianne lo dijera en serio.

—Pues qué, ¿nos vamos?

—¿Dónde tienes el coche?

—Aquí fuera, en el aparcamiento.

—Vale. Pues llévame al fin del mundo.

Y deja que me quede allí hasta el fin de los tiempos, añadió para sí. Las tardes como aquella podían volver poeta a un comerciante de cerdos.

Gustabo estaba en medio de la nada. Al menos era la sensación que daba cuando llegabas al anochecer. Gunnar Barbarotti vio claro que no habría sabido encontrar el camino por su cuenta. Quizá sí de vuelta a Visby, pero no el de ida. Cuando Marianne entró por la abertura de un muro de piedra, tras apenas media hora de trayecto, él tenía la agradable sensación de no tener ni la menor idea de en qué parte del mundo se hallaba. Ella paró el coche junto a un gran lilo y se bajaron. Un aplique exterior iluminaba la fachada de la casa de piedra, una oscuridad transparente de verano había comenzado a posarse sobre la parcela de césped, donde había un par de frutales nudosos y un conjunto de matas de grosella; el silencio casi parecía un ser vivo.

—Bienvenido a Gustabo —dijo Marianne—. Sí, aquí lo tienes.

En ese mismo instante se oyeron dos campanadas en la iglesia. Barbarotti miró el reloj. Las nueve y media. Luego giró el cuello en la dirección que le señalaba Marianne.

—La iglesia del centro del pueblo. Y nosotros vivimos pegados al cementerio. Espero que no te importe.

Gunnar Barbarotti le pasó un brazo por los hombros.

—Y ahí tenemos las vacas.

Volvió a señalar y él las descubrió a apenas unos metros de distancia. Siluetas pesadas y rumiantes al otro lado del muro de piedra.

—En esta época del año campan libres las veinticuatro horas del día. El granjero sale al campo a ordeñarlas, en lugar de meterlas. Aquí también hay cuatro puntos cardinales. La iglesia queda al este y las vacas pastan al norte. Al oeste tenemos el campo de colza más amarillo del mundo, mañana lo verás, y al sur está el bosque.

—¿El bosque? —dijo Barbarotti paseando la mirada—. ¿A eso lo llamas bosque?

—Sesenta y ocho árboles de hoja caduca —le aclaró Marianne—. Robles, hayas y arces de sangre. A cuál más noble, y la mayoría tienen más de cien años. Vamos adentro. Espero que hayas mantenido tu promesa.

—¿Cuál?

—No atiborrarte de comida en el ferri. Tengo algo en el horno y una botella de vino aireándose.

—No he comido ni una gominola —le aseguró Barbarotti.

Se despertó y vio una tenue luz del alba filtrándose por las finas cortinas. Estas se movían un poco por efecto de una suave brisa, y un denso aroma a mañana de verano se colaba por la ventana abierta. Giró la cabeza y contempló a Marianne, que dormía profundamente a su lado, su espalda desnuda hasta la rabadilla y el tupido pelo castaño suelto sobre la almohada como un abanico maltratado. Tanteó la mesilla de noche hasta encontrar el reloj de pulsera.

Las cuatro y media.

Recordaba haber mirado la hora después de hacer el amor. A las tres y cuarto.

Por tanto, no era ni de lejos hora de levantarse y comenzar un nuevo día.

Pero tampoco es un instante que despachas así como así poniéndote a dormir otra vez, pensó. Apartó la sábana, se levantó con cuidado y fue a la cocina. Dio un par de tragos de agua directamente del grifo.

Será mejor echar un meo, ya puestos, concluyó enseguida y puso rumbo al jardín. Se quedó un rato de pie moviendo feliz los dedos de los pies en el césped bañado por el rocío. Aquí estoy, pensó. Desnudo, aquí y ahora. En Gustabo en una noche de verano. Mejor que esto no lo voy a tener.

Le pareció grandioso. Casi aún más que llegar con el barco, y decidió no olvidar jamás ese momento. Contempló un instante el rubor de la mañana sobre el cementerio, luego se acercó al bosque noble y cambió el agua al canario. Se agazapó para esquivar un murciélago que pasó silbando por su lado. Le sorprendió: ¿los murciélagos no volaban solo al anochecer?

Siguió el muro de piedra y se detuvo un rato en los demás puntos cardinales.

Las vacas. El campo de colza.

Tiritó y volvió a meterse dentro de la casa. Paseó la mirada por el diseño sobrio que imperaba en toda su sencillez. Solo cal blanca y madera marrón. Vio su maleta, que se había quedado junto al banco de la cocina, aún sin abrir. Había algo blanco sobresaliendo del bolsillo exterior. Barbarotti rodeó la mesa de la cocina y cayó en la cuenta de que eran los tres sobres que le había entregado el cartero dicharachero al salir el día antes de casa. Los sacó y les echó un vistazo. Dos eran recibos, a juzgar por los remitentes: uno era de la empresa de internet y el otro de su compañía de seguros. Los volvió a guardar.

El tercer sobre estaba escrito a mano. Su nombre y dirección en tinta roja con letras mayúsculas angulosas y un tanto torpes. Sin remitente. Sello con un barco de vela.

Titubeó un segundo. Luego sacó un cuchillo de cocina del taco que había en la encimera y rasgó el sobre. Extrajo una hoja doblada por la mitad y leyó:

PIENSO MATAR A ERIK BERGMAN.
A VER SI PUEDES IMPEDÍRMELO.

Oyó a Marianne murmurar algo en sueños en el dormitorio. Se quedó mirando fijamente el texto.

La serpiente en el paraíso, pensó.

Capítulo 2

—¿Qué quieres decir? —dijo Marianne.

—Solo lo que digo —respondió Gunnar Barbarotti—. Me ha llegado una carta.

—¿Aquí?

Era la mañana del segundo día. Estaban sentados en sendas tumbonas bajo el toldo, de cara al campo de colza. El cielo era azul. Las golondrinas volaban como flechas y los abejorros zumbaban. Justo habían terminado de desayunar, por lo que ahora simplemente alargaban el café mientras hacían la digestión.

Y conversaban. Barbarotti se preguntó por qué habría sacado el tema. Ya se arrepentía.

—No, me llegó ayer, justo cuando salía de casa. La guardé en la maleta. Pero la he abierto esta mañana, vaya.

—¿Una amenaza, dices?

—Más o menos.

—¿Puedo verla?

Barbarotti pensó un momento en la cuestión de las huellas dactilares. Decidió que estaba de vacaciones y entró a buscar la carta.

Marianne la leyó con una ceja enarcada. Él nunca le había visto antes esa expresión, pero comprendió que era una mueca de asombro combinada con concentración. Era bastante elegante, no pudo evitar observarlo. Toda ella era elegante, pensándolo mejor. A excepción de un sombrero de paja gastado y de ala ancha, Marianne solo llevaba puesto un chal fino, casi transparente, que no tapaba mucho más que el cristal de un acuario.

Lino, si no se equivocaba.

—¿Te suelen llegar cartas así?

—Nunca.

—O sea que no es el pan de cada día de un inspector.

—Por lo menos en mi caso, no.

Marianne se quedó un momento pensando.

—¿Y quién es Erik Bergman?

—No tengo ni idea.

—¿Seguro?

Barbarotti se encogió de hombros.

—Al menos no es nadie que me venga a la cabeza. Pero también es un nombre bastante común.

—¿Y no sabes quién te lo podría haber enviado?

—No.

Marianne cogió el sobre y lo examinó.

—No se ve lo que pone en el sello de correos.

—No, me parece que termina en «org», pero no se ve nada claro.

Ella asintió en silencio.

—Entonces ¿por qué te ha llegado? Quiero decir, debe de tratarse de un loco, pero ¿por qué te lo manda justo a ti?

Gunnar Barbarotti suspiró.

—Marianne, es lo que te digo. No tengo ni la menor idea.

Ahuyentó a una mosca y se arrepintió de nuevo de haber mencionado la carta. Era estúpido tener que estar allí sentados en esa mañana perfecta hablando de asuntos policiales.

Aunque no era ningún asunto policial, ¿acaso no era eso lo que había decidido hacía un momento? Solo una fuente de irritación pasajera..., que no debería robarle más atención que la mosca que acababa de espantar.

—Pero debes de tener algún tipo de..., ¿cómo se llama?..., intuición. ¿Cuánto llevas ejerciendo de policía? ¿Veinte años?

—Diecinueve.

—Eso, lo mismo que yo llevo de comadrona, ya lo habíamos comentado. Pero ¿verdad que con los años desarrollas cierta sensibilidad? Al menos a mí me ha pasado.

Gunnar Barbarotti dio un trago de café y se quedó pensando.

—A veces, a lo mejor. Pero no cuando se trata de cosas como esta, lamentablemente. Llevo dándole vueltas toda la mañana y no se me ha ocurrido nada de nada.

—Pero está dirigida a ti. A tu dirección postal.

—Sí.

—No a comisaría. Eso tiene que significar que él... o ella... tiene una relación especial contigo.

—*Relación* me parece mucho decir. Basta con que sepa quién soy. Creo que deberíamos hablar de otra cosa, lamento haber sacado el tema.

Marianne dejó el sobre en la mesa y se reclinó en la tumbona.

—¿Y tú qué opinas?

Era obvio que no pensaba rendirse tan fácilmente.

—¿De qué?

—Pues de la carta. La amenaza. ¿Es real?

—Probablemente no.

Ahora Marianne se echó el sombrero de paja hacia atrás y enarcó las dos cejas.

—¿Cómo puedes decir eso?

Barbarotti volvió a suspirar.

—Porque nos llegan bastantes amenazas anónimas. Casi todas son falsas.

—Pensaba que teníais la obligación de tomároslo todo en serio. Si alguien envía una amenaza de bomba contra una escuela, por ejemplo, ¿no tenéis que...?

—Ya nos lo tomamos todo en serio. Pocas cosas las dejamos a merced de la casualidad. Pero tú me has preguntado si pienso que esto va en serio. Es distinto.

—De acuerdo, sheriff. Entiendo lo que dices. O sea que crees que solo es un farol.

—Sí.

—¿Por qué?

Buena pregunta, pensó Gunnar Barbarotti. Muy buena pregunta. Porque... porque quiero que sea un farol, claro. Porque estoy en un paraíso llamado Gustabo con una mujer a la que estoy bastante seguro de que quiero, y no me apetece que me moleste un idiota que tiene intención de matar a otro idiota. Y si al final resultara que sí que va en serio, quiero... quiero poder decir que no abrí la carta hasta que volví a mi casa tras mi visita al paraíso.

—No me contestas —señaló Marianne.

—Hummm —dijo Barbarotti—. Pues no lo sé muy bien. Nunca digas nunca, es cierto. Vamos a dejarlo.

Ella se inclinó hacia delante y lo fulminó con la mirada.

—¿Qué chorradas son esas? ¿Dejarlo? Alguna medida tendrás que tomar. ¿Acaso no eres inspector de la policía criminal?

—Pero estoy de vacaciones en el séptimo cielo —quiso remarcar Gunnar Barbarotti.

—Y yo también —le replicó Marianne—. Pero si en el séptimo cielo entrara una embarazada que está a punto de parir, yo la acompañaría. ¿Me sigues?

—Bien visto —concedió él.

—Uno a cero para la comadrona —dijo Marianne, y esbozó una amplia sonrisa—. Gracias por lo de anoche, por cierto, me encanta hacer el amor contigo.

—La verdad es que estaba en un punto en el que podría hasta volar durante unos segundos —reconoció Barbarotti—. Pero he sido tan imbécil que he tenido que abrir el sobre. ¿No podríamos olvidarnos y ya está, y hacer como que no encuentro la carta hasta que vuelvo a casa?

—¡Ni hablar! —exclamó ella—. ¿Y si cuando regreses a Kymlinge ya han asesinado a Erik Bergman? ¿Cómo vas a vivir con ello? Pensaba que había conocido a un hombre con moral y corazón.

Barbarotti tiró la toalla. Se quitó las gafas de sol y se la quedó mirando seriamente.

—De acuerdo —dijo—. ¿Qué propones?

—¿Soy yo la que tengo que proponer algo?

—¿Por qué no? ¿Qué tiene de malo hacer un poco de intercambio laboral durante las vacaciones?

Ella se rio.

—Entonces ¿tú te encargarás de todas las parturientas en el séptimo cielo?

—Por supuesto.

—¿Has estado presente en los partos de tus hijos?

—En los tres.

Ella asintió con la cabeza.

—Perfecto. Solo quería saber que no echarás a perder ningún bebé. Veo dos alternativas.

—¿Cuáles?

—O bien cogemos el coche y le presentamos el asunto a la policía de Visby...

—No quiero ir a Visby. ¿Cuál es la otra alternativa?

—O bien llamamos a tus compañeros en Kymlinge.

—No es mala idea —dijo Gunnar Barbarotti—. Solo tenemos un problema.

—¿Cuál?

—Que no hay teléfono.

—Eso lo solucionamos. Te acompaño y te presento al granjero. Se llama Jonsson, por cierto. Hagmund Jonsson.

—¿Hagmund?

—Sí. Su padre también se llamaba Hagmund. Y su abuelo.

Barbarotti asintió con la cabeza y se rascó la perilla.

—En ese caso, ¿puedo sugerir algo? —indicó.

—¿El qué?

—Que te pongas un poco más de ropa, en lugar de ese pañuelo transparente. Si no, a Hagmund Tercero le va a dar un patatús.

Ella se rio.

—Pero ¿a ti te gusta?

—Me gusta mucho. De hecho, incluso pareces estar más que desnuda.

—Grrr —dijo Marianne, comadrona de cuarenta y dos años de Helsingborg—. Creo que primero deberíamos entrar un momento, tengo la sensación de que Hagmund no estará en casa hasta dentro de una hora.

—Grrr —dijo Gunnar Barbarotti, inspector de policía de cuarenta y siete años de Kymlinge—. Me parece que este campo de colza es afro..., ¿cómo se dice?..., afrodisíaco.

—Así se dice —confirmó ella—. Pero no es la colza, tontorrón, soy yo.
—Pues sí, tienes razón —convino él.

Pese a que tardaron más de una hora y media en ir a casa de los Jonsson, resultó que Hagmund no estaba ahí. Su esposa sí, no obstante. Rondaba los sesenta y cinco años, una mujer pequeña y robusta que se llamaba Jolanda. Gunnar Barbarotti se preguntó si su madre y su abuela materna se habrían llamado también Jolanda, pero no se atrevió a salir de dudas.

En cualquier caso, la mujer se negó a prestarles el teléfono sin antes invitarlos a café, crepes de azafrán y once clases de galletas diferentes, así que Barbarotti no pudo comunicarse con la comisaría de Kymlinge hasta pasadas las dos del mediodía.

Para su fortuna, la inspectora Eva Backman se encontraba en su puesto de trabajo, lidiando con una tonelada de papeles en su despacho. La pasaron con ella y Barbarotti le describió el motivo de su llamada en cuestión de medio minuto.

—Hay que joderse —dijo Eva Backman—. Ahora mismo voy a ver al comisario para proponerle que te interrumpa las vacaciones y te reincorpores. Esto parece serio.

—Puedes dar nuestra amistad por terminada —repuso Barbarotti—. Con las vacaciones no se bromea.

Eva Backman se rio a carcajadas.

—Está bien. Entonces ¿qué quieres que haga?

—No tengo ni idea —contestó él—. No estoy de servicio. Solo quería informar de una amenaza por carta anónima, como el ciudadano responsable que soy.

—Bravo, inspector —exclamó Eva Backman—. Me rindo. ¿Puedes volver a leerme lo que pone en la nota?

—«Pienso matar a Erik Bergman» —repitió Barbarotti obediente—. «A ver si puedes impedírmelo.»

—¿En segunda persona del singular?

—Sí.

—¿Escrita a mano?

—Sí.

—¿Dirigida personalmente a ti?

—Sí.

—Hummm. ¿Puedes mandármela por fax?

—Estoy en Gustabo —dijo él—. Aquí no hay fax.

—Pues vete a Visby.

Gunnar Barbarotti lo sopesó fugazmente.

—A lo mejor mañana.

—Está bien —cedió Eva Backman—. ¿Y se refiere a algún Erik Bergman en particular?

—No lo sé. No conozco a ningún Erik Bergman. ¿Tú?

—Me parece que no —repuso ella—. Pero, bueno, puedo mirar a ver cuántos hay en Kymlinge, al menos. ¿Pone algo de si el futuro cadáver vive aquí en la ciudad?

—No pone nada más que lo que te he leído.

—Entiendo. Vale, pues si me la envías por fax mañana..., y la dirección del sobre también..., veremos qué sacamos.

—Quedamos así.

—Mete el original en una bolsa de plástico y mándalo también, ya que estamos..., así ya le gestiono yo esta pequeña molestia al señor ciudadano. ¿Cómo se encuentra Marianne?

—De maravilla. Está conmigo.

Eva Backman volvió a reír.

—Me alegro de que estéis a gusto. Aquí está lloviendo; ¿puedo preguntar qué...?

—Ni media nube —dijo Gunnar Barbarotti—.

Pues dejo esto en tus manos y nos vemos dentro de dos semanas.

—Va a ser que no —contestó Eva Backman—. Porque entonces seré yo la que esté de vacaciones.

—Ay, madre.

—Es lo que hay. Por cierto, si da la casualidad de que encuentro a varios Erik Bergman, quizá no estaría de más que les echaras un vistazo, igualmente. Por si conocieras a alguno... a pesar de todo. ¿Te parece?

—Si la lista no es demasiado larga...

—Gracias, inspector. ¿Adónde la mando?

—Un segundo.

Dejó un momento el auricular encima de una cómoda con fotografías enmarcadas y ollas de plata y volvió a salir a la terraza de madera, donde estaban Jolanda y Marianne.

—Perdonad, ¿cuál es la dirección de Gustabo?

—Gustabo, Hogrän, Gotland suele ser suficiente —respondió Marianne.

Barbarotti le dio las gracias y regresó al teléfono.

—Manda la lista por fax a la policía de Visby —dijo—. Yo mandaré mi fax también desde allí. Pienso contabilizar esto como ocho horas extra.

—Hazlo —dijo Eva Backman—. Un beso, inspector, y dale recuerdos a Marianne.

Ya está, pensó Gunnar Barbarotti, y notó que las galletitas habían empezado a darle ardores. Una cosa menos.

Al salir se cruzaron con Hagmund Jonsson. Era un hombre de unos setenta años, tenía de alto y chupado lo que su mujer de pequeña y regordeta.

—Anda, Marianne se ha buscado un hombre

—dijo—. Ya tocaba. ¿Así que ahora estás viviendo el tiempo de las expectativas aún no cumplidas?

A Barbarotti la última frase, pronunciada con un acento puro de Gotland, le sonó como un verso bíblico. ¿«El tiempo de las expectativas aún no cumplidas»? Se saludaron con un apretón de manos.

—Es como volver a la infancia, ¿verdad? —continuó Hagmund sin esperar a obtener una respuesta—. El mundo y la vida están llenos de promesas imprecisas, de olores e ideas que aún no hemos explorado. En cuanto lo hacemos, se hace el vacío. *Omne animal post coitum tris test*. Entonces es cuestión de inventar nuevas expectativas. Y de tardar en cumplirlas.

—Cuánta razón —dijo Marianne, y tiró de Barbarotti para sacarlo por la verja.

—Hagmund es filósofo —le explicó cuando hubieron salido al camino—. Si te atrapa en una conversación, puedes tardar horas en liberarte. ¿Qué significa eso que ha dicho en latín?

—No estoy seguro —confesó Gunnar—. Algo sobre que después de hacer el amor te sientes melancólico, me parece.

Marianne arrugó la frente.

—Creo que eso se aplica más a los hombres —observó—. Pero son gente feliz, Hagmund y Jolanda Jonsson. Se han apuntado para el primer viaje organizado al espacio.

Gunnar Barbarotti asintió en silencio.

—¿Para alargar el tiempo de las expectativas?

—Supongo. Hagmund también se ha construido un telescopio en el establo. Se supone que es de primera categoría, pero nadie lo ha visto desde que vino la prensa, hace unos años. No deja entrar a nadie.

—¿Y cómo sabes que son felices?

Marianne suspiró.

—Tienes razón —convino—. Está claro que no lo sé. Pero es importante para mí imaginármelo.

—Me apunto, entonces —dijo él—. ¿Qué hacemos ahora?

—¿Ya estás cansado de estar quieto en el paraíso?

—No podemos hacer el amor más de dos o tres veces al día. A nuestra edad, desde luego, no.

Ella se rio.

—No, es verdad. No quiero que te coja un arrebato de melancolía. ¿Qué me dices de dar un paseo de veinte kilómetros en bici?

Gunnar Barbarotti miró el cielo con ojos entornados y olisqueó el aire.

—¿Por qué no? —dijo—. Mejor eso que un viaje al espacio, sin duda.

Capítulo 3

—¿Por qué te hiciste policía? Nunca me lo has contado.

—Porque nunca me lo has preguntado.

—Ya, bueno. Pues te lo pregunto ahora. ¿Por qué te hiciste policía?

—No lo sé muy bien.

—Gracias. Es justo lo que me imaginaba.

—¿Por qué dices eso?

—Porque normalmente los hombres no saben por qué suceden las cosas en sus vidas.

—Hay que joderse. ¿A cuántos hombres has analizado?

—Tú eres el número dos. O quizá el dos y medio, aunque a aquel profesor de física nunca terminé de pillarlo del todo. Pero reconoce que tengo razón.

Estaban tumbados bocarriba bajo un roble delante de una antigua iglesia de piedra caliza. Eran las cuatro de la tarde, hacía por lo menos veinticinco grados y habían estado pedaleando durante dos horas, yendo de un lado a otro por el paisaje frondoso y pastoral de la cúspide del verano. Muros de piedra y aciano y amapolas. Casitas bajas, encaladas y recubiertas de rosas trepadoras y parra virgen. Vacas blanquinegras, alondras en el cielo, lugareños perezosos tendidos en hamacas roncando y puestos que vendían helado de azafrán y café a los ciclistas que pasaban por allí. Gunnar Barbarotti no tenía ni la menor idea de dónde se encontraban respecto a Gustabo. Y nada podía importarle menos.

—Me hallaba más o menos en la misma situación que ahora —dijo.

—¿Eh?

—Cuando decidí hacerme policía.

—¿Qué quieres decir?

—Me dolía el culo. Pero no porque me lo hubiera destrozado montando en bici. Me había pasado cinco años sentado hincando los codos.

—¿Derecho en Lund?

—Sí. Me di cuenta de que si me hacía jurista me iba a pasar cuarenta años más sentado sobre el mismo culo. El trabajo de policía sonaba un poco más dinámico.

—¿Aire libre y compañerismo?

—Exacto. Buenas prestaciones de jubilación, si no te pegan un tiro antes de hora.

—¿Y es así? Me refiero al ejercicio físico.

Gunnar Barbarotti dio un trago de agua y se quedó pensando.

—Caminas bastante de una silla a otra.

Marianne se rio y levantó los pies hacia la corona frondosa del roble. Movió con gusto los dedos.

—Podrías hacer como yo —dijo.

—¿El qué?

—Quitar las sillas. Me paso casi todo el día de pie.

—Hummm. Y tú seguro que en bachillerato ya sabías que ibas a ser comadrona, ¿no?

—En secundaria —lo corrigió Marianne—. Un día

vino una comadrona del hospital para hablarnos de su oficio. Lo decidí ese mismo día.

—¿Y nunca te has arrepentido?

—A veces, cuando sale mal. Cuando el bebé está muerto o sufre una lesión grave. Pero se me pasa, entiendes que son gajes del oficio. No, nunca me he arrepentido de verdad. Me parece un privilegio poder estar presente cuando la vida empieza, jamás llegará a convertirse en una rutina. Y también es cierto que los abortos casi nunca me los dan a mí. Eso es más difícil.

Gunnar Barbarotti juntó las manos detrás de la nuca.

—Si hubiese venido un policía a contarme cómo era su trabajo cuando yo iba al colegio, con toda probabilidad me habría dedicado a otra cosa —constató—. Pero está muy bien que las cuestiones de vida y muerte nunca se conviertan en rutina, estoy de acuerdo contigo.

—¿Y qué te gustaría hacer realmente?

Barbarotti guardó silencio un rato largo y escuchó el zumbido de los abejorros. Estaba reflexionando de verdad.

—No lo sé. Sospecho que ahora ya soy demasiado mayor para formarme en algo nuevo. Así que tendrán que seguir aguantándome. Pero me vería conduciendo un autobús por estos lares.

—¿Un autobús?

—Sí. Mi propio autobús amarillo con una media de once pasajeros al día. Un trayecto por la mañana y otro por la tarde. Café de termo en el final de parada en una cuneta llena de flores... Sí, algo así.

Marianne le acarició la mejilla.

—Pobre hombre de mediana edad exhausto —dijo—. A lo mejor deberías ir unos días a la escuela de Hagmund.

—No es mala idea —murmuró Gunnar—. ¿Sabes si por casualidad necesitan un mozo?

De pronto notó que estaba muy cansado. Al instante siguiente le resultó casi imposible mantener los ojos abiertos. No cabía duda de que el verde profundo del gran roble, que susurraba con la brisa, pretendía mecerlo hasta que se quedara dormido.

Y la mano de Marianne, que ahora se había posado sobre su tórax, lo empujaba con delicadeza pero con determinación en la misma dirección. Cayó en la cuenta de que por la noche no había tenido demasiadas horas de sueño, por lo tanto... no tenía nada que ver con la mediana edad, solo quería aclararlo antes de dormirse.

—La carta esa —fue lo último que oyó decir a Marianne—. Debes reconocer que no deja de ser un poco espeluznante. ¿Estás dormido?

Soñó con el comisario Asunander.

Que él recordara, nunca le había pasado, y tampoco entendió cuál era el objetivo de hacerlo ahora. Asunander tenía el aspecto de siempre. Ojos juntos, pequeño, elegante y terco, lo único un tanto curioso era que llevaba una fusta en una mano y una linterna en la otra. Y estaba enfadado, se paseaba por una casa gigante, que a Barbarotti le parecía a ratos del todo desconocida, a ratos de lo más familiar. En el segundo caso le recordaba bastante a la comisaría de Kymlinge. Fuera como fuese, era evidente que Asunander estaba buscando algo, no faltaban pasillos y rincones oscuros, por eso se había armado con la linterna. El foco iba arrojando haces oblicuos de luz por pasadizos en los que sus pasos resonaban, por escaleras de espiral grotescamente retorcidas y por corredores de sótano empapados de humedad. ¿Acaso no estaba tumbado bajo un roble en Gotland hacía un momento?, le pasó por la cabeza, y en ese mismo instante se percató de que en el sueño también yacía bocarriba, pero no debajo de ningún roble junto a un apacible cementerio rural, sino debajo de una cama en una estancia oscura, una vieja cama de hierro chirriante con colchón de crin, y era... era él a quien el comisario estaba dando caza. Cuando contuvo el aliento y aguzó el oído para escuchar, pudo oír el característico chasquido de la dentadura postiza de Asunander, ahora lo tenía muy cerca, y Barbarotti sabía también que el motivo por el que se hallaba debajo de la cama era que se había convertido en culpable de una grave negligencia, se había escaqueado de su responsabilidad, simple y llanamente, y había llegado la hora de rendir cuentas. Mierda, pensó, ojalá al viejo se le forme un coágulo y arda en el... Pero luego cambió de táctica y le hizo una rápida plegaria existencial al otro Señor.

Tenía por costumbre hacerlo, aunque normalmente cuando estaba despierto. Tenía lo que él llamaba un trato con Nuestro Señor, en el que Nuestro Señor debía demostrar su existencia a base de corresponder una proporción razonable de las peticiones que su humilde sirviente el inspector Barbarotti le trasladaba. Luego ponía puntos: positivos para Nuestro Señor si Barbarotti se veía escuchado, negativos si no era así. Por el momento, justo en este sueño, en ese instante bajo un roble en un cementerio de Gotland en el mes de julio de 2007, Dios tenía asegurada su existencia con once puntos favorables, y por eso le tocó aceptar una petición apresurada de dos puntos de que, por lo que más quisiera, no dejara que el comisario descubriera al trémulo inspector debajo de la cama ni bajo el roble ni donde fuera que la realidad tuviera lugar en ese mismo momento.

Querido Dios, no es más que una cartita de nada, y encima estoy de vacaciones, formuló rápidamente. Tampoco puede ser tan grave...

—Pues yo antes conocía a un chico que se llamaba Erik Bergman. Ahora me acuerdo.

—¿Eh?

Barbarotti se despertó. Abrió los ojos como platos y se quedó mirando fijamente, entre estupefacto y aliviado, el follaje verde titilante. Allí no había ningún comisario Asunander, solo una comadrona llamada Marianne que tenía la cabeza recostada sobre su pecho. Y lo dicho, un roble. Sin duda, la cosa había mejorado mucho. ¿Cuánto rato había dormido? ¿Diez minutos? ¿O solo uno? ¿Se había ella percatado siquiera de que él se había quedado roque? Parecía que no porque Marianne seguía hablando de la carta aquella. ¿Y si Barbarotti solo se estaba imaginando que había soñado?

—Digo que conocía a un chico que se llamaba Erik Bergman. ¿Y si es él el que va a morir?

Gunnar Barbarotti carraspeó para quitarse el sueño de la garganta y estiró los brazos por encima de la cabeza.

—Claro que no es él. ¿Era un novio tuyo?

—No, pero fuimos a la misma clase en bachillerato. Aunque seguro que ya no vive en Kymlinge. Porque es lo que se supone, ¿no? Que el que va a morir vive en Kymlinge.

—Por Dios, Marianne, ¿cómo quieres que lo sepa? Además, no va a morir nadie. Va, dejémoslo ya.

Ella no respondió.

—No es más que un tarado. Mañana iré a Visby y cumpliré con mi deber, ahora siento que a mi culo le apetece un poco de sillín otra vez. ¿Cómo está el tuyo?

—Nunca se ha encontrado mejor. ¿Quieres comprobarlo?

Barbarotti echó un vistazo furtivo por el cementerio y luego hizo lo que le habían sugerido. Era tal y como Marianne decía: su culo parecía estar en buena forma. Una forma fenomenal, para ser más precisos. Barbarotti casi perdió el sentido.

—Pues ya está —dijo ella, apartándole la mano con suavidad—. Nos montamos en las bicis y volvemos a casa para hacer la cena.

En Kymlinge había cinco personas llamadas Erik Bergman.

Eso según la lista que Gunnar Barbarotti fue a recoger a la comisaría de Visby el jueves por la mañana. El mayor de todos tenía setenta y siete años; el más joven, tres y medio.

Por tanto, era un nombre habitual en todas las generaciones. Mientras Barbarotti estaba sentado en un banco en Söderport esperando a que Marianne terminara de comprar las provisiones de fruta y hortalizas, estudió a las víctimas potenciales.

El de setenta y siete años era viudo y vivía en la calle Linderödsvägen, número 6. Había sido trabajador ferroviario durante toda su vida laboral y llevaba los últimos cuarenta años viviendo en la misma dirección postal. En el registro de la policía no había ninguna entrada sobre él.

El siguiente, por edad, tenía cincuenta y cuatro y hacía relativamente poco que se había mudado a Kymlinge. Trabajaba como analista de mercados en el banco Handelsbanken, vivía en la calle Grenadjärsgatan, número 10, junto con su segunda esposa desde hacía dos años. Tampoco tenía un pasado delictivo.

Barbarotti se preguntó si hacía dos años que vivía en esa dirección o si lo que tenía dos años a la espalda era el nuevo matrimonio. No quedaba del todo claro, pero quizá fueran las dos cosas.

El tercero era un hombre de treinta y seis años que residía en la calle Hedeniusvägen, número 11. Empresario soltero del sector informático, sin nada que esconder, según parecía. Oriundo de Kymlinge, activo en el club de bádminton de Kymlinge durante unas cuantas temporadas, pero había colgado la raqueta a causa de una lesión de rodilla hacía exactamente diez años.

¿Quién coño ha elaborado esta lista?, pensó Barbarotti. ¿Una lesión de rodilla de hace diez años? Debe de ser Backman, que me está tomando el pelo.

El Erik Bergman número cuatro tenía treinta y dos años. Igual que el número dos, hacía poco que vivía en Kymlinge. Padre de tres criaturas y dirección postal en Lyckebogatan, trabajaba en la escuela Kymlingevik como monitor de ocio y tiempo libre. Este sí que aparecía en los archivos de la policía. Una sola anotación, referida a agresión a la autoridad en relación con una batalla campal entre hinchas de equipos de fútbol rivales en Råsunda en 1996. Iba ebrio a más no poder y había aplastado un perrito caliente con kétchup, mostaza y pepinillo picado en la cara de un agente de policía. Le había caído una multa. Naturalmente, era lo justo.

Y luego el pequeño Erik Bergman de tres años y medio. Aún no tenía oficio ni antecedentes penales, pero sí una dirección en casa de su madre soltera, en la calle Molngatan, número 15.

Pues muy bien, pensó Gunnar Barbarotti bostezando. Así que uno de vosotros va a morir, ¿eh?

En comisaría también había aprovechado para hablar cinco minutos con la inspectora Backman por teléfono. Le había preguntado si habían tomado alguna medida.

Claro que lo habían hecho, le había explicado Backman. Asunander había decidido que un coche patrulla pasaría por las distintas direcciones dos veces al día para vigilar que no ocurriera nada extraño. Por otro lado, también habían podido comprobar que dos de los Erik estaban de vacaciones en el extranjero. El número dos y el número cinco.

Pero ¿ningún aviso a los designados?, le había preguntado Barbarotti.

No, Asunander no lo había considerado. Que estuvieran lidiando con un tarado no significaba que la policía también debiera actuar como si estuvieran tarados, había señalado el comisario. Barbarotti ya debía de estar al tanto de lo que costaba poner una patrulla a vigilar a alguien las veinticuatro horas del día, ¿no?

Pero una vez que dispusieran de la carta física la examinarían más de cerca, desde luego. Y quizá harían una nueva valoración. ¿Barbarotti ya la había metido en una bolsa de plástico y la había enviado, tal como había prometido que haría?

El inspector confirmó que así era, y después le deseó a Backman una feliz jornada laboral y colgó el teléfono.

Dobló la lista. Se la guardó en el bolsillo de atrás y pensó que él habría razonado de la misma manera; tampoco habría tomado medidas más extensas de haber sido él quien decidía.

Tener que considerar que todas las amenazas podían ser reales era una cosa. Pero eso no significaba que siempre se invirtiera un montón de recursos. Claro que no. A la larga salía bastante más económico *tomarse en serio el desarrollo de los acontecimientos*, tal y como habían hecho los políticos y los diplomáticos a lo largo de todos los tiempos. Internamente, pero nunca de manera oficial, solía argumentarse que veinte de cada veinte amenazas eran falsas. El problema era cuando llegabas a la vigesimoprimera.

Ya llegaba Marianne, el menor y más hermoso de sus problemas. Barbarotti se quitó sin demora las tribulaciones policiales de la cabeza y fue a su encuentro. No era lo mismo verla salir del ICA con las bolsas de la compra que ser recibido por ella en el puerto en plena puesta de sol, pero seguía estando a la altura. Barbarotti notó que el corazón se le había acelerado un poco en el pecho por el mero hecho de que Marianne apareciera en su campo de visión.

Dentro de dos años espero estar casado con ella, pensó de repente, y se preguntó si de verdad era un pensamiento o si no era más que una de esas constelaciones de palabras que producía el cerebro por la mera inercia que llevaba y porque hacía buen tiempo.

—¿Cómo ha ido? —preguntó ella.

—Ha ido perfecto. La responsabilidad ya está delegada, ahora soy solo tuyo.

—Estupendo —dijo Marianne—. ¿Quieres las dos bolsas o solo una?

—Las dos, claro —contestó él—. ¿Por quién me tomas?

Capítulo 4

—¿Estás leyendo la Biblia?

—Vaya. Pensaba que estabas durmiendo.

—Lo estaba. Pero cuando he notado que la cama estaba vacía me he despertado.

—Te entiendo. Sí, de vez en cuando leo un poco la Biblia.

Marianne cerró la Biblia de color vino y la dejó al lado de la taza de té sobre la mesa. Se reclinó en la tumbona y miró a Barbarotti con ojos entornados. Era martes, la mañana de la octava jornada, si contaban como el primer día el martes de la semana anterior, a pesar de haberse juntado por la tarde. Pero esa era una cuestión académica sin mayor relevancia. Calcular el tiempo en Gustabo no era especialmente importante, pensó Gunnar Barbarotti, y bostezó. Al menos no el tiempo que había ido pasando.

En cualquier caso, era de buena mañana. El cielo ya se estaba resquebrajando de nuevo, tras una noche de lluvia y tormenta que habían estado contemplando por la ventana del salón. Había durado desde poco después de medianoche hasta la una y cuarto, poco más de una hora, y los relámpagos sobre el campo de colza habían sido magníficos.

—Entonces tú..., quiero decir, ¿piensas que existe un dios?

Ella asintió con la cabeza.

—No lo habías mencionado.

Marianne se rio. Se había ruborizado un poco, le pareció ver a Barbarotti.

—Lo cierto es que me considero creyente —dijo ella—. Pero no suelo ir declarándolo a los cuatro vientos.

—¿Por...?

—Pues porque... la gente suele incomodarse. Y no voy nunca a la iglesia. Las iglesias me gustan más bien poco..., o sea, no los edificios en sí, me refiero a la institución. Para mí es una cuestión privada, más bien. Una relación.

Él se sentó en la silla de enfrente.

—Entiendo. Y a mí no me incomoda especialmente.

—¿Estás seguro de eso?

Se lo pensó un momento.

—Sí, la verdad.

—Pero tú no crees en ningún dios.

—No digas eso.

Por un instante estuvo a punto de contarle la naturaleza exacta de su propia relación con Dios, pero decidió guardárselo por el momento. Se conocían desde hacía casi un año —o sea, él y Marianne; con Nuestro Señor tenía un pasado en común un tanto más largo—, pero aun así no le parecía que la cosa estuviera lo bastante madura como para revelar ese tipo de cosas. Y estaba bastante seguro de que Dios era de la misma opinión. Ellos dos tenían una especie de... pacto entre caballeros, simplemente. Lo dicho: una cuestión privada.

—¿Qué significa eso?

—¿El qué?

—Has dicho: «No digas eso». ¿A qué te referías con eso?

—Solo que no lo sé. Pero pienso en ello de vez en cuando.

Marianne se quitó las gafas de sol y se lo quedó mirando con cierta preocupación.

—¿Piensas en ello de vez en cuando?

—Mmm, sí, a lo mejor no suena del todo... Bah, da igual. Pero, dime, ¿tu fe de dónde viene? ¿De la infancia?

Marianne negó con la cabeza.

—Qué va. Probablemente me habrían echado de casa si les hubiese venido con el cuento de la religión. Eran algo marxistas, mis padres, hasta bien entrados los años ochenta, a decir verdad. Mi madre ya ha fallecido, pero me jugaría algo a que mi padre sigue votando a la izquierda. Sobre todo después de que Gudrun Schyman dejara el partido; de ella suele ladrar como un perro guardián cada vez que nos vemos.

—¿Y tu fe? —le recordó Barbarotti.

—Bueno, pues se podría decir que me ha ido viniendo poco a poco. Hay un viejo proverbio persa que dice: «El dios vencedor camina despacio con sandalias suaves de cuero de asno», coincide bastante con la imagen que tengo de él.

—¿Sandalias suaves de cuero de asno...? —repitió Barbarotti.

—Sí. Y también tiene que ver con mi trabajo, por supuesto... se necesita un centro de gravedad. Pero es un asunto solo entre Él y yo, que lo sepas. No me importan las apariencias, a veces pienso...

—¿Sí?

—A veces pienso que es el diablo quien ha inventado la religión, para que se interponga entre el ser humano y Dios.

—¿Se te ha ocurrido a ti?

—No, lo habré leído en alguna parte. Pero da lo mismo, ¿no?

—No. ¿Y el Corán y Buda y la cábala?

—Muchos nombres para la misma cosa. ¿Seguro que no te incomoda?

—En absoluto —le aseguró Gunnar Barbarotti—. Me parece que tienes algunos prejuicios respecto a las cualificaciones espirituales del cuerpo de policía sueco. En cualquier caso, no hace falta que leas la Biblia a escondidas, lo cierto es que a veces yo también le echo un ojo.

Marianne se rio y alzó las manos. Las palmas hacia el cielo.

—¡Le echa un vistazo a la Biblia! ¿Has oído eso, oh, Señor? ¿Qué me das a cambio?

—De una cosa estoy seguro —continuó Barbarotti lleno de inspiración—. Y es que si de verdad existe Nuestro Señor, es un caballero con sentido del humor. Cualquier otra cosa queda descartada. Y no es todopoderoso.

Marianne se puso seria de nuevo. Lo miró directamente a los ojos con una mirada que, por algún motivo, de repente le infundió a Barbarotti una apremiante necesidad de coger aire. ¿Tengo catorce años o qué está pasando?, pensó.

—¿Sabes? —dijo ella—. Cuando dices cosas así... casi me parece que te quiero.

—Es... Menos mal que estoy sentado —logró decir él, con la lengua pegada al paladar—. Porque si no... si no, creo que me desmayaría.

En ese momento oyeron una tos y luego vieron a Hagmund Jonsson arrastrando los pies por el césped. Llevaba una guadaña al hombro y un conejo muerto en la mano.

—Jamás se me habría ocurrido que fuera un inspector de la policía criminal lo que habías atrapado en la red, Marianne. Deja que te felicite. Que no tengan la sensatez de apartarse cuando sales con la guadaña... ¿Lo queréis para cenar?

Agitó el conejo sangriento en el aire.

—Gracias, pero creo que no —dijo Marianne, y miró para otro lado.

—No es el motivo principal de mi visita —continuó Hagmund—. La razón por la que vengo es el inspector. Tiene una llamada. Sonaba importante.

—¿Una llamada? —Barbarotti se extrañó.

Hagmund asintió con la cabeza y se rascó la nuca.

—Deduzco que mis queridos vecinos han dejado los aparatos móviles en tierra firme. Lo considero de mucho mérito por vuestra parte. Pero, lo dicho, tenemos a una inspectora impaciente al teléfono en la cocina, quizá sería oportuno que el caballero me acompañara para hablar con ella. ¿Seguro que no queréis este pequeñajo?

Volvió a mecer el conejo delante de sus ojos. Marianne negó con la cabeza y Barbarotti se puso en pie.

—Voy —dijo—. ¿Han dicho de qué se trataba?

—Confidencial —contestó Hagmund Jonsson—. Supongo que es algo relacionado con la seguridad del país. Si no, no entiendo por qué osarían interrumpir este idilio.

Les guiñó un ojo. Marianne se ciñó la bata un poco

más al cuerpo y Gunnar Barbarotti siguió los pasos del granjero hasta su casa.

—Parece que tu amigo por correspondencia iba en serio, a pesar de todo.

Al principio Barbarotti no dijo nada. Maldita sea, pensó, lo sabía.

Le hizo un gesto a Jolanda Jonsson para que lo dejara solo y cerrara la puerta de la cocina. También esperó a que terminara de hacerlo. Si quieren espiar la conversación, como mínimo que se molesten en levantar un auricular en otra habitación de la casa, se dijo Barbarotti.

—¿Sigues ahí? —quiso saber Eva Backman.

—Sigo aquí —confirmó Barbarotti—. ¿Qué has dicho?

—No habrás olvidado la carta que recibiste antes de irte al paraíso, ¿no?

—No —respondió él—. ¿Cómo iba a olvidarme? Cuéntame qué ha pasado.

Backman le dijo algo a un compañero, Barbarotti no pudo distinguir el qué.

—Disculpa. Pues que un *runner* ha encontrado a Erik Bergman asesinado en Brönnsvik hace un par de horas. En el sendero que bordea el río y sube por la colina, ya sabes. Por lo visto, él también había salido a correr... o sea, Bergman.

—¿No me estás tomando el pelo? —preguntó Barbarotti.

—No —dijo ella—. Lamentablemente, así están las cosas. Lo cierto es que ahora mismo hay un poco de lío aquí en comisaría. Además, resulta que el que lo ha descubierto es un periodista profesional. Johannes Virtanen, ¿te suena?

—Sé quién es. Pero la prensa no sabe nada de la carta, ¿no?

—No, de momento hemos conseguido mantener ese detalle a resguardo.

—Bien. ¿Y de qué Erik Bergman se trata? Quiero decir...

—Ah, sí —contestó Backman—. Del número tres. El de la lesión en la rodilla y la empresa informática.

—Entiendo —dijo Gunnar.

Lo cual era una verdad con reservas. Notaba claramente un zumbido en el cerebro, pero le recordaba más a un motor de un coche que se está preparando para dar su último suspiro que a una actividad de reflexión.

—Cuéntamelo todo —le pidió, y se sentó en el banco de la cocina, debajo de un tapiz con un texto bordado que decía «Bástale a cada día su propio mal». Exacto, pensó Gunnar. Eso es. Y el día de hoy no ha hecho más que empezar.

—Lo han encontrado a las 06:55 —dijo Eva Backman—. Estaba soltero, pero hemos hablado con un chico que lo conoce bastante bien, por lo que parece. Andreas Grimle, trabaja en la empresa de Bergman. Una especie de socio, también. Asegura que Bergman solía salir a correr por ese camino entre dos y tres mañanas a la semana. En verano, vaya, antes de desayunar, entre las seis y las siete, más o menos.

—¿Método? —quiso saber Barbarotti.

—Apuñalado —respondió ella—. Perdón, ¿no te lo había dicho? Una vez en la espalda, un par de veces en el abdomen y un corte en el cuello. No parece que durara demasiado. Se podría decir que se estaba bañando en su propia sangre.

—Qué agradable.

—¿Verdad que sí?

—¿Has ido a mirar?

—Por supuesto. Ya veremos qué encuentran los técnicos de la científica, pero no creo que debamos tener demasiadas esperanzas. El suelo estaba seco. No había huellas ni señales de pelea, lo más probable es que el asesino se le echara encima sin previo aviso y por detrás.

—Pero me ha parecido entender que estaba corriendo. ¿No es difícil...?

—No lo sé —dijo Eva Backman—. Tendremos que darle algunas vueltas. También puede ser que lo haya hecho detenerse primero... para pedirle ayuda o algo.

—Puede ser —convino Gunnar Barbarotti—. ¿Y quién se encarga del caso?

—Sylvenius se encarga de la instrucción.

—Me refiero a la investigación.

—¿Tú qué crees?

Barbarotti no contestó. Le parecía que no hacía falta.

—De acuerdo —dijo Backman—. La situación es la siguiente. Asunander lo ha dejado en mis competentes manos, por el momento. Pero todo el mundo está implicado, claro. Máxima concentración de fuerzas. Y he tenido una fuerte impresión de que espera que te reincorpores mañana.

—Estoy de vacaciones.

—Si te reincorporas mañana en vez del lunes, te quedará una semana para la temporada de caza de alces.

—Yo no cazo.

—Era en sentido figurado.

—Ya veo. ¿Ha sido Asunander quien se ha expresado así?

—No, solo he sido yo, interpretando su espíritu.

—Gracias. —Barbarotti suspiró.

Eva Backman se aclaró la garganta.

—Muchas veces no estoy de acuerdo con nuestro querido comisario —dijo—. Ya lo sabes. Pero en esta ocasión lo cierto es que pienso igual que él. La carta iba dirigida personalmente a ti. Ni a mí ni a Sorgsen ni a ningún otro compañero. Ni siquiera fue enviada a comisaría. Así que... sí, parece que está todo encima de tu mesa. Aunque en realidad acaba siendo de todo el equipo. Lo dicho.

Gunnar Barbarotti se quedó un momento pensando.

—A lo mejor es eso lo que quiere.

—¿Cómo?

—El asesino. Que sea yo quien se haga cargo del caso.

—Ya lo he pensado —afirmó Backman—. O sea, podría ser alguien a quien conoces.

—Sí, pero ¿por qué? —se preguntó Barbarotti—. ¿Por qué ser tan rematadamente estúpido como para... exponerse a ese riesgo?

—¿Estúpido? —contestó ella—. Yo no lo tengo tan claro. Creo que más chulo que un ocho es una descripción más acertada. Sea como fuere, lo mejor será que aceptes el desafío.

Barbarotti se lo pensó tres segundos. No le parecía que tuviera ninguna opción.

—Está bien —dijo—. Dile a Asunander que estaré allí mañana a primera hora. Creo que hay un ferri que sale esta tarde a las cinco. Pero si aparece alguien antes y confiesa el crimen, quiero que me avises.

—Algo me dice que no va a ser el caso —repuso ella—. Por desgracia. Y lamento haber tenido que interrumpir tu verano romántico de esta manera.

—Más adelante me cogeré los días que me quedan —declaró el inspector Barbarotti, y colgó el teléfono.

Para la caza de alces, quizá, completó para sus adentros.

Menuda mañana, pensó más tarde, después de dejar atrás la finca de los Jonsson y salir de nuevo al camino. Primero, un poco de estudio de la Biblia y preguntas acerca de la existencia de Dios, luego me dice que casi me quiere y, como guinda del pastel, un poco de asesinato y caza de alces.

Marianne no podía reprocharle gran cosa. Barbarotti tampoco se esperaba lo contrario.

—Por lo menos hemos tenido ocho días de diez —dijo ella después de apagar el motor del coche en el aparcamiento delante del atracadero—. Me da que no se puede pedir más si te enamoras de un inspector de policía.

—No debería haber abierto la carta —afirmó Gunnar—. Si la hubiese encontrado este viernes no me habrían hecho ir.

No tenía claro si lo decía en serio. Le parecía paradójico, en cierto modo. No lograba quitarse de encima la idea de que le estaba siguiendo el juego al asesino al haber abierto la carta, leído el aviso y haber pasado nota. Además de incorporarse ahora al caso. ¿No era justo eso lo que ese tío —o tía— pretendía?

Por otro lado, ¿por qué alguien mandaba una carta diciendo que iba a matar a una persona en concreto antes de cometer el crimen? ¿Había alguna intención? ¿O solo era un tarado al que no merecía la pena tratar de entender en términos racionales?

Imposible saberlo, pensó Barbarotti. De momento no sirve de nada especular.

Pero una cosa era segura: nunca antes había participado en un caso como este. Pensándolo bien, no le parecía haber siquiera leído nunca nada por el estilo. El mero hecho de que un asesino planificara su crimen ya era en sí algo inusual, lo más frecuente era que un borracho se cabreara con otro borracho y se lo cargara.

O a su mujer o a cualquier otra persona que le hubiera molestado. Pero no era el caso, esa sí que era una conclusión que podía permitirse el lujo de sacar.

—Al margen de todo eso, he pasado unos días maravillosos contigo. —Marianne lo interrumpió en sus cavilaciones—. Lástima que no hayas podido pasar también un día con los granujas de mis hijos.

Estaba acordado que fueran el jueves, tendrían que haber pasado una tarde, una noche y una mañana los cuatro juntos. Barbarotti los había visto en un par de ocasiones y las dos veces todo había sido sorprendentemente fluido, sin fricción alguna. Tanto Johan como Jenny le caían bien, y de no sonarle tan presuntuoso incluso se habría atrevido a decir que ellos también parecían aguantarlo bastante bien a él.

—Es lo que hay —dijo—. Diles que su nuevo amigo el poli ha tenido que volver a casa para atrapar a un terrible asesino, lo cual no deja de ser la amarga verdad.

—Creo que una excusa así la aceptarán —constató Marianne.

Luego lo besó y lo hizo bajar del coche.

La sensación de estar en cubierta y despedirse mientras el barco se alejaba de tierra firme no fue ningún subidón, observó Gunnar Barbarotti. Sobre todo teniendo en cuenta el buen recuerdo que guardaba de la llegada, una semana atrás. Se descubrió deseando ser una niña de quince años en lugar de un inspector criminal de cuarenta y siete años, para así poder soltar unas lágrimas sin morirse de vergüenza.

Pero no lo era. Y, a la larga, ser una quinceañera también se le podía hacer bastante pesado.

Espero que haya más semanas como esta en mi errática vida, pensó cuando ya no podía distinguir el brazo de Marianne en el muelle delante del edificio del atracadero. Aunque las separaciones no las necesito para nada.

Luego entró en el restaurante y se pidió un plato grande de *pyttipanna* con remolachas y una cerveza.

Capítulo 5

Cuando se montó en su Citroën, en el aparcamiento de larga estancia de Nynäshamn, eran las nueve y cuarto de la noche y el sol ya se había puesto. Por alguna razón que no había logrado entender, el ferri había mantenido una velocidad reducida, por lo que el trayecto había durado cuarenta y cinco minutos más de lo normal.

Una vuelta a casa en la oscuridad, pensó, y arrancó el coche. Tres horas y media de espléndido aislamiento. Estaba acostumbrado a la soledad, pero ahora la percibió como un depredador, una bestia con el pelo erizado que, tras una semana pasando hambre, estaba preparada y encantada de poder hincarle el diente.

No obstante, al cabo de un rato se había puesto en contacto vía móvil con la inspectora Backman. Ya era algo.

—Eres mi voz en la noche —le dijo—. El águila ha aterrizado y exige una puesta al día.

—Ya me ha parecido notar un temblor en el suelo —contestó Eva Backman—. Debe de ser esa sacudida en el inframundo. Pues yo sigo trabajando, que lo sepas.

—Te felicito —dijo Gunnar Barbarotti—. ¿Cuántos sospechosos tenéis? A lo mejor estoy llamando en mitad de un interrogatorio decisivo. Si es así...

—Aún no estamos en ese punto —reconoció la inspectora Backman—. Pero hemos empezado a hacer un perfil. Creemos que lidiamos con un varón diestro de entre diecisiete y setenta años.

—Bien —respondió él—. Pues enseguida lo pillaremos. ¿Seguro que no podría tratarse de una mujer?

—Podría tratarse de una mujer —admitió ella—. Aunque las puñaladas eran bastante potentes, así que se trataría de una mujer atlética.

—Y no de setenta años —añadió Barbarotti.

—Cincuenta y cinco, a lo sumo.

—Cuéntame más —le pidió él.

Eva Backman suspiró y se puso en marcha.

—Si empezamos por lo que sabemos, los técnicos han peinado prácticamente un campo de fútbol entero alrededor del escenario del crimen. Acabarán con el análisis en algún momento entre Navidades y Nochevieja. Mañana por la mañana tendremos el informe forense. Pero no va a revelar ninguna información sensacional. Murió por las puñaladas, probablemente en menos de un minuto. Por lo que parece, no cuentan con tener ADN. Por otro lado, también hemos comenzado a trazar un mapa familiar y del círculo de amistades, claro. Tenemos medio centenar de personas con las que hablar, eso es lo que estoy haciendo ahora... O sea, priorizando. Con quién tenemos que hablar y en qué orden. Se ve que salía bastante este Erik Bergman...

—¿Qué quieres decir con eso?

—Nada en particular. Era un hombre joven y con bastante dinero, nada más. Le gustaba ir de fiesta. Conocía a mucha gente..., no era un informático *nerd*, si es lo que te habías imaginado.

—Entiendo. ¿Algo más?

—También vendrá un experto en elaboración de

perfiles de Gotemburgo. Por lo visto, en Estados Unidos hay cierta tradición de describir a los criminales. Y bastante bibliografía sobre este tipo de asesino. Aquí son poco habituales, pero a lo mejor este chico tiene cosas que contarnos. Al menos podemos escuchar a ver qué dice. Llega mañana al mediodía, así que coincidirás con él.

—¿Sabemos algo de si Bergman se había sentido amenazado o algo así? ¿Enemigos?

—No, de momento no ha aparecido nada en esa línea. Apenas hemos hablado con este tal Grimle, su compañero de trabajo que te comenté..., y otro par de buenos amigos y la hermana de la víctima. Vive en Lysekil, he hablado con ella durante una hora, no parece que hayan tenido demasiado contacto. Ella es cinco años mayor.

—¿Hijos?

—No.

—¿Padres?

—De vacaciones en Croacia. Pero los hemos investigado. Viven en Gotemburgo, en Långedrag, concretamente. Llegan a Landvetter mañana al mediodía. Acaudalados, ya lo has deducido. Si no, no vives en Långedrag. Hace dos años vendieron una empresa grande del sector informático y se retiraron.

—No me digas. ¿Y novias? Habrá tenido alguna relación larga, ¿no? ¿Cuántos años tenía? ¿Treinta y seis?

—Correcto —contestó ella—. Lo de la edad, digo. Pero en lo que se refiere a relaciones sentimentales, hay poca cosa por lo visto. Vivió unos meses con una chica hace diez años, pero eso parece ser todo. Sinceramente...

—¿Sí?

—Sinceramente, me pregunto si no era un tipo bastante antipático. Ligaba con tías e iba repartiendo dinero a su alrededor. Vivía solo en una casa de siete habitaciones, con obras de arte en las paredes, billar, *jacuzzi*, vinoteca y dos coches.

—Qué ruin —dijo Barbarotti—. Dicho de otro modo, ¿era un tío al que podías cogerle manía?

—Puede ser, sí.

—Lo suficiente como para tener ganas de clavarle un cuchillo unas cuantas veces.

—No es imposible —contestó Backman—. Podría ser así de simple.

—Este tal Grimle, ¿es igual?

—No, gracias a Dios. Es muy simpático, la verdad. Aunque tiene esposa e hijos.

Alguien entró en el despacho de Backman, ella le pidió a Barbarotti que no colgara, por lo que le dio un minuto para reflexionar. Pero lo único que le venía a la cabeza era el título de una canción que recordaba de finales de los años ochenta o comienzos de los noventa..., aunque tampoco le venía del todo. *A man without a woman is like a...*, ¿qué más decía? No se acordaba. Pero ¿verdad que el grupo se llamaba Vaya con Dios? Y el título estaba relacionado con eso último que había mencionado la inspectora Backman.

¿Vaya con Dios? Eso era otro tipo de conexión sináptica, claro, enganchada a la conversación en Gustabo de aquella misma mañana. A veces, se dijo Gunnar Barbarotti, a veces pienso que el cerebro humano es un terreno de juego para un poder superior que está echando una partida al solitario. Al menos a mí me han concedido un cerebro así.

Lo cual era una imagen nueva y un tanto sorprendente. Pero en una baraja de cartas había muchas combinaciones posibles, así que se podría decir que la teoría se confirmaba a sí misma. A veces se me ocurren cosas brillantes, constató asombrado.

Y a veces sucede que el solitario se resuelve.

—¿El tráfico de llamadas? —preguntó cuando Backman hubo vuelto al teléfono—. ¿Ya ha empezado Sorgsen a echarle un vistazo?

—Sorgsen está de vacaciones —señaló ella—. Pero regresa el lunes. Mientras tanto Fredriksson y Toivonen se están encargando de la lista del móvil. Se ve que tenía tres diferentes, pero no sé qué han descubierto hasta ahora. Aunque doy por hecho que nada llamativo, porque ya me habrían informado.

¿Tres teléfonos móviles?, pensó Barbarotti. Nada que ver con el paraíso.

—¿La carta? —preguntó—. ¿Qué me puedes decir de ella?

—Ninguna huella dactilar. —Backman suspiró—. Solo las tuyas y las de Marianne..., bueno, suponemos que son las suyas. Sobre normal y corriente, papel normal y corriente, como el que se utiliza en cualquier impresora. Probablemente el bolígrafo era un Pilot..., gel negro... de 0,7 milímetros. Se puede encontrar en ciento cuarenta y cinco mil tiendas en Europa, más o menos.

—¿Y el texto? Detalles de cómo escribía y tal.

—No lo sé muy bien —contestó ella—. Creo que alguien sugería que era una persona diestra que lo había escrito con la mano izquierda, pero no estoy segura. Hoy la hemos enviado a analizar..., cuando la cosa se ha puesto seria, vamos.

—De acuerdo —dijo Barbarotti, y se quedó un momento pensando.

—Estoy un poco cansada —añadió Backman—. A lo mejor podemos guardarnos lo demás para mañana.

—Buena idea —admitió él—. Supongo que me pasaré toda la mañana sentado, leyendo papeles. Pero...

—¿Sí?

—Pero si no puedes darme el nombre del asesino, ¿no podrías darme, como mínimo, un hueso que roer? ¿Tú qué crees? ¿Con qué clase de tío estamos lidiando? Tengo tres horas de coche por delante.

Se hizo el silencio unos segundos.

—Lo siento —dijo luego Backman—. De verdad, te contaría hasta la menor sospecha que tuviera, ya lo sabes, pero lo cierto es que no tengo ninguna.

—¿Ni siquiera una pequeñita?

—No, es lo que te estoy intentando decir. Llevo trabajando..., ¿cuántas van?..., trece horas seguidas, a bote pronto, y a grandes rasgos el resumen de todo es que sé que Erik Bergman ha sido asesinado.

—Bien —dijo él—. Buen trabajo, pequeña.

Entonces la inspectora criminal Eva Backman cortó la llamada.

Empezó a llover poco antes de las diez. Caía suave y constante, y la labor monótona de los limpiaparabrisas le infundía sueño. A la altura del lago Vättern hizo una parada para poner gasolina y tomarse un café, y cuando se hubo acomodado de nuevo en el coche, a duras penas logró resistir el impulso de llamar a Gotland. Pero pedirle a Hagmund o a Jolanda Jonsson que fueran a avisar a Marianne en plena noche le pareció impensable, y con razón. No tenía ningún motivo de peso para llamarla. Solo quería oír su voz. Si Marianne hubiese tenido teléfono móvil, Barbarotti podría haberla sentido cerca todo el trayecto en coche, lo sabía, pero la situación era la que era.

Por otro lado, por lo menos sus hijos llevarían un

teléfono de emergencia en el equipaje cuando llegaran el jueves, Marianne se lo había prometido: algunas reglas había que estar dispuesto a cambiarlas un poco, a veces, y Barbarotti tendría que aguantar hasta entonces.

Decidió dedicar los pensamientos al emergente caso de asesinato.

Al asesino que mandaba cartas.

Le parecía curioso cuando menos. Era cierto que de vez en cuando había algún homicidio en Kymlinge. Unas pocas veces al año. La mayoría eran bastante sencillos, como ya había señalado: normalmente tenían identificado al homicida o borrachuzo a los pocos días. Los casos de asesinato eran inusuales. Las drogas o el alcohol solían ser un factor de peso en nueve de cada diez ocasiones, y los implicados eran conocidos por la policía en la misma proporción. El resultado del trabajo de investigación era siempre fruto de una labor policial diligente que se ceñía a las rutinas. Si las tenías por la mano, ni siquiera hacía falta pensar. Al menos eso era lo que solía afirmar la inspectora Backman. Se necesita más inteligencia para comprar una entrada de cine por internet que para atrapar a un asesino, había sentenciado en alguna ocasión.

En la actual, su compañera había dicho que no tenía ni la menor idea. Eso no augura nada bueno, pensó Barbarotti. En absoluto.

Y eso que el asesino había escrito e informado de quién iba a ser su víctima. Con buen margen de tiempo. Habían tenido una semana para proteger a Erik Bergman de su asesino. No lo habían conseguido.

Ni siquiera lo habían intentado.

Gunnar Barbarotti cruzó los dedos para que ese detalle no llegara a la prensa. Era fácil imaginar los titulares que podría generar.

Era Asunander quien había tomado la decisión, quizá tras consultarlo con el fiscal Sylvenius. Pero lo dicho, Barbarotti no se lo echaba en cara a ninguno de los dos. Él habría hecho la misma valoración. De haber sabido con exactitud de cuál de los cinco Erik Bergman se trataba, tal vez podrían haber actuado de forma distinta. Probablemente en una situación así se habrían puesto en contacto con él y habrían tratado de ponderar la magnitud del cuadro de amenaza con su ayuda. A toro pasado era fácil decir que deberían haberlo hecho también en este caso, pero a posteriori siempre era fácil constatar cosas.

Tampoco era la actuación que había hecho la policía hasta el momento lo que poco a poco fue ocupando el espacio mental de Barbarotti en aquella noche lluviosa. Al contrario. Era la actuación del autor de los hechos.

Sin duda, era osado. ¿Por qué? ¿Por qué demonios escribir una carta y dar el nombre de la víctima elegida?

¿Y por qué mandársela a él? ¿Al inspector Gunnar Barbarotti? ¿A la dirección de su casa?

¿Era solo para chinchar? ¿Significaba algo? ¿Acaso conocía a Barbarotti?

Y, por último, ¿conocía Barbarotti al asesino?

Cuando por fin aparcó en la calle Baldersgatan, delante de su casa, no había hallado respuesta a ninguna de estas preguntas. Ni siquiera se había acercado a sacar ninguna conclusión aceptable. Faltaban veinte minutos para la una, hacía media hora que no llovía, pero en Kymlinge las calles también brillaban mojadas.

Como era pasada la medianoche, ya era 1 de agosto. Era el cumpleaños de su exmujer y toda la ciudad parecía sumida en la oscuridad que precede a un esperado ataque aéreo. Barbarotti no sabía decir por qué habían coincidido justo estas dos reflexiones en su cabeza, pero cuando metió la llave en la cerradura recordó la metáfora del poder superior que jugaba al solitario. También sintió que estaba muerto de sueño, pero aun así se tomó su tiempo para clasificar la montaña acumulada de periódicos, correo y propaganda que cubría el suelo de su estrecho recibidor.

Lo dividió todo en tres montones ordenados sobre la mesa de la cocina y, mientras ojeaba rápidamente la correspondencia que había ido llegando durante su ausencia, el cansancio desapareció de repente. Se disipó en una fracción de segundo.

Tuvo suficiente cordura como para envolverse la mano izquierda con una bolsa de plástico antes de rasgar el sobre con un cuchillo de cocina.

La letra era la misma, y el mensaje era igual de explícito que la vez anterior.

PIENSO CONTINUAR CON ANNA ERIKSSON.
PERO DE NUEVO TAMPOCO ME LO VAS A IMPEDIR,
¿VERDAD?

Gunnar Barbarotti titubeó y deliberó consigo mismo durante medio minuto. Se preguntó si en realidad no estaría echado en una tumbona en Hogrän, soñando, pero enseguida concluyó que no era el caso.

Después llamó y despertó a la inspectora Backman.

II

Notas de Mousterlin

30 de junio de 2002

La niña ha aparecido de la nada. De golpe y porrazo estaba allí, sin más, mirándonos con una sonrisita descarada en su rostro anguloso.

Estábamos en la playa. Los seis. Esta mañana, no sé si ayer nos pusimos de acuerdo de alguna manera para encontrarnos, pero Erik y yo apenas nos habíamos acomodado en nuestras sillas de playa en la orilla cuando el matrimonio Malmgren ha llegado caminando desde Bénodet y ha extendido sus toallas variopintas. Anna y Gunnar se nos han sumado apenas diez o quince minutos más tarde, y, bueno, cuando lo pienso entiendo que debimos de apalabrarlo. Enseguida se han sentido todos a gusto y se han puesto a charlar de aquel modo flemático en que la gente habla cuando está en la playa: haciendo intervenciones sabihondas y puntuales entre largos ensimismamientos. Reflexiones aparentemente profundas y sin ninguna responsabilidad sobre lo que están diciendo en realidad. Yo me he calado el sombrero de tela por encima de los ojos y me he hecho el dormido, aunque también lo necesitaba, porque ayer no me metí en la cama hasta las dos y media y no he sumado demasiadas horas de sueño. Erik parece despertarse temprano con independencia de cómo haya ido la noche: esta mañana me ha despertado con café, beicon y huevos revueltos antes de las nueve. Podrán decirse muchas cosas de Erik, pero hay que reconocerle que es un anfitrión considerado.

Es muy probable que me haya quedado un rato dormido en la silla, hacía calor, claro, pero un agradable airecillo soplaba desde el mar. El graznido lejano de las gaviotas se mezclaba con las intervenciones en la conversación, y al cabo de un rato ya no he podido distinguir una forma de expresarse de la otra. Pero, como decía, a lo mejor estaba realmente dormido. Si era el caso, supongo que lo que me ha despertado ha sido la voz de la niña, que tenía al mismo tiempo un tono infantil y un poco arisco.

Como un alma vieja en un cuerpo joven, sé que se me ha pasado ese pensamiento por la cabeza.

—*Bonjour. Ça va?*

Los demás se han callado. Katarina Malmgren se ha reído.

—*Ça va! Bonjour, petite.*

He doblado el borde del sombrero hacia arriba y me la he quedado mirando. Una chica morena de unos doce o trece años. Bañador rojo de cuerpo entero, sombrero de paja azul con florecillas de tela. Un jersey atado alrededor de la cintura y una mochilita a la espalda. Ojos titilantes, algo un poco burlón en la mirada.

—*Vous n'êtes pas français, hein?*

No, Katarina Malmgren le ha explicado que no éramos franceses. Éramos suecos. De vacaciones en la hermosa Bretaña. La niña ha vuelto a esbozar su sonrisita, tenía un aura inmediatamente encantadora, una especie de naturalidad descarada, que podría haber resultado molesta si hubiese tenido tan solo uno o dos años más.

Pero seguía siendo una niña, aunque por debajo de la fina tela del bañador se distinguían con claridad dos pechos incipientes. Katarina Malmgren le ha preguntado cómo se llamaba.

—*Troaë* —ha dicho la niña—. *Je m'appelle Troaë.*

Hemos dedicado un rato a conseguir deletrear este nombre tan peculiar. Y a pronunciarlo correctamente: más o menos como la palabra francesa para tren, *train*, pero con una pequeña *o* intercalada delante de la última vocal, según nos ha explicado. Todos hemos intentado pronunciarlo, la niña nos ha ayudado, nos ha ido corrigiendo y animándonos. Gunnar y Anna se lo han pasado muy bien con este ejercicio.

Troaë también nos ha contado que no era un nombre francés común. No sabía de dónde viene, era su padre quien se lo había puesto, es artista y vive en París.

Después de estas piruetas introductorias, ha dejado su mochilita en la arena y nos ha preguntado si podía pintarnos. Me he fijado en que de la mochila asomaban un par de palos marrones y he entendido que se trataba de un caballete.

—¿Pintarnos? —ha repetido Katarina Malmgren riendo forzadamente—. ¿Por qué?

La niña le ha explicado que quería ser pintora, igual que su padre. Pero como se pasaba todo el año yendo a la escuela en un barrio aburrido de las afueras de París, no le quedaba otra que aprovechar las vacaciones de verano para practicar. Nosotros le parecíamos un grupo de individuos interesante, y había bajado a la playa justo con esa intención. Encontrar un grupo de gente adecuado para retratarlo.

Comenzó a montar el caballete.

—O sea que estás aquí de vacaciones con tu padre y... —ha sondeado Katarina.

Se ve que no. Troaë ha dicho —si lo he entendido bien— que los veranos los pasaba en casa de su abuela paterna, que tiene una casa en las afueras de Fouesnant, a pocos kilómetros de la playa. Tanto su madre como su padre se habían quedado en París, se habían divorciado hace bastante, y Troaë vivía en casa de su padre, al menos la mayor parte del tiempo.

Mientras hablaba ha ido preparando sus herramientas de pintura: ha puesto un lienzo en el caballete, se ha alejado a una distancia de unos diez metros, ha sacado un estuche de acuarelas y ha humedecido varios pinceles con la punta de la lengua; todo parecía realmente muy profesional. Gunnar le ha preguntado con su francés macarrónico si teníamos que permanecer todo el rato inmóviles; la niña ha dicho que no era en absoluto necesario, pero que estaría bien si no nos cambiábamos demasiado de sitio. He empezado a pensar que alguien debería tener la sensatez de ponerle freno al numerito, pero nadie más parecía tener ningún problema con ser retratado en la playa. Quizá Henrik, pero supongo que se ha aguantado por el entusiasmo que mostraban los demás. Yo me he hundido un poco más en la silla de playa y he intentado recuperar mi estado semidormido.

También se ha hecho un largo silencio de por lo menos media hora, mientras Troaë estaba detrás de su trípode pintando con semblante serio a su grupo de suecos de vacaciones en la playa. Por alguna razón, la conversación fluida de antes se ha visto inhibida por la presencia de la niña, incluso las mujeres se han vuelto más parcas en palabras. Diría que he conseguido echar una cabezadita de unos minutos, después ha sido Anna quien ha roto el silencio.

—Hora de comer —ha dicho—. Primero un chapuzón y luego comemos algo. ¿Qué os parece?

—¿No tenemos que pedirle permiso primero a la artista? —ha preguntado Erik, y por su tono de voz no me ha quedado claro si ya estaba cansado de la situación o si aún le resultaba graciosa.

Katarina ha llamado a la niña. Le ha preguntado cómo lo llevaba y la ha informado de que teníamos intención de recoger para bañarnos e ir a comer.

Ella ha contestado algo que no he logrado entender. Katarina nos ha explicado que nos estaba pidiendo dos minutos más, solo, que luego ella también estaba lista para hacer una pausa.

—Tendrá morro la niña —ha refunfuñado Henrik, y acto seguido se ha llevado una reprimenda por parte tanto de su mujer como de Gunnar.

—A mí me parece encantadora —ha declarado este último—. Toda una monstruita encantadora. ¿No veis lo guapa que va a ser dentro de cinco años?

—Serás cerdo —ha soltado Anna echando la cabeza hacia atrás y soltando una carcajada. Fuerte y artificial.

He intentado convencerme a mí mismo de que después de comer me iría a casa. Si no por otra cosa, para tener algo de sombra, estar tranquilo y planificar un poco mi futuro.

Hemos mantenido posiciones hasta que Troaë ha hecho una reverencia y nos ha dado las gracias por nuestra paciencia.

—¿Podemos verlo? —ha preguntado Katarina.

La niña ha negado con la cabeza.

—No hasta que esté terminado. Esta tarde o mañana, a lo mejor.

—¿Espera que nos pasemos varios días posando? —ha dicho Gunnar.

Katarina se lo ha traducido a la niña, quien nos ha aclarado que bastaría con un rato más después de comer.

No nos ha acompañado al agua, pero sí al restaurante. No sé si alguien la había invitado a venir, en cuyo caso habrán sido Katarina o Gunnar. Sea como fuere, Troaë se ha agarrado al instante del brazo de Erik y han ido así hasta Le Grand Large, un pequeño restaurante a unos cien metros al oeste del cabo de Mousterlin. Incluso se ha pegado a él, y de vez en cuando daba unos brincos como de pasitos de baile y enseñaba posturas clásicas de ballet, hablando todo el rato sin parar. Erik parecía estar encantado con que le hicieran caso, daba la sensación de que entendía todo lo que la niña le decía y le hacía bromas. En un momento dado Troaë se le ha subido al regazo de un salto y le ha dado un beso en la boca.

—Ve con cuidado —ha dicho Anna con una risa incómoda—. Puede que la niña esta sea mayor de lo que te crees.

Luego ha intentado subirse a los brazos de Gunnar de la misma manera que Troaë había hecho con Erik. Pero Gunnar no se lo esperaba y se han caído los dos al suelo. Troaë ha soltado un grito de entusiasmo y se les ha echado encima, y ha habido un momento de juego de lucha descontrolada. Incluso Henrik ha participado del tumulto, yo he sido el único que ha guardado un poco las distancias.

Después, mientras todos terminaban de reír y jadear y se sacudían la fina arena, la niña ha comentado que los suecos deben de ser la gente más divertida del planeta y que no le importaría nada que la adoptáramos.

—Primero tendríamos que conseguir que tu abuela firmara un papel —ha señalado Katarina—. Bueno, se acabaron las peleas, vamos a comer y a tomar vino.

Ha dicho lo primero en francés, lo segundo en sueco, así que ha tenido que traducirlo a los dos idiomas.

—Seguro que mi abuela aceptaba —ha dicho Troaë, y por un segundo se ha puesto seria—. Ella dice que soy muy maleducada y demasiado ruidosa.

Se ha vuelto a colgar del brazo de Erik y hemos continuado hasta Le Grand Large.

Nos hemos pasado dos horas comiendo marisco y bebiendo vino blanco. Se me ha hecho raro estar ahí sentado debajo de las sombrillas azul celeste, formando parte de aquel grupo bullicioso —al que, para más inri, se le había sumado una niña que era un torbellino—, como si fuera una compañía de lo más natural. He caído en la cuenta de que conozco a Erik desde hace más o menos cinco días, a los demás suecos desde hace veinticuatro horas y a la niña de una mañana. Aun así, estábamos ahí sentados comiendo y bebiendo y regalándonos como si nos conociéramos desde hace una eternidad. Ya sé que cuando terminé la terapia y nos estábamos despidiendo, el doctor L me remarcó que no me lo cuestionara todo tanto, y estoy de acuerdo en que dicha actitud ha sido un factor relevante en mi cuadro, pero justo en Le Grand Large, este mediodía ventoso, me ha parecido bastante justificado tener mis reservas. ¿Quiénes eran esas personas, realmente?

¿Quiénes *son* esas personas, realmente?, debería escribir, por supuesto. ¿Cómo he acabado en este grupo de gente? ¿De qué podíamos hablar, mientras estábamos ahí sentados hurgando en almejas y crustáceos y mejillones y bebiendo litros de vino blanco frío? ¿Qué nos estábamos imaginando? Ya es de noche cuando escribo esto, estoy sentado con un boli y mi gruesa libreta en la terraza, igual que ayer. Erik está durmiendo dentro de casa, o está leyendo en la cama; no, creo que ha bebido demasiado vino como para leer. De hecho, no es muy de libros. No es que no sea inteligente, pero no lee. De nuevo me pregunto si no debería irme de aquí, pero al mismo tiempo una suerte de pereza me retiene. El calor y la superficialidad. Las dunas, las casitas bajas de piedra medio escondidas y el mar. Aquí hay tanto espacio... Quizá también un punto de tensión, algo impredecible que no logro identificar: tengo la sensación de que hay algo latente bajo la superficie de estas personas, algo que espera salir a la luz, no puedo evitar hacer esta reflexión. Como si de algún modo se necesitaran los unos a los otros, como si la pareja no fuera suficiente. Sobre todo se les nota a Gunnar y Anna, claro, pocas veces dirigen la atención el uno hacia el otro, parece que vayan buscando todo el rato la conexión y la confirmación de los demás, incluso de la pequeña Troaë. Sobra decir que no estoy seguro del valor real de estas observaciones, no estoy acostumbrado a estar con gente de esta manera y me imagino que en algún momento llegaré a un límite, un día en el que ya no aguante más. Simple y llanamente.

Sea como fuere, Troaë ha estado todo el rato sentada a la mesa, tomando Coca-Cola, pero también una copa de vino diluida con agua. Según ella, era su bebida normal para acompañar las comidas, tanto en París como en casa de su abuela en Fouesnant. Desde luego, ha hecho todo lo posible para entretenernos a todos, incluso nos ha hecho cantar a coro, algo que yo creía reservado para las relaciones suecas y otro tipo de compañías. La niña estaba sentada entre Erik y Gunnar y ha procurado repartir todas sus gracias de la forma más justa posible. Si le daba un beso a uno en la oreja, acto seguido le hacía lo mismo al otro, y cuando por fin nos ha llegado la cuenta ha insistido en pagar su parte, cosa que no hemos permitido, por supuesto.

Hemos regresado a nuestro campamento en la playa sobre las tres y media, y mientras estábamos todos sentados o recostados, dormitando en la agradable brisa marina tras la copiosa comida, la niña ha continuado pintándonos. Estaba a unos diez metros de distancia, con los pies muy separados y enterrados en la arena, el sombrero de paja en la nuca, una expresión de concentración cubriendo su dulce rostro. Katarina Malmgren se ha maldecido a sí misma por haberse dejado la cámara en la casa, y la entiendo. La niña tiene algo irresistiblemente llamativo, una suerte de indomabilidad y un encanto incipiente que cuesta rechazar. No sé si ha sido una observación acertada, pero también he tenido la sensación de que Anna se ha vuelto cada vez más taciturna a partir del mediodía, como si hubiese ido creciendo en ella una rivalidad con Troaë: la mujer adulta y la niña. A lo mejor estoy exagerando, no estoy acostumbrado a meterme en las motivaciones y pulsiones de la gente, pero cuando en una ocasión Gunnar ha intentado colar una mano por debajo del culo de Anna, esta lo ha rechazado con discreción pero contundencia. Incluso ha soltado un gruñido. Erik también se ha percatado del incidente y hemos intercambiado una mirada conspirativa de comprensión mutua, como se suele decir. Por algún motivo, esto me ha molestado. La mirada, quiero decir. La mano que intentaba abrirse paso entre los muslos de Anna me deja indiferente.

Al cabo de una hora, cuando todo el mundo parecía haber terminado de echar la siesta —pero mientras Troaë aún estaba pintando empecinadamente detrás del caballete—, ha vuelto a surgir la propuesta de coger un barco hasta Les Glénan. Es un pequeño grupo de islas a quince o veinte minutos desde Beg-Meil. Henrik y Gunnar habían estado hablando de dicha excursión durante la comida, parten barcos varias veces al día desde un pequeño puerto al este del cabo. Pero también se puede alquilar un barco propio. Por lo visto, los dos saben navegar, y ahora de lo que se trataba era de descubrir cuánto cuesta y qué otras condiciones ponen. Iremos todos juntos en algún momento de los próximos días, por lo que he podido entender. Anna y Katarina enseguida se han apuntado con entusiasmo y han aportado ideas, un día exclusivo con cestas de pícnic y botellas de vino y aparejos de pesca y una isla particular sin un montón de turistas. De pronto sonaba como si fuéramos unos elegidos. Una creciente repulsión ha comenzado a apoderarse de mí ante este repentino elitismo desenfrenado, pero me he fijado en que Erik no se ha sumado a la conversación. Tal vez ya se haya empezado a cansar de las dos parejas, aunque con Erik es difícil de saber.

La conversación sobre Les Glénan se ha visto interrumpida porque la pequeña Troaë ha terminado de pintar. Bueno, el cuadro no estaba acabado, pero ya no necesitaba que mantuviéramos las posiciones, nos ha explicado. Katarina le ha vuelto a preguntar si podíamos ver el resultado, pero no ha sido posible. Quizá mañana o pasado mañana, pero bajo ninguna circunstancia antes de que la obra estuviera terminada y la pintura se hubiera secado. La niña ha recogido sus bártulos y los ha metido de cualquier manera en la mochila. Luego ha hecho algo un tanto asombroso. Nos ha informado de que pensaba darse un chapuzón, ha tirado el sombrero a la arena, se ha quitado el bañador y ha bajado corriendo por la playa hasta meterse en el agua. El único del grupo que ha hecho algún comentario ha sido Erik.

—La madre que me parió —ha dicho—. La puta madre que me parió.

Troaë ha vuelto al cabo de cinco minutos, se ha plantado sin pudor alguno delante de nosotros y se ha secado con una toalla roja, sus pequeños pechos asomando; en sus genitales se le veía una matita diminuta de vello oscuro, apenas incipiente. He pensado que era un espectáculo que realmente se balanceaba sobre un filo entre la inocencia infantil y el teatro más refinado. Todos nos la hemos quedado mirando, de forma más o menos furtiva o anonadada, y he observado que nadie del grupo ha encontrado palabras para romper el afectado silencio.

Luego se ha puesto el bañador. Ha cogido la mochila y el sombrero y se ha despedido con la mano. Ha cruzado la orilla y ha desaparecido.

—La madre que me parió —ha vuelto a decir Erik, y ha soltado una fuerte carcajada un tanto artificiosa—. ¡Qué niña tan granuja!

Gunnar se ha sumado a la risa y, al instante siguiente, los demás también. Diez minutos más tarde nos hemos separado, la pareja Malmgren ha partido hacia el oeste —por lo visto su casa queda a un kilómetro hacia el interior, a medio camino de Bénodet—, los demás hemos enfilado en dirección este, atravesando las dunas. Nadie ha propuesto cenar todos juntos, he visto que todo el grupo estaba afectado por una especie de cansancio y una saciedad somnolienta, y al despedirnos de Gunnar y Anna delante de su casa en la playa de Cleut-Rouz lo hemos hecho sin nuevos compromisos, ni por su lado ni por el nuestro. Erik estaba taciturno y apagado, como si le diese vueltas a algo. De camino a nuestra casa no hemos dicho gran cosa, he tenido la sensación de que ya se estaba cansando de mi compañía, y en cuanto hemos llegado se lo he preguntado directamente. Si le parecía que ya iba siendo hora de que siguiera por mi cuenta y lo dejara solo.

—Qué va, joder —me ha dicho—. Pero no somos un matrimonio, recuérdalo. También tenemos que darnos espacio el uno al otro, y el día que considere que deberías largarte te lo diré.

—Vale —he respondido yo—. Pues entonces supongo que me quedo un par de días más.

—Si sientes que tienes que hacer algo de provecho, puedes prepararnos la cena —ha añadido él—. Tenemos un montón de huevos, a mí me basta con una tortilla y un poco de verduras, ¿cómo lo ves?

Le he dicho que sí. Hemos tendido la ropa de baño en la barandilla de la terraza y luego he entrado y me he puesto a trastear en la cocina.

Mientras cenábamos y nos tomábamos un par de cervezas cada uno, hemos hablado un poco de los demás. Sobre todo de las mujeres.

—Si tuvieras que pasar una noche con alguna de ellas, ¿a quién elegirías? —me ha preguntado Erik.

Lo ha dicho con una seriedad que no me esperaba, así que me lo he pensado un momento antes de contestar.

—Es una pregunta difícil —he dicho—. Creo que tendría que probar con las dos antes de poder decidirme.

Por lo visto, le ha parecido una respuesta llena de sentido; ha empezado a desternillarse y ha estado a punto de escupir cerveza por toda la mesa.

—Joder. Pero ¿te refieres a las dos al mismo tiempo o de una en una?

—De una en una —he aclarado—. Si no, es fácil perder la concentración.

Erik ha asentido con la cabeza, pero ha dejado de reír. Es un rasgo distintivo que tiene, he pensado bastante en ello estos días que llevamos juntos: puede apagar la risa en una fracción de segundo. Y activarla con la misma prontitud, dicho sea de paso. Sus estados anímicos tienen bordes marcados, pero tampoco parece que estén profundamente arraigados.

—Es cierto —ha añadido luego—. Hagas lo que hagas, es importante mantener la atención. ¿Qué opinas de Anna y Gunnar? ¿Crees que ellos están centrados?

—No lo sé. Si te soy sincero, me resultan bastante banales. Al menos ella.

Erik se ha reclinado en la silla, ha subido los pies sucios de arena a la barandilla de madera azul un poco desconchada que bordea nuestra terraza y le ha dado un trago a la botella de cerveza.

—La gente se compromete sin necesidad —ha continuado, intentando emplear un tono filosófico—. Ese es el problema. La gente cree que hay que ser dos; Gunnar y Anna estarían mucho más a gusto el uno con la otra si no tuvieran todo el rato tanta necesidad de dejar claro que están juntos. ¿Tú qué opinas?

Me he encogido de hombros.

—Hace mucho que no vivo con una mujer —he contestado—. Así que supongo que no soy el hombre adecuado para decidir ese tipo de cosas.

Erik se ha quedado callado un momento.

—¿Sabes? —ha dicho—. Tengo muchas ganas de tirarle los tejos a Anna, solo para ver su reacción. ¿Qué te parece? ¿No crees que podría animar un poco el ambiente?

—¿Estás seguro de que ella está predispuesta? —le he preguntado, más que nada porque era la pregunta que él esperaba que le hiciera.

—Es la impresión que me dio ayer cuando nos dimos el chapuzón —ha afirmado Erik—. Y casi se ha puesto celosa de la niña esa de hoy, te has dado cuenta, ¿no?

—Era bastante provocativa.

—Estoy de acuerdo —ha dicho Erik, y se ha reído—. Pero a Anna no le ha gustado que Gunnar la mirara tanto, saltaba bastante a la vista. Supongo que piensa que es a ella a quien hay que mirar, la mayoría de las mujeres tienen esa postura.

No he hecho ningún comentario. Este es justo el tipo de conversaciones que me cuesta tanto aguantar. La pseudofilosofía esa, las generalizaciones baratas y las reseñas de experiencias vitales pobres que afloran con tanta facilidad después de un par de copas. Tú no tienes ni puta idea de la vida, si te clavara un cuchillo en la barriga y lo retorciera un poco, y al mismo tiempo te pusiera un espejo delante, descubrirías la ignorancia en tus propios ojos. Aprenderías un par de cosas.

Me ha sorprendido esta rabia repentina y tan bien formulada que me ha brotado por dentro. Al fin y al cabo, hasta este momento había sentido una especie de amistad con Erik, pero ahora solo me infundía sentimientos de asco.

—Aunque en realidad Katarina me parece más interesante —ha dicho—. Ella tiene una feminidad totalmente distinta.

—¿Y por qué no te lías con ella, en lugar de con Anna? —le he preguntado.

Ha guardado silencio mientras se pasaba la botella de cerveza por la frente.

—Costaría demasiado —ha dicho al final—. Mucha inversión y quizá ningún dividendo en absoluto. No, te la dejo a ti.

—No, gracias —he contestado.

Ya estaba anocheciendo, un erizo ha atravesado plácidamente el césped y se ha metido por debajo de la caseta de herramientas; he pensado que ahora a Erik le tocaba preguntarme algo acerca de mí y de mis circunstancias. Pero no lo ha hecho, tampoco esta vez. Llevamos casi cinco días y cinco noches juntos y sigue sin saber nada de mí. El primer día en el coche le di un nombre y lugar de residencia, luego ya no ha habido nada más. Creo que nunca me había cruzado con nadie que estuviera tan genuinamente desinteresado en sus congéneres como Erik Bergman, he tardado un par de días en darme cuenta de que los tiros iban por ahí, aunque ahora lo veo con suma claridad. Al mismo tiempo siento cierto alivio de que sea así. Si Erik hubiese empezado a hurgar y a acribillarme a preguntas sobre mi pasado, no habría sido posible vivir con él bajo estos acuerdos tan poco consistentes. Por otro lado también cabe preguntarse por qué me permite quedarme aquí. Confieso que es un punto que no logro entender del todo. Si tiene expectativas homosexuales, ha conseguido ocultarlas muy bien.

Ha vaciado la botella de cerveza y se ha encendido un cigarro.

—Creo que sí que nos apuntaremos a la excursión

a las islas, a pesar de todo —ha dicho—. Si es que se hacen con un barco y eso.

—Puede —he dicho yo, y luego ya no hemos hablado mucho más.

Nos hemos quedado contemplando la creciente oscuridad, solo eso, y al cabo de un cuarto de hora o veinte minutos Erik ha dicho que estaba cansado y que se iba al sobre. Yo he dicho que me encargaba de fregar los platos y que quizá seguiría despierto un rato más, él ha asentido con la cabeza y se ha metido en su habitación. Le he oído saltar un rato de una emisora de radio a otra, pero enseguida se ha aburrido. Yo he recogido la mesa, tal y como había prometido, he sacado la libreta y otra cerveza y me he venido otra vez a la terraza. Me he puesto a resumir el día. Si el doctor L supiera lo meticuloso que soy con mi escritura, me colmaría de alabanzas. Todos tenemos nuestros caminos individuales hacia la sanación, solía decirme. En tu caso, la escritura, apuntar lo que ha pasado, es uno de los componentes más importantes, por no decir el más importante.

No estoy de acuerdo con el doctor L en todas sus observaciones, pero en este caso entiendo cada vez más que hizo una evaluación muy acertada. Las palabras en sí son las que te obligan a elegir un camino.

Son las diez y media. El sonido del mar suena como la respiración de un gigantesco animal en la oscuridad. Los insectos revolotean alrededor de la lámpara. Me siento entero y fuerte, estas personas con las que me estoy relacionando temporalmente no me importan. No acceden al núcleo, y mientras permanezcan en la periferia puedo gestionarlas con la misma facilidad con la que manejo el bolígrafo en mi mano.

Mis últimos pensamientos esta noche aquí en la terraza se centran en Troaë. Al principio he dicho que debe de ser una mujer mayor en un cuerpo de chiquilla. En realidad no ha sido más que una idea que me ha venido a la cabeza en ese momento, pero pensándolo bien creo que no se aleja demasiado de la verdad. A lo mejor ocurre lo mismo con esas reflexiones que se me presentan sin que yo las haya solicitado, a menudo tienen un peso y un rigor que no encuentras en las cosas razonadas y estudiadas. Una inmediatez.

Porque había algo en esa sonrisa, en las ágiles manos que han quitado el bañador del joven cuerpo. Los movimientos de la experiencia bailando por tierras vírgenes. Me gustaría que ese tipo de expresiones no fueran tan accesibles, que tuvieran la sensatez de mantenerse alejadas de mi conciencia. La inmediatez que acabo de comentar no tiene ningún valor evidente en sí, y espero no soñar esta noche con la niña.

En cualquier caso, ahora me voy a la cama. La calma que siento dentro de mí solo es superficial, y es posible que sea un augurio de tormenta y oscuridad, pero lo más probable es que me quede a pasar unos días más en esta franja costera soleada.

Comentario, julio de 2007

Qué acertado empezar por él. Cuando vuelvo a leer lo que escribí acerca de aquella conversación insustancial con aquel completo tullido emocional, no puedo sino felicitarme a mí mismo. Por mucho que aquella noche no tuviera ni la menor idea de lo que iba a ocurrir, di en el clavo al comentar el carácter de Erik. La bondad acumulada en el mundo no se ha visto reducida con su muerte, al contrario. No son ese tipo de valoraciones éticas las que me empujan, de ninguna manera, pero no hace ningún daño recordarlas por un momento. Nadie va a echar de menos a Erik Bergman; han hecho falta cinco años para recuperar el equilibrio que se perdió en Mousterlin, para empezar siquiera a recuperarlo, y han sido unos años terribles. Incontables son las noches que me he despertado empapado en sudor frío tras soñar con el cuerpo de la niña entre mis brazos, incontables son los ratos que he pasado en el borde más extremo de la desesperación, dispuesto a quitarme la vida.

Pero no es mi muerte la que va a expiar lo que sucedió, es la de ellos. Los actos deben tener sus consecuencias, yo solo obro como instrumento para alcanzar esa justicia. Es todo muy sencillo, y no pienso dejarme atrapar. Cuando por fin le hundí el cuchillo a Erik Bergman en el estómago aquella hermosa mañana, pude sentir claramente cómo un aire fresco penetraba en mi cuerpo.

¿Hace falta decir algo más?

1 – 7 de agosto de 2007

Capítulo 6

Christina Lind Bergman era una mujer de pelo castaño que rondaba los cuarenta años.

Lo primero que le llamó la atención a Barbarotti fue que se la veía inesperadamente tranquila, teniendo en cuenta que acababan de matar a su único hermano a puñaladas. Aunque habían pasado veinticuatro horas, quizá se había tomado algún calmante. Barbarotti también se dijo que era médica y que debía de estar familiarizada con ese tipo de recursos.

No obstante, lo primero que la mujer expresó después de que terminaran con las formalidades —y después de rechazar el café, el té y el agua mineral— acabó de confirmar la observación de Barbarotti. Christina Lind Bergman estaba realmente tranquila.

—Mi hermano y yo no teníamos una relación demasiado estrecha —dijo—. Será mejor que lo sepas. Entiendo que debas interrogarme, pero te aseguro que no tengo nada con lo que pueda contribuir. Ni lo más mínimo.

Excelente, pensó Gunnar Barbarotti. Así por lo menos no parto teniendo grandes expectativas.

—Ya veo —dijo—. ¿Crees que podrías desarrollarlo un poco?

En efecto, podía. Se quitó algo que la molestaba en el rabillo del ojo con el nudillo del dedo meñique y arrancó.

—Le sacaba cinco años a mi hermano. No teníamos más hermanos. Es un espacio de tiempo demasiado grande como para que nos retroalimentáramos de pequeños. De niña, yo pensaba que nos llevaríamos mejor cuando nos hiciéramos adultos, o por lo menos creo que tenía esa esperanza. Pero no fue así. Erik nunca llegó a hacerse adulto.

Hizo una breve pausa, como si esperara algún tipo de comentario a esta última afirmación, pero Barbarotti se limitó a hacerle un gesto para invitarla a continuar.

—No, nunca llegó a hacerse adulto —repitió—. Nunca maduró, era uno de esos hombres que se quedan toda la vida con la imagen que tenían del mundo durante la adolescencia. Todo es una especie de juego, las personas son juguetes que puedes tirar cuando te cansas de ellos. Sobre todo las mujeres. Son hombres que se han quedado en el vestuario después del partido de fútbol de los niños... Suena duro y no me gusta decirlo, però ¿por qué iba a fingir?

Sí, ¿por qué?, pensó Gunnar Barbarotti, y se encogió de hombros en un gesto descorazonado que ni él mismo sabía cómo interpretar.

—Lamentablemente Erik siempre había tenido suficiente dinero como para ir a la deriva por la vida a su manera —continuó ella antes de que él tuviera tiempo de formular una nueva pregunta—. Nuestros padres siempre le cubrían las espaldas.

—Pero su empresa funcionaba bien, ¿no? —dijo Barbarotti.

—Ahora sí —contestó Christina Lind Bergman,

e hizo una mueca—. Pero no sé cuántos millones le habían insuflado mis padres.

—Entiendo. Entonces ¿estás diciendo que tu hermano era una especie de yuppie malcriado?

—Más o menos —dijo ella—. Pero tampoco tenía ninguna empatía, no hace falta carecer de ella solo porque te muevas por la vida como flotando sobre una tostada de gambas. No, yo perdí la esperanza hace muchos años.

—¿Cuánto contacto manteníais?

—Cero. Incluso habíamos dejado de vernos por Navidad. Mis padres ya no vuelven a casa, viven en España. Y no conozco a ninguno de los amigos de Erik, ya te he dicho que no os voy a poder ayudar de ninguna manera.

—¿Cuándo fue la última vez que lo viste?

Christina Lind Bergman se lo pensó un momento.

—El verano pasado. Pero fue por pura casualidad. En una cafetería en Lysekil, yo vivo allí... y trabajo en el hospital. Erik había ido en velero con un par de colegas. Solo nos dijimos hola.

—Pero ¿te presentó a sus amigos?

—Solo los nombres de pila. Dos chicos de la misma calaña que Erik, por lo que pude deducir. Bronceados, bocazas y un poco resacosos. No recuerdo cómo se llamaban. Micke y Patrik o algo así, supongo.

Gunnar Barbarotti asintió con la cabeza. Qué familia tan maja, pensó. Vínculos fuertes y tal.

—¿Qué relación tienes con tus padres? —le preguntó luego.

Ella enarcó una ceja.

—No entiendo qué relación guarda eso con el asesinato de mi hermano.

—A lo mejor puedes responder a la pregunta de todos modos —le pidió Barbarotti.

—No mucha —reconoció Christina Lind Bergman—. Si te soy sincera, suelo considerarme la oveja blanca de la familia.

—¿Ah, sí? —dijo él—. En cualquier caso, tengo que preguntarte si tienes la menor idea de quién podría haber matado a tu hermano.

—No.

—¿Y por qué?

—¿Te refieres a por qué alguien podría haberlo hecho?

—Sí.

—Pues lo mismo. Ni idea. Aunque tampoco me cuesta imaginarme que Erik se haya podido comportar como un desgraciado con alguien. Y que a ese alguien se le agotara la paciencia y decidiera matarlo. Pero no son más que especulaciones que no os sirven de nada.

—Casi parece que ni siquiera te sorprenda —señaló Barbarotti.

—Claro que me sorprende. Siempre sorprende que alguien a quien conoces sufra un accidente.

No, pensó Gunnar Barbarotti después de acompañar a Christina Lind Bergman hasta el ascensor, diez minutos más tarde. Me da que aquí no hacía falta ningún calmante.

—Adivina —dijo Eva Backman.

—Veinticinco —se aventuró Gunnar Barbarotti.

—Casi. Respuesta correcta: diecinueve. Pero la cosa pinta un poco mal.

—Me lo imagino. Déjame ver.

Ella le pasó la lista. Él echó un vistazo rápido a las líneas con todas las Anna Eriksson.

—Algunas lo escriben diferente —señaló.

—Tres con C, una con una sola S. Si partimos de la base de que el asesino tiene claro cómo se escribe, bajamos a quince. ¿Crees que podemos dar por sentado que sabe cómo se escribe?

Barbarotti tiró el papel sobre la mesa.

—¿Cómo quieres que lo sepa? —repuso irritado—. Además, ¿cómo podemos estar seguros de que es alguien de Kymlinge?

—En ningún momento he dicho que estemos seguros de eso —dijo Backman, y se cruzó de brazos—. Por ahora las estadísticas se basan en una sola víctima, lo cual es muy endeble..., aunque supongo que no hace falta que te lo remarque. ¿Qué tal la hermana?

—Ejemplar —contestó Gunnar—. Pero sabe menos de su hermano que yo de los rituales de apareamiento del gorgojo del pino.

—¿Los rituales de apareamiento de...?

—Solo era un ejemplo.

—¿De dónde sacas todo eso?

Barbarotti se encogió de hombros.

—Es el proceso creativo —dijo—. Puede surgir cualquier cosa. En fin, ¿qué dice Asunander de todas las Annas? ¿Les ponemos vigilancia a todas?

—Aún no lo ha decidido —le explicó Backman—. Está hablando con Sylvenius y Gotemburgo. Pero supongo que nos mandarán a un par de compañeros. Además del tío de los perfiles, quiero decir.

Él miró la hora.

—He quedado para hablar con Grimle dentro de cinco minutos. ¿Podemos vernos más tarde y repasar todo esto con calma?

—Siempre podemos intentarlo —dijo ella—. Si con los padres no se alarga demasiado. Supongo que ya están en mi despacho esperando.

Se puso en pie y pareció titubear un momento. Luego salió por la puerta.

Estuvo media hora conversando con Andreas Grimle. Inmediatamente después de terminar, volvió a escuchar la grabación para asegurarse de que no se le había escapado nada.

No era el caso. Estaba de acuerdo con Backman en que Grimle parecía un joven bastante simpático. Y normal. A lo mejor hacía falta tener a alguien así en la empresa, pensó Barbarotti. Si de verdad Erik Bergman era tan gilipollas como había dicho la hermana.

Grimle también le había brindado una imagen algo más luminosa de su compañero fallecido. Había insistido en que casi nunca se relacionaban fuera del trabajo: al fin y al cabo, Erik era soltero mientras que Andreas Grimle tenía esposa, perro y dos hijos de menos de cinco años. Así que nos encontramos en dos etapas distintas de la vida, había dicho. Perdón, nos encontrábamos.

La última vez que había visto a Erik en vida había sido el día antes de su muerte. Se habían quedado los dos trabajando en las oficinas de la calle Järnvägsgatan hasta las cinco de la tarde. Había sido más o menos como siempre. Grimle no había observado nada en particular en Erik Bergman, este no había dicho nada llamativo ni su comportamiento había sugerido que sospechara que alguien fuera tras él.

¿Qué va a pasar ahora con la empresa?, había querido saber el inspector Barbarotti.

Andreas Grimle le había reconocido que no tenía ni idea. Un par de abogados fiscales de Öhrlings habían empezado a analizar la situación, quizá tendrían algunos problemas, lo más probable es que fuera un tema entre Grimle y los padres de Erik. Pero con un poco de suerte podrían continuar con la actividad. Los últimos tres años habían sido bastante prósperos.

¿Estaba impactado?

Naturalmente que Grimle estaba impactado. Y si había algo, cualquier cosa, que pudiera hacer para ayudar a atrapar a ese loco, estaba más que dispuesto a hacerlo.

Había sido pura casualidad que le tocara a Erik, ¿verdad?, había preguntado él. El asesino solo estaba allí esperando, preparado para clavarle el cuchillo al primero que pasara, ¿no?

El inspector Barbarotti había asentido vagamente con la cabeza y le había explicado que era una posibilidad. La investigación aún se hallaba en una fase inicial, era demasiado pronto para pronunciarse acerca del móvil del crimen.

¿Sabía Grimle si Erik Bergman tenía algún enemigo?

No.

¿Alguien de la competencia? ¿Su asesinato podía estar relacionado, de alguna manera, con la actividad empresarial?

Ni pensarlo, había sentenciado Andreas Grimle. Claro que tenían competencia, pero en su sector jugaban limpio. Su compañero había sido víctima de un loco drogado, cualquier otra cosa era impensable.

¿Por qué?, se había preguntado Barbarotti. Si Grimle solo veía a Bergman en el contexto de la empresa informática, no podía conocer los demonios que quizá se escondían en la vida privada de su compañero. ¿No debería él mismo ver que su ángulo de visión era un tanto limitado?

Pero ya contaban con un informe impreso de doce hojas del interrogatorio que le habían hecho a Grimle el día anterior, así que Barbarotti decidió que, por el momento, ya era suficiente.

—¿Recuerdas si Erik alguna vez comentó algo de unas cartas anónimas? —le había preguntado después de estrecharse la mano y cuando Andreas Grimle ya estaba dispuesto a abandonar la salita.

—¿Cartas anónimas? —respondió este con claro asombro en su rostro transparente—. No, ¿por qué iba a hacerlo? ¿Por qué lo preguntas?

El inspector Barbarotti no le había contestado. Se había limitado a exhortar a Grimle a ponerse en contacto de inmediato con la policía si se le ocurría algo que pudiera tener la menor relevancia en el caso.

Grimle le había prometido que así lo haría, luego se había despedido y le había deseado buena suerte en la búsqueda del asesino.

El experto en perfilación criminal de Gotemburgo apareció justo cuando Barbarotti iba a llamar a Backman para proponerle que comieran juntos en el restaurante Kungsgrillen.

Así que terminó comiendo con el experto. Este se llamaba Curt Lillieskog; Barbarotti creía que ya habían coincidido antes en algún contexto. A Lillieskog también se lo parecía, pero no lograron sacar en claro cuándo y dónde habría sido eso.

Lillieskog rondaba los sesenta, delgado pero fibrado, y con una suerte de entusiasmo vital por su oficio que casi parecía propio de un adolescente. O como si fuera él mismo quien se había inventado el concepto de experto en perfilación criminal y ahora estuviera de gira con la misión de vender la idea. Le resulta divertido lidiar con asesinos, pensó Barbarotti. Y no se avergüenza de ello.

—Esta clase de escritores de cartas son altamente inusuales —había empezado por explicarle Lillieskog—. Al menos los que terminan llevando a cabo sus intenciones. Me gusta este sitio, ¿vienes a menudo a comer?

Barbarotti le confirmó que tanto él como otra compañera solían frecuentar el Kungsgrillen cuando la cosa se pasaba de pobre en la cantina de la comisaría, y que su comida casera casi nunca dejaba nada que desear. Se pidieron el plato del día —hamburguesa Wallenbergare con puré de patatas y mermelada de arándanos rojos—, se sentaron a una mesa junto a la ventana y se pusieron a elaborar el perfil.

—Me parece que nos enfrentamos a una persona que quiere ser reconocida a cualquier precio.

Eso ya lo he oído mil veces antes, pensó Barbarotti. Aunque podría ser cierto, sin duda.

—Explícate —le pidió.

—Encantado —dijo Lillieskog—. Ya sé que no dice gran cosa de nuestro hombre, puesto que a grandes rasgos se puede aplicar a cualquier tipo de agresor. En el fondo, la mayoría tiene dentro una necesidad de reconocimiento no satisfecha. Viven con la sensación de no haber sido vistos, suele ser algo que tiene sus raíces en la infancia y que se ha ido intensificando mediante distintos tipos de carencias y fracasos más tarde en la vida. Podría decirse que es la base del elemento criminal.

—Entiendo —afirmó Gunnar Barbarotti—. Pero ¿por qué escribe cartas?

—Solo veo dos alternativas posibles —empezó el otro, y partió su hamburguesa Wallenbergare por la mitad con el tenedor—. Puede ser una señal de que quiere que lo pillen. De que en el fondo no se siente en paz con lo que está haciendo y quiere echarle una mano a la policía para que le paren los pies.

—Espera un segundo —pidió Barbarotti—. Estás dando por hecho que tiene intención de acabar con la vida de más personas. Por ejemplo, ¿va en serio lo de la tal Anna Eriksson?

—Me parece bastante probable —dijo el experto en perfilación—. Es posible que tenga una lista de personas objetivo. Tres o siete o doce personas que se han portado mal con él de alguna forma. Pero también podría ser que haya cogido los nombres al tuntún del listín telefónico. ¿Aún no habéis encontrado ninguna relación entre Erik Bergman y Anna Eriksson?

—De momento, no —constató el inspector—. Pero tenemos un equipo trabajando en ello. No hay ninguna Anna Eriksson en el entorno social más inmediato de Bergman, creo que eso sí que lo podemos decir con seguridad. Ahora estamos mirando a los conocidos de sus conocidos, por así decirlo, y es un poco peliagudo, puesto que...

—Puesto que no queréis hacer públicas estas cartas. —Lillieskog terminó la frase, y por un instante casi pareció excitarse, a ojos de Barbarotti—. Sí, creo que es una decisión acertada.

—Disculpa —dijo Gunnar—. Has dicho que una posibilidad es que las víctimas hayan sido elegidas al azar, más o menos, y que el asesino me avise por carta porque en el fondo quiere que lo detenga. Pero ¿por qué me escribe precisamente a mí? ¿Cuál es la otra posibilidad? Has dicho que había dos.

Se apresuró a masticar y tragarse lo que tenía en la boca con ayuda de su bebida de arándanos rojos.

—Por qué te escribe justo a ti es una pregunta difícil. Puede que tenga algún tipo de relación contigo... Que sea un antiguo delincuente al que pusiste entre rejas, por ejemplo, tenéis que considerar esa posibilidad... Pero también puede bastar con que conozca tu nombre. Puedes haber salido en la prensa o en la tele. ¿Estás en el listín telefónico?

Gunnar Barbarotti asintió en silencio.

—Podría ser suficiente. No es en absoluto seguro que puedas saber de quién se trata, más bien al contrario; pienso que lo más probable es que no tengas la menor idea. Pero respecto a tu otra pregunta..., ¿cuál es la alternativa número dos? Evidentemente, la respuesta a esa cuestión es que podríamos estar enfrentándonos a un tipo más astuto.

¿Un tipo astuto?, pensó Barbarotti. Casi parecía que estuviera hablando del protagonista de *Karlsson del tejado* o de algún otro héroe infantil.

—¿Quieres decir...? —empezó.

—Quiero decir que podría haber un motivo mucho más racional por el que este hombre..., partamos de la base de que se trata de un varón..., por el que escribe cartas. Que de alguna manera esto le dificulte el trabajo a la policía a la hora de dar con él.

Se quedó callado y observó a Barbarotti con algo así como deleite. Este dejó los cubiertos en la mesa. Se limpió la boca con la servilleta mientras trataba de comprender lo que Lillieskog le estaba diciendo.

—¿Dificultar el trabajo de la policía? —dijo—. Ahora no te sigo. ¿De qué forma podría dificultar nuestro trabajo el que nos mande...?

Lillieskog levantó un dedo.

—Es difícil de explicar. Y puede que ni siquiera lo consiga. Lo que digo es que su objetivo es complicaros un poco la cosa. Las cartas podrían estar ocultando algo. Tenéis que dedicar montones de esfuerzos en tratar de comprender por qué narices se molesta en enviaros pistas..., y esos esfuerzos podrían ser necesarios en otro lado.

Gunnar Barbarotti se quedó pensando. Le pareció que aquello sonaba sugerente y completamente insensato al mismo tiempo.

—También puede ser que su intención haya sido matar a este tal Bergman y punto —continuó Lillieskog lleno de entusiasmo—. Y que quiera desviar vuestra atención, por así decirlo. En cualquier otra dirección. Y, de ser el caso, hay que reconocer que lo ha logrado con bastante éxito, hummm.

—Si esta es la alternativa correcta —dijo Barbarotti tras unos segundos de silencio—, presupone que se trata de un criminal bastante planificador. ¿Verdad?

Lillieskog se inclinó hacia delante y bajó la voz.

—Presupone que se trata de un criminal extraordinariamente planificador —precisó—. Creo que no hace falta añadir que, si es el caso, nos enfrentamos a una historia complicada en extremo. Complicada *en extremo*.

—¿Cómo era? —quiso saber Eva Backman media hora más tarde—. El experto en perfilación.

—Un poco flipado —respondió Barbarotti—. Pero lo peor de todo es que la ha clavado bastante.

—¿Qué quieres decir con eso?

—Pues que la ha clavado bastante. Ha dicho algunas cosas que podrían ser correctas.

—Gracias, eso ya lo he entendido. ¿Como qué, por ejemplo?

—Pues, por ejemplo, que a lo mejor estamos lidiando con un tío que es listo. Que ha..., pues que se ha pensado un par de veces lo que tiene entre manos.

—¿Lo que tiene entre manos? —exclamó Backman—. Ha apuñalado a un chico y ha escrito dos cartas. Haces que suene como si solo fuera el principio. ¿En qué te basas para afirmar una cosa así?

—En casi nada —contestó Gunnar—. Espero estar equivocado. ¿Tú qué crees?

Eva Backman negó con la cabeza y soltó un taco.

—Joder, no tengo tiempo para creer nada, me paso las horas interrogando a gente y trabajando.

—Vaya —dijo Barbarotti.

—Me he tirado toda la mañana hablando con sus padres y ahora me toca ponerme con cuatro amigos de Bergman. Si Asunander y el señor Sylvenius deciden ponerles vigilancia a las Annas, lo más probable es que podamos olvidarnos de la vida en familia durante los próximos días.

—Yo no tengo vida en familia —señaló Barbarotti—. Pero da igual. ¿No hay algunas Annas más interesantes que otras?

Eva Backman se encogió de hombros.

—Dos son menores de doce años. Crucemos los dedos para que no sean las más interesantes. Pero aun así quedan diecisiete... si nos ceñimos solo a Kymlinge.

—¿Y si no nos ceñimos a Kymlinge?

—¿Pues tú qué crees? —repuso ella.

Joder, pensó Gunnar Barbarotti, y se metió en su despacho. Me encuentro mal, esto es enfermizo.

Le dio tiempo a pasar cinco segundos sentado en su silla. Luego lo llamó el comisario Asunander para ponerse al día.

Capítulo 7

—Astor Nilsson, policía de Gotemburgo —explicó el comisario Asunander—. Por ahora tú y Backman estáis al mando, con ayuda de Nilsson. ¿Claro?

—Clarísimo —dijo Barbarotti.

Como de costumbre, Asunander tenía problemas con la dentadura postiza. Cuando hablaba se le descolocaba y se le atravesaba un poco, lo cual lo empujaba a expresarse siempre de la forma más breve posible. A su vez, la dentadura postiza tenía su origen en un golpe certero de un bate de béisbol que le había propinado un culturista drogado, diez años atrás. Desde aquel suceso, el comisario prefería ocuparse de su trabajo desde el escritorio. Nunca participaba del trabajo operativo, pocas veces se ocupaba de un interrogatorio y tenía una pequeña fuente de ingresos extra como creador de crucigramas para tres o cuatro revistas semanales. Pero era el jefe de la brigada criminal de la policía de Kymlinge y aún le quedaban por lo menos dos años para jubilarse.

Barbarotti saludó a Astor Nilsson, un hombre robusto de unos cincuenta y cinco años, con un apretón de manos férreo. Por lo visto no iba a acudir más que un solo mandamás de Gotemburgo. Se sentaron en sendas sillas de visita en el despacho de Asunander. El comisario se acomodó detrás de su escritorio y apagó cuatro teléfonos.

—La científica, nada —dijo—. Ninguna huella. Complicado.

—¿Testigos? —preguntó Barbarotti—. ¿Alguien que viera a Bergman salir de casa o que se cruzara con él en el circuito?

—Nada, por ahora —contestó Astor Nilsson liberando a Asunander de sus dificultades para hablar—. Pero a lo mejor aparecen, tenemos a gente en la calle hablando con vecinos y demás. Por cierto, sí que hay una mujer que lo vio pasar corriendo por delante de la ventana de la cocina. Poco después de las seis de la mañana, la mujer tiene ochenta y dos años y siempre se despierta temprano..., pero ya sabíamos que había salido a correr.

—Esta vez no terminó la vuelta entera —observó Barbarotti.

—No, exacto —convino Nilsson.

—No me meto en las operaciones —declaró Asunander, y fulminó a Barbarotti con la mirada.

Por lo visto no lo habían hecho ir allí para hablar de la situación general de la investigación. Intercambió una mirada con el compañero de Gotemburgo y asintió con la cabeza.

—Anna Eriksson —dijo Asunander—. Hay que decidir.

Astor Nilsson se aclaró la garganta y volvió a tomar la palabra. Aparentemente ya lo habían puesto al día de la problemática vigente, ya estaba en el despacho cuando Barbarotti había llegado. Quizá llevaba allí desde primera hora de la mañana.

—Tenemos diecinueve presuntas víctimas potenciales —empezó diciendo—. Las hemos llamado a todas, primero a los fijos de casa, luego a los móviles. Hemos obtenido respuesta en dieciséis casos y...

—Espera un momento —le pidió Barbarotti—. ¿Quién ha hecho eso? ¿Qué han dicho?

—Nada —contestó Asunander con cara de enfado.

—Dos hombres se han encargado de todo —expuso Astor Nilsson—. Borgsen y Killander..., ¿es correcto?

—Correcto —dijo Asunander.

—Es decir, Borgsen y Killander han hecho las llamadas, pero han colgado en cuanto las respectivas Annas han respondido al otro lado. O sea, sin decir nada. Cinco han contestado al fijo de casa, las demás al móvil... Es muy posible que estén en el trabajo o disfrutando del buen tiempo. —Hizo un gesto hacia la ventana, por donde no entraba ni un mísero rayo de sol por las persianas tristemente bajadas—. También puede ser que algunas de ellas se encuentren lejos de aquí, solo hemos querido hacer una primera ronda de llamadas para tomar contacto...

—Disculpadme —lo interrumpió Barbarotti—. ¿Qué estrategia estamos siguiendo? ¿La idea es advertir a todas estas mujeres, o...?

—¡Decidir! —dijo Asunander.

—Eso es lo que tenemos que decidir —le aclaró Astor Nilsson.

Pobre desgraciado, pensó Gunnar Barbarotti. ¿Se ha pasado toda la mañana aquí lidiando con Asunander?

—Sí, lo comprendo —contestó—. Pero no podemos empezar a protegerlas sin informarlas primero. Pero si lo he entendido bien, estáis proponiendo... ¿que no les digamos nada en absoluto?

La dentadura de Asunander chasqueaba de forma preocupante, pero de su boca no salió ninguna palabra.

—¿Tú qué opinas? —preguntó Astor Nilsson.

—Hummm —respondió Barbarotti—. ¿Lo hacemos a votaciones? Yo opino que deberíamos informarlas cuanto antes de cuál es la situación, naturalmente.

—¡¿Por qué?! —rugió Asunander.

Astor Nilsson soltó algo que debía de ser un suspiro de alivio. Ajá, pensó Gunnar Barbarotti. Me parece que me he colocado en el lado correcto.

—Pues porque... —empezó sin prisa el inspector Barbarotti mientras trataba de sacarse de la manga un motivo razonable—. Bueno, a decir verdad, hay varias razones... Supongo que el aspecto de la protección es el más evidente. Estaría bien que pudiéramos evitar que matara a otra persona, sin ir más lejos. Es una de las labores elementales de la policía, quiero recordar..., proteger a la ciudadanía. Pero corregidme si me equivoco.

—Hummm —gruñó Asunander, y partió un lápiz por la mitad.

—También hay otros aspectos —continuó Gunnar—. Por ejemplo, si existe una relación entre Erik Bergman y Anna Eriksson, a lo mejor Anna Eriksson podría iluminarnos al respecto.

—¡Exacto! —exclamó Astor Nilsson.

Asunander gruñó y murmuró algo que, probablemente, significaba «recursos» y luego se levantó de la silla.

—Responsabilidad vuestra —soltó—. Informadme. Salid.

Barbarotti y Astor Nilsson abandonaron el despacho del comisario Asunander.

—Joder —dijo Astor Nilsson cuando salieron al

pasillo—. Ya quiero irme a casa otra vez. Ha sido la mañana más jodida que he pasado desde que mi leonberger tuvo cachorros. ¿Siempre tiene este carácter?

—Tendrías que verlo cuando está de mal humor —repuso Barbarotti—. ¿Vamos a mi despacho y deliberamos? Si no lo he entendido mal, tú y yo estamos al mando de la investigación.

—Madre del amor hermoso —murmuró Nilsson, y se metió una dosis de tabaco en polvo bajo el labio.

—Eso quiere decir que tenemos que publicar el nombre de la víctima, supongo —concluyó Eva Backman—. El de Erik Bergman, quiero decir.

—¿Acaso hay más víctimas? —preguntó Barbarotti.

—No te pongas tonto —dijo Backman.

—Si queremos conseguir algo con ello, como mínimo tendríamos que explicarles a todas las Annas que se trata de él —constató Astor Nilsson—. Aunque, seguramente, ya se haya corrido la voz, suele pasar. Y debemos preguntarles si tienen algún tipo de conexión con él. Por lo menos si saben quién era... y, bueno, luego vamos de cabeza al tema de la protección, pero si lo he entendido bien...

—Sorgsen ya se está encargando de ello —afirmó Backman—. Aunque solo en teoría, por el momento. Es lo que dice Asunander: una historia como esta puede implicar todo el trabajo que nos podamos imaginar.

—Hay una pequeña trampa que se puede hacer para atajar el camino —propuso Nilsson.

—¿Ah, sí? —dijo ella.

—Sí, podemos hablar con estas mujeres sin revelarlo todo. También puede ser buena idea no asustarlas demasiado. O sea, limitarnos a preguntarles por Erik

Bergman sin decirles por qué están ellas implicadas. No sé cómo lo veis.

Paseó la mirada entre Backman y Barbarotti. Ella bajó los ojos hacia sus zapatos. Barbarotti echó un vistazo por la ventana. Pasaron cinco segundos.

—Está bien —accedió Gunnar—. ¿Por qué no probar ese camino, para empezar? En tal caso, propongo que nos encarguemos nosotros de todas las conversaciones. Hacemos una primera ronda por teléfono y pedimos hora con todas y cada una lo antes posible para un... cara a cara..., teniendo en cuenta que algunas estarán fuera por vacaciones.

—De las diecinueve, dieciséis parecen estar localizables, eso ya lo hemos podido confirmar —dijo Eva Backman—. Pero les vamos a pedir que vengan para hablar con ellas... ¿mañana, supongo?

—Sí —contestó Barbarotti—. Seguiremos esa línea de trabajo. Al menos con las que se encuentran cerca de aquí; me parece innecesario pedirle a nadie que vuelva de Mallorca o de Tailandia.

—Y lo único que les preguntaremos es si conocen a un tal Erik Bergman —dijo Nilsson—. ¿O qué?

—Sí —confirmó Barbarotti—. Por teléfono, solo eso, sí... Si hay alguien que tenga algo interesante que aportar, está claro que haremos venir a la susodicha de inmediato. Ya veremos cómo lo hacemos mañana. ¿Estamos de acuerdo en esto?

Eva Backman asintió con la cabeza. Astor Nilsson también.

—Pues ya está —declaró Gunnar—. Aquí tenemos la lista. Diecinueve señoritas que responden al nombre de Anna Eriksson. Os tocan seis a cada uno. Yo haré siete. Ahora son las dos; ¿quedamos en vernos de nuevo dentro de dos horas y nos ponemos al día?

—Necesito un despacho —pidió Nilsson—. O, como mínimo, un teléfono.

—Acompáñame —indicó Eva Backman—. No hay problema. La mitad de la casa está de vacaciones.

Cuando lo hubieron dejado solo, el inspector Barbarotti se percató de que ni siquiera habían pasado veinticuatro horas desde que partió de Visby. Le parecía un mes.

Y en alguna parte ahí fuera había un asesino que llevaba cierta ventaja.

No obtuvieron nada.

En pocas palabras.

Eran más de las ocho de la tarde cuando Barbarotti salió de comisaría. De las dieciséis Annas a las que habían podido localizar —y a las que la policía ya había llamado una vez sin que ellas lo supieran—, no había ninguna que tuviera relación con el Erik Bergman asesinado. Solo dos sabían quién era, una porque su marido trabajaba en una empresa cuyo local quedaba pared con pared con la empresa de informática de Bergman, en la calle Järnvägsgatan, la otra porque habían ido al mismo curso, pero en clases diferentes, en el instituto. Ocho de las Annas se encontraban en Kymlinge, de las cuales cinco se habían enterado de lo del asesinato. Cuatro Annas se hallaban en otros lugares de Suecia y otras cuatro estaban de vacaciones en el extranjero.

Y con tres no habían logrado comunicarse, simplemente. Síndrome de Gustabo, pensó Barbarotti, lúgubre, mientras cruzaba la plaza Norra Torg. Y a ella tampoco la puedo localizar.

Pero, al margen de eso, la insatisfacción lo carcomía por dentro. ¿Qué coño estamos haciendo?, pensó. Estamos haciendo el ridículo como un payaso sin público. Sin duda existía la norma de que había que trabajar con la mente abierta, pero esto le parecía un auténtico caos. ¿Qué era lo que Backman había dicho por la mañana? *Le estamos siguiendo el juego al asesino.*

No podía negar que le parecía que Backman estaba bastante en lo cierto. Porque si era la alternativa número dos de Lillieskog la que prevalecía —el asesino minuciosamente planificador—, todas las medidas que habían adoptado hasta el momento debían de ser justo las que dicho asesino había previsto. ¿Verdad?

Había pasado un día y medio desde la muerte de Erik Bergman. No habían obtenido ni la más mínima pista. Por la parte que le tocaba, Barbarotti había centrado la atención en otra cosa casi todo el día: un crimen que aún no se había cometido. Así de fácil era redirigir los recursos de la policía en cualquier dirección deseada. Le vino a la memoria un viejo eslogan de correos de hacía mil años: «Una carta significa tanto...». ¿No había una canción de pop sueco con el mismo título?

Y también le vino a la memoria un atraco a un banco sobre el que había leído algo hacía cosa de un año. En Alemania, si no lo recordaba mal. Los atracadores habían enviado una amenaza de bomba contra tres bancos distintos en la misma ciudad, la policía había movilizado todos los recursos imaginables, y luego habían robado un cuarto banco.

¿Y si al día siguiente llegaba una nueva carta con un nuevo nombre? ¿Qué harían entonces?

¿Y si alguna de las Annas con las que habían hablado empezaba a sospechar qué era lo que estaba pasando?

Y el peor escenario de todos: ¿y si una de las Annas

realmente era asesinada y salía a la luz que la policía había recibido información de antemano sobre el crimen pero que habían decidido no tomar medidas de protección?

No, pensó Gunnar Barbarotti. Mañana, cuando empecemos a hablar con ellas, tenemos que hacerlo enseñando las cartas. Que sea lo que tenga que ser.

A lo mejor podían llamar a la Säpo, el Departamento de Seguridad de la Policía, y pedirles que mandaran a treinta y ocho compañeros. ¿Acaso no era eso lo que se hacía cuando tocaba proteger a un político de primera línea y gente así? ¿Dos agentes por cada sujeto a vigilar? Aunque no era lo mismo un ministro que una Anna Eriksson cualquiera, había que reconocerlo.

¿O por qué no sugerirles a todas las Annas que se dejaran encerrar en comisaría? Sin duda, sería la alternativa más ágil y barata.

Cuando esta última idea afloró en su cabeza, Gunnar Barbarotti comprendió que era hora de volver a casa y brindarle unas cuantas horas de descanso al cuerpo.

Bástale a cada día su propio mal. Cuánta razón.

Capítulo 8

Pero le resultó imposible pegar ojo.

Naturalmente le pasó lo que siempre le solía pasar. Barbarotti no tenía fuerzas para mantener los ojos abiertos el tiempo suficiente como para poder leer, pero en cuanto los cerraba y hacía un intento de dormir le parecía que tenía un enjambre de abejas metido en la cabeza. Cuando dieron las doce y media se levantó de la cama, cogió una cerveza de la nevera y se sentó al escritorio. Se quedó un rato ahí en la oscuridad mirando el río Kymlinge por la ventana. Se notaba que habían pasado un verano seco. Los óvalos amarillo pálido de las farolas se reflejaban en el agua, pero filtrados y mates: el nivel del agua era tan bajo que del fondo lodoso asomaban bicicletas viejas y todo tipo de porquería. No era una imagen bonita. Ni siquiera se podría ahogar a nadie en esa bazofia, pensó el inspector Barbarotti, y le dio un trago a la botella.

Cabía reflexionar a santo de qué le había pasado un pensamiento así por la testa.

Encendió la luz y abrió una libreta por estrenar.

Será mejor intentar estructurar un poco las ideas, suele ser una manera de acallar al enjambre. Sacó un bolígrafo de la vieja lata de té y se quedó pensando.

Luego apuntó rápidamente los nombres de cuatro personas:

Erik Bergman
Anna Eriksson
Gunnar Barbarotti
Asesino/a

El cuarto no era ningún nombre, en efecto, ya se daba cuenta, pero al fin y al cabo el juego consistía en eso. En dar con ese nombre. Trazó un círculo alrededor de cada participante. No le sirvió de nada. Puso una cruz después de *Asesino/a* y se la quedó mirando durante medio minuto, lo cual tampoco le sirvió de nada. Arrancó la hoja, la tiró a la papelera y empezó de cero. Dibujó un cuadrado y puso un nombre en cada esquina. Subrayó los nombres y trazó las diagonales. Observó fijamente el resultado durante un rato. Arrancó la hoja y la tiró a la papelera. Tonterías, pensó.

Cambió de estrategia y escribió algunas preguntas. Pasados diez minutos ya tenía una lista de veinte. Se interrumpió para reflexionar. Decidió ver a cuáles podía responder ya mismo, mordió el bolígrafo y se concentró.

Pasados otros diez minutos seguía sin contestar ninguna. Joder, pensó Gunnar Barbarotti, esto no lleva a ninguna parte. Veinte preguntas y ni una sola respuesta. No podía decir que hubiese avanzado mucho con el caso.

Aunque también era cierto que solo había trabajado un día en él. Para obtener las respuestas importantes primero hacía falta formular las preguntas importantes, era una vieja norma de las buenas. Sopesó rápidamente mantener una charla con Nuestro Señor, pero le costó encontrar las palabras adecuadas. Tampoco le parecía del todo lícito. En el trato que habían hecho hacía cinco años habían acordado —si mal no lo recordaba, pues no había ningún documento escrito que lo certificara, por desgracia— que Barbarotti no podía solicitar ayuda inmediata para los casos que tuviera abiertos. Nuestro Señor no era todopoderoso y, sobre todo, no era policía. Pero tras darle vueltas un rato, Barbarotti llegó a un punto medio.

Oh, Señor, rezó. Manda un rayo de luz al cerebro atontado y nuboso de este pobre madero. Estoy atascado y no sé qué tengo que hacer. Échame un cable, fruto de tu gran misericordia. No creo que esto merezca puntos, pero da igual. Si mañana a la hora de comer por lo menos puedo tener la sensación de estar dando un paso en la dirección correcta, anotaré un punto positivo en tu cuenta, ¿vale? Por cierto, ya me llevas once de ventaja, así que enhorabuena.

Prestó atención para ver si obtenía alguna respuesta, pero lo único que oyó fue una moto que pasó acelerando por debajo de los castaños que había al otro lado del río. Maldito macarra, se dijo Gunnar Barbarotti. Está despertando a media ciudad, alguien debería llamar a la policía.

Luego apuró la cerveza y se quedó mirando fijamente las preguntas otra vez. Cinco minutos, pensó, le doy cinco minutos más al asunto.

No sabría decir con seguridad si fue fruto de una especie de inspiración divina o no, pero poco a poco fue notando que había un punto de vista que comenzaba a cristalizarse en la mina de carbón de su interior. O quizá solo era su capacidad de procesamiento simultáneo, que estaba a punto de colapsarse por completo... Un agujero negro, una nueva muestra triste de que los hombres solo pueden pensar en una cosa a la vez.

Pero pasaba algo con las Annas... y con la potencial relación del asesino con sus víctimas.

Porque..., pensó el inspector Barbarotti en el mismo instante en que oyó el campanario de la iglesia de Karlskyrkan dar la una y media en la oscuridad veraniega..., porque si partían de la base de que de verdad había una relación tanto entre el asesino y sus víctimas como entre las víctimas —es decir, que no se trataba de un simple chalado que había escogido los nombres al tuntún en el listín telefónico—, publicar el nombre de la presunta víctima número dos debería suponerle un riesgo tremendamente elevado al asesino, ¿no?

Pues cabía pensar que la víctima número dos conocía a la víctima número uno —o quizá *conocer* era mucho decir, se corrigió el inspector Barbarotti al mismo tiempo que iba de puntillas hasta la cocina para coger una segunda cerveza, con el sigilo y la cautela de una pantera para no perder el hilo—, o que por lo menos había algún tipo de conexión, y que la víctima número dos podría arrojar luz sobre esta conexión, y...

... y, en consecuencia, dar algún indicio de lo que podría ser el mínimo común múltiplo, a saber, el asesino.

A saber, el asesino, repitió para sus adentros.

Y si de verdad el asesino era uno de esos tipos minuciosamente planificadores, tal como había sugerido Lillieskog, el experto en perfilación, ¿no sería...?

... sí, ¿no sería muy raro que le brindara a la policía la oportunidad de hablar con Anna Eriksson antes de matarla? ¡Exacto!

Exacto. Gunnar Barbarotti dio un trago de cerveza y miró por la ventana. ¿Había algún error en aquel razonamiento? Le parecía que no. ¿Y cómo afectaba eso a la hora de proceder en el caso?

Tardó unos segundos en dar con la respuesta: pues tan solo implicaba que no sacarían nada de nada de sentarse a hablar con las dieciséis Annas al día siguiente —aunque no serían tantas, había varias que estaban fuera, lejos de Kymlinge, pero aun así—, porque...

... porque lo más probable era que la Anna Eriksson correcta se hallara en el reducido grupo de tres con las que no habían conseguido comunicarse.

Y si de verdad el objetivo era que muriera, era evidente que no le quedaba mucho tiempo de vida.

O que ya estaba muerta.

Se quedó sentado escudriñando esta conclusión con calma, mientras se terminaba la segunda cerveza y comenzaba a notar que aquellas eran el tipo de conclusiones que resultaban tan fáciles de sacar a estas horas del día. En mitad de la noche, solo en su escritorio, con una cerveza en la mano, una luna menguante y un río lodoso.

Pero la certeza de que el razonamiento era perfectamente correcto pesaba, como mínimo, lo mismo. Y luego le vino de nuevo la imagen aquella del poder supremo y el juego de naipes.

Mira tú por dónde, pensó el inspector Barbarotti. Hoy también ha completado un solitario. Al fin.

Tal vez.

Por la mañana se topó con Eva Backman en el aparcamiento de bicicletas.

—Esta noche se me ha ocurrido una cosa —le dio a conocer conteniéndose un poco.

Ella asintió con la cabeza.

—A mí también —dijo—. Yo primero: creo que deberíamos centrarnos en una de las otras tres Annas.

—Me cago en... —soltó Barbarotti.

—Bueno, deja que te lo explique —añadió Backman—. Si de verdad resulta que...

—¡Alto ahí! —la interrumpió él—. Es justo la misma conclusión a la que he llegado yo. No hace falta que me lo expliques. Podemos cancelar todas las demás conversaciones, si hay alguien a quien debemos tratar de proteger no es ninguna de las que encontramos ayer.

—No —repuso Eva Backman—. No podemos hacer eso. No podemos llamar por tercera vez a esas pobres mujeres. Que Larsson y Killander hablen con ellas, les prepararemos un formulario de preguntas, no hará ningún daño. Además, solo son ocho. Pero ni una palabra acerca de las cartas. No pueden sospechar de qué se trata.

Barbarotti lo valoró unos segundos.

—Está bien —convino—. Puede que sea lo más acertado. Pero tú y yo tenemos que elegir la correcta entre las tres restantes.

Justo cuando entraron por las puertas, Backman le puso una mano en el brazo un instante.

—Gunnar —le dijo—. Tengo un presentimiento muy malo. Creo... Creo que esta vez nos enfrentamos a un tipo especialmente despreciable.

Gunnar Barbarotti se detuvo y se la quedó mirando. De pronto se percató de dos cosas.

Por un lado, nunca la había oído decir nada parecido.

Por otro, tenía toda la razón.

—Es muy posible —dijo él—. Pero creo que lo resolveremos igualmente.

A las nueve menos cuarto las escurridizas Annas ya se habían visto reducidas de tres a dos. El agente Molin llamó con discreción a la puerta de Barbarotti y le informó de que habían logrado ponerse en contacto con una Anna Eriksson de cuarenta y dos años que estaba de vacaciones en las islas Lofoten con su marido y los niños. Por lo visto, allí arriba la cobertura dejaba mucho que desear, pero la habían pillado en una cafetería en la capital, Svolvær, y habían podido hablar con ella. ¿Qué querían de ella?

Molin no había entrado en detalles, la policía estaba buscando a alguien con su nombre, pero como no se hallaba en Kymlinge en estos momentos, ella no podía ser la correcta.

Al menos podían partir de esa base, ¿no?, preguntó Molin. Que el asunto no giraba en torno a esa Anna. Barbarotti le dijo que no lo creía y le dio las gracias. El agente se alejó por el pasillo.

Quedaban dos.

Una vivía en la calle Grimstalundsvägen, número 32. Tenía cincuenta y seis años, separada, con dos hijos adultos, vivía sola, trabajaba como técnica de laboratorio de diagnóstico clínico en el hospital, pero llevaba tres semanas de vacaciones y aún le quedaba una. Tenía teléfono móvil, pero en dos días no lo había cogido.

La Anna Eriksson número tres tenía treinta y cuatro años y su dirección postal era la calle Skolgatan, número 15. Según los datos que habían conseguido, trabajaba en una agencia de publicidad llamada Sfinx, pero cerraban hasta comienzos de agosto. No estaba casada y, como residía en un estudio de apenas cuarenta metros cuadrados, se podía suponer que vivía sola.

—Skolgatan 15 queda a menos de tres minutos de aquí —constató Eva Backman, que llevaba media hora sentada en el despacho de Barbarotti—. Me acercaré a hablar con los vecinos. Será mejor que aproveche ahora, antes de que se vayan al campo.

Gunnar Barbarotti asintió en silencio y lanzó una mirada por la ventana.

Backman tenía razón. Acechaba un anticiclón abrasador.

—Hazlo —le dijo—. Pero supongo que es demasiado pronto para un registro domiciliario, ¿no?

—A lo mejor está en casa —señaló ella con optimismo—. A lo mejor solo hemos conseguido un número de teléfono antiguo. En cualquier caso, luego continuaré con la dirección de Grimstalundsvägen, ¿te parece?

—Hazlo —repitió Barbarotti, y comenzó a arremangarse la camisa—. Mientras tanto, yo me ocupo de la retaguardia.

Aquella mañana la retaguardia consistió en poner al día a la gente y hacer informes durante tres horas. Tanto Astor Nilsson como Lillieskog estaban con él, ambos se estaban hospedando en el hotel Kymlinge. El comisario Asunander también estuvo de cuerpo presente en la sala de reuniones la mayor parte del tiempo, pero no se pronunció en ningún momento. Se mantuvo todo el rato en un rincón, chupándose la dentadura y supervisando la actividad, o eso parecía, con un semblante amargado e impenetrable.

Un poco como la cara que pones en el entierro de tu suegra, pensó Barbarotti en alguna ocasión.

El primero en hablar fue el médico forense Kallwrangel. Se había apellidado Karlsson hasta hacía un año, y en comisaría se había especulado mucho sobre cómo la Oficina de Patentes y Registros había podido aprobar su nuevo nombre. Incluso se había comentado en una carta al director en la revista del personal firmada con el seudónimo Ballwinckel.

Pero esta vez no era la cuestión del nombre lo que estaba encima de la mesa. Kallwrangel les explicó exhaustivamente durante veinticinco minutos lo que todos ya sabían: que el varón de treinta y seis años llamado Erik Bergman había fallecido a primera hora de la mañana del martes junto al río Kymlinge, a la altura del centro de jardinería Tillgrens, como consecuencia de cinco puñaladas de arma blanca, de las cuales un mínimo de dos podían considerarse mortales, y que probablemente ya estaba inconsciente en el momento de recibir la última estocada. No se podían sacar conclusiones firmes en lo referido al autor de los hechos a partir de la información recopilada del cuerpo de la víctima, pero resultaba bastante probable que el susodicho contara con cierta fuerza física, e igual de probable era que el hombre (o la mujer, lo cual era posible pero no probable) fuera diestro. No se habían observado indicios de pelea, el asesino no había dejado ningún rastro personal en el cuerpo de la víctima que a la larga pudiera permitir una identificación por ADN. La hora aproximada de la muerte era entre las 06:40 y las 06:50. Como ya sabían, el cuerpo había sido encontrado a las 06:55.

La segunda parte de la intervención de Kallwrangel se centró en cómo el cuchillo había penetrado en el cuerpo de Bergman en distintos sitios y en una evaluación aproximada del aspecto de dicho cuchillo. Un solo filo, hoja recta, muy afilado, entre quince y dieciocho centímetros de largo, apenas tres centímetros y medio en el punto más ancho.

—¿Algo así como un cuchillo de cocina? —quiso saber Astor Nilsson.

—Algo así —confirmó Kallwrangel, y dado que nadie tenía más preguntas, le cedió la palabra al jefe del grupo de técnicos de la científica, quien aún se llamaba Carlsson, aunque con C.

Carlsson empezó hablando del escenario del crimen. Les explicó que el resultado era muy negativo. No habían obtenido nada que pudiera servir para determinar con rotundidad la identidad del autor de los hechos; los matorrales sin podar que crecían junto al escenario del crimen tenían indicios de haber sido aplastados en algunos puntos, probablemente el asesino había permanecido escondido ahí dentro a la espera de que llegara la víctima, pero por el momento no podían contribuir con nada más. Tampoco habían hallado ninguna partícula desconocida en la ropa de Bergman —un pantalón corto y una camiseta con publicidad de su empresa informática Informatex—, casi se podía pensar que la persona que le había quitado la vida a Erik Bergman ni siquiera había tenido que tocarlo. Más que con el filo del cuchillo, claro. Cinco veces.

Después Carlsson pasó a comentar las dos cartas. Estaban siendo sometidas a un análisis más exhaustivo en el SKL de Linköping, el Laboratorio Criminológico Estatal, pero tenía algunas cosas que compartir. No habían encontrado ninguna huella dactilar, ni en el sobre ni en la carta en sí, y el redactor tampoco había tenido que emplear su propia saliva para pegar el sello, puesto que este era de versión más moderna, es decir, autoadhesivo. Dentro del sobre habían hallado una partícula diminuta que, posiblemente, podía ser un pelo de gato. O más bien una pequeña parte de un pelo de gato, aunque con un poco de suerte obtendrían más información al respecto junto con el informe definitivo de Linköping.

—¿De gato? —repitió Gunnar Barbarotti.

—Hummm, sí —dijo Lillieskog—. No es infrecuente que este tipo de asesinos tengan animales de compañía.

—Gracias —respondió Barbarotti—. Continúa.

El intendente Carlsson prosiguió. El papel y los sobres que el asesino había empleado eran del tipo más ordinario, al menos en Suecia. El bolígrafo debía de ser un Pilot de 0,7, tal como se había sugerido inicialmente. Respecto a dónde habían sido franqueadas las cartas, no consideraban del todo improbable que se tratara de Gotemburgo. En ambos casos.

—¿No lo consideráis del todo improbable? —preguntó Astor Nilsson.

—Exactamente —dijo Carlsson—. Linköping también se pronunciará sobre ese punto.

—Pues muy bien —constató Barbarotti—. ¿Algo más, por parte de los técnicos?

Negativo. Pasaron al siguiente punto: qué habían dado de sí las conversaciones con los conocidos, familiares y vecinos de Erik Bergman. Se habían efectuado treinta y seis, y con tal de poder ofrecerle al resto del equipo una idea general más o menos comprensible, el inspector Gerald Borgsen, alias Sorgsen,* se había dedicado a escuchar todas las cintas y a leer los informes que se habían elaborado. Cómo se lo había montado para tener tiempo de hacerlo era un misterio, pero Sorgsen tenía la reputación de ser un misterio en toda su persona. Discreto y taciturno y un tanto inaccesible, y para rematar, un poco triste, tal y como sugería su apodo en sueco.

* Apodo que nace de un juego de palabras en el apellido del personaje y *tristeza*, *pena*, en sueco. *(N. del t.)*

Eso los llevó casi una hora, y la imagen de Erik Bergman quedó un tanto más clara. Incluso su círculo de amistades más íntimo —tres o cuatro hombres solteros con los que solía salir de fiesta— lo consideraba una persona a la que nunca llegabas a conocer del todo. Una especie de ermitaño, habían comentado, pese a haber vivido gran parte de su vida entre locales. Ni siquiera cuando se emborrachaba, lo cual ocurría con bastante frecuencia, había tenido por costumbre abrirse. Con tal de ilustrar esto último, Sorgsen citó a un tal Rasmus Palmgren, que conocía a Bergman desde primero de primaria: «Nunca sabías muy bien por dónde cogerlo. Casi siempre era como si prefiriese estar en otra parte. Nunca quedaba del todo claro qué estaba pensando». Erik Bergman no era tacaño, y si osaba lanzarse con una conjetura, Sorgsen diría que ese era, precisamente, el rasgo característico de su personalidad que más valor le había dado en la vida social. Siempre iba sobrado de dinero y acostumbraba a invitar, muchos entrevistados daban fe de ello. Nadie había contribuido con la menor pista en lo referido a enemigos potenciales, a saber: gente a quien pudiera darle por clavarle un cuchillo algo así como cinco veces seguidas. Erik no era conocido por buscar pelea. Si la cosa llegaba a las manos o si tan solo subía de tono, él prefería retirarse. Y tampoco parecía que tuviera especial afición por las mujeres. No le interesaban, había asegurado el mismo Palmgren de antes, ni él les interesaba a ellas. ¿Era homosexual? Ninguna de las personas a las que se lo habían preguntado había respondido inequívocamente que sí. Por otro lado, nadie lo había considerado tampoco cien por cien imposible. La conclusión era que Erik Bergman había sido igual de discreto con su vida sexual —en caso de haberla tenido siquiera— que con todo lo demás.

—¿El hombre sin atributos? —preguntó Astor Nilsson.

—En cierto modo —dijo Sorgsen, y Gunnar Barbarotti habría jurado que pudo ver un leve rubor cubriendo el rostro del inspector. Era un epíteto que podía aplicársele en gran parte a él mismo. Y era obvio que él también lo sabía.

A la mujer con la que Erik Bergman había estado viviendo durante cinco meses, diez años atrás, no habían podido localizarla, les explicó Sorgsen. Su nombre era Ulrika Sigridsdotter, y algunas de las personas interrogadas habían podido contar que se había mudado al extranjero poco después de que ella y Erik rompieran.

Sorgsen prolongó su resumen otros veinte minutos, pero a estas alturas Gunnar Barbarotti ya estaba empezando a desconcentrarse.

¿Y si el asesino lo había elegido al azar, a pesar de todo?, pensó. Lillieskog sugería que era una alternativa posible. Entonces ¿de qué sirve que estemos aquí mirando al muerto del derecho y del revés?

Si no existía ningún vínculo lógico entre el asesino y la víctima.

Si podría haber sido cualquier otra persona la que hubiese muerto apuñalada.

El mero hecho de pensar en semejante arbitrariedad arrastró consigo una suerte de malestar que a Barbarotti se le antojó extremadamente incómodo. Porque esa solución contenía... ¿el qué? ¿Una verdad irrefutable sobre la vida y su inherente fragilidad? Que cualquiera podía verse afectado en cualquier momento. Hoy figura, mañana sepultura. La distancia entre vivir y dejar de vivir podía medirse en milímetros y milésimas de segundo. Se podían hacer pronósticos y efectuar cálculos de probabilidad que rozaban el cien por cien, pero cuando un día te descubrías tumbado al borde del ocaso, por fuerza tenía que implicar que alguno de los cálculos había sido erróneo. ¿No era así? Por mucho que el número de víctimas mortales en el país fuera bastante constante de un año a otro, eso no significaba que la víctima individual, por ejemplo Erik Bergman, fuera el fruto de algún tipo de principio activo. La muerte era lo único seguro, y aun así siempre llegaba como una sorpresa. O al menos casi siempre.

Por ejemplo, puedo saber con seguridad que Marianne está en mi vida en este preciso instante, pensó con un pánico repentino y roedor, y acto seguido cayó en la cuenta de que era jueves, y que era ese día cuando los hijos de Marianne llegaban a Gotland con un teléfono móvil. Casi en el mismo instante tomó también conciencia de que no sabía cuál era el número. ¿Podía ser el aparato de uno de los adolescentes, y no el de Marianne? Barbarotti probaría primero con el de ella, desde luego que lo haría, por probarlo que no quedara. En cualquier caso, procuraría tener el suyo encendido y con cobertura todo el día para no perderse la primera llamada que Marianne le hiciera. De hecho, no le faltaban ganas de salir en ese mismo instante de la sala de reuniones y hacer un intento. ¿Y si sus hijos habían llegado en el ferri de la mañana? Si es que había alguno.

Me pregunto cómo será mi vida dentro de cinco años, pensó luego, sin previo aviso. ¿Estaré casado con Marianne? Si fuera así, ¿dónde viviré? No creo que pueda conseguir que se mude a Kymlinge, ¿no? Aunque, por otro lado, ¿qué hay aquí que me retenga a mí? Nada. Mis hijos ya han volado del nido, soy libre como un pájaro para asentarme donde quiera en el mundo.

Y después —mientras Sorgsen seguía hablando—

sus pensamientos continuaron rodando como una bola de nieve cuesta abajo.

¿Acaso seguiré siendo policía dentro de cinco años? ¿Por qué no continuar por la vía jurídica, ahora que ya he visto lo suficiente de esta cara de la moneda? Aunque lo de fiscal tampoco suena especialmente divertido. Mira a Ramundsen el Bobo o a Sylvenius, cuesta encontrar tipos más amargados que esos. Además, no hay nada que me asegure que dentro de cinco años seguiré vivo... De hecho, ¿no era eso en lo que estaba pensando hace un momento? Me pregunto si no habré sufrido un pequeño derrame durante la intervención de Carlsson, se ve que pueden ser tan pequeños que ni te enteras, no te vayas a creer que estás a salvo solo por no haber cumplido los cincuenta...

Cuando Sorgsen por fin terminó su intervención explicando que aún faltaban varios interrogatorios importantes por hacer y que todos los informes estarían disponibles en los archivadores de siempre, la actividad mental del cerebro de Gunnar Barbarotti estaba justo por encima de cero. O quizá justo por debajo: le costaba horrores mantener los ojos abiertos, y lo único que era capaz de entender era que debía de estar afectado por algún tipo de *jet lag* relacionado con la vuelta a casa desde Gotland.

Y el detalle de que, probablemente, en ese momento no era el policía criminal más efectivo del mundo.

Capítulo 9

—Tengo algún problema en la cabeza. Ya no soy capaz ni de aguantar las reuniones.

Eva Backman lo miró con una sonrisa apagada.

—Estoy de acuerdo en que tienes algún problema en la cabeza. Pero que no puedas aguantar una reunión de tres horas no es una prueba de ello.

—¿Ah, no? —dijo Barbarotti—. Bueno, si lo dice la inspectora... ¿Cómo te ha ido con las Annas?

—A lo mejor consigo localizar a una ahora al mediodía —le explicó Backman—. La de Grimstalundsvägen. No es imposible que esté en Värmland retozando con un amante secreto. Cerca de la localidad de Grums.

—Espera un segundo —dijo Barbarotti—. ¿Esa no tenía cincuenta y seis años y era soltera? ¿Por qué iba a necesitar un amante secreto...?

—A eso se le llama prejuicios —repuso Backman—. Además, el hecho de que sea secreto tiene un punto picante en sí mismo, eso es algo que se puede entender aun teniendo algún problema en la cabeza. Aunque en este caso también puede ser que el amante esté casado con alguien.

—¿Lejos de Grums?

—Lejos de Grums.

Gunnar se reclinó en la silla y se quedó pensando.

—Interesante —opinó—. La gente tiene vidas tan interesantes..., cuesta creerlo. Me refiero a esas edades. Al menos este trabajo te permite echar un vistazo y hacerte cierta idea.

La inspectora Backman soltó un suspiro.

—Si nos volvemos a centrar un poquitito en el tema... —propuso—. Como te iba diciendo, cuento con poder confirmar esta información dentro de un par de horas. Es posible que incluso consiga hablar con ella. En cambio, con la otra Anna la cosa ha ido peor.

—¿Peor? —preguntó Barbarotti.

—Mejor dicho, no ha ido en absoluto. He hablado con un par de vecinos, vive en la calle Skolgatan, en uno de los edificios burgueses, en esas casas tienen bastante buen contacto unos con otros..., y también con una amiga suya, y eso es lo que me tiene intranquila.

—¿Por qué? —dijo él, sacó un bolígrafo y una libretita y comenzó a tomar nota—. ¿Por qué te preocupa?

—Porque la amiga y Anna tenían medio apalabrado irse a Gotland este viernes..., o sea, mañana..., pero no ha sabido nada de ella en toda la semana. Desde el domingo.

—¿A Gotland? —repitió Barbarotti.

—No eres el único que se va a Gotland en verano, si es lo que te creías —le informó Backman con paciencia—. En cualquier caso, a la amiga le parecía raro no haberse podido comunicar con Anna. Cuando le he preguntado cuál creía que podía ser la causa de esto, me ha contestado que debe de ser por culpa del maldito Conny ese, claro.

—¿Conny?

—No paras de repetir lo que digo con un tono interrogante, ¿te has dado cuenta?

—Qué va —replicó Gunnar—. Pero estoy un poco cansado. A ver, ¿quién es Conny?

—Un hombre con el que ha estado saliendo, por lo visto. O novio o como quieras llamarlo. Han estado... han estado un poco mal últimamente. Según la amiga, es un misterio cómo Anna ha podido juntarse con un capullo como ese.

—Entiendo. ¿Y qué tiene que decir al respecto el capullo en cuestión?

—No he podido localizarlo —constató Eva Backman con un nuevo suspiro—. Se llama Conny Härnlind. Es propietario de una empresa de climatización. Han cerrado por vacaciones, tiene tres teléfonos, le he dejado un mensaje de voz en cada uno.

—¿Hay alguna conexión entre Härnlind y Bergman?

—Ninguna que yo haya encontrado, por ahora.

—Bueno —dijo Barbarotti—. Pues, dicho de otra manera, solo tenemos que sentarnos a esperar a que llamen.

—Exacto —convino ella—. ¿Por casualidad no tendrás algún juego de mesa divertido para matar el tiempo?

Después de que Backman lo dejara solo —bien porque Barbarotti no tenía ni una mísera baraja de cartas en su despacho, bien por otros motivos—, Astor Nilsson apenas tardó un minuto en entrar con un papel.

—Disculpa, honorable y distinguido colega —dijo—. Traigo un poco de información relevante para el caso.

—Excelente —contestó Gunnar—. Oigámosla.

Nilsson se aclaró la garganta.

—Tengo hasta dos testigos independientes que

vieron a Erik Bergman corriendo aquella fatídica mañana.

—No me digas —soltó Barbarotti.

—Uno es un corredor que se cruzó con él hacia las 06:20 a la altura del puente, el otro es un corredor que se cruzó con él a la altura de la torre de agua a las 06:25. Ninguno de los dos observó ningún signo en Bergman que sugiriera que estaba a punto de ser asesinado.

—Una velocidad demasiado elevada reduce la capacidad de observación —dijo Barbarotti—. Lo sé por experiencia propia. ¿Han dicho algo más?

—Por desgracia, no. Habría sido interesante que hubieran visto a un tercer tipo en el circuito cerca del escenario del crimen, pero no es así. Ninguno de los dos.

—Pero los dos habían pasado por allí, ¿correcto?

—Sí, un cuarto de hora y diez minutos antes, respectivamente.

—O sea que el asesino ya podría haber estado allí escondido.

—De no ser así, por lo menos debía de estar dirigiéndose hacia el lugar —indicó Astor Nilsson—. Pero no vieron una mierda los dos madrugadores. Una pena, ¿o tú qué piensas?

—Siéntate —le ofreció Barbarotti—. ¿Cómo es que te nos han prestado? Quiero decir...

—Siempre me prestan —le dijo el otro afable, y tomó asiento—. Así ha sido los dos últimos años. En un caso le llevé la contraria a mi jefe, y no puede soportar que yo tuviera razón. Obviamente no puede echarme por eso, pero en cuanto hacen falta refuerzos en un radio de veinte mil kilómetros a la redonda de Gotemburgo, me manda a mí. Si te soy sincero, no tengo nada en contra. Así me paseo un poco.

—Pero ¿eres comisario?

—En efecto.

Gunnar Barbarotti se lo quedó mirando. La frustración que Astor Nilsson había expresado después de la mañana del día antes con Asunander parecía haberse esfumado. Casi daba una impresión de bonachón, ahí sentado en la butaca de visitas, con una pierna cruzada sobre la otra y el pie descalzo metido en la sandalia, haciéndola rebotar arriba y abajo. Bronceado, pelo corto y ralo y un porte que debía de rondar los cien kilos, sin que por ello se lo viera gordo. Un ariete armonioso, sentenció Barbarotti. Un tío de cincuenta y cinco años que había aprendido unas cuantas cosas en la vida.

—¿Qué piensas tú realmente de todo esto?

Astor Nilsson se abrió de brazos.

—Ni pajolera idea —dijo—. Pero no me gusta. La verdad es que nunca me había enfrentado a un tipo como este. Y eso que he visto lo mío.

Barbarotti asintió en silencio.

—¿Y qué te parece nuestro comportamiento? ¿Hay algo que estemos pasando por alto?

Astor Nilsson se encogió de sus robustos hombros.

—Diría que no. No me gusta reconocerlo, pero es como si estuviera esperando a que caiga la víctima número dos. Tendría que haber una conexión entre Bergman y alguna de las Annas.

—Exacto —señaló Barbarotti—. Y si he entendido bien a la inspectora Backman, está a punto de identificar a la correcta.

—¿A la Anna correcta?

—Sí. Pero no se la ha visto desde hace varios días, así que no sé si empezar a sospechar.

—Hay que joderse —soltó Nilsson—. Pues parece que sois muy efectivos aquí en la casa, a pesar de todo.

—Bueno —dijo Gunnar—. Puede que a veces sí. Pero estamos lejos de estar seguros de que vamos bien encaminados. Podría ser perfectamente alguna de las otras.

—O alguna de Edsbyn o de Kuala Lumpur.

—Por ejemplo. No creo que tengamos demasiados motivos para ser optimistas.

Cinco horas después seguían sin tenerlos, pudo constatar Gunnar Barbarotti mientras sacaba su bici del aparcamiento de bicis en el patio interior de la comisaría. Eran las ocho menos cuarto, hacía una tarde de verano espléndida, y durante el resto de la jornada laboral no había aparecido ninguna Anna Eriksson de la calle Skolgatan. Ni el capullo de la empresa de climatización llamado Conny había respondido a la petición de la policía de que se pusiera en contacto con ellos. Aunque no era eso lo que más preocupaba a Barbarotti.

No había tenido noticias de Gotland.

—Te veo apagado —señaló Eva Backman.

—La vida es una broma pesada —dijo Barbarotti.

—Vete a casa y llama a Marianne —le propuso Backman animada—, y así el inspector recuperará las ganas de vivir.

—Gracias por el consejo —dijo Gunnar—. Entonces ¿al final el lunes no te vas de vacaciones?

Ella negó con la cabeza.

—Lo he pospuesto una semana. Ville se llevará a los niños a la cabaña, y yo bajaré el viernes que viene.

Empezaron a pedalear, uno al lado de la otra. Ella no sonaba del todo descontenta con el arreglo, observó Barbarotti un tanto asombrado, y luego pensó que sus respectivas situaciones de vida eran bastante distintas. La de él y la de Eva Backman. Aun así tenían prácticamente la misma edad, ambos eran inspectores de la policía criminal y tenían tres hijos cada uno.

La única diferencia era que los de él estaban muy fuera de su alcance, aquella tarde apacible. Una en Londres, dos en Copenhague. De pronto le resultó dolorosamente lejos. Eva Backman entraría en su casa en menos de diez minutos y vería a sus tres hijos. E incluso a su marido. Sí, vaya que si eran distintas.

—¿En qué piensas? —le preguntó ella.

—En nada en especial —contestó él—. Yo giro por aquí, nos vemos mañana.

—Que duermas bien y tengas dulces sueños —dijo la inspectora Backman, y le lanzó un beso volador.

Exacto, pensó él. Las personas que están solas deberían tener derecho a eso. A falta de otra cosa, una vida onírica abundante.

Eran las diez y cuarto cuando Marianne llamó. Al oír su voz al teléfono, Gunnar Barbarotti comprendió de pronto cómo se debe de sentir uno cuando le salvan en el último segundo antes de morir ahogado. Al mismo tiempo casi se asustó con la ola de sentimientos que lo desbordó por dentro. La sangre le palpitaba en las sienes y la lengua se le pegó al paladar. Marianne, en cambio, sonaba perfectamente relajada y normal.

¿Qué me pasa?, pensó aterrado. Mira esta mano que sujeta el teléfono, ¡está temblando!

Marianne le explicó que, por desgracia, el móvil que habían llevado sus hijos estaba dando problemas, por eso había tardado tanto en llamar.

—Entonces ¿estás en la cocina de Hagmund y Jolanda? —preguntó Barbarotti.

—Sí —contestó Marianne—. Es un poco tarde,

pero por suerte aún no se habían ido a dormir. ¿Cómo estás?

—Yo... te echo de menos —dijo Gunnar, y logró tragar saliva.

—Bien. Por eso hay que separarse de vez en cuando. Para aprender a echar de menos. ¿Ya habéis atrapado al tipo de las cartas?

—No —confesó él, y sintió que de lo último que quería hablar con Marianne era del trabajo. Pero no dejaba de ser normal que ella le preguntara. Al fin y al cabo, era por culpa del tipo de las cartas que Barbarotti había tenido que irse de Gustabo antes de lo previsto. Era por culpa suya que ahora estaban los dos sentados a sendos extremos de una línea telefónica, en lugar de pegados cuerpo a cuerpo—. Pero estamos trabajando en ello —aseguró—. ¿Y tú qué tal? ¿Han llegado bien tus hijos?

Marianne se rio.

—Sí. Pero se han quedado un poco decepcionados cuando han visto que el inspector no estaba. Te tienen en alta estima, cariño.

Los he embaucado, pensó Gunnar Barbarotti. Les he dado gato por liebre a los tres. ¿Cómo se llamaba? ¿Síndrome de Groucho Marx? Aquel fenómeno especial de cuando no crees poder pertenecer a un club que acepte como miembro a alguien como tú.

—Bah —dijo—. Ya sabes cómo son los adolescentes, cambian más de opinión que de calcetines.

Intercambiaron una docena de comentarios de finura similar; luego Marianne bajó la voz y le reveló que estaba ovulando y que estaba un poco cansada de dormir sola en una cama donde cabían dos. Gunnar Barbarotti le explicó que, por su parte, él no estaba ovulando, pero que estaría dispuesto a dormir con ella el resto de sus días —o noches, mejor dicho— en una cama en la que solo cupiera un perrito muy pequeño o algo por el estilo, y acto seguido apareció Jolanda en la cocina para hacer algo. Se la oía desde Kymlinge. Marianne respiró hondo, le deseó buenas noches y le prometió que en los próximos días iría a Visby para comprarse un móvil nuevo. Sin que se enteraran los niños, no quería alterar demasiado las normas de Gustabo.

Después de colgar, Gunnar Barbarotti salió a sentarse en el balcón con una cerveza. Dios mío, pensó. No sabía que Marianne significaba tanto para mí. Si la pierdo me pego un tiro en la cabeza.

Se quedó allí sentado un rato, tomándose la cerveza y contemplando los resquicios de la puesta de sol: yacía como un espejismo derretido y amarillo pálido sobre Pampas y por detrás de los bloques de pisos de Ångermanland. Y a las grajillas, que llegaban en hordas ruidosas para ocupar sus nidos en los tejados y los olmos del parque, también las contempló. Este año habían llegado pronto, ¿verdad? Barbarotti siempre había relacionado la invasión de las grajillas con las tardes de otoño un poco más frescas. Hacia finales de agosto o septiembre. Pero, obviamente, existían todo el año, igual que el resto de los seres vivos. *A man without a woman*, pensó luego, pero esa tarde tampoco quería venirle la continuación..., *is like a...?*

Cuando se hubo terminado la cerveza, por fin logró liberarse de sus observaciones autocompasivas y pudo dedicarle también unos pensamientos al caso que tenía entre manos. El asesino.

El asesino epistolar. No cabía duda de que las cartas eran lo que hacían que fuera todo tan especial. Que hacían que el caso fuera único, de alguna manera. Si se hubiese reducido simplemente a que habían encontrado a un hombre apuñalado hasta la muerte, seguro que le habrían dedicado todos los esfuerzos, pero no se le habría otorgado la dignidad que tenía ahora el caso. La prensa aún no había publicado el nombre del muerto, pero Barbarotti sabía que lo harían al día siguiente. Era probable que fuera una decisión acertada.

Quizá también habría sido una decisión acertada hacer público lo de las cartas y el nombre de Anna Eriksson. Tal vez de esa manera habrían podido localizar a alguien que supiera algo.

Por otro lado, también era fácil provocar el pánico. Y si había algo que a la prensa le gustaba especialmente hacer era justo eso. Proyectar todos los miedos internos, la frustración y la rabia de las personas, y dirigirlos a un punto en concreto, un chivo expiatorio. Antes eran grupos étnicos, judíos o gitanos, o comunistas; hoy en día eran individuos. Por ejemplo, un ministro. O un actor con problemas de alcoholismo. ¿O por qué no un inocente inspector de policía de Kymlinge? Era lo que se conocía como el motor interno del engranaje que era la sociedad. Había existido desde que había prensa, y seguía funcionando a toda máquina en la actualidad, cuando la vulgaridad y la bajeza se habían convertido en los tonos en los que había que contarlo todo.

Cuando los nuevos labios de silicona de una rubia con tetas falsas eran más importantes que un genocidio en cualquier otra parte del mundo que no fuera la plaza Stureplan. Joder, pensó Gunnar Barbarotti. ¿Puede llegar a ser más superficial este país? ¿Acaso hemos tenido alguna vez peor prensa que hoy en día?

Se preguntó hasta qué punto era consciente de esto el asesino. Si escribía las cartas adrede porque sabía que le dificultarían considerablemente la labor a la policía. Sobre todo el día en que la prensa las sacara a la luz.

Porque es así, pensó Barbarotti mientras observaba una nueva bandada de grajillas que, tras una elegante maniobra aviar, se posó en la cumbrera del centro educativo Katedralskolan: dos pistas no son siempre mejor que una. Sobre todo cuando una ha sido colocada por el propio asesino con el fin de...

Eso, ¿con el fin de qué?

Era una pregunta irritante. Muy irritante.

¿Y qué le pasaría a Anna Eriksson?

Más irritante todavía.

Aquí se aplica lo mismo, constató Barbarotti, y dejó atrás el balcón. Mejor una pregunta irritante que dos.

Además, ambas eran un tanto espeluznantes, lo cual no mejoraba la situación. Recordó la mano de Eva Backman sobre su brazo esa mañana. Y el hecho de que las cartas iban dirigidas personalmente a él —al inspector Gunnar Barbarotti de la calle Baldersgatan en Kymlinge— era otra circunstancia preocupante.

Porque ¿qué quería decir eso? ¿Significaba que él conocía de algo al autor de los hechos? ¿Que el nombre de este, cuando por fin lo descubrieran, le resultaría familiar? Lo contrario, que el asesino sabía a quién le estaba enviando las cartas, parecía bastante evidente. ¿O no?

Maldita sea, pensó Gunnar Barbarotti, y miró la hora. Si no le hubiese cogido el correo al cartero aquella mañana —o tan solo con que hubiese llegado un minuto más tarde—, ahora mismo me estaría acurrucando al lado de Marianne en Gustabo. Dudo mucho que hubiese sido perjudicial para la investigación.

Campo de colza, vacas, cementerio, bosque centenario. Allí, en Kymlinge, imperaba una flagrante ausencia de todo ello. Aunque un cementerio sí que había.

Con estos pensamientos lúgubres rondándole la cabeza, Gunnar Barbarotti se metió en la ducha.

Capítulo 10

—El capullo de la empresa de climatización ha sido localizado.

Barbarotti alzó la vista de los informes.

—¿Cómo?

Era viernes por la mañana. Llevaba leídos ocho informes, el que tenía en la mano era el noveno. Estaba redactado por un tal agente Wennergren-Olofsson. Le gustaba expresarse, usaba veinte palabras donde no hacían falta más de tres. También era famoso por ser el único miembro de la comisaría que necesitaba más de diez segundos para escribir su nombre completo: Claes-Henrik Wennergren-Olofsson.

—Conny Härnlind —le aclaró Eva Backman, y cerró la puerta tras de sí—. El posible novio de la Anna Eriksson de la calle Skolgatan.

—Ya me acuerdo —dijo Barbarotti, y cerró fugazmente los ojos para quitarse de la cabeza la repentina avalancha de nombres—. ¿Localizado, dices?

—Correcto. Está en Tailandia, si bien no acompañado de la señorita Eriksson. Ni de ninguna otra mujer, de hecho, y con ello me refiero a ninguna de Kymlinge. Se fue de viaje con un grupo de hombres jóvenes hace una semana, no es difícil imaginar a qué se estarán dedicando.

—¿Quién es ahora la que tiene prejuicios? —preguntó Barbarotti.

—Disculpa —respondió Backman—. Puede que me haya precipitado un poco, seguro que están allí para hablar de filatelia y cuestiones ecuménicas. En cualquier caso, nuestra Anna sigue desaparecida. He hablado con su madre, ella tampoco sabe nada, y eso que suelen llamarse un par de veces a la semana. Vive en Jönköping. Lo preocupante es...

—¿Sí?

—Lo preocupante es que, por lo visto, Anna Eriksson le había dicho también a su madre que se iba a Gotland. Hoy, vaya.

—¿Y cuándo se lo dijo?

—El domingo por la tarde. Su madre la ha llamado tres o cuatro veces a lo largo de la semana, pero no ha logrado comunicarse con ella, así que..., bueno, no sé.

—Maldita sea —dijo Gunnar—. No suena nada bien. Tiene teléfono móvil, ¿verdad?

—Sí.

—Tendremos que mirar si lo ha utilizado durante la semana. Me parece que...

—Acabo de pasar a ver a Sorgsen para comentárselo. Quiero creer que ya se habrá puesto en contacto con la operadora.

—Bien —dijo él—. Pues si tenemos suerte, a mediodía ya nos habrán notificado algo. Si una mujer soltera no ha usado el teléfono móvil en cuatro días durante las vacaciones significa que algo va mal.

Se esperaba que Eva Backman fuera a hacerle algún nuevo comentario sobre prejuicios —casi lo había deseado—, pero se abstuvo. Qué pena, pensó él. Ella también entiende hacia dónde se está inclinando todo esto.

—Será mejor que preparemos un registro domiciliario, ¿no te parece? —propuso ella—. Si es que..., bueno, si acabamos recibiendo ese tipo de notificación.

¿Ese tipo de notificación?, pensó Gunnar Barbarotti cuando Backman hubo salido del despacho. Era una manera de decirlo, desde luego. Un pequeño bálsamo lingüístico para una realidad hiriente. Aunque no era propio de la inspectora hablar de aquella forma.

Lo cual también debía de significar lo suyo, cabía suponer. Barbarotti se acordó de nuevo de aquella mano que le había puesto en el brazo.

Suspiró, y volvió a la prosa notablemente más densa del agente Wennergren-Olofsson.

A las dos del mediodía del viernes tanto Astor Nilsson como el experto en perfilación criminal Lillieskog abandonaron la comisaría de Kymlinge. Astor Nilsson, para regresar pasado el fin de semana; Lillieskog, el día que se le solicitara.

—He hablado en profundidad con cuatro conocidos de Bergman durante la mañana —explicó Nilsson en la cantina mientras se despedían con cuatro tazas de café y cuatro tartaletas de crema de almendra llenas de conservantes—. Tal y como habíamos quedado. Y puedo jurar por la tumba de mi madre que ninguno de ellos tiene la menor idea de qué se esconde detrás del asesinato. Ninguno es un angelito, pero cuando rascas lo suficiente como para quitar las tonterías, lo que quedan son los hechos. El asesino de Erik Bergman no se encuentra en su círculo social. Ahí ya podemos dejar de buscar.

—También tenemos algunos que están en el extranjero, ¿no? —dijo Backman.

—Correcto —confirmó el otro—. Te compro esas

reservas. Pero si estás de viaje, no puedes estar al mismo tiempo en casa matando a gente.

—Vale —convino Barbarotti—. Pongamos por caso que estás en lo cierto. ¿Dónde buscamos entonces?

—De momento no tengo respuesta a esa pregunta —contestó Nilsson—. Pero me vuelvo a Hisingen a pensar en ello durante el fin de semana. Si se me ocurre algo antes del lunes, os llamo.

—Excelente —dijo Eva Backman.

—Sabéis dónde encontrarme, si puedo aportar algo —aprovechó para señalar Lillieskog—. Me pregunto cuándo caduca esta tartaleta.

—Es de antes de que se empezara a poner la fecha de caducidad en los envases —le informó Backman—. En algún momento de los años sesenta. Os animo a que traigáis otras delicias para cuando tengáis que volver a venir.

Se estrecharon las manos, se desearon buen fin de semana y se separaron.

—Pues ya está —indicó Backman cuando se hubieron quedado solos—. Adiós a los expertos.

—Sí —dijo Barbarotti—. ¿Alguna noticia de la operadora móvil?

Backman negó con la cabeza.

—Han prometido que mandarían la lista por email antes de las tres, tendremos que tirar de paciencia por lo menos hasta entonces. ¿Has leído todos los informes?

Gunnar Barbarotti se encogió de hombros.

—Treinta y ocho de cuarenta y dos.

—¿Y bien?

—Bueno, supongo que es más o menos como dice Astor Nilsson, mal que me pese. No hay nada que parezca conducir a ninguna parte. Estoy de acuerdo con él, creo que el asesino no conocía demasiado bien a Erik Bergman. Al menos no hoy en día... Pero podría haber una vieja historia de fondo, a veces esas cosas tardan tiempo en salir a la superficie.

—Sí, y cuando matas a alguien suele haber algún motivo. A lo mejor estoy un poco anticuada, pero...

—Podemos aferrarnos a la esperanza —dijo Barbarotti—. En cualquier caso, tampoco hay ninguna conexión con ninguna de las Anna Eriksson. No se puede decir que la cosa avance.

Eva Backman se terminó el café y se mordió el labio.

—No, parece que no —convino—. Pero el asesino debe de haber tenido por lo menos un mínimo conocimiento de los hábitos de Bergman, ¿no crees? Sabía que iba a salir a correr aquella mañana. No puede simplemente haberse plantado entre los arbustos a esperar. ¿Qué nos sugiere eso?

—Que lo había estado vigilando unos días, tal vez —propuso Barbarotti—. Sentado en un coche, estudiando sus rutinas, por ejemplo.

—¿Y supongo que les hemos preguntado a los vecinos si han visto algún coche sospechoso por la zona?

Gunnar se quedó mirando una mosca que se le paseaba por el antebrazo desnudo.

—No he visto nada que lo sugiera en los informes.

—Bien —dijo Eva Backman, y se levantó de la silla—. Es importante que nos lo pensemos bien antes de tomar medidas. Vendré a verte cuando me haya llegado la información de la operadora móvil.

—Perfecto —contestó Gunnar Barbarotti.

No pasaron más de veinte minutos, y el resultado fue tan inequívocamente negativo como él y Backman se habían temido que sería. Anna Eriksson, con dirección en la calle Skolgatan, en el centro de Kymlinge, y clienta de la compañía Telenor, no había usado su teléfono móvil desde el martes a las once y cinco de la mañana. Durante las más de setenta y dos horas que habían transcurrido desde entonces, había recibido veintinueve llamadas, pero no había cogido ninguna. Además, seis mensajes de texto. No se podía saber si los había abierto o no, pero no había contestado a ninguno.

Backman le pasó la lista de llamadas a Barbarotti.

—El martes a las once —dijo ella—. La primera llamada sin responder está registrada a las 12:26. ¿Qué piensas?

—Es el mismo día en que fue asesinado Erik Bergman —observó Gunnar—. A mí me llegó la carta sobre Anna Eriksson con el correo del miércoles. Puede haber... Debió de franquearla el martes... ¿en Gotemburgo, quizá? No creerás que haya podido... encargarse de los dos el mismo día, ¿no?

Se quedó mirando fijamente a Eva Backman, como si de veras esperara que ella fuera a darle una respuesta correcta. Pero su compañera se limitó a devolverle una mirada vacía con la boca reducida a una raya fina como una hoja de afeitar. Y permaneció así sentada durante un buen rato, del todo inmóvil, con los hombros encogidos y las manos entre las rodillas, hasta que contestó.

—¿Cómo quieres que lo sepa? Lo único que sé es que ha llegado el momento de hacer una visita a la calle Skolgatan. Sylvenius nos ha dado permiso hace una hora.

Gunnar Barbarotti miró el reloj.

—Puede ser una buena manera de terminar la semana laboral —afirmó.

El piso no era grande y la encontraron en el acto.

Durante la primera fracción del primer segundo Barbarotti sintió una suerte de triunfo perverso. *¡Teníamos razón! ¡Era ella! ¡Íbamos tras la pista correcta!*

Luego solo sintió asco e impotencia. Anna Eriksson, treinta y cuatro años, soltera y trabajadora de la agencia de publicidad Sfinx de la calle Fabriksgatan, no había partido de viaje a Gotland. Ni a ningún otro sitio. Yacía debajo de su propia cama en el número 15 de la calle Skolgatan, estaba empaquetada en dos bolsas de plástico negro, una puesta desde arriba, la otra desde abajo, y no olía nada bien. El hedor dulzón que emanaba de su cuerpo inerte era inconfundible en el piso caliente y cerrado. Lo habían percibido en el mismo instante en que habían abierto la puerta, y cuando Barbarotti se puso de rodillas en la alcoba, al lado de la cama impecable con estructura de hierro, y constató los hechos —y luego enderezó la espalda—, sintió un fugaz vahído que no había sido ocasionado por la imagen que lo había recibido, sino porque llevaba conteniendo la respiración sin darse cuenta durante más de medio minuto.

—Ve a abrir las puertas del balcón —le pidió a la inspectora Backman.

Después hubo que esperar más de una hora hasta que las dos bolsas de plástico fueran debidamente retiradas por el forense y los técnicos que inspeccionaban el escenario del crimen, y media hora más antes de que se hiciera la primera identificación preliminar (con la ayuda de una pareja joven y consternada del piso de enfrente). Pero durante esos noventa minutos el inspector Barbarotti no había tenido ningún tipo de duda acerca de quién era la que estaba allí tirada.

Tampoco Eva Backman.

Y tampoco cabía ninguna duda de cómo había perdido la vida Anna Eriksson. Su rostro algo hinchado y pálido estaba relativamente intacto, pero enmarcado en un óvalo de sangre seca y oscura, esparcida por las sienes y que bajaba por ambas mejillas, y cuando le dieron la vuelta, con cuidado, pudieron ver con claridad las heridas en la coronilla y por encima de la oreja izquierda. Objeto contundente, pensó Gunnar de forma automática, y reprimió la náusea que se abría paso en su interior. Una barra de hierro. Un bate de béisbol. Cualquier mierda parecida.

El método. El asesino no había empleado el mismo método.

Era inusual. Cada asesino solía decidirse por un modus operandi y luego se ceñía a él. Arma de fuego o cuchillo o solo las manos, todo al gusto de cada cual. Pero en este caso había cambiado. ¿Por qué?, pensó. O... ¿o podían estar realmente seguros de que se trataba del mismo asesino?

También comprendía que estas cuestiones técnicas que le hervían en la cabeza lo hacían para brindarle una suerte de protección contra la grotesca imagen de la mujer en el suelo.

Porque pocas veces le había tocado un caso en el que cupiera estar seguro. Aun así, la pregunta no podía quedar sin formular: ¿dos asesinos o uno? Las conclusiones precipitadas eran la más peligrosa de todas las trampas.

Chorradas, se dijo, y apartó la vista de la víctima. Está claro como el agua, cojones. Se trata del mismo autor. ¿Acaso íbamos a tener dos personas mandando cartas con la misma letra o qué? ¿O uno mandando cartas y dos asesinos distintos? Ni de coña.

—¿Cuánto hace? —aprovechó para preguntarle al

forense Santesson, mientras este enderezaba la espalda y se ajustaba las gafas—. Así a ojo.

Este lo fulminó con la mirada.

—Por lo menos veinticuatro horas. Probablemente más. Doy por hecho que tú mismo percibes el olor.

—Desde luego —afirmó Barbarotti—. Entonces, no se puede descartar que lleve aquí desde el martes, por ejemplo.

—Prefiero no hacer conjeturas al respecto —dijo Santesson—. Pero nada es imposible.

Listillo, pensó Gunnar, y lanzó una mirada de interrogación a Backman. ¿No había tenido ya suficiente ella también?

Resultó ser que sí. Abandonaron el piso juntos, y cuando llegaron a la acera se quedaron de pie un instante en la luz del sol y pestañearon como dos recién despertados que necesitan unos segundos para poder volver a orientarse correctamente en la realidad. Luego Backman recordó dónde habían aparcado el coche y le hizo un gesto a Barbarotti para que se pusiera en marcha.

Tenían bastantes cosas con las que lidiar.

El cierre de la semana se había convertido en el comienzo de un largo fin de semana de trabajo.

Eran las diez y cuarto cuando Barbarotti salió de comisaría. Se había pasado más de tres horas discutiendo medidas y repartición de tareas, y una hora hablando con la prensa. La noticia del asesinato en la calle Skolgatan había llegado por derroteros desconocidos hasta los periodistas sin que la policía hubiera tenido que ponerlos al día, era lo que solía ocurrir, y la improvisada rueda de prensa había sido bastante concurrida. Tras una rápida deliberación habían decidido seguir sin hacer públicas las cartas del asesino. Barbarotti no estaba en absoluto convencido de que fuera una decisión acertada, pero ante la duda por norma era mejor ser prudente. Tanto Sorgsen como el fiscal Sylvenius y Astor Nilsson —por teléfono desde Gotemburgo— habían sido de la misma opinión, y si llegaban a una conclusión distinta durante el día siguiente podrían sacar el tema en la otra rueda de prensa que se había convocado a las 15:00.

Durante toda esta discusión el comisario Asunander había adoptado su rol retraído y consejero de costumbre, pero como nadie le había pedido ningún consejo, tampoco había tenido que forzar la dentadura postiza.

Al llegar a casa Barbarotti se sentó en la misma silla que la noche anterior, y oteó los resquicios de la misma puesta de sol.

O una puesta de sol un día más vieja, siendo quisquillosos. Todo el universo se había hecho un día más viejo, pero por la parte que le tocaba, Gunnar se sentía bastante más envejecido que eso. Un par de décadas, por decir algo. Las grajillas ya se habían apaciguado, por lo que pudo comprobar. La jarana que se percibía desde la cuarta planta provenía más bien de los jóvenes que celebraban la llegada del viernes y que aprovechaban para disfrutar del buen tiempo en los parques y las terrazas.

Se abrió una cerveza él también, se la sirvió en un vaso y se la acabó en cuatro o cinco tragos. Notó casi al instante que una fuerte tensión se iba liberando y un gran cansancio poco a poco se iba esparciendo por su interior.

¿Qué está pasando?, pensó.

¿A qué loco nos estamos enfrentando?

Preguntas flácidas y estériles surgidas de la impotencia, ya lo sabía. Y peligrosas. Demonizar al enemigo formaba parte de los errores más habituales y baratos. Eran el elemento fundamental en todo racismo, por ejemplo, en toda xenofobia. Hacia el final de la tarde Asunander se había pasado por su despacho para insinuarle que les tocaría meter refuerzos en el caso. Se terminaría de decidir el sábado, y Barbarotti había notado que agradecía una medida así. Lo normal era que prefiriera encargarse de las cosas él solo; si había algo que solías cuidar mucho dentro del cuerpo eran los límites de tu territorio.

Pero no en este caso, pensó. Traed a gente tanto de Gotemburgo como de la policía judicial, no tengo nada en contra. Vendo mi prestigio a un precio irrisorio.

Él mismo entendía que eran los lacayos del cansancio los que estaban jugando con él, pero, después de tres jornadas laborales de doce horas que deberían haber sido sus últimos tres días de vacaciones, le pareció que aquellos sentimientos eran en cierto modo legítimos.

Apenas había tenido tiempo para pensar en Marianne en todo el día, y hasta ahora, cuando el reloj ya marcaba casi las once, no cayó en la cuenta de eso que ella había dicho de acercarse a Visby para comprar un teléfono.

Querido Dios, pensó. Haz que me llame. Un puntito, ¿te parece?

Pero Nuestro Señor no tenía intención de mejorar su puntuación esa noche, y el inspector Barbarotti se durmió —desconsolado, sin amor, olvidado, rechazado por Dios y sin haberse cepillado los dientes— poco después de medianoche.

Capítulo 11

En el mismo momento en que se sentó en el coche, el sábado por la mañana, comenzó a darle vueltas al tema de la paternidad. Seguramente eran las cavilaciones sobre la relación de Eva Backman con sus tres hijos en comparación con la de él con los suyos, que aún estaban coleteando, pero también había otras cosas.

Que pudieran ser tan diferentes, por ejemplo. Que la diferencia entre una persona y otra fuera tan descomunal, y que en general cualquiera podía ser padre o madre. Según los datos recopilados, la madre de Anna Eriksson solía comunicarse por teléfono con su hija por lo menos una vez a la semana, pero no tenía tiempo para ir a identificar su cuerpo fallecido hasta el domingo. Porque tenía muchas cosas que hacer el sábado.

Sin embargo, sí que le sería posible arreglar una hora de conversación con el inspector, según le había prometido.

Barbarotti se preguntó si ya le había pasado alguna otra vez. Que alguien no le diera máxima prioridad a identificar a su hija asesinada. O por lo menos que lo pospusiera para tener tiempo de hacer cosas más importantes primero.

Aun así, la mujer no había sonado especialmente

peculiar por teléfono, pensó. Solo había llorado y expresado su desesperación. Un poco más escandalosa de lo esperado, quizá, pero por lo demás le había parecido la mar de normal. Anna había sido algo así como su hija preferida, le había explicado, y cuando él le había preguntado cuántas tenía, ella le había dicho que cinco. Más cuatro hijos.

Tal vez fuera por eso. Si tenías nueve descendientes, debías de contar con que alguno estiraría la pata. Barbarotti no había intentado descubrir cuántos padres diferentes estaban implicados, pero entre líneas le había parecido entender que eran más de dos.

¿Menos de nueve? Esperemos que sí, pensó Gunnar.

Por su parte, él había tenido un padre y una madre. Su padre se llamaba Giuseppe Barbarotti, lo único que había recibido de él era el apellido, nunca lo había visto y ni siquiera sabía si estaba vivo o muerto. Durante su infancia su madre le había inculcado que Giuseppe era una montaña de mierda muy guapa, y que lo mejor que podían hacer era mantenerse alejados de él. Por algún motivo, Barbarotti había obedecido dicha recomendación. Cuando su madre murió, doce años atrás, él había estado jugando con la idea de hacer un viaje a Italia para buscar a su padre, pero el proyecto había caído por su propio peso. Había vivido tan ocupado con su propia familia, con dos hijos y el tercero en camino, que no le había quedado espacio para explorar las ramas del árbol genealógico.

Pero ahora esas razones ya no existían, se dijo. ¿Qué era lo que le impedía ir a Italia y encontrar a su padre? O la tumba de su padre, si fuera el caso.

Sabía que, de momento, no era más que una idea a la que podía darle vueltas mientras conducía el coche una mañana soleada de sábado, pero también que era una idea que podría perfectamente perdurar en su mente y arraigar.

El tiempo dirá, pensó. Pero que los hijos significaban cosas distintas para cada progenitor parecía bastante evidente, fuera como fuese. Se dijo que por la tarde llamaría a Sara, o quizá en el camino de vuelta a casa. Había cogido esa costumbre: darle un toque durante el fin de semana para saber cómo lo llevaba su querida hija en la peligrosísima metrópolis londinense.

Y ella siempre solía tranquilizarlo. Era consciente de que la llamada consistía en eso, lo cual no dejaba de molestarlo. Sara podría estar al borde de la muerte y se lo callaría solo para que él no se preocupara.

Así que le tocaba interpretar entre líneas. Barbarotti no tenía claro cuánto dominaba ese arte, habían pasado siete semanas desde que Sara se había ido y, hasta la fecha, él no había conseguido descubrir ninguna señal oscura. Más allá de sus posibles sospechas de que Sara estuviera trabajando en un pub y no en una tienda de ropa, tal y como ella afirmaba. Vivía en Camden Town, él tenía intención de ir a visitarla un fin de semana a finales de agosto o comienzos de septiembre, y entonces ya se haría una idea mejor de cuál era la situación real.

Y luego le vino a la mente aquella imagen escalofriante de Sara tendida debajo de una cama tras ser asesinada, y Barbarotti se agarró más fuerte al volante. Había soñado con eso. Que no era Anna Eriksson la que se escondía en las bolsas de plástico, sino su propia hija.

La vida es condenadamente frágil, pensó Gunnar Barbarotti. Y jodidamente normal, hasta que llega ese segundo en el que todo se rompe.

Es así. Como pasear por hielo de una sola noche, esas son las condiciones. Y entonces le sonó el teléfono.

—¡Funciona! Buenos días, mi amor.

El mero hecho de oír su voz hizo que Barbarotti casi se estampara contra un tráiler que tenía delante. Mi alma tiene un problema muy serio estos días, pensó. Está revuelta como la de un quinceañero.

—Hola —dijo—. ¿Has...?

—Claro. Acabo de salir de la tienda. Es amarillo, me lo han dado casi gratis porque es un modelo muy antiguo.

Durante un breve instante de desconcierto Barbarotti no comprendió de qué le estaba hablando, pero entonces cayó en la cuenta.

—Me da igual el color —señaló—. Solo dame el número.

Ella se lo repitió dos veces y le prometió que se lo mandaría también por mensaje de texto, por si acaso. Aunque ahora ya debía de tenerlo almacenado en el aparato, ¿no?, después de la llamada. Luego ella le preguntó qué estaba haciendo. Él le explicó que iba de camino a Jönköping para hablar con la madre de una mujer que acababa de ser asesinada. Se hizo un momento de silencio al otro lado de la línea, y Barbarotti comprendió que había sido innecesariamente realista.

—¿El de las cartas? —preguntó Marianne.

—Mucho me temo que sí.

—Dios mío. Entonces, se ha cargado a dos.

—Eso me temo —contestó Barbarotti, como si de alguna manera fuera culpa suya, tanto por ser policía como por ser el destinatario de las cartas, que Erik Bergman y Anna Eriksson hubiesen perdido la vida, y como si quisiera pedirle disculpas a Marianne por ello.

Sin duda era un pensamiento sesgado, pero de alguna forma sintió que debería haberse ahorrado la verdad.

Aunque, de todos modos, tarde o temprano Marianne acabaría teniendo conocimiento de ella. También leía la prensa y escuchaba la radio. Mejor que se enterara directamente por él.

—Hay bastante lío ahora mismo —dijo—. Desearía no haberme ido nunca de Gotland.

—Al mediodía vamos a jugar a *varpa* —le contó ella—. Eres bienvenido... Perdona, es horrible, claro. ¿Hoy sale algo en los periódicos?

—Me atrevería a decir que sí. La verdad es que no lo he mirado.

—Me compraré uno —le aseguró Marianne—. Me gusta mucho estar al día de lo que haces. Pero este caso es..., no es el pan de cada día, ¿no?

¿Por qué me pregunta eso?, pensó enseguida Barbarotti. ¿Lo hace porque no se imagina viviendo con un hombre que trabaja en un sector así?

—No —dijo—. No es el pan de cada día. Me parece que nunca había participado en nada similar. De hecho, me estaba planteando cambiar de trabajo.

Esto último lo dijo sin que las palabras hubiesen pasado primero por su cerebro —probablemente, un órdago para darle a entender a Marianne que no le daban miedo los cambios—, pero tras terminar la llamada, diez minutos más tarde, Barbarotti pudo constatar que le iban resonando en la mente. Las palabras, vaya. Y brillaban con aquel resplandor rojizo y rabioso con el que se iluminaban los pilotos en el panel del coche. *¡Repostar en 50 kilómetros! ¡Poner aceite!*

¡Cambiar de trabajo!

Un día de estos tengo que sentarme a pensarlo con

calma, se dijo el inspector Barbarotti. Mi vida se halla en una encrucijada.

Viveka Hall Eriksson lo recibió en su cocina en una casa unifamiliar situada en el bonito barrio de Bymarken, en Jönköping. El lago Vättern yacía como un espejo a unos cien metros debajo del generoso ventanal panorámico, y Barbarotti comprendió que por mucho que la mujer hubiese llevado una vida variada a nivel de relaciones, no había salido de ellas con las manos vacías, económicamente hablando.

Y toda su descendencia parecía haber volado del nido. Igual que los hombres.

Tenía sesenta y cuatro años, Barbarotti lo había comprobado, y hacía cuanto podía para aparentar cuarenta y cuatro. Eran casi las once cuando se sentaron a la mesa donde estaba el café preparado, y el inspector dio por hecho que se habría pasado la mayor parte de la mañana arreglándose para que su aspecto estuviera a la altura. Era probable que hubiera tenido tiempo incluso de pasarse por la peluquería y el salón de belleza: llevaba el pelo bien ondulado y rubio como un campo de trigo maduro, las mejillas empolvadas y colorete, las uñas recién pintadas. Nada daba pie a pensar que había parido a nueve criaturas.

Tampoco que fuera una madre que el día antes se hubiese enterado de que una de sus hijas había sido asesinada.

—Querido inspector, no he pegado ojo en toda la noche —declaró en voz alta, y se pasó la mano unas cuantas veces por la blusa brillante de color lila para dejarla aún más lisa y lustrosa—. Estoy tan destrozada que no sé qué hacer. ¿Ya lo habéis atrapado?

—No —dijo Barbarotti—. Me temo que no. No

sabemos quién puede haberlo hecho. Por eso me gustaría hablar un poco contigo.

—¿Conmigo? —exclamó Viveka Hall Eriksson—. Madre mía, pero si yo no sé nada de todo esto... No entiendo qué... ¡Madre mía!

Hablaba como si su interlocutor se encontrara a veinte o treinta metros de distancia. Barbarotti se preguntó si ese era su tono de voz normal o si era fruto de una histeria aguda que la había azotado, a pesar de todo. Por teléfono no había sonado así para nada.

—Solo vamos a hablar un poco —explicó él lo más despacio y calmadamente que pudo—. Por supuesto, tú no puedes saber nada del trasfondo de este suceso tan trágico, pero debemos proceder con esmero, me imagino que lo entiendes. Nos gustaría mucho atrapar a la persona que ha matado a Anna.

—Sí, sí —contestó ella—. Tenéis que hacerlo. Ese desgraciado no puede andar suelto. Valía su peso en oro mi Anna, te lo aseguro.

—Me lo creo. ¿Tú sabes si estaba saliendo con alguien últimamente?

—¿Saliendo? —dijo Viveka Hall Eriksson como si no entendiera del todo lo que significaba la palabra—. No estaba con ningún hombre, si te refieres a eso.

—¿Tenía alguna relación que se hubiese terminado hace poco?

—Seguro que sí —afirmó la mujer—. Esa niña tenía a los hombres comiendo de su mano. La perseguían como sanguijuelas, pero ella sabía mantenerlos a raya, me he encargado de que todas mis hijas sepan hacerlo.

—¿Conny Härnlind? —probó Barbarotti, y comenzó a sentir cierto desasosiego—. ¿Es un nombre que te resulte familiar?

La mujer soltó una carcajada.

—No estoy al tanto de cómo se llaman. Pero sé que Anna sabía cuidarse, así que el tipo que la ha matado no puede ser alguien con quien ella estuviera saliendo, eso que os quede claro. Ella procuraba juntarse con hombres de verdad, no con tipejos de esos violentos.

—¿Erik Bergman?

—¿Cómo?

—¿Te suena el nombre?

—¿Erik Bergman? No, nunca lo había oído.

Barbarotti tomó un poco de café y cambió de tercio.

—Hablaste con ella por última vez el domingo, ¿es correcto?

—Así es —dijo Viveka Hall Eriksson—. Hablábamos una vez a la semana. De todo un poco. Si quería algún consejo, yo se lo daba. Si no lo quería, no se lo daba. Eso vale tanto para ella como para los demás.

—¿Recuerdas de qué estuvisteis hablando?

—Claro. Hablamos de que se iba a ir a Gotland ayer viernes. Le hice algunas recomendaciones, he estado en Visby diecisiete veces, es un auténtico paraíso veraniego y me gusta compartir mis conocimientos.

Por supuesto, pensó Barbarotti. Las buenas costumbres deben transmitirse.

—¿Iba a ir sola o con alguien? —preguntó.

—Con una amiga, no me acuerdo de cómo se llama. Lisbeth o algo así. Sí, eran ellas dos. Le dije que intentara alquilar una cabaña en la bahía de Gustavsvik, es el mejor sitio y el más barato. Cerca de la ciudad y cerca de Snäck, no se puede pedir más. ¿Has estado en Gotland?

Barbarotti asintió con la cabeza.

—Un par de veces, de hecho. Sí, es una isla bonita.

—Hay que ir a Visby —dijo Viveka Hall Eriksson—. Lo demás es todo campo de mierda. Y en verano, claro, qué asco vivir allí todo el año.

—¿No comentó nada acerca de que se sintiera amenazada o algo así cuando hablasteis? —preguntó Barbarotti.

—¿Amenazada? No, no se sentía amenazada. ¿Por qué iba a hacerlo?

Barbarotti tomó un poco más de café y cogió una galleta Singoalla mientras le daba vueltas a cómo proceder para llegar a alguna parte.

—Pues, por ejemplo, porque un par de días más tarde murió asesinada —dijo—. ¿O te has olvidado de eso?

—¡¿Olvidarme?! —gritó, y abrió los ojos como platos—. ¿Cómo iba a olvidarme de que mi hija ha sido asesinada? ¿Estás mal de la cabeza? Encárgate de atrapar a la persona que lo ha hecho, en lugar de venir aquí a inse... insi..., ¿cómo coño se dice?

—¿Insinuar? —propuso Barbarotti.

—Eso. ¡No vengas aquí a *inseminar* cosas! Detén a quien haya matado a mi Anna, para eso pagamos impuestos, inspector.

—Hummm —gruñó el inspector—. Es justo por lo que he venido. Para ver si tienes alguna pequeña pista con la que ayudarnos. En este momento mis compañeros en Kymlinge están hablando con las personas del entorno más cercano de tu hija, todas las que hemos podido localizar, y...

—Te diré a qué clase de hombre tenéis que buscar —lo interrumpió ella iracunda, y golpeó el tablero de la mesa con el enorme despliegue de pulseras que le colgaban alrededor de la muñeca izquierda—. Tenéis que buscar a un inmigrante de esos. Un extranjero. Como no pueden conseguir mujeres, recurren a cualquier medio imaginable. Está claro que quien le ha hecho esto a mi Anna es un puto moro negro, solo tenéis que salir a buscar al correcto. No son como nosotros, no huelen como nosotros y no entiendo qué vienen a hacer a nuestro país.

—Creo que te estás pas...

—¡Digo lo que me da la gana! —gritó Viveka Hall Eriksson—. Estoy en mi casa.

Al salir sintió el impulso de recoger una piedra del suelo y lanzarla contra la ventana de la cocina. Se contuvo y soltó una larga retahíla de tacos entre dientes.

Que haya gente así..., pensó. ¿Cómo se podía ser tan vulgar? ¿Con sesenta y cuatro años y siendo madre de nueve hijos?

Sin duda, Barbarotti estaba acostumbrado a toparse con gente de todo tipo en su trabajo, pero lo de ese día —en esa mañana soleada de pleno verano— no se lo esperaba. No en aquella casa elegante, en aquel barrio tan bien cuidado.

Una madre que acababa de perder a una hija.

El racismo disimulado de una cabeza de alcornoque, pensó Gunnar Barbarotti. De la mano de una imbecilidad sin parangón. Joder, qué patética.

Aunque... ¿disimulado? Aquella mujer no había disimulado en absoluto sus opiniones, eso no se le podía recriminar.

Pero ha esparcido sus genes de idiota en nueve ocasiones, pensó con amargura, y se metió en el coche. Si todos sus hijos también tenían descen...

Bueno, en ocho ocasiones, pensó. Y, que ellos supieran, Anna Eriksson, de la calle Skolgatan en Kymlinge, no había tenido tiempo de traer criaturas al mundo, pese a haber superado la treintena, así que...

Uy, no, ahora ya estoy pisando terreno pantanoso, se interrumpió a sí mismo, y giró la llave en el tambor.

Tranquilícese, inspector. A la larga, la democracia es la mejor solución, y no todas las personas en este país se llaman Viveka Hall Eriksson.

Decidió posponer la conversación con Sara hasta la noche o la mañana siguiente. Había conseguido dominar su indignación, pero seguía latente. Cuando hablara con su hija quería estar tranquilo y atento, no alterado y misántropo.

Así que marcó el número de la inspectora Backman para preguntarle cómo habían ido los esfuerzos en casa.

Backman sonó irritada.

—Aquí reina el caos —dijo ella.

—¿Por qué? —quiso saber Barbarotti.

—Entre otras cosas, porque hoy hay más páginas en el periódico. Parece que se está haciendo una peregrinación a los lugares de los crímenes. A ambos. Un vecino asegura haber visto a un hombre desconocido en la escalera de Anna Eriksson el martes por la tarde, lo gracioso es que se dejó entrevistar por un periodista antes de que nos diera tiempo de interrogarlo. Y Asunander se pasea como un castor con obstrucción intestinal. Está dando el coñazo con que debemos meter a más gente en el caso, imagino que se refiere a la judicial. A las dos tenemos una reunión con él y el fiscal, supongo que ya habrás llegado para entonces, ¿no?

Gunnar Barbarotti redujo en el acto la velocidad y miró el reloj.

—No estoy seguro. Me uniré a vosotros cuando llegue... Entonces ¿el forense ya ha sabido concretar la hora de la muerte?

—Dice que el martes al mediodía no es imposible.

—Pero ¿podría ser el miércoles?

—Podría ser el miércoles. Aunque el martes parece más probable.

—¿Alguna pista en el piso?

—Lo sabremos dentro de una semana. Pero algo tendría que haber. Debió de matarla allí dentro.

—¿Nada que salte a la vista?

—Si el señor agente se refiere al arma homicida, la respuesta es no. Parece haberse acordado de llevársela de allí.

—Entiendo —dijo Gunnar Barbarotti—. Y el testigo este, el que dice que vio a un desconocido..., ¿es fiable?

—En principio, sí. Aunque la descripción que ha hecho es tan vaga que coincide con las señas de la mitad de la población de Suecia. Solo lo vio de espaldas en la escalera. Varón de entre veinticinco y cincuenta, camisa clara, pelo rubio oscuro... y no hay absolutamente nada que sugiera que es el autor de los hechos. Pero en la prensa de mañana sí que pondrá que lo era, de eso puedes estar seguro.

—¿Y no ha aparecido nadie más que haya visto algo?

—No, pero tenemos diez toneladas de gente con la que debemos hablar. ¿Qué tal la madre?

Barbarotti buscó un momento una expresión simple para definirla.

—*White trash* —contestó—. Una racista de mierda, aunque vivía bastante bien.

—*White trash?* —repitió Eva Backman—. Pensaba que eso solo existía en Estados Unidos, pero es..., bueno, está claro que me confundía. Oye, tengo a un par de amigas que están esperando poder pronunciarse. ¿Nos vemos a las dos, pues?

—Si llego, sí —dijo él.

Cuando entró en la comisaría de Kymlinge ya eran las tres menos cuarto, y la reunión con Asunander y el fiscal Sylvenius se había terminado. La inspectora Backman no se molestó en comentar su conducción inusualmente lenta desde Jönköping, y Barbarotti vio por su cara que lo más probable era que ella hubiera hecho lo mismo.

—Todo apunta a que a partir de mañana va a haber una nueva junta de dirección para la investigación —se limitó a constatar Backman en tono lacónico—. Asunander está negociando con la judicial y Gotemburgo. Será agradable contar con gente que tenga un poco de empuje y que nos pueda decir lo que debemos hacer.

—Ya ves —dijo Barbarotti—. Pero Astor Nilsson ya está aquí, ¿no?

Ella asintió en silencio.

—Está hablando con un chico interesante. Julius Bengtsson. ¿Cómo coño te puedes llamar Julius Bengtsson hoy en día? Es nombre de estafador de una película antigua de serie B.

—¿Quién es?

—El exnovio de nuestra última víctima. Se ve que tiene algunas informaciones emocionantes. ¿Quieres oírlo?

El inspector se encogió de hombros.

—¿Por qué no?

Se sentaron a la mesa de delante de la salita de interrogatorios con ventana unidireccional y tintada, y Backman activó el sonido. Barbarotti observó a los dos actores que estaban sentados uno frente al otro dentro de la austera estancia. Veía el perfil del uno y del otro: el izquierdo de Astor Nilsson, el derecho de Julius Bengtsson. Un hombre de unos treinta y cinco años, aproximadamente, con pelo a lo Tintín, teñido de rubio, y una perilla del mismo color. Camiseta naranja que revelaba una serpiente tatuada en el fuerte brazo. Pequeño aro de oro en el lóbulo de la oreja. Un poco de sobrepeso.

—¿A qué te refieres? —dijo Astor Nilsson.

—Y entonces tiró toda mi ropa al patio —dijo Julius Bengtsson agitado—. Tuve que salir en cueros, sin nada con que taparme. La tía estaba como una cabra, si te interesa mi opinión.

—Entiendo.

—Otra vez me dio un empujón y me tiró al río. Habíamos estado tomando unas cervezas en Rimminge, era verano y volvimos a pie a casa tranquilamente. Y entonces me paré a echar un meo, y va ella y me hace un placaje y me tira al agua. Y se partió de risa, la muy chalada.

—¿Cuánto tiempo estuvisteis saliendo? —preguntó Nilsson.

—Demasiado tiempo —dijo Bengtsson—. Debieron de ser por lo menos tres meses..., no, joder, más..., puede que incluso medio año. Aunque la cosa nunca llegó a ser del todo seria.

Astor Nilsson le pasó una fotografía.

—¿Sabes quién es?

Julius Bengtsson estudió la foto largo y tendido. Se la devolvió.

—Ni idea.

—Erik Bergman. ¿El nombre te dice algo?

—¿Es al que acuchillaron la semana pasada?

—Correcto. ¿Lo conocías?

—Joder, no.

—Está bien. ¿Cuánto hace que Anna Eriksson y tú lo dejasteis?

Julius Bengtsson se lo pensó un momento.

—Dos años, quizá... Dos y medio.

—¿Vivíais juntos?

—No, ni de coña. Hay que tener cuidado con eso.

—¿Ah, sí? ¿Y cuándo fue la última vez que la viste?

—La semana pasada. O a lo mejor fue la anterior.

—¿En qué contexto?

—¿Cómo?

—¿Dónde?

—Por el centro, sin más. Me crucé con ella, pero la muy morruda miró para otro lado como si yo estuviera hecho de aire. Ella es así..., era así, supongo que debería decir.

Gunnar Barbarotti le hizo un gesto a Eva Backman para que apagara el sonido. Así lo hizo.

—Creo que ya tengo suficiente —declaró él—. No parece un testigo clave que digamos.

—Con un poco de suerte, no —dijo ella—. Tenemos a dos exnovios más en la cola, por cierto. Y un cuarteto de amigas.

—Y tiene ocho hermanos y hermanas —le recordó Barbarotti—. ¿En serio no hay nada un poco más sustancial?

Backman pensó un momento.

—La amiga de Gotland no ha dado mucho de sí. Al menos no por teléfono. Veremos qué nos parece cuando la tengamos cara a cara, viene mañana. La visita en Visby solo le ha durado un día.

Barbarotti asintió con la cabeza, pero no dijo nada.

—La verdad es que creo que va a ser más de provecho la mejor amiga de la infancia en Torremolinos con la que hablaste ayer —continuó la inspectora—. Hablaremos con ella también mañana... Al menos parece conocer un poco mejor a la víctima que el resto, pero quizá tampoco deberíamos tener grandes esperanzas.

—¿Algo más? —quiso saber Barbarotti.

—No mucho —respondió ella—. Sorgsen está intentando recopilar los eventos del martes. Qué hizo Anna Eriksson hasta que se topó con el asesino, etcétera. Si es que nos atrevemos a suponer que fue el martes cuando murió. Cabría preguntarse..., bueno, cabría preguntarse cuánto tiempo nos dio realmente. El asesino.

—¿Qué quieres decir?

—Solo que a lo mejor recibiste la carta el mismo día en que la mató. Aunque puede que te llegara el día antes. El lunes. O la semana anterior. ¿No recuerdas si la carta estaba encima del todo de la montaña de correo?

Barbarotti hizo memoria.

—Creo que estaba todo como esparcido. Pero estoy casi seguro de que no estaba oculta debajo de otra cosa.

—Entonces ¿podría haberte llegado el martes?

—Es posible —dijo Gunnar.

—Pero la primera vez la carta llegó con una semana de antelación. Me pregunto...

—¿Sí?

—Me pregunto si el asesino se atrevió a correr el riesgo de dejar que pasaran unos días también la segunda vez. Quiero decir, darnos un nombre y una semana para investigar..., suena un poco arriesgado, ¿no te parece?

Él asintió.

—Tal vez le gusten los riesgos. Al fin y al cabo, no hay nadie que le obligue a escribir las cartas, ¿no?

—No, en eso tienes razón —concedió Eva Backman, y algo que Barbarotti no pudo identificar del todo pasó por el rostro de su compañera. Una sombra un tanto lúgubre, casi melancólica.

Mal augurio, pensó.

—Aun así, las escribe —añadió Backman mientras lenta y conscientemente, como si se tratase de una especie de intrincado trabajo de precisión, juntó las manos sobre el escritorio—. Me parece preocupante, Gunnar. Muy preocupante. ¿Crees...? Quiero decir, ¿crees que va a haber más?

Gunnar Barbarotti guardó un momento de silencio, con la mirada fija en los dedos entrelazados de su compañera.

—No tengo muy claro qué creer —constató luego—. Si te soy sincero...

—¿Sí?

—Si te soy sincero, no entiendo nada de todo esto.

—Yo tampoco —dijo Eva Backman, que enderezó la espalda y pareció espabilar un poco—. ¿Nos repartimos los interrogatorios?

—Será lo mejor —contestó él.

III

Notas de Mousterlin

1 – 8 de julio de 2002

He estado caminando unos días. Nuestra casa está situada justo al final del pólder, *Marais de Mousterlin*, doblas a la derecha en cuanto sales por la verja pintada de azul y ya estás ahí. Senderos estrechos y serpenteantes de tierra que atraviesan en todas direcciones una fértil marisma con plantas curiosas, pájaros y acumulaciones de agua estancada. Te cruzas con algún que otro caminante, y con algún que otro perro, pero no demasiados. El singular paisaje se extiende por todo el recorrido detrás de la playa entre Mousterlin y Beg-Meil. Ayer incluso pasé el faro y continué por la ruta de senderismo que sube bordeando la costa hasta Cap-Coz. Es agradable poder estar solo, a veces me olvido de que esto es lo mío: caminar tranquilamente sumido en mis propios pensamientos e ideas. La fuerza de la vegetación que me rodea y acompaña mis pasos se me antoja de mucho peso y con notas de misterio. El erotismo y la muerte se tocan en esta selva caliente y frondosa. Seguro que hay aquí muchos bichos cuya esperanza de vida alcanza tan solo un día: nacen por la mañana, mueren por la tarde y se descomponen durante la noche.

De vez en cuando también tengo que recordarme dónde me encuentro en realidad, en un contexto mayor. Y quién soy, en última instancia. Este mediodía me ha vuelto a venir el recuerdo de Anna y su pelo mojado tras el chapuzón nocturno, y me he visto obligado a masturbarme en un claro bañado por el sol para desprenderme de su invasiva presencia. Luego he bajado trepando hasta la playita Bot Conan y me he refrescado. He pasado una hora nadando en la bahía, y mientras lo hacía he decidido quedarme otros cuatro o cinco días. Hasta el martes o el miércoles de la semana que viene. Después, ya habré tenido suficiente de este grupo. Sospecho que el fin de semana nos relacionaremos con los Malmgren y Gunnar y Anna, de alguna manera, lo cual me atrae y a la vez me asquea un poco. Reconozco que veo cierto disfrute en juntarse con un grupo en el que no sientes la menor simpatía por ninguno de sus componentes. Quitando las sugestiones eróticas.

No sé a qué se ha estado dedicando Erik estos últimos días. Tanto ayer como hoy lo he dejado en casa poco después del desayuno, esta tarde hemos cenado mejillones a la marinera en Le Grand Large, pero no me ha contado nada de lo que ha estado haciendo. Supongo que se ha pasado el día tumbado en la terraza o en la playa tomando el sol, está muy bronceado, y me imagino que se habrá relacionado un poco con algún o algunos miembros del resto de la colonia sueca.

De hecho, esto último lo sé con seguridad, puesto que me ha explicado cómo ha continuado la planificación del viaje en barco a Les Glénan. No es gran cosa, la verdad, pero Gunnar, o posiblemente Henrik, ha hablado con un inglés que, por lo visto, vive aquí abajo de forma más o menos permanente y que está dispuesto a alquilarles su barco para una jornada.

Parece que la idea es que vayamos los seis. Erik no me ha llegado a preguntar en ningún momento si me apetece ir, pero a lo mejor ese era el objetivo final cuando me ha comentado el tema. Darme la oportunidad de decir que no —mientras estábamos en Le Grand Large—, y como no lo he hecho, se da por sentado que me apunto y que pagaré mi parte de los gastos. Si escruto mis pensamientos y motivos, tampoco puedo decir que me sienta demasiado contrario al arreglo.

¿Por qué no?

¿Por qué? ¿Por qué no? Siempre estas dos preguntas estériles que se me resisten y que no me dejan tranquilo. Debería haber una señal más clara.

Resumo doce horas más tarde. Lo pasado, pasado está; no se puede volver atrás en el tiempo.

Me he duchado, he dormido cuatro horas, me he duchado otra vez. Erik se ha ido de casa muy pronto esta mañana, me imagino que está en casa de Gunnar y Anna deliberando. O en casa de los Malmgren. Ha parado de llover, es lunes, son las once y media.

Pero hablemos del domingo por la mañana. Ayer, veintiséis horas después de que todo se pusiera en marcha. Cuesta creer que no haya pasado más tiempo que eso, pero retrocedo a ayer y empiezo por el principio, la cabeza me da vueltas y la cronología me brinda tanto imparcialidad como una simple ayuda para la mente. Soy consciente de que nadie más pondrá por escrito y en orden los acontecimientos que han tenido lugar durante este el más terrible de los días.

La mañana es hermosa y el plan es sencillo: el inglés del barco —no llegué a quedarme con su nombre— tiene su casa en algún sitio de Beg-Meil, y el barco atracado en algún pequeño puerto en el lado este.

Gunnar y Henrik lo van a buscar a las nueve, los demás nos reunimos en la playa un poco más allá del cabo de Mousterlin, justo debajo de la casa de los Malmgren. Cestos de comida y neveritas portátiles, ropa de baño, botellas de vino. Las mujeres fueron a Quimper el sábado y se han aprovisionado bien. Las baguettes asoman entre sus toallas a rayas blancas y rojas, una sombrilla multicolor, sombreros de paja, como si fuéramos un cuadro. Están animadas, hablan de cremas solares y playas de arena vírgenes. Hace un tiempo espléndido, cielo despejado, la temperatura ya debe de haber superado los veinticinco grados. Sí, es un cuadro, una pintura de la escuela de Skagen en otro país y otra época, pero con el mismo temperamento. Y yo también siento, con la misma claridad que ante un idilio al óleo como aquellos, que esto no es más que una ilusión de apenas un segundo, que desaparece en cuanto pestañeas. ¿Cómo puedo saberlo? El mar está en calma, en el horizonte se divisan un par de las islas de Les Glénan, o al menos doy por hecho que son esas las que se ven, aunque no lo sé con certeza. La playa todavía está prácticamente vacía: algún que otro corredor, nada más, y un par de pescadores. Marea baja, pero subiendo. Erik y yo, dos mujeres. Pertenecen a otros hombres, pero un observador desconocido que nos mirara sin duda nos tomaría por dos parejas. Recuerdo que eso es lo que pienso mientras estamos allí esperando el barco con Henrik y Gunnar. También recuerdo que Erik ayuda a Anna con la tira del bikini, se le ha enredado media vuelta en la espalda.

Pero antes de que llegue el barco aparece Troaë.

Desearía que no hubiese sido así.

Llevaba el mismo bañador de color rojo que la última vez, pero esta mañana metido en un par de vaqueros blancos recortados. El mismo sombrero azul de verano, la misma mochila. Pero sin caballete. Cuando nos vio, se le iluminó la cara y echó a correr al galope, salpicando arena.

—*Mes amis!* —gritó—. *Mes amis les Suédois!*

—*Bonjour, petite!* —respondió Katarina Malmgren—. *Comment vas-tu ce matin?*

La niña frenó justo a nuestro lado y enseguida se puso seria.

—No muy bien. Me he peleado con mi abuela.

—*Et pourquoi?* —consiguió pronunciar Erik—. ¿Por qué?

Troaë se lanzó a hacer una viva descripción de la mañana con su abuela, poniendo caras e imitándola. Katarina Malmgren debía de entender la mayor parte de lo que le decía, porque se reía con énfasis con el relato de la niña e iba haciendo algún que otro comentario. Los otros tres tratamos de seguir la conversación como buenamente podíamos. Por lo visto, la abuela había querido llevarse a la niña a la ciudad —imagino que era Quimper lo que se consideraba como tal— para ir de compras, pero Troaë detestaba ir de compras. En especial con su abuela, quien necesitaba ocho horas para elegir un queso y un par de zapatos.

—Me ha dicho que soy una *guenon* y que he salido a mi madre.

—¿*Guenon?* —preguntó Erik.

—Una simia, me parece —dijo Katarina.

Exacto, pensé yo. Una simia, eso es justo lo que es.

La niña había dicho que la abuela era *un chameau*, otro tipo de mono, a juzgar por el contexto, y luego la señora se había ido a la ciudad por su cuenta.

—¿Qué vais a hacer hoy?

Más o menos en ese momento divisamos a Henrik y Gunnar. Un barco blanco de poliéster había bordeado el cabo y se acercaba a buena velocidad y con un ruido cortante de motor. Yo no sé nada de barcos, pero aun así comprendí que debía de tratarse de una historia bastante costosa. Por un instante me pregunté quién sería ese inglés que aceptaba alquilar su barco a un grupo de desconocidos de aquella manera. Aunque a lo mejor Henrik y Gunnar habían manifestado un mayor conocimiento de barcos y de navegación de lo que yo estaba en condición de atribuirles. Katarina le explicó a Troaë que estábamos a punto de hacer una excursión a las islas.

—¡Les Glénan! —exclamó esta—. ¡Me encanta Les Glénan! ¡Dejadme ir con vosotros!

Pasaron unos segundos mientras el barco se aproximaba; yo intercambié una mirada con Erik, pero no supe leer su postura. Luego la niña le cogió la mano a Katarina Malmgren y se pegó a ella.

—¿Por favor?

—¿Y tu abuela? —preguntó Erik—. ¿Qué crees que dirá tu abuela?

—A ella le da igual —aseguró Troaë—. Estoy acostumbrada a arreglármelas sola. Ella solo suele controlar que esté en la cama a medianoche, eso es todo. ¿Por favor?

—Está bien —cedió Katarina.

—*Je vous aime* —dijo la niña.

No sé por qué lo hizo. Por qué Katarina Malmgren le prometió a la niña, sin más, que podría acompañarnos todo el día a Les Glénan. Tomó la decisión ella sola, sin consultárnoslo a los demás. Estoy seguro de que a Anna le pareció una estupidez, en todo caso, pero —caí en la cuenta— a lo mejor esa era precisamente la razón por la que Katarina había dicho que sí. Solo porque sabía que Anna era de la idea diametralmente contraria, pero que le costaría expresarlo. Nunca he logrado entender del todo el intrincado juego que rige entre las mujeres, solo puedo especular. En cualquier caso, la decisión estaba tomada, la pequeña Troaë iba a acompañarnos en el barco hasta las islas. Ninguno de los demás verbalizó ninguna protesta, ni Erik ni Anna ni yo.

Ni tampoco Henrik y Gunnar, después de que vadeáramos en el agua y subiéramos a bordo del Arcadia, y la niña contuvo su entusiasmo y su alegría e hizo todo lo que pudo por parecer adulta y encajar en el ambiente. Tenía talento social Troaë, eso hay que reconocérselo.

El Arcadia era blanco y plasticoso y tenía un gran motor de color negro. En la cabina había sitio para unas cuatro personas, pero a nadie le interesaba estar sentado allí dentro. Las mujeres se buscaron inmediatamente un sitio en la cubierta de proa, extendieron sus toallas rojas y amarillas y comenzaron a tomar el sol. Gunnar recibía órdenes de pilotar despacio, para que no las azotara un viento demasiado fuerte ni les salpicara el agua, los demás nos acomodamos a la estrecha mesa en la bañera. Henrik y yo a un lado, Erik y Troaë al otro. La niña coló una mano por debajo del brazo de Erik y él la dejó que la tuviera allí. No dijimos gran cosa, parecía forzado tratar de superar el ruido del motor, que era realmente invasivo. Constaté que éramos siete. Nadie llevaba chaleco salvavidas, y no hubo nadie que hiciera ningún comentario sobre este detalle.

Al acercarnos a Les Glénan —se trata de un pequeño archipiélago compuesto por una decena de islitas, ninguna de ellas habitada el año entero, aunque hay un par que están desarrolladas para satisfacer las exigencias del turismo moderno—, Gunnar aminoró la marcha, Anna y Katarina bajaron para unirse a nosotros y se inició un debate para ver cuál de las islas deberíamos elegir. Alguien sacó un mapa y lo desplegamos. Yo no di mi opinión en ningún momento, pero al cabo de un rato se habían puesto de acuerdo en Île de Brunec, no sé por qué, supongo que porque queda un poco apartada. No forma parte de las cinco islas mayores repartidas en un círculo alrededor de la famosa albufera. Según un folleto que Henrik nos presentó, no hay ninguna edificación en Brunec, ni restaurantes ni ningún otro tipo de servicio.

—Es ideal —dijo Anna—. Solo playas blancas y mar turquesa.

—Comida y vino y piel caliente —añadió Gunnar.

Resultó acertar bastante. Atravesamos la laguna, rodeamos Île de Saint-Nicolas y echamos el ancla en la cara oeste de Brunec, en un pequeño estrecho, entre una roca escarpada que asomaba y una playa de arena de color marfil. Vadeamos hasta tierra firme en aguas tibias de un metro de profundidad, con las cestas y las neveras en la cabeza. No se veía ni un alma. En el trayecto habíamos encontrado bastante tráfico y una decena de barcos balanceándose en la albufera, pero en Brunec no había nadie. Por lo que parecía, habíamos dado con una isla para nosotros solos con por lo menos trescientos metros de playa. El perímetro no era muy grande, quizá unos dos kilómetros, con una pequeña tira de árboles en el centro. El punto más alto no debía de estar a más de cinco metros por encima del nivel del mar.

Miré la hora. Eran las once y media. Miré el cielo. Azul celeste. El mar aún yacía como un espejo, las gaviotas volaban perezosas trazando elipses, y de pronto me di cuenta de que me hallaba a merced de aquellas personas. Todo el día.

¿Por qué me había metido en esto?

De verdad que pensé estas cosas, y *El señor de las moscas* se me pasó por la cabeza, no es ninguna reflexión a posteriori.

Era el segundo viaje de Troaë a Les Glénan, por lo visto. La primera vez había venido con su madre y su padre. Si no lo recordaba mal, tenía cuatro años.

—Pero si tu abuela llega a casa a las cinco y no estás, ¿no se va a preocupar? —quiso saber Katarina.

A buenas horas le preguntaba eso, pero la niña solo se rio y negó con la cabeza.

—Para ella solo soy un incordio —dijo—. Ya os lo he explicado. Por su parte, lo importante es que esté viva para cuando papá venga a buscarme. Pero no pasa nada por que mi abuela sea como es, me las arreglo mejor sin ella.

—¿Y cuándo viene tu padre?

Troaë se encogió de hombros.

—Un par de días antes de que empiece el colegio, supongo. Dentro de seis semanas o así.

Se me ocurrió que Troaë podía ser una mitómana. Que en realidad vivía con su madre y su padre en Fouesnant todo el año. O en alguno de los campings que había visto en las proximidades de Beg-Meil. Que no existía ninguna abuela y que nos iba a caer un puro por haber raptado a la niña. Pero no dije nada. Me levanté y me limité a meterme en el agua. Nadé un tramo, el agua estaba realmente cristalina, la arena desaparecía abruptamente a veinte metros mar adentro. Me arrepentí de no haberme llevado las aletas y las gafas para hacer *snorkel*, habría sido una forma excelente de pasar el tiempo. Flotar en el agua y contemplar el mundo sordomudo que se extendía bajo la superficie. También caí en la cuenta de que hacía ya más de cinco años que me había sacado el título de buceo, y casi lo mismo desde el accidente con mi mujer.

Cuando volví, una media hora más tarde, ya habían empezado a preparar la comida.

—Será mejor echarles mano a un par de botellas de vino mientras aún están más o menos frías —constató Gunnar—. Supongo que el agua está demasiado caliente para enfriarlas, ¿no?

La pregunta iba dirigida a mí. Ninguno de los demás se había bañado todavía. Me encogí de hombros.

—Estará a unos veinte grados, diría yo.

—Tengo sed —dijo Anna—. Y pensaba bañarme desnuda, pero necesito un par de copas para atreverme.

Me dio la sensación de que me lanzaba una mirada al mismo tiempo que lo decía, pero a lo mejor solo eran imaginaciones mías.

—Anna tiene la particularidad de que solo se baña desnuda cuando está con gente —señaló Gunnar—. Nunca cuando está sola. Cabe preguntarse por qué.

—Vete al carajo, cerdo —dijo Anna. Se rio y le dio una palmada en el trasero.

Troaë quiso saber de qué estábamos hablando y Katarina le dijo que estábamos admirando la belleza de la isla. Luego nos pusimos a comer. Baguettes y quesos, ensaladas pringosas, jamón de Bayona, crepes y aguacates. Fresas, frambuesas y cerezas. Le habían puesto mucho empeño, y la nevera portátil con vino de Alsacia contenía, ni más ni menos, ocho botellas.

Durante las siguientes dos horas y media vaciamos seis de ellas. Troaë aseguraba que se había criado a base de vino y agua, así que la dejamos tomarse un par de copas. Tuvo lugar la misma conversación insustancial de playa, claro está. Cuanto más vino, más insustancial. Gunnar se empecinó mucho en comprarle la acuarela a Troaë, y la niña nos explicó que iba a terminarla al día siguiente, y que si queríamos que nos mostrara el resultado solo teníamos que procurar estar en la playa. A lo mejor nos la podía subastar, nos dijo que había presenciado infinidad de subastas de arte con su padre y sabía cómo funcionaban. Gunnar y Erik debatieron la propuesta un rato con fingida seriedad, pero enseguida perdieron el interés. Tenían más ganas de hablar del peculiar amor que mostraba el pueblo francés por los desayunos dulces y malos, así como otros temas similares. La niña fue guardando cada vez más silencio, se puso a leer un libro que sacó de su mochilita, yo saqué las *Confesiones* de san Agustín, que siempre me hace compañía en los viajes, y de esta manera fue como si la niña y yo marcáramos algún tipo de distancia respecto al resto del grupo. Una frontera estrecha pero significativa. También estuve un rato pensando en aquello de *El señor de las moscas*: una situación como esta, en la que hemos naufragado y nos vemos obligados a vivir durante meses en la isla, y cómo poco a poco la niña y yo vamos formando una especie de enclave, un frente contra la barbarie. Pero enseguida vi que la idea carecía de fuerza y credibilidad.

Poco después de las tres llegó otro barco y echó el ancla en el otro extremo de la playa, un hombre y una mujer bajaron a tierra y se acomodaron en sendas sillas de playa.

—Mira —dijo Gunnar—. Ya hay público suficiente. Ahora ya puedes bañarte desnuda, Anna.

Anna no tardó en aceptar el desafío. Sobre unas

piernas un tanto inestables, se levantó, se quitó el bikini y se metió corriendo en el agua. Seguramente habría sido una imagen bonita de no ser porque iba un poco ebria. Tropezó y se cayó cuando apenas se había introducido un par de metros en el agua. Blasfemó, se puso en pie y se volvió hacia nosotros.

—¡Vamos, moñas! —gritó—. ¡Soltaos un poco, que esto es el paraíso!

Katarina Malmgren titubeó un segundo, pero no más. Se quitó el bikini ella también y siguió al galope los pasos de Anna. Ella se movía con piernas mucho más estables, logró meterse bastante más que Anna y se zambulló de cabeza en el agua por voluntad propia.

Gunnar se rio. Erik se rio y gritó «¡bravo!». Henrik y yo no teníamos comentarios. Troaë dio unas palmadas y gritó algo en francés que no comprendí. Acto seguido ella también se metió corriendo en el agua para reunirse con las dos mujeres desnudas.

Esta vez no se quitó el bañador. Me pregunté por qué. Quizá la niña era consciente de que no podía competir con dos cuerpos tan exuberantes como los de Anna y Katarina, pero es probable que le esté atribuyendo más astucia y cálculo de los que realmente posee.

Al cabo de un minuto el cuarteto masculino también se metió en el agua. Todos con el bañador puesto. Por la parte que me tocaba, tenía buenas razones para conservarlo, y pude ver que como mínimo Erik se hallaba en el mismo aprieto que yo.

La pareja desconocida abandonó la playa sobre las cuatro de la tarde, y más o menos a esa hora Anna y Gunnar nos dijeron que les gustaría hacer una pequeña expedición por su cuenta. A esas alturas ya nos habíamos terminado las botellas que quedaban, resultaba bastante evidente que tenían toda la intención de follar y necesitaban un poco de intimidad.

—Cogemos el barco y nos vamos a Les Bluinieres —explicó Gunnar agitando el mapa—. Deben de ser esas que se ven allí delante. —Señaló hacia un par de siluetas que se veían al oeste—. Volvemos dentro de una hora, ¿de acuerdo?

—Adelante —dijo Katarina Malmgren—. Pasadlo bien, ja, ja.

—Ja, ja. —Anna se rio.

—¿De qué habláis? —quiso saber Troaë.

—Eres demasiado pequeña para entenderlo —contestó Katarina sin traducírselo.

—No sé yo —murmuró Erik mientras observaba pensativo a Gunnar y Anna, que ya se dirigían al barco—. No sé yo.

—Quiero saber de qué habláis —protestó Troaë, y se cruzó de brazos—. Es injusto.

—Se te pasará con los años —dijo Erik—. Tienes que aprender a tener un poco de paciencia, pequeña.

Lo dijo en sueco, y no creo que Troaë comprendiera que se estaba dirigiendo a ella. Por mi parte, empezaba a sentir que el vino y el sol estaban haciendo nudos en mi cerebro. Supe que debería buscarme una sombra y dormir un rato. Estuvimos mirando en silencio cómo Gunnar y Anna subían a bordo del barco, Gunnar arrancaba el motor tras algunas dificultades y luego rodeaban la roca para alejarse en dirección a Les Bluinieres.

—Es injusto —repitió Troaë cuando los hubimos perdido de vista, y de pronto ya no quedaba tan claro a qué se estaba refiriendo.

Erik se puso en pie.

—Pensaba dar un paseo alrededor de la isla —dijo—. Puedes venir conmigo, Troaë.

Esto lo dijo en un francés impecable, según me pareció a mí, como si hubiese estado un rato formulándolo primero en su cabeza.

—*Oui, monsieur!* —gritó la niña—. *Avec plaisir!* —Se levantó de un brinco, lo cogió de la mano y comenzaron a caminar en dirección al sol, siguiendo la orilla del mar.

Me quedé solo con Henrik y Katarina Malmgren. Katarina acababa de tumbarse bocabajo y le había pedido a su marido que le untara crema solar en la espalda. Me di cuenta de que era el momento de materializar la idea que había tenido y echarme una siesta. Cogí la toalla y me retiré a la sombra de los árboles. Pensé que debería masturbarme antes de dormir, pero estaba demasiado cansado y borracho como para conseguir una erección.

Me desperté con dolor de cabeza. Y porque tenía frío.

Quizá también porque Henrik estaba a un metro de mí, aclarándose la garganta.

—¿Estás despierto? Tenemos un problema.

—¿Un problema?

—Sí. Gunnar y Anna no han vuelto con el barco. Son las seis y media.

Me incorporé y miré mi reloj de pulsera. Había dormido más de dos horas. El dolor de cabeza me martillaba las sienes. Vi que habían trasladado el campamento más arriba en la playa, a poco más de diez o quince metros de donde me había tumbado a dormir bajo los árboles. Katarina y Troaë estaban sentadas juntas, dándome la espalda, Erik a un par de metros de distancia. Tirité, me di cuenta de que había comenzado a soplar un viento frío y de que había nubes oscuras en el cielo.

—¿No han vuelto? —pregunté—. ¿Por qué?

—No sé —dijo Henrik—. Los hemos llamado al móvil varias veces, pero no lo cogen.

—A lo mejor no se los han llevado.

—Puede ser. En cualquier caso, debe de haberles pasado algo, y pinta que va a echarse a llover en breve.

—Disculpa —dije, y me puse en pie—. Tengo que ponerme algo de ropa.

—Creo que la temperatura ha bajado unos quince grados —indicó Henrik.

Fuimos a reunirnos con los demás. Me puse unos pantalones y un jersey de manga larga.

—Toma un poco de esto también —ofreció Erik, y me pasó una botella de calvados—. Esos jodidos conejos no han vuelto.

—Ya me lo han dicho —respondí, y di un trago largo directamente de la botella.

Miré un momento a los demás. La pequeña Troaë estaba pegada a Katarina Malmgren, que la estaba rodeando con el brazo. Parecía preocupada.

—Creo que está enferma —dijo.

Miré a Erik, recordé que se había ido de paseo con la niña antes de que yo me quedara dormido. Él apartó la vista y oteó el agua en dirección a las islas que imaginábamos que eran Les Bluinieres. Ya no se distinguían los contornos, la luz sobre el agua había cambiado, aún no estaba atardeciendo, pero la visibilidad se había reducido de forma considerable. En el agua había olas de medio metro y la sensación era de que el mal tiempo no andaba lejos. Les pregunté si no se habían planteado llamar a tierra firme.

—No sabemos adónde tenemos que llamar —declaró Henrik.

Me di cuenta de que se le trababa un poco la lengua. Sentí como si me hundieran dos clavos gruesos en el cráneo. Van todos borrachos, pensé. Somos cuatro suecos borrachos sin barco en una isla desierta. Hemos secuestrado a una niña francesa de doce años, y a saber qué cojones han hecho durante el paseo.

—Esperaremos una hora más —dijo Katarina—. No hay razón para armar un revuelo.

—Yo estaba en contra de que se llevaran el barco —señaló Henrik.

—Cierra la boca, Henrik —soltó su mujer—. Ese es justo el tipo de comentarios que no necesitamos ahora mismo.

—Has sido tú la que se ha traído a la niña —añadió él—. Pero eso tampoco quieres oírlo, ¿no? En menudo lío nos has metido.

Katarina no dijo nada.

—Por lo menos nos queda medio litro de calvados —observó Erik.

—Solo digo que es una irresponsabilidad de la hostia —insistió Henrik, y encendió un cigarrillo con dedos torpes.

La niña le susurró algo a Katarina. Se levantaron.

—Tiene ganas de vomitar —afirmó Katarina en tono acusador.

—Pues que vomite —replicó Erik.

Katarina y Troaë subieron hasta los árboles. Giré la cabeza y vi a la niña caer de rodillas y comenzar a tener espasmos. En ese preciso instante noté la primera gota de agua en el reverso de mi mano. Erik le pasó la botella a Henrik, que le dio un trago.

Intentamos montarnos una protección primitiva bajo los árboles. Tensamos dos toallas tanto contra el viento como contra la lluvia, pero el resultado fue bastante malo. Henrik iba considerablemente ebrio y hacía poco más que dar vueltas maldiciendo en voz baja. Katarina y Troaë estaban sentadas pegadas la una a la otra para mantenerse en calor. Después de vomitar, la niña apenas había dicho nada y era evidente que no se encontraba bien. Erik y yo hacíamos turnos para estar en la orilla y vigilar en dirección a Les Bluinieres. No nos dijimos gran cosa el uno al otro. A las ocho compartimos las últimas gotas de calvados, Katarina Malmgren se abstuvo, la niña tampoco quiso, pese a que le castañeteaban los dientes del frío que tenía. También empezamos a hablar de la posibilidad de encender una hoguera. Henrik se rio con la idea.

—Joder, pero si este es el sitio más húmedo del planeta —dijo—. Y esto es el mayor fiasco que he vivido en toda mi vida.

—Cierra el pico —le espetó Erik—. Lo que está claro es que tu lloriqueo de niño pequeño no nos sirve de ninguna ayuda.

—Cerraré el pico con mucho gusto —replicó Henrik—. Avisa cuando hayas terminado con el fuego.

Vi que Erik cerraba los puños, y lo cierto es que creo que la cosa podría haber acabado en una pelea con todas las de la ley si no hubiese sido porque en ese momento Katarina Malmgren dio un grito.

—¡Mirad! ¿Verdad que es un barco?

Los cinco miramos hacia las olas, y enseguida pudimos constatar que un barco se acercaba hacia nosotros.

—¿Son ellos? —preguntó Henrik.

—¿Cómo lo voy a saber?

—Claro que son ellos —repuso Erik—. ¿Qué idiota saldría con este tiempo?

—Ya iba siendo hora, joder —dijo Henrik.

—¿Podrías comportarte un poco y estarte callado y hacer algo de provecho? —soltó Katarina.

—¿Qué quieres que haga? —replicó su marido—. ¿Untarte crema en la espalda?

En efecto, eran Gunnar y Anna los que venían con el barco. Fueron surcando olas en dirección a la isla, y un arduo cuarto de hora más tarde todos habíamos logrado subir a bordo. No fue tarea fácil, con aquella marejada: Erik se hizo un corte en el codo y la niña gritaba a moco tendido mientras se aferraba a la escalerilla, tratando de resistir las olas.

—Pasa algo con el motor —dijo Gunnar—. Nos hemos tirado dos horas trasteando con él hasta que hemos conseguido ponerlo en marcha.

—Espero que hayáis disfrutado del paseo —comentó Henrik.

Empecé a ver claro que si Henrik no tenía la sensatez de cerrar la boca, pronto recibiría su merecido.

—Bajad a sentaros en la cabina —les ofreció Gunnar—. Tengo más frío que el culo de un oso polar, pero será mejor que me encargue yo también de la vuelta a casa.

Pensé que era una comparación francamente mala, pero no dije nada.

—Mientras no le confíes nada a Henrik... —dijo Katarina.

Nos apretujamos en el estrecho y oscuro habitáculo. Gunnar dio media vuelta y le dio gas al barco. Se oía claramente que al motor le pasaba algo, el zumbido era bajo y apagado, cuando a la ida había sido fuerte y cortante. Avanzábamos en diagonal a las olas, que nos iban golpeando con bastante fuerza; tuvimos que inclinarnos un poco hacia delante y sujetarnos para no darnos en la cabeza con el bajo techo. Arriba y abajo, arriba y abajo, a los pocos minutos ya empecé a notar que me estaba mareando. Mi dolor de cabeza había estado en suspenso durante la última hora, pero ahora me volvió con fuerzas renovadas. Y estoy convencido de que ninguno de los demás se encontraba mucho mejor. Yo estaba apretujado entre Henrik y Erik. Anna, Katarina y la niña se habían acurrucado al otro lado de la mesa, a la que seis pares de manos se aferraban con nudillos blancos. Arriba y abajo. Arriba y abajo. El ruido del motor aumentaba y se reducía al compás de las olas. De vez en cuando llegaba un golpe repentino, después de una cresta de ola un poco más alta. Mi mareo fue remitiendo poco a poco, comencé a contar mis respiraciones, el latido monótono del pulso en mis sienes, cerré los ojos y deseé haber matado de verdad a toda esa gente el primer día en Bénodet. Haberme permitido, por una vez en la vida, pasar del pensamiento a la acción.

De pronto el motor murió. Gunnar se asomó a la cabina, su figura empapada llenaba la abertura que daba a la cubierta, nos quedamos completamente a oscuras.

—¡Joder! —gritó—. ¡Se ha vuelto a parar! ¡Hostia puta, joder!

El oleaje se intensificó. Ahora el barco escoraba de un lado a otro, arriba y abajo, arriba y abajo, pero como éramos seis metidos en un espacio que debía de estar pensado para cuatro, estábamos encajados y nos manteníamos en el sitio.

—¿Qué coño hacemos? —preguntó Gunnar—. ¡Ya no siento las manos!

—¡¿A cuánto estamos de tierra firme?! —gritó Anna. No había ningún motivo externo para gritar, solo interno.

—A media hora, como mínimo —dijo Gunnar—. Pero sin el motor no vamos hacia tierra firme. Está soplando viento del noroeste, si no zozobramos nos iremos deslizando hacia..., yo qué sé. La Rochelle o algo así.

—¿No puedes tratar de ponerlo en marcha otra vez? —sugirió Anna.

—¿Crees que no lo he intentado? —replicó él enfurecido—. Ya no siento los dedos, joder. A lo mejor va siendo hora de que lo pruebe otro.

El barco dio un fuerte bandazo, Gunnar se golpeó la cabeza en el marco de la puerta y soltó una larga blasfemia.

—Está bien —dijo Erik—. Subiré a echar un vistazo.

Pasó por al lado de Gunnar, que se sentó a mi derecha con un jadeo.

—Joder. No tenemos ni salvavidas. ¿Cómo coño puedes alquilar un barco sin salvavidas?

—¿Erik sabe algo de motores de barco? —preguntó Katarina—. Henrik, ¿no deberías...?

—Voy demasiado borracho —dijo Henrik—. Lo siento, pero los que la habéis liado tendréis que arreglarlo solos.

El puño de Anna salió disparado como un pistón por encima de la mesa. Aterrizó en algún punto de la cara de Henrik. Recuerdo haber pensado que era admirable que lograra acertar con tanta precisión en mitad del bamboleo y a oscuras.

—Pero ¿qué coño...? —gritó Henrik—. ¡Serás perra!

—¡Tranquilizaos, joder! —bramó Gunnar—. ¡Haced el puto favor de comportaros!

Pensé que habíamos llegado a un punto de algún tipo. Aquellas personas habían perdido el fino barniz de civilización, la normalidad había desaparecido, una especie de naturaleza salvaje se había adueñado de la situación, y el lenguaje había pasado de ser una masilla a ser un arma. El barco se mecía con fuerza y Troaë se puso a llorar.

Transcurrió por lo menos una hora. Estábamos apretujados en la estrecha y oscura cabina, dando bandazos por efecto del mar lluvioso y agitado. Nadie dijo nada, a excepción de algún juramento puntual. La niña sollozaba de vez en cuando, Erik y Gunnar se iban turnando con el motor muerto, a veces intentaban rezarle los dos al mismo tiempo. No nos pidieron ayuda ni a mí ni a Henrik en ningún momento. Mi dolor de cabeza iba y venía, con el mareo pasaba un poco lo mismo. Iba contando mis respiraciones y mi pulso y reflexionaba sobre el silencio, por qué nadie tenía nada que decir en unas circunstancias como aquellas. Por qué ninguno de ellos hacía un intento de recuperar su humanidad. Tal vez se debiera a que la situación en la que nos encontrábamos superaba sus capacidades. Los dejaba mudos, paralizados y asustados en un sentido animal. Yo tampoco dije nada, de hecho, pero esa es mi estrategia natural. A lo mejor todo el mundo estaba imaginándose que íbamos a morir, quizá estaban todos esforzándose por hacer las paces con la soledad que evocaba este último momento. A discreción de cada uno según las capacidades de cada cual, y en la fría oscuridad de una embriaguez en retirada.

Acababa de percatarme de que Henrik, a mi izquierda, había conseguido quedarse dormido cuando Katarina Malmgren me hizo fijarme en la niña.

—Tiene ganas de vomitar —dijo—. No sé si yo...

—Yo la acompaño —me ofrecí.

Katarina le dijo algo a Troaë y la niña asintió con

la cabeza. Jadeó levemente y extendió la mano para cogerme la mía por encima de la mesa. Se la tomé y subimos los cuatro peldaños hasta la bañera. La lluvia seguía azotando, pero aun así me pareció que el oleaje había amainado un poco. En la lejanía podían verse las luces de la costa, y comprendí que, a pesar de todo, el agua nos estaba empujando más o menos en la dirección acertada. Como mínimo no nos dirigíamos mar adentro. Mientras no volcáramos, llegaríamos a tierra firme en una hora o dos. O nos estrellaríamos contra unas rocas. Erik estaba trasteando con el motor muerto, habían retirado la tapa negra de plástico y habían dejado sus entrañas al descubierto. Pensé que lo único que debían de haber conseguido era estropearlo con toda el agua salada que le había caído encima. Troaë comenzó a tener convulsiones, la ayudé a llegar hasta la borda y la sujeté con la mano derecha mientras ella se asomaba al agua para vomitar. Comprendí que habíamos escogido el lado equivocado, la niña vomitó de cara al viento y la bazofia pegajosa rebotó a cubierta. Troaë sollozó e hipó y gritó algo que no logré entender. No sonaba a francés, sino a un idioma completamente diferente.

De pronto subimos a la cresta de una ola y mi equilibrio se descompensó. Estuve a punto de caer de bruces por la borda, agité la mano en el aire en busca de un sitio donde agarrarme, pero sin hallar ninguno. Con tal de evitar arrastrar a Troaë en mi caída, le solté la mano, y al instante siguiente logré aferrarme a una de las barras del toldo de la cubierta. Recuperé el equilibrio, pero en ese mismo momento me di cuenta de que había sido la maniobra incorrecta. La niña soltó un grito, hizo unos aspavientos en el vacío y cayó al agua.

Le grité a Erik. No sé qué le dije, pero Erik había

visto todo el incidente. Gritó algo él también, se puso de pie y se quedó con la mirada fija en el oleaje. Troaë apareció de golpe en la superficie, su cabeza y los brazos agitándose, pero ya estaba a dos o tres metros del barco.

—¡Una cuerda! —bramó Erik—. ¡Tírale una cuerda!

Miré a mi alrededor presa del pánico. No había ninguna cuerda, ningún salvavidas. La niña chilló y desapareció bajo el agua. Erik soltó un juramento y les gritó algo a los demás en la cabina. Rodeé el toldo y avancé por la cubierta, el barco daba bandazos, pero conseguí sujetarme a cabos y barandillas. Iba buscando desesperadamente con los ojos algo que pudiera servirme de ayuda, no sabía el qué, al mismo tiempo que intentaba avistar otra vez a la niña. Al cabo de unos segundos apareció de nuevo, moviendo los brazos y gritando; esta vez ya no eran palabras, solo un sonido apagado y sin articular que le brotaba de la garganta. Maldita sea, pensé, ¡ni siquiera sabe nadar! Vi que Gunnar y Katarina habían subido a la cubierta y que estaban señalando y gritando.

Titubeé un segundo y luego me lancé al agua. Me golpeé el pie derecho en algo duro y afilado, un dolor agudo me recorrió el cuerpo y los primeros segundos en el agua no pude sentir más que estos fogonazos. Tragué agua fría, me quemaba la garganta, pero me recompuse y comencé a nadar y a buscar a la niña. Oí a Anna y Katarina gritar desde el barco, con toda probabilidad también estaban señalando y gesticulando, pero al caer detrás de una cresta las perdí de vista. Entonces divisé a la niña por un breve instante, su cabeza y un brazo, visibles por encima de la masa negra de agua durante una fracción de segundo. Después desapareció. Me zambullí y traté de ver algo bajo el agua, pero me picaban los ojos y, cuando por un breve momento fui capaz de mantenerlos abiertos, a duras penas logré distinguir mis propias manos. Volví a la superficie, tragué más agua, oí a Anna, Katarina y Gunnar gritar nuevas instrucciones. Por lo visto habían avistado a la niña justo a mi lado. Di un par de brazadas, me sumergí de nuevo, intenté ver algo allí abajo, en la revuelta oscuridad, pero no había manera. En cuanto saqué la cabeza y pude volver a respirar otra vez, vi que Gunnar saltaba al agua. Nos miramos fijamente, Gunnar maldijo en voz alta, yo tomé conciencia de mi dolor en el pie, Gunnar se zambulló, yo empecé a sentir que casi no me quedaban fuerzas. Me costaba horrores el solo hecho de mantenerme a flote.

No sé cuánto rato estuvimos luchando contra el oleaje. Supongo que no fueron más que unos minutos, pero me parecieron horas. No solo había perdido la esperanza de salvarle la vida a la niña, sino también la mía, cuando de pronto oí a Gunnar gritar:

—¡La tengo!

Estaba a tan solo unos metros de mí, y el barco estaba un poco más allá, aunque justo desapareció por un momento al otro lado de una cresta. Conseguí acercarme hasta Gunnar, tenía un semblante salvaje y enloquecido, la boca abierta y los ojos como platos.

—¡La tengo! —dijo entre jadeos—. ¡Ayúdame, joder!

Logró sacar la cabeza de la niña por encima del agua, al mismo tiempo que él desaparecía por debajo de la superficie. No pude verle los ojos ni la boca a Troaë, solo el pelo negro que se extendía por su cara como un alga enorme. Conseguí cogerla de un brazo, y uniendo fuerzas comenzamos a remolcarla en dirección al barco. Por cada patada que daba con las piernas pensaba y sentía que iba a ser la última, que no merecía la pena, que se acabó, que ya no podía más.

Pero lo hicimos. Nos debió de llevar por lo menos diez minutos subirla a bordo. Todo el mundo gritaba y maldecía. Gunnar se abrió la mejilla al darse con la escalera, Anna cayó al agua, pero logró salir por su propio pie; la lluvia no dejaba de azotar, las olas iban golpeando tanto el barco como a nosotros como si fuéramos trozos de madera a la deriva, y no puedo describir al detalle cómo lo hicimos para subir el cuerpo inerte de la niña. Va más allá de las palabras y la razón. Más allá de lo comprensible.

Cuando por fin la tumbamos en el suelo de la bañera, Katarina se puso de rodillas y comenzó a hacerle la maniobra de reanimación. Le soplaba en la boca y le iba presionando el esternón con las manos; recordé que era enfermera, y ninguno de los demás hizo ademán de querer ayudar. Nos limitamos a apretujarnos bajo el toldo, y de pronto el silencio empezó a reinar de nuevo. Un silencio que, de alguna manera, se oía por encima del ruido del mar y de la lluvia, y al cabo de un minuto nos dimos cuenta de que las olas también se estaban apaciguando. La lluvia que había estado cayendo a raudales sin parar pasó a ser un susurro contra la lona del toldo, y es posible que por unos pocos segundos me quedara inconsciente.

Un par de minutos después Katarina Malmgren se incorporó. Se nos quedó mirando, sus ojos descompuestos pasando de uno a otro, mientras sus manos y sus hombros temblaban por el agotamiento y las lágrimas corrían por su rostro.

—Está muerta —dijo—. ¿No os dais cuenta? La niña está muerta.

Comentario, agosto de 2007

Ninguno. Así es como fue, punto.

8 – 13 de agosto de 2007

Capítulo 12

El inspector Gunnar Barbarotti estaba sentado en su coche con la mirada perdida en la lluvia.

Era miércoles por la tarde. El cambio de tiempo había tenido lugar a primera hora del mediodía, un banco de nubes había ido creciendo al sudoeste, había soltado las primeras gotas pesadas poco después de las dos y en cuestión de media hora las nubes negras habían ocupado toda la cúpula celeste, de horizonte a horizonte. Y desde entonces había estado lloviendo. Con insistencia y terquedad, si bien no con demasiada fuerza, y la temperatura había bajado de veinticinco a quince grados.

Era agradable, en opinión de Barbarotti. Se podía respirar, al menos si tenías la ventanilla del copiloto bajada un par de centímetros. Pensándolo bien, también era lo único positivo que le veía a la situación, en aquel momento.

Que se podía respirar. Durante los últimos tres días había sentido una creciente impotencia para con el caso y su trabajo en general, y esas palabras que le había soltado a Marianne de que estaba planteándose cambiar de trabajo se le habían ido repitiendo en la cabeza con cierta regularidad.

Como si su vida se estuviera decidiendo ese verano, ¿no era eso?

¿Decidiéndose? Sonaba un poco derrotista, desde luego que sí, pero Barbarotti intuía que así era como lo recordaría cuando echara la vista atrás. El verano de 2007. Tomé tal y tal y tal decisión, después las cosas fueron como fueron.

También intuía que así era la vida, esa era la estructura dominante. Largas rachas de rutina y monotonía, con sus cosas buenas y malas, y de pronto un portal que se abría y te brindaba la oportunidad de elegir camino. Si no te decidías a tiempo, el portal se cerraba. No elegir también era una elección.

O quizá lo único que le pasaba era que ese tipo de pensamientos solían emerger en la lluvia.

En cualquier caso, ahora se encontraba allí sentado, vigilando esa casa. Lo había pedido él mismo, se había autoadjudicado voluntariamente esta misión un tanto trivial solo para poder alejarse un rato. Backman le había lanzado una mirada entre inquisitiva y compasiva, pero sin decirle nada. Como de costumbre, lo había calado a la perfección. Y Barbarotti cayó en la cuenta de que se lo agradecía. Le agradecía que tuviera ese ojo maternal tan singular que tienen algunas mujeres, que hace que no merezca la pena fingir ni disimular.

Aunque puede que solo la esté idealizando, pensó. A lo mejor lo que pasa es que algunos hombres necesitan de una mirada maternal, por eso nos inventamos una y se la enchufamos a alguna mujer que parezca poder albergar dicha ilusión. Tal vez pasaba lo mismo con Marianne.

Además, ¿a qué se refería con «algunos hombres»?

Lo que sí parece claro es que necesito pensar en algo que no sea ese loco de las cartas, constató, y se metió dos chicles en la boca para mantenerse despierto. Ya cuando había aparcado entre los tilos podados, hacía una hora, le había pedido a Nuestro Señor que, por favor, no pasara nada, que le dejara estarse aquí tranquilo unas horas y luego irse, tras haber cumplido con su deber, a conciliar una noche entera de plácido sueño. Estaba seguro de que podría dormir doce horas del tirón si tan solo tuviera la oportunidad. Incluso catorce.

¿Un puntito?, había pedido Nuestro Señor. Un puntito, le había confirmado Barbarotti.

Había hablado diez minutos con Marianne, y quizá era esa conversación lo que más lo roía por dentro. Sí, si osaba escrutar un poco en serio, era eso lo que lo mantenía despierto. En mayor medida que los chicles. Le había parecido que estaba un tanto... apagada. Desconcentrada. Barbarotti se preguntaba si habría tenido algún conflicto con sus hijos.

Cruzaba los dedos por que así fuera y que el desánimo no se debiera a él. Lo curioso —y, cuando menos, igual de preocupante— era que él también se había sentido ausente durante la conversación. Era por culpa de esos últimos días de trabajo a destajo, pensó. Le habían despojado de sus funciones y necesidades más básicas. Amor, cariño y anhelo. Habían dejado un vacío a su paso, un agujero.

Lo habían llenado con cansancio y abatimiento.

Y más trabajo.

Aun así, tras estos preámbulos por los derroteros de la autocompasión, resultó inevitable que sus pensamientos se fueran dirigiendo poco a poco de vuelta a la investigación. Casi que mejor, pensó Gunnar Barbarotti. Se podía decir que era lo único que tenía en marcha en su vida.

Y llevaba en marcha desde que había regresado a Kymlinge la semana pasada, siendo más precisos. Ese era el octavo día seguido que trabajaba, y no sabía más del autor de las cartas de lo que sabía al bajarse del ferri de Gotland.

Absolutamente nada. Si trabajara en una fábrica de salchichas, seguro que podría enorgullecerme de haber fabricado algún que otro frankfurt, pensó el inspector Barbarotti. Aunque cabía mucho preguntarse qué había producido él de provecho en las últimas setenta u ochenta horas. Y no era el único. Por lo menos otros diez compañeros suyos habían trabajado lo mismo que él y tenían igual de poco de lo que presumir, así estaban las cosas.

En cambio, el asesino estaba solo. Se podía decir lo que se quisiera de él, pero desde luego tenía a unos cuantos polis bastante ocupados.

Incluso a alguno que ya no tenía ganas de estar ocupado.

Pues eso.

El equipo de investigación había adquirido un aspecto nuevo el lunes, tal y como Asunander había predicho. Aparte de Astor Nilsson, ahora había también dos caballeros de la policía judicial que se habían incorporado. Un tal intendente Jonnerblad y un tal comisario Tallin. Gunnar no se había hecho ninguna imagen demasiado concreta de ninguno de los dos, pero daba por hecho que eran policías competentes. Por lo menos no habían entrado con paso chulesco y la barbilla en alto como dos sabihondos y, por la parte que le tocaba, Barbarotti agradecía todo gramo de responsabilidad que le quitaran. Por tanto, ahora eran seis personas en lo que llamaban junta de investigación. Además de los llegados de fuera estaban él mismo, Eva Backman y Gerald Borgsen, comúnmente llamado

Sorgsen a raíz de su aura lúgubre. El comisario Asunander también debería incluirse, pero él se mantenía en un segundo plano, como siempre, sorbiéndose la dentadura, con el ceño fruncido y esperando a jubilarse. El experto en perfilación criminal Lillieskog iba y venía, pero como en los últimos días, a decir verdad, no había surgido nada nuevo que tuviera que ver con el autor de los hechos, le estaba costando conseguir que el perfil fuera más claro. El hecho de que el asesino hubiese empleado distintos métodos en los dos asesinatos se consideraba inusual, así lo calificaron todos —podían hacerse una idea general del perfil psicológico de un asesino de arma blanca, de la misma manera que podían decir de qué pasta debería estar hecho un criminal que prefería las armas contundentes—, pero una persona que un día elegía lo uno y al día siguiente lo otro resultaba más difícil de describir.

Eso les parecía. Ambas muertes habían recibido mucha atención en todos los medios imaginables, los nombres de las víctimas habían sido publicados, al igual que sus fotos, pero, tras consultarlo con el fiscal Sylvenius, la junta de investigación había decidido no informar de la penosa costumbre que tenía el asesino de mandarle cartitas a la policía y ponerla sobre aviso. Quizá más adelante cambiarían esta decisión; era, más que nada, una cuestión de poner en la balanza el potencial provecho que pudieran sacar del detective llamado Ciudadanía y sopesarlo en relación con el pánico que probablemente causarían, así como las críticas que recibirían cuando las cartas salieran a la luz después de tanto tiempo.

En cualquier caso: a la espera de una tercera carta —y una tercera víctima—, habían decidido estarse calladitos.

Pero hacía unas horas había llegado, al fin.

Es decir, la carta. De la víctima aún no se sabía nada. Por lo menos no habían encontrado ninguna. Siguiendo sus rutinas, Barbarotti se había ido a casa y, después de comer, había revisado el correo del día, pero como había dado por hecho que el asesino utilizaría el mismo tipo de sobre en una posible tercera carta, había estado a punto de pasarla por alto.

Aunque la letra sí que era la misma. También el papel en el que estaba escrito el escueto mensaje. La diferencia residía en que esta vez había empleado un sobre azul celeste, ya no el más común de Suecia, pero tampoco demasiado singular, y por ende imposible de rastrear. En esta ocasión el sello era más nítido y revelaba que la carta había sido franqueada en la ciudad de Borås.

El texto era aún más breve que los anteriores.

EL NÚMERO TRES SERÁ HANS ANDERSSON.

En el municipio de Kymlinge había veintinueve personas empadronadas con el nombre de Hans Andersson. Uno de ellos residía en el edificio que Gunnar Barbarotti estaba ahora vigilando desde su coche. Era la estrategia por la que se habían decantado a toda prisa, por el momento. Pensaban informar a los veintinueve individuos de que había una posible amenaza contra su persona, o al menos contra alguien llamado Hans Andersson, más bien, y que la policía tenía intención de ponerles algún tipo de vigilancia. Desde el mediodía habían conseguido comunicarse con veintisiete de los veintinueve, seis estaban de viaje pero habían prometido que avisarían a la policía a su regreso.

De los dos a los que no habían podido localizar, uno se encontraba, por lo visto, en Guatemala o Costa Rica, el otro parecía estar en la ciudad, pero no era conocido por ser especialmente localizable. Era poeta, pintor y lobo estepario, no tenía teléfono y, hacía cosa de un mes, en la prensa local ponía que el hombre no quería ninguna jodida celebración para su octogesimoquinto cumpleaños.

Por el momento así pintaba la cosa. El Hans Andersson que Gunnar Barbarotti tenía sometido a una suerte de guardia vivía en la calle Framstegsgatan, número 4, en el barrio de casas unifamiliares Norrby, junto con su esposa y sus tres descendientes. Tenía cuarenta y cuatro años y era director médico de anestesia en el hospital. Aquella tarde todos los miembros de la familia se hallaban en casa, y a Barbarotti le parecía poco probable que un asesino pretendiera entrar en aquella casa iluminada. Si aun así ocurriera debería de implicar que, de golpe y porrazo, se estaban enfrentando a un tipo que se movía empujado por una temeridad que rozaba la estupidez —o con un asesino que quisiera hacer todo lo posible porque lo detuvieran—, y de momento no parecía ser el caso. Todo lo contrario.

Barbarotti miró la hora. Eran las nueve menos cuarto. Faltaban setenta y cinco minutos para el relevo. Escupió el chicle por la ventanilla del coche y se sirvió una tacita de café con el termo.

¿Quién eres?, pensó por enésima vez desde que había leído la carta.

¿Qué motivos se esconden detrás de tus crímenes y por qué me escribes precisamente a mí?

Buenas preguntas. Lo triste era que no estaba ni siquiera cerca de obtener respuesta a ninguna de ellas.

La inspectora Backman lo llamó justo cuando él estaba saliendo de Norrby y se había propuesto comprar un par de perritos calientes en la gasolinera Statoil que había junto a Idrottsparken, el estadio de fútbol.

—Tengo algo a lo que me gustaría que le echaras un vistazo —dijo ella.

—¿Ahora? —repuso Gunnar Barbarotti—. Son casi las diez y media.

—Ahora.

—Hummm..., tengo un poco de hambre. ¿Me estás diciendo que sigues en comisaría?

—Bingo —dijo Backman—. Hay media pizza que me ha sobrado del mediodía. Te la puedes comer, está aquí en mi mesa.

—Gracias. Eres irresistible. ¿Qué me quieres enseñar?

—Una fotografía.

—¿Una fotografía?

—Sí. Entonces ¿llegas en cinco minutos?

—¿De qué es?

—¿Cómo?

—¿De qué es la foto?

—Disculpa, estoy un poco cansada. Bueno, eso es lo que tendrías que decirme cuando llegues.

—Está bien. —Barbarotti suspiró—. Ya voy. Pero no entiendo de qué hablas. ¿Podrías meter la pizza en el micro un par de minutos?

—El microondas está demasiado lejos —replicó la inspectora Backman—. Pero puedo colgarla un rato del radiador.

—Gracias —dijo él.

—¿Y bien? ¿Qué me dices?

Se quedó mirando fijamente la imagen. Era una

fotografía en color normal y corriente, de diez centímetros por quince, y era de dos personas que estaban sentadas en un banco. Un hombre y una mujer. No era del todo nítida, parecía hecha por la tarde o al mediodía, pero no había luz del sol.

Ambos iban vestidos de verano. Estaban sentados con medio metro de separación. El hombre llevaba una camisa azul marino de manga corta, pantalón de pinza claro y sandalias; la mujer, un vestido fino de tirantes de color beige. Iba descalza, pero había unas chanclas sencillas en el suelo junto a una bolsa de papel rojiza. La mujer estaba mirando al objetivo sin sonreír, el hombre tenía la cabeza ligeramente vuelta hacia un lado y no parecía consciente de que les estuvieran tomando una foto.

Barbarotti tardó un rato en caer en la cuenta, pero una vez que lo hizo estuvo convencido. La mujer de la foto era Anna Eriksson. Llevaba otro peinado y otro color de pelo, pero no cabía duda de que era ella.

—Es Anna Eriksson —dijo.

—En eso estamos de acuerdo —convino Backman—. ¿Y el hombre?

—¿Y el hombre? —repitió Barbarotti en tono mecánico, y le dio un bocado a la pizza templada. Puso la fotografía bajo el foco de la lámpara de escritorio y la movió un poco para poder ver mejor—. Sale bastante borroso. ¿Qué es lo que tratas de decirme?

—Concéntrate un poco y así no te parecerá tan borroso —le pidió ella—. Yo aquí invitándote a pizza recién salida del horno y tú... Como mínimo podrías mostrar un poco de...

—Espera —dijo Gunnar—. Ya entiendo lo que andas buscando. ¿Estás intentando decirme que este de aquí es Erik Bergman?

Backman se quedó callada. Barbarotti se acercó la foto a tan solo dos centímetros de los ojos y se concentró todo lo que pudo en el hombre sentado en el banco. Intentó recordar cuál había sido el aspecto real de Erik Bergman, guiándose sobre todo por la foto que había salido publicada en la prensa, pero tenía la sensación de que las dos caras no terminaban de coincidir. La inspectora le pasó un ejemplar del periódico *Aftonbladet* con la foto que él estaba tratando de reproducir en su mente y esperó en silencio.

—No sé —reconoció él al final—. Puede ser él, está claro, pero también podría ser otra persona. ¿De dónde has sacado la foto?

—De uno de los álbumes de Anna Eriksson. Göransson y Malm los han encontrado en su trastero del sótano hace dos horas.

—¿Su trastero del sótano?

—Sí.

—¿Y por qué hemos tardado tantos días en examinar su trastero?

Eva Backman soltó un suspiro.

—Tenía dos. No lo sabíamos.

—Ajá —dijo Barbarotti—. ¿Y solo había esto?

—¿Estás preguntando si había más fotografías en las que apareciera alguien que quizá pudiera ser Bergman?

—Sí, supongo que eso es lo que estoy preguntando —indicó Gunnar, y cogió otra porción de pizza.

—Por desgracia no —contestó Backman—. Solo esto. De hecho, no había más que tres álbumes. Tampoco hay ninguna otra en la que ella salga con la misma ropa que en esta foto, así que cabe pensar que la tomó otra persona y se la dio. Si no, suele ser bastante fácil ver qué fotos vienen del mismo carrete.

—Entiendo —dijo Barbarotti—. ¿Y qué pasa con las fotos de Erik Bergman? Debía de tener alguna, él también.

—Pues no encontramos ni una, curiosamente.

—¿Ah, no? Eso podría significar que...

—Que el asesino se llevó sus álbumes, sí. Aunque no todo el mundo hace fotos. Tendremos que preguntarles a sus amigos al respecto, pero no se nos había pasado por la cabeza hasta ahora. Y hoy en día hay mucha gente que las tiene en formato digital. Descargadas en el ordenador, y tal.

—Ya, ya lo sé —señaló Barbarotti—. Bueno, más vale tarde que nunca, supongo. ¿Y Hans Andersson? Quiero decir, teniendo en cuenta esto de las fotografías.

—Lo sé. —Suspiró—. Tenemos que intentar conseguir fotos de todos y ver si por casualidad alguno de ellos aparece en alguno de los álbumes de Anna Eriksson. Y quizá también viceversa.

—¿Te refieres a buscar a Eriksson y Bergman en sus álbumes? ¿O en sus ordenadores?

Eva Backman se encogió de hombros con aspecto agotado. Barbarotti se quedó pensando.

—¿Cuándo? —preguntó, y miró el reloj. Eran las once menos cinco.

—Jonnerblad y Tallin han decidido que nos pondremos con ello mañana a primera hora.

—Perfecto —dijo Barbarotti—. Así mañana también tendremos algo que hacer. Por cierto, ¿crees que es casualidad que haya elegido a un hombre llamado Hans Andersson?

—¿Eh?

—Quiero decir, es difícil encontrar nombres más comunes. ¿Anna Eriksson y Hans Andersson? ¿Podría ser que solo los elija para que nos cueste más dar con el correcto?

—De Erik Bergman no teníamos más que cinco.

—Correcto, pero en aquel momento no sabíamos si iba en serio o no.

Eva Backman asintió con la cabeza.

—Sí, puede que haya algo de cierto en lo que dices. Sin duda existe la posibilidad de que sea así de simple... Además, podría ser que aún no hubiera decidido a cuál de ellos va a matar. A lo mejor solo elige uno al que no estemos vigilando demasiado bien. En ese caso...

—En ese caso —la cortó Barbarotti—, nos estaríamos enfrentando a un auténtico loco de remate. No, espero que haya una conexión. Por lo menos lo haría un poco más comprensible..., si es que realmente hay un móvil.

Estudió de nuevo la fotografía.

—¿Dónde crees que está tomada? —preguntó—. Algo me dice que no es Suecia.

—Yo también lo he pensado —dijo Eva Backman—. Hay algo en ese banco y esa papelera. No, estoy bastante segura de que no es aquí.

—Perfecto —volvió a decir Barbarotti—. Así solo nos queda el resto del planeta por examinar.

Eva Backman dobló el cartón de la pizza y lo metió en la papelera.

—Me juego cien coronas a que es Bergman —propuso, y enderezó la espalda—. ¿Apuestas cien a lo contrario?

—Por qué no —contestó Barbarotti—. Pero dudo mucho que lleguemos a descubrir nunca quién de los dos tenía razón.

—Eres demasiado pesimista, ese es tu problema —constató la inspectora.

Pero él tampoco podía ver mayor optimismo en el semblante de su compañera cuando se lo recriminó. Solo el mismo cansancio que hacía mella en él.

—¿Te llevo a casa? —le preguntó—. Hoy tengo coche.

Eva Backman titubeó un instante.

—Está bien —dijo—. Me había planteado dormir aquí, como no tengo a nadie en casa... Pero a lo mejor me irían bien una ducha y una cama de verdad.

Hace tres años, pensó Gunnar Barbarotti, la habría invitado a mi casa a tomar una cerveza.

Pero lo dicho: hace tres años.

Capítulo 13

—Tenemos que volver a tratar el tema de las cartas —dijo el intendente Jonnerblad—. Tallin y yo lo estuvimos hablando ayer por la tarde y pensamos más o menos igual.

Estaban sentados en el despacho de la tercera planta que se había acondicionado para los dos enviados de la judicial. Pared con pared con el comisario Asunander, y también era una estancia que estaba preparada para reuniones de alto nivel, principalmente entre el jefe de policía Lindweden, Asunander y otros mandos destacados. Por lo que sabía Barbarotti, solo se utilizaba una vez al año, cuando Lindweden invitaba a sus hermanos del Rotary Club a *glögg*, el tradicional vino caliente navideño. Pero el mobiliario era elegante, abedul claro con vetas, sillas con asiento de cuero color vino, y había cuadros en las paredes. Todo copias, eso sí, alguna pineda y algún mar agitado, pero lo eran. Había una máquina de cafés y una neverita pequeña que zumbaba en un rincón. Una pizarra blanca y una tele con reproductor de DVD y de VHS.

El intendente Jonnerblad llevaba el mando. De hecho, no había ninguna jerarquía explícita, pero le sacaba por lo menos diez años a Tallin, tenía el pelo más ralo y bastantes más arrugas en la cara. Se veía que era una persona vigorosa, así que era lo más natural. El comisario Tallin era más bajito, un tanto chupado, y tendría más o menos la edad de Barbarotti. Tranquilo y reflexivo, casi cortés a la antigua usanza. Recordaba un poco a un profesor de matemáticas que Barbarotti había tenido en bachillerato, una personalidad de esas que se hacían admirar más y más con el tiempo, con cada hora doble, cada examen que hacían y cada trimestre que pasaba. Era agradable estar con ese tipo de personas, pensó Gunnar, esas que no tenían siempre una impetuosa necesidad de demostrar algo a los demás, que parecían conscientes tanto de sus virtudes como de sus carencias y sabían llevarlas con elegancia.

No es que tuviera ningún problema con Jonnerblad, pero este iba por otro camino. Había adoptado una postura bastante moderada ya desde el principio, pero poco a poco se iba haciendo cada vez más con el poder de decisión. Quitando a Asunander, la junta de investigación estaba compuesta por seis personas, pero si fuésemos una manada de perros, pensó Gunnar Barbarotti, Jonnerblad sería el primero en comer y el que montaría a la hembra en celo.

Aunque a Eva Backman jamás se le pasaría por la cabeza hacer de perra en celo.

—¿Ah, sí? —dijo Astor Nilsson—. ¿Las cartas?

—Hummm —dijo Tallin—. Las cartas, sí. Sobre todo, en lo que estamos pensando es en el detalle de que van dirigidas a ti, Barbarotti.

—A mí tampoco se me ha pasado por alto ese detalle —repuso el aludido—. Para nada.

—Eso está muy bien —respondió Jonnerblad—. Es decir, nuestro asesino ha elegido desde un buen comienzo comunicarse contigo. Eso ha de significar algo, debe de tener algún tipo de relación contigo. Sé que ya has estado pensando en ello, pero lo que nos gustaría a Tallin y a mí es que lo hicieras de una forma un poco más sistemática. Que te tomes el debido tiempo. Creo que podría dar sus frutos.

Barbarotti se quedó pensando un instante.

—¿Qué quieres que haga? —preguntó—. Más concretamente.

—Quiero decir... —empezó Jonnerblad, y una arruga horizontal le asomó en la frente—. Estamos ante un asesino que, por algún motivo, no solo quiere quitarle la vida a una serie de personas, sino que, de paso, quiere aprovechar para tocarle los huevos a la policía. Pero no elige tocárselos a la policía en general, sino que se dirige a un policía en particular. A ti, Barbarotti. ¿Por qué lo hace?

—Porque...

—Porque sabe quién eres, en efecto. Y si el asesino sabe quién eres, eso debería significar que tú también sabes quién es el asesino. Es decir, tienes algún tipo de relación con él. Puede ser alguien de hace muchísimo tiempo, quizá alguien a quien pusiste entre rejas hace años, incluso podría ser alguien a quien le cruzaste la cara en el patio de la escuela cuando ibas a cuarto de primaria. Pero lo importante es que está ahí. En algún lugar de tu pasado, Barbarotti, y lo que queremos Tallin y yo es que te sientes a indagar hasta encontrarlo.

Suena como el tráiler de una película mala de Hollywood, pensó Barbarotti. Pero eso no significa que le falte razón.

—Tal vez debería hacerlo, sí —contestó—. ¿Como una lluvia de ideas a puerta cerrada?

—Bueno, nos planteábamos algo más sistemático —señaló Tallin.

—Hoy haremos lo siguiente —dijo Jonnerblad, y se inclinó hacia delante hasta apoyar los codos en la mesa ovalada, de manera que Barbarotti pudo percibir su aliento. Café y huevos, si no iba mal encaminado. Un poco de paté de huevas de bacalao—. Quedas relevado del resto del caso. Te sientas en tu despacho... o te vas a casa, si lo prefieres, y haces un repaso de toda tu vida. Apuntas todos los nombres de las personas con las que te has cruzado y a las que tal vez se les podría haber ocurrido algo tan demencial como esto. Deberías tener por lo menos cincuenta cuando hayas acabado. Luego eliges las diez más probables, y mañana les echamos un vistazo a ambas listas. Obviamente, deberías poner énfasis en tu pasado policial.

No me jodas, pensó Barbarotti. Me está diciendo... Sí, me está diciendo que me vaya a casa y me tumbe en la cama a pensar. Cobrando la jornada laboral. Un día entero.

—No es mala idea —reconoció, y se puso rápidamente en pie—. O como mínimo merece la pena probarlo. Entonces... ¿vuelvo mañana?

—Podemos vernos aquí sobre la misma hora —confirmó Tallin.

El intendente se reclinó en la silla, se lo veía satisfecho.

—Pues estamos de acuerdo —dijo.

—Desde luego —convino Barbarotti.

¿Se creía que iba a oponerme a esto?, pensó tras salir al pasillo. Lo he sobrevalorado.

Pero no podía tumbarse en la cama a pensar. No en un día como ese. Se dio cuenta en cuanto llegó a casa. Si bien hacía un día un poco gris y nuboso y todo apuntaba a que caerían chubascos en algún momento al mediodía, no soplaba ni pizca de viento y la temperatura rondaba los veinte grados.

En otras palabras, unas condiciones climáticas hechas para salir a dar un paseo largo. Un policía listo siempre caza las oportunidades al vuelo. Se armó con un chubasquero enrollado, una mochilita, agua y fruta, un bolígrafo y una libreta. Luego cogió el coche hasta el cabo de Kymmen y comenzó a caminar por la playa norte de Kymmen. Allí había un batiburrillo de senderos en el bosque que se extendía siguiendo la cresta en dirección a Kerran y Rimminge.

Si de verdad había un asesino en algún rincón de su cabeza, tal y como el intendente Jonnerblad y el comisario Tallin de la policía judicial tenían tan claro, un par de horas de caminata sin ser importunado y a buen ritmo por esas tierras apacibles deberían ser el método ideal para hacerlo aflorar. ¿O no?

Eso pensaba el inspector Barbarotti con una suerte de optimismo con el que, en realidad, no se sentía demasiado conectado pero que aun así quizá podía servirle de punto de partida teórico. Para establecer el tono.

Sin embargo empezó llamando a Gotland. Así luego podría apagar el móvil sin sufrir remordimientos, se inventó a modo de excusa.

Marianne sonaba un poco triste. Le aseguró que se debía a que era el último día que les quedaba en Gustabo —al día siguiente ella y los niños volvían a su casa en la provincia de Skåne—, pero él no terminó de creérselo. No del todo, había algo más. Primero le preguntó si tenía algo que ver con que el lunes le tocaba volver al trabajo, y ella reconoció que, sin duda, eso influía.

—Mañana tengo que abandonar el paraíso, dentro

de tres días se me acaban las vacaciones y está a punto de venirme la regla. No es un momento muy divertido, que digamos. Me siento...

—¿Cómo te sientes?

—Sola.

—Pero tienes a dos hijos contigo y a un policía que te quiere, ¿cómo puedes sentirte sola?

—Creo que es eso...

—¿Sí?

—Es ese policía.

—¿Ajá?

Barbarotti no sabía por qué había dicho «¿ajá?». Desde luego, no significaba que se hubiera dado cuenta de algo. Más bien al contrario: sonaba más como un telón oscuro que estaba cayendo a toda velocidad, y por un instante se sintió tan agotado que tuvo que hacer un alto y apoyarse en un tronco. Pasaron unos segundos sin que ella dijera nada.

—¿Cuál... cuál es el problema? —logró preguntarle.

La oyó sollozar un momento al otro lado.

—Tengo cuarenta y dos años —dijo Marianne—. Llevo cuatro viviendo sola. No quiero seguir así otro año. Me gusta verte, cuando nos vemos, pero es..., bueno, no es suficiente.

Barbarotti se lo pensó un segundo. Quizá uno y medio.

—Entonces, nos casamos —propuso—. O sea, si tú quieres, vaya —añadió.

Se hizo el silencio al otro lado, pero oía la respiración de Marianne. Un poco trabajosa, sonaba como si ella también estuviera paseando. De hecho, sí, si aguzaba un poco el oído podía oír sus pasos en la gravilla.

—No quiero que digas eso solo porque toca.

—No, yo...

—No quiero presionarte.

—No me presionas.

—Si nos vamos a vivir juntos y no funciona, me muero. No me quedan fuerzas para pasar por esto otra vez.

—No fastidies —dijo Gunnar Barbarotti—. Todo eso lo entiendo, te lo aseguro. Yo tengo cuarenta y siete, ¿te crees que quiero tener a cuatro exesposas con las que tratar cuando sea un vejestorio?

Marianne soltó una carcajada. Puedo hacerla reír, pensó él. No está todo perdido.

—¿Lo dices en serio?

—Sí.

—No pareces decirlo muy en serio.

Barbarotti se aclaró la garganta.

—¿Quieres seguir viviendo en Helsingborg?

—Yo...

—Porque a mí no me importaría nada mudarme a Skåne.

Marianne se puso a llorar. También puedo hacerla llorar, pensó Gunnar, y sintió un atisbo de pánico. Pero ¿por qué? ¿No quiere estar conmigo? ¿O está... abrumada?

—¿No quieres? —le preguntó.

—Sí —respondió Marianne—. Claro que sí. Pero no sé si tú realmente quieres. A lo mejor no es tan fácil vivir conmigo como te imaginas. Solo nos hemos visto en circunstancias óptimas, a lo mejor no...

—Tonterías —repuso Barbarotti—. Te quiero. Detesto estar lejos de ti.

Oyó que Marianne se sonaba la nariz.

—Está bien —dijo ella—. Pero te doy una semana de reflexión. Llámame el miércoles que viene, y si entonces me dices lo mismo, no hay vuelta atrás. ¿Te parece?

—Perfecto —contestó el inspector—. Cuando llegues a casa puedes empezar a buscar un piso más grande.

Después de colgar, apagó el teléfono. Notó que el pulso le estaba latiendo como una ametralladora. Debía de estar a cien o a ciento diez.

Joder, pensó. Pues ya está dicho.

Y ahora me toca rebuscar a un asesino en mi propia memoria. Vaya día.

Tropezó con una raíz y estuvo a punto de caer de bruces en un endrino.

Hizo lo que le habían dicho Jonnerblad y Tallin. Empezó por el principio. Escribió los nombres uno tras otro en la libreta, una tarea de lo más singular, casi una especie de penitencia, o un balance final ante san Pedro en el último día.

A este y a este les he hecho daño durante mi paseo por la Tierra. Con este y con aquella y con aquel otro creo que no llegué a ponerme nunca de acuerdo, a lo mejor me la han tenido jurada desde..., bueno, desde que éramos adolescentes. O estudiantes de universidad en Lund. O en la escuela de policías. O en el trabajo..., el culturista aquel de Pampas que tocaba el violín, o el traficante de drogas ese, o el violador fascista...

Lo dicho, una tarea singular; pero las personas iban apareciendo, se le presentaban con cara, nombre y circunstancias ante su ojo interior, uno tras otro. Solo de los años de instituto, de aquella clase del bachillerato social en Katedralskolan, ya sacó seis nombres, e incluso a dos profesores. No porque creyera en serio que alguno de ellos se hubiese podido volver tan loco como para ahora dedicarse a escribirle cartas y luego cargarse a gente como si nada. Pero el método —el de Jonnerblad y Tallin— implicaba primero apuntar los nombres de todas las personas a las que, en alguna medida, Barbarotti no les caía bien. No solo aquellas con las que hubiera tenido bronca de verdad, sino también todas las demás, las personas con las que —en circunstancias puntuales y soberanamente perversas— pudiera existir tal posibilidad.

Leif Barrander, con quien se había peleado en cuarto de primaria.

Henrik Lofting, que le había escupido en la cara en quinto porque Barbarotti le había hecho un caño y lo había humillado jugando al fútbol en clase de educación física.

Johan Karlsson, que había sufrido bullying en séptimo y en octavo y que había tratado de vengarse de sus acosadores (Barbarotti no había sido uno de ellos, pero había formado parte de la mayoría silenciosa y cobarde) a base de inmolarse. Había fracasado en su intento de suicidarse de aquella manera, pero las cicatrices de la cara no se le irían nunca.

Oliver Casares, a quien le había robado a la novia, Madeleine, en una semana blanca en la que fueron a esquiar. Al menos Oliver se creía que eso era lo que había pasado, pero en realidad Madeleine había acudido a Barbarotti por voluntad propia.

Y todos los demás. Jamás me habría imaginado que tuviera tantos enemigos potenciales, pensó Gunnar. Todo el mundo debería hacer un inventario así. Pero ¿de verdad había sido tan cabrón? No consideraba haber sido más capullo que cualquier otro. ¿O sí?

Cuando llegó al molino Ulme, una hora más tarde, hizo una pausa y repasó toda la galería. Treinta y dos nombres. Medio tablero de ajedrez, y eso que aún le quedaban los quince años que llevaba activo como policía. No le iba a costar nada llegar a los cincuenta, tal y como le habían sugerido Jonnerblad y Tallin.

Se comió una manzana y se bebió medio litro de agua. Estuvo un rato sentado, apoyado en la pared irregular del molino y escuchando la corriente de agua. Ya no había mucha, después de un verano largo y seco, apenas un arroyo, pero se oía. Voy a casarme, pensó de golpe. Voy a casarme con Marianne. Madre mía.

Pero se preguntaba quién era el que realmente necesitaba esa semana de reflexión. ¿No podía ser que Marianne hubiese tratado de ganar algo de tiempo, a decir verdad? ¿Le vendría con algún intento de excusa y trataría de pasar página cuando él la llamara el miércoles siguiente?

Si lo pienso en estos términos, se dijo Barbarotti, casi me siento como si estuviera a punto de comprarme un coche nuevo. O un piso; se hallaba frente a un compromiso de varios años y la vendedora aún no tenía del todo claro si había encontrado al comprador adecuado. Sin duda era una idea absurda y excesivamente pragmática, pero aun así trató de ver todo el asunto con ojos un poco sobrios.

Vivirían juntos. Se despertarían cada mañana en la misma cama y se marcharían a sus trabajos respectivos. Cenarían juntos con los hijos de Marianne. Irían al supermercado e invitarían a gente a casa. Planearían viajes juntos y se sentarían a ver una peli.

Intentó encontrar objeciones. ¿Empezarían a ponerse de los nervios el uno a la otra cuando ya fuera demasiado tarde para cambiar de parecer? ¿Dejaría ella de amarlo pasados dos meses y medio? ¿Qué diría Sara? ¿Qué diría Eva Backman cuando él le contara que pretendía dejarla sola con Sorgsen y Asunander y mudarse a Skåne? ¿Existía alguna posibilidad de conseguir trabajo en la policía de Helsingborg?

¿No le daba miedo dar el paso? Siendo realistas y puestos a ponerlo todo sobre la mesa: a decir verdad, no había titubeado más de un segundo antes de pedirle la mano, aunque hablar es fácil.

Mis cojones, pensó Gunnar Barbarotti. Esta es la mejor decisión que he tomado en cinco años y medio.

Intentó pensar en otras decisiones relevantes que hubiera tomado en el mismo período de tiempo, pero no encontró ni una sola.

Si acaso, el viaje a Grecia y Tasos.

Miró la hora y decidió continuar un tramo más, antes de dar media vuelta y regresar a la ciudad. Molaría vivir en un bosque, pensó de pronto. Tener perro y caminar dos horas al día. ¿Qué bosques tienen en Helsingborg? El bosque de Pålsjö, ¿no había un sitio que se llamaba así? Será de hayas, en todo caso. ¿Por qué no?

Se echó la mochila al hombro otra vez y buscó una hoja nueva en la libreta.

Media hora más tarde ya tenía cincuenta y cinco nombres. Cuarenta y seis hombres y solo nueve mujeres. Al menos soy un caballero, eso está claro, constató Gunnar Barbarotti. Apenas tengo enemigas.

Pero también notó que se estaba empezando a cansar de la catalogación. ¿De qué iba a servir? ¿De verdad Jonnerblad y Tallin pensaban que iban a encontrar el nombre del asesino metido entre estas personas que había ido apuntando un poco al tuntún mientras paseaba por el bosque? No recordaba haber visto este método explicado en ningún sitio cuando estudiaba criminología en los albores de los tiempos. No, no era el nombre lo que resultaba lo más escurridizo, pensó Barbarotti. Era..., exacto, en realidad era el perfil en sí.

¿A qué clase de persona se estaban enfrentando, simple y llanamente? ¿Qué móvil tenía? ¿Acaso tenía uno siquiera? ¿Tenía algún sentido tratar de entenderlo en términos lógicos y racionales?

¿Había motivo, dicho en pocas palabras?

La pregunta le había estado rondando la cabeza a Barbarotti desde el asesinato de Erik Bergman, pero estando ahora allí fuera, en el bosque susurrante, oxigenado y templado, se daba cuenta de que no se había tomado su debido tiempo en analizar el problema como Dios manda.

¿Cómo era? Sí, si la persona que les había quitado la vida a Bergman y a Eriksson era un loco irracional, resultaba difícil especular. O, mejor dicho, eso era lo único que podían hacer. Especular. Estimar. Podía ser que lo que estuviera deseando en el fondo un asesino así fuera que lo pillaran, tal y como había sugerido Lillieskog, en cuyo caso tarde o temprano terminaría exponiéndose a riesgos demasiado grandes. Se volvería osado y temerario y llevaría el juego con la policía demasiado lejos. La cosa acabaría llegado ese punto. Podrían detenerlo simplemente esperando a que cometiera su primer error. Y cruzar los dedos para que no le diera tiempo de matar a demasiadas personas antes de que eso ocurriera.

Pero si no se trataba de un loco irracional, ¿qué tenían entonces?, pensó Barbarotti al mismo tiempo que alcanzaba la torre de observación de aves, a la altura de Vreten, donde se detuvo para terminarse el agua que le quedaba. Eso, ¿qué tenían entonces?

¿Un asesino con buenas razones para comportarse así? ¿Con un plan y motivos bien pensados por los que matar a las personas cuyos nombres facilitaba primero por cartas que le mandaba al inspector Gunnar Barbarotti de la policía de Kymlinge? ¿Cómo era realmente un escenario así? ¿Qué sentido podía tener comportarse de aquella manera?

Se sentó en una piedra cubierta de musgo y dejó que la pregunta se quedara flotando en su conciencia sin seguir atacándola —para de este modo permitir que la respuesta surgiera por sí sola, por decirlo de alguna forma; era un método que a veces funcionaba—, pero la única fracción de explicación a la que al final llegó, pasados ocho o diez minutos, fue la de siempre: jugársela a la policía.

Causar problemas. Obligarlos a destinar muchos recursos. Dividirlos y hacerlos distraerse de lo básico e importante.

¿Y bien?, pensó Gunnar Barbarotti. ¿Qué es lo básico e importante?

Es decir, si hacemos caso omiso a las cartas.

Solo había una respuesta.

La conexión entre las víctimas.

Tenía que haberla. Vaya, eso si el asesino tenía un móvil, pero ese era el punto de partida del razonamiento. En algún momento debían de haberse cruzado los caminos de Erik Bergman y Anna Eriksson, y en ese cruce se encontraba también el asesino.

Supuestamente, también alguien llamado Hans Andersson.

Y de pronto Barbarotti estuvo convencido de que si este último se hubiese llamado, por ejemplo, Leopold Bernhagen en lugar de Hans Andersson, no habría recibido una tercera carta. Porque habrían localizado al Leopold Bernhagen correcto de inmediato.

¿Por qué le había venido ese nombre en particular?

¿Bernhagen? Le resultaba familiar, pero no lograba ubicarlo.

Negó con la cabeza. Pero eso es justo lo que estamos haciendo, pensó. Buscar conexiones entre las dos víctimas. No estamos trabajando en la dirección equivocada. Vamos bien encaminados.

Aunque había una proporción considerable del cuerpo que estaba ocupada en vigilar a un montón de gente llamada Hans Andersson, eso no se podía negar.

Y una parte del cuerpo estaba paseando por el bosque dándole a la mollera. No dejaba de ser un poco absurdo, pensándolo bien.

¿Cambiar de trabajo?, le había dicho a Marianne. ¿Por qué no? Ya puestos, si iba a casarse y a mudarse a Skåne, también podía matar ese pájaro del mismo tiro, ¿no? Lo dicho: el verano del cambio.

Período de transición. Época de muda.

Volvió a mirar la hora. Era la una y veinte; un airecillo un poco más frío sopló entre los árboles y Barbarotti comprendió que en breve se le pondría a llover. Sacó el chubasquero de la mochila y guardó el bolígrafo y la libreta.

Además, se le ocurrió mientras cruzaba con cierta dificultad el arroyo Rimminge dando saltitos, aún estaba la cuestión de qué opciones le quedaban a un ex-policía criminal en el mercado laboral.

No creo que valga mi peso en oro, pensó Gunnar Barbarotti.

En ningún contexto.

Capítulo 14

El intendente Jonnerblad se reclinó tanto en la silla que la madera soltó un quejido.

—El equipo al completo —constató—. Qué bien que hayas podido venir tú también, Lillieskog.

Gunnar Barbarotti paseó la mirada por la mesa. En efecto. Eran ocho: él mismo, Eva Backman y Sorgsen en representación del cuerpo local; Jonnerblad, Tallin y Astor Nilsson de refuerzo.

El comisario Asunander se representaba a sí mismo, por lo que parecía: no estaba sentado a la mesa, sino un poco al margen, en diagonal por detrás de Jonnerblad, en una especie de posición de oyente. A Lillieskog también había que considerarlo un refuerzo, pensó Barbarotti. En lo referente a lo que representaba, podría decirse que la psicología y la ciencia.

—Si no os importa, puedo empezar yo —dijo—. Tengo que coger el tren a las tres y media.

Jonnerblad asintió con la cabeza. Barbarotti miró la hora. Las dos y dos minutos. Viernes al mediodía, estaba claro que Lillieskog tenía ganas de volver con sus seres queridos.

O con su pez dorado o lo que fuera que le esperara en casa.

Está claro que estoy un poco amargado, pensó luego, y decidió cambiar de actitud. Tampoco tenía razones para vanagloriarse, él no tenía ni pez dorado.

—Le he comentado la situación a un par de compañeros —empezó Lillieskog—. El caso es que estamos frente a un caso bastante inusual. Un asesino bastante inusual, probablemente.

—¿Inusual? —repitió Jonnerblad.

—Eso es —dijo Lillieskog—. Inusual en todos los sentidos. Si hacemos un esbozo del peor de los casos, nos enfrentamos a un criminal muy inteligente. Uno que..., bueno, puede sonar un poco exagerado, pero... uno que parece pertenecer más a la literatura que a la realidad. O al mundo cinematográfico. Un asesino que tiene un plan realmente estudiado y que lo lleva a cabo a rajatabla sin escrúpulos... Como bien sabéis todos, no es lo que nos solemos encontrar entre nuestros amigos criminales.

—Borrachos frustrados que se cabrean y recurren a la violencia —apuntó Astor Nilsson.

—Más o menos, sí. Eso es lo que suele haber. O ajustes de cuentas en los bajos fondos. Pero nuestro hombre está hecho de otra pasta, vaya. Aun así, lo que hará que lo atrapemos es que tiene un móvil, es la única vía por la que podremos llegar a él. Tiene el propósito de matar a cierto número de personas... y son unas personas en concreto, no cualesquiera.

—Pero cabría pensar que las elige a vol... —comenzó a replicar Eva Backman, sin embargo Lillieskog la frenó alzando una mano.

—No me parece que elija a sus víctimas a voleo. Si lo hace, entonces estamos hablando de un loco irracional. No, este individuo tiene una estrategia para deshacerse de cierto número de personas que, por alguna razón, le han hecho daño. Doy por hecho, como suele ocurrir en estos casos, que se trata de una persona bastante discreta y recelosa. Es muy posible que un tanto torpe a nivel social, pero inteligente. Quizá incluso muy inteligente.

—¿Un psicópata? —preguntó Nilsson.

—No estoy seguro —dijo Lillieskog—. *Psicópata* es un término bastante sin sentido. Fácil de emplear, pero pocas veces realmente adecuado. Creo que podemos contar con que tiene una capacidad empática reducida, pero eso es aplicable a la mayoría de los agresores. A lo mejor ni siquiera teme que lo pillen. Tal vez lo vea más como un juego entre él y la policía. El hecho de escribir las cartas debe de darle una especie de chute. Lo excita, en cierto modo, es una forma de autoafirmarse. Pero no creo que estemos frente a un asesino en serie, esto es otra cosa. Como señalaba antes, lo que me da miedo es que sea bastante más inteligente de lo que estamos acostumbrados. Trabaja solo, sabe lo que quiere hacer, y lo hace.

—¿Por alguna razón concreta? —quiso saber Tallin.

—Por alguna razón concreta —confirmó el experto en perfilación criminal—. Mi recomendación es que busquéis cuál es.

Se reclinó en la silla y se metió un bolígrafo en el bolsillo del pecho. Por lo que parecía, había terminado con su análisis.

—¿Alguna pregunta para Lillieskog? —dijo Jonnerblad.

—Una —contestó Gunnar Barbarotti—. ¿Cómo de seguro estás de este perfil?

Lillieskog lo pensó unos segundos.

—Un ochenta por ciento —afirmó.

Barbarotti asintió con la cabeza.

—Y si entrara en ese veinte por ciento restante, entonces ¿se trataría de un chalado que elige a sus víctimas en el listín telefónico?

—Por ejemplo —dijo Lillieskog.

Después de que el experto en perfilación criminal se hubiera retirado, se centraron en el caso de Hans Andersson.

—Tres días —constató Jonnerblad—. Han pasado por lo menos tres días desde que nuestro asesino envió la carta. Hemos localizado a los veintinueve Hans Andersson que están empadronados en Kymlinge y hemos podido hablar con ellos. Todos siguen vivos y, al parecer, no tienen ningún vínculo ni con Anna Eriksson ni con Erik Bergman.

—¿Ningún vínculo? —preguntó Astor Nilsson.

—Ninguno digno de mencionar, en todo caso —dijo el intendente—. Tres o cuatro saben quién era Bergman, según dicen. Uno fue a la misma clase que Anna Eriksson durante dos años, pero no estaban en el mismo grupo de amigos. Hemos intentado ser lo más imprecisos posible y los hemos convencido de que no digan nada; por el momento ha funcionado, pero no durará para siempre. Tarde o temprano tendremos a la prensa encima. Obviamente, un asesino que le envía cartas a la policía diciendo a quién piensa matar no es moco de pavo, a nivel de negocio. Seguro que supone por lo menos una tirada de cincuenta mil ejemplares extra. Pero ya lidiaremos con ese problema llegado el día. La vigilancia que les hemos puesto a estos Hans no es para presumir, pero aun así nos ocupa a treinta agentes las veinticuatro horas del día, y a pesar de todo... —Hizo una pausa reflexiva y se rascó la barbilla—. A pesar de todo me parece necesario mantener dicha protección. ¿Qué opináis vosotros?

—¿Por qué no íbamos a mantenerla? —preguntó Sorgsen muy oportuno.

—Porque probablemente no va a matar a ninguno de los sujetos que estamos vigilando —dijo Nilsson—. Si fuera así, ya lo habría hecho. Con Anna Eriksson apenas nos dio tiempo. O quizá..., bueno, quizá se trata de un Hans Andersson que vive en otro lado.

—En cuyo caso podría estar ya muerto —completó Tallin—. En este país hay más de mil quinientas personas que se llaman Hans Andersson. Si hay algunos ilocalizables porque están de vacaciones, puede tardar un tiempo en salir a la luz. Pero tenemos cobertura nacional en esto, eso sí.

—Por supuesto —dijo Jonnerblad—. Y recordad que podría liarse muy gorda si decidiéramos sin más pasar de la protección. Aunque está claro que no podemos sostenerla de forma indefinida. Sale más caro que un partido de fútbol de alto riesgo.

—Una situación interesante —comentó Eva Backman—. Entonces ¿qué hacemos?

—¿Propuestas? —propuso Jonnerblad paseando la mirada por la mesa.

—Retirar la vigilancia —contestó Astor Nilsson—. Pero sin decírselo a los implicados.

—¿Puedes desarrollar la idea? —pidió el intendente.

—Claro —dijo Nilsson—. ¿Me daríais un poco de agua?

Tallin le quitó el tapón a una botella y le sirvió un vaso.

—Gracias. Pues, en primer lugar, porque con la insuficiente vigilancia que estamos poniendo no vamos a poder evitar un crimen..., lo único que hacemos es tratar de mantener las apariencias, lo cual es ridículo. Una concesión para la opinión pública. En segundo lugar, lo más probable es que quedemos aún como más incompetentes si el asesino da el golpe y lo consigue a pesar de que estuviéramos vigilando. En tercer lugar..., como ya he comentado, no creo que nuestro buen amigo el asesino epistolar vaya a tocarle ni un pelo a ninguno de los Hans que estamos vigilando. Ergo mejor retirar la vigilancia.

—Estoy de acuerdo —señaló Eva Backman.

—Estoy de acuerdo —dijo Barbarotti.

—Hummm —sopesó Jonnerblad—. Creo que tendremos que pensárnoslo un poco más.

—Haz lo que quieras —repuso Astor Nilsson—. ¿No podríamos pasar a trabajar con los cadáveres que ya tenemos?

Podían.

Primero Sorgsen los puso detalladamente al día de los nuevos interrogatorios a personas que conocían a Erik Bergman. En diversos sentidos. Resumiendo, Sorgsen pensaba que la imagen de Bergman se había vuelto más clara en muchos aspectos, pero que no había surgido nada que se pudiera considerar relevante para la investigación.

Después Eva Backman los puso igualmente al día en lo que al círculo de conocidos de Anna Eriksson se refería. Había una especie de concordancia psicológica entre las dos víctimas, subrayó Backman: ambas habían sido individualistas destacados, casi todas las personas con las que habían hablado las describían como fuertes, si bien un tanto superficiales y de mirarse el ombligo. Varios de los interrogados habían descrito a Anna Eriksson como «dura» o «chula», y un antiguo compañero del instituto de Erik Bergman había empleado el término *frío* para referirse a quien fuera su amigo.

En conjunto, los informes de Sorgsen y Backman llevaron una hora, la información se añadió a la información. Entre otras cosas podían afirmar con seguridad que a las 11:55 del martes Anna Eriksson seguía viva, pues un testigo casual la había visto en su balcón desde el otro lado de la calle, y que era muy probable que dos horas más tarde ya estuviera muerta, pues una amiga la había llamado repetidas veces al móvil sin obtener respuesta. Por tanto, en ese intervalo de tiempo —esas dos horas—, el asesino había ejecutado el crimen. Los exámenes técnicos de los dos escenarios del crimen habían concluido, varias bolsas de plástico con contenidos de lo más diversos habían sido enviadas al laboratorio de Linköping para su análisis, pero aún no habían recibido ningún resultado, y tampoco contaban con que fuera a aparecer nada interesante para el caso por esa vía. Las huellas dactilares y el ADN parecían brillar por su ausencia, y una hipótesis probable acerca de cómo el asesino había actuado con Anna Eriksson era que había llamado al timbre, ella lo había dejado entrar, él se había cargado a su víctima con un arma contundente, la había envuelto en plástico y la había metido debajo de la cama. Simple y llanamente. El varón desconocido que un testigo había visto de espaldas en la escalera seguía sin tener un perfil claro ni identidad y, además, en interrogatorios posteriores el testigo había dado señales de haber mezclado el martes con el lunes.

En cuanto a las cartas, nuevos grafólogos habían efectuado nuevos exámenes. Un hombre diestro que había escrito con la mano izquierda seguía siendo la valoración predominante. Como las cartas habían sido franqueadas en Gotemburgo —las dos primeras— y en Borås —la tercera—, se podía presuponer que el autor vivía en un radio de ciento cincuenta o doscientos kilómetros de Kymlinge.

—Brillante —comentó Astor Nilsson—. Buscamos a un hombre diestro de Suecia occidental. Solo es cuestión de tiempo hasta que lo atrapemos.

—Hummm, ya, bueno —murmuró el intendente Jonnerblad—. La tarea más importante que tenemos ahora mismo es seguir alerta en sentido amplio. Pero también centrarnos en hallar la conexión, por ejemplo mirando los álbumes de fotos. De momento no hemos encontrado nada, pero estaría bien si pudiéramos hacerlo antes de que apareciera un Hans Andersson muerto. —Volvió a aclararse la garganta y tomó un poco de agua—. Y sería, cuando menos, igual de positivo si el inspector Barbarotti pudiera explicarnos por qué es él, y no otro, quien recibe estas cartas —añadió.

Gunnar Barbarotti se enderezó en la silla.

—En ese punto estamos totalmente de acuerdo —dijo—. He hecho inventario de mis trapos sucios, tal como quedamos. Ya habéis visto la lista, estaría bien saber si hay algún nombre que os haya hecho reaccionar.

Se hizo el silencio alrededor de la mesa mientras todos estudiaban la lista de los sesenta nombres que Barbarotti había anotado.

Después estuvieron un rato debatiendo sobre cinco o seis de ellos —todos tenían uno o varios expedientes en el registro de antecedentes—, luego negaron con la cabeza y constataron que aquello tampoco terminaba de conducirlos a ninguna parte.

—¿Y no hay ninguna de estas personas por las que

tú sientas algo fuera de lo común? —quiso saber el intendente Jonnerblad, y de pronto se le vio muy cansado.

—No —contestó Barbarotti—. Lo cual significa que estaré realmente sorprendido si resulta que sí que es alguna de ellas. Pero la verdad es que no he podido seleccionar a diez campeones.

—Para mi gusto, empieza a haber un poco de exceso de matemáticas en todo esto —observó Nilsson—. Tenemos veintinueve Hans y ahora sesenta fantasmas de Barbarotti. ¿Los metemos en un generador de casualidades y vemos cuáles se pegan entre sí, o cuál es la idea?

—Demasiado tiempo pensando en el escritorio, demasiado poco haciendo trabajo de campo —añadió Eva Backman.

—El trabajo de campo siempre requiere cierta dirección —señaló Tallin—. Por lo menos cuando han pasado unos días.

—Estoy de acuerdo —convino Backman—. Lo retiro.

Sorgsen carraspeó con discreción.

—La foto esa —dijo—. Disculpad, pero he pensado que podría estar tomada en Francia.

La fotografía del hombre y la mujer sentados en el banco apareció rápidamente sobre la mesa y todos la escrutaron con detenimiento.

—¿En Francia? —indicó Jonnerblad—. ¿Por qué, si me dejas que te pregunte?

—Es algo en el color de la papelera que hay al lado del banco —explicó Sorgsen—. Vale, solo se ve un trozo, pero intuyo que es una papelera. Creo reconocer el tono del color, vaya.

Barbarotti cayó en la cuenta de que Gerald Borgsen

solía pintar en su tiempo libre. Unos años atrás incluso había hecho una pequeña exposición en el comedor de la comisaría. Una decena de témperas y óleos pequeños y semifigurativos que habían despertado asombro y aprecio. Gunnar se había planteado comprar uno, pero cuando al fin se decidió ya habían volado todos. Quizá Sorgsen tenía una sensibilidad para los colores que ninguno de los demás poseía.

—¿El color de una papelera? —repitió Jonnerblad en un tono de incredulidad—. No sé...

—Joder —soltó Astor Nilsson—. Me parece que tienes razón. La verdad es que me recuerda al color de las contraventanas de una casa que alquilé una vez. En Avranches... O sea, Normandía, para los que no...

—A lo mejor no deberíamos darle tanta importancia —lo interrumpió Tallin—. Además, estamos lejos de estar seguros de que el hombre en el banco sea realmente Erik Bergman, ¿verdad?

—Claro —dijo Sorgsen—. Solo quería mencionarlo. También podría ser el sur de Italia, pero soy del todo consciente de que esto no nos ayuda demasiado.

—Ya, bueno —volvió a decir Jonnerblad, y se reclinó en la silla—. ¿Francia e Italia? Lo deseable sería que pudiéramos reducir un poco el área, en lugar de ampliarla y ponernos a buscar por toda Europa. Pero gracias por la observación, en todo caso. A lo mejor más adelante nos sirve.

—No hay de qué —respondió Sorgsen.

Jonnerblad paseó la mirada por el equipo alicaído. Echó un vistazo al reloj.

—Lo dejamos aquí por hoy —dijo—. Lamentablemente no tenemos otra cosa que hacer que seguir trabajando según las directrices que ya habíamos establecido. Por ahora la vigilancia de los Hans Andersson continuará todo el fin de semana. A menos que ocurra algo inesperado, nos vemos el lunes a las diez. ¿Alguna pregunta?

Nadie tenía preguntas. El intendente Jonnerblad dio la sesión por finalizada. Eran las cinco menos veinte de la tarde del viernes 10 de agosto.

—¿Y tus vacaciones? —preguntó Gunnar Barbarotti cuando Eva Backman asomó la cabeza en su despacho, diez minutos más tarde—. ¿Qué pasa con ellas?

—Trabajaré hasta el miércoles —dijo ella—. Pero también bajaré a la cabaña este fin de semana. Ochocientos kilómetros, entre ir y venir, pero ¿qué no haríamos por la paz familiar? ¿Tú qué planes tienes?

Barbarotti se encogió de hombros.

—La cosa está dividida —explicó—. Por una parte, supongo que vendré aquí para seguir trabajando. Pero también quería tener un poco de tiempo para pensar qué voy a hacer con mi vida.

—Genial. Haces bien. Con lo último, digo.

—Pues no se hable más —dijo él—. Nos vemos el lunes. Recuerdos a la familia.

—Recuerdos a Marianne —contestó Backman.

—No hablaré con ella hasta el miércoles.

La inspectora se detuvo en la puerta.

—¿Hasta el miércoles? ¿Por qué?

—Por un tema —respondió Barbarotti.

—¿Un tema?

—Sí.

—A veces eres la hostia de clarificador —aseguró Eva Backman.

Capítulo 15

Metió el dedo índice en la Biblia y la abrió.

Aterrizó en el evangelio según Mateo. Capítulo seis, versículo veintidós.

> La lámpara del cuerpo es el ojo. Si tu ojo está sano, todo tu cuerpo estará lleno de luz; pero si tu ojo es corrupto, todo tu cuerpo estará sumido en la oscuridad. Si la luz que en ti hay es oscuridad, ¿hasta dónde no va a alcanzar entonces esa oscuridad?

Lo leyó dos veces. Hummm, pensó. Está claro que es así. Por supuesto.

Pero si la idea era hallar una guía —y esa era la idea—, no parecía del todo indiscutible de qué clase de guía se trataba. ¿Era para el caso? ¿O era para él? ¿Su oscuridad de espíritu y su deambular a ciegas por la espinosa senda de la vida?

¿O para ambos?

Sí, quizá para ambos, pensó. Un ojo sano no dejaba de ser útil en cualquier contexto. Ver las cosas que había para ver, en lugar de los temores proyectados.

¿O no?

El inspector Barbarotti suspiró y cerró la Biblia. Se

fue a la cocina y constató que la nevera estaba vacía. Bueno, había un queso, un envase de margarina, un litro de leche y cuatro o cinco elementos abandonados, pero nada que sirviera como para preparar una cena digna. Aunque, por otro lado, ¿qué sentido tenía preparar la cena para una sola persona? Eran las seis y media del sábado, era demasiado tarde para llamar a un buen amigo o amiga y preguntarle si le apetecía quedar para comer algo y tomar un vino. Además, bien mirado, solo tenía dos amigos del mismo calibre de soledad que él mismo y, siendo sincero, no le apetecía nada sentarse a rajar en un restaurante con ninguno de ellos.

Pero peor aún era estar solo. La gente lo reconocía. *Mira, ahí está el inspector Barbarotti, ¡cenando más solo que la una! Pobre, debe de llevar una vida muy triste.*

Joder, no, estaba claro que esa no era una alternativa plausible. Pero tenía hambre. En ese sentido las señales del cuerpo no se dejaban aplacar. Tendría que conformarse con un par de perritos calientes con puré de patata en el Rockstagrillen, era un punto medio lo bastante discreto que ya le había funcionado en otras ocasiones. Además, de vuelta quizá podría pasarse por el Älgen a ver si había alguna cara conocida y tomarse algo en el bar.

Antes de salir comprobó el termómetro exterior en la ventana de la cocina. Veinticuatro grados. El calor había vuelto tras un par de días de inestabilidad. Por una vez no hacía falta que llevara jersey. Una tarde como hecha para estar al aire libre y rodeado de una alegre compañía.

¿Cuán profunda es la oscuridad en mi cuerpo?, pensó Gunnar Barbarotti, y se apresuró a salir a la ciudad.

Y no puedo llamar a Marianne hasta el miércoles.

Pero sí que podía llamar a Sara.

Los perritos calientes en Rockstagrillen y una cerveza melancólica a solas en el Älgen hicieron avanzar el tiempo hasta las ocho y cuarto, y apenas había vuelto a poner un pie en el recibidor de su casa cuando se dio cuenta de que necesitaba hablar con su hija.

Lo necesitaba.

Se dejó caer en la tumbona del balcón y marcó el número. Contempló la puesta de sol y escuchó las grajillas mientras esperaba a oír la voz de Sara desde Londres. Después de seis tonos saltó el buzón de voz. Sara informaba alegre, en inglés y en sueco, que o bien estaba durmiendo, o bien en la ducha, pero que le devolvería la llamada antes de Navidad si le dejaba su número. Barbarotti esperó cinco minutos y lo volvió a intentar. Esta vez sí que se lo cogió.

—Hola, soy papá.

—¿Quién?

De fondo se oía música y voces.

—Soy yo —dijo un poco más alto—. El bueno de tu padre, no sé si te acuerdas de él.

Sara se rio.

—Ah, eres tú. ¿Te puedo llamar dentro de... media hora? Por aquí tenemos un poco de lío.

Le dijo que le iba bien. También se preguntó a qué se refería con «un poco de lío». Y qué significaba «aquí». En cualquier caso no sonaba muy reconfortante. Habría sido mucho mejor si la hubiese pillado en casa y solo hubiese oído de fondo las noticias de la tele o una aspiradora. ¿Acaso no le había parecido oír un tintineo de botellas? Y humo, seguro que había un humo de la hostia. Era difícil percibir esas cosas por teléfono, pero cuando llevabas veinte años de policía criminal...

Se fue a buscar la lista de los sesenta nombres que tenía en el macuto, cogió la última cerveza que le quedaba en la nevera y volvió a acomodarse en el balcón.

Mejor centrarme en el trabajo mientras espero, pensó. Al final, es la seguridad y el soporte que tienes en los que apoyarte. La vida es una cantera y tú eres la pala.

Sara tardó cincuenta y cinco minutos en llamar. Es decir, casi un minuto por nombre, pero no le sirvió de nada. Por mucho que mirara fijamente cada uno de ellos, ninguno le parecía encajar demasiado bien con un asesino epistolar, y ninguna lucecita se prendió en la oscuridad.

—Hola, papá —dijo Sara—. ¿Puedes llamarme tú? Voy un poco mal de saldo en la tarjeta.

Era el procedimiento de siempre.

—¿Qué tal estás? —le preguntó él cuando por fin entablaron conversación.

—Bien. Estoy superbién. ¿No estarás preocupado por mí?

—¿Tengo algún motivo para estarlo? —Le devolvió la pregunta con astucia.

—En absoluto —aseguró Sara, y se rio—. Pero ya sé qué tipo de padre sobreprotector eres. Aunque me alegro de que me hayas llamado. Así puedo aprovechar para contarte que tengo novio.

—¿Novio? —dijo Gunnar Barbarotti, y estuvo a punto de reventar el vaso de cerveza de un apretón.

—Sí. Se llama Richard. Es muy majo.

No me lo creo ni por asomo, pensó Barbarotti. Solo intenta engañarte para aprovecharse de ti, ¿no te das cuenta?

—¿Richard? —repitió—. No me digas. ¿Y a qué se dedica?

—Es músico.

¡Músico!, bramó una voz por dentro de Gunnar. Pero, Sara, ¿has perdido completamente la cabeza? ¡Música y drogas y sida y satanás y su abuela, vete a casa y cierra con llave, que mañana voy a buscarte!

—¿Hola? ¿Estás ahí?

—Sí..., estoy aquí. ¿Estás segura de esto...? Quiero decir..., ¿qué clase de músico?

Le mandó un ruego exprés a Nuestro Señor. ¡Dime que es chelista en la Orquesta Filarmónica de Londres! ¡Tres puntos! Lo que sea, pero no...

—Toca el bajo en una banda que suele dar conciertos aquí en el pub.

Mierda, pensó él. Lo sabía. Piercing en la nariz, tatuajes y tres kilos de pelo hecho un asco.

—¿El pub?

—Papá, he dejado de trabajar en el otro sitio. Ahora solo trabajo en el pub, pero es muy guay. Todo el mundo es muy simpático y no tienes por qué preocuparte de nada.

—Tienes diecinueve años, Sara.

—Ya sé cuántos años tengo, papá. ¿Qué hacías tú cuando tenías diecinueve años?

—Pues por eso me preocupo —soltó, y fue recompensado con una nueva risotada.

—¿Sabes que te quiero, papá?

—Yo también te quiero a ti, Sara. Pero tienes que ir con cuidado. Las cosas son muy diferentes a cuando yo era joven, y es mucho peor siendo chica. Si solo hubieras visto una fracción de lo que...

—Eso ya me lo sé, papá, por favor. Pero no soy imbécil. Puedes confiar en mí, y si conocieras a Richard, te juro que te caería bien.

Lo interrogaría durante catorce horas seguidas sin pausa para mear, pensó. Luego lo deportaría a Mongolia.

—¿Por qué has dejado de trabajar en la tienda? —le preguntó—. No me parece que un pub londinense sea el lugar de trabajo apropiado para una chica de diecinueve años.

—Papá —dijo Sara, y soltó un suspiro de paciencia—. Piénsalo un poco, hay chicas de diecinueve años sirviendo copas en todos los bares del planeta. Solo trabajo cuatro noches a la semana y gano el doble que en la tienda esa tan estirada. No corro ningún peligro. No fumo, nunca practico sexo sin protección y no bebo ni la mitad de lo que bebes tú.

—De acuerdo —contestó Gunnar Barbarotti, y sintió que iba siendo hora de tirar la toalla—. Lo único que quiero es que estés bien, entiéndelo. ¿Qué tal le va a Malin?

Malin era la amiga con la que Sara se había ido a Londres y con la que compartía piso en Camden Town.

—Malin también está bien. Pero ella aún no tiene novio.

—Una muchacha inteligente. En septiembre voy a verte, tal como quedamos. Si aún soy bienvenido, claro.

—*My heart belongs to daddy* —respondió ella, y como era lo mejor que había dicho en toda la conversación se despidieron ahí y prometieron llamarse a la siguiente semana.

Se quedó sentado en el balcón mientras el cielo poco a poco se iba tornando azul sobre las cumbreras de los tejados y los olmos que bordeaban el río. Dentro de un año estaré sentado en otro balcón mirando el estrecho de Öresund, pensó de pronto. Helsingör y la galería Louisiana y todo eso.

¿Y si acababa siendo así?

Pero... ¿y si no acababa siendo así? ¿Y si fuera a

sentarse en estos tres metros cuadrados durante todas las tardes de verano que le quedaban en la vida? En ese momento concretamente tampoco le parecía tan malo, pero aun así. ¿Aun así?

Lo peor era que no tenía demasiados problemas en dibujar esa posibilidad para su ojo interior. A medida que iba pasando el tiempo, la pereza se iba enquistando; era ridículo pensar que en cuestión de dos o cinco u ocho años estaría más dispuesto a hacer cambios.

Si no tienes el aplomo a los cuarenta y siete, tampoco lo vas a tener a los cincuenta y siete, se dijo. A menos que te encargues de cambiar las cosas.

Pero ahora sí estaba dispuesto. Joder que si lo estaba. El miércoles llamaría a Marianne para explicárselo. Luego solo había que cruzar los dedos para que a ella no le entraran las dudas. En cierto modo era sorprendente que Barbarotti pudiera sentirse tan seguro con ella, apenas se conocían desde hacía un año, no se habían visto más que ocho o diez veces. Pero a lo mejor era tan simple como que la soledad lo estaba empujando. Está claro que a mi edad, pensó, ya no tienes todo el tiempo del mundo para elegir y descartar.

Actuar o marchitarse.

De nuevo le pareció excesivamente materialista y pragmático, sobre todo cuando tenía tan claro que no sentía ningún tipo de duda acerca de sus sentimientos hacia Marianne. La quería y estaba dispuesto a dejar su trabajo actual e irse a vivir con ella a Helsingborg, era así de simple. O a otro sitio, si ella lo prefería. A Berlín o a Fjugesta o adonde le diera la gana.

La habría elegido a ella aunque tuviera a todas las mujeres del mundo a mi disposición, pensó. De verdad, no miento, al crepúsculo pongo por testigo.

Luego le vino un recuerdo a la cabeza. Cabía preguntarse por qué.

Un caso de hacía unos diez años. Una mujer había llamado a comisaría en mitad de la noche diciendo que había matado a su marido. Les había facilitado la dirección, era uno de los bloques de pisos de reciente construcción en Pampas, Barbarotti había acudido al lugar junto con una compañera que después se había mudado a Estocolmo, y constataron que era tal y como la mujer les había dicho. El hombre estaba inclinado sobre la mesa de la cocina, con la cabeza descansando en sus brazos cruzados, y si no hubiese sido por el mango del cuchillo de cocina que asomaba entre sus omóplatos, podría haber pensado que estaba durmiendo.

—¿Por qué? —había preguntado Barbarotti.

—No he visto ninguna otra opción —había contestado la mujer—. Me ha dicho que iba a dejarme. ¿Qué habría sido entonces de mí?

Él se la había quedado mirando atónito. Una mujer casada y con cierto sobrepeso de unos cincuenta años.

—¿Qué va a ser de usted ahora? —le había preguntado él.

—Ahora cuidarán de mí —había dicho la mujer—. No habría sido capaz de vivir sola. Ni un solo día. Y Arne será enterrado.

Barbarotti la había interrogado posteriormente y la mujer se había mantenido firme en esta línea, como si hubiese sido una obviedad, nada que hubiese que cuestionarse ni desarrollarse más. Su marido había prometido amarla y cuidar de ella hasta el fin de sus días, y al romper esta promesa solo quedaba una única solución lógica al problema: hundirle un cuchillo en la espalda. El psiquiatra forense que más tarde visitó a la mujer durante varios días también llegó a la conclusión de que la señora estaba en plenas facultades. En consecuencia, fue condenada a cadena perpetua por asesinato.

Barbarotti solía pensar en aquel caso de vez en cuando. O mejor dicho, el caso se le venía a la mente de forma periódica. Como ahora. Sin que él pudiera evitarlo. Y siempre le seguían esas preguntas que no era del todo capaz de formular, y mucho menos responder.

¿Cómo veía él la culpabilidad de la mujer realmente?

¿Por qué le costaba tanto reconocer que la señora había cometido un crimen, al fin y al cabo?

Si Barbarotti hubiese sido un juez absoluto en un utópico estado de derecho, probablemente —y en contra de la voluntad de la mujer— la habría absuelto. Más que nada porque nunca más en la vida volvería a hallarse en una situación en la que tuviera que cometer un acto igual para defender... lo que fuera que estuviera defendiendo. No lograba hallar el quid de la cuestión, pero tampoco le parecía importante ponerle palabras.

Lo que consideraba más importante era en qué grado concordaba con su propio papel como policía que se paseaba dándole vueltas a esas cosas sobre crímenes y castigos.

Aquella hermosa tarde de agosto tampoco llegó a ninguna solución. Cuando le dieron las doce y todas las grajillas se hubieron callado, decidió meterse en la cama, pero apenas se había levantado de la tumbona cuando su teléfono móvil comenzó a sonar.

Mierda, pensó. Sara. Le ha pasado algo.

Pero no era Sara.

Era Göran Persson.

Durante un breve instante de desconcierto Barbarotti de verdad se pensó que era el ex primer ministro, que lo llamaba por alguna intrincada cuestión política, pero acto seguido comprendió que solo se trataba de un tocayo.

Göran Persson era reportero del periódico sensacionalista *Expressen*, y el motivo de su llamada saltaba más a la vista que un clavo en un bizcocho.

—Se trata de los dos asesinatos en Kymlinge. Me han llegado noticias de que el asesino te habría escrito revelándote de antemano lo que pensaba hacer. ¿Qué comentarios tienes al respecto?

—¿Cómo? —dijo Gunnar Barbarotti.

Göran Persson repitió su afirmación y su pregunta con exactamente las mismas palabras.

—No tengo ningún comentario en absoluto —declaró el inspector—. No sé de qué hablas. ¿De dónde has sacado eso?

—¿Acaso no sabes que es delito investigar una fuente? —le replicó Persson—. Pero a lo mejor puedo hacer la vista gorda. Da la casualidad de que sé que las noticias son ciertas. Que sabías tanto que Erik Bergman como Anna Eriksson iban a ser asesinados. Se publicará la información sobre las cartas en el periódico el lunes, y no vais a salir muy bien parados si tratáis de negar los hechos.

—No creo que...

—Estoy yendo para allí en coche ahora mismo —le explicó el reportero—. ¿Quedamos en el hotel Kymlinge para desayunar mañana a primera hora? Así podemos hablar de todo esto con calma, me parece que es mejor que juguemos en el mismo equipo en este caso. Por lo que tengo entendido, las cartas van dirigidas personalmente a ti. Escritas a mano, en letras mayúsculas. ¿Es correcto?

Gunnar Barbarotti se lo pensó tres segundos.

—¿A qué hora? —preguntó.

—A las diez —decidió el reportero Persson—. Me quedan doscientos kilómetros y mañana es domingo, al fin y al cabo.

Tenemos un topo, se dijo el inspector criminal Barbarotti mientras se cepillaba los dientes y observaba sus ojos, inusualmente insanos, en el espejo del baño.

¿Quién?

Capítulo 16

No le apetecía en absoluto, huelga decirlo, pero una hora antes de que le tocara juntarse con Göran Persson en el hotel Kymlinge llamó al intendente Jonnerblad para explicarle la situación.

—Maldita sea —dijo este—. Creo que será mejor que vaya yo en tu lugar.

—No me parece que sea una buena idea —repuso Barbarotti—. Por lo visto sabe que las cartas van dirigidas a mí y era conmigo con quien quería hablar.

Jonnerblad se quedó un momento pensando y apagó una radio.

—Está bien —convino—. Pero tenemos que plantear una estrategia a la que vas a tener que ceñirte.

—Por mí, encantado. ¿Estás pensando en algo en concreto?

—Pues en cuánto tenemos que revelar, claro. Esa es la cuestión.

—Me parece que ya lo sabe todo. Podría ser estúpido por nuestra parte liarnos a contar mentiras.

—¿Quién ha dicho nada de mentiras? —replicó Jonnerblad.

—No sé.

—¿Con quién coño ha hablado?

—No tengo ni idea —dijo Barbarotti—. Pero somos bastantes los que estamos al corriente del caso.

—A lo mejor solo era cuestión de tiempo —comentó el intendente—. Pero si ves a algún compañero de la comisaría paseándose por el centro vestido de Armani, dame un toque.

—Prometido —afirmó Barbarotti—. Pero ¿qué estrategia seguimos, entonces?

Jonnerblad guardó silencio de nuevo, respirando con pesadez. Como si tuviera a una amante gorda sobre su pecho o algo así, pensó el inspector.

¿Por qué siempre le acudían imágenes y pensamientos que no venían a cuento? Casi siempre eran un incordio y..., cómo se decía..., ¿contraproducentes? Le hacían perder el hilo. ¿Por qué narices iba a haber una amante gord...?

—La protección —dijo Jonnerblad al final—. Te preguntará por la protección.

—No tenemos que proteger a los que ya están muertos —replicó Barbarotti—. No estoy seguro de que...

—Hans Andersson —lo interrumpió Jonnerblad—. ¿También sabe lo de Hans Andersson?

—Eso te quería decir. No hizo ningún comentario al respecto. No hablamos de ello.

—Si él no lo menciona, tampoco hace falta que lo menciones tú —zanjó Jonnerblad.

—¿Y si lo menciona?

—Entonces le explicas que hemos desplegado la mejor protección que las circunstancias nos permiten.

—¿Que las circunstancias nos permiten?

—Exacto.

—Entendido —dijo Barbarotti—. ¿Alguna otra cosa?

—Probablemente quiera ser el único que tenga conocimiento de la noticia —señaló el intendente—. Ahí tienes un pequeño margen de negociación. No hay nada que nos impida sacar el tema a la luz en una rueda de prensa hoy mismo al mediodía.

—Lo sé —indicó Gunnar—. Yo también lo había pensado. No entiendo por qué no lo han divulgado y ya está.

—¿Y a qué conclusiones llegas? Si te paras un momento a pensar en eso.

—Pues que debió de recibir el chivatazo justo antes de llamarme a mí. Era más de medianoche. No les dio tiempo de meterlo para hoy, simplemente.

—Muy probable —dijo Jonnerblad—. Pero ¿por qué decide hablar con nosotros?

—Buena pregunta. ¿Porque no se lo cree, quizá?

—Eso no suele suponer un impedimento —repuso el otro—. Aunque puede que en este caso sea cierto. Pero ¿consideras que se terminó de convencer después de haber hablado contigo?

—Bueno... —empezó él.

—¿Habías bebido?

El inspector Barbarotti no contestó.

—Llámame en cuanto hayas acabado con él —dijo Jonnerblad para terminar—. Emplea tu olfato policial, ya has hecho cosas así antes, ¿no? Y si puedes sacarle el nombre del informante, me parece genial.

—No creo que pueda. Los periodistas suelen proteger a sus topos.

—Ni que lo digas —murmuró Jonnerblad, y luego dieron la conversación estratégica por zanjada.

Göran Persson no parecía estar a gusto en el hotel Kymlinge. Seguramente habría preferido un comedor en Nueva York o Roma, intuyó Gunnar Barbarotti, pero era lo que había. Por lo que pudo ver, el reportero ya había terminado de desayunar. Había ensuciado más vajillas que una familia numerosa, había restos de embutido maltratado, migas de panecillos y sobras de huevo esparcidas por toda la mesa, y el periódico de la mañana había acabado arrugado en el suelo.

Me recuerda a una estrella de un *reality show* en sus horas bajas, pensó Barbarotti lúgubre. Barbita de cuatro días, recién duchado, pelo revuelto y una camiseta negra debajo de un chaleco de cuero. Cuarenta tacos, cinco arriba, cinco abajo.

Aunque la cosa tampoco tiene por qué ser tan mala como parece, se dijo, y se sentó frente al reportero. A lo mejor su trabajo habitual es infiltrarse en bandas de moteros. Periodismo de investigación, no hay que juzgar por las apariencias. Qué bien que no tengo prejuicios.

—Buenas —dijo Persson—. ¿Tú eres Barbarotti?

Este se lo confirmó. Persson se metió una dosis de *snus* bajo el labio.

—Nos estábamos planteando sacar cuatro páginas sobre esto —le explicó—. Dos planas enteras. Es una historia jodidamente interesante.

—No me digas —soltó Barbarotti.

—Nos gustaría mucho incluir las cartas. O sea, tal cual son. Os ayudará a atrapar a ese cabrón.

—No estoy seguro de que queramos publicarlas —dijo Gunnar.

—Pues claro que queréis —repuso Göran Persson—. No preferiréis que os echemos paladas de mierda, ¿no? Va a llegar un fotógrafo de un momento a otro, he pensado que luego nos podrías llevar a comisaría. ¿Te apetece tomar algo?

Barbarotti asintió en silencio. Se levantó de la mesa y se aprovisionó en el bufé: una taza de café y un puñado de pastitas. Trató de hacer de tripas corazón frente al impulso de echarle el café por encima al reportero y se arrepintió de no haber dejado que Jonnerblad se encargara de todo el tinglado.

Pero ¿dejarse vencer? Los cojones.

—Está bien —dijo cuando se hubo sentado de nuevo—. Tendré que consultarlo con mis compañeros. Pero me parece que hay algunas cosas que has malinterpretado, lo cual no es nada extraño en vuestro caso. ¿Puedes explicarme un poco cómo te llegó el chivatazo? Personalmente, hace catorce años que no abro tu periódico, y no tengo ninguna intención de hacerlo tampoco mañana.

Göran Persson se lo quedó mirando un rato largo con un ligero tic en la comisura de la boca. Un trocito de la porción de tabaco en polvo quedó al descubierto. Luego se enderezó en la silla y se aclaró la garganta.

Acto seguido recitó de memoria los mensajes del asesino. Sin prisa y con énfasis, palabra por palabra. Incluso el tercero, el que se refería a Hans Andersson.

—¿Qué es lo que te parece que he malinterpretado? —añadió después.

Mierda, pensó Barbarotti. ¿Qué clase de imbécil puede...? Espera un segundo, ¿será que...?

Pero en ese preciso instante lo deslumbró un flash, y Gunnar tardaría más de veinticuatro horas en retomar aquel hilo de pensamiento.

—Nisse Lundman —se presentó el fotógrafo—. Se me había ocurrido que podría sacaros algunas fotos mientras habláis, si os parece.

—Ningún problema —dijo Göran Persson, y le guiñó un ojo a Barbarotti—. A ver, ¿por qué este psicópata te escribe justo a ti?

—¿Psicópata? —repitió el inspector.

—Ya me entiendes.

—No lo sé —contestó Barbarotti.

—¿Estás seguro de eso? ¿O solo pretendes ocultarme información?

No respondió. Se comió dos pastitas y miró por la ventana. El fotógrafo tomó un par de fotos.

—Está bien —accedió Göran Persson—. Pero no habéis hecho pública esta información, ¿no? Las cartas en las que se os da el aviso. Más tarde he quedado para hablar con un par de familiares de las víctimas. Habrá que ver qué tienen que decir al respecto.

—Habrá que verlo, sí.

—Y este tercer hombre, Hans Andersson..., ¿aún no lo habéis encontrado?

—No. Pero te prometo que te llamaré en cuanto lo hagamos, así podrás ponerte a atormentar también a su familia y amigos.

—Mejor nos dejamos de bromas —dijo el reportero, y el *snus* apareció de nuevo en su boca—. ¿Vamos a dar una vuelta por comisaría?

—Primero tengo que hacer una llamada —señaló Gunnar.

—Yo aprovecharé para echar un meo —le informó Göran Persson—. El café que sirven aquí es malísimo.

Jonnerblad lo cogió a mitad del primer tono. Barbarotti le describió la situación en treinta segundos.

—Mierda —soltó el intendente.

—En efecto —dijo Barbarotti—. ¿Qué hacemos?

—¿Tenemos alguna opción?

—Me parece que no.

Jonnerblad se quedó callado unos segundos.

—Está bien —indicó después—. Si lo acompañas

a comisaría, ya me encargo yo. Puedo estar allí dentro de un cuarto de hora.

—Pues quedamos así. Intentaré no cortarle las orejas mientras tanto.

—¿Tan malo es? —preguntó Jonnerblad.

—Ya verás —dijo Barbarotti.

Eran las once y diez cuando el inspector Barbarotti dejó al reportero del *Expressen* Göran Persson con el intendente Jonnerblad en la tercera planta de comisaría. El comisario Tallin también estaba presente, por lo cual no se consideró necesario que Barbarotti se quedara.

Este se sintió agradecido. Abandonó el edificio a paso ligero, se metió en el coche y puso rumbo a su casa. El reportero Persson le incordiaba como una encía inflamada, y pensó que si de verdad Nuestro Señor pretendía que el séptimo día se destinara a recuperar fuerzas y a la vida ociosa, ese domingo no había empezado con buen pie.

Y si había sido idea de Nuestro Señor que la gente leyera la prensa, Barbarotti mantendría una seria conversación con él la próxima vez que lo tuviera en línea.

Al doblar por la calle Baldersgatan cayó también en la cuenta de que no quería ir a casa. Objetivamente hablando, hacía un día de agosto radiante, ¿por qué iba a encerrarse en su lúgubre piso de dos habitaciones, con aquella frustración y a la espera de que le llegara su hora? No había motivo alguno. Tenía que haber distracciones con más sentido a las que dedicarse. Con mucho más sentido.

Eso pensaba el inspector Barbarotti mientras pasaba de largo la fachada descascarillada de color orina de su bloque de viviendas, y antes de alcanzar el semáforo de la calle Drottninggatan ya le había venido el nombre de Axel Wallman a la cabeza.

Sacó rápidamente el móvil y marcó el número.

Axel Wallman se había prejubilado y vivía en una vieja cabaña de verano en la parte norte del cabo de Kymmen.

No siempre había estado jubilado. Treinta años atrás Gunnar Barbarotti y él habían sido compañeros de instituto. Wallman se había sacado el bachillerato con las mejores notas —matrícula en todas las asignaturas, excepto en educación física, donde se había conformado con un aprobado— y le habían augurado una carrera académica brillante. Sin embargo, en lo social se le consideraba un lobo estepario: difícil en el trato, encorvado y enrevesado. En el instituto, Barbarotti no había tenido mucha relación con él, a pesar de haber ido juntos a la misma clase todos esos años, pero lo había conocido más de cerca estando en Lund.

Seguramente allí tampoco habrían intimado tanto si la casualidad no hubiese querido que vivieran bajo el mismo techo. Durante tres años compartieron piso en la calle Prennegatan. Barbarotti estudiaba derecho; Wallman, lingüística. Y un buen puñado de lenguas. Latín y griego, para empezar, y luego algunas lenguas eslavas para terminar aterrizando en el finés. O el ugrofinés, mejor dicho. Se acabó doctorando con una tesis comparativa del uso del locativo en vepsio, cheremis y votiaco, una obra que Barbarotti aún conservaba —estrenada pero no leída— en su librería.

Aunque a esas alturas él ya había dejado atrás la carrera de derecho, claro. Se había graduado en la escuela de policía y se había hecho inspector de policía criminal. Había tenido una familia. No debía de ser fácil colaborar con Wallman, Barbarotti ya lo entendía: era un lumbreras a la hora de aprender, pero no a la hora de enseñar. Y en la actualidad las cosas ya no eran como en otros tiempos en el llamado estanque académico. Antes servía como una suerte de taller y amparo para talentos introvertidos, pero en Suecia, a finales de la década de los ochenta, se había empezado a exigir que se diera clase.

Sobre todo cuando se trataba de lenguas, que se consideraban algo así como un medio de comunicación entre las personas.

Aquello había supuesto la caída de Wallman. Obviamente le dieron un puesto de profesor en la Universidad de Copenhague, se mudó a vivir a Århus, luego a Umeå, luego a Uppsala, luego a Åbo. Toda esta carrera un poco oblicua se vio también acompañada de largas bajas por enfermedad y —si Barbarotti lo había entendido bien— de controversias reiteradas con compañeros de trabajo y estudiantes, así como algún que otro escándalo. Wallman había desaparecido de su radar durante todo ese período, comprendido más o menos entre los años 1985 y 2000, y cuando se cruzaron por mera casualidad unas semanas después del cambio de milenio, el antiguo genio ya había sido apartado de la maquinaria académica y echado al vertedero.

Así lo había expresado él mismo.

Pero —como también había expresado él mismo— se lo tenían merecido, esos cagatintas de medio pelo.

—Yo hablo veintiuna lenguas de manera fluida, ¡ahora *Saarikoski* y los pajaritos son los únicos que lo oyen!

Saarikoski era el perro de Wallman, un apacible leonberger de setenta kilos y, según su dueño, una encarnación del mismísimo poeta finlandés. Con los pajaritos se topaba cuando *Saarikoski* y él salían a pasear por el bosque que rodeaba la cabaña. O cuando estaba sentado en el porche que daba al lago, mientras pensaba y tomaba cerveza.

O escribía algo, no quedaba claro el qué. Desde que habían recuperado el contacto —por alguna razón encajaba con la nueva carrera de Barbarotti de hombre divorciado— se habían visto cosa de una vez al año. En total, no más de cuatro o cinco veces, y aún había muchas cosas que no entendía de Axel Wallman.

No le cogió el teléfono al primer intento, nunca lo hacía. Pero al segundo descolgó enseguida. Sin decir nada, lo cual también era por norma: si era alguien que quería algo, le correspondía al interesado mover la primera pieza. Por ejemplo, presentarse.

Así lo hizo Gunnar Barbarotti.

—Aquí Barbarotti. Pensaba pasarme por tu casa a saludarte. He tenido una mañana de mierda y me iría bien echar un rato en una talentosa compañía.

—Le preguntaré a *Saarikoski* si hoy tiene libre —gruñó Axel.

Por lo visto estaba libre. Wallman le explicó que el señor inspector era bienvenido si no hacía demasiado ruido y se llevaba consigo algún tipo de provisiones. Barbarotti prometió abastecerse y estar allí en cuestión de una hora.

El terreno alrededor de la cabaña de verano de Axel Wallman tenía más o menos el mismo aspecto que su rostro. Descuidado e irregular: barba de cuatro días y ortigas, montañas de trastos viejos y granos maltratados, una tirita ensangrentada que sugería que había intentado afeitarse hacía cosa de un mes y pilas de listones de madera debajo de lonas que indicaban que

Wallman había tenido intención de hacer labores de reparación en la casa en algún momento de la última década.

Pero no en sí mismo. Tenía el pelo cano, ralo y le llegaba por los hombros; su vestimenta consistía en una camiseta de color verde lima, un peto ajado y zapatos negros para caminar sin calcetines. De pronto Barbarotti se percató de que un testigo medio le habría puesto más de sesenta años, y no los menos de cincuenta que tenía realmente.

Y si de verdad existía un vertedero académico, tal y como sugería Wallman, al contemplar su aspecto no cabía ninguna duda de que en un sitio así estaría como en casa.

Como allí mismo por ejemplo. Aunque aún sigue teniendo algunas vistas al mar, constató Gunnar, a pesar de que la maleza de ortigas, aliso, fresno y abedul hubiese crecido medio metro desde el año anterior.

Axel Wallman estaba sentado —igual que el año anterior— en una silla de plástico en el porche. En la mesa que tenía al lado había un poco de todo: libros, periódicos viejos, bolígrafos, libretas, tabaco, cerillas, una lámpara de queroseno y latas de cerveza vacías. No se levantó cuando Barbarotti entró en su campo de visión, pero alzó la mirada, y *Saarikoski*, que estaba tumbado en la sombra a sus pies, se permitió el exceso de dar dos coletazos.

—Hola, Axel —saludó Barbarotti—. Gracias por dejarme venir a verte.

—Hay un fantasma deambulando por la historia —respondió Axel Wallman—. Se llama Fémina.

—Cuánta razón —dijo el inspector, y dejó las bolsas de la compra en el suelo. En una había cerveza y en la otra, pasta e ingredientes para hacer una salsa boloñesa.

—Tengo cuarenta y ocho años y soy virgen —declaró Wallman—. ¿Te interesa?

—No. Sinceramente, no.

—A *Saarikoski* tampoco le atrae el tema —constató el otro en tono lúgubre, y comenzó a liarse un cigarro con dedos amarillentos de nicotina—. Pero cuando me lo quedé él ya estaba castrado. ¿Qué me puedes contar del momento presente? ¿Hay cerveza en esa bolsa?

Gunnar Barbarotti apartó algunas prendas de ropa de otra silla de plástico y tomó asiento. Oteó el mar y pensó que el día en que Axel Wallman muriera en su silla nadie se enteraría. La naturaleza los engulliría a él y a la casa. Probablemente *Saarikoski* permanecería tumbado en el suelo hasta soltar el último aliento a los pies de su amo y sería enterrado de la misma manera.

Vegetación y olvido. Quizá no era tan mal final, pensándolo bien.

Pero Barbarotti no había ido para discutir de la fugacidad y la vanidad de la vida. Al menos eso creía él. Seguía sin tener claro cuál era el motivo real de la visita, solo le había venido su viejo y desgraciado congénere a la cabeza y le habían entrado ganas de verlo, nada más. No hacían falta más razones. Menos aún en un hermoso día de agosto como ese.

Dieron unos tragos de cerveza y estuvieron en silencio medio minuto.

—¿Qué opinas de un asesino que le manda cartas a la policía contándole a quién pretende matar? —dijo luego Gunnar Barbarotti.

No había motivo para dejar que Axel Wallman dirigiera el rumbo de la conversación. Si lo hacías, enseguida podías verte metido en complejidades incomprensibles. Las formas verbales en francés de Strindberg o códigos cifrados de la Segunda Guerra Mundial.

—¿Así están las cosas hoy en día? —quiso saber Wallman—. ¿Asesinos que escriben cartas?

—Por el momento —respondió Barbarotti.

—¿Y también los mata? ¿No solo escribe cartas?

—También los mata.

—Nunca me he esperado gran cosa del presente —manifestó Axel Wallman, y le prendió fuego a su cigarrillo arrugado—. ¿Es un macho o una hembra?

—Me parece que es un macho.

—Bien. Las hembras se me dan mal, ya te lo he dicho. Pienso que en el fondo no se las puede entender. Pero si me dejas mirar los mensajes del asesino estoy dispuesto a lanzarme con un análisis lingüístico.

—No los llevo conmigo —admitió Gunnar.

—¿No los llevas contigo? Y entonces ¿por qué cojones estás desperdiciando mi valioso tiempo?

—Te he traído cerveza y comida —le recordó Barbarotti—. Además, me los sé de memoria.

—Tú nunca has podido aprenderte nada de memoria —refunfuñó Axel Wallman—. Pero oigámoslo, de todas formas.

El inspector dio un trago de cerveza, se lo pensó un momento y recitó de memoria los tres mensajes que el asesino le había enviado. El otro guardó silencio y se rascó la barba.

—Otra vez.

Barbarotti no estaba seguro de si era necesario para el análisis o si Wallman solo quería comprobar su capacidad memorística. Carraspeó y repitió el procedimiento. Cuando hubo terminado, Wallman se reclinó en la silla con cara de satisfacción.

—Opino que se trata de un hombre de treinta y ocho años de la provincia de Småland —afirmó, y dio un trago largo de cerveza.

—¿Cómo?

—Varón de treinta y ocho años de Småland —repitió, y soltó un eructo—. ¿También te estás quedando sordo?

—¿Varón de treinta y ocho de Småland? ¿Cómo coño puedes sugerir eso?

—Sugerir, no —dijo Axel—. Yo no sugiero nada. La única hipótesis que se puede formular desde una perspectiva lingüística es la que acabas de oír. ¿A qué clase de gente está matando?

—Un poco variada —contestó Barbarotti—. Pero... ¿tu análisis en qué se basa?

—En el uso de la expresión «de nuevo» —dijo Wallman—. Sin duda es un uso que se va extendiendo, pero originalmente es del sur de Suecia, aunque no de Skåne.

—Me tomas el pelo.

—No es imposible. Las huellas dactilares son un método mucho más fiable que el uso lingüístico si quieres dedicarte a la lucha contra el crimen. Pero también puede ser que quien te esté tomando el pelo sea el asesino. Por ejemplo, podría ser alguien de la provincia de Norrland que quiere sonar como alguien de Småland.

—Hummm. —Gunnar Barbarotti se lo pensó—. Y treinta y ocho, ¿en qué te basas?

—El hombre medio de este país tiene treinta y nueve —explicó Axel Wallman—. Le he quitado un año porque, en general, los agresores son un poco más jóvenes que la media. Es por la testosterona.

Apagó la colilla y soltó una risita. Gunnar Barbarotti se reclinó y se lo quedó mirando. Axel Wallman se reía muy pocas veces, siempre había sido así, pero cuando lo hacía, más bien recordaba a una niña en sus primeros años de adolescencia que dejaba escapar su alegría en forma de resoplidos entrecortados a través de unos orificios nasales un poco dilatados. Teniendo en cuenta su aspecto y su tono relajado, causaba una impresión bastante insólita. Está loco, pensó Barbarotti. Y yo también. ¿Qué hago aquí divagando sobre el caso con Axel Wallman? ¿Acaso no he venido para olvidarme un rato del trabajo? No, será mejor que hablemos de otra cosa.

—Salud, Axel —dijo, y alzó su lata de cerveza—. Olvidémonos de mis problemas. ¿A qué te dedicas últimamente?

Wallman dio un trago y soltó otro eructo. Comenzó a liarse un nuevo cigarrillo mientras pensaba.

—O de Halland —indicó—. También podría ser de la provincia de Halland. ¿Qué has dicho?

—¿A qué te dedicas ahora?

—Tanto como dedicarme... —repuso—. No sé si es la palabra correcta para la actividad, pero estoy traduciendo algunos poemas de Barin. ¿Quieres oír alguno?

Barbarotti se quitó los zapatos y asintió con la cabeza.

—¿Por qué no?

Axel Wallman cogió una libreta en espiral, estuvo un momento pasando hojas, carraspeó y lanzó un escupitajo por encima de la barandilla del porche.

—Este —dijo, y de pronto parecía un mozalbete a punto de contar una adivinanza en una fiesta de cumpleaños—. No está nada mal. De hecho, igual es hasta mejor que el original. Creo que tendré que empeorarlo en un par de sitios; cuando traduces debes procurar hacerles justicia incluso a los defectos, no todo el mundo sabe atenerse a esa norma, pero yo sí... A ver, no tengas demasiadas expectativas de entenderlo, pero aun así me gustaría...

—Léelo de una vez, Axel —le instó Barbarotti—. Sáltate los preludios y el análisis, soy todo oídos.

—Está bien, pedazo de cretino —contestó Axel Wallman—. Atiende, porque esto es poesía en mayúsculas.

Dio otro trago de cerveza, rascó a *Saarikoski* bajo la barbilla y recitó:

Querida, eres la criatura gorda que cayó en el lodo
[cuando llegó la guerra,
eres la huella que dejó el guerrero en el suelo junto a
[la trenza rubia de la niña de trece años,
eres la sal en la tina que la madre de la niña cargaba
en su rebeca el día que la lanzaron a la fosa común del
[otro lado de la colina,
el lugar adonde ya no va nadie; pero no eres el agua
[que borbotea en el cercano arroyo
ni el pájaro que canta al anochecer,
ni tampoco la dulce sombra en la verde arboleda.
Así es, querida mía, y de otra manera tampoco podría
[haber sido.

Asintió pensativo unas cuantas veces con la cabeza y cerró la libreta. Gunnar Barbarotti vació su cerveza y cerró los ojos. Una mosca llegó zumbando y se posó en el reverso de su mano. ¿Por qué estoy aquí sentado?, se dijo de nuevo. ¿Cómo he terminado en esta compañía justo este domingo a mis cuarenta y ocho años?

La pregunta le pareció no solo un poco alarmante sino sumamente relevante, y estuvo dándole vueltas un rato sin hallar ninguna respuesta sofisticada. Luego Axel Wallman le dijo que se sentía estimulado de poderle recitar un poema tan jodidamente bueno a su viejo compañero y que le gustaría seguir leyendo para él.

Así lo hizo y así fue pasando la tarde. Axel Wallman leyó sus traducciones de los últimos poemas de Mihail Barin: algunos, de lo más sencillos; otros, oscuros y enrevesados. Tomaron más cerveza, cocinaron la pasta y la salsa boloñesa, se dieron un chapuzón, y cuando comenzó a anochecer Gunnar Barbarotti comprendió que tenía un nivel de alcohol en sangre demasiado alto como para poder volver a casa en su coche, por lo que debería quedarse a dormir.

No topó con objeción alguna. Cuando dieron las once Axel Wallman le explicó que ya había tenido su buena dosis de ese domingo dejado de la mano de Dios, leyó una oda encendida —si bien incomprensible— en húngaro a la libertad poética, cogió a *Saarikoski* y se fue a dormir. Barbarotti se preparó su solitario campamento en el sofá de piel con ayuda de una manta y un cojín que olía a moho y tabaco. Volvió a venirle a la cabeza la pregunta del Eclesiastés —*mas ¿cómo se calentará uno solo?*— y estuvo unos minutos tratando de formular una plegaria adecuada para el dios actualmente existente.

Pero las palabras correctas no querían presentarse, por lo que Barbarotti acabó quedándose dormido con una sensación de hallarse muy lejos.

Lejos de Marianne, de sus hijos, de un asesino que intentaba hablarle a él por razones que no lograba comprender, y a miles de kilómetros de sí mismo.

Capítulo 17

El lunes negro comenzó con un par de chubascos intensos y un fuerte viento del sudoeste. Gunnar Barbarotti se fue de la cabaña de Axel Wallman poco después de las ocho con una sensación de otoño en el pecho, y apenas había recorrido dos kilómetros con el coche cuando el limpiaparabrisas del lado del conductor se soltó. Salió volando como una reflexión fracasada y desapareció entre la hierba alta de la cuneta en cuestión de segundos. Barbarotti hizo un alto en la gasolinera Statoil de Kerranshede y consiguió un recambio que logró montar no sin cierto engorro. También aprovechó para comprar café y un ejemplar del *Expressen*, a pesar de lo que le había perjurado a Göran Persson. Luego se quedó sentado en el coche, rodeado de la insistente lluvia, y leyó todo lo que el reportero estrella tenía que decir con motivo de los asesinatos de Erik Bergman y Anna Eriksson.

Y de las cartas.

Y de las carencias de la policía.

En efecto, cuatro páginas —dos planas dobles— habían sido reservadas para lo que llamaban «El enigma policial de la década» y «El asesino epistolar de Kymlinge», y encabezando cada página habían maquetado la palabra EXTRA en blanco sobre negro, por si acaso, para que ningún lector subestimara la magnitud de la historia.

Había un buen puñado de fotografías: una pequeñita del jefe de investigación Jonnerblad y una —el doble de grande— del inspector Barbarotti, que recordaba a un paciente esperando en la salita a que el médico le diagnosticara el estreñimiento, una foto aérea de cruces blancas, así como dos imágenes falsas de las cartas. Las tres. Los textos del asesino aparecían in extenso, pero en los pies de foto se señalaba, en honor a la verdad, que no eran fotografías de las cartas originales, puesto que la policía se había negado a cederlas por cuestiones técnicas relacionadas con la investigación. Como siempre, el *Expressen* era todo un órgano al servicio de la verdad y la información. Por lo demás, en la parte superior de la página ocho aparecía también una imagen de dos mujeres de mediana edad con bolsas de la compra. No tenían nada que ver con los asesinatos. Al contrario, el breve texto que las acompañaba aseguraba que representaban al ciudadano normal y honrado, y a la pregunta directa del reportero de si estaban muertas de miedo, ambas confirmaban que así era justo como se sentían. Apenas osaban salir de casa. A la siguiente pregunta de si confiaban en la labor policial, respondían que a lo mejor iba siendo hora de que las fuerzas del orden pusieran un poco de su parte.

En el texto más largo se describía al asesino como un psicópata excepcionalmente astuto, y había citas de Jonnerblad, del fiscal Sylvenius y del propio Barbarotti. Este no reconocía ni una sola palabra de las que se le adjudicaban en las citas, y le costaba mucho creer que Jonnerblad de verdad hubiese jurado por su honor de policía que el asesino sería detenido en los próximos días, a lo sumo una semana.

Pero lo peor —lo peor de todo— era el titular encima de la cara del propio Barbarotti en aquella salita de espera.

¿IMPLICADO?

¿Implicado?, pensó Gunnar Barbarotti. ¿Qué coño está insinuando? Si le mando una carta a la madre del Papa no significa que ella esté implicada en nada.

Se acabó el café de un trago y tiró el periódico con un revés irritado. Al segundo siguiente recibió una llamada de Asunander. Sonaba como una trituradora con resaca.

—Voy de camino —aseguró el inspector—. Llego en veinte minutos.

—*Krrn ss* —dijo el comisario, y el resto del trayecto hasta Kymlinge Barbarotti se lo pasó dándole vueltas a qué era lo que había intentado decir.

—¿Quién... —empezó el comisario Asunander— demonios... ha vendido... informaciones a un jodido gacetillero..., por mis... santísimos cojones?

Era una oración sensacionalmente larga y coherente para venir de Asunander, y la siguió un silencio igual de explícito alrededor de la mesa. Barbarotti comprendía que el mismo pensamiento estaba cruzando la cabeza de la docena de personas que estaban allí reunidas. Habían hecho acudir incluso a los cuatro agentes que más habían participado.

¿Alguno de nosotros? ¿Puede ser alguno de nosotros?

Acto seguido Barbarotti se dijo que quizá el pensamiento solo estaba cruzando once de las cabezas. Porque si de verdad era una de aquellas doce personas la que había aprovechado la oportunidad para sacar tajada a base de filtrarle información a la prensa, era de esperar que por su chota estuviera pasando un pensamiento completamente distinto durante aquellos segundos gélidos y amenazantes. *¿Se me nota?*, por ejemplo, o tal vez *¡Ja, ja, no tenéis ninguna posibilidad de delatarme, malditos pajilleros petrificados!*

Aunque esto último solo debía de poder aparecer en la mente del pobre Barbarotti. Hoy tampoco estoy muy equilibrado, se dijo enseguida al mismo tiempo que Jonnerblad rompía el silencio:

—Aparte de los que estamos sentados a esta mesa, tenemos una decena de nombres entre los que podríamos elegir —sentenció.

Asunander gruñó algo ininteligible.

—Así son las cosas —prosiguió Jonnerblad—. Y, por desgracia, es con lo que nos toca lidiar estos días. Se aplica a todo el país, no solo a Kymlinge. El cuerpo de policía tiene más fugas que un colador, y me gustaría lanzar una advertencia a todos los presentes, y espero que hagáis correr la voz. Si esto se repite, si continúan filtrándose informaciones a la prensa, datos que no hayamos acordado de antemano hacer públicos, haré venir a un hombre de Estocolmo para que realice una investigación interna. Se llama intendente Wickman, hay gente que se ha ahorcado después de hablar un par de días con él.

Hizo una breve pausa. Como si se hubiesen puesto de acuerdo, Tallin tomó la palabra.

—Hoy a las dos vamos a celebrar una rueda de prensa —explicó—. Más allá de lo que salga comentado en la misma, de ahora en adelante solo el intendente Jonnerblad y yo hablaremos con la prensa. Sin duda, os llamarán periodistas a todos y cada uno de los que estáis aquí. Los remitís a Jonnerblad y a mí. Por razones técnicas relacionadas con la investigación.

—¿Hay alguien que no lo haya entendido? —quiso saber Jonnerblad.

Como la pregunta no dejaba de ser un tanto ambigua, algunas cabezas asintieron con frenesí, mientras otras tantas negaron con el mismo ahínco, y Gunnar Barbarotti recordó de pronto cómo solía sentirse cuando jugaban al fútbol y recibían una bronca por parte del entrenador en el descanso después de una primera parte en la que habían logrado encajar una desventaja de 0-4. *Boys will always be boys*, se dijo, y lanzó una mirada a Eva Backman, la única mujer en el grupo. No debe de ser muy divertido tener que codearse con este rebaño de machos neopúberes día sí, día también, pensó. En absoluto.

Y en su casa tenía otros cuatro hombres, siguió desarrollando esa línea de pensamiento. Un marido que jugaba al *floorball* y tres chavales adolescentes que también jugaban al *floorball*. O sea, cuando no estaban de vacaciones. Quieras que no, eso tiene que conllevar que Backman...

—Barbarotti —dijo Jonnerblad interrumpiendo su análisis de género—, en particular tu papel es el que resulta un poco problemático, a razón del *Expressen* de hoy.

—¿Por qué? —quiso saber el aludido.

—Te van a dar duro, eso es lo que quiero decir.

—*No problem* —contestó Barbarotti—. Apagaré el móvil y me hospedaré en un hotel.

—No es buena idea —repuso Astor Nilsson—. Recuerda que tienes que ir a casa y mirar el correo cada día.

—A lo mejor va siendo hora de que hagamos un trato con correos —propuso Tallin.

—¿Con correos? —dijo Nilsson—. ¿Sigue existiendo como servicio público? Pensaba que...

Pero a Tallin no le importaba lo que Astor Nilsson pensara de correos.

—Si el asesino continúa mandando cartas —prefirió señalar—, a lo mejor podríamos interceptar la correspondencia doce horas antes. Aunque eso implicaría más filtraciones potenciales...

—También podríamos contar con algún que otro emisario falso —observó Eva Backman—. ¿No es así?

—Probablemente —murmuró Jonnerblad, y fue en ese momento cuando Barbarotti se dio cuenta de quién era la fuente del *Expressen*.

Dejó que se intercambiaran algunos puntos de vista más sobre la mesa mientras sopesaba la idea. Estaba claro que levantaría toda una sarta de objeciones bien fundamentadas, pero en algún pliegue potente de su cerebro desestructurado sabía que estaba en lo cierto. Tenía que ser así.

—Disculpad —los interrumpió—. Acabo de caer en quién le ha pasado la información al *Expressen*.

—¿Qué? —dijo Jonnerblad.

—¿Qué cojones...? —dijo Asunander.

—Es muy simple —comenzó Barbarotti—. Y la sombra no cae sobre ninguno de los presentes. Evidentemente ha sido el propio asesino.

—¿Qué? —repitió el intendente Jonnerblad.

—¿Cómo puedes...? —preguntó Eva Backman.

—Ahora no te sigo —admitió el comisario Tallin.

—Es el asesino quien se ha puesto en contacto con la prensa —explicó Gunnar Barbarotti despacio y con la singular satisfacción que siente una gallina ciega cuando por fin encuentra un grano.

Pasaron diez segundos sin que nadie hiciera comentario alguno. El comisario Tallin levantó la mano derecha y la volvió a bajar. Jonnerblad apretaba sin parar el botón de su bolígrafo y Asunander chasqueaba la dentadura postiza.

—No es posible —protestó un becario rubicundo llamado Olsén.

—Claro que lo es —dijo Astor Nilsson—. Barbarotti tiene razón. ¡Joder, está claro que es él! Todo encaja, ¿no os dais cuenta?

Tras un cuarto de hora de debate más o menos intenso, parecía que una mayoría escasa de los reunidos sí se daba cuenta.

Lo entendía.

Veía que podría ser perfectamente tal como el inspector Barbarotti había sugerido.

Que era el mismo asesino quien se había puesto en contacto con el *Expressen*.

Quien había roto el secretismo que hasta la fecha había regido sobre las cartas con los datos de la siguiente persona que estaba a punto de perder la vida. Que, por algún motivo, no se conformaba con que la policía estuviera dándole vueltas a la información. Que también quería acaparar los medios, no solo la comisaría de Kymlinge.

—Que me parta un rayo si no es así —dijo la inspectora Backman—. Enhorabuena, Gunnar.

—Eso es, quiere que se le preste la máxima atención a todo esto —resumió Astor Nilsson—. La policía y la prensa y todo el tinglado.

Eva Backman asintió con la cabeza. Barbarotti asintió con la cabeza. El comisario Tallin asintió discretamente con la cabeza después de mirar de reojo a Jonnerblad. Era una conclusión sorprendente en muchos sentidos, pero no por ello menos lógica.

Puestos a creer a la escasa mayoría, vaya.

Y la sensación de que, en verdad, también era este asesino obstinado y de sangre fría quien dirigía todo el trabajo de investigación se presentó como un reloj.

El inspector Barbarotti se pasó el resto de la mañana pegado al teléfono en su despacho. Programando reuniones con gente que, de una forma u otra, guardaba relación con Erik Bergman y Anna Eriksson, pero a la que aún no habían tenido tiempo de interrogar debidamente, y cuando le hubieron dado las doce y cuarto partió —acatando órdenes— a casa para comprobar el correo del día.

Más de la mitad de la alfombra del recibidor estaba cubierta de envíos, pero aun así lo vio en el acto.

Un sobre azul celeste y alargado, igual que la última vez. Su nombre y dirección escritos de la misma manera que las tres ocasiones anteriores: mayúsculas angulosas y un poco torpes. Oficina de correos de Kymlinge, subrayado.

Sello con motivo náutico de la misma serie.

Gunnar Barbarotti lo sopesó un momento, luego se puso unos guantes de látex, rasgó el sobre con un cuchillo de cocina, desplegó la hoja de papel y leyó el mensaje.

PUEDES RETIRAR LA VIGILANCIA A HANS
ANDERSSON. PODRÁ SEGUIR VIVIENDO.
EN SU LUGAR, PIENSO MATAR A HENRIK Y KATARINA
MALMGREN. ¿VERDAD QUE NO ME LO IMPEDIRÁS?

Leyó el texto dos veces mientras intentaba quitarse la sensación de irrealidad. La sensación de que todo aquello no era de verdad, de que solo se trataba de un teatro absurdo le golpeaba con intensidad onírica en las sienes.

¿Henrik y Katarina Malmgren?

¿Dos? ¿Pensaba matar a dos personas esta vez? Barbarotti volvió a meter la carta en el sobre. Se preguntó por qué lo había abierto, si le había prometido a Jonnerblad que toda comunicación futura del asesino la entregaría de inmediato en estado intacto y sellada en una bolsa.

Había roto dicha promesa sin titubear más que un instante. Era... debía de tener algo que ver con aquel recuerdo del equipo de fútbol de cuando era pequeño. La sensación de estar sometido a un entrenador tan grande y poderoso. A Gunnar Barbarotti no le gustaba que la gente le dijera lo que tenía que hacer, siempre le había pasado. Probablemente se debía a la simple razón de que seguía siendo inspector en lugar de comisario..., puestos a decir la verdad. Esto sumado a la carencia de una ambición real, claro. En cualquier caso, seguro que se armaría la gorda solo porque había abierto el sobre y leído la carta antes de dejarla encima de la mesa de quien correspondía.

¿Y qué?, pensó Barbarotti; rebuscó una bolsa de plástico y metió en ella el sobre azul celeste. De todos modos, voy a cambiar de trabajo y me voy a mudar a Helsingborg, y además mi correo me lo abro yo solito. Es un derecho humano.

Se quitó los guantes y cerró la bolsa con una goma elástica. Marcó el número del teléfono móvil de Jonnerblad.

—Estoy comiendo —le informó este—. ¿Puede esperar?

—Mucho me temo que no —dijo Barbarotti.

—¿Ah, no?

—Acabo de recibir otra carta. Dice que Hans Andersson se la sopla. Ahora va a por Henrik y Katarina Malmgren.

—¿La has abierto? —señaló Jonnerblad.

—Correcto. Iba dirigida a mí.

—Me cago en la leche —soltó el intendente, y masticó su comida.

Gunnar Barbarotti se mantuvo a la espera. Zanahoria, a juzgar por el sonido. Entera o en rodajas, no rallada.

—¿Dos, dices?

—Exacto —confirmó Barbarotti—. Y se apellidan Malmgren, los dos.

—Pues vente para aquí, joder —le ordenó Jonnerblad—. Nos vemos en mi despacho en diez minutos.

—Entendido —dijo el inspector.

Pero Jonnerblad no cortó la llamada.

—Por cierto —añadió—. Por seguridad, no digas nada de la carta, de momento..., a nadie más, quiero decir; deja que Tallin y yo le echemos un vistazo primero.

—Creía que estábamos de acuerdo en que había sido el asesino quien se chivó al *Expressen*.

—Es muy probable —convino Jonnerblad—. Pero solo ahora al principio. Sería una tontería correr riesgos, luego tenemos rueda de prensa a las dos. Estarás de acuerdo en que no es buena idea hacerlo público entonces.

Gunnar Barbarotti reflexionó un momento.

—Puede ser que el señor Persson ya haya sido informado —sugirió.

—Es una posibilidad. —El intendente Jonnerblad

suspiró—. Sea como sea, después de la rueda de prensa voy a interrogar a Persson. Bueno, nos vemos dentro de unos minutos, ¿no?

—Ya voy de camino —le aseguró el inspector Barbarotti.

Capítulo 18

Al final se juntaron un quinteto que se reunió en la sala para poner en común el último movimiento del asesino. Aparte de Barbarotti, Tallin y Jonnerblad, también estaban Astor Nilsson y Eva Backman, y Gunnar Barbarotti supuso que el jefe de investigación había tenido tiempo de pensárselo dos veces durante los pocos minutos que habían pasado desde que se habían despedido por teléfono.

Para pensárselo dos veces y comprender que, en la situación actual, seguro que era más importante sumar fuerzas mentales y amplitud de miras que mantener el secretismo. El texto de la carta fue minuciosamente analizado en un silencio contenido. Astor Nilsson fue el primero en comentar.

—Endemoniado —dijo.

—¿Qué quieres decir con eso? —preguntó Tallin.

—Me refiero a que está diabólicamente estudiado —contestó Nilsson—. Nos obliga a bailar al son de su flauta como..., bueno, como pulgas en un maldito circo.

—Desarróllalo —le pidió Jonnerblad, y comenzó a frotarse una manchita en el pecho de la camisa que se había hecho durante la comida.

—Con mucho gusto. Lo primero, ¿qué hacemos

con Hans Andersson? Imagina que retiramos la vigilancia y que aun así mata a alguno de ellos. Imagina que se lo cuenta todo al *Expressen*. ¿En qué lugar nos deja eso?

—Entre la espada y la pared —dijo Backman.

—Exacto. El asesino le dijo a la poli que pasara de vigilar, ¡y los muy gilipollas se lo tragaron! No creo que se necesite mucha imaginación para...

—Gracias, es suficiente —le interrumpió Jonnerblad—. Mantendremos la vigilancia, al menos al principio. Por supuesto. Pero nuestra máxima prioridad ahora mismo es identificar a..., ¿cómo se llamaban? ¿Henrik y Katarina Malmgren?

—Correcto —dijo Barbarotti.

—O sea, son dos y están conectados de alguna manera. Puede que sean un matrimonio o dos hermanos, y teniendo en cuenta que existe dicho vínculo no debería ser tan difícil dar con ellos. Con un poco de suerte solo habrá una opción, ¿verdad?

—Eso si tenemos suerte —opinó Astor Nilsson—. Por lo menos Malmgren debería ser un poco más inusual que Andersson.

Jonnerblad miró el reloj.

—La rueda de prensa empieza dentro de cinco minutos —anunció—. Tallin y yo nos encargamos de ella, podéis verla por la televisión interna, si queréis. Pero cuando hayamos terminado, dentro de una hora, quiero tener a estos Malmgren identificados. ¿Todo claro?

—Como el agua —aseguró Eva Backman—. Bajaré a ver a Sorgsen, lo conseguiremos sin problemas.

—¿Sorgsen? —Tallin se extrañó—. Pensaba que se llamaba Borgsen.

—Niño querido tiene muchos nombres —contestó Barbarotti.

—Está bien —dijo Jonnerblad, y se levantó de la silla—. Nos vemos aquí a las tres y cuarto. Procurad que venga también el resto del grupo, los que estén disponibles, quiero decir. ¿Preguntas?

—Una —declaró Gunnar—. Si alguno de los reporteros parece tener conocimiento de esta nueva carta, ¿cómo vais a gestionarlo?

Jonnerblad se lo pensó un momento.

—Seremos discretos —aclaró.

—Discreción máxima —aseguró Tallin.

—Buena suerte —dijo Barbarotti.

—Creo que puede ser un poco complicado interrogar a ese tal Göran Persson —indicó Nilsson—. En cualquier caso.

—¿Por...? —quiso saber Tallin.

—Pues porque cada palabra que le digamos acabará llegando a las páginas del periódico. No será fácil obligarlo a guardar silencio, y además tratar de descubrir una fuente no es un... hit, como dirían mis nietos.

¿Tiene nietos?, pensó Barbarotti desconcertado. ¿Lo bastante mayores como para hablar de hits?

—Estoy al tanto de esa problemática —respondió Jonnerblad irritado—. Y no me fío nada de la prensa. Pero que vayan a proteger conscientemente a un asesino para vender ejemplares..., no, espero que ahí pongan ellos mismos un límite.

Después de eso, abandonó la sala junto con su compañero Tallin.

Cuando la puerta se hubo cerrado detrás de ambos representantes de la policía judicial, Nilsson carraspeó y paseó un momento la mirada entre Barbarotti y Backman.

—Debo confesar una cosa —dijo—. Este caso me resulta casi interesante. Tengo un alma perversa, lo sé.

—¿Interesante? —repitió Eva Backman—. Los hombres no dejáis nunca de sorprenderme. ¡Los homicidios son divertidos, por eso elegí el oficio de policía! Solo procura no comentárselo al *Expressen*, podrían malinterpretarlo.

Astor Nilsson asintió con la cabeza y por un breve instante se ruborizó un poco. La inspectora Backman le hizo un gesto con la mano a Barbarotti y luego bajaron juntos dos plantas para que el inspector Borgsen, alias Sorgsen, les echara una mano con sus elevados conocimientos informáticos.

No tardaron ni veinte minutos en localizar a Henrik y Katarina Malmgren.

O, al menos, según su valoración preliminar concluyeron haber encontrado a los correctos. Si bien era cierto que había una cincuentena de Henrik Malmgren y más de sesenta Katarina Malmgren en el país, y podían dar por hecho que muchos de ellos eran parientes de una manera u otra, solo había una pareja de casados con esos nombres, y por alguna razón los tres inspectores consideraron que, con una probabilidad ensordecedora, era esa a la que el asesino epistolar se refería.

—¿Por qué? —dijo Gunnar Barbarotti—. ¿Por qué estoy seguro de que son ellos?

—No lo sé —contestó Eva Backman—. Pero pienso lo mismo. En realidad, tenemos tres constelaciones posibles entre las que podemos elegir: hermanos, padre-hija o madre-hijo y cónyuges.

—A ver, también pueden ser primos —señaló Sorgsen—. O tía-sobrino o lo que sea. Ni siquiera tienen por qué ser familia.

—Ahora estás siendo un tocapelotas —soltó Backman.

—Perdón —se disculpó Sorgsen—. Yo también voto por el matrimonio. En cualquier caso, deberíamos empezar con ellos. —Se puso sus gafas minimalistas y estudió la lista que acababa de imprimir—. Sobre todo teniendo en cuenta que no hay ningún Henrik ni ninguna Katarina Malmgren en Kymlinge.

—Pues desde este momento nos centramos en ellos —dijo Barbarotti—. Luego ya ampliaremos la búsqueda si hace falta. ¿Cuál es su dirección?

Backman cogió la lista y leyó en voz alta:

—Henrik y Katarina Malmgren. Calle Berberisstigen, número 24, Gotemburgo. Creo que queda en el distrito de Mölndal, la hermana de Ville vive por ahí. Bastante *fashion*... como mínimo, es clase media-alta.

Barbarotti miró por encima del hombro de su compañera.

—Tienen tres números de teléfono distintos —expuso—. Un fijo y dos móviles. ¿Qué hacemos?

Sorgsen consultó la hora.

—Aún falta media hora para que acabe la rueda de prensa —observó.

—No deberíamos perder el tiempo —comentó Barbarotti.

—Una negligencia, esto de quedarse mirando —convino Backman.

—Pásame el teléfono, Gerald —dijo Barbarotti.

Tres fiascos seguidos. Barbarotti escuchó los tres buzones de voz —dos veces al señor Malmgren, una vez a la señora— que le exhortaban, con palabras solemnes y bien formuladas, a dejar un mensaje o intentarlo en alguno de los otros dos números, y cuando cortó la llamada por tercera vez y se quedó mirando los rostros compungidos de sus compañeros sintió los escalofríos de la confirmación subiéndole por el espinazo.

Son ellos. Tienen que ser ellos.

A mismo tiempo la voz de la reflexión le decía en su cabeza: *Don't jump to conclusions*. Eran las tres menos veinte de la tarde. Lunes. Si, por ejemplo, Henrik y Katarina Malmgren estaban en sus respectivos trabajos, fueran cuales fuesen, era altamente razonable que ninguno de los dos cogiera el teléfono. A las siete y media de la tarde sería otra historia. Miró a Backman y a Sorgsen y vio que no tenían nada en contra de dejar en sus manos también la siguiente decisión, pero de pronto Barbarotti se sintió inseguro. ¿De verdad era lo correcto dejarles un mensaje, sin más, y pedirle al matrimonio desconocido que se pusieran en contacto con las autoridades policiales de Kymlinge?

Tras unos segundos comprendió también de dónde manaba esa inseguridad: no eran las posibles críticas y reprimendas del intendente Jonnerblad, no, tenía que ver con el asesino.

Con el simple hecho, para ser precisos, de que ese paso era justo el que se podía esperar de ellos. La medida más obvia a tomar. Barbarotti sintió con una clara punzada de rabia que no tenía ningunas ganas de seguirle el juego a su contrincante. Mejor hacer algo inesperado, por una vez en la vida. La cuestión era el qué.

—A lo mejor se está marcando otro farol —dijo Eva Backman, como si ella también hubiese estado pensando en la misma línea—. A lo mejor solo pretendía matar a los dos primeros y ahora se dedica a jodernos un rato.

—¿Por qué? —preguntó Sorgsen.

Backman se encogió de hombros.

—No sé. Y me parece que, en este caso, no deberíamos cegarnos buscando un móvil.

—Pensaba que eso era justo lo que íbamos a hacer —repuso Barbarotti—. ¿Has olvidado lo que dijo Lillieskog?

—Olvidarme, no —contestó ella—. Lo que pasa es que algunos expertos me cuestan un poco, eso es todo. Y también me cuesta un poco creer que el miércoles me podré ir de vacaciones.

—Respecto a esto último, me temo que estás en lo cierto —dijo Sorgsen, y comenzó a ajustar las pilas de papel que tenía sobre la mesa—. Me da que tenemos bastante trabajo por delante. Lo ideal sería que encontráramos una conexión entre nuestra pareja y nuestras dos víctimas, eso facilitaría las cosas.

—Sin duda —convino Eva Backman, y consultó la hora—. Bueno, ¿qué hacemos? ¿Miramos las musarañas hasta que termine la rueda de prensa?

El inspector Barbarotti negó con la cabeza y se palpó el bolsillo de la americana.

—¿Podéis guardar silencio un momento? —pidió—. Voy a darles mi número de móvil. No puede hacer ningún mal, no voy a decir que soy policía, pero si me devuelven la llamada supongo que quiere decir que están vivos. Estoy cansado de no poder tomar decisiones.

—Nadie te lo ha prohibido —señaló la inspectora—. Venga, dale.

Gunnar asintió con la cabeza, volvió a llamar a los tres números y dejó tres mensajes más o menos idénticos y bastante anodinos en los buzones. Luego se guardó el teléfono en el bolsillo y miró de nuevo a sus compañeros.

—¿Nos jugamos algo? —propuso.

—¿A qué? —dijo Eva Backman.

—A que en otoño habrá una casa en venta en la calle Berberisstigen en Mölndal.

El inspector Gerald Borgsen señaló que ya era prácticamente otoño, pero ni él ni Backman aceptaron la apuesta.

Cuando Gunnar Barbarotti salió de comisaría el lunes sobre las siete y media de la tarde, su teléfono móvil había sonado trece veces desde las tres. En cada ocasión se había tratado de algún periodista de investigación en busca de la verdad que quería hacerle alguna pregunta bien motivada, y las trece veces Barbarotti se había negado a responder con la misma amabilidad y decisión.

Pero ningún Henrik ni ninguna Katarina Malmgren habían dado señales de vida, y al pensarlo un poco no recordaba cuándo había sido la última vez que se había sentido tan frustrado. Tal vez cuando Helena le informó de que iba a dejarlo, hacía ya casi seis años.

Pero ¿en el trabajo? Nunca. Todo el caso le parecía una avería mental. Durante las desconsoladas horas del mediodía, de vez en cuando le había venido a la cabeza el poema «Las marionetas» de Bo Bergman, y estaba claro que no era ninguna casualidad. El asesino tiraba de los hilos y las marionetas policiales iban haciendo piruetas curiosas y obedientes. Les asignaba un par de nombres y acto seguido se ponían en marcha y tomaban las medidas que cualquiera se habría esperado que fueran a tomar. Sobre todo el asesino. El titiritero.

Pero ¿por qué? ¿Guardaba alguna otra intención aquel procedimiento, aparte de joderlos a ellos? ¿Las cartas formaban parte de un plan, un patrón mayor que Barbarotti y los demás no podían vislumbrar?

Se había planteado esas preguntas mil veces durante la última semana, y seguían estando igual de retóricamente no respondidas.

La rueda de prensa había ido bien, les habían asegurado Jonnerblad y Tallin casi al unísono, y Barbarotti no se había esperado en ningún momento que fueran a decir otra cosa. Lo que el numerito le habría parecido a la prensa reunida —más de ochenta personas, por lo visto— ya se vería reflejado en los periódicos del día siguiente, sin duda, o se podría comprobar en las noticias de la noche en la radio y en la tele.

O en internet. Ninguno de los periodistas presentes había hecho ninguna pregunta acerca de Henrik ni Katarina Malmgren, así que el temor de que el asesino se comunicara con la policía y la prensa de forma más o menos simultánea había resultado infundado. Al menos esta vez.

Si de verdad había sido el asesino quien había informado a Göran Persson, era una cuestión que estaba lejos de haber quedado resuelta. Seis horas después de haber experimentado su arrebato de clarividencia, Gunnar Barbarotti ya no era igual de propenso a creerlo como cuando le había surgido la idea.

Era muy posible que la frustración se debiera principalmente a eso, pensó tras girar por la calle Grevgatan y ponerse a pedalear siguiendo el río. Un puñado de interrogantes que se enganchaban unos con otros de manera tan desestructurada y aleatoria como unas perchas viejas de aluminio en el fondo de un armario mohoso. (Lo dicho, ¿de dónde le venían todas las imágenes?) Por ejemplo, ¿de verdad era el matrimonio de la calle Berberisstigen en Mölndal al que el asesino se refería en su última carta? Y, de ser así, ¿tenía intención de matarlos? Hans Andersson —fuera quien fuese el correcto, si es que lo había— seguiría vivito y coleando, aparentemente. ¿Por qué? ¿Había sido la intención desde un buen comienzo o había pasado algo en el transcurso del viaje que había hecho cambiar de parecer al asesino?

Y sobre todo: ¿dónde se habían metido los Malmgren? Pese a la intensa labor de la tarde, con el apoyo dedicado de varios compañeros de la policía de Gotemburgo, no habían logrado dar con su paradero. Por otro lado, a ambos les quedaban catorce días de vacaciones —a él de la Universidad de Gotemburgo, a ella del hospital de Sahlgrenska—, así que la posibilidad de que simplemente estuvieran de viaje en alguna parte del mundo y se hubieran dejado los móviles en el cajón del escritorio de su casa todo el equipo de búsqueda la consideraba plausible. De hecho, cada vez había habido más gente que se decantaba por esa opción, por el motivo que fuera.

La otra alternativa, la de que no respondieran al teléfono porque ya estaban muertos, era recibida de forma variada en el grupo, pero dado que ninguna hipótesis se basaba en nada más que puras especulaciones y suposiciones, quizá se podía decir que daba lo mismo. También faltaban llamadas por hacer a familiares y conocidos de la pareja durante el resto de la tarde y el día siguiente, así que tarde o temprano se irían aclarando las cosas. El propio Barbarotti había hablado por teléfono con una hermanastra de Katarina Malmgren y se había enterado de que no era inusual que la pareja estuviera ilocalizable de vez en cuando. Una semana o unos días; era una especie de estilo de vida que tenían, por lo que le había parecido entender. Una modernidad. Aunque solían mantenerlos al día de la situación por email o por teléfono, según la hermanastra, pero ella en realidad no tenía mucho contacto con ellos: había siete años de diferencia entre ella y Katarina, y la pareja no era muy de su estilo.

Barbarotti no le había hecho más preguntas acerca de esto último, le había dado las gracias y había tanteado la posibilidad de volverla a llamar. Luego había marcado el número del siguiente nombre y había obtenido aún menos información. Y luego, el siguiente. Y el siguiente. En total, el grupo —contando a los eventuales compañeros de Gotemburgo— había hablado con más de cien personas durante cuatro horas, muchas de ellas tan vagamente asociadas a la pareja Malmgren que la sensación había sido la de buscar bolas de nieve en un desierto —para citar a Astor Nilsson—. Por tanto, la suma de esfuerzos había supuesto que hacia las siete de la tarde dispusieran de una mezcolanza de informaciones que no tenían utilidad alguna.

Y lo que tal vez —en el mejor de todos los casos— pudiera ser valioso, quedaba a efectos prácticos eclipsado por toda la basura. A decir verdad, el fenómeno en sí no era nada nuevo en el contexto de una investigación policial, pero la sensación era de que se estaba haciendo mucho más evidente en el caso Malmgren.

Y quizá ni siquiera eran el objetivo correcto. Puede que fueran la Katarina Malmgren de Lycksele y el Henrik Malmgren de Estocolmo los que en un futuro no muy lejano estaban en posición de dejar atrás esta vida terrenal. O los que ya lo habían hecho. Joder, pensó Gunnar Barbarotti, no somos más que unas pobres marionetas.

¿Verdad que no me lo impedirás?

Así rezaba la epístola del día. «No me lo impedirás», no «no me lo impediréis». El homicida seguía eligiendo dirigirse directamente a él, al inspector Gunnar Barbarotti, y a nadie más. ¿Por qué?

¿Por qué, por qué? ¿De verdad podía ser que Barbarotti tuviera algún tipo de conexión con el asesino a

pesar de todo, tal como había sugerido Jonnerblad? Había aumentado su lista de presuntos conocidos sospechosos del pasado en ocho nombres, pero no le había sonado ninguna flauta en absoluto, y cuanto más pensaba en ello, menos sentido le veía a aquel método.

¿Y cuál era el objetivo, en esta ocasión? ¿El propósito del asesino?

Tanto él como Backman —quizá los demás del equipo también, pero con quien más lo había discutido era con Backman— se inclinaban a creer que, si la cosa iba en serio, ya estaba finiquitada. Si el asesino iba a matar al matrimonio Malmgren, ya estarían muertos. Pero si los hallaban con vida, también querría decir que tendrían bastantes posibilidades de conservarla. En los dos primeros crímenes, o al menos en el segundo, el aviso por carta había llegado demasiado tarde como para que la policía tuviera ningún margen de reacción, y en el caso de Hans Andersson aún no había víctima. Resultaba poco creíble que el asesino se lanzara a matar a dos personas que estaban bajo intensa vigilancia policial, y si aun así lo hacía, o bien significaba que estaba como una cabra o bien que quería que lo detuvieran. O ambas cosas.

Y si ese era el caso, pronto lo tendrían entre rejas y podrían archivar el asunto.

Pero no habían localizado a los Malmgren con vida, ese era el quid de la cuestión. ¿Estarían ya muertos en algún lugar? ¿Estaba el asesino a salvo en otro sitio y esperando a verse mencionado en la prensa del día siguiente?

¿Podía ser que eso fuera lo que lo motivaba?, pensó Barbarotti con un atisbo de resignación, y giró por la calle Hagendalsvägen. ¿Podía ser tan banal como eso?

En cualquier caso, la perspectiva geográfica parecía haberse ampliado: no había ninguna Katarina ni ningún Henrik Malmgren empadronados en Kymlinge. Era difícil especular sobre qué podía significar eso, o al menos era difícil después de haberse pasado diez horas seguidas especulando, y por un instante el inspector Barbarotti se descubrió a sí mismo queriendo intercambiar su vida con la de Axel Wallman.

¿El vertedero académico? Quizá había un vertedero equivalente para policías obsoletos. Sí, se dijo. Sin duda, con una probabilidad hasta cierto punto limitada existe algo así. La cuestión solo era si Barbarotti era lo bastante maduro como para poner un pie en él.

A la mierda. En dos días iba a llamar a Marianne, y entonces su vida quedaría determinada para siempre.

Eso pensaba el inspector Barbarotti, y con un poco de violencia consiguió meter su bicicleta entre dos sillitas infantiles en el aparcamiento del patio interior.

Abrió con llave la puerta de su piso, se metió en el recibidor y se percató de que tenía hambre, pese a la docena de cafés que se había tomado desde el mediodía, y por lo menos el doble de galletas Singoalla. Hizo un inventario rápido de su nevera y despensa y se decantó por su plato estrella: espaguetis al pesto con alcaparras, olivas y finas lonchas de parmesano. Una copa de vino tinto, si tenía alguna botella en casa, y una pera cortada para acompañar. Y fue justo en el momento de terminar de idear el menú cuando llamaron a la puerta.

Por unos segundos sopesó la opción de no abrir, y luego —cuando lo que terminó ocurriendo ya había ocurrido— se preguntaría por qué narices no había tenido la sensatez de hacer caso a su primer impulso.

Eran Göran Persson y un fotógrafo que llevaba una gorra roja.

—Qué bien que estés en casa —dijo Persson, y el fotógrafo disparó el flash.

—No tengo tiempo —se excusó Gunnar Barbarotti—. Disculpadme.

Intentó cerrar la puerta, pero el reportero había atravesado un pie firme del cuarenta y cinco en el umbral.

—Solo había pensado que podríamos charlar un rato —propuso—. De forma amistosa. La gente está interesada en el caso, ¿sabes?

—Aparta el pie —le ordenó Barbarotti—. No tengo ningún comentario.

El fotógrafo sacó una nueva foto.

—¿Ningún comentario? —dijo el reportero—. Estoy seguro de que sí los tienes. Te propongo lo siguiente. Nos sentamos a la mesa de tu cocina e intercambiamos ideas durante diez minutos. Luego yo escribo un resumen de la conversación y tú lo apruebas o lo suspendes.

—Lo suspendo —afirmó Barbarotti.

—¿Quieres que la policía parezca reacia y autoritaria?

—¿Reacia...? ¿De qué coño hablas? Estamos investigando un caso de asesinato y no nos ayuda nada que tú vayas por ahí escribiendo un montón de patrañas sensacionalistas. Tu periódico es una vergüenza para la libertad de expresión.

La rabia se expandió por su interior como una nube de humo.

—Espera, ¿puedes repetir eso? —pidió el reportero, y sacó un boli y una libreta del bolsillo.

El fotógrafo siguió disparando el flash.

—Por última vez —dijo Barbarotti—. No pienso hablar contigo. Aparta el puto pie o te pego un guantazo.

Göran Persson esbozó una sonrisita burlona.

—Vamos, señor agente, quizá deberías pensar un poco en lo que dices. Déjanos entrar y para de hacerte el remolón. Me he pasado más de una hora hablando con tu jefe..., ese tal Jonnerblad o como coño se llame. Estoy un poco cansado de polis engreídos.

Gunnar Barbarotti apretó la mandíbula y cerró los ojos un segundo. Luego apretó los puños y se los clavó en el pecho al periodista para empujarlo con todas sus fuerzas, haciéndolo caer de espaldas en el rellano. Cerró la puerta y echó el pestillo.

Regresó a la cocina con un nuevo flash cayendo lentamente en su retina, y con el sonido de algo retumbando por la escalera y apagándose con la misma lentitud en su tímpano.

Qué estupidez, pensó. Eso no lo he gestionado con demasiada profesionalidad.

Después se sentó a comer.

IV

Notas de Mousterlin

7 – 9 de julio de 2002

—¿No os dais cuenta? La niña está muerta.

Katarina Malmgren repitió palabra por palabra lo que había dicho, y luego estoy seguro de que nadie dijo nada durante un minuto. Estábamos allí sentados o de pie, apretujados en la cubierta, con la pequeña Troaë muerta a nuestros pies, escuchando la lluvia menguante, y podíamos sentir que el oleaje se calmaba debajo de nosotros. El viento también estaba amainando, mientras la oscuridad se cernía y parecía envolvernos cada vez más: mar, cielo, costa, todo adoptaba el mismo tono gris oscuro impenetrable. Lo único que destacaba era una serie de puntitos de luz sobre tierra firme, apenas cinco punzadas de alfiler en la negrura, y resultaba imposible calcular la distancia que había hasta allí. Quizá no era más de un kilómetro, quizá era mucho más que eso. A la izquierda del todo, lo que aún debía de ser el oeste, divisé una luz que iba y venía, y supuse que se trataba del faro de Beg-Meil. En tal caso la deriva nos había arrastrado un buen trozo al este, lo cual coincidía con la dirección del viento. A posteriori no comprendo cómo podía estar en condiciones de hacer este tipo de observaciones. Sentía el cuerpo débil, latidos apagados en la cabeza, del pie herido me llegaba de vez en cuando un dolor punzante. Esto es el punto cero, recuerdo que pensé. El punto cero definitivo.

La primera en decir algo fue Anna.

—¿Muerta? ¿Cómo va a estar muerta?

Henrik, que había sido quien menos activo había estado durante las labores de rescate, resopló.

—Mírala —dijo—. Si no está muerta, ¿cómo se supone que está?

Pero su voz sonaba considerablemente más lastimosa que las palabras.

—Cállate, Henrik —le espetó Katarina—. Por el amor de Dios, ¿qué hacemos?

—¿Qué hacemos? —repitió Gunnar como un bobo—. ¿Cómo coño ha podido ocurrir?

Anna se volvió hacia mí.

—Pedazo de idiota, has sido tú quien la ha soltado por la borda.

—Se me ha escapado —afirmé—. Lo siento.

—¿Que lo sientes? —soltó Henrik—. Ah, o sea, lo sientes.

—¿Qué quieres que diga? —repliqué.

Katarina Malmgren se puso a llorar de forma escandalosa.

—¿Por qué berreas? —dijo Erik—. Has sido tú quien la ha traído a esta maldita excursión.

—No es... —intentó Katarina.

—Exacto —corroboró Anna—. Has sido tú quien la ha traído. ¿Qué piensas hacer ahora? ¿Qué piensas hacer ahora, eh?

Había un tono de pánico y al mismo tiempo algo triunfal subyacente en la voz de Anna, una mezcla que yo no había oído antes.

—¡Yo también he estado a punto de ahogarme! —gritó de repente—. Ya veo que eso no le importa a nadie.

Caí en la cuenta de que, ciertamente, ella se había caído al agua en medio del tumulto, y de que podía tener razón en lo que decía. O por lo menos se había llevado un buen susto. Ninguno de los demás se había preocupado por ella, todos nos habíamos centrado en la niña. Se hizo el silencio unos segundos.

—Parece que la tormenta ha amainado —dijo Gunnar—. Supongo que la corriente nos está arrastrando hacia tierra. Recobrad la compostura, vamos a meternos en la cabina y hablaremos de qué cojones vamos a hacer.

Así lo hicimos. Dejamos a la niña muerta en la cubierta y nos apretujamos en los bancos de la oscura cabina los seis. Katarina preguntó si no debería quedarse alguien a vigilar el cuerpo, pero nadie hizo caso de la sugerencia.

—¿Por qué no hay luz? —se quejó Anna—. ¿Por qué coño no hay un mínimo de luz en este puto barco?

—Tranquilízate, Anna —dijo Gunnar—. Por una vez en la vida intenta comportarte como una adulta.

—¡¿Una adulta?! —gritó ella—. ¿Tú me vas a hablar de ser adulto, cabrón perverso?

No sé a qué se refería, supongo que Gunnar sí, porque le soltó un bofetón. Creo que no terminó de acertar, Anna debió de levantar una mano para protegerse, pero el mero intento fue suficiente para hacerla callar.

—A ver, ¿qué hacemos? —preguntó Henrik.

Observé que sonaba asustado. Una especie de miedo nervioso y un tanto apagado que no lograba disimular.

—Buena pregunta —dijo Erik.

—Lo primero que tenemos que hacer es calmarnos —propuso Gunnar—. Las cosas no irán mejor porque gritemos y nos acusemos entre nosotros.

—Por el amor Dios, que la niña está muerta, ¿no os dais cuenta? —dijo Katarina por tercera o cuarta vez, como si fuera ella a quien más le costara entenderlo. Como si tuviera la necesidad de recordárselo a sí misma a intervalos regulares—. ¿Por qué no la habéis sacado del agua?

—¿Qué quieres decir? —pregunté yo—. ¿Te crees que no lo hemos intentado?

—Yo qué sé —soltó Katarina Malmgren.

—Éramos dos intentándolo —señalé—. Y cuatro iban mirando y dando gritos.

—Y solo uno la ha dejado caer al agua —añadió Henrik; no sé qué pretendía con aquel comentario.

—Dios mío, ¿vamos a dejar a la niña tirada ahí arriba? —dijo Katarina, y ahora sí que se le quebró la voz. Era evidente que el pánico estaba a punto de apoderarse de ella, y que hablar y cuestionar las cosas debía de ser la única manera que tenía de mantenerlo a raya.

Gunnar alzó la voz.

—¡Maldita sea, dejaos ya de historias! —bramó—. ¿No veis que no tiene ningún sentido que nos echemos la bronca los unos a los otros? Estamos todos en el mismo barco.

Erik soltó una risotada.

—Bravo —dijo—. En el mismo barco; muy buena observación la tuya.

Gunnar lo ignoró por completo.

—Tenemos que decidir qué hacemos. Entre todos —explicó—. Todos tenemos que ir a una, hagamos lo que hagamos.

—¿De qué hablas? —preguntó Katarina—. ¿Cómo que hagamos lo que hagamos?

—Siempre se anda con esas —espetó Anna—. Ya he dicho que es un cabronazo.

Henrik se aclaró la garganta.

—Me gustaría recordaros que tenemos una niña muerta a bordo —observó—. Estoy de acuerdo con Gunnar, tenemos que tomar una decisión.

Parecía que se había espabilado un poco, o al menos lo intentaba.

—Gracias —dijo Gunnar.

—No entiendo de qué tenemos que hablar —indicó Katarina—. No hay nada que hablar, ¿no?

—A mí me parece que sí —repuso Gunnar—. Y creo que a algunos de los demás también os lo parece.

—Tenemos... —dijo Katarina—. Tenemos que intentar llegar a tierra, y cuando estemos allí pedir ayuda, evidentemente.

—¿Ayuda para qué? —cuestionó Henrik.

—¿Cómo que para qué? Pues... para..., bueno... —Katarina titubeó, pero no parecía saber cómo continuar.

Se hizo un largo silencio. Lo recuerdo con perfecta claridad, y creo que no fue hasta ese momento cuando todos, cada uno según sus capacidades, trató de comprender en qué situación nos habíamos metido, alzarse por encima de su nivel de conciencia trivial habitual y ponerse realmente a la altura de las circunstancias.

Pero fue Anna la que primero abrió la boca.

—Joder —soltó—. Nos hemos llevado a una niña de doce años a alta mar sin permiso y hemos hecho que se ahogue. Si alguien me lo hubiese preguntado al principio, ni siquiera...

Erik la interrumpió.

—Tenemos que ocultarlo.

—¿Cómo? —dijo Katarina—. ¿Ocultarlo? ¿Qué quieres decir con eso?

—Nos deshacemos de ella de alguna manera —explicó él.

—¿Estás bien de la cabeza?

—Sí. Justo por eso. Tenemos que deshacernos de la niña y guardar silencio sobre lo que ha pasado, es la mejor solución.

—Es lo peor que he... —comenzó Katarina, pero Gunnar la interrumpió.

—¿Puedes continuar, Erik? —le pidió.

—Claro. A ver, ¿qué ganamos arrastrando su cuerpo muerto hasta la policía? ¿Qué explicaciones les vamos a dar? ¿Qué van a pensar?

—Correcto —convino Gunnar, y de pronto recordé que en su día a día ejercía de profesor o algo así; en aquel momento se estaba comportando como si estuviera frente a una clase y atendiendo a la presentación de un trabajo en grupo.

Erik continuó.

—Hemos sido unos imbéciles y ahora estamos aquí cargando con una niña ahogada. Si queremos seguir comportándonos como imbéciles, vayamos a la policía, esa es mi opinión. Pero si queremos ser un poco sensatos, lo que haremos será deshacernos del cuerpo de alguna manera astuta.

—Estoy mareada —dijo Katarina.

—¿Astuta? —preguntó Henrik—. No entiendo cómo podría ser.

—Espera un momento —pidió Anna—. Si hacemos eso, ¿qué pasará si nos descubren más adelante?

—¿Por qué nos iban a descubrir? —replicó Gunnar.

—Porque... porque a lo mejor alguien nos ha visto,

por ejemplo —contestó Katarina—. Con la niña. La declararán desaparecida y la buscarán.

—Por supuesto que la buscarán —repuso Gunnar—. Pero lo cierto es que nadie sabe que hoy ha venido con nosotros.

—¿Qué? —dijo Anna—. ¿Qué coño dices?

Él repitió lo que había dicho, despacio y en tono pedagógico.

—Solo digo que no hay nadie que sepa que hoy Troaë ha venido a las islas con nosotros.

—Claro que lo hay —aseguró Anna.

—¿Quién? —preguntó Gunnar—. Cuando habéis subido al barco no había nadie en la playa, ¿verdad que no?

—Yo qué sé —dijo ella—. Bueno, sí, podría ser. Pero en el restaurante tienen que haberla visto. Cuando fuimos a comer.

—De eso hace una semana —observó Erik—. No tenemos por qué negar que entonces sí estuvimos con la niña. Lo único que tenemos que negar es que la hayamos visto hoy.

—Pero ¿de verdad no nos ha visto nadie esta mañana cuando hemos partido? —preguntó Katarina—. ¿Estáis seguros?

Hice memoria. Supongo que los demás se dedicaron a lo mismo. Traté de recordar el momento en el que estábamos en la playa esperando a que Henrik y Gunnar llegaran con el barco. Cuando vadeamos en el agua. Cuando subimos a bordo. ¿Había alguien en las proximidades? Me parecía que no. Quizá algún que otro pescador o caminante en la distancia, pero no recordaba haber visto a nadie en nuestro entorno más próximo.

—Creo que no —dijo Anna—. La verdad es que creo que no nos ha visto nadie.

—No —reconoció Katarina, y de pronto le estaba saliendo una voz nueva. Tranquila y colaborativa, de alguna manera—. No, me parece que no había nadie tan cerca como para haberse fijado en la niña.

—Pues ya está —indicó Erik—. Ahí lo tenéis.

—¿Y la pareja aquella? —se le ocurrió a Anna—. Los que han estado un rato en la isla.

—El rato que han estado en tierra, la niña ha estado tumbada leyendo —dijo Gunnar—. Estoy completamente seguro. Estaban a por lo menos ciento cincuenta metros de distancia. Lo único que han visto ha sido un grupo de suecos apacibles de vacaciones. No pueden habernos contado y no se han quedado más de una hora.

Erik se aclaró la garganta.

—No hay testigos —resumió—. Hoy hemos salido a Les Glénan. Hemos sido seis todo el rato. Hace unos días conocimos a una muchacha que decía llamarse Troaë, o algo así. Desde entonces no le hemos vuelto a ver el pelo.

Katarina comenzó a decir algo pero se interrumpió. Un nuevo silencio se extendió por la mesa. Noté que Henrik tiritaba a mi lado. Mi dolor de cabeza me golpeó la coronilla un par de veces y el barco dio un bandazo llamativamente fuerte. La última media hora, desde que habíamos logrado sacar a la niña del agua, más bien nos habíamos estado balanceando, pero ahora el mar se hizo recordar por un breve instante.

—Erik tiene razón —dijo Gunnar al final—. No hay testigos. ¿Qué decís?

Yo había permanecido pasivo durante casi todo el debate, y continué con la misma actitud. Me vino a la mente la idea de lo que podía haber ocurrido durante ese paseo que Erik había hecho con la niña alrededor de la isla, pero me la callé. Solo constaté que encajaba bastante bien con el papel inesperadamente activo que Erik había adoptado en la discusión. Una niña de doce años que acababa de morir y que había sido penetrada no era algo como para llevárselo a la policía. Pensé que la cosa se resolvería con una votación, pero enseguida pude comprobar que no iba a ser necesario.

—Decidido —declaró Henrik—. Ir a la policía en esta situación sería una auténtica tontería.

—Bien —dijo Gunnar—. ¿Qué opinan las señoritas?

Era una invitación democrática a que las dos mujeres expresaran su opinión. Me pregunté si era una jugada consciente el dejarme a mí para el final, o si fue por mera casualidad. En cualquier caso, Anna y Katarina parecían querer esperar a que la otra se manifestara primero, quizá ninguna de las dos quería ser la primera en participar de la propuesta de hacer desaparecer el cuerpo y con ello enfilar el camino de la mentira y la negación. Al menos yo me imaginé por unos segundos que estaban luchando con una suerte de empatía y arrepentimiento femeninos ante semejante decisión, pero cuando Katarina tomó la palabra comprendí que me había equivocado.

—Supongo que tenéis razón —dijo—. Y no pienso oponerme. Podría ser una auténtica catástrofe para todos si esto saliera a la luz... y, quieras que no, nos quedan dos semanas de vacaciones a Henrik y a mí. —Hizo una breve pausa de reflexión—. Está claro que ha ocurrido un accidente terrible, pero, hagamos lo que hagamos, no vamos a poder devolverle la vida a la niña.

—Pienso lo mismo —convino Anna—. ¿No podemos intentar arrancar ese puto motor y llegar a tierra?

—Pero ¿cómo? —preguntó Gunnar media hora más tarde—. ¿Y dónde?

Habían fumado varios cigarrillos. A Troaë le habían puesto una toalla por encima. Anna había hecho pis por la borda.

También habían ocurrido otras cosas. Erik y Henrik habían intentado poner en marcha el motor otra vez, sin éxito. Katarina había encontrado una linterna que se quedó sin pilas al cabo de un minuto, y le habíamos estado dando vueltas a si no deberíamos tirar el cuerpo de la niña al agua y punto, y al final nos habíamos puesto de acuerdo en que no sería una buena solución. El riesgo de que llegara a la orilla y la encontraran al día siguiente era demasiado elevado, se abriría una investigación policial en el acto, y era muy fácil que un desarrollo de los acontecimientos así descarriara e hiciera que las cosas tomaran el rumbo equivocado. Sería mejor que la niña solo se considerara desaparecida, muchísimo mejor. Durante unos minutos se sopesó la posibilidad de atarle unos pesos, para asegurar que se quedara en el fondo, pero no hallamos los objetos adecuados a bordo del Arcadia, simplemente. Y de haberlo hecho, no dejaba de ser arriesgado, teniendo en cuenta que el dueño podría descubrir que faltaba algo del equipamiento.

Así que las preguntas de Gunnar estaban más que justificadas.

—¿Cómo? —dijo Erik—. Pues no sé. Pero supongo que sería lo suyo enterrarla en algún sitio.

—¿Con las manos? —bromeó Anna—. Buena propuesta.

—En alguna de nuestras casas habrá una pala —sugirió Katarina.

—Si es que llegamos a tierra cerca de alguna de las casas, claro —señaló Anna.

—¿Hay alguna alternativa? —preguntó Gunnar.

—¿Cómo? —dijo Anna.

—A enterrarla —concretó Gunnar—. Si es que vamos a deshacernos del cuerpo.

—Joder, no vamos a ponernos a descuartizarla —soltó Anna—. Ni a quemarla. Tendréis que enterrarla, es bastante obvio.

—*¿Tendréis?* —repitió Erik.

—Yo no pienso hacerlo —afirmó Anna.

—Ni yo tampoco —convino Katarina.

—Lo hacéis entre los cuatro —sentenció Anna—. Los hombres. Que no habéis logrado salvarla.

—Un segundo —dijo Henrik.

—¿Qué pasa? —atacó Anna—. ¿Estás al teléfono o algo?

—¡Cállate, Anna! —bramó Gunnar—. No quiero darte otro guantazo.

—Cabrón perverso —mascculló ella.

—Lo que quería decir es que tengo una propuesta —anunció Henrik.

—Dispara —pidió Gunnar.

Henrik carraspeó con cierta exageración.

—Solo estaba pensando que me parece un poco innecesario que nos arriesguemos a que nos pillen a todos. Es mejor si lo hace uno solo.

Pasaron unos segundos de silencio.

—No sé muy bien si... —comenzó Erik, pero por lo visto cambió de idea.

—Y pienso que es bastante evidente quién debería hacerlo —continuó Henrik. Había adoptado una especie de autoridad nueva en los últimos minutos. A medida que le había ido bajando la borrachera, seguramente—. Bastante evidente —repitió.

—Entiendo lo que quieres decir —tuvo tiempo de

señalar Katarina. De pronto volvían a ser marido y mujer, bastaba con una insinuación para que se entendieran.

Henrik se volvió hacia mí.

—Has sido tú quien la ha cagado —dijo—. Has sido tú quien ha hecho que la niña se ahogara. ¿Verdad? Creo que es tu deber encargarte de que salgamos de esta. Así de simple.

Paseé la mirada entre ellos tratando de distinguir las caras de los demás en la oscuridad de la cabina, mis ojos habían empezado a acostumbrarse un poco a la falta de luz, pero aun así era imposible diferenciar los detalles. Oía sus respiraciones, notaba la presencia intrusiva de sus cuerpos, el olor al alcohol consumido rezumando por los poros, pero con mis ojos no podía interpretar lo que estaban pensando. Y nadie decía nada. Nadie dijo ni una palabra después de que Henrik lanzara su propuesta. Pasaron diez o quince segundos, los bandazos del barco casi habían cesado por completo; me pregunté si podía ser que estuviéramos muy cerca de tierra, en una cala o una bahía, casi daba esa sensación. Pensé en el doctor L y en cuánto dinero me quedaba en mi presupuesto para viajes.

—Está bien —accedí entonces—. Supongo que no me queda otra opción.

Contra todo pronóstico, cuando estábamos a tan solo unos cien metros de tierra —por lo que parecía, nos encontrábamos en una bahía curvada con apenas un puñado de puntos luminosos—, Gunnar consiguió arrancar el motor. Sobra decir que aquello levantó cierta ovación, pero el cuerpo muerto de la niña, que ahora estaba envuelto en dos toallas, contenía la alegría como una sordina. Erik y Henrik me preguntaron si me quería bajar a tierra y enterrarla en algún lugar de aquella costa desconocida, pero rechacé de inmediato la sugerencia. Dije que necesitaba una pala y que prefería buscar un sitio en algún punto de los humedales entre Mousterlin y Beg-Meil. Henrik dijo que le parecía una decisión inteligente y me invitó a un cigarrillo. No soy un fumador habitual, pero lo acepté porque entendí que era una suerte de gesto de conciliación y reconocimiento. A esas alturas eran casi las once y media y seguíamos bordeando la costa despacio, nunca a más de cincuenta o cien metros de tierra firme, por si el motor fallaba otra vez. Y para no desorientarnos, claro. Al cabo de un cuarto de hora, más o menos, y tras haber costeado un par de puntas —la última debía de ser Cap-Coz— avistamos el faro de Beg-Meil. Pasamos por delante de él al mismo tiempo que la luna se abría hueco por primera vez entre las nubes y, por un breve instante, los que en aquel momento estábamos sentados en la cubierta —Katarina, Gunnar y yo— tuvimos ocasión de vernos las caras. Sin embargo, ninguno de los tres aprovechó la oportunidad para nada en particular, solo nos limitamos a bajar las miradas, y al cabo de unos segundos la luna volvió a retirarse tras las nubes sombrías.

Un poco más tarde rodeamos el cabo de Mousterlin, la playa oeste estaba completamente a oscuras; entre todos fuimos descargando las bolsas y las botellas vacías. Por último Gunnar y Henrik pasaron el cuerpo de Troaë por la borda y yo la remolqué despacio flotando en el agua los treinta metros que teníamos hasta tierra firme. Gunnar y Henrik se despidieron con la mano y giraron hacia el este para devolver el barco al puerto de Beg-Meil. Yo no sabía si tenían intención de despertar al dueño en mitad de la noche y contarle los problemas que había dado el motor. A lo mejor habían quedado en devolverle la llave al día siguiente.

Los demás nos reunimos un momento en la playa alrededor del cuerpo. Era noche cerrada, casi la sentía como una prenda de ropa sobre la piel, el viento había amainado por completo y no se veía ninguna luna. Los únicos focos de luz eran unos puntitos diminutos entre los árboles un poco más al este, y deduje que se trataría del hotel que había en el cabo, el Pointe de Mousterlin.

—¿Cómo lo vas a hacer? —preguntó Katarina Malmgren.

Le contesté que pensaba esconderla de forma temporal en las dunas mientras volvía a casa de Erik para buscar una pala.

—Podrías tomar prestada una nuestra —se ofreció Katarina—. Pero no sé si tenemos ninguna, y a lo mejor es una insensatez implicarnos.

—Suena insensato —dije yo.

Erik se quedó callado. Anna también.

—Pues ya está —añadí, y cogí a la niña en brazos. No pesaba demasiado, entre cuarenta y cuarenta y cinco kilos, diría yo, y aunque aún me molestaba la herida en el pie, tuve fuerzas para cargar con ella sin problemas.

—Voy tirando para casa —señaló Erik tras un nuevo y breve silencio.

Katarina le preguntó a Anna si quería acompañarlos a casa para esperar a Gunnar allí. Anna titubeó un instante, pero luego dijo que sí.

Aun así, los tres se quedaron allí de pie como apresados por una suerte de indecisión. Yo levanté a la niña para colgármela del hombro derecho.

—No os preocupéis —dije—. Ya me encargo yo de esto.

Entonces asintieron con la cabeza y me dejaron solo con Troaë.

Era un paseo anormal y unas horas anormales lo que tenía por delante. Pronto tuve la sensación de que estaba llevando a cabo algo así como un ritual ancestral: no había testigos, solo la noche, la tierra, el cielo y la eternidad. Al contrario de lo que les había dicho a los demás, cargué con la niña casi hasta nuestra casa; el riesgo de dejarla tirada en algún lugar entre las dunas y luego no encontrarla me pareció demasiado elevado, y no quería exponernos a semejante metedura de pata. Cuando digo «exponernos» no me refiero a mí y a los otros suecos, sino a mí y a la niña. No había caminado muchos pasos cargándola al hombro cuando comencé a sentir un fuerte vínculo con ella. Yo estaba vivo, ella estaba muerta, pero aun así era ella quien representaba a la juventud, una juventud que por circunstancias lamentables había tenido una experiencia que yo no había tenido ni por asomo. Ella había cruzado el límite, el límite ulterior, quizá su alma ya se hallaba en alguna otra parte. Quizá, a decir verdad, nos echaba un ojo mientras íbamos avanzando poco a poco y con cuidado por el paisaje de marismas. A nuestro alrededor se oían sonidos modestos de los discretos procesos de descomposición y de concepción. Borboteos y chapaleos, croados y pasitos. La misión me llenaba de vigor: enseguida sentí que estaba cumpliendo con una especie de deber, un deber profundo que nadie más del grupo estaba predispuesto a comprender, y, de hecho, también sentía un amargo agradecimiento por haber sido yo a quien le hubiese tocado el privilegio de hacerme cargo del enterramiento de la niña. Al mismo tiempo, la locura estaba a flor de piel, nos seguía de cerca con pies ligeros en la viva oscuridad, y la teníamos detrás, delante y alrededor. No era algo que me asustara lo más mínimo, pero era una realidad, una posible salida de este paseo, eso lo entendía. La niña y yo podríamos simplemente echarnos en la arena y dejarnos llevar por esta naturaleza devoradora, yo podría hacerle compañía en este último viaje suyo. Ya habíamos llegado al pólder, nos vimos rodeados por olores densos de agua estancada y vegetación impenetrable, y pensé que quizá, quizá sería una especie de acto de amor hundirme con ella en el agua fangosa y caliente y entregarme a fuerzas mucho más poderosas y originarias que las nuestras.

Pero no me detuve. No fue así, sino que seguí caminando un buen rato. Paso a paso, inhalación a inhalación. Mis paseos de los últimos días me habían ayudado a orientarme un poco en el laberinto de senderos, y en un plazo de tiempo que a posteriori calculé que no pasaba de una hora, llegué a un cruce desde donde podía ver la casa de Erik. Había encendido una lámpara de la fachada, el resto estaba todo apagado. Con cuidado, bajé a la niña muerta y la coloqué en postura sentada apoyándola contra un árbol a unos veinte metros de la casa. Crucé la verja, fui hasta la caseta de herramientas en el rincón más oscuro del jardín y abrí la puerta.

No me hizo falta encender ninguna luz, di casi al instante con una pala que estaba apoyada en la pared y regresé pasando junto a la casa silenciosa hasta donde había dejado a la niña.

Ya había pensado el lugar donde cavar la tumba, y llegué al cabo de veinte o veinticinco minutos. Era un campo abierto al que ya había intentado ir en alguna otra ocasión, pero me había visto obligado a dar media vuelta por culpa del carácter pantanoso del terreno. Ahora fui caminando con cuidado de una mata de hierba a otra; no era fácil, a oscuras y con la niña al hombro, pero la luna volvió a mostrarse un momento, una luna menguante grande y pálida, y me ayudó en la tarea. Desde el sendero me metí unos diez metros en la hierba, que me llegaba por la cintura, luego hice un alto, dejé el cuerpo y clavé la pala en el suelo para hacer una prueba.

Era tan fácil de cavar como me había imaginado, y —para resumir un poco una historia larga y tediosa— enseguida tuve a la niña bajo tierra. Una curiosidad fue que apenas tuve que tapar la tumba, era como si la tierra engullera su cuerpo, muy pronto se vio rodeada de la tierra húmeda y olorosa como en un abrazo, y de una manera peculiar comprendí que era allí donde la niña tenía que estar. Solo allí, en ningún otro sitio.

Volví al camino. Miré la hora, eran las dos y veinte. De pronto me vi abatido por un cansancio descomunal, un búho ululó a tan solo unos metros de mí y no creí que fuera a tener fuerzas para regresar hasta la casa.

Pero también lo conseguí. Erik debió de estar un rato despierto desde que había ido a buscar la pala en la caseta, porque la luz de la fachada estaba apagada. Dejé la pala en su sitio y me di una ducha. Me quedé un rato largo bajo el chorro de agua, tratando de lavar cada rastro y cada recuerdo de aquel día horrible, y cuando por fin me metí en la cama eran casi las cuatro.

Y he dormido cuatro horas, me he vuelto a duchar y me he sentado a escribir.

De Erik no hay ni rastro, debe de haberse ido muy pronto esta mañana. Sí, no cabe duda de que estará deliberando con los demás. Es lunes, son las dos, siento fuertes impulsos de volver y buscar el sitio donde enterré a la niña anoche, pero entiendo que debo abstenerme.

También siento otros impulsos, que me dicen que recoja mis cosas y me marche de aquí, pero el cansancio me paraliza.

Además, me duele el pie, lo tengo hinchado y me ha salido una media luna oscura en la cara exterior del tobillo. Seguro que no es nada grave, pero un par de días de reposo se me antojan una alternativa demasiado atractiva como para decir que no.

Sin duda, también puede ser importante para mí saber qué planes se han urdido durante la asamblea. Me siento en una de las tumbonas de la terraza bajo la sombrilla a la espera de que vuelva Erik.

Siento que soy una persona distinta a la que era hace veinticuatro horas.

Comentario, agosto de 2007

Pero no es así. Cuando mudamos de piel y nos convertimos en otro, eso es lo único que ocurre. La muda de piel. El contenido, nuestro núcleo y nuestra identidad real, lo llevamos siempre dentro.

No podemos huir de él, y yo no puedo escapar de aquellos días y de lo que sucedió. Aquellas personas se quedaron en mí como si de garrapatas se tratara, me chuparon la sangre y la conciencia, y lo que ahora está teniendo lugar no es más que un efecto lógico. Los actos tienen consecuencias, tarde o temprano cada uno debe asumir su parte de responsabilidad, de la misma manera que yo asumo la mía cuando cometo los crímenes sangrientos pero ineludibles a los que ahora me estoy dedicando.

Durante estos años la niña se me ha aparecido de

vez en cuando en sueños. Normalmente han sido recuerdos llenos de ansiedad y sudores fríos de esos minutos en el oleaje —y del paseo nocturno por la marisma, uno vivo, la otra muerta—, pero desde que tomé la decisión los sueños han cambiado de carácter. De pronto encierran una luz, un claro atisbo de reconciliación. Cuando el otro día, al alba en mi dormitorio, me encontré con la niña, nos hallábamos en una playa larga, quizá la que iba de Mousterlin a Bénodet, no estoy seguro. Nos reconocimos el uno a la otra ya desde lejos, yo vi enseguida que ella llevaba la mochila con el caballete asomando y su media sonrisa tan característica, y cuando nos alcanzamos solo nos detuvimos un instante, intercambiamos algunas frases de ánimo, ella me acarició la mejilla de forma sutil, casi superficial, y los dos continuamos nuestro paseo en sendas direcciones.

Ella no llegó a ponerle palabras, pero pude ver en su rostro que agradecía que por fin yo hubiese empezado a lidiar con aquellas personas. También pude ver que se estaba convirtiendo en una mujer adulta.

Por tanto, causa y efecto. Cuando haya terminado con mi trabajo, se verá que era esto, y nada más, de lo que se trataba.

En ocasiones también sueño con el doctor L, siempre es la misma secuencia breve, y cada vez que me despierto y la recuerdo siento que mi necesidad de consuelo se ha visto momentáneamente saciada. Está sentado detrás de su escritorio oscuro, yo entro en el despacho, él levanta la vista de los papeles que estaba leyendo, se sube las gafas a la frente y me saluda con la cabeza a su manera.

Lo entiendo, dice. No hace falta que te sientes y me lo expliques. Simplemente, sigue adelante.

Sigue adelante.

14 – 16 de agosto de 2007

Capítulo 19

En el sueño se apretujaba entre ángeles rechonchos.

Se estaba formando una especie de cola semiorganizada, él se encontraba al pie de una escalera vertiginosa, y el final consistía en un portón en un muro de piedra caliza en ruinas a cincuenta metros por encima de su cabeza. Por ahí era por donde había que pasar. Algunos de los ángeles le resultaban más familiares que otros; entre los que primero pudo identificar estaba su exmujer, Helena. Pudo vislumbrarla unos peldaños más arriba, y le pareció un tanto curioso que hubiese logrado obtener un estatus tan elevado. Durante los veinticinco años que hacía que la conocía, ella nunca había sido ningún ángel, ni muchísimo menos, pero justo a su lado vio también a los hermanos Digerman, dos viejos atracadores y maleantes a los que había metido entre rejas varios años atrás, así que a lo mejor el listón moral no estaba tan arriba, en verdad. Y en ese preciso instante distinguió también a Axel Wallman y al intendente Jonnerblad. Se estaban pasando el brazo por los hombros alados el uno al otro y parecían sumidos en una conversación acerca de algo sumamente importante. Quizá sobre qué debían hacer para avanzar en la cola. A juzgar por toda la situación, lo único que contaba era subir la escalera y entrar por el hueco abierto en el muro, y antes de darse ni cuenta, Barbarotti había adelantado a todo el mundo hasta llegar arriba.

Allí era san Pedro quien estaba esperando. Quién si no, ya debería haberlo entendido. Pero la pregunta tan sencilla que el portero de barba blanca —y un poco bizco, a decir verdad— le hizo lo pilló completamente fuera de juego.

—Dime tres buenas acciones que hayas hecho en tu paso por la Tierra.

¿Solo tres?, pensó él con alegría, pero luego fue como si se hubiese hecho un nudo a sí mismo. Su cerebro se bloqueó, la lengua se le pegó al paladar, sus axilas comenzaron a sudar. Abrió y cerró la boca unas cuantas veces, y san Pedro enarcó una ceja.

He querido a mis hijos, pensó, sobre todo a mi hija, pero le pareció un poco torpe, y con razón. Todo el mundo quería a sus hijos, ¿no?, incluso los asesinos en serie y los lunáticos. Allí hacía falta algo con un poco más de gancho, era obvio. Pero ¿qué... logros sumaba en realidad? ¿Qué pepitas de oro tenía para enseñar que no estuvieran mancilladas por el egoísmo ni por... por el brillo insulso de lo cotidiano y lo banal?

¿Haber detenido a algún que otro malhechor y permitido que hubiera el doble campando a sus anchas? No era como para presumir, seguramente. Comenzó a tener la impresión de que san Pedro podía ver también su interior con bastante claridad, así que no servía de nada irle con dudas.

—¿Y bien? —dijo san Pedro—. Veo que tienes cuarenta y siete años. Algo deberías haber podido hacer en ese tiempo.

—Es que no estaba del todo preparado —explicó Barbarotti—. Para estar aquí, quiero decir.

Se percató de que los ángeles que tenía detrás habían empezado a quejarse de que Barbarotti estaba tardando demasiado en la puerta, y él pensó que le llamaba la atención que ya estuvieran ataviados con alas y blusón blanco si aún no habían logrado pasar por las puertas del paraíso. ¿Podía ser que solo hubiesen salido un momento a divertirse? A la Tierra, con motivo de algún que otro recado. ¿Ya les habían dado el visto bueno? En cualquier caso, estaban gordos, algunos incluso deformes. Barbarotti identificó a un tal Conny, apodado Conny el Largo, que solía estar en la barra del Älgen con los párpados entrecerrados y medio puro apagado colgando de la comisura, y no cabía duda de que había cambiado por completo su forma corporal. Parecía medir metro sesenta y pesar ciento treinta kilos.

San Pedro fulminó a Barbarotti con la mirada, luego hizo una crucecita en el gran libro de registros abierto sobre la mesa que tenía delante y agitó la mano con irritación.

—Desaparece —dijo—. Te doy unos cuantos años más. Pero la próxima vez no quiero que vuelva a pasar lo mismo. De ser así, irás al infierno.

Barbarotti asintió con la cabeza agradecido y san Pedro golpeó una campanilla con un martillito, una de esas que suele haber en el mostrador de recepción de los hoteles viejos, y después toda la escena se disolvió como en una niebla.

Pero el sonido de la campanilla continuó presente, y el sueño subió rápidamente como un remolino hasta la árida superficie de la realidad. Estaba tumbado en su cama, embutido en las sábanas y el edredón, y el insistente sonido no procedía de ningún mostrador, sino del teléfono móvil, que estaba a su lado sobre la mesita de noche, y antes de tomar conciencia de lo que estaba haciendo ya había contestado.

Era Helena.

Por un instante creyó que seguía dentro del sueño. Que su exmujer estuviera tanto allí como en la vida real —y en un espacio de tiempo tan reducido— le parecía poco probable. Pero también percibió una mezcla auténtica de vinagre y papel de lija en su tono de voz que dejó a un lado la mayoría de las dudas. Helena era real.

—Me ha llamado Gittan —dijo—. Ha leído el *Expressen*. ¿Qué coño tienes en la cabeza?

Gittan era una vieja amiga, antes común, pero desde el divorcio solo de su exmujer. Vivía en Huddinge y le gustaban más los reptiles que los hombres.

—¿Eh? —dijo Gunnar Barbarotti—. ¿Qué hora es?

—Las ocho menos cuarto, pero eso da igual. En el *Expressen* pone que has agredido a un periodista.

—¿Qué?

—Ya me has oído.

—Sí, claro, pero ¿qué coño estás diciendo? —soltó Barbarotti, y logró liberarse de las sábanas. ¿Las ocho menos cuarto? ¿No había puesto el despertador a las siete menos cuarto?

—Gittan lo ha visto en los titulares cuando iba de camino al trabajo. Allí arriba la prensa sale muy pronto, solo quiero saber cómo se supone que se lo tengo que explicar a los niños.

—Ah, ya veo.

La conciencia de qué información era la que acababa de recibir fue entrando lenta pero implacablemente en su organismo, como el veneno tras una mordedura de serpiente, y comprendió que san Pedro había cometido un craso error al mandarlo de vuelta a la Tierra.

—Te llamo más tarde —indicó—. No he agredido a nadie, eso ya se lo puedes decir a Lars y Martin.

Se puso en pie y fue a esconderse en la ducha.

La siguiente llamada entró a las ocho y ocho minutos. Era la inspectora Backman.

—Va a haber un pollo considerable —dijo—. Solo quería avisarte, por si no te has enterado.

—Gracias, sí, estoy al caso —contestó Barbarotti.

—Tienes una denuncia por agresión.

—Ya lo sospechaba. Hablamos más tarde.

Después de colgar lo llamó el periódico *Aftonbladet*. Querían saber si tenía algún comentario. Él les dijo que no lo tenía, excepto que aún no había leído lo que ponía en su tan valorado organismo competidor, y que desde luego no había agredido a nadie.

Se vistió y acto seguido llamó al intendente Jonnerblad.

—Estás relevado del caso hasta nueva orden —le informó este. Sonaba como si estuviera mordisqueando una barra de acero corrugado.

—Muchas gracias —dijo Barbarotti—. ¿Algo más?

—Hoy no hace falta que vengas a comisaría. Y mantente alejado de la prensa. ¿Está claro?

—Claro como el agua —respondió él.

—Boca sellada —dijo Jonnerblad.

—Entendido —contestó Barbarotti, y cortó la llamada.

Puso en marcha la cafetera americana, comenzó a untarse dos tostadas y entonces lo llamó la Televisión de Suecia para proponerle que fuera a la capital para participar en una tertulia matinal al día siguiente. Barbarotti les explicó que, lamentablemente, no podía hacerlo por cuestiones técnicas relacionadas con la investigación y colgó el teléfono. Se sentó a la mesa de la cocina y entonces lo llamaron de TV4. Se preguntaban si no querría participar como invitado en su programa de tertulia de la tarde. Él los informó amablemente pero con decisión de que ya estaba comprometido y dio las gracias por la propuesta.

Tomó un poco de café y mordió una de las tostadas, y luego lo llamaron del programa de radio *Las tres pasadas*. Antes de que la mujer acabara de presentar el motivo de la llamada, Barbarotti adujo que en este momento estaba ocupado con un interrogatorio importante y que no tenía tiempo para hablar.

Después apagó los teléfonos, terminó de desayunar y leyó el periódico local. Allí no se decía ni una palabra de ninguna agresión policial.

Marianne, pensó. Hoy Marianne también se va a ver afectada por el *Expressen*.

Cuando volvió a activar sus canales de comunicación con el mundo exterior eran más de las diez. Se había tomado un baño de cuarenta y cinco minutos con las suites para violonchelo de Bach en los oídos, había rezado una plegaria existencial de tres puntos y tenía doce llamadas perdidas en su teléfono fijo.

Catorce en el móvil, seis mensajes en sendos buzones de voz.

Estoy de moda, pensó el inspector Barbarotti. Vaya que sí.

O en el ojo del huracán o como quisieras verlo.

¿Relevado hasta nueva orden?

Eso no le había pasado nunca antes.

¿Denunciado? Eso sí le había pasado. Les pasaba a

todos, pero normalmente se trataba de algún delincuente conocido que estaba cabreado y quería devolvérsela. Las causas siempre quedaban archivadas, en cierto modo iba incluido en las condiciones, tanto las denuncias como las desestimaciones. Lo cual era una pena, puesto que había más de un policía que realmente se propasaba, era por todos sabido.

Sin embargo, no lograba recordar a nadie que hubiese sido denunciado por un reportero de prensa, pero quizá ya había ocurrido.

Aún no se había atrevido a bajar a la calle a por la prensa nacional. No tenía del todo claro a qué hora solían llegar los periódicos a Kymlinge, y la idea de volver a casa con el recado pendiente le atraía más bien poco. Mejor esperar media hora más, decidió. Tal vez podía también pensar en algún tipo de disfraz.

Pero aún ninguna llamada de Marianne. Se preguntaba a qué se podría deber. De hecho era lo único que de verdad significaba algo. Poco a poco fue tomando conciencia de esta incómoda verdad: lo que el resto del mundo opinara no le importaba, al menos no demasiado, pero cómo iba a reaccionar Marianne le resultaba vital. En el sentido estricto de la palabra: cuestión de vida o muerte.

Cogió este problema y los dos teléfonos y salió a sentarse al balcón.

¿Por qué no lo había llamado? O bien era tan simple como que Marianne todavía no estaba al tanto del escándalo del día, o bien... o bien ya lo había leído y había decidido callar.

La segunda alternativa no podía ser verdad. Bajo ningún concepto, maldita sea, pensó Gunnar Barbarotti. Haber empujado a aquel jodido gacetillero de Persson para sacarlo de la puerta de su casa no podía tener consecuencias tan devastadoras en su vida privada, era inadmisible. No había derecho a que las cosas se desarrollaran de aquella manera, ya había hablado al respecto con Nuestro Señor mientras se bañaba con Bach, y Nuestro Señor había sido del mismo parecer.

Escuchó los mensajes. Dos eran de Jonnerblad, uno en cada teléfono, y otros dos de la inspectora Backman. Cinco eran de diversos periodistas, y los últimos tres de buenos amigos que, a juzgar por sus tonos de voz, estaban al corriente del contenido publicado en el *Expressen* del día.

Tanto Jonnerblad como Backman le pedían que se pusiera en contacto con la policía, y Barbarotti no tuvo dificultades para decidir de qué manera iba a hacerlo. Ninguna dificultad en absoluto.

El teléfono privado de Eva Backman. No lo apagaba prácticamente nunca, y por supuesto a los tres tonos lo cogió y le pidió que esperara. Barbarotti imaginó que quería procurar estar a solas para hablar con él, y cuando volvió a dirigirle la palabra, Gunnar comprendió por qué era la única agente de policía en todo el mundo a la que se llevaría si tuviera que pasar un año entero en una isla desierta con alguien del trabajo. Si no tuviéramos seis críos con otras personas, podríamos habernos casado, pensó de repente. A decir verdad, no era un pensamiento nuevo, pero llevaba un tiempo en barbecho. No tenía las de ganar.

—¿Cómo lo llevas? —le preguntó ella—. Estoy un poco preocupada por ti.

—Estoy bien —contestó él al mismo tiempo que su teléfono fijo comenzó a sonar. Comprobó en la pantallita que no se trataba de Marianne y dejó que sonara—. Aunque todavía no he leído el periódico. ¿Qué pone, realmente?

—Es una locura. En portada y todo. ¿Qué fue lo que pasó?

—Ese capullo intentó meterse en mi casa, ayer por la noche. Lo saqué de un empujón al rellano.

—Me lo imaginaba. En el periódico pone que le pegaste y que lo tiraste por la escalera. Por lo visto, consiguió hacerse daño. Jonnerblad está en una pequeña rueda de prensa en este momento, pero luego quiere tener una charla contigo.

—Eso me ha parecido entender.

—Bien.

—¿Y estoy apartado del caso?

—Hasta nueva orden, por lo que parece. Y me da a mí que será mejor que intentes pasar desapercibido. El ambiente está un poco crispado.

—¿De verdad? —dijo Barbarotti—. ¿Y cómo va el caso?

—Pues lo cierto es que ha avanzado un poquito —le contó Eva Backman, y él pudo oír que se estaba esforzando para sonar un poco optimista.

—¿Ha avanzado? —quiso saber.

—Sí, hemos descubierto que la pareja esa, Henrik y Katarina Malmgren, por lo visto se han ido a Dinamarca de vacaciones, y Sorgsen me acaba de explicar que en principio habrían cogido el ferri de la tarde a Frederikshavn... el domingo, si no me equivoco. Pero hay algo que no está del todo claro, me parece que está hablando con la empresa naviera en este momento.

—Ah —dijo Barbarotti—. ¿Y qué es lo que no está claro?

—Aún no lo sé. Puedo llamarte cuando haya hablado con Sorgsen. Pero ya han terminado el análisis de las tres primeras cartas. Los de Linköping nos informan de que no hay ni huellas dactilares ni saliva..., nuestro amigo el asesino parece ser bastante meticuloso, aunque eso ya lo sabíamos.

—Tenía ese presentimiento —afirmó Barbarotti—. Bueno, pues dile a Jonnerblad de mi parte que me puede llamar al móvil si quiere algo. Creo que lo encenderé durante cinco minutos después de cada hora en punto y a y media, hay demasiada mierda flotando en el aire como para tenerlo en marcha todo el rato.

—Lo entiendo —dijo ella—. Sin pretender ponerme demasiado melindrosa, te diré que siento un poco de lástima por ti.

—Melindrosa es quedarte corta.

—Supongo que sí. —Eva Backman se rio—. Aunque te olvidas de que también soy mujer. Tenemos una vena empática que a los hombres os falta.

—¿Empa... qué? ¿Cómo dices que se llama?

—Déjalo. Sea como sea, pensaba pasarme por tu casa hoy después del trabajo. Me cuesta un poco intercambiar ideas con el grupo... Si no tienes nada en contra, claro.

—Eres bienvenida —aseguró Gunnar Barbarotti—. Te invito a una cerveza en el balcón. ¿Cómo queda lo de tus vacaciones?

—Parece que se posponen unos días —le explicó ella—. Y Ville me amenaza con volver de la cabaña, se ve que los chicos han empezado a quejarse de su cocina.

—Los policías no deberíamos tener vacaciones —bromeó Barbarotti—. No hacen más que complicar las rutinas. Oye, ya no puedo seguir hablando. Tengo que salir a por un ejemplar del periódico, y luego me echaré en el sofá a relajarme unas horas.

—Retiro eso de que siento lástima —dijo Eva Backman, y cortó la llamada.

Era peor de lo que se había imaginado.

Y eso que se había imaginado lo suyo. Se dejó caer en la silla de la cocina, abrió el periódico sobre la mesa y, para su sorpresa, se percató de que tenía ganas de vomitar.

Barbarotti ocupaba toda la primera plana. La mitad era titular, en letras del tamaño de un dedo pulgar.

POLICÍA DEJA INCONSCIENTE A REPORTERO DEL *EXPRESSEN*

La otra mitad era una imagen grande y borrosa que el capullo aquel del flash había logrado captar en el momento exacto en que Barbarotti tocaba con los puños el pecho de Göran Persson. No quedaba bonito. El detalle que tenía mayor nitidez en toda la foto era la expresión de Barbarotti, y recordaba bastante a la de un rey del karate que con plena decisión asesta la estocada final a su adversario indefenso.

Y el jodido reportero tenía toda la pinta de estar cayendo irremediablemente de espaldas.

Pero ¿inconsciente? ¿Por un empujón en el pecho?

Saltó a la página ocho, donde la verdad acerca de este nuevo caso de brutalidad policial quedaba revelada y era enriquecida con los detalles más espeluznantes. El experimentado y reconocido reportero criminal Göran Persson había intentado obtener de forma pacífica un comentario del inspector Gunnar Barbarotti, residente en un piso de dos habitaciones en el centro de Kymlinge, con motivo de que el autor detrás de los dos asesinatos recientes que han tenido lugar en la ciudad le ha escrito cartas al susodicho policía, algo de lo que ya se había hablado extensamente en el periódico del lunes. En esta ocasión Barbarotti había atacado sin motivo alguno al pobre y desamparado periodista con golpes contundentes, para luego arrojarlo por una escalera empinada, dejándolo inconsciente y con dos huesos del cuerpo rotos.

¿Del cuerpo?, pensó Barbarotti. ¿De dónde, si no?

En shock y malherido, Göran Persson había logrado marcharse del lugar con ayuda del fotógrafo del diario, para terminar pasando la noche ingresado en el hospital de Kymlinge. El suceso había sido denunciado a la policía, y sobraba decir que todo el asunto suponía un grave obstáculo y obstrucción al caso que estaba siendo gestionado —hasta la fecha, sin el menor rastro de éxito— por la policía de Kymlinge, junto con refuerzos de Gotemburgo y de la policía judicial, en su búsqueda del asesino epistolar, quien aparentemente cargaba con dos víctimas en su conciencia.

¿Obstáculo y obstrucción?, pensó Barbarotti. A lo mejor sí que se había dado un buen golpe en la cabeza. Para variar, no ponía quién había escrito el artículo, quizá el diario consideraba que habría sido poner a Göran Persson en demasiadas sillas si apareciera también como firmante del reportaje.

El *Expressen* no había conseguido localizar al jefe de investigación, el intendente Jonnerblad, el lunes a última hora de la tarde para oír sus comentarios acerca de la agresión despiadada del inspector Barbarotti contra la libertad de expresión y sus representantes. En un sondeo apresurado entre la ciudadanía de Kymlinge y alrededores, hasta un sesenta por ciento de la población afirmaba tener poca o nula confianza en la capacidad de la policía para resolver el problema de la creciente criminalidad. Por ejemplo, durante el verano no se había resuelto ni uno solo de los veintidós allanamientos de morada denunciados en el municipio. Cabía preguntarse a qué se dedicaban realmente las autoridades policiales.

En la página cinco había más fotos de los combatientes Persson y Barbarotti. No lograba entender de dónde habían sacado la foto en la que aparecía él: se lo veía desaliñado, como si acabara de despertarse tras dormir la mona en una cuneta, con ojeras oscuras y bastante parecido al ya difunto Christer Pettersson, el supuesto asesino de Olof Palme. El reportero, por su parte, tenía el labio partido y un moratón debajo de un ojo, así como una venda en la cabeza en la que había aparecido una mancha de sangre, y a grandes rasgos recordaba a un paciente de enfisema que acabara de ser arrollado por una motoniveladora.

Me cago en sus muertos, pensó el inspector Barbarotti. Si vuelvo a cruzarme con ese cabrón sí que le daré una buena somanta de palos.

Y comprendió que ese tipo de pensamientos eran los que caracterizaban a la gente violenta.

Metió el dedo índice en la Biblia.

El mismo sitio. Qué curioso. ¿Qué probabilidades había? Aunque también podía ser que la última vez se hubiese quedado un rato abierta por esa página, Barbarotti recordaba que había trucos de magia con cartas que funcionaban así. Y a lo mejor los libros viejos siempre se abrían por las páginas más leídas, si los dejabas en manos de la casualidad. O de un dedo índice.

O sea, san Mateo.

> ... pero si tu ojo es corrupto, todo tu cuerpo estará sumido en la oscuridad. Si la luz que en ti hay es oscuridad, ¿hasta dónde no va a alcanzar entonces esa oscuridad?

Echó un vistazo rápido a los textos de alrededor y vio que todos giraban en torno a cosas bastante centrales. Nuestro Señor, Dios y Mammón estaban ahí. Pero igualmente pensó: *¿mi ojo corrupto?* ¿Qué implicaba eso? ¿Qué aprendizaje se suponía que debía hacer?

Para darse cuenta de que todo se le antojaba bastante oscuro no necesitaba ningún poder superior.

Con un suspiro, cerró la Biblia y encendió el móvil.

Cuatro nuevos mensajes de voz, pero, lo más importante, un SMS de Marianne. Por fin, pensó, y toqueteó los botones con los dedos. Por fin mi vida da un giro.

Le pedía tiempo.

Para verle el lado bueno, podía decirse así. Con motivo de lo que había leído en el *Expressen* del día, necesitaba pensar, le decía. *Lo he leído, necesito pensar.* Sería un error meterse en algo de forma precipitada. Pero si le apetecía, Barbarotti podía llamarla.

Eso era todo. Se estuvo un cuarto de hora paseándose de un lado al otro empujado por una inquietante indecisión hasta que se armó de valor suficiente. Marianne no contestó. Barbarotti se paseó diez minutos más. Volvió a probar, ahora sí la localizó.

—No te creas lo que dicen en la prensa —dijo—. No fue eso lo que pasó.

A él mismo le pareció que sonaba inusualmente endeble. Como cuando un alcohólico consumado intenta justificar por qué ha pegado a su mujer por trigesimocuarta vez. *No fue culpa mía.* Marianne tardó un rato en decir algo, pero Barbarotti por lo menos tuvo la sensatez suficiente de no irle con más explicaciones cutres durante los fatídicos segundos que se sucedieron.

—La verdad es que me gustaría mucho saber qué fue lo que pasó —reconoció al final—. Por supuesto. Pero también están los niños, por encima de todo. Han leído el periódico y les está costando asumir que eres tú. No sé qué les tengo que decir.

Barbarotti tragó saliva. ¿Los niños? Unas horas atrás Helena le había dicho casi lo mismo.

—Entiendo —dijo—. La cosa fue así: el reportero ese intentó meterse en mi casa. Lo saqué por la puerta de un empujón, eso es todo.

—¿Eso es todo?

—Sí.

Silencio. Notó un nudo en el estómago.

—¿No me crees?

—Por favor, Gunnar, no sé qué debería creer.

—¿Prefieres creer lo que pone en el *Expressen*?

—No, claro que no. Solo digo que... que es difícil explicarles estas cosas a los niños.

—Eso lo entiendo. ¿Y qué pasa con... nosotros?

Marianne volvió a demorarse. Segundos oscuros que pasaron navegando rumbo a tierra de nadie. O a una tumba. O a un infierno. ¿De dónde salían todas las imágenes?, tuvo tiempo de pensar. De nuevo, aquellas imágenes y pensamientos desarraigados.

—No sé qué va a pasar con nosotros —dijo finalmente—. Tienes que darme un poco más de tiempo.

—¿Lo dices solo por lo que han publicado hoy en el *Expressen*?

—No...

—Te agradecería que fueras sincera, Marianne. La semana pasada te propuse matrimonio. Me prometiste una respuesta para el miércoles de esta semana. Hoy es martes.

—Sé qué día es.

—Bien. Pues te llamo mañana, tal y como quedamos.

—Si me llamas mañana, la respuesta va a ser no. No tienes ningún derecho a presionarme de esta manera.

—Está bien, entonces no te llamo. ¿Quieres darme una nueva fecha o debo considerar esto como un capítulo cerrado?

—¿Por qué me presionas, Gunnar? Ahora mismo no puedo tomar una decisión, ¿tan raro te parece?

Barbarotti se detuvo un momento a reflexionar, y al mismo tiempo sintió cierto orgullo de conseguirlo. Detenerse. He madurado un poco, pensó. Si hubiese sido en la época de Helena, a estas alturas ya le habría colgado el teléfono.

—Lo siento, tengo un mal día —dijo—. Todo el país se cree que soy un camorrista. Me han puesto una denuncia, acaban de echarme del trabajo y la mujer a la que amo no quiere estar conmigo.

—¿Te han echado?

—Al menos me han dado la orden de no ir al trabajo.

—Pero eso no pueden hacerlo, ¿no?

—Desde luego que sí. Y creo que es bastante normal, teniendo en cuenta la situación. ¿No te parece?

Marianne respiró preocupada al otro lado. Increíble poder identificar la preocupación en la manera de respirar, pensó él. Que se oyera por teléfono. Por alguna razón, le resultó reconfortante.

—Gunnar, hagamos esto —dijo ella—. Llámame el sábado, y ya veremos. Quiero hablar de esto con Johan y Jenny, necesito hacerlo... ¿Podrás esperar?

—Creo que sí —respondió Gunnar Barbarotti—. A lo mejor yo también necesito un poco de tiempo para aclarar algunas cosas.

—¿El sábado, pues?

—El sábado.

Tras colgar, por lo menos se encontraba un poco mejor que antes de llamarla. O de eso intentó convencerse. Apagó el teléfono sin escuchar los demás mensajes.

¿Qué hay en mi interior?, pensó. ¿Oscuridad o luz? ¿Tumba o infierno?

Hizo una bola con su ejemplar del *Expressen*, la metió en el cubo de la basura y luego decidió sentarse en el balcón con un crucigrama.

Capítulo 20

La inspectora Backman se presentó sobre las seis y media, cargando con tres carpetas rojas y gruesas.

—He pensado que a lo mejor te iría bien un poco de estímulo —dijo.

—Gracias —dijo Barbarotti.

—Así no tienes que ir al Stadsparken a darles de comer a las palomas.

—Eso.

—Si te las miras esta noche, puedo pasar a recogerlas mañana por la mañana de camino al trabajo. A grandes rasgos, es todo lo que tenemos sobre el caso hoy por hoy. La mayor parte ya te lo sabes, claro.

—¿Jonnerblad y Asunander están de acuerdo con esto?

—No se lo he preguntado.

—Qué lista —señaló Barbarotti—. Vamos al balcón a sentarnos. Tienes tiempo para una cerveza, ¿no?

—Desde luego —contestó Backman—. Mis hombres no han materializado sus amenazas de volver a casa todavía. Y hace una tarde bonita.

—En el patio vecino hay gente preparando una mesa para hacer una cangrejada. Podemos empaparnos del ambiente.

La inspectora sonrió.

—Perfecto —dijo, y se acomodó en una de las tumbonas—. Has pensado en todo.

—Se hace lo que se puede —respondió él. Se fue a la cocina y volvió con dos cervezas y dos vasos. Puede que el balcón sea pequeño, pero desde luego está hecho para dos, pensó sin querer—. A cambio, me pido una puesta al día con todo detalle. Un didáctico informe oral, antes de ponerme a leer. ¿No habréis resuelto el caso a lo largo del día por casualidad?

—No del todo —confesó Backman—. Aunque mucho me temo que la cosa pinta mal para ese matrimonio de Gotemburgo.

Barbarotti sirvió la cerveza, alzaron los vasos y dieron sendos tragos.

—¿Ah, sí? ¿Pinta mal?

—Bastante —contestó la inspectora, y se reclinó—. Joder, qué gusto trabajar sentada en un balcón y no en una comisaría. Creo que muchos casos saldrían mejor tan solo gestionándolos de esta manera.

—Podemos establecerlo como rutina —propuso Barbarotti—. Al menos mientras siga apartado del caso. Si vienes cada tarde a informarme de la situación, te doy una cerveza por las molestias.

—¿Por qué no? —Eva Backman sonrió.

—¿Pinta mal? —le recordó él.

Ella se aclaró la garganta y se puso seria.

—Sí, parece que la cosa se inclina hacia eso. Por lo visto, la pareja cogió el ferri de la tarde de Gotemburgo a Frederikshavn el domingo, y hay bastantes indicios de que no bajaron a tierras danesas.

—¿Bastantes indicios...? —repitió Gunnar Barbarotti—. ¿Qué significa eso, hablando claro?

—Pues que su coche seguía en la bodega, por ejemplo —explicó Backman—. Bueno, en verdad es el único indicio, pero tiene bastante peso. ¿No crees?

—¿No bajaron el coche a tierra?

—Eso es. Un Audi cargado con equipaje de vacaciones se quedó donde estaba. Evidentemente es posible que decidieran olvidarse del coche y el equipaje y desembarcar a pie, pero de momento no hay nadie en el equipo de investigación que haya podido dar una explicación plausible a por qué alguien se comportaría así. Aunque a lo mejor tú sí puedes.

Barbarotti arrugó la frente.

—¿Sugieres que han sido asesinados a bordo del ferri? ¿Y...?

—Y arrojados al mar, sí. Es una teoría. Otra es que han sido asesinados y metidos en otro vehículo... para más tarde enterrarlos en una ciénaga en Dinamarca. O en algún otro sitio del continente, hay donde elegir.

—¿Cruzar fronteras con cadáveres en el maletero? Suena un poco demasiado.

—En Europa ya no hay fronteras —dijo Backman—. Pero sí, estoy de acuerdo, es más probable que los hayan tirado por la borda al abrigo de la oscuridad.

—Joder —soltó Gunnar—. ¿De verdad creéis eso?

—¿Qué conclusiones sacas tú?

—No sabría decirte.

—Dos personas embarcan en el ferri con su coche. Cuatro horas más tarde, cuando todo el mundo ha desembarcado y el barco está vacío, el coche sigue allí. ¿Ergo...?

Barbarotti no contestó. Se quedó callado observando un rato las tres carpetas rojas de la investigación que había sobre la mesa. Ahuyentó a una avispa que estaba importunando.

—¿Y la conexión con las demás víctimas?

—Apenas hemos tenido tiempo de ponernos con ello. Pero de buenas a primeras no hay ningún vínculo evidente. Henrik Malmgren es profesor en filosofía en la Universidad de Gotemburgo. Su mujer, Katarina, es enfermera anestesista en el hospital de Sahlgrenska. Treinta y siete y treinta y cuatro años, respectivamente, sin críos y sin antecedentes.

—Eso ya lo sabía —dijo Barbarotti—. ¿Habéis hecho algún registro domiciliario?

Backman miró la hora.

—Acaban de empezar. Tallin, Jonnerblad y Astor Nilsson están allí. El fiscal ha tardado un poco, pero el coche también está confiscado. Es una pista clave, citando a la judicial.

—¿Una pista clave? Estamos buscando víctimas. Pensaba que el concepto de pista clave se refería al autor de los hechos.

—Yo también —declaró Eva Backman, y dio un trago de cerveza—. Pero, bueno, los policías locales tampoco tenemos motivo para jactarnos. El intendente Jonnerblad por lo menos ha salido en tu defensa frente a la prensa, y tengo el presentimiento de que mañana tu reputación se verá un poco restaurada en el *Aftonbladet*.

—Eso me han dicho —asintió él.

—¿Te han dicho?

—He hablado con Jonnerblad hace un par de horas. Pero ¿quién se molesta en leer un desmentido?

—Poca gente —dijo ella.

—Exacto. Sea como sea, le he puesto cara a la violencia policial en esta ciudad, creo que perdurará unos años. Y no me deja volver al grupo, Jonnerblad, dice que sería poco táctico, dada la situación actual.

Eva Backman asintió en silencio.

—Al menos mientras el *Expressen* no retire su denuncia... Sería una provocación al sentido público de la justicia, me ha dicho.

—También hay otra razón para mantenerte al margen —dijo Backman.

—¿Ah, sí? ¿Cuál?

—Es a ti a quien escribe el asesino. Parece que eso podría estar perjudicándote un poquito.

—O sea que si le escribiera a la comisaría, ¿todo el mundo tendría que quedarse al margen?

—Bueno...

—¿Tendríamos que contratar polis de Estonia?

Eva Backman se rio.

—A lo mejor sí. No, probablemente es lo otro lo que hace que te aparten. Hoy has quedado bastante expuesto, es como dices, y la gente necesita tiempo para olvidar. Por lo menos unos días.

—Eso no debería impedirme poder estar en mi despacho investigando.

—Desde luego que no. Pero esto es mucho más agradable, ya te lo he dicho.

—Está bien. —Barbarotti suspiró—. ¿Quieres otra cerveza?

Eva Backman negó con la cabeza.

—Quería salir a correr un rato, y dos cervezas en el cuerpo sería demasiado.

Él asintió en silencio y golpeteó las carpetas con los nudillos.

—Vete —dijo—. Yo dedicaré el resto del día a repasar el material. Te doy *feedback* mañana a primera hora cuando te pases por aquí.

La inspectora se levantó, y en ese preciso instante entonaron la canción de brindis *Helan Går* en el patio vecino.

—Oye —dijo Backman echando un vistazo por encima de la barandilla—. Algún día tú y yo también iremos a una fiesta, ya verás.

—Por intentarlo que no quede —respondió Gunnar Barbarotti—. Por cierto, ¿al final qué ha pasado con tus vacaciones?

—Pospuestas hasta nuevo aviso. ¿Qué te creías?

Unas tres horas y una decena de cancioncillas de chupitos más tarde, Barbarotti ya se había leído las tres carpetas. La oscuridad había caído y una luna de agosto jaspeada de color amarillo y rojo sangre había ascendido por encima de la techumbre irregular de cobre del centro educativo Katedralskolan. Todas las grajillas se habían callado, los únicos graznidos provenían del patio vecino. Gunnar seguía en el balcón: un leve frío se le había echado encima con el anochecer, pero un jersey de lana y una manta sobre las piernas lo mantenían a raya.

Era un caso singular. Aunque eso ya lo sabía antes de ponerse a revisar el material de investigación, pero no pudo evitar constatarlo una vez más cuando hubo terminado. Uno de los más singulares en los que había participado, sin duda.

Y espantoso. Sobre todo cuando intentabas imaginarte al autor de los hechos. Figurarte a una persona así.

Si Henrik y Katarina Malmgren de verdad ya habían sido asesinados, el autor cargaba con cuatro vidas en su conciencia. Tan solo eso, el número de víctimas, lo volvía un tanto único. No había muchos asesinos en el país que tuvieran cuatro muertos en su haber, Barbarotti lo sabía. La mayoría de los que ahora estaban cumpliendo condena en los centros penitenciarios de

Hall o Österåker o Kumla solo tenían uno, algunos tenían dos o tres. Si les habías quitado la vida a cuatro personas, no quedaba ninguna duda de que jugabas en la liga más competitiva.

O la menos competitiva, dependiendo del baremo que se le quisiera aplicar.

Y el hecho de haberle escrito cartas de advertencia a la policía en las cuatro ocasiones lo hacían inusual incluso desde una perspectiva internacional, suponía Barbarotti. Lillieskog había sugerido que conocía algunos ejemplos similares de casos con tipos que avisaban de antemano, de ahí que se hubiese sentido inseguro a la hora de elaborar el perfil. Todo perfil se basaba en la experiencia, y si no la había, pues se elaboraba un poco a ciegas, naturalmente. Tan preciso como eso.

Entre todos los papeles en las carpetas había también una declaración de un conocido criminólogo que aseguraba que «por una vez en la vida, a lo mejor se enfrentaban a un asesino que tenía un poco de potencial detrás del hueso frontal, y que esa era la razón por la que la policía, de momento, estaba con la soga al cuello», y Barbarotti se sentía inclinado a estar de acuerdo con esta hipótesis tan bastamente tallada.

Un cabrón inteligente, en pocas palabras. Quizá sin antecedentes. Quizá impregnado de una determinación implacable de llevar a cabo su plan sin que lo detuvieran. Tal y como Lillieskog había sugerido, a decir verdad.

Ningún asesinato casual. No es un asesino en serie, a pesar del elevado número de víctimas. Una vez que hubiera matado a las personas a las que tenía intención de matar, se habría terminado. La pregunta era cuánta gente había en la lista. Y sobre todo: ¿qué relación guardaban las personas de dicha lista?

Por supuesto, había más preguntas. ¿Conseguirían detenerlo antes de que concluyera, por ejemplo? ¿Antes de que le diera tiempo de acabar con la vida de todas las personas que tenía intención de matar? ¿Lograrían pararle los pies, en definitiva?

¿Y Hans Andersson? ¿Qué significaba eso de que —empleando las palabras del propio asesino— «Hans Andersson podrá seguir viviendo»? ¿Había habido en algún momento una presunta víctima con ese nombre, o solo había sido un farol? ¿Una cortina de humo que había tenido que levantar en plena batalla por alguna razón?

¿Y de verdad estaban muertos Henrik y Katarina Malmgren? En la carpeta había fotos de los dos: un hombre con rostro chupado y pelo ralo, gafas y un aspecto que Barbarotti no había podido describir de otra manera que «normal y corriente»; Katarina Malmgren era castaña, se la veía más vital en conjunto, hermosa en un sentido sureño y vigoroso. Además, tenía una conexión con Kymlinge. Por lo visto, había vivido en la ciudad durante un período de cinco años cuando era adolescente. A finales de los años ochenta, en Kymlingevik. Sobraba decir que eso también era una pregunta importante: ¿qué significaba Kymlinge en aquel contexto? ¿El asesino tenía el mismo vínculo con la ciudad que tres de sus víctimas?

Dicho de otra manera, ¿se hallaba en la ciudad? ¿Solo se alejaba unos kilómetros para mandar las cartas? ¿Y para asesinar al matrimonio Malmgren, quizá?

Y si partían de la base de que ya estaban muertos, ¿cómo lo había llevado a cabo? Si era como había sugerido Backman, aparte de todo lo demás, el asesino debía de tener mucha sangre fría, pensó Barbarotti. Matar a marido y mujer a bordo de un barco y luego tirar los cuerpos por la borda sin ser descubierto..., sí, no podía haber sido tarea fácil.

¿Y por qué elegir un método como ese, ni más ni menos?

Como de costumbre, Gunnar Barbarotti comprendió también que todos esos interrogantes pequeños pero relevantes, que..., ¿cómo lo había expresado el otro día?, ¿que se enganchaban unos con otros de manera tan desestructurada y aleatoria como unas perchas viejas de aluminio en el fondo de un armario mohoso?..., que esos interrogantes en realidad se podían reducir todos a una sola pregunta: *¿por qué?*

¿Por qué se cometían esos asesinatos? ¿Cuál era el motivo? Porque debía de haber uno, ¿no? Un eje central que, en el momento en que tuvieran suficiente perspectiva sobre el asunto, haría que todo resultara comprensible. En eso consistía todo. En comprender. Entender lo entendible y dejar lo demás al margen.

Cuando Gunnar Barbarotti iba al colegio, en la liberal década de los setenta, había aprendido que era más importante saber formular las preguntas correctas que conocer las respuestas correctas. En muchas ocasiones había deseado que su paso por la escuela hubiese tenido lugar en otra década.

Mientras oía a uno de los comensales de la cangrejada ejecutar *Knockin' On Heaven's Door* —acompañado de su propia guitarra y de unos acordes también bastante propios—, Barbarotti comenzó a darle vueltas a las cartas y al aspecto temporal. ¿Qué pasaba con eso? ¿De verdad el asesino le brindaba alguna oportunidad a la policía? ¿Acaso no era, más bien, que los mensajes con las víctimas designadas siempre llegaban demasiado tarde como para poder estar a tiempo de salvar ninguna vida? ¿Sin que hubiera siquiera una posibilidad teórica? Barbarotti se fijó en una paloma que se posó en la barandilla del balcón vecino, mientras él volvía a retroceder en su memoria. La última carta había llegado con el correo del lunes. Si en ese momento el matrimonio Malmgren de verdad ya estaba muerto, el crimen —los crímenes— debieron de cometerse durante la noche del domingo al lunes. Sin duda, lo más probable era que el asesino hubiese franqueado la carta antes de ponerse manos a la obra, pero debía de saber que cuando la policía recibiera el mensaje, él ya habría cumplido con su cometido.

Es más: tendría que haber estado plenamente seguro de que iba a conseguirlo.

¿Había alguna manera de echar mano de las cartas un poco antes? Habían hablado de implicar a correos, pero la cosa no había pasado de un mero pensamiento. Porque ¿qué sucedería entonces? ¿Informarían a todos los carteros y carteras del oeste de Suecia —desde donde, hasta la fecha, habían sido franqueadas todas las cartas— del nombre del destinatario y el tipo de sobre empleado y les darían instrucciones de que, en caso de oler a gato encerrado, se pusieran en contacto con la policía de Kymlinge? ¿O «con las autoridades policiales más cercanas», como solían decir en los antiguos anuncios por radio de personas desaparecidas? No, pensó Gunnar Barbarotti, parecía impracticable. Era como seguirle aún más el juego al asesino.

Siempre hablaba en futuro; eso sí, informaba de que tenía la intención de matar a este o al otro, pero cuando el inspector Barbarotti se había puesto al corriente de los sucesos, el tiempo verbal ya había caído a..., ¿cómo se llamaba?, ¿pretérito? Ya había ocurrido. Demasiado tarde como para hacer algo.

A lo mejor era un aspecto lingüístico que le podría sugerir algo a Axel Wallman.

Barbarotti suspiró y se quedó escuchando distraídamente los aplausos apagados, los cuales confirmaban que el talentoso trovador había dejado de llamar a las puertas del cielo. Recordó el sueño que había tenido por la mañana y supuso que no lo habrían dejado entrar.

Se puso las carpetas bajo el brazo y abandonó el balcón. Eran más de las once, y por lo menos, se dijo, por lo menos me he ahorrado pensar en Marianne y en mi oscuridad interior durante unas horas. Ya es algo.

El trabajo es el único método efectivo contra la ansiedad, había leído en alguna parte. Quizá era cierto. Y si te habían echado del curro —aunque solo fuera de forma temporal—, no había nada que te impidiera dedicarte un poco a labores de detective privado, ¿no?

En especial teniendo en cuenta que era el único que tenía contacto directo —si bien de forma unidireccional— con el asesino.

¿Destituido?, pensó el inspector Barbarotti. ¿Boca sellada? ¿Por qué no me compro un viaje organizado al Mediterráneo y mando todo esto a la mierda?

Otra buena pregunta.

Capítulo 21

El miércoles por la mañana se despertó temprano y sintió que había dormido mal. Tenía un leve zumbido en la cabeza y notaba picazón en el cuerpo. Tras sacar el periódico local de la boca del buzón comprendió también que no le haría falta bajar a la tienda para leer nada sobre sí mismo. Incluso la voz de Kymlinge para el resto del mundo había tomado nota de la controversia del lunes entre las fuerzas del orden y la libertad de expresión. Tanto en portada como en las páginas interiores.

No obstante, a diferencia del *Expressen*, habían elegido no publicar ni los nombres ni las imágenes de los implicados; solo se decía que un reportero de un diario había tenido un altercado con un policía y que la cosa había acabado en denuncia. Ni siquiera ponía quién había denunciado a quién, y Gunnar Barbarotti lamentó que *Lokaltidningen* solo contara con una décima parte de los lectores de los que presumía el diario sensacionalista de la capital. Sin contar el *GT*, que era más o menos idéntico al *Expressen*.

En cambio, se extendían profusamente en la cuestión de los asesinatos y las cartas, pero sin que hubiese nada que Barbarotti no hubiese leído ya en las carpetas rojas de Backman, y notó que se sintió agradecido ante este hecho. Por lo menos la prensa no sabía más que la policía.

¿Qué me pasa?, pensó. Si eso no es nada por lo que sentirse agradecido. ¿Tan poca confianza tengo en el equipo de investigación desde que han perdido a su as que me creo que puedo sacar más de la prensa que del material del caso? ¿Yo también formo parte de ese sesenta por ciento?

Está claro que se me está yendo la cabeza.

Backman se presentó para recoger las carpetas poco después de las ocho, y le prometió que lo mantendría informado del transcurso de los acontecimientos de la jornada.

—Si te pasas esta noche, incluso te daría algo de comer —se ofreció Barbarotti—. No solo birra y olor a cangrejos.

Ella se lo pensó un instante y aceptó la propuesta. Siempre y cuando la situación en la cabaña de verano en Blekinge no se tornara tan alarmante que Ville decidiera volver corriendo a casa con los críos, puso como condición. Nunca se sabía, el tiempo estaba un poco indeciso y por el momento el cielo pintaba bastante gris. Aunque también había diferencias entre Kymlinge y Kristianopel.

—¿Y se te ha ocurrido algo, con todo esto? —quiso saber Backman cuando Barbarotti le entregó las carpetas de la investigación.

Él negó con la cabeza.

—No. Nada. Al menos, aún no.

—Lástima —dijo Eva Backman.

—Pero lo tengo metido en la cabeza, dándome la murga, estoy bastante seguro de que habrá un punto de inflexión cuando añadamos a los Malmgren a las dos víctimas anteriores. Si habéis hecho bien el registro domiciliario, encontraréis la conexión esta misma mañana.

—¿«Encontraréis»? ¿Nosotros? —preguntó ella.

—Vosotros —confirmó Gunnar Barbarotti.

Su compañera le lanzó una mirada de preocupación.

—¿Y si no lo hacemos?

—Si no lo hacéis —dijo, y se frotó las sienes con los nudillos—, solo puede significar una cosa.

—¿Que no hay ninguna conexión?

—Exacto. Puede ser difícil encontrar la intersección entre las trayectorias de vida de dos personas, pero si añades una tercera y una cuarta, el denominador común aflorará enseguida. Al menos si las personas que están sentadas al timón son sabuesos competentes.

—¿Estás intentando decirme que no jugamos con el equipo más sólido?

Gunnar Barbarotti esbozó una sonrisa torcida.

—La señora está empleando metáforas del *floorball* y cosas de las que no tengo ni idea.

—*Bullshit*. Bueno, a ver si tienes razón. Lo dicho, te llamo.

Se quedó de nuevo solo, recogió los platos del desayuno y luego, de golpe y porrazo, no sabía cómo hacer para que pasaran los minutos y las horas.

Sentarse a esperar requiere su tiempo, pensó, pero hoy tengo hormigas tanto en el cuerpo como en el alma. Querido Dios, encárgate de que ocurra algo, y así no tendré que pasearme por mi pisito de dos habitaciones sin nada que hacer, como una osa polar inquieta por sus cachorros. Dos puntos, ¿te parece?

Nuestro Señor soltó un suspiro, lanzó una ráfaga

de viento y unas gotas de lluvia contra la ventana de la cocina, pero como a lo largo de los siglos había oído de todo se abstuvo de compartir su punto de vista acerca de la lamentable metáfora del pobre desgraciado que andaba en busca de ayuda. Si habías ido a primaria en los años setenta, era lo que había.

Lo dicho.

Pero una hora y media más tarde Nuestro Señor comenzó a rascar puntos. No sin la ayuda de la inspectora Backman.

—*Bad news is good news* —empezó diciendo esta en tono críptico—. Atiende.

—Atiendo —le aseguró Barbarotti—. Cuéntame.

—En primer lugar, hemos encontrado a Katarina Malmgren.

—Vaya —dijo él.

—Sí. Mejor dicho, la ha encontrado un pescador danés esta mañana a primera hora..., muy cerca de Skagen. Iba a salir con su barco y apenas se había alejado cincuenta metros de tierra cuando se ha topado con un cadáver de mujer flotando en el agua.

—¿Cómo sabéis que es ella?

—Obviamente aún no se ha confirmado la identificación, pero hay bastantes indicios de que es ella.

—¿Por ejemplo...?

—Pues por ejemplo que llevaba el carné de identidad en el bolsillo del pecho de la chaqueta. Las tarjetas de plástico aguantan bastante bien el agua. Ahora mismo la están transportando a Gotemburgo. La hermana, que, por cierto, me parece que hablaste con ella la semana pasada, está bajando de Karlstad para identificarla.

—Correcto —recordó Gunnar Barbarotti—. Sí

que hablé con una hermana de la señora Malmgren antes de que me echaran..., hermanastra, si mal no recuerdo. Pero entonces al marido... ¿aún no lo han encontrado?

—En efecto. Sigue desaparecido. Supongo que estará flotando en alguna otra parte. O bien ha quedado atrapado en una red o se ha cruzado en el camino de una hélice, así que podría tardar un poco en aparecer.

—Entiendo —dijo el inspector—. ¿Y de la causa de la muerte qué puedes decirme? ¿De qué murió Katarina Malmgren?

—Estrangulada con una cuerda. Las marcas del cuello no dejan lugar a dudas.

—¿Estrangulada? Ha... ¿ha vuelto a cambiar de método?

—Eso parece, sí —confirmó Backman—. Está claro que es demasiado pronto como para determinar la hora de la muerte, pero el forense danés dice que debió de morir en algún momento de la noche del domingo al lunes. Ya debía de llevar unas cuarenta y ocho horas en el agua cuando Trulsemanden la ha encontrado.

—¿Trulsemanden?

—El pescador este, se llama así. Tiene setenta y ocho años.

—Espera un momento..., ¿no se supone que hay listas completas con los pasajeros de los cruceros? ¿Desde lo del *M/S Estonia*?

—En principio, sí —dijo Eva Backman—. Pero desgraciadamente no se pide identificación.

—¿Lo cual significa...?

—Lo cual significa que puedes reservar un billete a nombre de Jöns Jönsson, y cuando lo vas a buscar basta con que digas que te llamas así. Te entregan los documentos de embarque aunque te llames Lars Larsson.

—Está bien —señaló Barbarotti—. Lo cual, a su vez, significa que no encontraremos el nombre del asesino entre la lista de pasajeros.

—Exactamente, mal que me pese. En comisaría hemos tenido la misma esperanza durante diez minutos.

—Aunque podríamos revisar las listas de todos modos... ¿De cuánta gente estamos hablando?

—Un poco más de mil quinientas personas —dijo Eva Backman—. Sí, está claro que lo haremos, pero es una faena de mil demonios.

Gunnar Barbarotti se quedó un momento pensando.

—¿Y el registro domiciliario? —preguntó—. ¿Qué habéis encontrado de interesante en casa de los Malmgren?

—Aún no lo sabemos. Pero tenemos cuatro cajas de cartón que íbamos a empezar a revisar ahora mismo. Tenían seis cajones de escritorio y por lo menos diez álbumes de fotos. Y ambos ordenadores han sido confiscados.

—Sabéis lo que estáis buscando, ¿no?

—Estamos buscando bastantes cosas. Pero, sobre todo, cosas que de alguna manera puedan vincular a los Malmgren a Anna Eriksson o a Erik Bergman.

—O a ambos.

—O a ambos. Además, estamos trabajando a destajo con el tráfico de los teléfonos móviles. Si aparece el mismo número en las listas de llamadas de los Malmgren y las de Eriksson y Bergman, seguiremos tirando del hilo. ¿Está satisfecho el inspector?

Gunnar Barbarotti se lo pensó.

—De momento, no tengo nada que añadir —dijo—. ¿Te apetece algo en particular para cenar?

—Hace bastante que no como bogavante —comentó la inspectora Backman.

Había una pescadería en la calle Skolgatan de Kymlinge. Barbarotti iba a comprar allí de vez en cuando, y cuando el dueño de la tienda, un exsaltador de esquí polaco llamado Dobrowolski, le dijo que no le recomendaba el bogavante que tenían ese día para ofrecer —menos aún si era para servírselo a una mujer—, el inspector de policía se dejó convencer para comprar vieiras y un par de cigalas. Se llevó ocho ingredientes más y, de regalo, la receta, así como el nombre de un vino blanco que era casi imprescindible como complemento para el manjar en cuestión, por lo que Barbarotti se vio obligado a pasar también por Systembolaget, la tienda estatal de venta de licores.

Se le hizo raro estar en la calle comprando un artículo de lujo tras otro una mañana entre semana, y no fue sin una clara punzada de remordimientos que metió los suministros en la nevera y la despensa al llegar a casa. Además, aquella cena era algo que tendría que haberle preparado a Marianne, no a la inspectora Backman, pero era lo que había, pensó Gunnar Barbarotti. La vida en sí es una perversa rueda de hámster, y si no sigues el ritmo, pereces.

Aun así, no eran estos leves remordimientos lo que más ocupaba su espacio mental, por supuesto que no. Bien mirado, no dejaban de ser una distracción. El asesino epistolar había actuado por tercera —y, altamente probable, por cuarta— vez, y lo había hecho con una frialdad que, al menos hasta donde podía juzgar Barbarotti, cabía describirse, cuando menos, como asombrosa.

¿Cómo era aquello? El hombre —dando por hecho,

ni que fuera solo con motivo del razonamiento, que no se trataba de una mujer— había embarcado en el ferri de Stena Line que partía de Gotemburgo con destino a Frederikshavn. El buque había partido a la hora prevista, las 23:55, el domingo por la noche, según le había informado la inspectora Backman, y en algún momento de las tres horas de trayecto hasta Dinamarca les había quitado la vida a Henrik y a Katarina Malmgren, tal como había prometido, y los había arrojado por la borda. ¿Cómo te lo montabas para poder hacer algo así? *¿Cómo?*

A Katarina Malmgren la habían estrangulado con una cuerda. No era una manera fácil de matar a una persona, sobre todo no en un barco que iba hasta los topes de pasajeros y testigos potenciales. Debía de contar con un plan bastante estudiado. Debía de saber con exactitud cómo tenía que proceder y, además —sospechaba Barbarotti—, alguna otra cosa. Debía de... debía de ser conocido de los Malmgren.

¿Verdad? ¿Acaso no era así? Para poder matarlos era necesario separarlos primero, y ¿por qué iba a dejarse separar un matrimonio por un desconocido en mitad de la noche en un barco? De ser así, habría exigido cierto refinamiento, desde luego. Somníferos en la bebida o una manipulación aún más estudiada.

Pero nadie aseguraba que hubiese empleado el mismo método con Henrik Malmgren. Por ejemplo, podría primero haberle disparado a él, para después lidiar tranquilamente con la esposa. No era imposible..., pero aun así, pensó Barbarotti, aun así le parecía que la idea de que debían de conocerse tenía bastante peso. Lo más razonable era que los asesinatos hubiesen tenido lugar en algún punto de la cubierta, ¿y por qué alguien acompañaría a un desconocido a cubierta en mitad de la noche si estaba viajando con su marido o su esposa? Lo dicho.

Primero, él. Luego, ella. O al revés.

¿Los dos al mismo tiempo?

No, eso se le antojaba inviable.

Pero que se conocían, el asesino y las víctimas, tampoco era ninguna novedad. Ya habían decidido que había algún tipo de móvil, en el fondo, ¿no era así? Que no se trataba de objetivos elegidos al tuntún.

Llegado a ese punto de sus cavilaciones, Gunnar Barbarotti oyó un ruido en el recibidor. El correo del día había llegado, y cinco minutos más tarde no sabía si había tenido una intuición o si solo eran imaginaciones suyas.

De lo que no cabía duda alguna era de que Nuestro Señor se había llevado los dos puntos a casa.

Guantes otra vez, y el sobre apoyado contra el cuenco de fruta en la mesa de la cocina.

Azul celeste y alargado, igual que el número cuatro.

Su nombre y dirección postal escritos exactamente igual, con las mismas letras torpes. Sello de la misma serie del archipiélago, un barco de vela estilizado sobre un mar y un cielo azules.

Barbarotti hizo un cálculo de cuántos días habían pasado desde que tuvo la primera carta en la mano, aquella mañana que el cartero se la entregó en la escalera cuando se iba a Gotland para estar con Marianne. Veintidós, contó. Lo cierto era que apenas había pasado un poco más de tres semanas. Cuatro cartas hasta la fecha, cuatro asesinatos. Al menos contando a Henrik Malmgren, lo cual no le parecía fuera de lugar.

Y ahora la número cinco. Una quinta persona esperaba a ser asesinada, o ya lo había sido, puestos a ser realistas. A estas alturas la sangre fría del asesino ya está más que documentada, pensó Barbarotti, pero que fuera a haber un nombre de una persona que seguía viva —y que, de alguna manera, guardaba algún vínculo con las víctimas anteriores— en aquel sobre aún sin abrir era algo que le costaba mucho creerse. Muchísimo.

Por cierto, sin abrir. *Todavía sin abrir y todavía sin leer.* ¿Qué debería hacer?

Eso, ¿qué debería hacer?

Aquí, pensó el inspector criminal Barbarotti, aquí está el quid de la cuestión. Sin lugar a dudas. *¿Qué debería hacer?* Si tenía en consideración su futura carrera laboral —y sus posibilidades de promoción dentro de la policía criminal—, estaba clarísimo cómo debería actuar. Debería llamar en el acto al intendente Jonnerblad y pedirle que fueran a buscar la carta. Desde que lo habían apartado del caso no había recibido nuevas instrucciones sobre cómo debía proceder con las cartas nuevas que pudiera recibir. Al menos no verbalizadas, pero aun así le sería difícil hacerles creer que la había abierto con la mejor de las intenciones. Tanto Jonnerblad como Tallin se pondrían hechos una fiera si volvía a hacer lo mismo una vez más. Lo interpretarían como que Barbarotti estaba jugando en solitario, diametralmente opuesto a lo que ellos querían, y si había algo que los policías en posición de jefe detestaban era a los subordinados que actuaban en solitario. Eso lo sabía cualquier agente, jamás lo dejarían entrar de nuevo en el equipo.

Se quedó mirando fijamente el sobre encima de la mesa de la cocina. De pronto le vino Birgit Cullberg a la cabeza. Primero se preguntó qué narices tenía ella que ver con todo aquello, Barbarotti no tenía ningún tipo de relación ni con ella ni con el baile moderno, pero luego lo entendió. Unos años atrás había visto por casualidad una entrevista que le hacían en televisión a la vieja leyenda de la danza: el reportero le había hecho una pregunta astuta y un tanto difícil de maniobrar y ella había reflexionado la respuesta durante un buen rato, con toda probabilidad intentando hacer un apaño improvisado sobre cultura política que no implicara mear fuera del tiesto.

Al final el rostro de la bailarina se había abierto en una amplia sonrisa y la mujer había lanzado la más sublime de las respuestas:

—Me importa una mierda.

Eso es, pensó Gunnar Barbarotti. *¡Me importa una mierda!* Gracias, Birgit Cullberg. Si me recriminan algo, te echaré las culpas a ti.

Se puso los guantes, fue a buscar un cuchillo de cocina y rasgó el sobre. De todos modos, voy a cambiar de trabajo, constató por quincuagésima vez desde que había vuelto de Gotland y Gustabo. Ya me haré enterrador o algo, en Helsingborg y alrededores.

Sacó el papel doblado y leyó el texto.

NO SÉ SI YA HAS ENCONTRADO A LOS MALMGREN. AHORA SOLO ME QUEDA UNO, GUNNAR. GRACIAS POR TU COLABORACIÓN.

Permaneció inmóvil durante cinco minutos. Volvió a leer. Contó las palabras. Diecinueve. Leyó de nuevo, trató de entender, pero había... había algo en su percepción que parecía encasquillarse; o en su capacidad de comprender sueco escrito, quizá. ¿Qué quería decir el mensaje? ¿Qué información era la que trasladaban aquellas diecinueve palabras realmente?

«Ahora solo me queda uno, Gunnar.» Había una coma entre *uno* y *Gunnar*. ¿Qué sentido le daba a la oración?

¿Quedaba una víctima que se llamaba Gunnar?

¿O aquel *Gunnar* era una alusión directa a él, Gunnar Barbarotti? De parte del asesino.

¿O bien...? Y, sin duda, era la raíz de esta asombrosa posible interpretación lo que hacía tambalear su percepción y comprensión lingüística... ¿o bien se consideraba...?

¿«Gracias por tu colaboración»?

De pronto al inspector Barbarotti se le nubló a vista y la cocina comenzó a girar, tuvo que sujetarse al borde de la mesa, y la sensación que luego fue extendiéndose poco a poco por su interior le recordó al hielo que se forma en un lago en una oscura y fría noche de noviembre.

Tras un lapso de tiempo que no pudo determinar del todo —quizá diez minutos, quizá más— consiguió levantarse de la silla y caminar hasta el teléfono.

Capítulo 22

—Disculpa, ¿qué has dicho?

Él le repitió lo que había dicho, sin cambiar ni una palabra.

—¿Otra?

—Hummm.

—¿Y la has abierto?

—Hummm.

—¿Estás mal de la cabeza?

—...

—Te he preguntado si estás mal de la cabeza.

Él carraspeó y trató de hallar unas palabras más o menos sensatas, pero no había manera.

—Ha ido así.

—¿Ha ido así?

—Sí.

—¿Qué coño estás diciendo? ¿Con quién estoy hablando de hecho?

—Hummm.

—Por Dios, pero ¿qué te pasa?

—He... he sufrido un derrame. Puedes decirle eso a Jonnerblad.

Ella guardó silencio un momento. Él fijó la mirada en su mano izquierda, la tenía apoyada sobre la mesa oscura de la cocina, y por un instante tuvo la impresión de que pertenecía a otra persona. ¿Cómo se podía saber?

—Está bien, le diré eso. Primero, te ha llegado una carta. Luego, te ha dado un derrame. ¿Te parece bien así?

—Hummm.

—Gunnar, no... no lo dices en serio, ¿no?

—No.

—Y, a ver, ¿qué pone en la carta esta vez? Intenta recomponerte. ¿Estás sobrio?

—Claro que estoy sobrio, joder.

—Bien. Por fin te reconozco la voz. ¿Sabes qué? Me parece que me pasaré personalmente a recoger la carta.

—Gracias.

—En un cuarto de hora estoy en tu casa.

—Gracias.

—Puedes usar mis guantes. Supongo que no te has traído unos.

—Gunnar, ¿qué ha pasado?

—No lo sé. Diría que... he sufrido algún tipo de colapso mental.

—¿Colapso mental? ¿Por qué?

—Ni idea. No me suele pasar. Ha sido como si...

—¿Sí?

—Como si me quedara congelado.

—¿Congelado? ¿Dónde?

—Aquí, sentado a la mesa de la cocina. Debo de haberme quedado aquí por lo menos un cuarto de hora antes de llamarte. No me podía mover.

—¿Y ahora? ¿Estás mejor?

—Sí. Me estoy descongelando.

—La verdad es que se te ve bastante mustio.

—Gracias.

—Deberías ir al médico. Puede... puede ser algo neurológico.

—No creo. Vamos, lee la carta.

La inspectora Eva Backman lo escrutó con ojo crítico durante unos segundos más, luego hizo lo que Barbarotti le había dicho. Leyó el breve texto, arrugó la frente, le lanzó una mirada a su compañero por encima de la mesa y volvió a leer.

—¿Gunnar? —dijo—. Solo dice Gunnar.

—Hummm.

—¿Y que sería el último?

—Hummm.

—O bien simplemente se está dirigiendo a ti. También puede ser eso.

Gunnar Barbarotti asintió con la cabeza. La inspectora Backman guardó un momento de silencio, luego él vio que estaba pensando en algo. Su compañera respiró hondo y juntó las manos encima de la mesa. Se inclinó un poco más cerca.

—¿Va a matar a alguien que se llama Gunnar? ¿O va a matar a alguien que se llama de cualquier manera?

—No lo sé.

—¿O...?

Barbarotti dio un respingo.

—¿O qué?

Ella lo observó un instante, casi con timidez, luego desvió la mirada a la carta y la examinó detenidamente una vez más.

—No —dijo—. Descartemos esa posibilidad. Yo creo...

—¿Qué crees?

—Yo creo que va a matar a alguien que se llama Gunnar. O que ya lo ha hecho, mejor dicho.

Él tamborileó en la mesa con los dedos de la mano izquierda y ella volvió a dedicarle esa mirada maternal de mujer. ¿De qué posibilidad está hablando?, pensó él. ¿Qué me pasa? Me siento como si estuviera metido en un acuario.

—Supongo que estás de acuerdo con esa interpretación.

—Claro.

Backman se inclinó aún más cerca de Barbarotti. Él pudo percibir el olor a pelo recién lavado.

—Gunnar, ¿tiene... esto que me has dicho que te ha ocurrido... tiene algo que ver con la carta? Te ha ocurrido justo cuando la estabas leyendo, ¿verdad?

Él asintió en silencio.

—No te veo del todo normal.

—Nunca lo he sido, es hereditario.

—No, no me refiero a eso. Es que estás pálido como un cadáver, ayer estabas bronceado.

—¿En serio? —dijo Gunnar Barbarotti.

—¿Tienes una bolsa de plástico?

El inspector sacó una de un cajón y ella metió la carta. Se quitó los guantes e hizo un nudo.

—¿Cómo te encuentras ahora?

Él se encogió de hombros.

—Un poco mejor. Pero me siento como apagado.

—¿Puedes seguir mi dedo con la mirada?

Backman lo fue desplazando de derecha a izquierda delante de su cara.

—No, sin girar la cabeza.

Él hizo lo que le pedía, sin protestar, pero ella no comentó los resultados del test. ¿Qué está haciendo?, pensó Barbarotti. ¿De verdad se ha tragado eso del derrame?

Aunque lo que él creía estaba igualmente sumido en la penumbra. Backman se quedó un momento sentada observándolo por encima de la mesa, luego pareció tomar una decisión y se levantó de la silla.

—Gunnar, voy a ponerme en contacto con Olltman. Tú te quedas en casa, te llamo dentro de una hora, ¿vale?

Él se demoró en responder. ¿Olltman?, pensó. Sí, a lo mejor es lo más acertado. ¿Por qué no?

Hacía mucho tiempo que no veía a Olltman. No desde que Eva Backman y él habían arrastrado a Kristoffersson, un compañero, a su consulta una mañana de otoño, hacía cosa de cuatro o cinco años, después de que el compañero se hubiera pasado diez horas sentado mirando fijamente un rifle de caza en una cabaña de verano cerca de Kvarntorpa. Todo había terminado con otro compañero, Nyman, volándole los sesos al dueño del rifle. Parte de estos habían aterrizado en el regazo de Kristoffersson, según recordó.

Olltman era buena. Todo el mundo sabía que era buena. Aunque se hablaba poco de ella.

Barbarotti asintió en silencio, pero comprendió que no habría accedido de no ser porque Olltman era mujer. Bajo ninguna circunstancia, y se preguntaba por qué.

Capítulo 23

Su consulta quedaba en la calle Badhusgatan, enfrente de las canchas de tenis, y Barbarotti llegó veinte minutos antes de la hora. Se quedó sentado con un viejo número de *National Geographic* en las manos mientras esperaba. Iba de orcas. Pero de orcas no sabía nada más, cuando la doctora Olltman llegó y le estrechó la mano un cuarto de hora más tarde, de lo que había sabido al llegar.

—Bienvenido, Gunnar —dijo ella, y lo invitó a pasar a una salita decorada en color verde y arena—. Me parece que ya nos hemos visto en un par de ocasiones.

—Una, seguro —contestó Barbarotti—. Pero hace algunos años.

Ella asintió con la cabeza, se sentaron en sendas butacas de Bruno Mathsson. En una mesita minimalista que los separaba había un cuenco con uvas y un reloj.

—Cuéntame por qué estás aquí.

—Estoy aquí porque me ha mandado mi compañera Eva Backman.

—¿Te ha mandado?

—Le parecía que debía venir.

—Pero tú no te has opuesto a su propuesta.

Barbarotti se quedó pensando.

—No.

—Bien. ¿Podrías describir cómo te sientes?

—Creo que... tal vez esté un poco deprimido.

—¿Deprimido?

—Sí.

—¿Qué es lo que te hace pensar eso?

—No me encuentro bien.

—Entiendo. Te voy a hacer unas preguntas que les suelo hacer a todas las personas que vienen. Es para poder hacerme una idea lo más rápido posible de cuál es tu situación. A lo mejor no todo te parece relevante, pero aun así lo ideal es que respondas con la mayor sinceridad posible. ¿Te parece bien?

—Sí.

—Entonces, te sientes desanimado.

—Sí..., eso creo.

—¿Desde hace cuánto?

—No demasiado. Unas pocas semanas, quizá.

—¿Comes bien?

—Bueno..., sí.

—Desayuno, comida y cena.

—Normalmente.

—¿Alcohol? ¿Cuánto bebes?

—No mucho.

—Vale. ¿Qué tal tu concentración?

—¿Mi concentración? Pues no sé...

—¿Has notado si te cuesta mantener la atención en algo? ¿Te resulta difícil tomar decisiones?

Barbarotti se lo pensó un momento.

—Sí, creo que es correcto. No me siento tan perspicaz como de costumbre.

—¿Es una sensación que se ha intensificado últimamente?

—Creo que sí.

—Bien. ¿Problemas para dormir?

—No del todo. Aunque...

—¿Aunque...?

—Aunque esta noche creo que he dormido un poco mal.

Olltman apuntó algo en su libreta y Barbarotti no pudo contener un bostezo.

—¿Ha ocurrido algo hace poco que te parezca que pueda estar relacionado con el hecho de que no te encuentres demasiado bien?

Barbarotti asintió con la cabeza.

—Sí, han pasado bastantes cosas. A lo mejor lees la prensa...

Ella esbozó una sonrisa de medio segundo.

—Sí, pero no el *Expressen*.

—Pero estás al tanto.

—Sí. Entonces ¿relacionas esta historia del reportero con el hecho de que te encuentres mal?

Barbarotti se encogió de hombros.

—No me ha hecho sentir mejor, eso está claro. Además...

—¿Sí?

—No le pegué, solo lo empujé para sacarlo por la puerta.

—¿Y eso se convirtió en la agresión que llega a los titulares?

—Sí.

—Pero supongo que el reportero debió de molestarte, por lo menos. ¿Te has sentido más irritado que de costumbre últimamente?

—Diría que no. Irritarme con la prensa me parece un indicador de buena salud.

—¿Por qué?

—Porque son como son.

—¿Qué significa eso?

Barbarotti se lo pensó un instante y se explicó.

—Están infantilizando a toda la población. La prensa y los *reality shows*. Dentro de veinte años la gente de este país se habrá vuelto imbécil.

Olltman sonrió de nuevo, y Barbarotti supuso que opinaban lo mismo al respecto.

—Por no hablar del lío de politicuchos y fiscales y jueces autoproclamados que tenemos.

—Estoy bastante de acuerdo —dijo Olltman—. Pero ha pasado algo hoy también, ¿no es así?

—Sí.

—¿El qué?

Barbarotti se aclaró la garganta y cambió de postura en la silla.

—No sé qué ha ocurrido. Todo se ha vuelto... negro. Y luego no me podía mover. Me cuesta describirlo.

—¿Dónde estabas?

—En casa. Estaba sentado a la mesa de la cocina.

—¿Desayunando?

—No... no, justo acababa de leer una carta.

—¿Una carta?

—Sí. ¿Estás sujeta al secreto profesional?

—Claro.

—¿En todas direcciones y en cualquier situación?

—Sí.

—¿Estás familiarizada con los casos de asesinato que han tenido lugar en Kymlinge estas últimas semanas?

—Más o menos.

—¿Y estás al corriente de que el asesino envía cartas en las que cuenta a quién piensa matar?

—Lo he leído, sí.

—Es a mí a quien se las envía.

—Eso tengo entendido.

—Esta mañana me ha llegado una nueva carta de esas. Creo que ha sido el detonante... de lo que sea que me ha pasado.

—Ya veo. Has recibido una carta en la que pone que se va a cometer un nuevo asesinato.

—Sí.

—¿Algo más?

—Sí. También nos acaban de confirmar dos víctimas de Gotemburgo. Ya llevamos cuatro personas asesinadas... además de esta quinta que he leído hoy. Empieza a ser demasiado.

Olltman asintió en silencio, pasándose el dedo índice por la mejilla. Barbarotti se descubrió pensando en cuántos años podría tener. Entre cincuenta y cinco y sesenta, probablemente, pero como era tan delgada se le podían echar bastantes menos. Al menos a cierta distancia.

Pero ahora no estaba a cierta distancia, sino a un metro y medio de él. Barbarotti vio que había conseguido preocuparla. Por supuesto, no era un paciente normal, eso ya lo sabía. Estaba allí sentado hablando de cinco personas muertas como si fuera el pan de cada día, y no eran producto de su imaginación. Eran la pura realidad. Aun así... aun así no eran esas personas lo importante, pensó. En este momento lo importante era él mismo. El inspector de la policía criminal Gunnar Barbarotti, temporalmente destituido. De alguna manera, era como si tuviera la necesidad de recordárselo a sí mismo de forma regular.

—¿Puedes explicarme con un poco más de detalle esto que has experimentado cuando estabas sentado a la mesa de la cocina?

Barbarotti lo hizo una vez más. No le pareció encontrar las palabras acertadas, pero ella lo escuchó y asintió con la cabeza como si lo estuviera entendiendo. O a lo mejor solo quería darle ánimos.

—¿Qué ponía en la carta? Obviamente, no hace falta que reveles todo el contenido, pero ¿se diferencia de alguna manera de las anteriores? Has recibido..., ¿cuántas van?

—Cinco. Esta era la quinta. Sí, se diferenciaba un poco.

—¿De qué forma?

—Por una parte me dice que es la última carta, que solo queda una persona por asesinar... Por otra, he tenido la sensación de que se dirige a mí de forma más personal que hasta ahora.

—No lo acabo de entender.

—Disculpa. No, nada, es que por un breve instante me he imaginado que yo era el siguiente de la lista.

—¿Que tú eres la siguiente persona a la que piensa matar?

—Sí, aunque no creo que sea así. Y en ese momento tampoco era evidente. Pero es lo que me ha venido, y bueno..., luego mi compañera ha señalado esa posibilidad. O al menos a mí me parece que la ha señalado.

—Suena un poco impreciso.

—Y lo es. Pero, en cualquier caso, puede haber sido ese pensamiento lo que ha desencadenado la parálisis.

—¿Parálisis? ¿Te parece una buena manera de describir cómo te has sentido?

Barbarotti reflexionó.

—Sí, encaja bastante bien.

Un nuevo asentimiento de cabeza, como si Olltman lo recompensara en silencio por haber respondido de forma correcta a varias preguntas seguidas.

—¿Te resulta doloroso estar aquí sentado hablando de esto?

—No especialmente. Yo... confío en ti.

—Gracias. También tengo que preguntarte otra cosa... si volvemos a tu abatimiento. ¿Alguna vez te has sentido tan deprimido que has considerado la posibilidad de quitarte la vida?

—No —dijo Barbarotti.

—¿Ahora o hace tiempo?

—No, la verdad es que no creo que se me pasara por la cabeza.

—¿Nunca has pensado algo en esa línea?

—No.

—Echemos un vistazo a tu situación en general. ¿Hay otros factores que consideres que puedan influir en que te sientas alicaído? ¿Cosas que hayan ocurrido últimamente en tu vida?

Esta vez tardó un poco en responder, pero ella no le metió prisa. Permaneció sentada con calma, reclinada en la butaca, con la pierna derecha cruzada sobre la izquierda, esperando con paciencia. Barbarotti pensó que la paciencia era una cualidad que admiraba. Quizá porque a él no le sobraba.

—Emmm, sí —contestó al final—. Puede que haya alguna que otra cosa, pensándolo con más detenimiento. Aunque no suelo pensarlo con detenimiento.

Ella esbozó una sonrisa fugaz.

—Es normal —dijo—. Pero a lo mejor ha llegado el momento. ¿Puedes explicarme qué es lo que últimamente te ha afectado de manera negativa?

—Mi hija, por ejemplo.

—¿Qué pasa con tu hija?

—Se ha ido de casa. Tiene diecinueve años, se sacó el bachillerato en primavera, ahora vive en Londres y se ha juntado con una especie de músico greñudo.

—¿Un músico greñudo?

—No sé, nunca lo he visto.

—Pero te preocupa.

—Sí.

—¿Mucho?

—Me preocupa la hostia. Llevo divorciado casi seis años. Sara ha estado viviendo conmigo desde que mi mujer y yo nos separamos, y ahora la echo de menos. También tengo dos hijos, pero viven en Dinamarca con su madre y su nuevo novio.

—¿Tienes más relación con Sara que con tus hijos?

—Sí.

—¿Cuánto tiempo se va a quedar Sara en Londres?

Barbarotti se encogió de hombros.

—¿Quién sabe? No, creo que puedo darla por independizada, ya lo sé, pero estoy preocupado por ella. Supongo que más adelante querrá volver a casa y estudiar algo, esto es un año sabático de estos que les gusta tomarse a los jóvenes hoy en día. No es nada del otro mundo, entiendo que todos los padres pasan por esto.

—¿Has ido a visitarla?

—Pensaba ir ahora en septiembre.

—Bien. Yo tengo un hijo que se fue a Ginebra después del instituto. Yo también me preocupé, pero cuando fui a verlo se me pasó.

—Con las chicas es peor.

—Me lo puedo imaginar. Pero creo que es bueno que la veas en su nuevo terreno de juego. ¿Hay otros motivos de preocupación?

Barbarotti se comió tres uvas antes de responder.

—Le he pedido la mano a una mujer, pero me temo que me va a decir que no.

—Vaya. ¿Hace tiempo que la conoces?

—Un año, más o menos.

—¿Y quieres casarte con ella?

—¿Por qué le iba a pedir la mano, si no?

—Vale. ¿Ella también vive en Kymlinge?

—Helsingborg. Vive en Helsingborg.

—Entiendo. ¿Y cuándo se lo pediste?

—Hace una semana. Me tendría que haber contestado hoy, pero como me han denunciado por haber apaleado a un reportero del *Expressen*, ha preferido posponerlo hasta el sábado.

La doctora Olltman pareció sorprendida por un instante, luego cambió las piernas: pasó la izquierda por encima de la derecha y se quedó pensando.

—¿Hay algún otro elemento negativo en tu vida?

—La pelea con el reportero no estuvo bien. La gente se cree que soy un poli chungo.

—¿Hummm?

—Me han destituido del trabajo.

—¿Ya no trabajas en el caso?

—No.

—¿Algo más? ¿Hay alguna otra cosa?

—No sé muy bien si quiero seguir siendo policía. Me... me tiro horas yo solo en mi maldito piso, pasándolo peor que un cerdo en el asfalto.

Olltman se rio.

—Un cerdo en el asfalto, esa no la había oído nunca.

—Yo tampoco, me acaba de venir. Aunque no tengo claro que los cerdos lo pasen tan mal en el asfalto. No sé casi nada de cerdos.

—Ya somos dos.

Barbarotti observó que a Olltman le estaba costando no reírse, pero entonces respiró hondo y se puso seria. Guardó unos segundos de silencio y lo miró intensamente con sus ojos azules. Qué interesante que se puedan tener unos ojos tan azules aun siendo tan mayor, pensó. Parecen corresponderle más a la cabeza de una veinteañera.

—Si me dejas resumir un poco —dijo Olltman, y se enderezó en la silla—, hay varias cosas distintas que han afectado negativamente a tu vida estos últimos tiempos. Tu hija se ha ido de casa. Te sientes solo y no estás a gusto con tu trabajo. Has conocido a una nueva mujer, pero no estás seguro de que ella quiera vivir contigo. Recibes cartas extrañas de un asesino. Te han denunciado por haber agredido a un periodista y te han destituido en el trabajo. ¿Te parece correcto, a grandes rasgos?

Barbarotti sopesó si no debería añadir que no acababa de entender el sentido de la vida, pero se abstuvo.

—Sí, a grandes rasgos es así —dijo.

Ella sonrió y derramó un poco del azul de sus ojos.

—¿Se te hace tan raro que te encuentres mal... teniendo en cuenta las circunstancias?

Él se lo pensó.

—No, a lo mejor estás en lo cierto. De todos modos, estaría bien si pudiera remediarse.

—Siempre se puede intentar. Si tuvieras que hacer un ranking de todas estas cosas, ¿cuál es la que se te hace más difícil?

—Marianne —respondió al instante—. O Sara..., pero Sara es como si estuviera fuera de mi alcance.

—¿Tiene que poder vivir su propia vida?

—Supongo que sí.

—Y Marianne es la mujer a la que le has pedido matrimonio.

—Sí.

—Y te dirá algo el sábado.

—Eso espero.

—¿Qué es lo peor que podría pasar?

—Pues que me diga que no, claro.

La doctora Olltman juntó las manos.

—Pero si dice que sí, ¿podrías vivir con todo lo demás?

—Sí...

—Las cartas del asesino y el periodista del *Expressen* y la situación insatisfactoria en el trabajo...

—Sí, podría vivir con todo ello.

—Bien —dijo la doctora Olltman—. Creo que entiendo la situación. Si te doy la baja por dos semanas y nos volvemos a ver el viernes, ¿te parecería bien? ¿A la misma hora?

—¿Sin medicación?

—Esperaremos hasta después del sábado. Pero quiero que te lleves este formulario a casa y lo rellenes esta noche o mañana. Es una especie de escala de valoración de cómo te sientes. Tardarás unos diez o quince minutos, pero es importante que lo hagas con calma y en serio. Dentro de dos días podemos echar un vistazo al resultado, ¿te parece?

Olltman le pasó un puñado de folios grapados. Él los cogió, los enrolló y se los metió en el bolsillo de la americana.

—Y también quiero que me llames de inmediato si sientes que se te hace demasiado pesado. O si sufres algún otro tipo de ataque. Mi teléfono móvil está en la última página del formulario. ¿Cómo te sientes ahora?

—Como un cerdo en una piscina de lodo.

La doctora se volvió a reír. Por lo menos la he puesto de buen humor, pensó el inspector Barbarotti.

—Una cosa más —dijo ella cuando ya estaban de nuevo en la salita de espera—. Si tienes algún buen amigo con quien puedas quedarte un par de días, te lo recomiendo.

—Lo tendré en cuenta.
—Pues nos vemos el viernes.
—Nos vemos.
Se dieron la mano y se despidieron.

Capítulo 24

Cuando llegó a casa ya eran las tres y media. Su teléfono llevaba casi tres horas apagado, pero al encenderlo solo tenía un mensaje. Nada de jefes de investigación enfadados. Nada de periodistas. La fama es efímera, pensó Barbarotti.

El mensaje era de Eva Backman y esta le decía que podía llamarla si le apetecía. Se hizo una cafetera y salió al balcón con una taza antes de marcar el número.

—¿Cómo estás? —quiso saber ella.

Barbarotti pensó que no era buen momento para una nueva metáfora sobre cerdos y dijo que se encontraba bien, teniendo en cuenta las circunstancias.

—Lamentándolo mucho, me ha surgido un impedimento para esta noche —dijo Backman.

—¿Ville y los niños vuelven a casa?

—No, Jonnerblad dice que deberíamos hacer horas extra. Hasta las nueve, quizá más.

—No pasa nada. De todos modos, no he encontrado bogavante. Pero ¿eso significa que estáis empezando a llegar a buen puerto?

—¿Te puedo llamar en media hora? Tengo un interrogatorio dentro de cinco segundos.

Barbarotti le dijo que le iba bien, fue a buscar el

crucigrama que tenía a medias y se tomó el café. Se percató de que aún no se sentía del todo en casa, dentro de su cabeza, y diez minutos más tarde aún no había resuelto ni una palabra.

También sintió un atisbo de irritación que se le echaba encima. ¿Por qué estaba allí sentado mirando fijamente un crucigrama como un archivista prejubilado? ¿Por qué no estaba en comisaría interrogando a alguien? ¿Hasta cuándo lo mantendrían apartado del caso?

Comprendió que era muy probable que ya tuviera la respuesta a la última pregunta, puesto que la doctora Olltman le había dado dos semanas de baja. ¿Estaban compinchados ella y Jonnerblad? No, una sucia conspiración así parecía poco probable. Pero ¿quién podría decir cómo estarían las cosas al cabo de quince días?

Mejor ir día a día, pensó el inspector. Hora a hora, minuto a minuto. Así es como va avanzando la vida, en segundos y minutos, aunque no pensemos demasiado en ello. Porque normalmente no hay tiempo para reflexiones tan simples. Pero la golondrina que traza una línea en el cielo lo está haciendo ahora, no ayer ni mañana.

Aunque a estas alturas... a estas alturas la golondrina ya ha desaparecido, observó un poco triste..., y lo que ahora había en el punto de mira era que Eva Backman terminara con su interrogatorio, cogiera el teléfono y procurara poner a Barbarotti un poco al día.

Cualquier otra cosa era esperar en vano, y cada cosa tiene su momento.

—¿Qué ha dicho Jonnerblad de la carta?

—¿Te refieres al hecho de que ya estaba abierta?

—Sí.

—Poca cosa. Les he contado la situación.

—¿Les has contado la situación?

—Sí.

Backman se contentó con esa respuesta, y tras un breve instante de reflexión, él también. Había cosas más importantes de las que hablar.

—¿Y bien? —dijo—. ¿Me vas a informar o no?

Durante una fracción de segundo tuvo la sensación de que Backman le diría que no. Que obedecería a alguna suerte de orden y le diría que, sintiéndolo mucho..., sintiéndolo mucho, la destitución temporal y la baja de Barbarotti implicaban que no podría saber nada más del caso.

Pero Eva Backman no estaba hecha de esa pasta.

—Sí, ha empezado a haber movimiento —dijo—. La verdad es que hemos encontrado algunas cosas.

—¿Por ejemplo?

—Por ejemplo, algunas fotografías en casa de los Malmgren. Lo cierto es que es bastante interesante.

—¿Sí?

—Para ser más exactos, estamos hablando de siete fotos que había en uno de sus álbumes. ¿Quieres oírlo?

—Joder, pues claro.

—Está bien. Por el momento creemos que se trata del verano de 2002, pero no estamos seguros. Son las típicas fotos de vacaciones, se podría decir, hay unas veinte que parecen ser del mismo viaje, pero estas siete son las más interesantes.

—¿Por qué?

—Porque las demás son, casi todas, imágenes de naturaleza. Henrik Malmgren posando sobre un fondo de mar azul, Katarina Malmgren sentada en una gran roca..., te lo puedes imaginar.

—No quiero saber por qué no son interesantes todas las demás. Quiero saber por qué lo son esas siete.

—Ahora ya suenas casi como siempre —constató Eva Backman—. Pues en estas siete fotos aparecen más personas. Y si no hemos perdido del todo el oremus, hemos conseguido identificar a dos de ellas. ¿Me sigues?

Gunnar Barbarotti asintió con la cabeza, gesto que ella no debió de ver, pues estaban hablando por teléfono.

—Se trata de Anna Eriksson y Erik Bergman.

—¿Cómo? ¿Anna y...? Quiero decir, ¿los dos?

—Como lo oyes. Anna Eriksson y Erik Bergman. Y los Malmgren. Tenemos a las cuatro víctimas en la misma imagen. ¿Qué te parece?

—Hay que jod...

—No jures tanto. Es tal y como habías vaticinado, hoy hemos encontrado la conexión. Aparentemente estas cuatro personas se relacionaron durante un viaje hace algunos años... y lo más probable es que fuera solo entonces, porque ni el señor Bergman ni la señorita Eriksson aparecen en ninguno de los otros álbumes.

—Entiendo. ¿De qué año has dicho que son?

—Creemos que de 2002, puesto que pone 2002-2003 en el lomo del álbum... Parece que está dividido por estaciones y tal. Si han pegado las fotos en orden cronológico, debería de tratarse del verano de 2002. Y creemos..., bueno, estamos bastante seguros de que se trata de Francia.

—¿Francia? ¿No es lo que sugirió Sorgsen?

Eva Backman hizo una breve pausa para beber algo.

—Pues sí, hoy Gerald ha rascado unos puntos. Y esa vieja foto que lo inspiró, en la que creemos que salían

Erik Bergman y Anna Eriksson en un banco, parece venir del mismo carrete. Quizá los Malmgren se la mandaran.

Se quedó callada y Barbarotti pudo oírla hojeando unos papeles.

—Cuatro víctimas en un viaje de vacaciones —dijo él—. Hay que joderse. Vale, ¿y cómo habéis procedido, a partir de esta información?

—Es un poco complicado —le explicó Backman—. O sea, en las siete fotos no solo aparece este cuarteto. Hay dos personas más.

—¿Más gente?

—Sí. Y no tenemos del todo claro si forman parte de la cuadrilla, por así decirlo. Aunque me da que ya estamos empezando a hacernos una idea..., las fotos están tomadas en tres situaciones distintas. Una visita a un restaurante, una pista de petanca en un parque..., en parte, esa es la razón por la que apostamos por Francia..., y luego dos de una roca junto al mar. También podría ser un lago, todo hay que decirlo, pero de ser así se trataría de un lago bastante grande, y no parece demasiado probable, teniendo en cuenta que se ve mar en varias de las otras fotos...

—Estas otras personas —la interrumpió Barbarotti—, ¿qué puedes decirme de ellas?

—A eso iba —afirmó la inspectora—. Ahí está lo interesante. ¿Alguno de ellos podría ser el asesino? ¿Alguno de ellos podría...?

—¿... llamarse Gunnar? —completó Barbarotti.

—En una foto cuesta ver si alguien se llama Gunnar —indicó Backman con paciencia—. Pero creemos que tenemos el problema más o menos encarrilado. Hay un chico que aparece en cuatro de las fotos, y en una de ellas está rodeando a Anna Eriksson con el brazo. Así que podría ser que...

—Anna Eriksson —dijo él—. Bien, ya te sigo. ¿Y ahora estáis volviendo a interrogar a sus conocidos?

—Acabamos de empezar. Lo malo es que la gente no se presenta en comisaría solo porque pienses en ellos. Pero Astor Nilsson y yo ya hemos podido hablar con una chica, Linda Johansson, no sé si te acuerdas de ella... En cualquier caso, dice que Anna Eriksson estuvo saliendo una temporada con un chico hace unos años, y que podría ser él el de las fotos.

—¿Ah, sí? ¿Y...?

—Le parece que se llamaba Gunnar, pero no recuerda el apellido.

Gunnar Barbarotti se quedó un momento pensando.

—Pero no es Barbarotti, ¿no?

—No, este chico debe de tener unos diez años menos que tú. Me recuerda un poco a Zlatan Ibrahimović, la verdad.

—Entonces no soy yo —dijo el inspector—. Pero creo que es de vital importancia que lo localicéis.

—Gracias por el consejo —repuso Eva Backman—. Y me parece que eso es todo, por ahora. Debería seguir trabajando. ¿Seguro que ha ido bien con Olltman?

—Excelente —le aseguró Barbarotti una vez más—. Me ha dicho que para mejorar me conviene que me mantengas informado de esta manera.

—No me lo creo.

—Así es como yo he interpretado sus palabras. Dale duro y llámame en cuanto te encalles.

—Dame un beso —soltó Eva Backman.

—Estoy con otra —respondió Barbarotti.

Llevaba una hora y cuarenta y cinco minutos preparar las cigalas y las vieiras siguiendo las indicaciones de Dobrowolski, y apenas diez comérselas.

Al menos comiendo solo. El vino, por otro lado, le duró un poco más. Tras meter los platos en el lavavajillas, fue con la copa y la botella al balcón. Habían tenido un cielo gris y chubascos pasajeros durante todo el día, pero ahora que eran casi las nueve, de pronto el cielo al oeste le brindó una magnánima puesta de sol. Decidió no llamar otra vez a Backman para preguntar cómo lo llevaba, por mucho que le apeteciera. Se fue tomando el vino con solemnidad y sin prisa hasta terminarse la botella. De vez en cuando deseaba no haber dejado de fumar doce años atrás, pues un cigarrito o dos le habrían sentado de perlas en ese momento, con el balcón bañado en una luz apocalíptica bajo nubes de color púrpura, iluminadas desde abajo por un sol que ya no se veía en el horizonte. Casi cabía esperar que alguien dejara caer una escalera del cielo, pensó Barbarotti, y que un puñado de ángeles regordetes con hábitos dorados se presentaran con arpas y otras delicias. ¿Cómo se llamaba aquella tradición pictórica tan pomposa...? ¿La Escuela de Düsseldorf, podía ser?

Satisfecho con esta reflexión con tintas de historia del arte, volvió a dirigir sus pensamientos a cosas más sombrías.

Notoriamente más sombrías. Expresionismo oscuro, por así decirlo. Cuatro personas habían sido asesinadas. Cuatro personas que habían coincidido de vacaciones en un viaje a Francia en..., ¿qué había dicho Backman?..., ¿en 2002?

Y esto, las vacaciones, ¿sería el trasfondo por el cual, cinco años más tarde, habían perdido la vida? ¿Por el cual habían sido asesinados uno tras otro por un criminal que también se divertía mandándole cartas a un inspector de policía de Kymlinge en las que le contaba a quién pensaba matar?

¿Por qué?

Tomó un poco de vino. No le pareció que este *¿Por qué?* hubiese menguado desde que la conexión había salido a la luz, pensó Barbarotti. Desde luego que no.

Pero sí que daba pie a nuevas preguntas, a otro tipo de preguntas.

Por ejemplo, ¿cómo se habían conocido? Estas cuatro personas y el asesino. ¿Habían partido juntos desde Suecia? ¿O no habían coincidido hasta estar en Francia?

¿Podía tratarse de algún tipo de viaje organizado?

Le dio unas cuantas vueltas. Esto último no le parecía en absoluto improbable, en cuyo caso podía haber bastantes más personas con información relevante acerca de aquel cuarteto que había perdido la vida cinco años más tarde.

Quizá, por ejemplo, se hubiese tratado de un viaje en autocar. A Barbarotti jamás se le pasaría por la cabeza elegir ese método de transporte para pasearse por el mundo, pero sabía que había gente que lo hacía. No solo para ir a Estocolmo al teatro o para visitar cristalerías de la provincia de Småland. Podías llegar hasta Roma y Lisboa. Al lago Gardsjön y a Ámsterdam y Dios sabe adónde más.

Cincuenta personas en un autocar. Diez o quince días por Europa. ¿Algo ocurre y alguien decide tomarse la justicia por su mano?

¿Cinco años más tarde? ¿A cuento de qué?, se dijo Barbarotti, y dio un trago de vino. Y, además, ¿por qué hablar de un cuarteto, si a decir verdad se trataba de un quinteto? El tal Gunnar —que, gracias a Dios, parecía no ser él mismo— era otro candidato evidente en la lista de la muerte. Lo cual podía suponer que había seis personas implicadas en aquella historia. Cinco víctimas y un asesino.

¿Más todavía? Quizá no, el asesino epistolar había anunciado que Gunnar iba a ser el último en morir, así que con un poco de suerte la cosa se detendría en cinco muertos. Que ya era grave por sí solo, muy grave.

¿Y qué pasaba con Hans Andersson? No estaba nada claro, pensó. Que fuera a haber alguien que estuviera implicado y a quien el asesino había tenido intención de matar pero a quien más tarde había decidido perdonarle la vida... era una estrategia peculiar, cuando menos. Si el tal Hans Andersson de veras formaba parte del grupo francés, debería significar —como mínimo— que él podría identificar al asesino. Si es que realmente existía, claro.

¿Verdad?, pensó Barbarotti, y en ese mismo momento apareció una nube de grajillas volando por encima del balcón y le hizo perder el hilo. Debería tener papel y boli a mano, se dijo. Debería intentar ser un poco sistemático.

Lo que debería hacer es dedicar mi pobre cabeza a otra cosa, se dijo cuando las grajillas hubieron desaparecido. Ya no participo de esta investigación.

Bebió más vino y miró la hora. Las nueve y veinte. Quizá Backman ya había terminado la jornada, a esas alturas. A lo mejor podría darle un toque, ¿por qué no?

Pero se contuvo. Se limitó a entrar en el piso a coger el formulario de evaluación que le había dado Olltman. Luego regresó a la noche de verano y el último vino.

Una pregunta, como mínimo una pregunta deberían poder responderla pronto, pensó.

Quién era el tal Gunnar. Alguna que otra cosilla sugería que se encontraba en un pequeño aprieto.

Después se reclinó en la silla y miró la primera hoja del formulario.

«Facultad de Neurociencia Clínica, Departamento de Psiquiatría, hospital del instituto Karolinska, Estocolmo», ponía arriba del todo.

Me he convertido en un caso de estudio para la ciencia, reflexionó Gunnar Barbarotti, y cogió el bolígrafo. Mamá habría estado orgullosa de mí.

Pero mientras intentaba diagnosticar su supuesta alma —fragmentada en conceptos como ganas de vivir, sentimientos de inquietud, estado mental, capacidad de concentración e implicación emocional—, el cielo apocalíptico se oscureció hasta adoptar un tono que le recordó a la sangre coagulada, y una brisa gélida pasó por la barandilla del balcón, y la escena de la mañana, con la carta del asesino encima de la mesa, se le echó de nuevo encima.

¿Gracias por tu colaboración?

¿Gunnar?

Notó que tenía frío.

Capítulo 25

De camino a casa de Axel Wallman, el jueves por la mañana, hizo un alto para abastecerse en el ICA de Kymlingevik, y vio los titulares.

LA PRÓXIMA VÍCTIMA SE LLAMA GUNNAR
LA POLICÍA SE MUESTRA IMPOTENTE

decía uno.

GUNNAR, ERES HOMBRE MUERTO

proclamaba el otro.

Hay que ver, pensó Barbarotti. Esta vez se ha dirigido a los dos. Parece que, de cara al final, quiere acaparar toda la atención.

Cayó en la cuenta de que se había olvidado de preguntarle a la inspectora Backman cómo había ido el interrogatorio a Göran Persson. Si este se había negado empecinadamente a revelar su fuente o si no sabía quién era, sin más. Quizá se podía dar por hecho que era lo segundo. Se podían decir muchas cosas de la prensa infantilizadora, pero que fueran a cubrirle las espaldas a un asesino de forma premeditada era demasiado.

Aunque también podía ser valioso saber de qué manera se comunicaba con ellos el autor de los crímenes. ¿Lo hacía por carta, igual que se las mandaba a la policía, o recurría a otro canal cuando se trataba del tercer poder? O el cuarto, como se decía en las democracias con un poco más de envergadura que la sueca.

Barbarotti hizo una nota mental para acordarse de mencionarle el tema a Backman en la siguiente reunión. Si todo iba según planeaba, saldría de casa de Wallman en algún momento de la tarde. No había hablado con ella, solo le había mandado un mensaje de texto y su compañera le había medio prometido que le respondería, pero nunca se podía saber con seguridad. Los forofos del *floorball* podían regresar a casa o Jonnerblad podía volver a dar orden de quedarse a trabajar; tanto lo uno como lo otro parecía bastante plausible. En cualquier caso, Barbarotti pretendía llamarla.

No compró el *Aftonbladet*, el *GT* ni el *Expressen*. Por mis cojones, pensó. No pienso invertir ni una corona en mantener esa fábrica de escándalos.

En cambio, sí que compró comida y cervezas, suficiente como para que hubiera también para la inspectora Backman, si es que osaba sumarse. Mientras estaba en la tienda lo llamaron dos periodistas distintos para proponerle sendas entrevistas y que así Barbarotti pudiera dar su opinión acerca de todo el tema, uno de ellos incluso comentó con la boca pequeña algo de una retribución, pero Barbarotti se negó como de costumbre. Comprendía que estaba volviendo a escalar posiciones en la lista de éxitos con motivo de Gunnar el Muerto.

Durante los veinte minutos de trayecto en coche que había hasta casa de Axel Wallman, su teléfono sonó tres veces más, pero no se molestó en cogerlo. Solo comprobó que no eran la inspectora Backman ni Marianne las que querían comunicarse con él, y no lo eran.

Axel Wallman apenas había cambiado en cuatro días. Se había puesto una camiseta naranja por debajo del peto, eso parecía ser todo.

—¿Qué haces aquí? —quiso saber.

—Pero si te he llamado —repuso Barbarotti—. Me has dicho que era bienvenido.

—De eso ya me acuerdo.

—Claro que te acuerdas, solo hace un par de horas.

—No me interrumpas. Te he dicho que eras bienvenido, pero eso no me impide preguntarte qué haces aquí. Corrígeme si me equivoco, *Saarikoski*.

El perro dio dos coletazos.

—Dice que tengo razón —interpretó Wallman—. ¿Y bien? *What brings you here?* Podemos tomarnos una cerveza mientras lo aclaramos.

Abrieron sendas cervezas y se sentaron en las sillas de plástico. Barbarotti recordó que una de las preguntas de Olltman había sido si consumía mucho alcohol, y ahora se llevó la lata a los labios con cierto remordimiento. No eran más de las once y cuarto de la mañana, estaba claro que era demasiado pronto.

Pero ahora las circunstancias eran las que eran.

—Lo he tenido un poco difícil —dijo—. Estos últimos días.

—Te lo mereces —soltó Wallman—. Y tu asesino sigue suelto, si no me equivoco.

Barbarotti asintió con la cabeza.

—¿No deberías estar persiguiéndolo, en lugar de estar aquí sentado, bebiendo y holgazaneando?

—Estoy suspendido —indicó Barbarotti.

—Esa me la conozco —reaccionó Wallman—. En

mi época, cuando aún trabajaba, me suspendían a menudo. No es motivo para ir haciendo pucheros.

—Gracias. No, no hago pucheros. Pero no me encuentro bien. He ido a ver al psiquiatra. Esa figura también te resulta familiar, si no me equivoco.

—He conocido a muchos —confirmó Axel Wallman—. El problema es que ninguno tenía remedio. Fui haciendo un diagnóstico completo tras otro, pero ¿de qué sirvió? Tampoco me pagaban las facturas.

—La vida no es fácil —afirmó Barbarotti.

—Entonces ¿has venido a vernos a *Saarikoski* y a mí para obtener paz mental? —dijo Axel, y se rascó las axilas—. Aconsejado por tu terapeuta..., bueno, eso puede sugerir que se trata de un hombre inteligente, a pesar de todo. En el vertedero somos todos iguales. Pequeños e insignificantes, pero iguales.

—Es una mujer —explicó el inspector—. O sea, mi terapeuta.

—Uy. ¿Te conté que aún soy virgen?

—Lo mencionaste.

—Pues es algo que no ha cambiado desde el domingo.

Barbarotti se quedó un momento pensando.

—Me parece que voy a dar un paseo —dijo—. Necesito moverme un poco. ¿Verdad que por ahí hay un sendero que sigue el lago?

—Ayer lo había. Pero hoy hemos decidido pasar sin paseo, *Saarikoski* y yo. Así que tendrás que apañártelas solo.

—Haré lo que pueda —declaró Gunnar Barbarotti.

Cerca de media hora más tarde, cuando ya se había alejado un buen trozo bordeando el lago y había empezado a sudar un poco, el teléfono móvil le vibró en el bolsillo. Había un nuevo mensaje por leer. Otro reportero persiguiendo la verdad, pensó Barbarotti, pero aun así hizo un alto para abrirlo.

Me acuerdo de ti. Marianne

¿Marianne?, pensó el inspector Barbarotti. Se acuerda de mí. ¡Guau, gracias, Dios mío!

Se dejó caer sobre una piedra junto al agua. Se sintió abatido por un cansancio repentino. Nada que ver con lo que le había pasado estando sentado a la mesa de la cocina, más bien le recordaba a... ¿al champán? Y se le pasó en tres segundos. *Me acuerdo de ti*. Que cuatro palabras pudieran tener tanto peso... Una bandada de gansos de Canadá —también ellos bastante pesados— estaba regodeándose al sol a unos metros de distancia, pero no parecía importunarles la presencia humana. Son mis hermanos pequeños, pensó Barbarotti. Tengo que responder, ahora sí que sí. Unas palabras bien elegidas y mi alma llegará a buen puerto.

Tardó un segundo en componer el mensaje. Al final lo escribió con dedos trémulos.

Y yo de ti. Gunnar

Estaba satisfecho con el balance. Sin grandes palabras; palabras pequeñitas que expresan pensamientos grandes, mejor que al revés, había intentado inculcarle a la clase su profesora de sueco en el instituto («Los eufemismos son notablemente más efectivos que las hipérboles en la mayoría de las situaciones de la vida; ¡recordadlo, pequeños!»), y Barbarotti aprovechó para mandarle ahora un agradecimiento telepático.

Luego se quedó un rato sentado en la piedra, pensando en las singulares coreografías de la existencia, en el formulario que había rellenado el día anterior en el balcón de su casa, en el tortuoso sendero hasta su posición actual en el sistema de coordinadas de la vida, en Marianne... y en si le iría alguna otra cosa zumbando.

No fue así. En fin, pensó Gunnar Barbarotti, así ya está bien. Me he alejado un poco del valle de las sombras de la muerte, mejor no pedir demasiado. Se puso en pie y regresó a la casa de Axel Wallman. La inspectora Backman lo llamó sobre las cinco y le informó de que tenía intención de presentarse un par de horas más tarde. Barbarotti no tardó en disparar su batería de preguntas, pero ella lo interrumpió y le dijo que tendría que aguantarse hasta que estuvieran cara a cara. Había varias cosas que exponer. A nivel de pesquisas la jornada no había sido un desperdicio, ¿qué tal le había ido a él? ¿Y de verdad era necesario que conociera a ese tal Wallman tan peculiar?

—Sí, va incluido —confirmó Barbarotti—. Al menos hoy, yo me quedo a pasar la noche, pero tú no hace falta. Aire fresco y paseos revitalizantes por el bosque, en estas hojas encuentro mi medicina.

—Precioso.

—Sí, pero es una cita, lamentablemente. Es a lo máximo que llego. Por cierto, mi cerebro me ha mandado señales, dice que necesita algo a lo que pegarle un bocado.

—Te llevaré alguna cosa —le prometió Eva Backman—. ¿Y no has sufrido ningún otro ataque?

—Ni por asomo —dijo Barbarotti.

—Bienvenida al Paraíso Vertedero, querida —se lanzó Axel Wallman cuando Backman por fin apareció, poco después de las ocho—. Prefiero a las mujeres policías igual que prefiero a las mujeres pastoras.

Barbarotti ya la había prevenido de Axel Wallman, en la medida de lo posible.

—Gracias —se limitó a responder ella—. ¿Tenéis la cena preparada, tal y como me habéis prometido?

—Por supuesto —dijo Barbarotti.

—Entiendo que estás casada —comentó Wallman.

—Marido grande y fuerte y tres hijos —contestó Backman.

—Yo estoy soltero —afirmó Axel.

—Ya lo había adivinado —indicó ella.

—¿Cómo coño podías saberlo?

—Intuición femenina.

—Eso es justo lo que me asusta —dijo Wallman—. Las mujeres podéis ver a través de la gente. Sois un enigma, ¿qué se siente al serlo?

Pasaron una hora cenando y conversando, en la que no faltó también el recitado de un par de poemas por parte del anfitrión. Luego, este y *Saarikoski* se retiraron y dejaron a los dos inspectores de policía tranquilamente en el porche. Backman sacó una carpeta de su maletín, esta vez azul.

—Antes que nada, me gustaría felicitarte —dijo.

—¿Por qué? —preguntó Barbarotti.

—Ya no eres sospechoso de ningún delito. El *Expressen* ha retirado la denuncia. En principio, puedes reincorporarte mañana a primera hora.

—Bien —dijo él—. Pero, por lo que tengo entendido, estoy de baja por enfermedad. ¿Qué ha pasado con la prensa y las fuentes? He visto los titulares cuando venía para aquí.

—Nos han explicado cómo lo ha hecho —indicó Backman—. Tanto el *Expressen* como el *Aftonbladet*. A ellos también les manda cartas.

—¿Escritas con la izquierda?

—La verdad es que no. Las imprime con una impresora normal y corriente. Dirigidas a unos reporteros en concreto, Göran Persson y Henning Clausson respectivamente. Pero no parece que se puedan rastrear. En esta última ocasión se trataba de dos copias iguales a ambos periódicos, más de media página DIN-A4 para cada uno.

Barbarotti negó con la cabeza.

—Bueno, da igual. En cualquier caso, me atrevería a decir que hemos localizado al Gunnar correcto, eso es lo principal. Nos hemos pasado todo el día hablando con viejos conocidos de Anna Eriksson, y hemos podido confirmar que tuvo una relación con un chico que se llama Gunnar Öhrnberg.

—¿Öhrnberg?

—Sí. Se ve que estuvieron saliendo casi todo 2002. No llegaron a vivir bajo el mismo techo, pero aun así se los consideraba pareja..., desde marzo hasta poco antes de Navidad, a juzgar por la información que tenemos. En aquella época él vivía en Borås, y ella aquí en Kymlinge. Se fueron juntos a Francia en verano, a algún sitio de la Bretaña, un par de amigas suyas recibieron postales, y en una de ellas pone Quimper.

—Excelente.

—Sí, y hay testigos en Gotemburgo que dicen que los Malmgren también habrían estado en alguna parte de la Bretaña aquel verano..., hace cinco años, vaya.

—La Bretaña —dijo Barbarotti—. ¿Has estado?

—No —contestó ella—. ¿Tú?

El inspector asintió con la cabeza.

—Pues sí. Paisajes bonitos, bastante matorral, rocas chulas..., el paraíso del marisco. Hortensias por todas partes, flores de esas grandes que parecen coliflores. Estuvimos allí una vez, antes de que nacieran los niños, a principios de los noventa. Solo Helena, Sara y yo... Continúa.

Eva Backman hojeó la carpeta.

—También había un par de fotos de Gunnar Öhrnberg en el álbum de Anna Eriksson, pero eso no lo sabíamos entonces... Desnudo, ni más ni menos.

—Has dicho que lo habéis localizado.

—Depende de lo que entiendas por localizar. Tenemos casi toda la información, tiene treinta y siete años y ahora vive en Hallsberg, trabaja de profesor en un instituto que se llama Alléskolan. De historia y ciencias sociales. Empezaron el trimestre el lunes..., o sea, solo el profesorado..., pero él no se presentó, por desgracia.

—¿No se presentó? —dijo Barbarotti.

—No, no se presentó. De hecho, parece ser que nadie lo ha visto en una semana.

—¿Quieres decir que...?

Eva Backman se quedó un momento mirando fijamente la oscuridad antes de responder.

—Cabe sospecharlo, sí. No tiene familia. Ha estado viajando durante las vacaciones de verano. Por la costa oeste, sobre todo; también es instructor de buceo, suele frecuentar un sitio en Kungshamn. Pero a comienzos de agosto volvió a Hallsberg, eso lo sabemos con certeza. Mañana subiremos algunos a registrar su piso... Jonnerblad dice que puedes apuntarte, si te apetece.

—¿Quiénes vais?

—Astor Nilsson y yo. Allí nos encontraremos con unos técnicos de la científica de la policía de Örebro.

Barbarotti se lo pensó un par de segundos.

—Está bien —accedió—. Tengo cita con mi psiquiatra, pero la anularé.

—Me alegraría mucho, personalmente, si nos acompañaras.

—Gracias —dijo Barbarotti—. Eres una buena poli. Si bien un poco melindrosa... ¿Algo más?

Backman se rio.

—Sí, se ha discutido bastante sobre si el caso debería llevarlo la policía de Gotemburgo o si la judicial debería encargarse por completo. Pero, como ya tenemos a gente de ambos sitios, Sylvenius ha decidido que continuemos como hasta ahora. Aunque disponemos de más ayuda de Gotemburgo en lo referido a los Malmgren, claro.

—Excelente. No hay que cambiar de alineación en mitad del partido. ¿Qué tal el marido, por cierto? ¿No ha subido a flote?

—¿El mío?

—No, el tuyo no. Henrik Malmgren, evidentemente.

—Vale. No, no ha subido a flote. El mío tampoco, ya puestos.

—Entiendo. Y las fotografías esas, no las traerás contigo...

Eva Backman sacó un puñado de papeles de la carpeta.

—No son originales, tendrás que contentarte con copias escaneadas. Pero son igual de nítidas.

Las extendió sobre la mesa. Barbarotti se inclinó hacia delante para estudiarlas.

Siete fotos, como ella le había dicho. Siete imágenes de un viaje de vacaciones, un poco amateur, un par de ellas estaban un tanto desenfocadas. Formato de diez centímetros por quince. A menos que las hubieran ampliado o reducido por error durante el escaneo.

Tres de ellas, las cuales tenía un enfoque bastante nítido, eran de una terraza, un restaurante. En pleno día, a juzgar por la luz. Personas sentadas a una mesa, otra gente al fondo. Una planta trepadora en flor en una pared. Sin dudar ni un segundo Barbarotti pudo identificar a cuatro de las personas; eran las cuatro víctimas: Erik Bergman, Anna Eriksson, Henrik Malmgren y Katarina Malmgren.

—¿Quién es Gunnar Öhrnberg? ¿Este de aquí?

Señaló a un hombre atlético en la treintena, pelo castaño y nariz pronunciada. Recordó lo que Backman le había dicho acerca de Zlatan Ibrahimović. Ella asintió con la cabeza.

Barbarotti examinó las demás fotos. Gunnar Öhrnberg aparecía en un total de cuatro, pero solo había una en la que salía todo el quinteto, una de las fotos del restaurante. También era la única en la que se veía a Katarina y Henrik Malmgren juntos.

—La cámara era suya..., ¿verdad? De los Malmgren, quiero decir.

Eva Backman se encogió de hombros.

—Creemos que sí.

—Hay un sexto chico, aparece tanto en el restaurante como en la pista de petanca.

Backman asintió y miró el reloj.

—El Sexto Hombre, sí.

Gunnar Barbarotti enarcó una ceja a modo de interrogación.

—Lo hemos bautizado así. Oye, me he pasado todo el día analizando esas fotos. Si vamos a subir mañana a Hallsberg a primera hora, me iría bien echarme un buen sueño. Te voy a dejar, así puedes examinarlas y sacar conclusiones tranquilamente, y mañana en el coche lo hablamos. ¿Te parece bien?

—Genial. ¿A qué hora salimos?

—A las ocho en punto de comisaría. ¿De verdad vas a dormir aquí está noche? O sea... *¿aquí?*

—No te preocupes —dijo Barbarotti—. Me pasé tres años compartiendo piso con este mandril, mañana a las ocho estoy allí. Vete a casa y descansa, yo me quedaré un rato más resolviendo el rompecabezas.

—¿Tengo que entrar a despedirme del... mandril?

—No lo creo, o está durmiendo o está traduciendo poemas y no querrá que lo molesten. Ya me despido de tu parte mañana por la mañana.

Eva Backman se lo quedó mirando unos segundos con el ceño fruncido, luego se levantó y desapareció en la oscuridad. La oyó arrancar el coche, vio los faros jugueteando un momento entre los árboles mientras daba marcha atrás, y medio minuto más tarde el silencio había vuelto a dominar el Paraíso Vertedero.

Capítulo 26

Decidió ser un poco sistemático, no podía hacer ningún daño. Sacó una libreta y un boli del maletín que había llevado consigo y numeró las fotografías del 1 al 7. Las del restaurante iban de la 1 a la 3, las de la pista de petanca eran la 4 y la 5, y las de las rocas la 6 y la 7.

El esmero es una virtud, pensó. Foto por foto, podría haber un asesino escondido en ellas.

Abrió una página en blanco de la libreta y comenzó a escribir.

FOTO 1

Lugar: Restaurante, terraza. Mesa con un pequeño grupo de personas. Una pared con una trepadora en flor. Platos con comida, botellas de vino y copas en la mesa.

Hora: Día.

Personas: Erik Bergman, Anna Eriksson, Gunnar Öhrnberg, Henrik Malmgren, Katarina Malmgren.

Fotógrafo: No está claro. ¿Podría ser el Sexto Hombre?

Otros: Al fondo se ven otros comensales, incluido medio camarero vestido de blanco y negro. Todos los de la mesa miran al objetivo, excepto Anna Eriksson, que parece estar mirando algo por encima de la cabeza del fotógrafo. Todos sonríen como se hace cuando te toman una foto, de manera un poco forzada. Hay una silla vacía a la derecha de la mesa, más cerca del fotógrafo. ¿Podría ser de este?

FOTO 2

Lugar: Mismo restaurante.

Hora: Un poco más tarde. Hay tazas de café en la mesa.

Personas: Erik Bergman, Anna Eriksson, Gunnar Öhrnberg. Los tres están sentados en el lado izquierda de la mesa, en las mismas posiciones que en la foto 1.

Fotógrafo: Henrik o Katarina Malmgren. O el Sexto Hombre. La foto está tomada desde su lado de la mesa.

Otros: No son conscientes de que los están fotografiando. Erik Bergman mira a la derecha, a algo fuera de la imagen. Gunnar Öhrnberg le enciende un cigarrillo a Anna Eriksson. En la esquina inferior derecha se puede ver una mano y medio antebrazo de alguien, sin duda de un hombre. Una mujer desconocida se inclina un poco hacia delante detrás de Erik Bergman, pero probablemente no forma parte del grupo.

FOTO 3

Lugar: El mismo.

Hora: Más o menos la misma que en la foto 2.

Personas: Henrik Malmgren, el Sexto Hombre, Gunnar Öhrnberg.

Fotógrafo: ¿Katarina Malmgren?

Otros: La foto está tomada en diagonal desde la punta de la mesa. Ninguna de las personas parece consciente de que las están fotografiando. Gunnar Öhrnberg no está sentado en el mismo lado de la mesa que los otros dos hombres, se lo ve porque se está inclinando hacia delante, parece que le dice algo al Sexto Hombre.

Barbarotti hizo una pausa y contempló la oscuridad. Intentó recordar el título de una película que había visto una vez, una de miedo —toda la peli consistía en identificar a personas en fotografías antiguas y, de esta manera, dar con un asesino—, pero se le escapaba. Tampoco recordaba gran cosa de la peli en sí, solo que las fotos estaban ampliadas y eran borrosas, caras de personas desconocidas pero relevantes que se quedaban en la memoria de quien las miraba. Lo enigmático de la identidad de un rostro, eso tan curioso que tenía lugar cuando lo vivo quedaba fijado y se convertía en un punto fijo en el flujo del tiempo. Debía de hacer por lo menos veinte años que vio la película, en blanco y negro, si no recordaba mal; ¿podía ser un largometraje realmente viejo?

Se la quitó de la cabeza y se inclinó sobre la mesa. Clavó los ojos en el desconocido, el sexto comensal. Sin duda alguna, en la foto 3 era donde mejor se lo veía. Un hombre bastante alto y bronceado que rondaría los treinta años. Camisa blanca de manga corta, gafas de sol en la cabeza. Pelo rubio oscuro y corto, nariz bastante larga, mentón regular.

Por las pintas..., pensó el inspector Barbarotti, por las pintas podría ser cualquiera.

Una persona cualquiera. Cogió el bolígrafo y se puso sistemático de nuevo.

FOTO 4
<u>Lugar:</u> Un parque.
<u>Hora</u>: Pronto por la tarde.
<u>Personas</u>: Se ven por lo menos veinte personas en la foto, la mayoría a cierta distancia. Un grupo de hombres

están jugando a la petanca, dos mujeres mayores están sentadas en un banco conversando, un perro lanudo está olisqueando un árbol. En primer plano, a cuatro o cinco metros del fotógrafo, están Henrik Malmgren, Anna Eriksson y Erik Bergman. Anna Eriksson saborea un helado, Henrik Malmgren le da una calada a un cigarrillo.

Fotógrafo: ¿Katarina Malmgren?

Otros: A la izquierda de la imagen se ve la esquina de un edificio pequeño y un trozo de una marquesina a rayas gruesas, quizá de un puesto de helados. Posiblemente los tres estén esperando a que los demás terminen de comprar sus helados. La foto está un poco desenfocada.

FOTO 5

Lugar: El mismo parque.

Hora: La misma o más tarde.

Personas: Erik Bergman, Anna Eriksson, Gunnar Öhrnberg, Henrik Malmgren, el Sexto Hombre. Están en línea mirando la partida de petanca, en la foto también se ven algunos jugadores y otras personas.

Fotógrafo: ¿Katarina Malmgren?

Otros: También desenfocada. Gunnar Öhrnberg le coge el brazo a Anna Eriksson. Hay una suerte de homogeneidad en los cuatro hombres. Todos llevan camisa clara de manga corta, bermudas y sandalias sin calcetines. Relativamente bronceados, todos rondan los treinta años. Quizá Henrik Malmgren se distinga un poco, es un poco más bajito que los otros tres, y también el único que lleva gafas. Anna Eriksson sigue teniendo un helado en la mano.

FOTO 6

Lugar: Una roca junto al mar.

Hora: De día.

Personas: Anna Eriksson, Erik Bergman, Katarina Malmgren. Los tres van en bañador, están apoyados en una pared de piedra tomando el sol.

Fotógrafo: ¿Henrik Malmgren?

Otros: Típica foto de vacaciones. Los tres están con los ojos cerrados bajo el sol. Están sentados sobre unas alfombras de yute; en el borde inferior se ven toallas y maletas; a la izquierda y de fondo, mar y horizonte. Erik Bergman y Anna Eriksson llevan gafas de sol, Katarina Malmgren tiene un libro de bolsillo cerrado en una mano.

FOTO 7

Lugar: El mismo que en la foto 6 pero a más distancia.

Hora: De día.

Personas: Erik Bergman, Anna Eriksson, Gunnar Öhrnberg, Katarina Malmgren. Se ven algunos bañistas en el agua. Más lejos, un barco de vela.

Fotógrafo: ¿Henrik Malmgren?

Otros: También típica foto de vacaciones. Se ve arena delante de la roca. Los cuatro están comiendo algo, Anna Eriksson mira al objetivo y saluda, su mano se ve borrosa. Las dos mujeres van en bikini, ambos de color rojo pero en tonos diferentes.

Eso era todo. Gunnar Barbarotti dejó el bolígrafo y repasó las siete fotografías. Ahuyentó un mosquito rezagado. ¿Qué estoy haciendo?, pensó. ¿Se puede extraer algo de esto? ¿Qué le ocurrió a esta gente?

Preguntas justificadas, sin lugar a dudas. En especial la última. Se reclinó en la silla y cerró los ojos. Reflexionó.

Detrás de todo crimen había una historia, y era esa

la que había que poner al descubierto. Casi todo el trabajo de policía criminal consistía en eso: hacer visibles las circunstancias. Y *hacia atrás*, siempre un movimiento retrospectivo, una búsqueda y un tanteo hasta dar con el lapso temporal determinante.

En este caso, a menos que todas las señales fueran erróneas: cinco personas de vacaciones en la Bretaña. Verano de 2002... Era ese verano, ¿no? Barbarotti se había olvidado de preguntarle a Backman si habían podido confirmar el dato. Dos parejas, por lo visto: Henrik y Katarina Malmgren de Gotemburgo, Anna Eriksson de Kymlinge y Gunnar Öhrnberg de Borås. Y luego un quinto: Erik Bergman de Kymlinge.

¿Y el sexto? ¿Quién era ese? Gunnar Barbarotti abrió los ojos. Se inclinó hacia delante y volvió a mirar las fotos. El sexto aparecía en el restaurante y en la pista de petanca, pero no en las fotos de las rocas. ¿Qué significaba eso?

Tonterías, pensó Gunnar Barbarotti, eso no significa nada, por supuesto. A lo mejor solo estaba nadando. Las fotos 6 y 7 podían estar perfectamente tomadas con un minuto de diferencia.

En cualquier caso, se dijo mientras paseaba la mirada primero por las fotografías de la mesa y luego por el lago oscuro y la hilera de bosque que se perfilaba contra el cielo un poco más claro del otro lado, en cualquier caso resultaba difícil hacer preguntas sensatas. No había más. Barbarotti llevaba tres días apartado de la investigación, seguro que había montones de detalles nuevos que desconocía.

¿Dónde?, por ejemplo. ¿Dónde, de la Bretaña, estaban tomadas estas fotos? Si los conocidos de los Malmgren sabían que habían hecho ese viaje —¿no había dicho Backman que era así?—, el equipo de investigación de-

bería haber podido obtener más detalles. Montones de detalles. ¿Cómo habían viajado? ¿En coche propio o en viaje organizado? ¿Entre qué fechas habían estado fuera? ¿Podía haber alguna conexión entre los Malmgren y Gunnar Öhrnberg? Sí, sobre todo acerca de esta pregunta deberían haber indagado hasta más no poder.

Y ahora que la conexión entre los asesinatos había quedado aparentemente establecida, con un poco de suerte también habrían iniciado nuevos interrogatorios entre el círculo de amistades y conocidos de las dos primeras víctimas.

Y, con otro poco de suerte, habrían sacado alguna que otra cosa de provecho.

No, pensó Gunnar Barbarotti. No merece la pena que me pase el rato aquí especulando. Voy demasiados pasos por detrás. Mejor dejarlo aquí y preocuparme de que me pongan al día de todo mañana por la mañana, de camino a Hallsberg.

Recogió las fotografías y sus anotaciones. Lo metió todo en su maletín y miró la hora. Las once y cinco. Lo dicho, ya iba siendo hora.

Programó el despertador del móvil a las seis y media, dudó un momento de si no ponerlo a las seis menos cuarto. ¿Por qué no darse el lujo de nadar un poco, aprovechando que, por una vez en la vida, tenía un lago a veinte metros de casa?

Por no hablar de la ropa de cama del Paraíso Vertedero. Le costaba creer que Axel Wallman la hubiese cambiado desde la última vez que tuvo visita.

No se hable más, pensó. Acostarse tarde, levantarse pronto.

Y el asesino ese, ¿no iba siendo hora de que lo detuvieran de una vez?

V

Notas de Mousterlin

8 – 9 de julio de 2002

Me he quedado dormido en la tumbona en la terraza, Erik me ha despertado un par de horas más tarde al volver a casa.

—¿Cómo vas? —quería saber.

Al principio no he entendido muy bien a qué se refería. Si me estaba preguntando cómo me encontraba o si se refería a si no pensaba irme pronto. O si podía estar hablando de los eventos de la noche. He supuesto que era esto último, pero he preferido responder a lo primero.

—Bien —he dicho—. Un poco cansado, pero, por lo demás, todo bien.

Se ha quedado de pie mirándome con una expresión que no le había visto nunca hasta la fecha. Como si ahora se percatara de que yo era una persona de mayor complejidad de la que él se había imaginado. Que había algo en mí que él no lograba entender. Pero tampoco está acostumbrado a tratar de comprender los motivos y las circunstancias de otras personas. Erik es muy particular. Mientras me miraba, ahí de pie, moviendo un poco los ojos y apretando ligeramente las mandíbulas, parecía que estuviera a punto de perder el control sobre algo, algo que por lo general ni solía controlar ni quería tener controlado, pero que aun así había terminado accidentalmente en sus manos.

—Nos han invitado a cenar esta noche —ha dicho al final—. En el Thalamot, en Beg-Meil. Para que podamos hablarlo todo. Pero, entonces, ¿anoche todo fue según lo previsto?

—Sí —he contestado—. Todo según lo previsto.

Se ha sentado a la mesa. Yo me he levantado de la tumbona y he mirado la hora. Eran las cuatro y media.

—Voy a darme una ducha —he dicho—. ¿A qué hora tenemos que estar allí?

—A las ocho. Podríamos salir de aquí a las siete y media, más o menos.

—Me parece bien —he contestado—. ¿De qué quieren hablar?

Me ha mirado un tanto confundido.

—Ya te lo imaginas, ¿no? —ha dicho—. No podemos dejar esto atrás así como si nada.

—Ah, conque es eso —he respondido yo.

Se ha quedado un rato en silencio, luego se ha encendido un cigarrillo.

—¿Qué clase de personas eres? —me ha preguntado.

—Soy como cualquier otro —le he contestado—. No entiendo a qué te refieres.

Ha dado un par de caladas.

—Vale —ha dicho—. Supongo que tú lo sabrás mejor que nadie. ¿Salimos a las siete y media, pues?

—Por mí, perfecto.

El Thalamot estaba prácticamente vacío, a excepción de un grupo de alemanes que estaban sentados a una mesa comiendo cigalas y mejillones. La temporada turística aún no ha arrancado del todo, aunque ya llevemos unos días de julio; supongo que dentro de dos semanas esto se verá muy diferente. En las playas, en los senderos, en el pólder, en los restaurantes y en las creperías.

Y en los campings. Pero para entonces yo ya estaré lejos de aquí, no sé exactamente dónde, pero más al sur, eso sí, pienso dirigirme al sur. Ya hace un tiempo que siento que quiero morir junto al mar Mediterráneo. Quizá en Oriente Medio, o por qué no en El Cairo o Alejandría. Hay algo en esas latitudes que me resuena, aunque no sepa en qué consiste esta resonancia ni de qué es expresión, pero tampoco es necesario comprenderlo todo. Lo importante es el camino y la sensación, no el objetivo y el sentido.

El cuarteto ya había llegado. Nos estaban esperando sentados a una mesa al fondo del local, junto a una ventana abierta que daba a un jardín, y a una distancia prudencial de los alemanes. He observado que se habían arreglado un poco para la ocasión, los cuatro: las dos mujeres llevaban unos vestidos que no les había visto antes, Anna uno verde claro, Katarina uno rojo. Los hombres se habían puesto camisas de manga corta recién planchadas. Se habían pedido una copa cada uno, y cuando Erik y yo hemos entrado, tanto Gunnar como Henrik se han puesto en pie.

—Me alegro de veros —ha dicho Gunnar—. Sentaos. ¿Queréis tomar algo?

Teniendo en cuenta que menos de veinticuatro horas atrás nos habíamos estado insultando con motivo de una niña muerta, aquello me ha sonado formal en demasía, y he entendido que esta noche las directrices que valían era otras. Unas directrices cinceladas y acordadas en la asamblea del día, fuera donde fuese que hubiera tenido lugar. He sentido una sonrisa irónica esbozándose en mi interior.

—Por supuesto —ha dicho Erik—. Para mí, un *gin tonic*.

Yo he dicho que me contentaba con una copa de vino y luego hemos tomado asiento. Erik entre Anna y Henrik, yo entre las dos mujeres. Esto también me ha parecido calculado de antemano, aunque no he entendido cuál era el objetivo.

Una vez que nos han traído las copas a Erik y a mí, hemos brindado. No he podido ver ninguna sonrisa en el rostro de nadie, más bien ha sido un instante de pertenencia y confraternidad cargado de gravedad. Después le hemos dedicado un tiempo descomedido a pedir de la carta. Como de costumbre, quien se ha encargado de la conversación con el camarero ha sido Katarina, y a la espera de que nos trajeran la cena hemos hablado de vinos franceses, quesos franceses y en qué días y meses hay que evitar comer marisco. Todo esto, he pensado, todo es una repetición —si bien más aburrida y menos alegre y expectante— de la conversación que había tenido lugar en aquella primera comida que habíamos hecho en el puerto de Bénodet. De eso ya hace diez días, si no he contado mal.

Además, hemos tomado mucho menos vino, hemos pedido pescado y carne en lugar de marisco, y hasta que no nos han traído los postres Gunnar no ha ido, por fin, al grano.

—Queremos darte las gracias —ha dicho volviéndose hacia mí—. Las gracias por haber asumido una tarea tan desagradable y por haberla llevado a cabo.

Ha hecho una pausa. Yo no tenía ningún comentario.

—Porque entiendo que la has llevado a cabo de la mejor manera posible, ¿no es cierto?

He esperado unos segundos. He podido notar que todas las miradas se dirigían a mí.

—¿Quieres saber si he enterrado bien a la niña? —le he preguntado.

Tanto Gunnar como Henrik han echado un vistazo a su alrededor con cara de preocupación, y yo he caído en la cuenta de que resultaba bastante tonto habernos reunido en un lugar público para hablar, si es que temían que la conversación fuera a llegar a oídos extraños.

—No hay peligro —ha dicho Erik—. Aquí no hay nadie que entienda sueco.

—¿Queréis saber dónde? —he preguntado.

—No, no —ha asegurado Gunnar—. No hace falta, desde luego. Pero nos parece importante saber si todo ha salido según lo planeado.

¿Lo planeado?, he pensado yo.

—Que no hay nada que debamos saber —ha puntualizado Katarina.

Me he preguntado qué era lo que realmente querían. Si solo se trataba de asegurarse de que podían sentirse a salvo, o si también había algo más. Si era esto último, no he conseguido imaginarme qué podía ser.

—Todo ha salido según tenía previsto —he dicho—. Podéis seguir tomándoos vuestro vino tranquilamente.

—No me refería a eso —ha contestado Gunnar—. Solo digo que es importante saber si ahora ya es un capítulo cerrado.

—Lo es —he dicho—. Es un capítulo cerrado.

—También es necesario que mantengamos todos la misma estrategia, en caso de que aparezca la policía, a pesar de todo —ha dicho Henrik—. Aún estaremos quince días por aquí, y...

—¿Hasta cuándo te quedas tú? —me ha preguntado Katarina, y ha hecho un intento de sonreír.

—Me voy pasado mañana —he dicho.

—El miércoles —ha dicho Gunnar—. Perfecto. En cualquier caso, es importante que neguemos al cien por cien que ayer nos lleváramos a la niña a las islas. Y que la viéramos. Estuvo con nosotros unas horas una tarde de la semana pasada, eso es todo. No tenemos por qué recordar nada más.

—¿Cómo fue con el barco? —he preguntado yo.

—Con el barco no ha habido ningún problema —ha contestado Henrik.

—Qué bien —he dicho—. Bueno, pues supongo que una niña más, una niña menos tampoco es tan importante.

He notado que Anna, sentada a mi lado, ha dado un respingo, y creía que iba a decir algo. Pero Gunnar ha levantado un dedo y le ha lanzado una mirada. Con eso ha sido suficiente para que permaneciera callada. De hecho, Anna no ha dicho gran cosa durante la cena. Ni Erik tampoco. Eran Gunnar, Henrik y Katarina los que dirigían el cotarro, me imagino que no ha sido casualidad.

Nos hemos despedido a las diez menos cuarto. Gunnar y Henrik han pagado la cuenta a medias y hemos vuelto a pie siguiendo la ruta ecuestre entre la playa y el pólder. Erik y yo nos hemos desviado a nuestra casa sin más demora y nos hemos tomado sendas copas de calvados en la terraza antes de acostarnos, pero no teníamos mucho de que hablar.

—Así que el miércoles —ha dicho él.

—Sí —he contestado yo—. Me iré por la mañana.

—Quizá sea lo mejor.

—Seguro.

Erik se ha reído por un breve instante.

—El nombre de la niña —ha dicho.

—¿Sí?

—Henrik ha descubierto lo que significaba.

—¿Lo que significaba?

—Sí, el acrónimo, vaya. Letra por letra. T-R-O-A-Ë... en inglés..., ¿adivinas?

Me lo he pensado un momento y he negado con la cabeza.

—*The Root Of All Evil* —ha dicho Erik—. Es bueno, ¿no?

—¿*The Root Of All Evil?* —he repetido yo—. Eso suena como si fuera a haber una continuación. De toda esta historia, quiero decir.

No sé muy bien a qué me refería con eso, y Erik no ha contestado. Se ha limitado a apagar la colilla y a quedárseme mirando otra vez con aquella expresión desconcertada.

Luego nos hemos deseado las buenas noches y nos hemos ido a la cama.

Hoy martes por la mañana he ido a la panadería y he comprado el *Ouest France*. He revisado el periódico desde la primera hasta la última página. Pese a mi francés macarrónico, he podido confirmar con seguridad que no ponía ni una palabra sobre una niña desaparecida.

Hacía buen tiempo y he supuesto que Erik ya había bajado a la playa. Probablemente en dirección a Bénodet ha descubierto que allí puedes hacer nudismo, lo cual es evidente que le atrae. Yo he decidido quedarme en la casa, preparar el equipaje y escribir algunas páginas más.

Resumir mis impresiones. Lo primero que me llama la atención es cuánta cosa hay que depende de la casualidad, o como mínimo de mecanismos que escapan a nuestro control. Cuando Erik me recogió aquel día, en la gasolinera de las afueras de Lille, yo llevaba haciendo autostop exactamente cincuenta y ocho minutos. Lo recuerdo bien porque había decidido intentarlo durante una hora antes de regresar a la cafetería. Si Erik tan solo hubiese tardado dos minutos más, jamás nos habríamos conocido. Yo habría viajado en un coche completamente distinto y habría terminado en cualquier otro sitio.

De haber sido así, ¿Troaë seguiría viva? Sería fácil responder que sí a esa pregunta, pero creo que sería simplificar mucho la realidad. Sin duda, no hay medios humanos para saberlo. Quizá ella se hubiese presentado aquella mañana de todos modos y a lo mejor habría acompañado a los suecos a Les Glénan. Tal vez habrían tenido lugar los mismos acontecimientos. Una cosa es segura: el temporal habría sido el mismo, habría llovido igual, supongo que el motor también habría fallado... Pero ¿la niña se habría mareado en el trayecto de vuelta, el barco habría subido la misma ola traicionera y la mano de la niña se le habría escurrido a alguno de los otros? Es un enigma que no puedo resolver pensando, y las preguntas no quieren dejarme en paz. ¿Hasta qué punto soy partícipe de los sucesos y acontecimientos que tienen lugar en el mundo? ¿Existen varias alternativas —y distintos actores imaginables— de camino a un objetivo prestablecido?

Quizá Henrik Malmgren podría guiarme en estas cuestiones, entiendo que son problemas que pertenecen al ámbito de la filosofía, la madre de todas las ciencias, pero no tengo ninguna intención de pedirle consejo a

Henrik Malmgren. Doy por sentado que no volveré a ver a ninguno de ellos, solo con Erik intercambiaré alguna que otra banalidad antes de partir mañana. Entre otras cosas, tengo que cerciorarme de que no le debo nada. Diría que estamos en paz en lo referido a los gastos de comida, y también he pagado con creces mi parte del viaje a Les Glénan, incluido dinero contante y sonante. Por lo demás, sé que de aquí en adelante lo más inteligente por mi parte será considerar toda esta estancia en Finistère como un paréntesis, algo que hasta cierto punto no ha ocurrido nunca. Todas las personas merecen tener permiso para períodos así en sus vidas, no puede ser que se pretenda que respondamos por todo, por cada circunstancia desgraciada y cada segundo que se nos vaya de las manos.

Sí, en cuanto me vaya de aquí haré todo lo posible para olvidar estas dos semanas. Borraré el paseo con el cuerpo de la niña a hombros de mi memoria, su intensa presencia y su singular ligereza. Siempre me habían hecho creer que los cuerpos muertos eran muy pesados, pero en lo que a Troaë respecta no fue así en absoluto. Voy a erradicar los espantosos minutos en el agua y jamás trataré de revivir cómo el suelo y la tierra la engulleron en su regazo. Estas notas las voy a conservar, desde luego, pero eso no significa que también tenga que volver a ellas y leerlas de nuevo. Basta con saber que existen y que, si en algún momento en el futuro fuera a necesitarlas, aquí están.

Quizá también debería dedicar unas líneas a estas personas que han ocupado mi existencia estas dos semanas, pero siento que no me apetece. No tengo ningunas ganas, y si alguno de ellos fuera consciente del desprecio que siento por ellos, seguramente les sorprendería mucho. Pero mi interior no está escrito en mi exterior, para bien o para mal, siempre ha sido así. Recuerdo que el doctor L y yo hablamos acerca de esta circunstancia en bastante profundidad; al principio él sugería que era un factor constituyente en mi cuadro clínico, pero creo que al final estuvimos de acuerdo en que, más bien, era cuestión de un rasgo de carácter legítimo. Tener el alma en el rostro no tiene por qué ser una señal de salud, o por lo menos no es algo a lo que aspirar si no te ocurre de forma natural.

He limpiado mi cuarto y he hecho el equipaje durante la mañana. Luego he dado un corto paseo hacia el interior durante una hora y media, he pasado por la panadería y he aprovechado para comprar el periódico. Ni una palabra sobre una niña desaparecida tampoco. Al volver a la casa, Erik seguía sin estar aquí, he dado por hecho que se ha juntado con los demás suecos, quizá ya no le gusta estar en mi compañía. Sí, pensándolo bien, probablemente sea algo que se les puede aplicar a los cinco. Están esperando a que me marche, para así poder regresar a sus triviales vidas de playa y olvidar todo lo ocurrido. Juego un rato con la idea de satisfacerlos y continuar mi viaje esta misma tarde. Pero no sale ningún autobús a Quimper hasta mañana por la mañana, y plantarme en la carretera entre Mousterlin y Fouesnant me apetece más bien poco. Incluso podría llamar la atención, y supongo que atención es lo que menos falta hace ahora mismo.

Erik llega a casa mientras yo estoy sentado en la terraza escribiendo estas líneas. Me pregunta si quiero ir a cenar a Le Grand Large, tienen mejillones frescos. Le digo que me faltan algunas cosas para terminar de hacer el equipaje y que me contento con un bocadillo. Erik se toma una ducha, se cambia de ropa y se va. Son las siete y media cuando dejo el bolígrafo y me voy a la nevera.

Estoy de pie ante los fogones preparándome unos huevos fritos. Intento seguir las noticias que salen de la radio en el alféizar. Mi francés ha mejorado bastante durante el tiempo que he estado aquí y entiendo la mayor parte de lo que dicen. Justo cuando el agua del hervidor se pone a burbujear y la resistencia se desconecta oigo un carraspeo en la terraza. Dejo la espátula en la sartén y retiro esta del gas. Me limpio las manos con un paño de cocina y salgo.

Allí hay una mujer mayor bajo la sombrilla. Va vestida de negro, casi parece una viuda griega; aunque la tela es más fina, tiene el pelo negro como las plumas de un cuervo —seguramente teñido— y lleva un sombrero de paja de ala ancha y de color rojo sangre. Es pequeña y delgada, como mucho medirá uno sesenta, pero su cara es imponente. Exótica, en cierta forma, con ojos castaños, nariz afilada y mentón pronunciado. Me mira con ojos un tanto entornados, diría que es un poco miope.

—¡Troaë! —dice.

—*Oui?* —digo yo.

—¿Troaë? ¿Qué habéis hecho con Troaë?

Habla un francés raro, con erres fuertemente marcadas con la punta de la lengua. Intento decirle que no sé de qué me está hablando.

—*Petite Troaë*. Soy su abuela. Sé que está con vosotros. Pero ya es hora de que vuelva a casa.

Me abro de brazos como si siguiera sin tener la más remota idea de lo que quiere. Con el rabillo del ojo veo la gran llave inglesa que está en una de las sillas de plástico. Allí se ha quedado después de que Erik estuviera trasteando con la vieja bici oxidada en la caseta de herramientas. De eso ya hace cuatro o cinco días, y no consiguió nada. Volvió a guardar la bici, pero se olvidó la llave inglesa. Recuerdo que estuvimos hablando de ella, porque resulta que es sueca, una Bahco; incluso me acuerdo del número de modelo: 08072. Observo a la mujer un instante. Sus ojos no son más que dos estrías, su cara se asemeja un poco a la de un gato, y ahora está de pie con los dos puños en los costados. Supongo que se cree invencible, reconozco el perfil.

—¿Troaë? —digo yo, al mismo tiempo que doy un paso a la izquierda y cojo la llave inglesa—. Debe de tratarse de un error. —Tengo que dedicar unos segundos a buscar la palabra en francés, *erreur*, pero la encuentro.

—No es ningún error —replica ella—. Me estuvo hablando de vosotros durante días, y el domingo, cuando se fue de casa, me dijo que pensaba buscaros y pasar el día con vosotros.

No titubeo. Blando la llave inglesa en un arco amplio y acierto de lleno y con todas mis fuerzas justo por encima de la oreja izquierda. El sombrero sale volando y la señora se desploma en el suelo de la terraza como una presa abatida.

Comentario, agosto de 2007

Las palabras apenas significan nada; los actos, mucho más. Aun así, nos rodeamos de palabras, palabras y más palabras. Los hitos realmente importantes en la vida de una persona son escasos y pueden estar distanciados unos de otros por largos espacios de tiempo. Años y décadas enteras. Cuando un día nos ponemos a echar la vista atrás, nos damos clara cuenta de este hecho: lo poco que dice todo cuanto hemos dicho y escrito, lo mucho que pesan los actos relevantes de verdad. No son las palabras por lo que tendremos que responder, no acabo de entender por qué nos empecinamos en ponernos a salvo bajo su protección. ¿Por qué no nos atrevemos a descansar en el silencio y en nuestros pensamientos? En los momentos e instantes en los que no atribuimos a nuestros actos su debido peso y significado, nos destrozamos la vida, no es ninguna novedad, pero no cabe duda de que todo sería distinto si nos tomáramos más tiempo para la calma y la reflexión.

Mi matanza va según lo planeado, aún queda una parte, pero estoy seguro de que cumpliré mi propósito. Que no accedieran a una solución económica no es más que otra prueba de lo engreídas que eran estas personas. Mis exigencias no eran en absoluto irrazonables, me imagino que estuvieron conversando entre ellos y que se pusieron de acuerdo en decir que no, y en cierto modo me alegra que al final la alternativa fuera esta. El dinero en realidad tan solo brinda soluciones temporales y de poca duración, esas son las condiciones.

Estas últimas noches he soñado con la abuela de la niña, aquella mujer pequeñita, frágil y licenciosa de ojos exigentes y palabras venenosas que acabaron sellando su destino. Viene a verme en sueños en forma de murciélago, no termino de entender el simbolismo: entra volando por una ventana rectangular y abierta y se posa en mi regazo o en mi brazo, luego se queda ahí y me observa con ojos amarillos; no dice nada, solo permanece ahí con la cabecita diminuta ladeada ora a la derecha, ora a la izquierda, y al cabo de un rato alza el vuelo y se marcha aleteando con un silbido característico. Siempre me despierto justo en ese momento, y lo curioso es que entonces me siento lleno de una especie de alegría, o por lo menos satisfacción.

De todos los actos humanos, matar es el más definitivo.

17 – 19 de agosto de 2007

Capítulo 27

—Te veo muy contento —comentó la inspectora Backman cuando se subieron al coche.

—He nadado quinientos metros ahora por la mañana —la informó Barbarotti—. ¿Vosotros no?

—Claro que está contento —dijo Astor Nilsson—. Si lleva tres días de vacaciones. Mientras los demás nos hemos estado partiendo el lomo.

—¿Quién conduce? —quiso saber Eva Backman.

—Yo —indicó Nilsson—. Sé cómo llegar a Hallsberg. Una vez conocí a una mujer que vivía allí.

—¿En serio? —preguntó Barbarotti.

—Como lo oyes —respondió Astor Nilsson—. Una belleza morena y misteriosa de los alrededores de Viby. Nos habríamos casado de no ser por las circunstancias del momento.

—A lo mejor quieres aprovechar para ir a verla —propuso Backman—. Nunca se sabe.

—No creo —contestó Nilsson—. Si no me equivoco, está en el cementerio.

—Entonces, mejor lo dejamos —dijo la inspectora—. Además, me parece que tenemos trabajo de sobra.

—Desde luego —suspiró Nilsson, y giró por la calle Norra Kungsvägen—. Este caso ya me ha convertido en peor persona.

—Si os soy sincero, esto me ha quitado el sueño —expresó Nilsson diez minutos más tarde, cuando ya habían salido de la ciudad y Eva Backman había logrado darles varias instrucciones por teléfono a sus hijos—. ¿Creéis que encontraremos un cadáver allí arriba?

Backman se encogió de hombros.

—Prefiero no especular sobre si encontraremos algo o no. Pero hay bastantes indicios que sugieren que Gunnar Öhrnberg está muerto, ¿verdad?

—Me pregunto qué método habrá empleado en esta ocasión —dijo Astor Nilsson—. ¿Qué me decís del envenenamiento? Ese no lo ha probado todavía.

—No sabemos cómo murió Henrik Malmgren —señaló Eva Backman—. Y tampoco le ha disparado a nadie, si no recuerdo mal.

—Disculpad —dijo Gunnar Barbarotti, quien había ocupado el asiento trasero de forma voluntaria—. Necesitaría que me pusierais un poco al día. Ahora que me han mostrado piedad otra vez y se espera que haga algo de provecho.

—Te enseñaré todo lo que sé —bromeó Astor Nilsson, y esbozó una sonrisita por el retrovisor—. No le llegaste a atizar a aquel reportero, ¿verdad que no?

—No —corroboró Barbarotti—. No lo hice.

—Lástima —contestó Nilsson—. Aunque mejor para ti, supongo. Bueno, ¿por dónde quieres que comencemos? Siento que no me vendría mal que alguien con un poco de sentido del orden le pusiera estructura y forma a todo esto.

—Muchas gracias —dijo Eva Backman—. Ya pillo

la indirecta. Aunque pienso que las cosas se han empezado a aclarar bastante.

—Mujer —declaró Astor Nilsson—, ilumínanos.

—Lo intentaré —prometió ella. Respiró hondo y subió un poco el respaldo del asiento—. Sabemos bastantes cosas, lo queráis o no. ¿No estáis de acuerdo? Por ejemplo, sabemos que, de alguna manera, todo gira en torno a unos acontecimientos ocurridos en la Bretaña el verano de 2002...

—¿Lo sabemos de verdad? —repuso Nilsson.

—Bueno —dijo Backman—. *Saber* a lo mejor no es la palabra correcta, pero estamos *bastante convencidos* de que ese es el caso. Hemos encontrado un solo punto en común entre las cuatro víctimas, y es que estuvieron en el mismo sitio durante algunas semanas..., vale, no sabemos exactamente cuánto tiempo..., aquel verano. ¿Creéis que deberíamos dudar de si se trata de la pista correcta?

—He intentado dudarlo —contestó Astor Nilsson—. Toda la noche. Pero cuesta creer que no sea eso. Aunque también se debe a que es lo único que tenemos.

—¿Qué quieres decir? —preguntó Backman.

Nilsson blandió un dedo pedagógico en el aire.

—Solo hemos hallado una única conexión. Un solo punto. Es evidente que vamos a partir de ahí. Lo que quiero decir es solo que si hubiese más puntos, la situación sería otra.

—Seguro —admitió Barbarotti desde el asiento de atrás—. Pero si hay más puntos de conexión, deberían aparecer. A lo largo de la investigación.

—Ya deberían haberlo hecho, de ser así —dijo Backman—. En cualquier caso, pienso que podemos creer en la solución de Francia siempre y cuando no topemos con nada que diga lo contrario. ¿Os parece?

—De acuerdo —convino Nilsson—. Digamos Bretaña 2002. ¿Qué coño pasó, pues?

Se hizo el silencio unos segundos.

—También seguimos sin saber exactamente dónde —constató luego Backman, y giró el cuello hacia el asiento trasero—. Hemos encontrado algunos mapas y folletos en casa de los Malmgren, y creemos que estuvieron afincados en algún sitio del sur, en Finistère. Pero a lo mejor estuvieron viajando por ahí, y..., bueno, que no está claro, vaya.

—¿Y los demás?

—En casa de los demás no hemos encontrado demasiada chicha, pero estamos investigando el tema a base de hablar con agencias de viajes y tal. Por desgracia, en cinco años da tiempo a que desaparezcan muchas cosas.

—Mi pelo desapareció en tres —señaló Astor Nilsson.

—Las fotografías —retomó Barbarotti.

—Sí —dijo Backman—. Siendo sinceros, son el único indicio que tenemos. Anoche estuve pensando una cosa. ¿Qué me decís del aspecto temporal? ¿En qué margen de días están tomadas las fotos?

—¿Cómo? —preguntó Nilsson.

—Quiero decir, por ejemplo: ¿podría ser que se trate de un solo día y que el grupo..., sí, que el grupo solo coincidiera ese día?

Barbarotti se lo pensó un poco mientras aprovechaba para sacar las fotos de su maletín.

—No —respondió—. Creo que son de dos días diferentes. Se han cambiado de ropa y tal. A lo mejor, incluso tres. Pero entiendo por qué lo comentas.

—Yo también —dijo Astor Nilsson—. ¿Coincidieron un solo día o estuvieron relacionándose durante un tiempo más prolongado? Es bastante evidente que no se conocían de antes. Al menos no tenemos nada que así lo sugiera.

—En efecto —confirmó Backman—. No estaba planeado que fueran a encontrarse. Pero algo debió de pasar, o eso es lo que nosotros nos imaginamos. Durante esos días ocurrió algo que..., sí, que cinco años más tarde da como resultado que los cinco pierdan la vida. Si partimos de la base de que Gunnar el Muerto está realmente muerto.

—Exacto —indicó Astor Nilsson y bostezó—. Yo también he llegado a la conclusión de que partimos de esa base. Y si no me equivoco, esa también es la razón por la que estamos sentados en este coche de camino a Hallsberg.

Se quedaron un rato callados. Barbarotti intentó de nuevo analizar las siete fotografías.

—¿Y el Sexto Hombre? —preguntó—. ¿Qué pensáis?

—Ese es el tema —dijo Nilsson.

—¿Qué pasa? —quiso saber Barbarotti.

—Es él —contestó Eva Backman—. Quiero decir, creo que él es nuestro hombre.

Barbarotti se rascó la nuca y miró un puñado de vacas variopintas que justo estaban pasando al otro lado de la ventanilla.

—¿A qué te refieres con que ese es el tema? —le preguntó a Astor Nilsson.

Este soltó el volante un instante y se abrió de brazos en un gesto de irritación.

—Solo que es tan jodidamente evidente... —dijo—. Y no me gusta demasiado cuando es tan evidente. Pero sí, estoy de acuerdo en que tiene que ser él. Lástima que tenga el aspecto de un tipo cualquiera.

Barbarotti asintió con la cabeza.

—Sí, es verdad. Además, sale un poco borroso. Y han pasado cinco años. ¿Habéis decidido cómo lo vamos a hacer con esto?

—Jonnerblad tiene sus dudas —explicó Backman—. Sylvenius y Asunander también. Las cosas siempre se empiezan a torcer cuando se publican fotos de presuntos asesinos.

—No hace falta decir que se trata de un asesino —señaló Barbarotti.

—¿Ah, no? —dijo Astor Nilsson.

—Se puede decir que la policía está interesada en ponerse en contacto con el individuo de la imagen. O con gente que pueda dar información sobre él.

Astor Nilsson soltó un gruñido.

—La prensa dirá que es el asesino de todos modos, ya lo sabes. O como mínimo se lo darán a entender a los lectores. Pensaba que ya te había quedado un poco más claro cómo funciona el mundo de los periódicos.

Barbarotti suspiró y volvió a guardar las fotos en el maletín.

—Entonces ¿qué narices hacemos?

—Lo publicaremos igualmente —propuso Astor Nilsson—. Solo dejaremos que pasen unos días, hasta que los caballeros hayan terminado de dudar.

—Ya veo —indicó Barbarotti—. Sí, claro que sí.

—A menos que surja algún imprevisto y el caso se resuelva antes —propuso Backman—. En la metrópolis de Hallsberg, por ejemplo.

—Por ejemplo —dijo Nilsson.

—¿Y Hans Andersson? —preguntó Barbarotti tras una nueva breve pausa—. Supongo que ya habéis hablado de la posibilidad de que se llame así.

—¿El hombre de la foto o el asesino? —repuso Backman, y sonrió fugazmente.

—Ese es el tema —señaló Astor Nilsson.

—Has vuelto a decirlo.

—Soy consciente de ello. Pero es que ese es el tema. Si hay algo que me irrita más que ninguna otra cosa en toda esta historia es el maldito Hans Andersson este. Si hubiese una mínima lógica en todo este embrollo, él también tendría que estar muerto. Sea quien sea. Y si resulta que...

Perdió el hilo.

—¿Dices que te gustaría tener otro cadáver? —dijo Eva Backman, e hizo correr una cajetilla de caramelos Läkerol entre sus compañeros—. ¿No te parece que ya tenemos suficientes con los que hay?

—No —respondió Astor Nilsson, y se metió cuatro pastillitas en la boca—. Me has interrumpido. Lo que iba a decir es que si... si el Sexto Hombre, por ejemplo, resulta llamarse Hans Andersson, lo más probable es que no sea idéntico al asesino, en cuyo caso no tendremos fotos del asesino, sino que el sexto chico este no es más que un pobre Hans que estaba en... en la periferia, y como solo está en la periferia y, además, no puede identificar al asesino, se ha librado.

Barbarotti y Backman reflexionaron acerca de este detalle.

—En tal caso... —dijo ella—. En tal caso sería muy interesante lograr contactar con él.

—Sin lugar a dudas —convino Astor Nilsson—. Pero no creo que el tipo de la foto se llame Hans Andersson.

—¿Por qué no? —quiso saber la inspectora.

—No lo tengo claro. Si jugáramos al Cluedo, o como coño se llame, está claro que se llamaría Hans

Andersson, pero que yo sepa no estamos jugando al Cluedo.

—En eso estamos de acuerdo —afirmó Gunnar Barbarotti—. Yo también he llegado a la conclusión de que no estamos jugando al Cluedo.

A la altura de Götene se puso a llover. Al mismo tiempo empezó a sonar el teléfono móvil de Backman. Ella lo cogió, dijo «sí» cinco veces, «no» dos veces y luego colgó.

—Era la policía de Örebro —informó—. Estarán allí a las once. Un inspector que se llama Ström y dos técnicos.

—Bien —dijo Astor Nilsson—. Entonces solo necesitamos un cuerpo para que todo vaya según lo planeado.

—¿Qué seguimiento le habéis podido hacer al tal Gunnar Öhrnberg? —preguntó Barbarotti—. ¿Lleva un tiempo invisible?

—Diez días —le confirmó Backman—. Aunque no se descubrió hasta el lunes, cuando comenzó el trimestre para el profesorado. A ver, no es que hubiera nadie que se pensara que estaba desaparecido, pero cuando llamamos y nos pusimos a preguntar, resultó que nadie lo había visto desde el martes de la semana pasada... De hecho, hoy se cumplen diez días.

—¿Y está soltero?

—Si estás casado es un poco difícil desaparecer una semana sin que se den cuenta —dijo Nilsson, y sonrió maliciosamente en el retrovisor.

—Supongo que sí —admitió Barbarotti—. ¿Con quién habéis hablado?

—En realidad solo con una persona —dijo Backman—. Pero parece bastante competente. Jefa de estudios en el instituto, ha hecho una pequeña investigación por su cuenta, al entender la situación. Creo que podemos dar su palabra por válida.

—¿Ninguna otra conexión entre Öhrnberg y las demás víctimas? Aparte de la Bretaña, me refiero.

—No —continuó la inspectora—. Pero salía con Anna Eriksson. Estuvieron juntos gran parte de 2002, según las declaraciones de los testigos. La relación no era nada del otro mundo, por lo visto, eso lo han dicho varias personas. Gunnar podía ser bastante dominante, no llegaron a vivir juntos y a nadie le sorprendió demasiado que rompieran. Pero no hay que olvidar que son los conocidos de Anna los que han dado toda la información.

—En aquella época él trabajaba en un instituto en Borås, ¿no es así?

—Sí. Pero solo tres trimestres. Y no hemos encontrado a ningún compañero que recuerde a Anna Eriksson.

—A lo mejor no la llevaba a las fiestas de profes.

—No, supongo que no.

Pasaron por Hova y dejó de llover.

—He tenido un sueño —dijo Astor Nilsson.

—¿Ah, sí? —quiso saber Eva Backman—. Pensaba que no podías dormir.

—Estaba soñando despierto —aclaró él con paciencia—. Sea como sea, en el sueño el tal profesor Öhrnberg sigue vivo, y nos podemos sentar a charlar con él durante cuatro horas y resolverlo todo.

—Me apunto al sueño —dijo Barbarotti—. ¿Qué hora es? Me he olvidado de quitarme el reloj esta mañana cuando me he puesto a nadar y se ha parado.

—Las nueve y veinte —contestó Nilsson—. Llegaremos a Hallsberg con media hora de antelación. ¿Qué decís? ¿Paramos a desayunar algo y miramos qué pone hoy en el *Expressen*?

—A mí me basta con el desayuno —señaló Gunnar Barbarotti.

—El GPS no funciona —constató Astor Nilsson tras dejar atrás la carretera E20 y mientras se acercaban al otrora importante núcleo ferroviario—. Pero si no lo recuerdo mal, solo hay una calle.

Resultó ser una verdad a medias. Desde luego, la calle Storgatan atravesaba toda la localidad al lado de las vías del tren, pero también había alguna que otra calle paralela más y varias perpendiculares. Astor Nilsson se detuvo delante de la librería Stigs Bokhandel, entró en la tienda y pudo contar al instante con la ayuda entusiasmada de un caballero con bigote prominente de unos sesenta años. A las once y cinco minutos aparcaron delante de un pequeño bloque de viviendas en la calle Tulpangatan 4. Un hombre alto con cabeza rapada fue rápidamente a su encuentro.

—Ström. ¿Ha ido bien el viaje?

Se dieron un apretón de manos y se presentaron. Astor Nilsson le aseguró que el viaje había ido sobre ruedas. El inspector Ström les señaló con la mano a dos hombres más jóvenes que se estaban bajando de un Volvo azul.

—Me he traído a dos técnicos, tal y como habíamos dicho. Por si acaso. Jönsson y Fjärnemyr.

Saludaron también a Jönsson y Fjärnemyr. A Jönsson le faltaba medio dedo índice de la mano derecha, observó Barbarotti, pero seguro que no suponía ningún problema a la hora de trabajar como técnico especializado en escenarios de crímenes.

—El portero ya se ha pasado a abrir con llave —les explicó Fjärnemyr—. Ya podemos entrar.

Ström tomó la delantera y enfiló la escalera. Era el típico bloque de tres plantas de finales de los años sesenta. Pero elegante y, probablemente, reformado no hacía mucho. Dos pisos en cada planta, el de Öhrnberg quedaba arriba del todo. El inspector Ström se detuvo delante de la puerta y esperó a los demás.

—Disculpa —dijo Eva Backman—. Creo que preferiría entrar yo sola. No merece la pena que nos metamos todos en tropel.

Barbarotti vio que Ström hacía una mueca de disgusto. Ajá, pensó. Un hombre de la vieja escuela. No podía tener más de cuarenta, pero era evidente que le molestaba que la única mujer entre los seis presentes fuera la que tomara el mando.

—Desde luego —contestó, y le aguantó la puerta.

Eva Backman dio una zancada larga para superar la montaña de correo y revistas que había en el suelo del recibidor. Abrió puertas a la derecha, la izquierda y al frente y se dio una vuelta por el piso durante algo más de un minuto. Luego volvió con los demás.

—Nada —dijo—. Ni cuerpo ni nada. Si huele mal es por la basura en la cocina. No ha estado en casa desde hace más de una semana y estamos en plena canícula.

—¿Qué queréis hacer? —preguntó el inspector Ström, y paseó la mirada entre Astor Nilsson y Barbarotti. Una suerte de declaración de intenciones, aparentemente, ya fuera consciente o no.

—¿Qué os parece esto? —empezó Astor Nilsson—. Nos dejáis aquí a solas un par de horas y a ver qué encontramos. No hace falta que nos vayamos estorbando los unos a los otros. Si vuelves con el portero... —Miró primero el reloj, luego a Ström—, ¿pongamos que a la una y media? Pues os informamos de qué nos llevamos y precintamos el piso. ¿Cómo lo veis?

El inspector Ström asintió con la cabeza. Los técnicos Jönsson y Fjärnemyr asintieron con la cabeza.

—Hecho —dijo Barbarotti—. Pues nos vemos luego.

Gunnar Öhrnberg había sido —o quizá era— un hombre bastante ordenado, era una de las conclusiones a las que pudieron llegar tras inspeccionar su apartamento durante una hora y media. Las tres estancias estaban limpias y recogidas. Tenía librerías llenas, sobre todo de literatura relacionada con sus campos —historia y ciencias sociales—, pero también mucha narrativa. El escritorio en el despacho estaba minuciosamente organizado, con ordenador e impresora multifunciones. Estantes con carpetas y archivadores, todo muy bien clasificado. Aunque también cabía decir, pensó Barbarotti, que el curso escolar aún no había empezado.

Y quizá no volvería a empezar nunca más para Gunnar Öhrnberg, aunque era demasiado pronto para expresarse con seguridad en ese aspecto. Demasiado pronto. Bien podía haber decidido en el último momento irse de viaje y haberse olvidado de que le tocaba ponerse a trabajar. O se podía haber perdido en una excursión por el monte. O podía..., ¿qué más?, se preguntó Barbarotti tras cerrar la puerta del armario lleno hasta los topes. ¿Haber sido secuestrado? ¿Haber sufrido un ictus mientras cogía setas en el bosque y haber perdido la memoria?

En un aparador de roble en el salón había una hilera de fotos enmarcadas. Seis personas desconocidas, dos de las cuales eran mayores —padre y madre, aparentemente— y otras dos eran pequeñas. Un niño y una niña, ambos de pelo castaño. También una pareja de novios. El hombre recordaba un poco a Gunnar

Öhrnberg, por lo que Barbarotti dedujo que podría tratarse de un hermano y que los críos eran sobrino y sobrina. Detrás de una puerta del mismo aparador había no menos de diez botellas de whisky, todas *single malt*, siete de ellas abiertas. Un entendido, a juzgar por las apariencias. También había un humidificador con seis puros.

Pero ningún álbum de fotos en ninguna parte. Ni ningún hueco en ninguna estantería en el que pudieran haber estado.

—Parece que él tampoco era muy de hacer fotos —observó Eva Backman—. No hay ninguna cámara.

—Nos llevamos el ordenador —dijo Astor Nilsson—. Podrían estar ahí. Y podría haber cualquier otra cosa.

—Lo que sí hay es una agenda de contactos hecha a mano —comentó Barbarotti—. Anna Eriksson aparece, pero ninguno de los demás.

—¿Algún Hans Andersson? —preguntó Nilsson.

Barbarotti negó con la cabeza.

—Me temo que no. Pero nos la llevamos de todos modos.

—Por supuesto —dijo Astor Nilsson, y subió las persianas de la puerta del balcón.

Tanto la tele como el equipo de música eran de marca Bang & Olufsen, la colección de CD, colocados en columnas, rondaría los cien títulos. Mucho jazz, pero también bastante basura, constató Astor Nilsson, y los DVD, ubicados también en el aparador, no pasaba de los treinta. Más o menos la mitad eran porno.

—Si estás soltero, estás soltero —declaró Nilsson.

—¿Experiencia propia? —quiso saber Eva Backman.

—Qué va —dijo Astor Nilsson—. Me gustaría ponerme un poco cachondo con esa mierda, pero no me sirve.

—Lo siento —se disculpó Backman—. No pretendía meterme en tu vida privada.

—No pasa nada. Soy un libro abierto. En cualquier caso, parece un cabrón muy ordenado el profesor este. Debería haber tirado la basura, pero a lo mejor no había previsto que iba a ser asesinado.

—No puedes controlarlo todo —aseguró Barbarotti—. Lo que está claro es que no lo han matado en su casa. Creo que es una conclusión que nos podemos atrever a sacar.

—Estaría bien saber si lo han matado antes de hablar de dónde no lo han matado —indicó Eva Backman.

—Me ha costado entenderlo —dijo Nilsson—. Pero ¿no os parece que deberíamos dejarlo ya? También nos tiene que dar tiempo de hablar con alguna persona.

—¿El trastero del sótano? —propuso Barbarotti—. ¿Bajamos a echar un vistazo? Al fin y al cabo, tenemos la llave.

Backman asintió con la cabeza.

—Hazlo. Mientras tanto, nosotros empezamos a sacar lo que queremos llevarnos. Esperaremos a Ström y compañía allí abajo. También sería lo suyo que nos diera tiempo de ir a comer, ¿no os parece?

—Altamente necesario —convino Astor Nilsson—. Cuando tengo hambre soy el peor policía de toda Suecia. No oigo lo que dice la gente, así de simple.

—¿Has dicho algo? —dijo Barbarotti, y Backman sonrió.

Capítulo 28

—No había nada, me imagino —dijo Astor Nilsson—. En el trastero, quiero decir.

Barbarotti negó con la cabeza.

—Mucho equipo de buceo. Y esquís. Y patines de hielo de larga distancia. Botas de montaña y mochilas, se ve que practicaba bastante deporte, no solo se sentaba a beber whisky y fumar puros.

—No me gusta que hables de él en pasado —repuso Eva Backman—. Ya sé que es una tontería, pero no me gusta.

—Tú también lo haces —replicó Barbarotti.

—Lo sé —admitió ella—. Tampoco me gusta.

—Ahí hay un restaurante chino —señaló Nilsson—. ¿Les va bien a los presentes?

—Suficiente —dijo Barbarotti—. Al menos suelen servir rápido.

Y así fue. Gunnar Barbarotti incluso tuvo tiempo de meterse en una relojería y comprarse un nuevo reloj de pulsera. Solo costaba doscientas cuarenta y nueve coronas, pero el dependiente le prometió, con un acento brutal de la provincia de Närke, que estaba fabricado para durar toda la eternidad.

—No es una mierda de reloj solo porque sea barato. Lo llevarás hasta el día de tu entierro.

Barbarotti pagó y le dio las gracias. Había una comisaría en la calle Västra Storgatan de Hallsberg, pero había quedado con Tomas Wallin en que se verían en la cafetería de la estación ferroviaria. No dejaba de ser divertido trabajar en la policía local de una localidad pequeña como esa, pensó, pero una cafetería es una cafetería, al fin y al cabo. Por lo general, una sala de interrogatorios no era más que una sala de interrogatorios.

Tomas Wallin estaba bronceado y tenía aspecto sano, pero comenzó diciendo de inmediato que estaba tremendamente preocupado.

—Debe de haberle pasado algo. Gunnar jamás desaparecería de esta manera.

Barbarotti lo analizó deprisa. Un hombre bastante bajito y corpulento, entre los treinta y cinco y los cuarenta. Rubio rojizo, pelo rapado al uno, ojos azules y honestos.

—Voy a grabar la conversación —dijo Barbarotti, y puso en marcha la grabadora—. Para que no se nos escape nada importante.

—Ya veo —contestó Tomas Wallin, y dio un trago de agua.

—Entonces, te llamas Tomas Wallin y eres buen amigo de Gunnar Öhrnberg. ¿Podrías darme tu dirección postal y tu número de teléfono?

Así lo hizo.

—¿De Örebro?

—Sí.

—De acuerdo. ¿Puedes decirme cuánto hace que conoces a Gunnar Öhrnberg?

—Diecisiete o dieciocho años. Nos conocimos haciendo la mili en Arvidsjaur.

—¿División de montaña?

—Sí.

—¿Y habéis mantenido el contacto desde entonces?

—Más o menos. Sobre todo estos últimos años, a decir verdad, desde que Gunnar se vino a vivir a Hallsberg.

—¿Tú has vivido en Örebro toda la vida?

Wallin dijo que no con la cabeza.

—Diez años, más o menos. Nacido y criado en Gävle, y viví una temporada en Umeå.

—¿De qué trabajas?

—Soy dentista.

Barbarotti se tragó su asombro. De haber tenido que adivinar, probablemente habría dicho dueño de gimnasio o algo por el estilo. Le costó un poco vincular la figura fornida de Tomas Wallin con la agilidad manual de un dentista.

—Pero ahora os veis a menudo, dices —dijo.

—Sí —contestó Wallin—. También compartimos aficiones.

—¿Cuáles?

—Supongo que el buceo es la principal. Somos instructores los dos. Solemos trabajar una semana o dos en un centro de buceo en Kungshamn. También hemos hecho algunos viajes, claro. Mar Rojo, Filipinas y tal. Y solemos ir al monte.

—¿Cada año?

—Los tres últimos sí.

Gunnar Barbarotti reflexionó.

—En 2002 —dijo—. ¿Recuerdas cómo fue en 2002?

—¿Si fuimos al monte?

—Sí.

Tomas Wallin lo pensó un momento. Luego negó con la cabeza.

—No, ese año no. Fuimos un par de veces a comienzos de los noventa... y luego ya estos últimos veranos.

—¿Y este año?

—Pretendemos ir cuatro días en septiembre.

Optimista, pensó Barbarotti.

—¿Y el trabajo de instructor de buceo?

—¿Con qué frecuencia, te refieres?

—Sí, por favor. Y a ser posible, en qué años, si consigues recordarlo.

Wallin se lo pensó otra vez.

—Pues fuimos ahora en julio, claro. Y el año pasado y el año anterior...

—¿En 2002?

—En 2002 también estuvimos. Me parece que solo nos hemos saltado un año de los 2000, y fue 2001.

—¿En qué época del año soléis ir?

—Siempre la última semana de julio —dijo Wallin de inmediato—. A veces también la primera de agosto.

Barbarotti sintió un pequeño temblor repentino.

—Entiendo —respondió—. Enseguida hablaremos de cómo ha sido este verano, pero primero me gustaría que nos centráramos un poco en el verano de 2002. ¿Crees que puedes intentar recordar cómo fue?

Tomas Wallin se encogió de hombros.

—Si te refieres a la semana de submarinismo, no sé. ¿Quieres decir que 2002 fue especial?

—Eso es lo que estoy preguntando —dijo Barbarotti—. Aquel año Gunnar mantuvo una relación con una mujer que se llamaba Anna. Anna Eriksson. Estuvieron juntos en Francia en verano, debió de ser justo antes de quedar contigo en el centro de buceo.

Tomas Wallin arrugó la frente.

—No recuerdo a ninguna Anna. Pero sí que es cierto que estuvo en Francia. En la Bretaña, me parece, trajo una botella de calvados y yo le dije que el calvados no se elabora en la Bretaña sino en Normandía..., bueno, sea como sea, recuerdo que nos tomamos unas copas después de una inmersión nocturna.

—Excelente —dijo Barbarotti—. ¿Hablasteis algo de lo que había estado haciendo en la Bretaña?

Wallin se encogió de hombros.

—Supongo. Pero no recuerdo nada en especial.

—¿A quién había visto y eso?

—No.

—Te pediría que te tomaras un poco de tiempo con esto. Podría ser importante.

Tomas Wallin bebió otro trago de agua. Permaneció un rato callado mirando por la ventana.

—¿Por qué podría ser importante? —quiso saber.

—Lo siento, pero no puedo decírtelo —señaló Barbarotti.

—¿No tendrá que ver con...?

—¿Con qué?

—Con los asesinatos estos que tenéis entre manos. Gunnar el Muerto y todo eso... Tampoco hay que ser policía para sumar dos más dos.

Gunnar Barbarotti asintió en silencio.

—Entiendo que lo hagas —dijo—. Pero seguro que comprendes que no puedo hablar contigo de cualquier tema.

—Por supuesto —respondió Tomas Wallin—. Disculpa, solo estoy muy preocupado por Gunnar.

Tengo que preguntarle si está casado, pensó Barbarotti de pronto. Espero que no me malinterprete.

—Dime, ¿tienes familia? —preguntó.

—Esposa y dos hijas. La pequeña acaba de cumplir un año.

Qué bien, pensó Gunnar Barbarotti. Simple amistad masculina, nada más.

Sigo teniendo los mismos prejuicios de siempre, se dijo luego. Aunque a lo mejor son celos por no tener un amigo como Tomas Wallin.

Comprobó que la grabadora seguía funcionando y volvió a concentrarse. Le pasó su tarjeta.

—Por si recordaras algo relacionado con el año 2002 —explicó—. Puedes llamarme directamente a mí. El menor detalle, basta con que esté relacionado con Francia o con la tal Anna.

Wallin asintió con la cabeza y se guardó la tarjeta en la cartera.

—Pues ya está —dijo Barbarotti—. Volvamos al presente, por así decirlo. ¿Cuándo viste a Gunnar Öhrnberg por última vez?

—Hace dos semanas —respondió Wallin al instante—. Hace dos sábados. Vino a nuestra casa, en el centro, y cenó con nosotros. Se quedó a dormir y se fue a su casa el domingo por la mañana.

El inspector miró su calendario.

—¿El sábado 4 de agosto, dices?

—Así es —afirmó Tomas Wallin—. Volvimos de Scorpius el lunes anterior, lo invitamos entonces.

—¿Quiénes lo invitasteis? ¿Scorpius?

—Emma y yo. O sea, mi mujer. Sí, esta vez fui a Scorpius con toda la familia. Es el centro este de buceo, queda en un pequeño islote entre Kungshamn y Smögen. Mi mujer se sacó el Advanced.

Barbarotti dedujo que se trataba de algún tipo de certificado de buceo, pero no se molestó en preguntar.

—Vale —se limitó a decir—. ¿Observaste algo en especial con Gunnar? Durante la semana de buceo o cuando estuvo en vuestra casa el sábado.

—Nada. Estaba como siempre.

—¿Seguro?

—Sí.

—¿No estaba preocupado por nada?

—No.

—¿Mostró un comportamiento nervioso?

—No, no.

—Y, si lo piensas un poco, ¿no podría haber estado ocultándote algo? Conociéndolo desde hace tanto, deberías poder ver esas cosas.

Estaba preparado para otro no rotundo, pero ahora Tomas Wallin titubeó un segundo y se rascó el cuello, un poco intranquilo. Eran señales pequeñas, pero Barbarotti veía que algo iba a salir.

—Bueno —dijo—. Supongo que no tiene nada que ver con esto, pero creo que había conocido a una mujer nueva.

—¿Una mujer nueva? —repitió Barbarotti sin poder disimular su decepción—. Entonces ¿no estaba manteniendo una relación con nadie antes?

Wallin dijo que no con la cabeza y puso una cara con la que pretendería excusar a un amigo.

—No, las relaciones de Gunnar con las mujeres no acababan de cuajar del todo. Es como un soltero empedernido. Desde que se vino a vivir a Hallsberg creo que no ha estado con nadie. O por lo menos no me ha dicho nada.

—Pero ¿ahora dijo algo?

—No directamente —dijo Tomas Wallin—. Pero durante la semana de buceo se fue dos noches y no volvió hasta la mañana siguiente. Sería raro si no se tratara de una mujer.

—¿No se lo preguntaste?

—Mi mujer lo hizo. Cuando estuvo en nuestra casa.

Él esquivó la pregunta y Emma dice que lo hizo porque quería mantenerlo en secreto. Que seguro que era una mujer casada... Se le da bien pillar esas cosas a mi mujer.

Sí, pensó Barbarotti. Y no es la única mujer del planeta en posesión de esa habilidad.

—Entonces, tú no has visto a Gunnar desde el día 5 por la mañana.

—No.

—¿Has hablado con él por teléfono?

—Una vez —dijo Tomas Wallin—. El lunes.

—¿Con qué motivo?

—Ninguno, en verdad. Me llamó para darme las gracias por la velada..., o espera, sí, me dijo que se iba un par de días a pescar con un compañero.

—¿Un compañero del trabajo?

—Así lo entendí yo.

—¿Te dio algún nombre?

—No, estoy bastante seguro de que no.

Gunnar Barbarotti echó un vistazo por la ventana y vio un tren X 2000 frenando en la vía 1. Al menos sigue parando aquí algún que otro tren, pensó.

—¿Cuándo te diste cuenta de que Gunnar había desaparecido? —preguntó.

—El martes. Me llamaron del instituto preguntándome si sabía algo de él.

—Entonces, en el instituto están al tanto de que sois buenos amigos.

Tomas Wallin se encogió de hombros.

—Se ve que sí.

—¿Y no tienes ni idea de dónde podría haberse metido?

—Ni idea. Tanto para mí como para mi mujer resulta incomprensible.

Barbarotti se quedó un momento pensando.

—Me parece que no tengo nada más que preguntar, por ahora —dijo—. ¿Te puedo llamar si necesitara saber algo más?

—Desde luego. Todo lo que quiero es...

No pareció encontrar ninguna buena continuación. Quizá porque no la había, pensó Barbarotti lúgubre, y apagó la grabadora.

—¿Y me llamarás si se te ocurre algo?

—Desde luego —repitió Wallin, y comenzó a levantarse de la silla.

—Sobre todo relacionado con aquel verano... de 2002.

—Me ha quedado claro —dijo Tomas Wallin, y luego se despidieron.

Volvían a estar en el coche.

Eva Backman les había resumido la conversación que había tenido con la mujer soltera que vivía pared con pared con Gunnar Öhrnberg en la calle Tulpangatan. Mucha gente soltera, últimamente, había constatado Backman. Por ejemplo, dos en ese mismo equipo, había señalado Astor Nilsson.

La mujer se llamaba Gunnel Pekkari. Tenía treinta y cinco años, divorciada, vivía con su hija de cinco años y un gato. Era atractiva, había comentado la inspectora Backman, al menos según el canon actual: pechos grandes, ojos de corzo y labios recién inyectados. La inspectora no descartaba la posibilidad de que pudiera haber tenido un lío con Öhrnberg. O por lo menos que se hubiera ido a la cama con él en un par de ocasiones. Al fin y al cabo eran vecinos, también había que ser un poco práctico.

Pero no en este último tiempo, lamentablemente.

Gunnel Pekkari no había podido aportar nada. Bueno, sí, un detalle: se había topado con su vecino en el rellano sobre las siete de la tarde del martes, el día 7, vaya, y podía poner la mano en el fuego de que estaba vivo. Pero Öhrnberg iba con prisas y solo se habían saludado. Él estaba saliendo, según la mujer.

Por lo demás, Gunnar Öhrnberg le parecía guapo, tenía buena planta, quizá la nariz un poco demasiado grande. Acerca de sus cualidades internas no había tenido nada que comentar.

—Excelente —dijo Astor Nilsson—. Por lo menos estaba vivo el 7. Ahora ya lo sabemos.

Después él se había puesto a explicarles su visita a la jefa de estudios Manner-Lind en el instituto Alléskolan. La mujer había hecho todo lo posible para localizar a Gunnar Öhrnberg desde el martes, cuando había comenzado a sospechar. Que un profe se perdiera el primer día de planificación era algo que ocurría con frecuencia, pero no dos días, a tanto no solían atreverse, sobre todo los profesores del calibre de Öhrnberg.

No porque no se atreviera, sino porque era como era. Casi nunca se ponía enfermo y aguantaba lo que se le echara. Querido por el alumnado, el profesorado y las familias. Y por la dirección del centro. Si había que hacer una sustitución, él siempre se ofrecía. ¿Horas extra? Sin problema. ¿Acompañante voluntario a un viaje de estudios? Öhrnberg se presentaba sin pestañear.

Así que Manner-Lind había hablado con varias personas. Con Josefsson y Pärman, con quienes sabía que Öhrnberg se relacionaba en privado. Con Rosander, quien había quedado con Öhrnberg para ir a pescar trucha alpina en el lago Vättern, aunque habían anulado el viaje porque iban a operar de la cadera a la mujer de Rosander. Con el hermano de Öhrnberg, afincado en Östersund, y con sus padres, que vivían en Kramfors.

También con el amigo Wallin de Örebro, por supuesto, pero nadie sabía nada y nadie había podido aportar la menor pista de dónde podría haberse metido el profesor desaparecido.

Así que al final se había puesto en contacto con la policía.

—He tenido una sensación desagradable cuando hemos terminado de hablar —comentó Astor Nilsson.

—¿Ah, sí? —dijo Barbarotti, que había vuelto a elegir el asiento de atrás para el regreso a casa—. ¿Qué sensación?

—Bueno. Si ni siquiera Manner-Lind, la jefa de estudios, consigue encontrarte, lo más probable es que estés muerto en algún sitio.

—Creo que casi todo apunta a que... —empezó Barbarotti, pero se interrumpió cuando el móvil de Backman comenzó a sonar.

Ella lo cogió. Dijo «sí» varias veces, luego miró por la ventana y dijo «En Laxå, me parece», después soltó un taco, asintió con la cabeza y fue musitando «sí» y «no» un rato. Terminó con un «claro, por supuesto», y cortó la llamada.

—¿Qué coño ha sido eso? —preguntó Astor Nilsson.

—Era Jonnerblad —explicó Backman—. Métete en la gasolinera esa de ahí delante. Damos la vuelta.

—¿Por qué? —preguntó Barbarotti.

—Porque han encontrado el cadáver de un varón en un campo de trigo en las afueras de Kumla. Hay indicios que sugieren que se trataría de Gunnar Öhrnberg.

—¿Qué os he dicho? —dijo Astor Nilsson.

—¿Un campo de trigo? —Barbarotti se extrañó.

Backman asintió con la cabeza.

—El granjero lo ha encontrado cuando pasaba la cosechadora. Puede que haya quedado un poco maltrecho.

Capítulo 29

En efecto, Gunnar Öhrnberg había quedado un poco maltrecho.

Era lo menos que se podía decir. El campo de trigo en cuestión estaba en un lugar llamado Örsta. En un camino de tierra estrecho que conducía hasta una carretera de asfalto un poco más ancha había una hilera de vehículos: cuatro coches patrulla, cuatro normales, un puñado de personas, una motocicleta y un perro que ladraba como un poseso. Treinta metros campo adentro había una cosechadora verde solitaria y otro montón de gente. Barbarotti, Backman y Astor Nilsson llegaron justo cuando el sol acababa de ponerse. En el oeste se veía la silueta de la ciudad de Kumla, con el cementerio y la iglesia al frente y un barrio de casas que trepaban por la cresta de una montaña con un cielo amarillo rojizo de fondo. Barbarotti buscó de forma automática algo que pudiera parecer el muro de una prisión, icono de la ciudad, pero su mirada se fijó en una hermosa torre de agua redonda.

—Me pregunto por qué Ström no nos ha llamado directamente —observó cuando se hubieron bajado del coche—. Me parece un poco innecesario pasar primero por Jonnerblad.

—¿Sabes? —dijo Astor Nilsson—. Casi me da la impresión de que no le caemos bien, al señor inspector.

—Qué extraño —dijo Eva Backman.

Un tal comisario Schwerin los escoltó por el campo, y cuando por fin se plantaron frente a los despojos de lo que había sido el profesor Gunnar Öhrnberg, durante un instante crítico Barbarotti pensó que iba a vomitar. Pero los dos perritos calientes con puré de patata que se había metido entre pecho y espalda antes de salir de Hallsberg dieron la vuelta a medio camino y se quedaron en su estómago.

El granjero se llamaba Mattsson y no había conseguido parar la cosechadora a tiempo. De ahí el destrozo. Antiguamente se hablaba de la dama de la guadaña, pensó Gunnar Barbarotti. A lo mejor esto era el símil de los tiempos modernos. La muerte que cosechaba con cosechadora.

—Sí, se ve un poco pringoso —observó el comisario Schwerin—. Pero también tiene un orificio de bala en la cabeza, ya estaba tieso cuando el granjero le ha pasado por encima.

—¿Orificio de bala? —repitió Nilsson.

—Como lo oyes —dijo el inspector Ström, que se les había sumado—. Le ha atravesado la cabeza. Entrada por la sien izquierda, salida por la derecha.

Eva Backman miró la hora.

—Son las ocho y media —constató—. ¿A qué hora lo ha... encontrado?

—A las seis menos cuarto, más o menos —respondió Schwerin—. Ha entrado en estado de shock. Llevaba el móvil consigo, pero no conseguía utilizarlo. Ha sido su mujer quien ha llamado, a las seis y diez.

—Seis y once minutos —corrigió Ström.

—Ström, ¿puedes ir a ver cómo les va a Bengtsson y a Linder? —pidió Schwerin.

El inspector Ström asintió con la cabeza y los dejó solos. Gunnar Barbarotti intentó echar un vistazo general al macabro escenario. Faltaba más o menos la mitad del campo por cosechar. El agricultor había trabajado desde el exterior hacia el interior, y la cosechadora estaba aparcada como un gigantesco animal prehistórico que de pronto no tenía fuerzas para seguir moviéndose. En un rectángulo del tamaño de un campo de fútbol, el trigo se mecía con la suave brisa de la tarde. Les llegaba por la cintura y ya estaba maduro. La policía había acordonado una pequeña área con cinta plástica blanquiazul. Alrededor de la cosechadora y del cuerpo ajado de Öhrnberg había forenses, técnicos y fotógrafos merodeando, y por fuera de las cintas se habían juntado por lo menos treinta personas.

—¿Quién es toda esa gente? —quiso saber Gunnar Barbarotti.

El comisario Schwerin se encogió de hombros.

—Ha corrido la voz. Vecinos e interesados. La prensa también está aquí. En esta zona no suelen pasar estas cosas.

—¿No les has pedido que se retiren?

—Sí. Pero la mayoría ya estaba aquí cuando hemos llegado. Y luego están el derecho de acceso a la naturaleza y la libertad de prensa.

Barbarotti se quedó mirando al comisario. Un señor pequeño y tranquilo de unos sesenta años. Parecía tomárselo todo con una suerte de calma extrema, quizá era la melodía acertada, pensándolo bien. Barbarotti tampoco se sentía muy predispuesto a ponerse a mandar a todas esas personas de vuelta a sus casas. Seguro que ya habían tenido tiempo de destruir todas las posibles huellas dejadas en la fértil tierra de la provincia de Närke.

—¿Habéis encontrado alguna bala? —preguntó Astor Nilsson.

—No, pero estamos buscando. Aunque no creo que vayamos a encontrarla.

—¿Por qué?

Schwerin esbozó una discreta sonrisa.

—Porque lo más probable es que lo hayan matado en otro sitio. Cuesta creer que el autor del crimen se lleve a la víctima, se adentre con ella en un campo de trigo y cometa el crimen allí. Es más fácil imaginarse que primero le dispara y luego se deshace del cuerpo.

Barbarotti reflexionó al respecto. Tenía razón, pensó. Naturalmente, las cosas habían ido así.

—¿Y estáis seguros de que se trata de Öhrnberg? —preguntó. Por lo que a él respectaba, estaba muy lejos de estar convencido. La cabeza se hallaba tan maltrecha que, en cierto modo, podría haber pertenecido a cualquiera.

—Bastante seguros —dijo Schwerin—. Llevaba la cartera y el carné de identidad encima.

Barbarotti asintió en silencio.

—¿Se puede decir algo acerca de cuánto tiempo llevaba aquí tirado? —quiso saber Astor Nilsson.

—El forense dice que por lo menos una semana —respondió Schwerin—. Está bastante claro que esto va a ir a parar a vuestra mesa. Quizá lo mejor sea enviar el cuerpo a Gotemburgo.

—Sí, hazlo —dijo Nilsson—. Pero primero procurad reunirlo entero.

El móvil de Backman comenzó a sonar. Se alejó un poco. Volvió al cabo de un minuto.

—Jonnerblad —les aclaró—. Sí, quiere que lo

mandemos a Gotemburgo. Quiere que nos quedemos aquí mañana también... —Miró al comisario—. Para que nos hagamos una imagen completa antes de irnos, por así decirlo.

Una imagen completa y un cuerpo completo, pensó Barbarotti.

Schwerin volvió a sonreír.

—Había pensado ir a jugar al golf mañana —explicó—. Pero tendré que anularlo. En realidad, no me gusta el golf, es más por mi mujer... Supongo que habrá que hacer algún que otro interrogatorio y eso, ¿no?

—Algún que otro —confirmó Astor Nilsson—. ¿Qué tal está el granjero? ¿Ya puede hablar?

—Probad a ver —dijo Schwerin, y señaló con el dedo—. Está ahí. El año pasado arrolló a un corzo, pero se ve que esto ha sido peor.

—Muy inteligente —comentó Eva Backman—, dejarlo en el campo de trigo.

—¿Qué quieres decir? —preguntó Barbarotti.

Se habían apartado un poco, mientras el cielo azul de agosto se oscurecía y Astor Nilsson hablaba con Mattson, el agricultor. Barbarotti mascaba un grano de trigo.

—Pues que si quería esconderlo pero aun así asegurarse de que lo acabáramos encontrando, es perfecto. ¿Quién se mete en un campo de trigo? Está garantizado que el cuerpo quedará oculto hasta que llegue el momento de cosechar.

Barbarotti soltó un nuevo grano de trigo de la espiga y se lo metió en la boca.

—Tienes razón. Pero ¿no deberías dejar rastro cuando te metes en el campo?

—No mucho —dijo Backman—. Además, si vas

con cuidado, creo que la mayor parte del trigo se vuelve a enderezar. Como después de la lluvia. No puedo evitar pensar que me parece una jugada bastante inteligente.

—Está claro —convino Barbarotti—. Tenemos unos cuantos datos que sugieren que el tipo este lo es, ¿no te parece? Bastante inteligente.

Eva Backman asintió en silencio y oteó el campo oscurecido.

—Cinco personas, ¿te lo puedes creer? Ha matado a cinco personas en un mismo verano y nosotros no hemos hecho una mierda para detenerlo. Nos manda cartas y nos da pistas tanto a nosotros como a la prensa. Dime, ¿por qué nos pagan siquiera?

—Ya. Pero lo pillaremos. Y no apuesto gran cosa por esas pistas.

—¿Ah, no? —preguntó ella, y se sonó la nariz—. Joder, me parece que además soy alérgica. No puedo pasearme por campos recién cosechados.

—Los tormentos nunca se acaban —afirmó Barbarotti—. En cualquier caso, Öhrnberg debía de estar muerto mucho antes de que me llegara la carta de Gunnar el Muerto. Las pistas ni siquiera llegan en el orden correcto. Los Malmgren cogieron el ferri el domingo, disparó a Öhrnberg varios días antes, ¿no?

Eva Backman lo pensó un segundo.

—En efecto —dijo—. Tengo un eje cronológico de todo en mi despacho. Nos lo miramos cuando volvamos a casa.

A Barbarotti le sonó el móvil.

Era una periodista del *Aftonbladet*. Una mujer joven, había oído que habían hallado un nuevo cuerpo en un campo de centeno en las afueras de Karlskoga.

—Trigo —dijo Barbarotti—. Y Kumla. Pero no sé nada de ningún cadáver.

Cortó la llamada. Tengo que cambiar de número un día de estos, se recordó.

El comisario Schwerin les había sugerido el hotel Stora de Örebro y ellos habían seguido su recomendación. Compraron unas cervezas en recepción y se acomodaron a una mesa en el comedor, que tenía vistas al río Svartån y al palacio. El personal ya había terminado la jornada, así que estaban solos en la gran sala medio en penumbra.

—Ese es el segundo palacio más bonito de Suecia —declaró Astor Nilsson, y señaló por la ventana.

Barbarotti y Backman contemplaron el viejo castillo de piedra y le dieron un trago a la cerveza.

—¿Cuál es el primero? —preguntó el inspector.

—Kalmar —contestó Nilsson.

—Parece que te has paseado bastante —comentó Backman.

—Ya os lo dije. Mi jefe me mandaría a París con tal de no verme. Bueno, ¿hacemos un resumen de toda esta mierda?

—Siempre se puede intentar —dijo Barbarotti—. ¿Empiezo yo?

—Adelante —le instó Eva Backman.

—Gracias. A Gunnar Öhrnberg le pegaron un tiro en la cabeza con un arma de gran calibre. Una Pinchmann, una Berenger o algo así. Posiblemente alrededor del miércoles de la semana pasada. Posiblemente en algún lugar de Närke. Y creo que con eso he terminado el resumen.

—No del todo —señaló Astor Nilsson—. Luego lo cargaron en algún tipo de vehículo también, en el maletero de un coche, por ejemplo. Lo llevaron hasta un campo de trigo en un sitio bonito pero dejado de la mano de Dios llamado Örsta, en las afueras de la antigua ciudad zapatera de Kumla. Lo arrastraron hasta el campo en cuestión para que después lo cosechara el agricultor Henrik Mattsson. Por cierto, muy inteligente eso de dejarlo en un campo de cultivo.

—¿Inteligente? —preguntó Barbarotti.

—Ya hemos comentado ese detalle —indicó Eva Backman.

—Pues ya está —dijo Nilsson—. ¿Sabéis qué va a pasar mañana con la prensa, entre una cosa y otra?

—He hablado con Schwerin —les contó Barbarotti—. Van a decir de todo y más, sobre todo en el *Nerikes Allehanda*. En él también pedimos ayuda. Coches sospechosos vistos por la zona de Örsta y todo eso. Y en los alrededores de la calle Tulpangatan de Hallsberg. Los teléfonos de nuestros compañeros van a estar calentitos, me parece que tienen dos números especiales para pistas. A ver qué nos cuentan.

—Bien —dijo Eva Backman—. Dudo mucho que quede alguien en todo el país que no haya leído sobre el caso. Ya va siendo hora de que alguien haya visto algo.

—Meras esperanzas —repuso Astor Nilsson—. Si le pegas un tiro a alguien en un bosque a las tres de la madrugada y una hora más tarde dejas el cuerpo en un campo de trigo, no es probable que haya demasiados testigos.

—No seas pesimista —replicó la inspectora—. En fin, mejor nos terminamos las cervezas y nos vamos a dormir.

Gunnar Barbarotti miró la hora. El reloj se había parado.

Cuando salió de la ducha, Marianne lo llamó al móvil.

—¿Dónde estás? —dijo ella a modo introductorio, tal y como se iniciaban hoy en día la mitad de las conversaciones. En la era de la globalidad previa al Armagedón, había leído Barbarotti en algún reportaje de periódico chapado a la antigua. Una era en la que las personas habían perdido sus raíces y se habían transformado en un enjambre de saltamontes que erraban sin rumbo por la Tierra.

—En Örebro —la informó—. Ahora mismo estoy mirando el segundo palacio más bonito de Suecia.

—Lo sé —afirmó ella—. Lo he visto. Pero lo cierto es que Kalmar es más bonito.

¿Una verdad aceptada por unanimidad, quizá?, pensó Barbarotti con asombro.

—Sí, a mí también me lo parece —convino.

—¿Qué estás haciendo allí?

—¿No has leído la prensa?

—No.

—Bien. No lo hagas. Te quiero.

De alguna extraña manera, había conseguido borrar de su mente que era sábado. Ese sábado. No estoy del todo en mis cabales, pensó Barbarotti. ¿Cómo he podido olvidarlo? Me ha tocado un cerebro de pez dorado en lugar de humano.

Pero al pensarlo ahora recordó también cuál era la situación. Ya era algo.

—¿Quieres casarte conmigo? —dijo.

Marianne se rio. Barbarotti estuvo a punto de concederle un puntito a Nuestro Señor por pura alegría. Porque había algo en la risa de Marianne que decía que..., a ver, ¿qué decía exactamente?

Sí, que al final todo se resolvería. Podía oírse, de alguna manera. Serían él y Marianne, *come rain, come sleet or snow*, o como coño se dijera. De repente fue como si todas las dudas hubiesen caído por el precipicio donde terminaba el mundo, y Barbarotti no logró comprender cómo había podido dudar en algún momento.

Y esta sapiencia clara como el agua la tuvo en cuestión de un segundo. Mientras la risa de Marianne aún salía acariciando el auricular.

—Por lo menos quiero verte —dijo—. Pensaba proponerte el próximo fin de semana. ¿Cómo lo tienes?

—Estoy libre —contestó Gunnar Barbarotti—. Para ti siempre estoy libre.

—¿Y para el asesino de las cartas?

—Para el fin de semana que viene habré resuelto el caso —le prometió—. ¿Quieres que vaya?

—No —respondió ella—. La verdad es que estaba pensando en ir yo a verte. Si te va bien. Mis hijos estarán con su padre, en Gotemburgo, así que puedo pasar a dejarlos y a recogerlos por el camino.

—Trato hecho. Cenarás bogavante, tengo una receta buena. ¿Viernes noche, pues?

—Viernes noche. ¿Gunnar?

—¿Sí?

—Creo que yo también te quiero. Se ve que me olvidé de decírtelo.

Cuando bajó al bufé del desayuno aún estaba sonriendo.

—¿Vas borracho o has resuelto el caso? —quiso saber Eva Backman.

—Ni lo uno ni lo otro, desgraciadamente —dijo.

—Habrá salido a nadar otra vez —apostó Astor Nilsson, y señaló el río Svartån con la cabeza. Él, en cambio, parecía más bien haber intentado aparearse con una osa toda la noche—. Joder, no he pegado ojo, este caso está acabando conmigo.

—Ahora nos tomamos tres tazas de café solo y apretamos los dientes —sugirió la inspectora—. Por cierto, ahí llega Schwerin.

El comisario tenía la misma presencia suave y relajada que el día anterior en el campo de trigo.

—Había pensado aprovechar para comentar la situación con vosotros antes de que vayamos a comisaría —les explicó—. Con calma, por así decirlo. ¿No os parece que tenemos un castillo muy bonito?

—El segundo más bonito de Suecia —afirmó Barbarotti—. Sí, irá bien que charlemos un poco.

—¿Habéis visto el *Nerikes Allehanda*? —preguntó Schwerin, y les pasó un ejemplar del periódico.

Barbarotti miró la primera plana. «Cosecha de la muerte», ponía en letras de tres centímetros de alto encima de una imagen de la cosechadora abandonada e iluminada por el flash, junto con un grupo de figuras oscuras al fondo. Era ominosamente sugerente, más como un póster de película, a decir verdad, pensó Barbarotti.

—Toma ya —dijo Eva Backman—. ¿Dan el nombre y todo?

—No —contestó Schwerin—. Pero sus padres van a venir a identificarlo ahora por la mañana. Viven en Kramfors. Lo hemos llevado al USÖ, luego lo mandaremos al departamento forense de Gotemburgo, tal como quedamos.

—¿USÖ? —repitió Backman.

—El Hospital Universitario de Örebro —explicó Schwerin.

—Pues ya está —concluyó Nilsson—. Ya podemos desayunar.

Se sentaron a la misma mesa en la que se habían tomado las cervezas la noche anterior. Estuvieron un rato hojeando en silencio dos ejemplares del *Nerikes Allehan-*

da, donde el macabro hallazgo en el campo de cultivo en las afueras de Kumla quedaba descrito con todo detalle, así como la relación con los otros tres asesinatos archiconocidos cometidos en el oeste del país. Al cabo de unos minutos el comisario Schwerin carraspeó sutilmente.

—¿Cómo lo lleváis? ¿Tenéis alguna pista, o en qué estado se encuentra la investigación?

Astor Nilsson dejó de masticar y por un momento pareció bizco.

—Avanza poco a poco —dijo Eva Backman.

—Lo pregunto pensando en la rueda de prensa —aclaró Schwerin—. Se celebra a las tres. Irá bastante gente, estaría bien que estuvierais presentes.

—Por supuesto —accedió Barbarotti—. La inspectora Backman y yo nos encargamos de ello; mientras, el comisario Nilsson aprovechará para dormir la siesta.

Astor Nilsson sonrió y siguió masticando.

—Por lo demás, ¿cómo planteamos la jornada? —preguntó Backman.

Schwerin sacó una libreta negra.

—Cuatro hombres se ocupan de los vecinos en Hallsberg —les explicó—. Ya deben de estar en ello, la idea es que nos preparen un informe preliminar a tiempo para la rueda de prensa. Tenemos una reunión de equipo a las dos. Para entonces, en principio también deberíamos haber hablado con varios agricultores de Örsta... A lo mejor vosotros podríais...

—Por supuesto —dijo Astor Nilsson—. Daremos una vuelta por las granjas, a ver.

—Bien. Y bueno, supongo que luego nos entrarán algunas pistas que tendremos que valorar y trabajar. Voy a intentar echarles un vistazo junto con Ström, a quien ya habéis conocido, y otro inspector. Bueno, eso es lo que yo había pensado, pero igual tenéis otras sugerencias.

—Nos parece perfecto —aseguró Barbarotti.

—Excelente —añadió Nilsson.

El teléfono de Backman empezó a sonar. Era Jonnerblad, quien quería saber si él y Tallin deberían bajar a Örebro. Backman le dijo que no hacía falta y le prometió mantenerlo informado del curso de los acontecimientos de la jornada.

—Será mejor que vayamos a hablar también con el granjero que lo encontró —dijo Barbarotti—. A ver si por casualidad vio que el trigo estaba chafado en algún sitio... Si sabemos por dónde se metió el asesino en el campo, no es del todo imposible que podamos encontrar alguna huella de zapato. Öhrnberg debía de pesar por lo menos setenta y cinco kilos, ¿no?

—Lo cual significa que el asesino no es una mujer delgada —señaló Astor Nilsson—. Pero me da que eso ya lo sabíamos.

—Ayer había bastante gente pisoteando toda la zona —observó Backman—. Pero sí, desde luego, no debemos rechazar esa posibilidad.

—¿Podríamos llevarnos a un técnico a Örsta? —preguntó Barbarotti.

—Por supuesto —dijo Schwerin—. ¿Algo más?

—Veremos qué va saliendo a medida que trabajemos —respondió Nilsson—. Pero quedamos en que nos reunimos a las dos en comisaría, ¿no?

—A las dos —confirmó Schwerin.

—Por casualidad, ¿no habrá una relojería cerca del hotel? —preguntó Gunnar Barbarotti—. Necesito comprarme un reloj.

—Cruzando la calle —contestó Schwerin—. Pero me parece que no abren hasta las diez.

—Está bien —dijo Barbarotti—. Puede esperar.

Capítulo 30

El comisario Schwerin abrió el encuentro preguntando si alguno de los presentes había leído el libro *Sinuhé, el egipcio* del autor finlandés Mika Waltari.

Ninguno. Entonces Schwerin explicó que el libro trataba, entre otras cosas, de un neurocirujano egipcio que vivió mil años antes de Cristo y de cómo se veían las cosas en aquella época. Por ejemplo, las operaciones cerebrales. Si se habían tomado todas las medidas adecuadas y todo iba según lo previsto, la operación siempre se consideraba un éxito. Aunque el paciente muriera. El comisario quería hacer una similitud entre esto y las actuaciones policiales de la mañana: todo había ido según lo planeado y todos lo habían hecho lo mejor que podían, pero lamentablemente no habían encontrado ningún rastro del asesino.

Interesante comparación, pensó Gunnar Barbarotti, e intercambió una mirada con Eva Backman, a quien vio entretenida y preocupada a partes iguales.

Aunque también era demasiado pronto para hacer una valoración final, y al fin y al cabo los informes eran preliminares. Habían hablado con un total de cincuenta y dos personas, una baraja inglesa, treinta en Hallsberg —la mayoría, vecinos y compañeros de trabajo de Öhrnberg—, diecisiete en la zona de Örsta y afueras de Kumla, y otro puñado de conocidos en Örebro. Todos se habían declarado estupefactos, en diversos grados de intensidad. Nadie había tenido —como mínimo, en una primera valoración general— nada interesante que aportar a la investigación. La persona que parecía haber sido la última en ver al muerto en vida, además del asesino, era una mujer que trabajaba en una tienda de ultramarinos a cincuenta metros de la vivienda de Öhrnberg, en la calle Tulpangatan. Se había pasado por la tienda a comprar yogur, zumo y pan poco antes de las nueve y media de la noche del martes.

El martes 7 de agosto, reflexionó Barbarotti. Una semana antes de que le llegara la carta. Lo dicho: gracias por la pista.

Hasta ese momento (a las 13:50), en la centralita especial de la policía había entrado un centenar de llamadas. El carácter general de estas era de lo más variopinto. Cuatro de los informantes habían sido citados para interrogatorio con motivo de los datos que habían facilitado, por ahora solo se había llevado a cabo uno y no se había sacado nada de valor. Aun así, había quedado grabado y lo imprimirían durante la tarde.

Barbarotti observó que Astor Nilsson se había quedado dormido. Lo tenía a su derecha, reclinado en la silla con los brazos cruzados sobre el pecho y la barbilla descansando en el hoyo de la garganta. También se había ataviado con unas gafas de sol, así que no era seguro que se le viera. Barbarotti cruzaba los dedos para que mantuviera la cabeza en su sitio y no se pusiera a roncar. La sala estaba llena de agentes de policía jóvenes y ambiciosos, y tener un miembro del equipo de investigación durmiendo no daría buena imagen.

Cuando Schwerin abrió el turno de preguntas, al cabo de media hora, solo había una. Un esbelto becario que preguntó discretamente si el cadáver había sido identificado.

—Disculpa —dijo el comisario—. Me había dejado ese detalle. Sí, no cabe duda de que nuestro hombre es Gunnar Öhrnberg.

Pues ya está, pensó Gunnar Barbarotti, y le clavó un codo a Astor Nilsson en el costado.

Finalmente, consideraron que sería mejor que hubiera menos gente a la hora de la rueda de prensa. A ser posible, dos personas. Por ejemplo, el comisario Schwerin y la inspectora Backman.

Barbarotti estaba de pie al fondo de la sala abarrotada, apretujado contra la pared, y cuando observó a sus dos compañeros frente a la mesa cargada de micrófonos comprendió que había sido una buena elección. El comisario tranquilo y que inspiraba confianza. La inteligente y audaz inspectora Backman.

Hombre mayor, mujer un poco más joven, no era una receta nueva.

El número de periodistas, cuyos jefes también habían acudido al llamamiento, rondaba el medio centenar. Estaban sudando. Había tres videocámaras zumbando. El local debía de estar capacitado para treinta personas, y si contaba con sistema de ventilación, no cabía duda de que estaba fuera de servicio. La temperatura debía de estar rozando los treinta grados, todo estaba como hecho a medida para querer abandonar el local lo antes posible. Barbarotti se planteó si el comisario podía ser así de endiabladamente avezado. No le sorprendería.

Las preguntas eran numerosas. Sobre Öhrnberg. Sobre las demás víctimas. Sobre el estado de las pistas.

—¿Estamos hablando de un asesino en serie? —quiso saber un hombre negro de TV4.

—No —respondió Eva Backman—. Creemos que ya ha terminado. Estas cinco personas eran las que tenía como objetivo. Por desgracia, ha conseguido cumplir con él.

—¿Cómo sabéis que no va a haber más?

—Tenemos algunos indicios que apuntan a ello.

—¿Qué clase de indicios?

—Lo siento, pero no puedo dar detalles al respecto.

—¿Lo ha insinuado él en las cartas?

—Entre otras cosas.

Etcétera. Barbarotti echó un vistazo, pero no pudo encontrar a su viejo antagonista del *Expressen* en ninguna parte, aunque sabía que esa pregunta aparecería tarde o temprano en escena. Y así fue: al cabo de un cuarto de hora un hombre alto se levantó y se presentó como Petersson, de *Agenda*.

—A comienzos de semana hubo un incidente de agresión policial contra un reportero. ¿Qué comentarios queréis hacer al respecto?

—Ninguno en absoluto —dijo Backman—. Cuando la rueda de prensa termine, el policía en cuestión responderá personalmente a preguntas sobre ese tema.

Backman lo había convencido para hacerlo. A decir verdad, tampoco había sido tan difícil. Barbarotti sabía que no servía de nada esconder la cabeza en la arena cuando se trataba de esquivar a reporteros. La mera declaración «no quiero hacer comentarios» era un cartel de culpa y vergüenza que se veía de lejos. Pero al ocupar su puesto detrás de los micrófonos, cuarenta y cinco minutos más tarde, no pudo evitar sentir cierta preocupación.

—Entonces ¿fuiste tú quien lo hizo? —comenzó preguntando una mujer de pelo castaño y de unos cincuenta años.

—¿Quién hizo el qué? —dijo Gunnar Barbarotti.

—Tumbar a Persson, del *Expressen*, de un puñetazo.

—No —respondió Barbarotti—. No lo tumbé de un puñetazo.

—Pero te denunciaron por ello —constató un hombre corpulento en primera fila.

—El *Expressen* retiró la denuncia en menos de veinticuatro horas —les recordó él.

—¿Podrías explicarnos qué fue lo que pasó? —preguntó una voz con acento finlandés en la parte posterior de la sala.

—Con mucho gusto —dijo Barbarotti—. Eran las nueve de la noche. Yo estaba en mi casa. Estaba a punto de ponerme a cenar después de haber trabajado doce horas seguidas. Entonces llegó el reportero Persson y trató de meterse en mi piso.

—¿Cómo? —quiso saber alguien.

—Llamó a la puerta. Yo le abrí. Él quería entrar y hacerme unas preguntas. Yo le dije que no tenía tiempo, Persson ya había hablado con varios policías a lo largo del día. Yo mismo había tenido una larga entrevista con él el día anterior.

—Pero ¿lo echaste de tu casa por la fuerza?

—No. Él no me dejaba cerrar la puerta. Al final me harté. Le di un empujón para sacarlo al rellano y cerré con llave.

—Pero si se cayó por la escalera —comentó la primera en preguntar.

—No logro entender cómo consiguió hacerlo —dijo Barbarotti—. Pero a lo mejor para el *Expressen* no hay nada imposible.

Un par de risas cautelosas se oyeron en la sala.

—¿Consideras que actuaste de forma adecuada?

—Probablemente no —reconoció el inspector—.

Pero entre dos opciones malas, elegí la menos mala. Sin duda no era mi intención que se hiciera daño.

—¿Cuál era la otra cosa mala?

Gunnar Barbarotti se lo pensó un momento.

—Sé que la mayoría de vosotros sois periodistas que os tomáis el oficio en serio —afirmó—. Espero que vuestro sentido del compañerismo no os impida ver esto con un mínimo de sentido común. Los métodos de trabajo que emplea Göran Persson no contribuyen a que haya una buena prensa en este país.

—¿Hay alguien en representación del *Expressen* en la sala? —quiso saber alguien.

—Yo —dijo una mujer rubia de unos treinta años.

—¿Tienes algún comentario acerca de por qué tu periódico primero puso una denuncia y luego la retiró?

—No —contestó la mujer—. Lo siento, pero no. He empezado a trabajar con este asunto hoy mismo. Además, me parece que Göran Persson está de vacaciones.

—Jaque mate —resonó una voz grave de hombre—. A la mierda, mejor salgamos a respirar un poco de aire fresco.

La propuesta fue aceptada por unanimidad; Gunnar Barbarotti vació media botella de agua y soltó un suspiro de alivio.

A las cinco de la tarde volvieron a poner rumbo al sudoeste. Astor Nilsson se apoderó del asiento trasero y se quedó dormido antes de que pasaran el desvío a Kumla. Eva Backman iba al volante. Barbarotti había sacado otra vez las siete fotografías de la Bretaña y las estaba mirando fijamente. O al menos tres de ellas. Entornaba los ojos en un intento de que la imagen del Sexto Hombre fuera más nítida. No le salió muy bien.

La leve borrosidad que se aferraba a su rostro en las tres fotos se negaba a ceder.

—Cómo le cuesta a la gente enfocar bien —dijo.

—¿Y qué opinas de nuestra propia nitidez mental? —preguntó Eva Backman.

—Nada del otro mundo —admitió Barbarotti—. ¿Qué ha dicho Jonnerblad sobre publicarlas?

Se habían comunicado con Kymlinge cinco o seis veces a lo largo del día para ponerlos al día de las conversaciones con distintos agricultores en los alrededores de Kumla, de la inútil búsqueda de pisadas en el Campo de la Muerte (no dejaba de ser lógico que Gunnar el Muerto terminara sus días en el Campo de la Muerte, al menos así lo había considerado el que decidía los titulares del *Nerikes Allehanda*) y de las demás labores de investigación por la provincia de Närke. A cambio, Jonnerblad había contribuido por lo menos con un detalle: que había una llamada entrante de un número de teléfono —el mismo— registrada tanto en las listas de Anna Eriksson como de Gunnar Öhrnberg. Tarjeta de prepago, imposible de rastrear, parecía que solo la habían usado en esas dos ocasiones. Para llamar a la señorita Eriksson el martes 31 de julio. A las 10:36. Probablemente, el mismo día que murió. A Öhrnberg, casi una semana exacta más tarde: el martes 7 de agosto a las 13:25. Ambas llamadas habían durado cerca de un minuto. ¿Era el asesino, llamando para pedir cita?

No parecía para nada improbable. ¿Por qué comprar una tarjeta de prepago para usarla solo dos veces?, había querido saber Jonnerblad. Si no ibas con malas intenciones, vaya.

Pero eso: imposible de rastrear.

—¿Qué has dicho? —preguntó Backman.

—Te preguntaba si Jonnerblad y Tallin ya han dejado

de dudar —dijo Barbarotti—. Si no les parece que ya va siendo hora de publicar esta cara en los medios de comunicación. —Golpeó irritado las fotos con el bolígrafo.

—Me parece que ha dicho que el lunes —dijo ella—. Si es así, estará en la prensa el martes. Sí, supongo que ese es el camino que nos toca seguir.

—¿Crees que es incorrecto?

—No sé qué creo —contestó Eva Backman—. Pero sé qué situación vamos a tener cuando lo hagamos. Y empiezo a estar un poco cansada, la verdad. Tengo la sensación de que en breve le daré un sopapo a un periodista, así me podría coger unos días de vacaciones.

—No creo que sea la vía adecuada.

Astor Nilsson juró en sueños desde el asiento trasero. Maldito panadero de los cojones, parecía que dijera.

—¿Qué le pasa con los panaderos? —preguntó Barbarotti.

—Ni idea —respondió Backman—. Pero me da a mí que podría enemistarse con cualquiera si le apeteciera.

A Barbarotti le sonó el teléfono. Miró la pantalla.

—Sorgsen —dijo—. Vas a ver cómo esto da un vuelco.

Un vuelco era mucho decir.

Más bien era un pasito en la dirección correcta.

—Hemos encontrado la casa que alquilaron los Malmgren.

—Bien —respondió Barbarotti—. ¿Y dónde queda?

—En Finistère. Aproximadamente a veinte kilómetros de Quimper —contestó Sorgsen—. No sé si sabes dónde está eso.

—Me parece que sí. Más o menos, vaya.

—El sitio se llama Mousterlin —dijo Sorgsen—. La ciudad más cercana se llama *Fusnong*, o como se pronuncie.

Suena a estornudo, pensó Barbarotti.

—¿Cómo se escribe? —preguntó.

—F-o-u-e-s-n-a-n-t —deletreó Sorgsen.

—Lo conozco —dijo Barbarotti—. ¿Cómo lo habéis descubierto?

—Nos ha llamado un chico —explicó Sorgsen—. Tiene una agencia en Gotemburgo que alquila casas en Francia. Sobre todo en la Bretaña, por lo visto. Él mismo ha estado allí de vacaciones ahora en agosto, pero al volver a casa y leer la prensa le echó un vistazo a su ordenador. Y encontró a los Malmgren. Alquilaron la casa esta en Mousterlin durante tres semanas en junio y julio de 2002.

Gunnar se tomó unos segundos.

—¿Qué más os ha contado?

—No mucho —dijo Sorgsen—. Pero aún no lo hemos interrogado como Dios manda. Nos ha llamado hace dos horas, mañana se pasará por aquí.

—¿Y solo eran Henrik y Katarina Malmgren los que vivían allí? ¿Ninguno de los otros?

—No lo sé. Y creo que este arrendador tampoco lo sabe. Dice que va a intentar hablar con el dueño de la casa. Pero hay seis camas, así que no queda descartado.

—Imagínate que es así —señaló Barbarotti tras darle las gracias y despedirse de Sorgsen y contarle las novedades a Backman—. Imagínate que estaban los seis instalados en la casa esa.

Ella le dio unas vueltas.

—¿Por qué narices iban a hacerlo? —Se extrañó—. Si no se conocían, pensaba que habíamos llegado a esa conclusión.

—A lo mejor los Malmgren la subarrendaron —propuso Barbarotti—. Por internet o así, se puede hacer, ¿no?

—¿Tú querrías pasar las vacaciones compartiendo una casa con cuatro desconocidos? —dijo ella—. Prefiero no tener vacaciones.

—Yo no lo haría. Ni tú. Pero nunca se sabe. A lo mejor necesitaban que les saliera más barato.

—Él era profesor y ella enfermera anestesista.

—Está bien —cedió Barbarotti—. Me rindo. No vivían todos en la misma casa.

—No te deprimas. Solo tenemos que esperar a que otros intermediarios regresen a casa y lean la prensa. ¿O qué opinas?

—Esperar se nos da bien. —El inspector guardó las fotos, que aún estaban en su regazo—. ¿Qué haces mañana?

—Pasar el día con mis seres queridos —le contó Backman—. Toda la tropa vuelve hoy a casa. Ya iba siendo hora, dicen que el curso escolar empieza el lunes.

Barbarotti sintió una punzada repentina en la zona del corazón. ¿El curso escolar? ¿Por qué Sara no había nacido un año más tarde? Así él también habría tenido un curso escolar al cual aspirar.

Tengo que llamarla esta noche, se dijo. Seguro que se está preguntando por qué nunca la llamo.

¿O era mejor esperar al día siguiente? Domingo por la mañana. Era sábado por la noche, y Barbarotti no tenía ganas de oír otra vez aquel tintineo de botellas entre nubes de humo. Ningunas ganas.

Mejor dedicar un rato a Nuestro Señor esta noche, quizá. Más bien, debía de ser Él quien estaba postrado en su trono de nubes de algodón preguntándose por qué últimamente no tenía nunca noticias de aquel inspector de policía de Kymlinge tan simpático.

Sí, sin duda alguna.

Capítulo 31

Pero al final no hubo ni lo uno ni lo otro.

Ninguna conversación con Sara ni tampoco ninguna con Nuestro Señor. Cuando Eva Backman lo dejó delante de su portal en la calle Baldersgatan —tras haber colocado primero a Astor Nilsson en el tren a Gotemburgo—, eran las ocho y veinte. Barbarotti tenía un hambre voraz y sabía que en la nevera no había nada a lo que hincarle el diente.

Un poco de embutido, algún que otro huevo y medio litro de leche en dudoso estado, si mal no recordaba. No valía la pena siquiera subir a mirar.

Por consiguiente, dio un paseo hasta el Rockstagrillen, se pidió sus dos salchichas asadas con puré de patata y mayonesa de pepinillo de rigor y, como también llevaba consigo el maletín, se sentó en un banco del Brandstationsparken mientras se zampaba el plato.

Y, cómo no, mientras estaba allí sentado, el caso comenzó a darle vueltas en la cabeza. O continuó dándole vueltas, mejor dicho, igual de irremediable que una fisura en una costilla o un diente roto.

Todas las víctimas. Todas las cartas.

Todos los interrogatorios fútiles y todo el empeño que le habían puesto. ¿Francia? ¿Cómo había dicho

Sorgsen que se llamaba el sitio? ¿*Mosterline*? Barbarotti decidió buscarlo en un atlas en cuanto llegara a casa.

¿Y qué significaba que el asesino hubiese llamado a dos de las víctimas pero no a las demás? Si es que realmente era así. ¿O acaso había utilizado otros teléfonos para comunicarse con los Malmgren y con Erik Bergman? Si es que necesitaba ponerse en contacto con ellos antes de matarlos.

Y la escena grotesca del día antes en el campo de trigo tampoco era fácil quitársela de la cabeza. ¿Se la había imaginado el asesino, en el momento de dejar allí el cadáver? ¿Sabía que el hallazgo iba a tener más o menos ese aspecto? ¿Quería que el cuerpo quedara medio masacrado por una cosechadora? Una tarde cálida y plácida de agosto con la luna en cuarto menguante. ¿Guardaba esto algún significado? En tal caso, ¿a qué clase de tío perverso se estaban enfrentando?

El inspector Barbarotti le dio un bocado a una salchicha, hizo un esfuerzo y dejó las preguntas a un lado. Estoy aquí cenando en un parque un sábado por la noche, pensó. Salchicha con puré de patata. Esto es a lo que he llegado en mis cuarenta y siete años de vida.

Bueno, esa noche también estaba haciendo buen tiempo y la comida no sabía tan mal. Y entonces le vinieron los pensamientos sobre Marianne, se le presentaban de forma automática en cuanto les abría un hueco. Aparecían volando en su cerebro abarrotado como una paloma de la paz llegada de un continente desconocido. Como una bandada entera de palomas, para ser más precisos. Aleteaban y llenaban hasta el último rincón de su mente. Una imagen extraña, pero ahora mismo era lo que podía ofrecer su alma. Barbarotti sacudió la cabeza para desprenderse de las aves. Cuando nos hayamos casado, se dijo, entonces no volveré a sentarme nunca más a comerme una salchicha en un parque.

Porque eso es lo que va a pasar, ¿no? Ella y yo juntos, ¿verdad?

De hecho, a lo mejor es la última vez que lo hago, pensó luego, y se tragó tanto las dudas como el último bocado de salchicha. ¿La última de todas?

Rebañó también los últimos restos de puré y mayonesa, dobló la bandeja de cartón y la metió en la papelera. Notó que la comida le había dado sed y decidió ir a tomarse una cerveza en el Älgen antes de volver a casa.

Aprovechando que ya estaba en la calle.

Acabaron siendo tres cervezas en lugar de una.

Tenía su explicación. Dos de sus antiguos compañeros de instituto, Sigurd Sollén y Viktor Emanuelsson, se habían quedado de Rodríguez y se estaban dedicando una noche a ellos mismos, como solían llamarlo. En cuanto vieron a Barbarotti insistieron en que se sentara a su mesa, y luego estuvieron rajando un rato de viejos profesores. No fuera a ser que se hubieran olvidado de alguno.

Solo pasó una hora, después Sigurd Sollén comenzó a patinar un poco y le entraron ganas de hablar del crimen más enigmático de la década. Tenía un puñado de consejos e ideas que compartía con gusto. Pero también algunas preguntas.

Barbarotti dio su último trago de cerveza de la noche y les dijo que tanto Sollén como Emanuelsson dispondrían de hasta el último detalle en la segunda parte de sus memorias —*La vida de un madero en retrospectiva*—, que contaba con salir publicada en algún momento en torno a la Feria del Libro de Gotemburgo de 2023.

Año arriba, año abajo.

—No me *jodash* —balbuceó Sollén—. ¿Te *hash* vuelto un *aborrido*?

—¿Aburrido? —preguntó Emanuelsson.

—He dicho *preshumido* —puntualizó Sollén.

—¿Vas borracho, cabrón? —repuso Emanuelsson asombrado, pero para entonces Gunnar Barbarotti ya se había retirado.

Al entrar por la puerta de su piso ya eran las once menos diez de la noche, hora de la que el inspector Barbarotti no se había percatado, puesto que, por algún motivo, todavía llevaba el reloj estropeado de Hallsberg en la muñeca.

Pero cayó en la cuenta de que no había estado en su casa desde el viernes por la mañana, lo cual no dejaba de ser el día anterior, cuando se había cambiado rápidamente de ropa para subir a Närke con Backman y Astor Nilsson.

También vio que aún llevaba puesta la misma ropa, y que su aspecto era bastante adecuado para estar sentado en un banco en un parque, siendo sinceros.

Pero el correo del viernes estaba en el suelo del pasillo, y Barbarotti decidió lidiar con él antes de meterse en la ducha.

Tres recibos, un cupón de descuento de Statoil y un sobre grueso de tamaño DIN-A4 de color marrón, eso era todo. Dejó el sobre grande para el final.

Su nombre y dirección estaban escritos con letras mayúsculas angulosas y un poco irregulares. Tinta negra. Había una hilera de sellos de origen extranjero a lo largo de todo el borde superior. Tardó unos instantes en descifrar el lugar de origen.

El Cairo.

¿El Cairo?, pensó Gunnar Barbarotti. ¿Qué coño?

Recordó que Egipto había salido a colación en algún momento del día, pero no logró recordar en qué contexto. La fecha del sello era claramente visible: 14/08/07.

Hacía cuatro días. Cogió el cuchillo del pan. Se sentó a la mesa de la cocina y rasgó el sobre.

Sacó un puñado de hojas llenas de texto denso. A ordenador, interlineado simple. Sesenta o setenta páginas, sin numerar.

Miró arriba del todo en la primera página.

«Notas de Mousterlin», ponía.

Pero ¿qué cojones...?, pensó el inspector Barbarotti.

Cuando por fin se metió en la ducha, el reloj de la cocina, que no estaba estropeado, marcaba las tres y diez de la madrugada.

VI

Notas de Mousterlin

8–9 de julio de 2002

—¡¿Que has hecho qué?! —grita Erik.

—La he matado —le explico de nuevo—. Está tirada delante de la caseta de herramientas, por si quieres verla.

Erik se me queda mirando fijamente. Su boca se abre y se cierra. Unos espasmos le recorren la cara y el cuello, entiendo que está muy alterado.

—Me ha parecido oportuno —digo—. ¿Qué pretendías que hiciera, si no?

—Tú no estás...

Me da la espalda, da dos pasos y cambia de idea. Se da la vuelta y trata de ver la caseta, pero está demasiado oscuro. No se puede distinguir si realmente hay un cuerpo o no.

—¿Por qué? —quiere saber—. ¿Por qué, joder?

Le describo el curso de los acontecimientos una vez más. Mientras lo hago, él se deja caer en una silla, se inclina hacia delante, apoya los codos en las rodillas y la cabeza en las manos.

—¿Qué coño vamos a hacer? —Jadea cuando yo termino—. ¿No entiendes la que has liado?

—¿La que he liado? —digo—. Pero si la señora lo sabía. Era lo único que podía hacer. ¿Qué habrías hecho tú?

Se me queda mirando otra vez. Entonces ve la llave inglesa que está en el suelo de baldosa blanca de la terraza.

—¿Con eso? —pregunta.

Asiento en silencio.

—Bahco 08072 —indico—. No tenía nada más a mano.

Ambos la miramos durante unos segundos, se ve un poquito de sangre casi seca en la mordaza, un par de gotas oscuras en el suelo. No me he molestado en limpiar, solo en trasladar el cuerpo. Erik saca su teléfono móvil.

—Voy a llamar a los demás —afirma—. Joder, pensaba que ya habíamos terminado con esto.

—Yo también —digo yo—. Pero tú avisa a los demás, será lo mejor.

Después de marcar el número me mira y se queda esperando a que lo cojan, y por primera vez me parece ver miedo en sus ojos.

Menos de media hora más tarde los otros cuatro se presentan en casa. Son las once menos veinte de la noche, aun así no está del todo oscuro. Esta zona es famosa por su luz nocturna, no necesitamos linterna cuando estamos en semicírculo observando a la señora muerta que yace junto a la pared de la caseta de herramientas. Se distingue claramente que está ahí tirada. Ahora que no está viva se la ve aún más pequeña, dudo que pese mucho más que su nieta. No hace nada de frío, pero veo que las dos mujeres están tiritando.

—Joder —dice Gunnar—. ¿Qué cojones has hecho?

—¿Que qué he hecho? —espeto—. Creía que estábamos de acuerdo en no dejar ningún rastro de la muerte de la niña.

Anna le susurra algo a Katarina, no puedo oír el qué. Henrik está fumando como un poseso y le cuesta estarse quieto. Se pasea y murmura cosas ininteligibles e incomprensibles.

—La has matado —dice Gunnar.

—Sí —respondo—. La he matado.

—Asesinado —matiza Katarina.

—Joder —suelta Henrik.

—Ayer me disteis las gracias por haber asumido una tarea incómoda —les recuerdo—. ¿Qué creéis que habría pasado si esta señora hubiese ido a la policía?

—¿Qué ha dicho? —pregunta Gunnar—. ¿Por qué ha venido, si se puede saber?

—Me parece que ya lo he explicado —indica Erik.

—Me gustaría oírlo de la boca del asesino —espeta Gunnar.

—¿No podemos sentarnos en la terraza? —propone Anna—. No quiero seguir aquí de pie, me estoy mareando.

Nos sentamos alrededor de la mesa. Erik enciende dos farolillos y se va a buscar una botella de tinto.

—Supongo que todos querréis una copa —dice.

Nadie rechaza la oferta, él saca copas y sirve. Yo observo que esta noche hay más murciélagos de lo habitual, se oye el revoloteo en la fina oscuridad. Aparecen y desaparecen, aparecen y desaparecen, más rápidos que un pensamiento.

—¿Y bien? —dice Gunnar—. ¿Serías tan amable de explicárnoslo con todo detalle? Antes de que vayamos a denunciarte a la policía.

—No creo que vayáis a la policía —replico yo.

—No estés tan seguro —replica Henrik, y toma nervioso un trago de vino.

—Vale. Pero si no la hubiese matado, a estas alturas estaríamos todos sentados en comisaría. Pensaba que teníamos un acuerdo.

—Teníamos el acuerdo de mantener la boca cerrada respecto a lo que pasó el domingo —dice Gunnar—. No de matar a una señora mayor.

—Asesinar —corrige de nuevo Katarina.

—Madre mía, ¿la has matado así sin más? —pregunta Anna. Hay un atisbo de histeria en su voz.

—Nunca había hecho nada así —admito yo—. Nunca había enterrado a una niña ahogada y no suelo cargarme a señoras con una llave inglesa. La verdad es que no entiendo de qué me estáis acusando.

Se hace el silencio en la mesa. Henrik y Anna se encienden un cigarrillo nuevo cada uno. Erik se ha puesto unas gafas de sol, por algún motivo, aunque sean las once de la noche. Veo que Gunnar y Henrik están pensando de forma frenética, y comprendo que ambos, cada uno a su manera, empiezan a ver que lo que acabo de decir tiene cierto sentido. Así como lo que he hecho. Lo ven en contra de su voluntad, ese es el problema, su problema; no quieren reconocer que mis actos son una consecuencia lógica de lo que habíamos acordado previamente. Callar lo ocurrido durante el trayecto en barco a Les Glénan. Que la pequeña Troaë se ahogó, y que en el momento en que decidimos mantenerlo en secreto fue cuando nos adentramos por el camino que ahora estamos transitando. No es solo responsabilidad mía, también es suya, sí, puedo ver cómo la amarga verdad poco a poco va aflorando en sus cerebros ligeramente embriagados, y que ahora están buscando palabras para resistirse a ella.

—Estás loco —dice Anna.

—Cállate, Anna —le espeta Gunnar—. Tenemos que pensar cómo gestionar todo eso.

—¿Gestionar? —repite Anna—. ¿Cómo que gestionar?

—*The Root Of All Evil* —dice Erik, y suelta una carcajada—. Me juego lo que quieras a que ya sabían lo que estaban haciendo cuando le pusieron el nombre.

Oigo por su tono de voz que el vino le está subiendo. Henrik apaga la colilla y se vuelve hacia mí.

—Yo diría que has malinterpretado la situación —señala, y me echa el humo de la última calada a la cara, no sé si de forma consciente o inconsciente—. Y bastante, además.

—¿Ah, sí? —digo—. ¿De qué manera la he malinterpretado?

—De la siguiente —contesta Henrik, y veo que se excita un poco ante la posibilidad de argumentar, igual que si se tratara de algún tipo de disputa académica—: Según tú, todos tenemos la misma parte de responsabilidad en esto, pero es obvio que no es así... Sí, a decir verdad, tú eres quien carga con la culpa de todo y nosotros hemos elegido callar para que no te veas metido en apuros. Fuiste tú quien dejó que la niña se cayera del barco y se ahogara. Fuiste tú quien la enterró en lugar de acudir a la policía para contar lo sucedido, has sido tú quien ha asesinado a su abuela. ¿No te das cuenta de que si lo contamos todo ahora serás tú quien cargue con toda la culpa? Somos nosotros los que te estamos protegiendo, y no tenemos ningún compromiso ni deuda contigo.

—Exacto —afirma Katarina.

Me quedo pensando un momento. Paseo la mirada por la mesa.

—Está bien —digo—. Si así es como lo veis, por mí podemos ir ahora mismo a la policía.

A Henrik se lo veía bastante satisfecho tras su disertación, pero ahora le cambia la cara.

—Estás loco —suelta—. Tú estás completamente loco.

—Es lo que estoy diciendo —señala Anna.

Ninguno de los demás parece tener nada que objetar ante este análisis. Katarina niega con la cabeza y observa la oscuridad.

—Hoy hay muchos murciélagos —observa—. Me pregunto a qué se debe.

—A lo mejor son espías de la muerte —expongo yo.

Gunnar frunce el ceño y me fulmina con la mirada. Erik, oculto tras sus gafas de sol, es el único a quien no puedo leer. Henrik se inclina de nuevo hacia mí, por encima de la mesa. Como si todo esto fuera algo entre él y yo.

—¿Qué es lo que quieres? —dice.

—¿Perdón?

—¿Ir a la policía? ¿Eso es lo que quieres hacer?

—No necesariamente —contesto yo.

—¿Qué quieres decir con eso?

—Estoy dispuesto a llegar a un acuerdo común —respondo—. También esta vez. Pero no acepto el rol de chivo expiatorio.

Henrik se reclina en la silla. Intercambia una mirada con Gunnar.

—¿Tienes alguna propuesta? —pregunta.

Yo digo que no con la cabeza.

—Está loco —dice Anna—. Por Dios, ¿no os dais cuenta de que está loco?

Gunnar se levanta. Se lleva a Anna aparte. No en dirección a la caseta de herramientas, sino en la dirección contraria. Hacia el contenedor de basura y el manzano. Erik pregunta si abre otra botella, Henrik dice que quizá sea lo mejor. Sin quererlo, me viene a la mente el rostro de Anna de después del chapuzón desnudos la primera noche. No entiendo por qué se me ha quedado grabada en la memoria esa imagen con unas garras tan afiladas. Viene y va por mi retina, viene y va.

A lo mejor, pienso, es porque sé que si en aquel instante la hubiese cogido de la mano, ella no habría titubeado en acompañarme a la playa para acostarse conmigo. Creo que Gunnar debe de ser un pésimo amante.

Gunnar y Anna vuelven a la mesa.

—Tenemos que decidir qué hacemos —dice él.

—Buena idea —conviene Erik—. Sería mejor que la señora no estuviera ahí tirada cuando monsieur Masson venga a cortar el césped, mañana por la mañana.

Gunnar hace caso omiso de su comentario.

—¿Tenías otra botella de vino o qué?

Erik va a buscarla. Anna se sienta al lado de Katarina y se enciende un cigarrillo. Entiendo que le han ordenado que se esté callada de aquí en adelante. Katarina y Henrik intercambian unos susurros que no puedo oír. Esa debe de ser la idea.

—¿Queréis que os deje a solas un rato? —pregunto yo—. Si es que tenéis que hacer una asamblea otra vez.

—No hace falta —repone Gunnar—. Tengo una propuesta.

—Bien —dice Katarina.

—Pienso lo siguiente —añade él y procura mirarme a los ojos—. Estamos dispuestos a guardar silencio una vez más si tú te encargas de deshacerte del cuerpo. No iremos a la policía, y si por algún motivo vienen a buscarnos a alguno, no sabemos nada. Ni de la niña ni de su abuela. Tú te vas de aquí mañana a primera hora, y no hace falta que nos veamos nunca más. —Hace una pausa e intercambia una mirada con los demás—. ¿Estáis todos de acuerdo con esto?

Anna y Katarina asienten con la cabeza. Erik también y, por último, Henrik.

—¿Y tú?

—¿Me pones un poco más de vino? —pido.

Erik da un respingo. Luego me sirve. Primero a mí, después a los demás. Hago girar un rato la bebida en la copa, observo el vino tinto dando vueltas y vueltas, no tiene el mismo color que la sangre fresca. Coagulada, o seca, más bien. Doy un trago largo y dejo la copa en la mesa.

—Acepto la propuesta —digo—. Pero necesito que alguien lleve la pala.

Gunnar carga con la pala. Pensaba que le tocaría a Erik, pero por alguna razón ha sido él. A lo mejor porque es un poco más corpulento y fuerte que Erik. Nunca se sabe.

Pero yo cargo con la mujer. No decimos nada, yo voy delante, Gunnar me sigue dos pasos más atrás. Primero doblamos a la derecha y nos metemos por el camino estrecho de tierra, luego, unos doscientos metros más adelante, giramos a la izquierda en dirección a Menez Rouz, siguiendo el sendero. Es el mismo recorrido que la última vez, la mujer cuelga en mi hombro derecho igual que Troaë cuarenta y ocho horas atrás. Hacemos una pausa dos veces, la dejo en el suelo y descanso un poco. Pienso que me gustaría enterrarla cerca de la niña, no justo al lado, pero sí a una distancia a la que se pudiera mantener una conversación. Me parece importante que la niña tenga a su abuela a su alcance también en el más allá. Pero solo al alcance, pues por lo visto no se llevaban especialmente bien.

Cuando llegamos a la pequeña llanura, iluminada por una pálida luz de luna, le hago una señal a Gunnar para que se detenga. Dejo el cuerpo con cuidado en el sendero, Gunnar me pasa la pala.

—Yo vuelvo —anuncia—. No tiene sentido que me quede a esperar.

—Adelante, vete —digo yo—. Tardaré un rato.

Me deja a solas y en apenas unos segundos ha sido engullido por la oscuridad. Estoy solo con el cuerpo, la pala y la ciénaga.

Y los murciélagos. Me estoy empezando a acostumbrar.

Cuando regreso a la casa de Erik son las dos y cuarto, pero todos siguen allí.

—Hemos estado hablando un poco —dice Gunnar—. Y hemos llegado a una conclusión.

—¿Ah, sí? —pregunto.

—Creemos que es mejor que te marches ya mismo. Henrik y yo te llevamos un trozo, y mañana por la mañana tú continúas adonde quieras. Dentro de un par de horas ya habrá luz.

Dejo la pala apoyada en la barandilla que bordea la mitad de la terraza.

—Conque habéis llegado a esa conclusión —digo—. Sí, tal vez sea la mejor solución.

—Me alegro de que tú también lo veas así —afirma Katarina.

—Solo necesito lavarme un poco primero —añado.

—Date una ducha —dice Erik—. Mientras tanto, os prepararé café.

—¿En qué coche vamos a ir? —quiero saber.

—Podéis coger el mío —propone Erik—. No hay problema, el depósito está lleno. Podéis ir hasta Rennes y volver, si queréis.

Yo asiento con la cabeza. Dejo a los demás en la terraza y entro para meterme en la ducha. Me quito el olor a tierra y descomposición del cuerpo.

Partimos al alba. Gunnar conduce, Henrik va sentado en el asiento del copiloto. Yo con mi gran mochila, en el asiento trasero. Los nombres de las localidades van pasando en la penumbra cada vez más clara. Concarneau. Pont-Aven. Quimperlé, aquí nos incorporamos a la autovía y la velocidad aumenta. Apenas decimos nada, ninguno de los tres. Me pregunto cuánto alcohol tendrá Gunnar en sangre. Sería irónico que nos detuviera una patrulla de policía y nos pillaran por algo como eso.

Pero a esta hora del día la carretera va casi vacía. Lorient. Auray. Vannes. Me han preguntado si prefiero Rennes o Nantes. Ambas están lejos de Mousterlin. Entiendo que me quieren a una distancia más que prudencial. Les he dicho que prefiero Nantes. Es una ciudad más grande, y está más al sur que Rennes.

No sé cuántos kilómetros llevamos hechos, pero cuando paramos en una cafetería de autovía en las afueras de Nantes ya son más de las seis de la mañana. Los últimos cuarenta y cinco minutos me he quedado dormido, y me parece que Henrik también. Gunnar tiene bolsas negras en los ojos y su mirada recuerda a la de un lémur.

—Listos —dice Henrik—. Aquí se separan nuestros caminos.

—Supongo que sí —respondo yo.

—A veces las cosas se tuercen —afirma Gunnar,

y le da un ataque de tos. Entiendo que pretende decir algo universal y conciliador. Como que, a pesar de todo, somos víctimas de unas penosas circunstancias, o algo por el estilo.

Pero la tos se lo impide. Frena y se detiene justo delante de la puerta de la cafetería. No se desabrocha el cinturón, por lo visto ni siquiera quiere tomarse un café conmigo antes de despedirnos, si bien es evidente que necesitaría uno para poder hacer el viaje de regreso.

Aunque quizá le toca conducir a Henrik. A lo mejor van a buscar otra cafetería en cuanto se hayan deshecho de mí. Sí, supongo que es así de simple: no quieren verme ni un segundo más de lo necesario. Un nuevo pensamiento irónico me azota mientras saco la mochila: el que conduce de vuelta a Mousterlin se queda dormido al volante y ambos mueren cuando el coche se empotra en una pared de roca. Qué epílogo tan macabro, no puedo evitar pensar en cómo tratarían los demás de explicar qué habían ido a hacer los dos hombres a cien o ciento cincuenta kilómetros de Mousterlin tan pronto por la mañana.

—Nos vamos —anuncia Henrik—. Sin rencores.

Ni siquiera se bajan del coche. Yo rodeo el vehículo y les estrecho la mano a ambos por las ventanillas bajadas.

—Conducid con cuidado —digo. Me echo la mochila al hombro y me meto en la cafetería.

No miro atrás.

Estoy escribiendo en una mesa con ventana. Me acerco al último paréntesis tras los acontecimientos de Mousterlin. Me he comido una *galette* con huevos y beicon, ahora tengo una taza grande de café solo delante. No hay casi nadie más en el desolado local, solo un par de camioneros encorvados sobre sus desayunos aceitosos, cada uno en una ventana. Tal vez podría pedirles que me llevaran —el uno o el otro—, pero quiero quedarme aquí un rato más. Lo primero es redactar estas últimas líneas finales, quizá asearme de forma rudimentaria. Solo pasan unos minutos de las siete, estoy de todo menos preparado para encarar un nuevo día.

Me quedo un rato pensando en que probablemente los suecos en la lejana Mousterlin ni siquiera saben cómo me llamo. Durante los doce días que han pasado, nunca les he dado más que mi nombre de pila. A lo mejor este hecho también significa algo.

De alguna manera llevo a la niña dentro de mí. Y a la abuela también, aunque a ella no la siento tan presente. Sé que he soñado con Troaë los ratos que he conseguido dormir en el coche. Su inocencia vital y su intensidad, aquel primer día en la playa y en Le Grand Large. Su impotencia en el oleaje. Su impotencia aún mayor cuando la tierra engulló su cuerpo.

No estoy seguro de que pueda desprenderme nunca de ella. La niña ya me está haciendo mella, si hay algo que me preocupa de cara al futuro es precisamente esto. Si pudiera dictar una sentencia en un juicio utópico, la dejaría vivir, cambiaría su vida por la de los otros cinco. Y la de la abuela, ya puestos. Lo haría sin dudarlo ni un segundo. Lamento que el doctor L no esté sentado al otro lado de la mesa, sería muy interesante oír su opinión sobre una ecuación semejante.

Pero termino esto aquí. Con la preocupación mencionada arriba. Las notas tendrán su merecido sitio al fondo de la mochila. Hoy o mañana compraré un nuevo cuaderno para escribir.

Tengo que continuar. Rumbo al sur.

Comentario, agosto de 2007

Listo, ya está finiquitado. Tenía un plan, lo he seguido, ha funcionado.

Los cinco están muertos. No sé si ya han encontrado a Gunnar, y puede que no llegue a saberlo nunca. Lo único que me irrita un poco es que Katarina Malmgren subiera a la superficie. No era la idea, até pesos a ambos cuerpos, pero los nudos que le hice a ella deben de haberse deshecho. Quería tenerlos a los dos en el fondo del mar, donde podrían haberse quedado a reflexionar sobre la lucha de Troaë contra las olas el día que se ahogó. Los que nunca saltaron del barco para salvarla. Erik tampoco lo hizo, pero Erik estaba sentado en la cabina y me he visto obligado a matarlo el primero. De la llave inglesa ya he hablado. Habría preferido usarla también con Gunnar, pero no era viable. Con Gunnar tenía que conversar antes de mandarlo al otro barrio, y para ello hace falta un arma de fuego.

Fue una charla interesante. Especialmente satisfactorio fue el verlo arrastrarse por el suelo, suplicando y rezando por su vida. Toda su grandeza se desprendió de él como una piel gastada, tal y como había estado deseando. Cuando le disparé ya se había meado encima.

He dejado de soñar con la abuela. Llevo una temporada soñando solo con la niña, pero ahora los sueños son luminosos. Sobre todo la veo de pie en la playa, retratándonos con una sonrisa de concentración en el rostro.

Pero el cuadro que está pintando no llego a verlo. Tampoco lo vi entonces, y las personas a las que representa ya no existen.

El paréntesis se ha cerrado, ya va siendo más que hora de que siga mi camino.

20 – 27 de agosto de 2007

Capítulo 32

Cuando el inspector Barbarotti entró en su despacho, el lunes 20 de agosto, hacía casi una semana exacta desde la última vez.

Tardó unos segundos en comprenderlo. El lunes anterior por la tarde había empujado a Persson, el reportero del *Expressen*, tras lo cual había estado suspendido tres días, había pasado dos en Närke y un domingo en Kymlinge bajo un nubarrón de pensamientos, cavilaciones e interrogantes.

Había leído dos veces las *Notas de Mousterlin*, las sesenta y cuatro páginas de texto comprimido, había hablado con la inspectora Backman por teléfono durante una hora y media, con Astor Nilsson casi lo mismo y con Jonnerblad durante al menos veinte minutos.

Los demás también las habían leído. Tan pronto como el domingo a las nueve de la mañana, Sorgsen se había pasado por su casa a recoger el manuscrito para copiarlo y luego entregarlo de forma inmediata al Laboratorio Criminológico Estatal de Linköping. Todos habían recibido sendas copias: el fiscal Sylvenius y Asunander, Jonnerblad, Tallin, Astor Nilsson, Sorgsen y Backman. Y él también.

—Me preparo para una nueva noche sin pegar ojo

—le había comentado Nilsson alrededor de las diez de la noche desde el hotel Kymlinge—. Pero por lo menos voy a estar entretenido con la lectura. La hostia.

Barbarotti tampoco había dormido especialmente bien. Se había estado peleando con un sueño sobre cosechadoras que se estaban hundiendo en el Atlántico y él había pasado a formar parte de un cuerpo de salvamento que no había logrado rescatar a todos los angustiados pasajeros que estaban flotando a la deriva entre el oleaje. Sobre todo, a quien buscaban era a una niña pequeña, y cuando Barbarotti se despertó, alrededor de las seis y media de la mañana, tardó unos instantes en comprender que su cama no era una balsa y que la única agua que había era la lluvia que repicaba contra el tejadillo del aparcamiento de bicis en el patio interior.

Observó su despacho. Nadie lo había limpiado durante su ausencia. Recordó la manzana que se había tomado el lunes por la tarde y el medio bocadillo de queso que había dejado de comer, pero no terminaba de reconocer los restos ni de lo uno ni de lo otro. Por lo visto también había bebido café en cuatro tazas distintas, y en el alféizar había dos botellas de zumo de grosella negra.

Pero la papelera la habían vaciado, por eso debía estar agradecido. Soltó un suspiro y se puso a limpiar, pero al cabo de menos de un minuto la inspectora Backman asomó la cabeza y le dijo que tenían reunión. Gunnar Barbarotti asintió, dejó la ventana un poco abierta para ventilar y la acompañó.

—Cuento con que esta reunión se alargará hasta la hora de comer —empezó diciendo el intendente Jonnerblad—. Tomaremos café sobre las diez y cuarto, más o menos.

Barbarotti miró la hora. Había encontrado un viejo reloj de pulsera en el cajón del escritorio, era tan viejo que había que darle cuerda, pero por el momento había dado muestras de funcionar. Por ejemplo, en aquel instante marcaba las nueve y nueve minutos.

Todos parecían inusualmente serenos. También era cierto que era lo que le solía pasar a la gente el lunes por la mañana: cuando el viernes quedaba a años luz convenía mantener la cola alta y echarle una dosis de confianza al tema. Pero ese día había algo más. Parecemos un equipo de algún deporte que lleva tres años entrenando para una sola competición, pensó Barbarotti. Y ahora ya estamos ahí. Ahora se decide todo.

¿Por qué estoy pariendo estas ideas tan ridículas?, pensó luego. Si se han pasado casi un mes con este caso, y por fin hemos llegado a alguna parte. No es de extrañar que estén todos un poco resueltos y expectantes.

—Llevamos casi un mes trabajando en este caso —dijo Jonnerblad—. Por primera vez nos hacemos una idea general de qué se trata. Esta es nuestra reunión más importante hasta la fecha, es vital que hoy mantengamos la concentración, supongo que no hace falta que os lo recuerde. Tallin.

Tallin tomó la palabra.

—Personalmente, he leído el texto del asesino dos veces —comenzó diciendo—. Sé que todos los demás también lo habéis hecho. Como mínimo una vez. La historia que cuenta es horrible, creo que en eso estamos de acuerdo. Por lo visto, está convencido de que no lo atraparemos jamás. Sobra decir que tenemos que trabajar desde el punto de partida opuesto. Es decir, le seguiremos la pista hasta llevarlo ante la justicia. ¿Alguien tiene algún comentario al respecto?

Eva Backman alzó un bolígrafo.

—¿El final? —dijo—. Antes de proseguir, me gustaría preguntaros cómo interpretáis el final.

—Yo tengo la misma duda —afirmó Astor Nilsson—. Dice que ninguna de las personas del cuadro sigue viva. ¿Eso no lo incluye también a él?

—Es muy posible —contestó Jonnerblad—. Pero es evidente que no podemos cerrar el caso solo porque creemos que el autor de los crímenes está muerto. Si tuviéramos la certeza de que está muerto sería otra cosa, desde luego.

—No he dicho en ningún momento que debamos cerrar el caso —se excusó Nilsson.

—También puede ser que quiera hacernos creer que está muerto —sugirió Sorgsen.

—Eso es lo que lo hace todo tan jodidamente extraño —señaló Nilsson—. ¿Por qué se molesta en escribirnos? Primero todas las cartas y luego, este documento. Si hubiese matado a esas cinco personas y después se hubiera retirado, sin más... ¿Por qué no se conformaba con eso?

—Cuestión relevante —dijo Asunander de repente. En contra de lo habitual, el comisario estaba presente en la mesa, no se estaba limitando a observar la escena como una sombra silenciosa y algo descontenta.

—Por lo que parece, tiene la necesidad de contar por qué lo ha hecho —indicó Eva Backman—. Creo que para él es muy importante que sus motivos salgan a la luz.

Jonnerblad se aclaró la garganta.

—Al mediodía analizaremos el carácter del asesino más en detalle —explicó—. Lillieskog vendrá junto con un psiquiatra forense. Sin duda alguna, nos enfrentamos a un individuo excepcionalmente astuto, creo que estamos todos de acuerdo.

Paseó la mirada por la mesa. ¿Astuto?, pensó Barbarotti. Sí, era lo menos que se podía decir.

—Escribe bien —indicó Astor Nilsson—. Rozando lo literario.

—Exacto —convino Eva Backman—. Yo también he reparado en ello. Pero por mucho que nos entregue la información que él quiere darnos, la historia es terrible. Y no se deja muy bien a sí mismo tampoco.

—A mí me parece que no se deja de ninguna manera —dijo Nilsson—. No consigo ver por dónde cogerlo.

—A lo mejor su idea es que no sepas por dónde cogerlo —observó la inspectora.

—No me digas.

—Parece que está escrito mientras estaba ocurriendo —constató Tallin tras una breve pausa—. Excepto los comentarios, claro. Con un poco de suerte, podremos verificar bastantes cosas a lo largo del día. Que los Malmgren realmente se hospedaron en aquella localidad ya lo sabíamos.

—Aun así, debe de haberlo pasado a limpio —señaló Barbarotti—. Lo redactó todo a mano en 2002, o al menos eso es lo que él dice. Desde entonces lo ha pasado a ordenador.

—En efecto —dijo Jonnerblad—. Pero no entiendo qué importancia tiene.

—Supongo que ninguna —admitió Barbarotti—. Solo que podría ser interesante saber cuándo lo ha hecho. Si fue hace cinco años o si ha sido poco antes de empezar a matarlos.

—Hummm, ya... —murmuró el intendente, y hojeó un puñado de papeles—. Lo dicho, se nos presentan muchos interrogantes. Como podéis veis, estamos grabando también esta reunión, es importante que no se nos escape ninguna cuestión. —Hizo un gesto hacia la grabadora diminuta que había en el centro de la mesa—. ¿Más preguntas?

—¿Nos hemos puesto ya en contacto con la policía francesa? —quiso saber Backman.

—Este mediodía tendremos una primera conversación con ellos —contestó Tallin—. Pero ¿qué decís de la información que da de sí mismo en el escrito? No podemos extraer gran cosa, ¿verdad que no?

—Ahí es adonde quería llegar, entre otras cosas —dijo Barbarotti—. No cuenta nada de sí mismo, yo creo que ha eliminado todos esos datos del manuscrito original.

—Es posible —coincidió Astor Nilsson—. El tal doctor L, al que menciona varias veces, ¿cómo vamos a dar con él?

—No creo que la intención sea que lo encontremos —señaló Eva Backman—. Y pienso que esto de que oculte toda, o al menos casi toda la información personal sugiere que no se ha suicidado. Si estuviera muerto ya no sería tan relevante.

—A lo mejor no quiere que salga a la luz, a pesar de todo —observó Sorgsen—. Tras su muerte, me refiero.

—Pero si lo cuenta todo —repuso Backman—. Quiere ocultar su identidad, pero no me da la impresión de que se avergüence de lo que ha hecho. Ni de que se arrepienta. Al contrario, se declara responsable.

—Excepto en lo referido a la niña —matizó Sorgsen.

—Sí, pero hay que admitir que de eso es inocente —afirmó Backman—. Aunque tiene que matar a estas personas, después de lo ocurrido en la Bretaña hace cinco años, y necesita explicar por qué lo hace. Por eso escribe. ¿No es esto lo fundamental?

—Bien visto —dijo Jonnerblad—. Hablaremos de esos puntos con el experto psiquiátrico por la tarde. Backman, ¿tienes el eje cronológico que te había pedido?

Ella asintió con la cabeza y sacó una hoja de papel.

—Es de sus movimientos en el presente, por así decirlo —explicó—. Ya hemos constatado que los asesinatos y las cartas a Barbarotti no están muy bien sincronizados, y seguimos sin tener ni idea de qué papel juega el tal Hans Andersson. ¿Hago un repaso de todo?

—Sí, por favor —dijo Jonnerblad.

Eva Backman se aclaró la garganta.

—Si empezamos por la secuencia de asesinatos, comienza con Erik Bergman el 31 de julio y continúa con Anna Eriksson más tarde el mismo día. Luego tenemos a Gunnar Öhrnberg, ahí no estamos seguros, pero alrededor del 7 de agosto parece razonable, y por último, Henrik y Katarina Malmgren, la noche del 12 al 13 de agosto. Si comparamos con las fechas en las que Barbarotti recibe las cartas, podría ser interesante observar que la famosa carta de Gunnar el Muerto llega el miércoles, está sellada en Gotemburgo el día 13, es decir, el lunes pasado, y debería haber llegado a Kymlinge el martes, pero supongo que podemos culpar a correos del pequeño retraso.

Tomó un poco de agua y continuó.

—Luego tenemos la carta de El Cairo, esta última. Fue enviada desde el aeropuerto de El Cairo el martes día 14, lo cual implica..., corregidme si me equivoco..., que nuestro hombre o bien volvió a Suecia tras haber matado al matrimonio Malmgren en el ferri, o bien mandó la carta de Gunnar el Muerto antes de subir a bordo. Personalmente me inclino hacia lo segundo, sobre todo teniendo en cuenta que el martes ya estaba en El Cairo. ¿Me seguís?

—Creo que sí —dijo Astor Nilsson—. Pero si tomó un vuelo de Kastrup a El Cairo el lunes, lo tendremos en la lista de pasajeros. No pueden salir tantos vuelos al día.

—Estoy bastante convencida de que no cogió un vuelo directo a El Cairo —señaló Eva Backman—. Iría a Londres o París o Frankfurt y luego compraría otro billete desde allí.

—¿El pasaporte? —sugirió Sorgsen—. Tiene que haber enseñado el pasaporte. O el carné de identidad, como mínimo.

—Hoy en día casi no hace falta —declaró Tallin—. A El Cairo quizá sí, pero no dentro de la Unión Europea.

Jonnerblad negó con la cabeza.

—Si se ha pasado cinco años arrastrando esta historia, seguro que ha tenido tiempo de conseguir un pasaporte falso. Sabemos que se ha hecho con un arma de fuego sin problemas.

—Cinco años no —dijo Barbarotti—. Esto de que intentó que los demás le dieran dinero, tal como cuenta en el penúltimo comentario... De eso solo hace seis meses, al menos es lo que yo he entendido. ¿No creéis que fue después de eso cuando tomó la decisión de hacerlo?

—Me parece bastante probable —convino Jonnerblad—. Aun así, ha tenido mucho tiempo para pensar.

—De sobra —afirmó Barbarotti—. Tengo una pregunta que no tiene nada que ver. ¿Qué hacemos con la foto y la prensa?

Jonnerblad enderezó la espalda y se metió un bolígrafo en el bolsillo del pecho.

—Tallin y yo hemos hablado de eso —respondió—. Y la verdad es que no pensamos que esto cambie nada. El fiscal es de la misma opinión, queremos que la foto de su cara llegue a los medios de comunicación esta tarde. Todos sabemos la presión que va a generar, pero, tal y como yo lo veo, es el camino más rápido que tenemos para identificarlo.

—Un aspecto importante —añadió Tallin— es que las fotos estas son, a efectos prácticos, lo único que tenemos que no nos ha llegado de la mano del asesino.

—Cuestión relevante —volvió a decir Asunander, de forma igual de inesperada que antes, y se hizo el silencio durante unos segundos.

Un pensamiento que no terminó de visualizar le pasó por la cabeza a Barbarotti, familiar y desconocido al mismo tiempo, pero desapareció con la misma velocidad que un murciélago. Aunque algo había.

—Sí, joder —dijo Astor Nilsson—. Me dan mucha pena los quinientos desgraciados que se le parezcan, pero supongo que lo correcto es publicar la foto. Si tenemos suerte, podremos identificarlo en una semana.

—Sería un gusto tener su número de teléfono, por lo menos —comentó Eva Backman—. Aunque no lo vayamos a localizar nunca en persona.

—Si se pueden encontrar antiguos nazis pasados cincuenta años, seguro que se puede encontrar a un asesino de cinco personas pasado un mes —aseguró Nilsson.

—Seis —le corrigió Sorgsen—. Te has olvidado de una.

—Disculpa —dijo Astor Nilsson—. Sí, el hierro sueco también mordió a una mujer francesa.

—Pero la vida de la niña no pesa sobre su conciencia —recordó Eva Backman.

—Al menos no de la misma manera —repuso Tallin—. En cualquier caso, es una historia terrible.

Se hizo el silencio de nuevo. Jonnerblad revolvió un poco sus papeles y Asunander se levantó de la silla y abrió una ventana.

—Calor —explicó.

—Me pregunto si fueron interrogados —dijo Backman.

—¿Cómo? —Jonnerblad se extrañó—. ¿Quiénes?

—Nuestras víctimas. En Francia, después de que él se marchara. Y si la policía descubrió que la niña había estado con ellos o no... Si lo hicieron, debieron de interrogarlos.

—Al mediodía lo sabremos —informó Tallin—. O dentro de poco, cuando menos. Sí, estoy de acuerdo, cabe preguntarse si se libraron de la visita de la policía. Si fue así, debieron de tener una buena dosis de suerte.

—Pero hay que decir que eran inocentes —señaló Astor Nilsson—. A lo mejor no deberíamos olvidarlo.

—¿Inocentes? —dijo Eva Backman.

—De cometer asesinato, por lo menos —precisó Nilsson—. Otra cuestión discutible es la culpa que cargaban a nivel moral.

—La suficiente como para pagar con su vida —añadió Barbarotti—. Los cinco.

—A ojos del asesino, sí —aseguró Tallin—. Solo espero que ninguno de los que estamos sentados a la mesa pensemos lo mismo. Ni que nos traguemos sus confesiones sin pestañear. No se puede decir que nos hayamos cruzado con un cerebro del todo normal.

Repicó con el bolígrafo sobre el documento de Mousterlin que tenía delante en la mesa.

—No —dijo Eva Backman—. Ya me había imaginado algo bastante desagradable, pero esto..., bueno, en cierto modo es más desagradable todavía. Y triste, también.

Barbarotti lanzó una mirada involuntaria al inspector Sorgsen, y recordó que había sido él quien había encontrado la primera pequeña pista que apuntaba hacia Francia. El color azul aquel de la papelera.

Parecía que hubieran pasado cien años cuando en realidad cayó en la cuenta de que solo habían transcurrido unas dos semanas.

—¿Qué hacemos? —preguntó—. ¿Vamos a mandar a alguien o no?

—No queda descartado —contestó el intendente Jonnerblad—. Para nada descartado.

La última parte de la reunión giró en torno al cariz de las preguntas sin respuesta, y a la hora de comer Barbarotti se tomó su tiempo para escaparse junto con Backman al Kungsgrillen. Sentía que necesitaba un poco de comida casera tradicional, después de tantas salchichas y tanto puré de patata de sobre.

—¿A qué te referías con eso de triste? —preguntó Barbarotti cuando se hubieron sentado con sendos platos del día: lucio con salsa de rábano picante, mantequilla clarificada y patata cocida.

—¿A ti no te lo parece? —repuso ella sorprendida—. ¿Que es triste?

—Sí, puede ser. Al menos, en lo que respecta a la niña y su abuela.

—A mí el autor de los crímenes también me parece bastante triste. Es todo tan...

Titubeó.

—¿Tan qué?

—Tan terriblemente casual. No tendría por qué haber pasado. Se le escurrió la manita de una niña, y ahora hay siete personas que han perdido la vida por culpa de eso.

Barbarotti se quedó pensando.

—Ocho, si también se ha suicidado.

—¿Tú crees que lo ha hecho? —preguntó Backman.

—No. Por alguna razón, pienso que no. Pero no me preguntes por qué.

—Vale —dijo ella—. Yo tampoco creo que esté muerto. Pero ¿quién es?

—Buena pregunta.

—¿Tiene un buen empleo? ¿Cómo ha vivido estos cinco años desde que ocurrió..., desde que estuvo sentado en aquella cafetería de la autovía? ¿Y dónde?

—¿Qué hacía antes? —añadió Barbarotti.

—Eso también. Viaja y escribe y habla de un tal doctor L. He estado mirando mucho su foto cuando están sentados en el restaurante, a lo mejor es el primer día ese del que habla. Cuando se acababan de conocer; ¿cómo se llamaba el sitio?

—Bénodet. El viejo puerto de Bénodet.

—Eso. Se le ve tan..., no sé, tan normal.

Barbarotti asintió con la cabeza.

—A mí también me lo parece. Pero él mismo dice que su interior no se refleja en su exterior. Sonríe y pone buena cara, sonríe y pone buena cara, me parece que eso es de Hamlet, de hecho... Debe de tener estudios, ¿no crees?

—Sí —convino Eva Backman, y por unos segundos miró fijamente al vacío, como si estuviera a punto de atrapar un nuevo hilo de pensamientos del que tirar. Pero debió de perderlo, porque negó con la cabeza y dejó los cubiertos en la mesa—. Sí, a mí también me da esa impresión. Es lo que dijo Astor Nilsson, las notas son un poco literarias. Pero ¿de dónde viene? ¿De verdad ha pasado por el psiquiátrico? Está haciendo autostop en la autovía en las afueras de Lille, luego...

—Y luego se pasa dos semanas en ese sitio en la Bretaña —terminó de completar él—. Y vuelve a desaparecer.

—Rumbo al sur.

—Rumbo al sur, sí.

Un nuevo silencio. Barbarotti pensó que debería haberse llevado su hoja de preguntas, la que había redactado durante su segunda lectura del manuscrito de Mousterlin. Para darle un mínimo de estructura. De alguna manera, la sensación que tenía era la de estar repitiendo las mismas preguntas y las mismas constataciones de sorpresa una y otra vez.

Pero la hoja se había quedado en el escritorio de su casa en la calle Baldersgatan.

—¿Su mujer? —dijo Backman—. ¿Qué piensas de ella? Escribe que murió hace unos años. Pero ella y el doctor L son las únicas personas que menciona de su pasado. ¿Verdad?

—Correcto —confirmó Barbarotti—. A grandes rasgos no sabemos nada de él hoy por hoy, pero si lo encontramos..., bueno, ya te puedes imaginar que va a ser escrutado del derecho y del revés. Le sacaremos hasta el nombre de su primera profesora de parvulitos y sabremos qué zapato calza su primo discapacitado de Bengtsfors. Y todo el mundo hará declaraciones al *Expressen*.

Eva Backman soltó una risotada.

—Sí, supongo. La imagen de un asesino es...

—¿Sí?

—Lo más estimulante que puede haber para nuestra fantasía, así de simple. Ha sido así durante siglos, o milenios, mejor dicho, y sigue siendo así hoy en día.

Habrá mujeres que se enamorarán de él, igual que pasó con Clark Olofsson y Hannibal Lecter..., cabe preguntarse por qué.

—¿No es por eso por lo que eres policía? —señaló Barbarotti—. ¿Para poder conocer a esos tipos y satisfacer así tus impulsos oscuros de una manera natural?

—Los cojones —constató la inspectora—. Ahí has metido la pata, señor agente. ¿No tienes hora con Olltman dentro de poco por cierto?

—Creo que me ha dado el alta —respondió él—. Pero lo miraré.

—Hazlo —dijo Backman—. Oye, ¿no crees que nos tocaría empezar ya la segunda parte?

—Sí, desde luego —contestó Barbarotti.

Capítulo 33

La psiquiatra forense se apellidaba Klasson y era una mujer de cuarenta y cinco años. Lillieskog y ella mantenían una buena relación laboral desde hacía varios años, explicó la mujer, pero dudaba mucho que ninguno de los dos pudiera aportar gran cosa al caso.

Aun así estaba muy al día, se había leído con esmero las *Notas de Mousterlin*, y estaba dispuesta a hacer un cauteloso análisis del hombre al que estaban dando caza.

Trastorno de déficit de empatía era lo primero que quería señalar. Era lo que sugería su manera de hablar de las personas a las que más tarde mataría. Incluso los comentarios del momento presente reflejaban a una persona que tenía dificultades para comprender los sentimientos de los demás. Y el asesinato de la abuela de la niña mostraba una frialdad acentuada en el asesino. No expresaba ningún arrepentimiento ni remordimientos por el crimen, solo lo veía como «una consecuencia lógica», citó Klasson.

—Pero por la niña sí que muestra emociones —señaló Backman.

—Cierto —dijo Klasson—. Emociones muy intensas, además, pero también es interesante la manera en que habla de ellas. Dice que la niña «le está haciendo mella», si no recuerdo mal. Es un proceso que él no parece entender, escapa a su control de la misma forma que todas las emociones parecen ser ajenas a él. No acaba de estar en contacto con ellas.

—También son los sentimientos hacia la niña los que lo desencadenan todo —apuntó Lillieskog—. Con el tiempo. A lo mejor podríamos decir que su vida emocional está mal equilibrada.

—Es un trastorno bastante habitual —continuó Klasson—. Sobrerreacciones e infrarreacciones. Pero me gustaría mucho subrayar que tenemos muy poco a lo que aferrarnos en este caso en concreto. El manuscrito que entrega también está muy bien redactado, casi da la impresión de que tiene una vena de escritor. Lo cual, a su vez, implica que nos brinda de sí mismo la imagen que él quiere dar. Por mucho que no la embellezca. De todos modos, pienso que escribe presa de algún tipo de arrebato de sinceridad. Quiere contar esta historia y explicar por qué, a sus ojos, se ha visto obligado a matar a estas cinco personas.

—¿Por qué se queda junto a ellos, si los desprecia tanto? —quiso saber Sorgsen—. Es una pregunta que me cuesta mucho entender.

—Vete a saber —dijo Klasson—. Pero no cabe duda de que está acostumbrado a no sentirse a gusto en ningún sitio, lo comenta al principio de todo. En la primera frase, de hecho. Estamos frente a una persona muy solitaria, creo que eso podemos atrevernos a afirmarlo.

—Pero ¿no se puede elaborar un diagnóstico psiquiátrico a partir de lo que nos cuenta? —preguntó Tallin.

—No —contestó Klasson—. Obviamente podemos

especular con ciertas cosas. Por lo que dice, él ya ha estado en contacto con los servicios psiquiátricos, quizá incluso puede que haya estado ingresado. Pero lo que pone en su expediente no lo quiere compartir.

—¿Estás más acostumbrada a hacer diagnósticos de personas a las que ves cara a cara? —preguntó Astor Nilsson.

—Sin duda alguna —afirmó Klasson, y se permitió una fugaz sonrisa—. Los perfiles son terreno de Lillieskog, pero solemos colaborar bastante, como os decía.

Lillieskog asintió con la cabeza.

—Siempre hay que ajustar el perfil cuando encuentras a la persona detrás de la máscara —dijo—. Y normalmente aprendes algo nuevo. Una cosa que a mí me hizo dar un respingo cuando leí las notas es su esposa. La menciona dos veces, pero con formulaciones de lo más escuetas. Nos hace saber que está muerta. Cinco años antes de las semanas pasadas en la Bretaña, a juzgar por lo que dice. ¿Cómo murió? ¿Hay un trauma aquí? No podía ser muy mayor, quizá no tenía más de veinticinco años. Podría haber habido un accidente, o algo aún peor, aquí escondido.

—¿Aún peor? —dijo Astor Nilsson sorprendido.

—Sí —respondió Eva Backman—. A mí también me genera una sensación rara cuando menciona a su mujer. A lo mejor todo empieza ahí.

—Es muy posible —contestó Klasson—. Pero de eso aún no sabemos nada.

—No sabemos nada de casi nada —indicó Nilsson con un profundo suspiro—. Pese a habernos entregado un informe de sesenta y cuatro páginas.

—Correcto —dijo Klasson—. Cuando lo encontréis estoy dispuesta a trabajar un par de semanas con él, pero mientras tanto no sé muy bien qué puedo decir al respecto. La verdad es que para mí es un poco como un enigma, igual que me imagino que lo es para vosotros.

La reunión se prolongó durante una hora más, pero a Gunnar Barbarotti no le pareció que saliera nada nuevo. Nada que no hubiese sido ya mencionado, de una manera u otra, y seguramente las palabras de Klasson eran las que mejor resumían el carácter del autor de los hechos.

Un enigma.

Por la tarde mandaron dos correos electrónicos a la policía francesa. Primero uno más breve en francés —resultó que Tallin no era del todo lego en la lengua—, y después uno más extenso en inglés. Al mismo tiempo, Barbarotti y Backman también elaboraron una síntesis de seis páginas del caso en inglés, incluyendo un resumen de las *Notas de Mousterlin*. A las cuatro y media lo enviaron por email a la policía judicial para que hicieran una revisión ortográfica, y a las cinco era hora de celebrar una rueda de prensa y hacer pública la foto del Sexto Hombre.

Gunnar Barbarotti no participó en la rueda, pero sabía que harían hincapié en que no se estaba dictando la orden de búsqueda del asesino. Solo que la policía tenía mucho interés en ponerse en contacto con el hombre señalado en la fotografía.

Estaba tomada en el verano de 2002 en la Bretaña, Francia, y se creía que estaba en posesión de información de vital importancia para la investigación de los cinco asesinatos que habían tenido lugar en distintos puntos de Suecia —pero con Kymlinge como punto central— en el último mes.

Así era como lo iban a presentar, y luego los reporteros, lectores, oyentes y televidentes tendrían vía libre para interpretar el mensaje como buenamente pudieran.

Meras esperanzas, pensó Gunnar Barbarotti mientras sacaba su Crescent del aparcamiento de bici, y comenzó a pedalear en dirección a casa. Por su parte, no se hacía ilusiones, y no le costaba demasiado ver los titulares del día siguiente.

¿EL ASESINO?

Y, debajo, la foto de Gunnar Öhrnberg, Henrik Malmgren y el Sexto Hombre sentados a la mesa de aquel restaurante.

Los dos primeros, asesinados. Quizá por el tercero, el hombre cuyo rostro estaría marcado con un claro círculo blanco.

No un halo. Al contrario.

Cuando llegue a casa llamaré a Marianne y a Sara, decidió Gunnar Barbarotti. Necesito dejar de pensar en esto. Quitármelo de la cabeza, simplemente. Si no, me va a explotar.

Pero antes de que le diera tiempo de llamar ni a la una ni a la otra, recibió una llamada de la tercera mujer de su vida.

Helena. Su exmujer. Barbarotti tardó una fracción de segundo en recordar que existía siquiera, y se preguntó a qué se podía deber eso.

—Hola —saludó—. Me alegro de que llames.

—Espero que lo digas de verdad —dijo ella—, porque necesito hablar un poco en serio contigo de una cosa. Pero solo si tienes tiempo.

—Tengo tiempo —le aseguró él, y se acomodó en

el sofá. Rememoró la conversación de la semana anterior, después del incidente con Göran Persson, y supuso que aún era eso lo que estaba encima de la mesa.

Pero no lo era.

—A Ulrich le han hecho una propuesta fantástica.

Vaya, pensó Barbarotti. ¿Y quién coño es Ulrich?

No lo dijo y mejor así, porque Ulrich era la nueva pareja de Helena, evidentemente, el padre actual de sus hijos. Justo entonces cayó en la cuenta de que así era como se llamaba —no Torben, como él se creía— y de que solo lo había eliminado de su memoria.

—Le han pedido dirigir un nuevo centro de yoga en Budapest. Le hacen un contrato de dos años y le ponen un piso en el centro de la ciudad. Va que ni pintado, nunca tendremos una oportunidad como esta y debemos tomar una decisión en una semana.

¿De qué está hablando?, pensó Barbarotti.

—¿Por qué va que ni pintado? —le preguntó.

—¿Porque Ulrich habla húngaro, quizá?

—¿Por qué demonios habla húngaro?

—Pues porque él es húngaro, capullo.

—Eso nunca me lo has dicho.

—Claro que te lo he dicho.

—Estaba convencido de que era danés. ¿Cómo coño puede un húngaro llamarse Ulrich?

—Su madre es danesa. Pero él nació en Debrecen y vivió allí hasta los diez años.

—Vale —dijo Barbarotti—. Te creo. ¿Y qué tengo yo que ver en todo esto?

Notó que comenzaba a ponerse huraño y respiró hondo para tranquilizarse.

—Los chicos, obviamente.

—¿Los chicos?

—Sí. Lo hemos hablado largo y tendido, y la verdad es que consideramos poco práctico arrastrarlos hasta Budapest. Me duele muchísimo, desde luego. Además, el piso solo tiene una habitación, salón y cocina. Pero tiene unas vistas maravillosas al Danubio.

—¿Me estás diciendo...?

—Sí. Creo que a Lars y a Martin les iría bien vivir contigo un par de años. Pero solo si tú estás de acuerdo, claro. Ahora que Sara se ha ido de casa y todo..., he pensado que podría ser positivo para todas las partes.

¿Todas las partes?, se dijo Gunnar Barbarotti. Ya sé qué parte representas tú.

Pero respiró hondo dos veces seguidas y se tomó unos segundos para reflexionar. La madurez que había comenzado a afectarlo últimamente se mantenía firme. Tranquila y ejemplar como una balsa de aceite en todos los ámbitos de la vida.

—Entiendo —señaló—. ¿Y ellos qué dicen?

—Aún no se lo hemos comentado. Quería hablar contigo primero.

—Me ha parecido entender que lo habías estado hablando largo y tendido.

—Ulrich y yo lo hemos hablado, no los niños.

—Está bien —dijo Gunnar Barbarotti—. Pues habla con Lars y Martin y diles que me llamen. A lo mejor me caso en breve, pero supongo que eso no es ningún impedimento. —Se hizo el silencio al otro lado y Barbarotti pensó que se había cortado—. ¿Hola?

—Estoy aquí. ¿Por qué no habías dicho nada?

—Porque primero quiero discutirlo con mi futura esposa.

Innecesariamente descortés. Barbarotti decidió morderse la lengua.

—Vale. Si así es como lo quieres, tú mismo. Pero hablaré con los niños. También les comentaré ese detalle. ¿Tiene nombre?

—Marianne.

—¿Marianne? Así se llamaba la chica con la que acababas de dejarlo cuando nos conocimos. ¿No será ella?

—No —dijo Gunnar Barbarotti—. No es ella.

—Bien. Pues hablamos esta noche.

—Diles a los chicos que me gustaría mucho tenerlos conmigo.

Helena le prometió que se lo diría y luego colgó.

No le he dicho nada de que a lo mejor me mudo a Helsingborg, pensó Barbarotti, y se fue a la cocina y preparó agua para hervir pasta.

Aunque, por otro lado, Helsingborg no quedaba en Hungría.

Cuando hubo terminado de cenar y estaba a punto de llamar a Sara, lo llamó Tallin.

—Buenas tardes —dijo este—. Disculpa que te moleste.

—En absoluto —contestó Barbarotti—. ¿Qué tal ha ido la rueda de prensa?

—Bien. Les hemos dado un hueso para roer, así que en media hora ya se había acabado. ¿Cómo llevas el francés?

—Si tengo un buen día, puedo contar hasta veinte —aseguró Barbarotti—. ¿Por qué lo preguntas?

—Porque mañana por la mañana tú y yo volamos a Francia. Nos llevaremos a una mujer que habla francés fluido, por si acaso. Una inspectora de Gotemburgo.

—¿Habéis hablado con la policía de allí?

—Solo por email. Pero parece que la cosa avanza. Iremos a Quimper, donde hemos quedado con un *commissaire* llamado Leblanc.

—Ah —dijo Barbarotti—. ¿Por qué... por qué no va Jonnerblad?

—Porque a su mujer la operan de cáncer el miércoles. Mañana por la tarde se va a Estocolmo.

—Vaya. No sabía...

—Yo tampoco. Me lo ha contado esta mañana. Esperemos que salga todo bien.

—Sí —deseó Barbarotti, y de pronto fue consciente de lo poquísimo que sabía de estos dos compañeros recién llegados. Ni de sus familias ni de sus aficiones ni de sus intereses personales. Ni siquiera de qué equipo de fútbol eran.

Casi igual que con el asesino, pensó.

—Disponemos de tres días —explicó Tallin—. Volveremos el viernes. ¿Te va bien?

—El viernes por la tarde tengo un compromiso muy importante —contestó Barbarotti.

—Ningún problema —respondió Tallin—. Para entonces ya estaremos en casa. Mañana el vuelo sale a las 10:50 de Landvetter. Un coche pasará a recogerte a las ocho y cuarto. El plan de trabajo y todo eso lo miramos de camino. Quedamos así.

—Perfecto —dijo Barbarotti.

Tras la conversación con Tallin notó que no tenía ánimos para hablar ni con Sara ni con Marianne, así que se puso un disco de fados, se preparó una taza de té y comenzó a leer las *Notas de Mousterlin* por tercera vez. Mejor estar lo más preparado posible, pensó, si vamos a ir tras las huellas del asesino.

Continuó hasta el final también en esta ocasión, y

cuando se metió en la cama ya eran más de las doce. Justo cuando apagó la luz cayó en la cuenta de que no había tenido noticias de Lars y Martin.

Este hecho tan sencillo lo tuvo despierto por lo menos otra hora.

Capítulo 34

En el aeropuerto de Landvetter vio los primeros titulares, y coincidían bastante con lo que se había imaginado.

Pero lo cierto era que no ponía «Asesino» en ninguno de ellos. Tiraban de «Buscado», «En busca» y «¿Quién eres?». Ya es algo, pensó Barbarotti. A lo mejor Tallin y Jonnerblad habían conseguido untar un bálsamo de serenidad durante la rueda de prensa, a pesar de todo.

O quizá simplemente habían mentido.

—Qué bien irnos justo hoy —comentó Tallin—. Mira, ahí tenemos a nuestra francesa.

Carina Morelius no tenía pinta de francesa. Inconscientemente, Barbarotti se había imaginado una mujercita delgada pero fuerte, con pelo negro y corto y ojos conmovedores. La inspectora Morelius recordaba más bien a una reina del esquí noruega. O por lo menos a una exreina del esquí noruega. Parecía rondar los cuarenta años, era alta, rubia y corpulenta.

—Qué bien que nos hayas podido dedicar tu tiempo —dijo Tallin tras terminar con las presentaciones—. Dicen que nuestro *commissaire* habla inglés, pero nunca se sabe.

—El placer es mío —contestó Carina Morelius—. Y por principio nunca digo que no a un viaje a Francia. O sea que tú eres el famoso Barbarotti.

Logró decirlo sin ironía ni dobles significados, y él lo recibió sin alzar la guardia.

—*Oui* —dijo—. El que finiquita rapidito los asuntos con reporteros impertinentes y el que le ha puesto cara a la violencia policial.

Ella se rio.

—Hay de todo, supongo. Tanto en lo que a periodistas como a policía se refiere. —Luego se puso seria—. Pero es una historia terrible esta. Obviamente, solo sé lo que cuenta la tele y la prensa, pero doy por hecho que os dará tiempo de ponerme al día antes de que lleguemos.

—Tenlo por seguro —le prometió Tallin, y se miró el reloj—. Faltan seis horas para que aterricemos en Quimper, y vas a necesitarlas. Entre otras cosas tenemos sesenta y cuatro páginas de material de estudio, sin interlineado.

—Me muero de ganas —declaró la inspectora Morelius, y Barbarotti no pudo distinguir ninguna ironía ahora tampoco.

En el aeropuerto de Quimper estaba lloviendo.

Fueron recibidos por una mujer joven uniformada con un cartel en el que ponía TALAIN, y la inspectora Morelius se puso a hablar con ella de inmediato en un francés que sonaba casi nativo. Al menos fue lo que le pareció a Barbarotti. Pero también era cierto que había vivido en Lyon cinco años y medio, se había casado con un ciclista profesional francés y lo había dejado por un masajista de Partille. Todo esto y más se lo había contado en el vuelo de Gotemburgo a París, pues les había tocado sentarse juntos. En cambio, de Charles de Gaulle a Quimper el avión iba a reventar y los asientos no estaban numerados, así que se habían sentado los tres separados.

Pero la mayor parte del tiempo de vuelo lo habían destinado a estudiar el material, tal y como el comisario Tallin había previsto.

Este también aprovechó para soltarle alguna que otra frase a la joven agente de policía mientras los llevaba a la ciudad. Tallin ya había mostrado que dominaba un poco el idioma. Barbarotti, en cambio, se pasó todo el trayecto mirando fijamente la lluvia por la ventanilla de atrás. ¿Qué estoy haciendo aquí?, pensó. ¿De qué están hablando? Voy a ser el primo tonto del pueblo durante tres días.

Pero el *commissaire* Leblanc hablaba inglés. Con un marcado acento francés, desde luego, pero su vocabulario no dejaba nada que desear. Era un hombre bajito y calvo, llevaba gafas redondas sin montura y le recordó a Barbarotti a un actor de cuyo nombre no se acordaba. Los saludó elocuentemente, los invitó a café y les explicó que el departamento criminal de la prefectura de policía de Quimper, donde él era jefe, haría todo cuanto estuviera en su poder para apoyar las labores de sus compañeros suecos.

Aunque debía ponerse más al día del caso. Había leído los dos faxes, así como los resúmenes de Barbarotti y de Backman, pero sentía que necesitaba más chicha. *More meat on the bones, yes?*

Tallin y Barbarotti se echaron una mano mutua en la tarea —con algún que otro apunte en francés por parte de la inspectora Morelius— durante más de media hora. Al terminar, Leblanc se quitó las gafas, comenzó a limpiarlas con un pañito verde que sacó del cajón del escritorio y les dijo que se sentía un tanto perplejo.

—*Dérouté. Betwixted, yes?*

—Desconcertado —sentenció Carina Morelius—. Dice que se siente un poco desconcertado.

—¿Por qué? —preguntó Tallin.

—Porque... —empezó Leblanc, y comprobó la pulcritud de sus gafas sometiéndolas al contraluz del fluorescente— porque no recuerdo ningún caso de dos personas desaparecidas en el verano de 2002.

Se hizo el silencio en la sala. El comisario Tallin alzó la mano derecha, y luego la volvió a bajar.

—Tiene que haber un caso así —señaló Barbarotti.

Leblanc se abrió de manos en un gesto muy francés.

—Entiendo que lo penséis —dijo—. Pero he comprobado el asunto en nuestros archivos y simplemente no hay ninguna denuncia de ese estilo.

—¿Ninguna niña desaparecida, con su abuela desaparecida?

—No.

—Qué curioso —opinó Tallin.

—A lo mejor no tanto —repuso Barbarotti.

—Aquel verano tuvimos un caso de dos turistas holandeses que se declararon desaparecidos, eso lo recuerdo —continuó Leblanc—. Un chico y una chica, pero aparecieron más tarde en los alrededores de Perpiñán. Había narcóticos de por medio, si no recuerdo mal.

—Pero tampoco es posible que dos personas desaparezcan sin que se denuncie, ¿no? —preguntó Tallin.

—Por desgracia, no es tan imposible como cabría desear —explicó Leblanc con un tono lamentoso, y volvió a ponerse las gafas—. También podría ser que la desaparición haya sido denunciada en otra área policial. Pero, decidme, ¿tenéis la impresión de que la abuela de esta niña tenía una casa propia cerca de Mousterlin?

—Así es —dijo Tallin.

—Yo no estoy tan seguro —replicó Barbarotti—. Lo cierto es que creo que podría haber otras variantes.

—¿Variantes? —quiso saber Leblanc.

—Sí —respondió él—. La niña es la única que habla de esa casa, la primera vez que se ven. Luego se insinúa de distintas maneras que la niña no es del todo de fiar. Anoche me volví a leer los apuntes y...

—No sé si estoy del todo de acuerdo con eso —lo interrumpió Tallin, pero Leblanc hizo caso omiso.

—¿Podrían haber alquilado una casa? —preguntó el *commissaire*—. Si estaban aquí de vacaciones, me refiero.

—Es posible —dijo Barbarotti.

—Pero ¿el nombre de la abuela no aparece mencionado en ningún momento?

—No.

—¿Ni dónde estaba ubicada su residencia?

—No.

Barbarotti lanzó una mirada a Tallin y este asintió levemente con la cabeza.

—La verdad es que el tema de la casa no está claro —admitió—. A lo mejor di por hecho, al leer las notas, que la abuela y la niña vivían en una casa cerca de Fouesnant, y que la abuela era dueña de dicha casa, pero es evidente que no se puede descartar que el inspector Barbarotti esté en lo cierto.

—Hay un momento en el que escribe que sospecha que la niña sea una mitómana —señaló el aludido—. La primera vez que leí el manuscrito, durante un rato pensé que a lo mejor ni siquiera había una abuela, que solo era alguien a quien la niña se había inventado. Pero cuando luego apareció en persona, mis sospechas se esfumaron.

—Apareció en persona ante su muerte —apostilló Tallin.

—Es una historia horrible —declaró la inspectora Morelius en francés.

—Está bien —dijo Leblanc—. Creo que empiezo a tener claro todo el asunto. Si una mujer que tiene una casa en Fouesnant desaparece junto con su nieta, está claro que tarde o temprano deberíamos enterarnos. Pero si presuponemos que lo que la niña se inventó no fue la abuela, sino solo la casa, ¿qué nos queda entonces?

Barbarotti se rascó la cabeza e intercambió una mirada vacía con Tallin.

—Sí, ¿qué nos queda? —repitió—. De hecho, incluso podría ser que no estuvieran hospedadas en ninguna casa, sino...

—¿En un camping? —añadió Tallin—. Hay bastantes en la zona, ¿verdad?

—*Mais oui* —dijo Leblanc con entusiasmo—. Entre Bénodet y Beg-Meil, o sea, la zona al interior de Mousterlin, hay por lo menos veinte. En esa época del año, de mediados de julio hasta finales de agosto, tenemos muchísimos turistas. Miles de personas acampando. La mayoría francesas, naturalmente, pero también de otros países. Inglaterra, Holanda y Alemania. Algunas de Escandinavia, espero de veras que tengáis un poco de tiempo para ver nuestra preciosa naturaleza, aparte de trabajar. *Oh là là, le travail, le travail, toujours du travail...*, así es como estamos en la policía francesa, me imagino que vosotros vivís la misma maldición en vuestro país...

—Suele pasar —indicó la inspectora Morelius en francés—. *Ça arrive*.

—Nos quedamos hasta el viernes —comentó Tallin—. Algo tendremos tiempo de ver. Pero si jugamos con la idea de que la niña estaba con su abuela en un camping..., ¿qué cambiaría? Su desaparición debería haber sido denunciada de todos modos, ¿no?

Leblanc volvió las palmas hacia el techo.

—Desde luego. En algún punto del país seguro que ha llegado una denuncia. Pero desaparecer de una casa no tiene nada que ver con desaparecer de una tienda de campaña.

Barbarotti reflexionó un instante sobre esta amarga verdad.

—¿Podría ser que ni siquiera estuvieran registradas en ningún camping? —preguntó—. Aunque se quedaran en él, quiero decir.

—No lo sé —dijo Leblanc, y se encogió de hombros—. Obviamente, la idea es que toda persona que acampe tiene que identificarse en recepción cuando montan la tienda o aparcan la caravana, pero bueno..., supongo que no es imposible que se haga la vista gorda. Hay granjeros que suelen ceder un par de campos durante la época más frenética. Es dinero fácil, y es imposible controlar todas esas actividades. Quizá ni siquiera es deseable y, además, ¿quién te puede prohibir plantar una tienda en tu campo de cultivo?

Barbarotti asintió con la cabeza.

—Pero si suponemos que es así —razonó—, deberían haber dejado cosas. La tienda y ropa y demás, ¿no es así?

Leblanc lo pensó un momento.

—Por supuesto —convino luego—. Sin duda alguien debería habernos informado de ello, sí o sí. Pero puedo constatar que nadie lo ha hecho. Por desgracia. Lo siento.

—Puede que una tienda de campaña abandonada en un campo de cultivo no sea nada del otro mundo para la policía —señaló Morelius.

—Nada del otro mundo, no —dijo Leblanc, y sonrió fugazmente.

—Pero si la hipótesis es correcta —continuó Barbarotti con un suspiro—, en realidad solo significa que el caso está en otra prefectura de policía del país. ¿Verdad?

—Es lo más seguro, sí —contestó Leblanc.

—¿Dónde? —preguntó Tallin.

Leblanc se pasó una mano por su cabeza calva.

—Eso depende exclusivamente de quién las echara en falta —explicó con paciencia—. Y dónde las echaron en falta, claro. Por ejemplo, si no se sabía dónde estaban de vacaciones la niña y la abuela..., pues es probable que su desaparición hubiera sido denunciada en su ciudad de origen. ¿París, o dónde era?

—París —confirmó Barbarotti—. Al menos si creemos lo que dijo la niña. Pero, en ese caso, ¿cómo llegaron hasta aquí? Espera un segundo. Por casualidad..., ¿por casualidad no se encontraría un coche abandonado en las proximidades de Mousterlin aquel verano? Ya sé que es mucho pedir, después de cinco años, pero...

Leblanc soltó una carcajada.

—Bueno, podría poner a uno de mis hombres a mirarlo, pero creo que sería ingenuo esperar que encontráramos algo. Además, a lo mejor el granjero se quedó con el coche también. ¿Por qué no?

Se hizo el silencio unos segundos.

—¿Creéis que podría haber sido así? —preguntó

Barbarotti sin dar crédito—. ¿Que la niña y la abuela acamparan en el campo de algún granjero, y cuando un día se da cuenta de que han desaparecido, se apropia de la tienda, sus cosas y el coche?

—Es una teoría —dijo Leblanc, y se subió las gafas a la frente—. No es que me apetezca creer en ella, pero, si no..., bueno, si no, ¿qué podemos creer?

Tallin se aclaró la garganta.

—¿Cómo llegó a casa de Erik aquella noche? —preguntó—. La abuela, me refiero. Al menos yo no me quedé con la idea de que fuera en coche.

—Yo tampoco —dijo Barbarotti—. No, seguro que fue a pie. Si no, su coche debería haberse quedado delante de la casa, y entonces...

—Entonces alguno de los otros tendría que haberse encargado de él —añadió Tallin—. A ver, tampoco es imposible que lo hicieran, ¿no?

—No —reconoció Barbarotti—. La verdad es que no.

Joder, pensó. Está claro que podría ser así. Que los suecos también se hubiesen encargado de borrar el rastro después de toda la movida. Eso era algo de lo que el Sexto Hombre no podía haber sabido nada, puesto que había abandonado la zona a la mañana siguiente de haber enterrado a la señora en el pólder.

—Pero si damos por hecho que llegó a pie aquella tarde —retomó Leblanc—, y si damos por hecho que era una mujer bastante mayor, debería significar que vivían en las proximidades. Y sabemos en qué casas se hospedaron todos los suecos, ¿no es así?

—Eso sí —indicó Tallin—. Ayer por la noche nos confirmaron la que faltaba. El plan es visitarlas todas mañana. Pero que la niña y la abuela no estén declaradas como desaparecidas aquí en el distrito es un contratiempo, desde luego. ¿Cuánto se tarda en contrastar esto con París?

—Unos días, me atrevería a decir —dijo Leblanc, y se encogió de nuevo de hombros—. Es una lástima tremenda que no tengamos sus nombres, pero mandaré una orden de búsqueda a todo el país.

—Troaë —señaló Barbarotti—. Eso sí que lo tenemos.

—Si realmente se llamaba así, sí —añadió Leblanc, y se recolocó las gafas otra vez—. Nunca había oído ese nombre. Bueno, si su desaparición está denunciada en alguna parte de Francia, lo sabréis la semana que viene. Puede que incluso antes de que os vayáis. Y sus nombres completos.

—Bien —dijo Tallin—. Os estamos agradecidos. Extremadamente agradecidos.

—¿Tenéis alguna otra pregunta que quizá os pueda responder? —quiso saber Leblanc.

Tallin intercambió una mirada con Barbarotti antes de negar con la cabeza.

—Por el momento, no. Pero nos gustaría poder volver a hablar contigo más adelante.

—Por supuesto —dijo Leblanc, y se estiró—. Los crímenes nunca deben salir a cuenta. En ninguna situación ni en ningún país. —Tras estas sabias palabras giró la cabeza y miró por la ventana—. Parece que ha dejado de llover. ¿Os puedo proponer una cena ligera en el casco antiguo, antes de llevaros al hotel? ¿Mademoiselle?

—Madame —lo corrigió Carina Morelius, y sonrió—. *Je vous en prie, monsieur le commissaire.*

Cenaron en una terraza en una placita irregular llamada Place Beurre. La plaza de la mantequilla, incluso Barbarotti lo entendió.

Queso de cabra gratinado. Mejillones marinados. Un corte de carne extremadamente tierno con salsa de vino blanco y mostaza. Un par de quesos: roquefort y un comté de dos años. *Crème brûlée*.

Un vino de Alsacia y un burdeos. Una copa de calvados y un pequeño café solo. La cena les llevó dos horas y media, Barbarotti decidió que nunca más en la vida volvería a Rockstagrillen.

El *commissaire* Leblanc habló todo el rato. De la ciudad de Quimper. De sus contradicciones, su arquitectura. De su belleza, sobre todo la del casco antiguo, donde se hallaban ahora, rodeados tanto de foso como de murallas. La historia secular y cambiante de la catedral.

Pero ni una sola palabra del caso. De hecho, ni una sola palabra del oficio de policía. Barbarotti pensó que esa era la clave. Apagar el trabajo en el mismo instante en que cerraba la puerta de su despacho.

Así era como tenía que hacerlo sí o sí, bien mirado, si quería conservar su salud espiritual, y si quería que Marianne pudiera soportar vivir con él. No como hacía ahora, y desde luego no como hacía Astor Nilsson, que ni siquiera podía dormir por las noches.

Interesarse por otras cosas, simple y llanamente. Buscarse una vida, como solían decir en los programas juveniles de la tele.

Fácil de decir. Más difícil de ejecutar, seguro. Al subir a su habitación de hotel, que quedaba a tan solo cinco minutos a pie de la Place Beurre, deshizo la maleta y metió un dedo en la Biblia.

Era la primera vez que se la llevaba de viaje.

El libro de los Proverbios 20, 5. Sintió un agradecimiento fugaz de librarse del ojo corrupto.

Como aguas profundas es el propósito en el corazón de un hombre; pero el hombre inteligente logrará extraerlo.

Vaya, pensó Barbarotti. ¿Y qué me quiere decir con eso?

¿El propósito de quién? ¿El mío o el de otra persona?

Estaba sentado en el borde de la cama tratando de sopesar un momento las palabras, pero sentía la referencia al caso tan clara que decidió soltar el hilo. Era lo que acababa de aprender de Leblanc. Así que cogió el teléfono. Eran más de las once, pero en la guerra y en el amor nunca era demasiado tarde.

—Hola —dijo—. ¿Te he despertado?

—Qué va —contestó Marianne—. Ni siquiera me he ido a la cama aún. Jenny ha empezado en una clase nueva y necesitaba un poco de ánimos, me ha llevado un rato.

Ah, sí, claro, pensó Barbarotti. El nuevo curso.

—¿Y tú qué haces? ¿No habrás cambiado de idea con lo del viernes?

—Ni por asomo —respondió él—. Pero estoy en Francia.

—¿En Francia?

—Estoy buscando un buen vino para el bogavante.

—¿Cómo?

—Es broma —dijo el inspector—. He venido por trabajo. Creemos que le estamos pisando los talones.

—Sí, he visto la prensa de hoy —comentó Marianne—. Y las noticias en la tele; por lo visto os han entrado bastantes pistas. ¿Es...? ¿Es el asesino, el hombre que señalan en la foto?

—No lo sé —señaló Barbarotti, y se percató de que

no sentía que estuviera mintiendo al decirlo—. La verdad es que no lo sé, es un poco complicado. En cualquier caso, quería darte las buenas noches y aprovechar para decirte que te quiero.

—Gracias —dijo ella—. Muy amable por tu parte. Tengo ganas de verte el viernes. Tú solo procura no quedarte allí, tenemos cosas importantes de las que hablar.

—Te recibiré con rosas, leche y miel —le aseguró Barbarotti—. Y vino, claro. Pero también puedes desearme buena suerte aquí, si quieres.

—Buena suerte, cariño —deseó Marianne—. Cuídate y que duermas bien tú también.

Pero no lo hizo. A pesar de toda su predisposición. En cuanto apagó la luz su cabeza se llenó de pensamientos que le daban vueltas a lo que había salido a la luz durante la conversación con el *commissaire* Leblanc.

¿Nadie había denunciado su desaparición? ¿Qué demonios significaba eso?

Y esas especulaciones de que la niña y la abuela podrían haberse alojado en un camping no oficial. ¿Cómo de creíble era realmente?

¿Y cómo de creíble era la pequeña Troaë? Sin duda, esa idea que le había venido a la mente de que era una mitómana había renovado sus fuerzas a medida que avanzaba la jornada.

¿Y el manuscrito de Mousterlin? ¿Qué sentido tenía escribirlo? ¿Y dejarles leerlo? ¿Acaso no era ese el problema de base? ¿La pregunta que deberían tratar de responder antes que ninguna otra? En el bullicio de preguntas.

El propósito en el corazón de un hombre, dicho con otras palabras.

El inspector Barbarotti suspiró y se descubrió pensando en lo que Axel Wallman solía decir cuando compartían casa en Lund. Que, a la hora de la verdad, la diferencia entre el ganador del premio Nobel y el palurdo baboso no era tan grande, puesto que el primero probablemente había conseguido adquirir más o menos un uno por ciento de todo el conocimiento existente, mientras que el idiota se había quedado en cero coma cinco.

Una pizca de consuelo entre la aflicción, ¿no?

La última vez que levantó la cabeza de la almohada para mirar las cifras rojas del televisor, marcaba 01:56.

Capítulo 35

Leblanc les había dejado un coche, un Renault negro que a Barbarotti le hizo pensar en coñac, a su disposición. Salieron de Quimper sobre las nueve de la mañana y, tras media hora de trayecto por carreteras sinuosas por un paisaje verde frondoso y, en algunos puntos, más bien salvaje, llegaron al cabo de Mousterlin. El promontorio asomaba como una nariz en el mar y a ambos lados se extendían largas playas de arena. Había marea baja y la orilla del agua quedaba a cincuenta o sesenta metros por debajo del terraplén de arena recubierto de hierbajos que protegía el pólder de dentro. No se parecía en nada a la Bretaña en la que Barbarotti había pasado un par de semanas de verano quince años atrás. Entonces se había tratado de la costa norte, Côtes-d'Armor, con peñascos dramáticos, calitas protegidas, cuevas y formaciones rocosas de lo más singulares. De pronto recordó los topónimos tan peculiares: Trégastel, Perros-Guirec, Ploumanac'h.

Pero ahí, en la cara sur, era llano, vaya, tal y como se describía en las *Notas de Mousterlin*. Y hacía calor, al menos ese día. El sol brillaba en un cielo despiadadamente azul y la temperatura debía de estar entre veinticinco y treinta grados, a pesar de ser por la mañana y a pesar de que en Suecia ya hubiese empezado la escuela. Las playas aún estaban casi vacías, pero Barbarotti no dudaba de que, en cuestión de unas horas, aquello se llenaría de gente. Se arrepintió de no haber cogido unos pantalones cortos; sus vaqueros negros le estaban dando un calor tormentoso, pero los policías y los pantalones cortos eran una combinación que no acababa de encajar.

Incompatibles, como se decía hoy en día.

A la derecha, hacia el oeste, la playa terminaba en la pequeña ciudad portuaria de Bénodet; a la izquierda, hacia el este y a tres kilómetros de distancia, quedaba Beg-Meil.

Barbarotti miró la hora y Tallin asintió en silencio. Era hora de ir a Le Grand Large, el restaurante que, según los datos que tenían, debía de estar a unos doscientos metros en dirección a Beg-Meil. Allí era donde los suecos se habían sentado con la pequeña Troaë aquel día que la habían conocido en la playa por primera vez. Barbarotti sabía que era una tarea imposible, y sabía que Tallin y Morelius también se daban cuenta de ello. Pero hablarían con el personal y les dejarían las fotos que tenían. Así como sus tarjetas de visita y un número directo al *commissaire* Leblanc, por si alguien, contra todo pronóstico, acabara recordando algo.

En cualquier caso fueron recibidos con afabilidad e interés, pero también con negaciones de cabeza. Solo una persona de la plantilla actual había trabajado en 2002, y como había visto pasar ni más ni menos que once veranos en aquel sitio idílico, y cerca de cuarenta o cincuenta mil comensales, la mujer les pidió disculpas por no recordar a las personas que aparecían en la foto.

Continuaron hasta Bénodet. Encontraron sin problemas el restaurante en el viejo puerto, se llamaba Le

Transat. También encontraron, con elevada probabilidad, la mesa y la pared donde los seis suecos se habían sentado un sábado de hacía cinco años, y mantuvieron una conversación bastante larga con el dueño del local. El hombre medía dos metros, tenía un hermano que trabajaba en la policía de Marsella y, por su parte, las novelas policíacas eran lo mejor de su vida. Quizá con excepción de su mujer y sus hijos.

Aun así no pudo ayudarlos. Se miró y estudió las fotografías de 2002 con tiempo y detenimiento, pero, pensó Barbarotti, por mucho que viera la luz y recordara al grupo y aquel sábado de hacía cinco años, ¿qué ganaría con ello realmente? Mientras el Sexto Hombre no se hubiese dejado el carné de conducir en la mesa o hubiese revelado su identidad de alguna otra manera, seguían sin salir de la misma casilla. Tal vez no la de salida, pero estaba claro que era difícil ver una línea de meta en todo aquello.

El dueño les preguntó si no querían comer algo, por lo menos, pero dado que no eran más de las once y media decidieron resolver ese detalle en el tercer bar de la ruta.

El Thalamot, en Beg-Meil.

Aquí me gustaría vivir si fuera rico, pensó de pronto Gunnar Barbarotti al bajarse del coche. Y si supiera hablar francés.

O sea, no en el Thalamot, quizá, pero sí por allí cerca. En alguna de las casas grandes de piedra que parecían conformar el núcleo de Beg-Meil. Torreones y almenas, contraventanas azules y naturaleza frondosa. Aislamiento espléndido y el mar a apenas unos metros de distancia.

Pero creo que nunca seré rico, se dijo luego. Y, sobre

todo, jamás aprenderé francés. Para conseguirlo hay que casarse con un ciclista de Lyon.

Presentaron sus preguntas y sus fotografías por tercera vez, y por tercera vez fueron recibidos con sonrisas de disculpa y negativas. Pidieron unas ensaladas y sendas tortillas, con contenido variado, y como al fin y al cabo estaban donde estaban, aprovecharon para pedir tres copas de sidra local.

Sabía a mosto de manzana viejo y fermentado, Barbarotti recordó que había sido igual quince años atrás en Côtes-d'Armor, y ninguno de los tres pidió una segunda copa.

—Por lo menos los nombres son correctos —comentó Tallin cuando les hubieron servido los cafés—. Los sitios y los bares existen. Y las personas, todo encaja. Por lo menos no tenemos que dudar de la historia en sí.

—A lo mejor no —dijo Barbarotti—. Es cierto que todo está en su sitio. Pero también hay una niña y una mujer mayor enterradas en el pantanal, y desaparecieron sin que a nadie le importara. Es un poco irritante, al menos a mí me lo parece.

—No sabemos qué resultado dará la búsqueda de Leblanc —señaló Morelius—. Si tenemos suerte, esta tarde o mañana tendremos sus nombres.

—Un motivo por el que merece la pena trabajar —opinó Tallin.

Barbarotti observó que comenzaba a verse cansado el buen comisario. Incluso él.

—Troaë —mencionó—. Leblanc dijo que nunca había oído ese nombre.

—Yo tampoco lo he oído nunca.

—*The Root Of All Evil* —Tallin suspiró—. Madre mía.

—¿Alguna novedad de los de casa? —preguntó Barbarotti para cambiar de tema—. Mi móvil lleva sin sonar desde ayer por la noche.

Tallin se terminó el café y pareció tratar de animarse un poco.

—Sí, esta mañana he hablado con Asunander —dijo—. Cuatrocientos cincuenta y cinco nombres solo ayer. Me parece que hemos batido un récord, y habrá una decena de personas que nos denunciarán porque se sentirán señaladas. Pero están haciendo la clasificación, habrá que ver cómo acaba la cosa.

Barbarotti asintió con la cabeza.

—Espero que lo hayan reducido a siete u ocho para cuando lleguemos a casa. Así será un poco más manejable.

—Por desear que no quede —dijo Tallin—. Bueno, ¿qué? ¿Pagamos y vamos a echarle un vistazo al mercado inmobiliario?

Este también parecía coincidir bastante con lo que exponía el documento de Mousterlin, como habían comenzado a llamarlo, no sin cierto recelo. La casa que habían alquilado los Malmgren mediante el intermediario de Gotemburgo quedaba a unos doscientos metros al oeste del cabo de Mousterlin, muy cerca de la playa. No habían podido concertar una visita a la casa con el dueño, más que nada porque este no era el mismo que cinco años atrás. Monsieur Diderot —a Barbarotti le sonaba familiar—, quien le había alquilado la casa a la pareja sueca, había muerto en 2004, la casa había sido heredada y luego vendida a un banquero suizo.

Pero allí estaba, una casa encalada, al otro lado de un murete de piedra. Tejado de pizarra, igual que casi todas las casas de la zona, una gran terraza, un par de cipreses y de rododendros y grandes matas de hortensias. Barbarotti no se sentía del todo familiarizado con aquellas plantas, pero Morelius se las supo traducir al sueco.

El hospedaje de Gunnar Öhrnberg y Anna Eriksson tardaron un poco más en encontrarlo. Dieron con la casa más o menos a medio camino entre Mousterlin y Beg-Meil, y se pasaron un buen rato dando vueltas por los senderos de tierra que cruzaban todo el paisaje de pólder hasta acertar. Allí tampoco habían acordado ninguna visita con el dueño. Leblanc y Morelius habían hablado con él por teléfono a primera hora de la mañana, pero el hombre les aseguraba que había alquilado su casa a tantos turistas chalados a lo largo de los años que ya no era capaz de distinguir a uno de otro. Además, tenía planeado irse a pescar y no tenía ninguna intención de dejar que la pasma le fastidiara los planes. *Des flics et des touristes! Jamais de la vie!*

Polis y turistas, nunca en la vida, tradujo Morelius.

Cuando llegaron a Le Clos, que era como se llamaba la tercera casa —y que era la más importante, según las esperanzas fundamentadas que albergaban—, ya eran las cuatro de la tarde y seguía sin haber ni una nube en el cielo. El dueño, un tal monsieur Masson, les había prometido que se presentaría a las cinco, pero también les había dicho que si llegaban antes solo tenían que entrar y acomodarse. Había una panadería a un tiro de piedra, tal y como ponía en el documento, y acababan de abrir después del cierre de mediodía. Fueron para allá, compraron agua, fruta, el periódico y tres *pains au chocolat*. Volvieron a Le Clos y se sentaron a esperar bajo el toldo de la terraza. Barbarotti calculó que debían de estar a por lo menos treinta y tres grados a la sombra, y de no haber sido por la inspectora se habría quedado en gayumbos.

Y es que desde la calle no se podía ver nada. Un seto alto y denso de rododendro rodeaba la casa a tres bandas, y en la cuarta, la que daba al mar, se extendía un prado con hierba de un metro de alto. Barbarotti observó que se podía oír el mar, pese a que debía de estar a varios cientos de metros. Dedujo que estaba subiendo la marea.

La casa en sí recordaba a la de los Malmgren. Blanca, con hastiales en piedra gris y contraventanas azules. De dos plantas. Terraza con mobiliario de plástico blanco, un toldo azul y amarillo. Como si Ikea hubiese hecho una nueva concesión. La verja tenía exactamente el mismo matiz azul que la papelera de Sorgsen.

—Entonces ¿este es el lugar del crimen? —dijo la inspectora Morelius, y le partió el cuello a un plátano.

Barbarotti miró a su alrededor.

—Probablemente —dijo—. Sí, debió de ocurrir justo en esta terraza... y allí —señaló—, allí tenemos la caseta de herramientas.

Quedaba semioculta bajo un árbol frondoso. Tenía pinta de castaño, pensó Barbarotti, pero las hojas eran pequeñas y alargadas. Tomó un trago de agua, se levantó y partió para allá. Notó que en la sombra bajo el árbol se estaba más fresco y permaneció ahí de pie un rato. También llegaba una suave brisa. Pensó que si él viviera allí, sin duda alguna pasaría un día como aquel en una tumbona debajo de ese árbol, fuera de la especie que fuese.

Y allí era donde se suponía que había yacido muerta la señora, pensó luego. Mientras los suecos estaban en la terraza, discutiendo sobre qué hacer con su cuerpo.

Una señora pequeñita y frágil, con la cabeza partida por una llave inglesa de fabricación sueca. Clavó la mirada en la hierba junto a la pared de chapa corrugada de la caseta. Justo aquí, supongo, justo en este trocito de hierba y tierra es donde estuvo tumbada, una mujer francesa vestida de negro con sombrero de paja rojo sangre y... Una repentina sensación de mareo lo invadió, o quizá fuera una insolación, un golpe de calor mezclado con el azote de esa historia incomprensible y oscura, imaginó, ese relato escurridizo y, al mismo tiempo, extremadamente tangible con un protagonista que... ¿que qué?

Que te volvía loco, pensó Barbarotti. Era lo menos que se podía decir, ¿no? Que se había hospedado un par de semanas en esta apacible casa un verano de hacía cinco años y que cargaba con la vida de siete personas en su conciencia. Quizá incluso la suya propia.

¿Quién eres?, pensó. ¿O quién eras? ¿Qué sentido tiene tu relato?

Y, de nuevo, le vinieron las palabras de la Biblia del día anterior.

«Como aguas profundas es el propósito en el corazón de un hombre; pero el hombre inteligente logrará extraerlo.»

¿O tal vez no era todo tan complicado, a la hora de la verdad? Se había visto obligado a vengarse para hacer justicia, y había tenido la necesidad de explicarse. Tal y como escribía. ¿No bastaba con esa explicación?

Su móvil comenzó a sonar. Dio un respingo, sacó el teléfono del bolsillo de pecho y contestó.

—¡Hola, papá! Soy Lars.

—¡Hola, Lars!

—¿Qué haces?

Por un segundo, una posible continuación de la

conversación se desarrolló en su cabeza. Puestos a decir la verdad...

—Estoy en Francia, Lars.

—¿Qué haces allí?

—Estoy de pie en un jardín, mirando un rincón.

—¿Qué rincón?

—El rincón donde alguien dejó a una mujer asesinada hace cinco años.

—¿Por qué?

—Eso no lo sé, Lars.

—¿Por qué hicieron eso? ¿Ya se la han llevado de allí?

—Sí, claro. Ahora brilla el sol y todo es paz y tranquilidad.

No, la verdad no siempre es la medicina correcta cuando hablas con tus hijos.

—Estoy de viaje de trabajo —dijo para zanjar—. ¿Qué hacéis Martin y tú?

—Acabamos de llegar del cole. Papá, queremos ir a vivir contigo. ¿Podemos?

—Pues claro que podéis. Me encantaría que vinierais, ¿qué te pensabas?

—Qué bien. Pues lo haremos. Le diré a mamá y a Martin que te parece bien.

—Sí, díselo —indicó Gunnar Barbarotti—. Y dile a tu madre que me llame, para ver cuándo venís y tal.

—Genial, papá —dijo Lars, y colgó.

Y ya está, pensó Barbarotti. Vida y muerte.

Se guardó el móvil y volvió a la terraza.

Henri Masson llegó a las cinco y dos minutos y llevaba consigo una botella de sidra local y un pastel bretón con los que agasajar a sus invitados llegados de tan lejos.

Tendría unos setenta años, llevaba sombrero de

paja y un bigote tan denodado que se veía sin problemas incluso cuando te daba la espalda.

Pero solo les dio la espalda al cerrar la verja y mirar el buzón. Por lo demás, era un hombre atento y afable. Y predispuesto a aportar su granito de arena. Leblanc le había informado grosso modo de qué trataba el asunto, y posiblemente fue a Leblanc a quien citó al servir los cuatro vasos altos y hacer un brindis.

—*Pour la lutte contre la criminalité!*

No sabía ni una palabra de inglés, pero la inspectora Morelius enseguida le cayó en gracia y se lo veía contentísimo con que una mujer tan encantadora y elegante tradujera todo lo que él decía.

—Bien —dijo Tallin—. Se trata de un sueco que alquiló esta casa entre el 27 de junio y el 25 de julio del año 2002. Se llamaba Erik Bergman, y es posible que tuviera a alguien más viviendo aquí con él. Agradeceremos cualquier dato que nos pueda dar.

—Lo recuerdo —contestó Henri Masson, no sin cierto orgullo—. He alquilado muchos años esta casa, desde la década de los setenta, pero el verano de 2002 fue el último. Solo tuve un inquilino después de monsieur Bergman.

Por fin, pensó Barbarotti cuando Morelius hubo terminado de traducir, por fin tenemos un poquito de prosperidad en este caos.

—Obviamente, siempre dejo en paz a los huéspedes —continuó Masson, y se frotó las puntas del bigote entre el índice y el pulgar—. Pero vengo a cortar la hierba y a vaciar el contenedor de basura una vez a la semana. Mi mujer y yo vivimos en Fouesnant, vaya.

—¿Por qué dejasteis de alquilar, después de 2002? —preguntó Barbarotti.

—Gané la quiniela —declaró Masson, y sacó aún

más pecho—. Ya no necesitaba el dinero. Ahora permito que mis hijos y sus familias se hospeden aquí. Ayer se fueron algunos, pero el viernes vienen otros. Tengo cinco hijos y trece nietos. Mientras lo dejen limpio, me la sopla lo que hagan.

—Monsieur Bergman —le recordó Tallin—. ¿Qué recuerda de él?

Masson se encogió de hombros.

—Pues poca cosa, claro. Los recibí cuando llegaron, los vi una vez cuando vine a cortar la hierba y comprobé la limpieza y tal cuando se marchó. Mi mujer vino conmigo esa última vez; las mujeres tienen mejor ojo para estas cosas que nosotros, los hombres.

Le guiñó un ojo a la inspectora Morelius, quien le respondió con otro guiño rutinario.

—Habla de ellos, en plural —dijo Tallin—. Entonces ¿eran dos los que vivieron aquí?

—Al menos al principio, sí —contestó Masson—. Pero cuando monsieur Bergman se marchó, estaba solo.

—El otro ¿también era un hombre? —preguntó Barbarotti.

—*Oui*. Era un hombre. Debían de tener unos treinta y pico años, los dos. Nunca me han importado más preferencias sexuales que las mías propias, así que..., bueno, pues que me deja indiferente.

Nuevo guiño a Morelius. Nuevo guiño de respuesta.

—¿Está diciendo que era una pareja de homosexuales? —indicó Barbarotti.

—No, al contrario. Digo que no me molesté en pensar nada al respecto.

—Entiendo —dijo Tallin—. ¿Cómo se llamaba ese otro hombre?

Barbarotti cerró los ojos y cerró los puños. Ahora, pensó. ¿Sí o no?

Henri Masson encogió sus anchos hombros.

—Ni idea.

A Morelius no le habría hecho falta traducirlo, pero lo hizo de todos modos. No me esperaba otra cosa, pensó Barbarotti. ¿Por qué tendría que haber sido tan descuidado de dejar un rastro como su nombre? También ese detalle encajaba con el documento de Mousterlin.

—¿Está usted seguro de que no llegó a saber cómo se llamaba? —preguntó Tallin, y se mojó los labios con la sidra.

—Completamente seguro —aseveró Henri Masson—. No supe en ningún momento cómo se llamaba, por tanto no es que lo haya olvidado. —Se golpeteó la coronilla del sombrero de paja con el dedo índice—. Monsieur Bergman era el responsable de la casa. Tampoco había nada que recriminarle cuando dejó la casa.

—¿Se fijó usted en si faltaba una llave inglesa en la caseta de herramientas? —preguntó Barbarotti.

—¿Una llave inglesa? No, desde luego que no. Pero allí dentro hay muchos trastos, así que tampoco me habría enterado.

—Entiendo. —Barbarotti suspiró.

—Este otro hombre —dijo Tallin—. ¿Podría reconocerlo si lo viera?

Henri Masson dio un trago considerable a la sidra y se quedó pensando.

—Probablemente —contestó—. Sí, la verdad es que creo que sí.

El inspector Barbarotti sacó con cuidado una de las fotografías de la carpeta. La deslizó hasta el otro lado de la mesa para Masson.

—¿Aparece en esta fotografía? —preguntó Tallin.

Henri Masson se disculpó, sacó unas gafas de una funda metálica y se las colocó meticulosamente en la punta de su prominente nariz. Sujetó la foto con dos dedos y la estudió durante cinco segundos.

—*Oui* —dijo, y señaló—. Sí, ese es él. A los otros dos no los reconozco.

Gunnar Barbarotti se percató de que había estado aguantando la respiración durante todo el procedimiento.

Capítulo 36

Cuando Gunnar Barbarotti se despertó el jueves por la mañana, el cielo estaba cubierto de nubes oscuras, y recordó que había sido igual aquel verano de la década de los noventa. Días radiantes sin una sola nube, combinados con tormentas y fríos vientos del Atlántico. Le recordaba un poco a los cambios de humor de Helena, la verdad. Mientras estaba en el baño aseándose, comenzó a pensar en cómo habría sido su vida juntos de no haberse separado, hacía ya casi seis años.

No le parecía un tema demasiado adecuado para un nuevo día de optimismo, así que lo cortó por lo sano al cabo de un rato. Se percató de que se había despertado y levantado innecesariamente temprano; con Tallin y Morelius había quedado en que desayunarían juntos a las ocho y media, y cuando se hubo terminado de vestir no eran más de las ocho. No voy a pasarme media hora comiendo cruasanes yo solo como un bobo, constató, y acto seguido le vino un nuevo pensamiento a la cabeza.

Llevaba sin hablar con Sara..., pues a esas alturas ya debía de hacer dos semanas. Había estado a punto de hacerlo varias veces, pero siempre se le había cruzado algo de por medio.

Sin embargo ahora tenía tiempo de sobra. Sin duda,

lo más probable era que aún estuviera durmiendo pero, por otro lado, empezar el día con que te despertara tu considerado y amoroso padre no se podía comparar con nada, ¿no?

Marcó el número. Seis tonos se sucedieron, luego saltó el buzón de voz. Barbarotti colgó y volvió a llamar.

Ahora sí que se lo cogió.

Al menos Barbarotti creía que era ella. Sonaba más o menos como cuando chafas un merengue a pisotones. No es que soliera pisar merengues, pero aun así.

—Soy yo —dijo—. El bueno de tu padre.

—¿Papá?

—El mismo.

—¿Por qué... por qué llamas... qué hora es? ¡Las siete! ¿Por qué me llamas a las siete de la mañana? ¿Ha pasado algo?

—Son las ocho —observó él.

—En Inglaterra son las siete —insistió Sara—. Lo sabes, ¿no?

—Sí, claro. —Barbarotti cayó en la cuenta—. Solo he pensado que hace tiempo que no sé nada de ti y de pronto tenía media hora libre.

—¿Media hora libre? ¿Tan ocupado estás?

Se lo pensó un momento.

—Pues sí, la verdad —dijo—. Las cosas han estado un poco complicadas. Pero podemos colgar si necesitas dormir. Te llamo esta tarde si prefieres.

—Ahora ya me has despertado —aseguró Sara—. Además, hay un tema... De hecho, tenía planeado llamarte hoy.

—¿Ah, sí? ¿Qué tema?

—Necesito... necesitaría que me prestaras un poco de dinero.

Mierda, pensó Barbarotti. Ya ha pasado algo.

—¿Por qué? —dijo.

Sara no solía pedir dinero. Había motivos para sospechar. Eso no quería decir en absoluto que Barbarotti fuera un padre sobreprotector.

—¿Por qué? —volvió a decir.

—No quiero... No, no quiero contarlo —respondió ella despacio y con la voz llena de arrepentimiento—. Pero podría devolvértelo durante el otoño. Hacia Navidades o así.

¿Navidades?, pensó él.

—¿En cuánto estabas pensando? —preguntó.

—Cuatro mil coronas —contestó ella—. O cinco, si puede ser.

—¿Cinco mil? ¿Para qué demonios necesitas cinco mil coronas, Sara?

—Para una cosa —dijo ella, y ahora sonaba francamente triste, observó Barbarotti. No solo cansada—. Pero es que no puedo contarte qué es.

—Sara, cielo...

—Es solo por esta vez. Ya sabes que no suelo pedirte dinero, y te prometo que te lo devolveré. Tampoco quiero llamar a mamá, porque...

—Preferiría saber para qué quieres el dinero —explicó—. Me parece que lo puedes entender.

—Si necesitas saberlo sí o sí, tendré que intentar conseguirlo por otro lado —repuso Sara.

—Por el amor de Dios —dijo él—. No, claro que te lo presto. ¿Cómo estás realmente?

—Ahí vamos —respondió Sara—. Pero se solucionará. No tienes por qué preocuparte, papá.

—¿Aún tienes el trabajo?

—Claro.

—¿En el pub ese?

—Sí.

—¿Y el músico? ¿Sigues con él?

¿Por qué le estoy preguntando eso?, pensó. Solo quiero saber si me dice que no.

—¿Te puedo llamar dentro de un par de días, papá? —dijo ella—. Ahora mismo lo tengo un poco mal para hablar.

¿Por qué?, pensó. ¿Por qué lo tiene mal para hablar? ¿Porque Malin acaba de despertarse y está pegando la oreja? ¿O porque ese..., cómo narices se llamaba..., Robert... Richard...?

Una mierda, pensó Gunnar Barbarotti. Le doy el dinero y una semana, luego me voy a buscarla.

—Te transfiero el dinero hoy mismo —indicó—. Ya tengo tu número de cuenta, no hay ningún problema.

—Gracias, papá —dijo Sara—. Te quiero.

—Yo también te quiero —contestó él—. Ahora intenta dormirte otra vez.

Después colgó. Miró la hora. Las ocho y cuarto. Ni siquiera había tenido tiempo de decirle que estaba en Francia.

Pero tenía tiempo de sobra para llamar al servicio bancario en Suecia y ordenar la transferencia de cinco mil coronas. Cuando luego le preguntó a la afable mujer cuánto dinero le quedaba en la cuenta, ella le respondió que el monto total ascendía a sesenta y dos coronas con quince centavos.

Dado que por la mañana Leblanc estaba ocupado con su propia lucha contra el crimen, tenían un par de horas libres para hacer turismo, pero como la lluvia comenzó a caer a raudales justo cuando terminaban de desayunar, los planes quedaron descartados. Decidieron reunirse en la habitación de Tallin, pidieron una cafetera y se sentaron a analizar la situación.

—¿A alguien se le ha ocurrido alguna idea nueva durante la noche? —quiso saber este. Ya lo había preguntado durante el desayuno, pero algo le había pasado a Tallin, pensó Barbarotti. Desde que llegaron a la Bretaña parecía haberse desinflado, ya se había fijado en ello el día anterior, y por lo visto la cosa perduraba. Como si tuviera dolor de muelas o hubiese perdido todos los ahorros jugando al póker.

—No, como ya os he dicho antes —dijo Carina Morelius, y sirvió el café—. Pero me considero más una espectadora en todo esto. E intérprete, claro. Vosotros lleváis casi un mes trabajando en el caso, ¿no es así? ¿No comenzó todo el 25 de julio?

—El 24 o el 31 —repuso Barbarotti—. Depende un poco de cómo se cuente.

—¿Ideas nuevas? —repitió Tallin empecinado.

—No sé qué decirte —contestó Barbarotti—. Por lo menos hemos confirmado que el Sexto Hombre realmente se hospedó en casa de Erik Bergman... y que el de la foto es él. ¿Verdad? Eso debería ser un punto de inflexión, pero me cuesta un poco verlo como tal.

—¿Habías dudado de que esto fuera a pasar? —preguntó Tallin.

—No —dijo el inspector—. En realidad, no. Pero, bueno, habrá que ver cómo nos va luego, aunque si nadie denunció la desaparición de la niña y la abuela en ninguna parte de Francia, toda la historia resultará... bastante complicada. Al menos a mi modo de ver.

—Y al mío también —convino Tallin—. Joder, llevo más de treinta años trabajando en este oficio y no recuerdo nada parecido.

—Eso del acento de la abuela... —señaló Barbarotti tras unos segundos de silencio— y el de la niña también, en una ocasión..., prefiero no pensarlo, pero si resulta que venían de otro país, la perspectiva se amplía considerablemente.

—Lo sé. —El comisario suspiró—. No, estoy de acuerdo, olvidémonos de esa posibilidad por el momento.

—¿Cómo vais con el retrato robot en casa? —preguntó Morelius—. ¿Ha entrado información nueva?

—Hay más de quinientos en la lista —constató Tallin—. Pero te recuerdo que no es ningún retrato robot, es una fotografía real.

—Lo siento —se disculpó ella.

—No pasa nada. En cualquier caso, todas las pistas se están comprobando y clasificando según su importancia en tres grupos. En el grupo uno, las más fiables, esta mañana tenían cuarenta y cinco. Empezarán con los interrogatorios hoy después de comer. Está claro que, si tenemos suerte, el punto de inflexión vendrá por ahí. Con independencia de lo que dé de sí este viaje a Francia, quiero decir.

—Aunque no hace falta gran cosa para tener una coartada, ¿no? —preguntó la inspectora Morelius.

—Yo también lo he pensado —dijo Barbarotti—. Aparte del verano de 2002, necesitas haber podido encontrarte en cuatro lugares del crimen alrededor de Suecia este último mes. Entre otras cosas, tienes que haber estado a bordo del ferri a Dinamarca justo aquella noche... Si encontramos a algún pobre desgraciado que no tenga coartada para todo eso, supongo que estará bastante con la soga al cuello.

—Especialmente si se parece al chico en la foto.

—Además de eso, sí.

—Pero por lo menos el señor Masson, ese hombrecillo encantador, parecía creíble, ¿no? —indicó Morelius, y sonrió.

—Sí, a mí también me ha dado esa impresión —convino Barbarotti—. Pero hay que decir que tampoco tenía mucha gente entre la que elegir. Tal vez deberíamos habernos trabajado un poco mejor la identificación.

—¿Por qué? —preguntó Tallin irritado—. ¿Te crees que será el testigo principal en el juicio, o a qué te refieres?

¿Qué le pasa?, pensó Barbarotti. Está empezando a perder las formas.

—Tendría que hacer un par de llamadas —mintió—. ¿Nos vemos en recepción dentro de una hora?

—Yo también —añadió la inspectora Morelius, y dejaron a Tallin a solas en su habitación.

—Parece un poco mosca —comentó ella cuando salieron al pasillo—. Tu amigo el comisario, quiero decir.

—Sí —dijo Barbarotti—. Pero no lo conozco mucho, a decir verdad. Es de la judicial.

—Lo sé. —Carina Morelius bajó la voz hasta convertirla en un mero susurro de confidencia—. Pero yo sí lo conozco. Lo cierto es que tuvimos una relación hace unos años.

—No me jod... —soltó él haciendo un alto.

—Sí, sí, solo fueron unas semanas. *Relación* no es la palabra adecuada, vaya. *Lío* es mejor, tuvimos un lío.

—Te saca por lo menos quince años, ¿no?

—Trece —contestó Morelius—. Pero no era por la edad.

—Entonces ¿estás diciendo que... que Tallin tenía ciertas expectativas de cara al viaje?

—Esa es tu interpretación —dijo Morelius, y se metió en su habitación.

Hay tantas cosas que no sabemos..., pensó el inspector Barbarotti. Tantas cosas...

—En este país cada año se denuncia la desaparición de sesenta mil personas —les explicó el comisario Leblanc—. *Six-zero-zero-zero-zero.*

Barbarotti tomó nota.

—Sin duda es una cifra tremendamente elevada, pero no deja de ser una pequeña fracción de la población total. La mayoría de la gente no desaparece. Simplificando, se podría decir que desaparece una persona de cada mil. Si seguimos por la vía estadística, eso implica que, en números redondos, tenemos unas cinco mil desapariciones al mes.

—En nuestro país también tenemos una estadística bastante elevada de lo mismo —señaló Tallin—. No hace mucho leí un artículo que hablaba de ello y en el que aseguraban que la cifra per cápita no varía tanto entre la mayoría de los países de Europa occidental.

—En efecto —confirmó Leblanc—. Pero debemos recordar que de estas cinco mil desapariciones mensuales, solo una pequeña fracción continúa desaparecida un año después. Alrededor del quince por ciento, para ser más concretos. La gente aparece, vuelve a casa o se la encuentra muerta. Solo hay un trasfondo delictivo en menos de un diez por ciento de los casos, y la cifra de los que siguen desaparecidos pasados cinco años es más o menos la misma, no llega al diez por ciento. Lo que quiero decir es que unas seis mil personas se desvanecen cada año sin dejar rastro. Se suele considerar que más o menos la mitad están muertas, y que de las tres mil que quedan, apenas unas cien continúan entre las fronteras del país. La gente huye simplemente, y lo hace por distintos motivos. Los impagos tributarios suelen ser la razón más habitual.

Barbarotti pasó la hoja de su libreta y decidió dejar de apuntar.

—¿Cuánta gente desapareció en julio de 2002? —preguntó.

—Ahí es adonde quería llegar —contestó Leblanc, y esbozó una sonrisa fugaz—. Disculpad el ejercicio numérico, pero quería daros algo de base.

—Excelente —dijo Tallin.

—Según he podido entender, la pequeña Troaë y su abuela habrían muerto a comienzos de julio. Por si acaso, he mirado los dos meses entre el 5 de julio y el 4 de septiembre de ese año; en esas fechas las escuelas ya habían vuelto a empezar en casi todas partes, y en ese intervalo de tiempo se pusieron doce mil seiscientas ochenta y dos denuncias de personas desaparecidas en todo el país. Es decir, una cifra normal, estadísticamente hablando. En verano suele desaparecer más gente, pero aquel parece que fue marginal. —Hizo una breve pausa mientras se limpiaba las gafas y consultaba sus documentos—. De esas personas, hasta ahora hay mil treinta y cinco casos abiertos.

—¿Eso significa que siguen desaparecidas? —preguntó Barbarotti.

—Exacto —confirmó Leblanc—. Y de este millar no hay dos cuya desaparición haya sido denunciada por la misma persona.

—Espera un momento —dijo Barbarotti—. ¿Lo que estás diciendo es que nadie ha denunciado que la niña y la abuela desaparecieron juntas?

—Correcto.

—Pero eso supondría que nadie ha denunciado la

desaparición en absoluto, ¿no? ¿Por qué iba a haber dos personas diferentes avisando de que habían desaparecido?

—Lo más razonable, sin duda, es que hubiese sido una misma persona la que denunciara, si de verdad se trata de una abuela y su nieta —afirmó Leblanc, y sacó un nuevo papel—. Pero si aun así jugamos con la idea de que nos hallamos ante dos denuncias por desaparición separadas, y si también somos generosos con los márgenes de edad..., pongamos que la niña tenía entre diez y quince y la abuela entre cincuenta y ochenta... ¿Estáis de acuerdo en que eso son unos márgenes de seguridad considerables?

—Desde luego. —Tallin suspiró—. Entonces ¿en cuántas nos quedamos finalmente?

Leblanc se aclaró la garganta.

—En todo el país, y subrayo, en todo el país, en el período de esos dos meses, julio y agosto de 2002, tenemos dieciséis mujeres de la franja de edad más alta que siguen desaparecidas, y once niñas de la franja más baja.

—¿Y tenemos los nombres de todas? —preguntó Barbarotti.

—Por supuesto —dijo Leblanc—. Pero no hay relaciones de parentesco y ninguna de las niñas se llama Troaë.

Se hizo el silencio durante cinco segundos. El comisario Tallin se reclinó en su silla y clavó la mirada en el techo. Barbarotti se percató de que se estaba mordiendo la mejilla por dentro tan fuerte que se hacía daño.

—Una pregunta —dijo el inspector—. ¿Esto también contempla a las personas que han sido echadas en falta por alguna institución..., una escuela o una agencia tributaria o así?

—Sí —contestó Leblanc—, también están contabilizadas.

—Pero en principio no hay nada que sugiera que la niña y la abuela no se encuentren entre estas..., ¿qué habías dicho...?

—*Vingt-sept* —aclaró Leblanc.

—Entre estas veintisiete personas.

—Nada de nada —afirmó Leblanc—. He solicitado los datos de todas estas desapariciones, os enviaré el material a Suecia tan pronto me llegue. Supongo que será a comienzos de la semana que viene.

—*Merci* —dijo Tallin—. *Merci beaucoup*.

—Sola una cosa más —añadió Barbarotti—. Supongo que hay un buen número de personas sin permiso de residencia en vuestro país. Personas de las que las autoridades no tienen datos, ¿verdad?

—Entre medio millón y un millón —respondió Leblanc—. La gran mayoría, de África.

—¿Y si un par de estas...?

—Está claro que no —contestó Leblanc—. Quedan al margen de las estadísticas. Pero no eran negras, ¿no? La niña y su abuela.

—No —dijo el inspector—. O al menos no hay ningún indicio de ello.

—¿Árabes...? —propuso Tallin haciendo una mueca—. ¿Por qué no? La niña era morena, lo dice en varios sitios del manuscrito.

Volvió a hacerse el silencio. Leblanc se quitó las gafas y comenzó a limpiarlas. Barbarotti echó un vistazo por la ventana y constató que seguía lloviendo.

—Pues ya está —dijo Tallin en sueco—. Me parece que ya podemos decir que hemos llegado al fondo de la cuestión.

Así lo seguía considerando seis horas más tarde, después de que hubiesen cenado en un restaurante llamado Kerven Mer. Quedaba a un tiro de piedra del hotel y estaban solo él y Barbarotti —la inspectora Morelius había pedido la noche libre para ir a visitar a una vieja amiga que vivía en Brest—, y se habían tomado dos botellas de vino de borgoña. Tenía cuerpo y mucho sabor, pero les habría bastado con una.

—Si me aclaras cómo cojones se explica todo esto, me encargaré de que para el 1 de enero seas comisario —dijo Tallin—. Hay que joderse.

Barbarotti sabía que quedaba muy lejos del área de competencia de Tallin el determinar algo así, pero hizo como si nada.

—Muchas gracias —se limitó a contestar—. Bueno, supongo que no es tan difícil. O bien la niña y la abuela están entre el material que nos llegue la semana que viene..., o bien..., bueno, o bien eran turistas en una autocaravana.

—¿Qué?

—O gitanas sin permiso de residencia —añadió el inspector—. O árabes, ¿por qué no? La niña era morena, la abuela era morena. Aunque no fueran negras.

Tallin se quedó pensando.

—¿Esas son las dos alternativas que se te ocurren? —preguntó.

Barbarotti también reflexionó un momento.

—Sin duda, existe una tercera —dijo—. Que esté mintiendo.

—¿Mintiendo? —repitió el comisario.

—Sí, que se haya inventado toda la historia. Si la niña y la abuela ni siquiera llegaron a existir, nunca murieron.

Tallin cogió su copa y la volvió a dejar en la mesa sin beber.

—¿Qué coño quieres decir?

—No es imposible —explicó Barbarotti—. Se ha inventado toda la historia..., a ver, no la de los suecos, claro, pero sí la parte de la niña y la abuela...

—¿Qué motivo razonable ves para que se invente una historia así? —quiso saber Tallin, y de pronto parecía que el consumo de vino no lo había afectado en absoluto.

—Ninguno. No, lo retiro. Creo más en alguna de las demás alternativas.

Pero Tallin no quería soltar el hilo.

—Entonces ¿habría matado a esas cinco personas por otro motivo? —insistió—. Un motivo que, por alguna razón, eligió esconder. ¿Es eso lo que estás diciendo?

—No. No estoy diciendo nada. No suena probable.

—Pero el tío debía de comprender que íbamos a comprobar todo esto —continuó Tallin empecinado.

—A lo mejor a él no le importa que lo hagamos —dijo Barbarotti.

Tallin se rascó la cabeza.

—¿Te parece que eso lo hace todo más comprensible? ¿Qué sentido tiene contar una historia que sabe que vamos a refutar?

—Voy un poco borracho —se excusó Barbarotti—. Y ya te digo que creo más en unas alemanas en una autocaravana. Le dicen a la familia y los amigos que se van al cabo Norte, pero luego engañan a todo el mundo y se van a la Bretaña. Y allí se cruzan con estos suecos. ¿Cuándo dices que me van a hacer comisario?

—Voy a darme el lujo de pedirme también un café y un coñac —anunció Tallin.

—¿Te parece necesario? —dijo Gunnar Barbarotti.

Justo cuando acababan de hacer el *check-in* en el aeropuerto de Quimper el viernes por la mañana, a Barbarotti comenzó a sonarle el móvil. Era la doctora Olltman.

—¿Cómo lo llevas? —le preguntó ella.

Barbarotti buscó rápidamente una nueva metáfora sobre cerdos, pero no la encontró.

—Todo bien —se limitó a decir—. Ahora mismo estoy en Francia. Te dejé un mensaje por la sesión del viernes pasado, supongo que lo oíste.

—Sí —le aseguró Olltman—. Pero te llamaba porque me gustaría apalabrar una nueva sesión.

—Las cosas han cambiado un poco —informó Barbarotti.

—Espero que para mejor.

—Sin duda alguna. Pero he ido bastante mal de tiempo.

—Todavía leo la prensa —comentó ella—. Llámame cuando vuelvas a tener un rato. Me parece que iría muy bien que nos viéramos un par de veces más.

—Por supuesto —dijo el inspector—. Te llamo la semana que viene, cuando las cosas se hayan calmado un poco. Me parece que me toca pasar por el control de seguridad.

—Que vaya bien el viaje de vuelta —le deseó Olltman.

—Muchas gracias.

¿Cuando se hayan calmado?, pensó en cuanto apagó el móvil y comenzó a sacarse cosas metálicas de los bolsillos. Sí, un hombre puede soñar. Creo que soy de esa gente que no descansará hasta que llegue a la tumba, o quizá ni siquiera entonces.

Cuando un minuto más tarde siguió a Tallin y

Morelius hasta la puerta de embarque, se recordó a sí mismo que tenía que pasar por alguno de los *duty free* de Charles de Gaulle y encontrar un buen vino.

El viernes había llegado, a pesar de todo.

Capítulo 37

Le llevó dos horas preparar el bogavante y cuatro comerlo.

El tiempo de consumo inesperadamente largo se debió a que hicieron una pausa para hacer el amor a medio camino. No pudieron evitarlo.

Y también había otras cosas que no pudieron evitar.

—Ya lo he decidido —dijo Marianne—. Quiero vivir contigo.

—Pues quedamos así —contestó Gunnar Barbarotti.

Marianne se rio.

—Siempre me acordaré de esas palabras. *Pues quedamos así.* Cuando caminemos cogidos de la mano por una playa en la puesta de sol, dentro de cuarenta años, te las recordaré.

—Para entonces yo tendré ochenta y siete —afirmó Barbarotti—. Seguramente tendrás que recordarme bastantes cosas. ¿Y piensas que deberíamos casarnos de verdad y todo eso?

—¿Tú no?

—Claro que sí —le aseguró él—. Por supuesto. ¿Quieres un poco más de vino?

Habían llegado al postre. Solo eran helado y moras

boreales calientes, pero el bogavante le había llevado tanto tiempo que no había podido preparar nada más. En cualquier caso, en el mundo de Gunnar Barbarotti no había mejor postre posible que el helado de vainilla con moras calientes. Ni siquiera la *crème brûlée* aquella de Quimper.

—No hace falta —dijo Marianne—. Estoy borracha de amor.

—Yo te recordaré eso cuando estemos en la playa —señaló Barbarotti.

—Bien. Pero ¿seguro que te ves en la iglesia y eso?

—A lo mejor basta con una iglesia pequeñita —propuso él—. ¿O tu plan son quinientas personas y una tonelada de arroz?

—Me vale con que estemos tú y yo —respondió ella.

—¿Y un pastor, quizá?

—Vale, pero uno pequeñito. ¿Qué me dices de nuestros hijos?

Barbarotti se lo pensó un momento. No le había contado la última de Helena en Copenhague, y lo cierto era que no sabía por qué. Tal vez porque no estaba convencido de que las cosas fueran a salir según lo previsto, a pesar de todo. De que realmente fuera a poder hacerse cargo de Lars y Martin. Ya le había pasado antes. Pero quizá también era porque no tenía ganas de hablarle de Helena a Marianne. Por alguna razón.

—Habrá que decírselo —señaló—. A lo mejor podemos decirles que pueden venir si quieren.

Marianne se puso seria un momento.

—Supongo que eres consciente de que vas a ser padre de adolescentes —indicó, y le clavó sus ojos verdes—. Johan y Jenny viven conmigo y seguirán haciéndolo en el futuro.

—Claro que soy consciente —contestó Barbarotti—. Les enseñaré todo lo que sé.

Marianne se volvió a reír.

—¿Sabes? —dijo—. Lo mejor de ti es que puedo reírme contigo. Con Tommy nunca me reía.

—¿Nunca? Os lo debíais de pasar en grande.

Ella negó con la cabeza.

—No, jamás nos reíamos juntos, al menos no en los últimos tiempos. Él solía reírse de mí, pero no acaba de ser lo mismo. Lo más triste es que me parece que también se ríe de su nueva mujer.

—¿Quedáis?

—Solo nos vemos cuando voy a dejar o a recoger a los críos. Pero no se la ve contenta. Tienen otros dos hijos.

—¿No estarás pensando en que nosotros...?

—¡Ni de broma! —exclamó Marianne, y le dio un golpe en la barriga—. Tú tienes tres, yo tengo dos..., si quieres más mejor será que elijas a otra.

—Excelente. En eso estamos completamente de acuerdo.

—Pero hay otra cosa —expuso Marianne después de coger una cucharada de helado.

—¿Qué?

—Pues que tienes que dejar de pelearte con reporteros. Johan dice que quiere ser periodista, escribe muy bien, y sería una estupidez si se pensara que...

—La próxima vez que nos veamos me sentaré con él y le aclararé todo lo sucedido —le aseguró Barbarotti—. Si va a elegir ese camino, creo que puede venirle bien, la verdad.

—Bien —dijo Marianne—. Entonces estamos de acuerdo en eso también.

—Entonces ¿crees que te gustaría Helsingborg?

—¿Qué has dicho?

—Te he preguntado si te imaginas viviendo en Helsingborg.

—Creo que sí.

Seguía siendo solo viernes.

Pero más tarde. Mucho espacio entre una frase y otra y una suave brisa entrando por la puerta del balcón. Estaban tumbados en el suelo y solo había una vela encendida. Cristina Branco sonaba por los altavoces, bajito, muy bajito. Hacía menos de un año que Barbarotti había descubierto la música fado, el blues portugués, pero ya tenía quince discos en las estanterías.

Indultado, pensó Gunnar Barbarotti. No hay otra palabra para momentos como este.

—Hummm.

—¿Qué quieres decir con «hummm»?

—Yo llevo diez años viviendo allí —dijo ella, y le deslizó una mano por el pecho y la barriga—. Por mi parte no me costaría imaginarme en otro sitio. Como para empezar algo nuevo. Pero, claro, primero tengo que hablar con los críos de todo esto.

—¿No les has insinuado que vamos... a irnos a vivir juntos?

—No —contestó ella, y sonó un tanto preocupada—. Antes tengo que saberlo seguro. Si me voy a casar otra vez es decisión mía, no suya. Pero ellos pueden opinar acerca de dónde vamos a vivir.

—Por supuesto. Y ahora que dices eso, ¿no quieres salir a dar un paseo? Así verás cómo es esta ciudad en una templada noche de verano.

—Me encantaría —dijo Marianne—. ¿Te parece que primero nos pongamos algo de ropa?

—Estaría bien, sí —coincidió Gunnar Barbarotti.

Marianne se quedó todo el sábado y la mitad del domingo. El sábado por la tarde él le explicó cómo habían ido los tres días en la Bretaña y, al final, todo el caso en general. No lo había planeado pero, al fin y al cabo, todo había empezado cuando abrió la primera carta, aquella hermosa mañana de verano, en Gustabo, Hogrän, así que Marianne estaba en lo cierto cuando decía que tenía derecho a que la informara un poco.

—¿Y tú qué crees? —preguntó cuando Barbarotti hubo terminado—. Realmente.

—Eso es lo peor de todo —dijo—. La verdad es que no creo nada. A menudo tienes una intuición de por dónde van los tiros, pero en este caso no. Aunque también es cierto que nunca me había topado con una historia parecida.

Marianne arrugó la frente.

—Eso de que eran turistas extranjeras en una autocaravana no deja de ser una posibilidad, ¿no? En un par de sitios el tipo comenta que la niña y la abuela tenían un acento extraño, ¿no es así?

—Como mínimo la abuela. Sí, podría ser. Pero es el asesino en sí lo que resulta tan..., ¿cómo decirlo?, ¿inverosímil?

—¿Quieres decir por escribirlo y registrarlo todo?

—Entre otras cosas.

Marianne se quedó pensando.

—Pero ¿no crees que hay cierta lógica en ello? Se convirtió en una especie de chivo expiatorio y le tocó cargar con toda la responsabilidad... cuando, en verdad, solo fue un accidente lo que lo desencadenó todo. No me parece tan raro que se le inquiete el alma con lo que sucedió.

Gunnar Barbarotti sonrió fugazmente.

—¿Que se le inquiete el alma? Suena un poco chapado a la antigua, pero es cierto que lo describe bastante bien.

—A lo mejor el manuscrito se puede ver como una señal de cordura —propuso Marianne—. A pesar de todo. Que el tipo tenga la necesidad de explicarse.

—Desde luego —dijo Barbarotti—. Yo también lo había pensado. Pero ¿y las cartas? Son un poco más difíciles de ver como señales de cordura, ¿o tú qué opinas?

—Sí, eso es verdad.

Marianne se quedó medio minuto callada y él vio que le estaba dando vueltas a algo. Después se pasó los dedos por el pelo y agitó la cabeza, como si quisiera desprenderse de especulaciones bizarras y sustituirlas por algo más luminoso y normal.

—Sea como sea, es una historia terrible —aseguró—. ¿Crees que conseguiréis resolverlo? Quiero decir, ¿llegaréis a detenerlo?

Gunnar Barbarotti se rio.

—Estando allí metí el dedo en la Biblia para buscar un poco de guía —dijo—. ¿Sabes qué salió?

—No.

—Proverbios 20, 5. ¿Te lo sabes?

Marianne se lo pensó un momento.

—Algo sobre el corazón del hombre y aguas profundas, ¿no?

—Madre mía, ¿cómo puedes sabértelo?

—La voy leyendo de vez en cuando, ya lo sabes. Y los Proverbios los leo a menudo. ¿Qué dice, textualmente?

—«Como aguas profundas es el propósito en el corazón de un hombre —dijo Gunnar Barbarotti—. Pero el hombre inteligente logrará extraerlo.»

—Bueno, pues hazlo. —Marianne se rio—. No puede estar más claro. ¡Extrae el propósito!

Se despidieron el domingo al mediodía. Acordaron informar a todos los críos implicados, así como a exparejas y otros posibles afectados, y se prometieron celebrar las Navidades juntos como marido y mujer. Aún quedaban cuatro meses, y tampoco podían hacer falta tantos preparativos para una boda tan discreta en una iglesia pequeñita y con un pastor también pequeñito.

Cuando Marianne hubo partido, Barbarotti pensó que había sido una estupidez por su parte no contarle la situación de Lars y Martin, aunque, por otro lado, siempre podía hacer ver que acababa de recibir la información cuando la llamara a media semana. Y no había mencionado nada acerca de sus ideas de cambiar de trabajo, pero él tampoco le había dado más vueltas al tema en la última semana, así que quizá ya estaba bien así.

Eran las cuatro de la tarde cuando encendió los teléfonos, que llevaban apagados desde el viernes por la tarde. Tenía cuatro mensajes de voz. Dos de periodistas que querían entrevistarlo, uno de Helena, otro de Eva Backman.

Lidió primero con los periodistas, con la promesa de Marianne muy presente: cuidar su relación con la prensa. Les explicó a ambos —uno del diario *Dagens Nyheter*, la otra de la revista *Nuestra Casa*— en tono afable pero firme que no le importaba dar entrevistas, pero que no lo haría hasta que el caso estuviera resuelto.

Luego llamó a su exmujer. Cayó en la cuenta de que aún prefería referirse a ella en esos términos. No «Helena». No «la madre de mis hijos». Lamentablemente.

—Lars me llamó —le contó—. Me dijo que Martin y él están dispuestos a vivir bajo el mismo techo que su viejo.

—Ja, ja —dijo Helena—. Sí, creo que podrán con ello.

—Me alegro de que pienses eso —contestó Barbarotti, y respiró hondo—. Entonces ¿habéis confirmado lo de Budapest?

—Por supuesto —respondió ella—. Ulrich se marcha este miércoles, yo me iré en cuanto hayamos arreglado lo de los chicos.

—¿Tanta prisa hay? —preguntó Barbarotti.

—¿Qué quieres decir con eso? —replicó ella—. Si van a empezar en un colegio nuevo, cuanto menos se pierdan del trimestre mejor. ¿No te parece?

—¿Cuándo estabas pensando? —dijo Barbarotti.

—¿Podrías intentar organizártelo para el lunes que viene?

—¿El lunes que viene? Si eso es dentro de una semana.

—Ya lo sé, pero será mejor para todas las partes que no lo alarguemos. Yo mañana hablaré con el instituto de aquí, y tú lo haces en Kymlinge. Y hablamos mañana por la tarde, ¿de acuerdo?

Qué raro que no se me presente en la puerta y me los deje con una maleta cada uno, pensó Barbarotti. Pero entonces recordó su nueva y reciente madurez, cerró los ojos, contó hasta tres y dijo que le parecía un plan formidable.

Después de colgar se quedó un rato pensando en cómo iban a distribuir las tres estancias. ¿Los chicos necesitaban una habitación cada uno, o podían compartir la de Sara, como solían hacer cuando Barbarotti los hospedaba unos días? En esas ocasiones Sara había cogido el hábito de dormir en el sofá, o en casa de alguna amiga.

Bueno, ya se resolvería. Y al día siguiente por la mañana llamaría al colegio Kymlingevik. Al cabo de una semana volvería a ser responsable de un niño de diez años y otro de doce. De la vida se pueden decir muchas cosas, pero lo que es innegable es que es cambiante.

Marcó el número de Eva Backman. Estaba ocupada haciendo la cena y le dijo que ya lo llamaría un par de horas más tarde.

Así lo hizo.

—Me han contado lo de la policía francesa —dijo.

—No esperaba menos.

—¿Qué significa todo esto?

—No lo sé —contestó Barbarotti—. Yo no lo entiendo.

—Yo tampoco —convino ella—. Y no me gustan las cosas que no entiendo.

—Eso me lo conozco. Para mí es el pan de cada día.

—Me lo puedo imaginar.

La veo un poco nerviosa, pensó el inspector.

—Entiendo que en casa tampoco habéis tenido ninguna victoria que celebrar —comentó él—. ¿O qué?

—Es un puto lío —reconoció Backman—. No entiendo por qué hemos tenido que publicar la foto esa. Ahora hay cientos de pobres desgraciados de lo más variopintos que son sospechosos de asesinato múltiple, es lo único que hemos conseguido. Si no encontramos al correcto, todos ellos seguirán siendo sospechosos el resto de sus vidas.

—Pero la mayoría tendrán coartada, ¿no?

—Sí, claro. Pero ¿crees que la prensa publica los

nombres y las fotos de los que han quedado excluidos? Kenneth Johansson, de Alvesta, no ha matado a cinco personas, ni tampoco Gustaf Olsson ni Kalle Kula de Estocolmo. Después de esto, habrá demandas por daños y perjuicios durante diez años, créeme.

—Suenas cabreada.

—Es que lo estoy. Me he pasado seis partidos de *floorball* dándole vueltas a esto.

—Ah, ¿ya ha empezado la temporada?

—La pretemporada —dijo Backman—. Pero no me cambies de tema. Lo que me interesa son la niña esta y su abuela. A alguna conclusión tenéis que haber llegado.

—La verdad es que no mucho —admitió Barbarotti—. Bueno, sí, una cosa. Creo que el nombre de la niña es inventado.

—¿Por parte de quién?

—O de la niña misma o del asesino.

—¿Por qué lo crees?

—Porque el comisario Leblanc no había oído nunca ese nombre. Y además...

—¿Además qué?

—Además está el juego con las letras. *The Root Of All Evil*. Es demasiado perfecto, simplemente.

Backman reflexionó un momento.

—Si es una invención, dudo mucho que sea la niña quien se lo inventara.

—Es improbable, sí —convino él—. Pero hay algo en toda la historia que no encaja. También le he estado dando vueltas a lo que pasó entre Erik y la niña cuando fueron a dar ese paseo por la isla.

—No es muy difícil de deducir —dijo la inspectora—. A él le excitaba, simple y llanamente. Quizá ella tampoco era del todo reacia.

—¿Una niña de doce años? —repuso Barbarotti.

—A lo mejor eso tampoco es correcto. Pero no te creas que lo estoy defendiendo.

Barbarotti no tenía ningún comentario.

—Pero ¿por qué no las han encontrado en los archivos? —continuó Backman—. Al margen de que los detalles no encajen.

—Hay algunas explicaciones plausibles —explicó Barbarotti—. Dentro de unos días recibiremos material sobre personas desaparecidas, y si no las encontramos ahí, tendremos que buscar otras soluciones.

—¿Otras soluciones?

—Sí.

—¿Como qué?

—¿Lo podemos hablar mañana? —dijo el inspector—. Y también tengo una cosa en la cabeza que me gustaría mucho comentar contigo.

—Es bueno que sigas teniendo cosas en la cabeza —comentó Eva Backman.

—¿Tú crees?

—Sí. Porque mañana por la mañana es cuando vas a resolver este caso. Vas a revisar todos los Sextos Hombres que nos han llegado y a recordar a uno de ellos de tu pasado. Ese es el plan general.

—¿Ah, sí? —preguntó él—. Teniendo en cuenta las cartas, imagino.

—Exacto. Y cuando termines, por fin podré cogerme mis vacaciones.

—Te prometo que lo haré lo mejor que pueda —dijo Barbarotti, y luego colgaron.

A las nueve y media de la noche se tomó un culito de whisky. No lo hacía casi nunca, menos aún los domingos por la noche. Pero había un motivo médico. Tenía demasiados fuegos en la cabeza, simplemente, y necesitaba algo para poder lidiar con ello.

Necesitaba también un fuego en el cuerpo. Mientras le daba un trago, trató de poner orden a lo más importante.

¿Marianne? En cuestión de unos pocos meses se habrían casado y estarían viviendo juntos. ¿Estaba realmente preparado para dar un paso así?

Qué pregunta tan tonta, pues claro que estaba preparado.

¿Los niños? El próximo domingo, en una semana, los estaría poniendo a dormir para su primer día de colegio en Kymlinge. Se le hacía extraño. Pero aquí le pasaba lo mismo: si había algo que no merecía la pena era caer en titubeos e inseguridades.

¿Sara? Aquí sí que sintió un profundo escozor de preocupación. ¿Para qué demonios necesitaba cinco mil coronas? ¿Qué había pasado? Hizo un esfuerzo y la expatrió hasta su subconsciente.

¿Y Johan y Jenny? Apenas los conocía, no los había visto más de cinco o seis veces, pero aun así iba a ejercer la patria potestad sobre ellos. El poli que se pegaba con periodistas, ¿qué opinaban ellos de tener un padrastro así?

Bueno, se dijo Gunnar Barbarotti. No me queda otra que hacerlo lo mejor posible. A partir de ahí solo puedo cruzar los dedos y esperar que salga bien. Tomó un poco de whisky y cerró los ojos.

Por último, *¿el caso?* Todo este maldito caso que no había manera de encauzar. Troaë, la niña ahogada, le parecía cada vez más esquiva y difícil de abordar; y su abuela, una mujer mayor que se presenta una tarde en una casa de Finistère y la matan con una llave inglesa de fabricación sueca. ¿De dónde salieron? ¿Acaso conseguirían jamás identificarlas?

O, tal como había preguntado Marianne, ¿llegarían siquiera a resolver el caso?

Cuando se hubo terminado el whisky, rezó una oración.

Oh, Señor, mándame un rayo de luz pura y clara a este corazón nublado de madero. ¿Qué charlatanería es esa del propósito y las aguas profundas? Te doy veinticuatro horas para resolver este entuerto, pero si mañana por la noche no tengo clarividencia perderás un punto. Si me ayudas, te llevas tres. ¿Me oyes? Esto es importante. ¡Tres puntos!

Nuestro Señor, que por el momento sumaba ocho puntos positivos, respondió que se trataba de una irregularidad con todas las de la ley —puesto que hablaban de un caso policial abierto, lo cual no entraba en el trato—, pero que aun así lo tendría en cuenta.

Gunnar Barbarotti se lo agradeció. Después encontró una vieja película de Michael Caine en uno de los canales de la televisión por cable. Empezaba a las diez, y a las diez y cuarto ya se había quedado dormido en el sofá.

Capítulo 38

—¿Cómo lo voy a reconocer hoy si no lo pude reconocer en las fotos de la Bretaña? —preguntó Barbarotti.

—No es la cara lo que tienes que reconocer —le explicó el intendente Jonnerblad con paciencia—. Es el nombre. Además, solo tenemos fotos de un par de ellos.

—Entiendo —contestó el inspector—. ¿Cómo está tu mujer?

—¿Mi mujer?

—Tallin me dijo que la operaron el miércoles.

—Gracias por preguntar —dijo Jonnerblad, y de pronto le asomó una expresión nueva, más suave, en los ojos y la boca—. Bueno, la operación fue bien, pero no saben si lo han podido quitar todo.

—Ya veo —dijo Barbarotti—. Esperemos y confiemos en que sí. Vale, pues me sentaré con las listas en mi despacho. ¿Empiezo por el grupo de más prioridad?

Por un momento Jonnerblad parecía no tener del todo claro dónde estaba.

—No —respondió al fin—. Y tampoco sabrás cuáles tienen ya coartada. Es mejor que trabajes de forma totalmente imparcial.

Le entregó una pila de papeles metidos en una funda de plástico suave.

—¿De verdad crees que hay una conexión entre el asesino y yo? —preguntó Barbarotti desde el quicio de la puerta.

—Lo que no podemos hacer es descartar esa posibilidad.

—¿Cuántos son?

—Solo quinientos quince. Hemos descartado a ciento cincuenta tarados, para que no te resultaran demasiados.

—Gracias —dijo Barbarotti.

Se pasó dos horas y media sentado a su escritorio revisando nombres. Jonnerblad le había dicho que trabajara de forma metódica y sin prisa, y así lo hizo. Fue mirando los datos y los nombres, año de nacimiento, lugar de residencia y profesión, y cuando por fin hubo terminado pudo constatar que tres de la lista sabía quiénes eran.

Los tres eran de Kymlinge. Uno trabajaba en el gimnasio al que solía ir a entrenar a intervalos demasiado irregulares, otro vivía en el mismo portal que él en la calle Baldersgatan y el tercero era policía.

No pudo evitar dar un respingo ante los dos últimos. ¿Un vecino y un compañero de trabajo? ¿Qué significaba eso? Sus nombres eran Tomas Jörnevik y Joakim Möller, respectivamente. Intentó recordar sus facciones y las comparó con el restaurante de Bénodet, pero no le pareció que encajaran demasiado. Jörnevik era más corpulento, creía recordar, y tenía un rostro bastante más redondo, y Möller era más moreno, mucho más moreno. Y no tenía para nada aquellos ojos, no, a Barbarotti le costó horrores ver el parecido.

Así que su reacción tenía más que ver con la conexión de ambas personas con él, y esa era la idea en verdad. Era lo que Jonnerblad le había pedido. Se preguntó quién les habría dado los nombres. Seguro que esa información también se podía encontrar en algún sitio, pero no en las listas que le habían pasado a él. Intentó recordar todo lo que sabía de Jörnevik y Möller, pero al poco rato vio que era prácticamente cero. Ambos tenían treinta y seis años, lo ponía en la lista, junto a los nombres; Barbarotti creía que Jörnevik trabajaba de taxista, solían saludarse cuando se cruzaban en el portal, eso era todo. A lo mejor estaba estudiando algo, también, y Barbarotti tenía la sensación de que vivía solo. Möller trabajaba en la unidad de adolescentes, haciendo seguimiento y luchando contra los estupefacientes, principalmente. Casado con una política del ayuntamiento, ¿no era así? Socialdemócrata, rubia y bastante guapa, a decir verdad.

Si es que estaba permitido pensar así de una política. A lo mejor sí. ¿No había salido una ministra diciendo que la política era lo más sexy que había, hacía cosa de un año?

Cerró los ojos para dejar de pensar cosas así. Volvió a marcar los tres nombres con un círculo e intentó dilucidar si tenía algún asunto pendiente con alguno de ellos, pero no encontró nada. Recogió los papeles y los metió de nuevo en la funda. Miró la hora. Las once y veinte. Había quedado con Jonnerblad en que se verían después de comer, a la una.

Era el momento de ponerse en el rol de padre, pensó, y marcó el número del colegio Kymlingevik.

No le pusieron ninguna pega. Había plazas de sobra tanto en cuarto como en sexto. Barbarotti no se molestó en entrar en detalles acerca del repentino cambio de centro, solo se limitó a explicar que, por circunstancias inesperadas, a partir de ahora Lars y Martin iban a vivir con él.

El director, que se apellidaba Varpalo, tampoco le hizo más preguntas. A lo mejor hoy en día era normal que los críos fueran de un lado a otro un poco de cualquier manera, pensó Barbarotti. Y seguro que el colegio se alegraba de recibir a dos alumnos nuevos; si no por otra cosa, debía de implicar que les caían cien mil coronas extra en el presupuesto.

Si es que había entendido bien la política del bono escolar. En cualquier caso, Varpalo le prometió que les buscaría grupos y tutores adecuados y que lo llamaría al día siguiente.

Después de colgar, la inspectora Backman tocó a su puerta y asomó la cabeza.

—Te invito a comer en el Kungsgrillen —le dijo—. Si me dices cómo se llama el asesino, quiero decir.

—El Kungsgrillen me parece bien —contestó Barbarotti—. Pero me pagaré mi propia comida.

Tengo sesenta y dos coronas en la cuenta, pensó, pero no dijo nada.

—¿Negativo, pues? —preguntó Backman.

—Eso creo —respondió Barbarotti—. ¿Tú sabes cuáles son los que ya tienen coartada?

—De memoria no —dijo ella—. Pero más o menos. ¿Puedo adivinar a quién has marcado?

—He quedado para decírselo a Jonnerblad a la una. ¿No vas a estar?

—Depende de si tienes algo interesante que decir. ¿Me dejas adivinar o no?

—Adelante.

—Son tres —expuso Backman—. Tu vecino, el del gimnasio y Möller.

Barbarotti dejó de masticar.

—Joder —soltó—. Me paso toda la mañana currando y vas tú y simplemente...

—Lo siento —dijo la inspectora—. Entonces ¿he acertado?

—Sí —admitió él mosqueado—. Has acertado. Y me imagino que ya los has investigado a los tres.

Backman asintió con la cabeza.

—Jonnerblad no lo sabe, pero lo hice ayer. Möller ya estaba hecho, evidentemente, pero de los otros dos me ocupé durante los partidos de *floorball*. Solo con el móvil, claro, pero creo que puedo descartarlos con bastante seguridad..., aunque no quiero decepcionar a los de la judicial, así que deja que lo hagan otra vez, es el consejo que te doy.

—O sea que no vendrás a la reunión.

—No —dijo Backman—. Paso. Tengo algunos viejos hilos de los que pensaba tirar.

—¿Cuáles?

—El estofado tampoco estaba tan malo, al final —comentó Eva Backman.

—Te acabo de tachar de mi testamento —declaró Barbarotti.

—La gente está mal de la cabeza —dijo Astor Nilsson—. Esta mañana ha llamado uno denunciando a su hermano como posible autor de los hechos.

—Denunciar a tu hermano no tiene nada de malo —contestó Tallin—. Si eres un asesino, lo eres.

—Puede ser. Pero resulta que este hermano tiene setenta y cinco años y vive en Los Ángeles. Además, es ciego de nacimiento.

—Sugiero que lo descartemos —intervino Sorgsen.

—Está bien —accedió Jonnerblad, y de nuevo pareció un poco desubicado. Se aclaró la garganta y se volvió hacia Barbarotti—. Pero, entonces, a estas tres personas dices que las conoces.

Este asintió con la cabeza.

—Möller ya está comprobado, evidentemente —explicó Jonnerblad—. ¿Qué me decís del vecino?

Miró a Tallin. Tallin miró a Sorgsen. Sorgsen miró una hoja que tenía en la mano.

—No parece que sea él —contestó—. Estuvo en Grecia las dos últimas semanas de julio.

—¿El del gimnasio? —dijo Jonnerblad.

—No creo que lo hayamos investigado —respondió Sorgsen—. Por la tarde lo hago.

—¿Quién lo denunció? —preguntó Barbarotti.

Sorgsen lo buscó.

—Fue su mujer. Me parece que están en pleno proceso de separación.

—Madre mía. —Astor Nilsson suspiró.

El inspector Barbarotti abandonó la comisaría de Kymlinge poco después de las cinco de la tarde del lunes, y lo hizo con un estado de ánimo que le recordó a... ¿a qué?, pensó. ¿Al decaimiento que surge cuando cateas el mismo examen por séptima vez? ¿O cuando fracasas por décima vez en tu intento de sacarte el carné de conducir?

¿O cuando le has pedido la mano a alguien y se ha reído de tu cara?

A pesar de haber hecho todo cuanto estaba en tus manos para conseguirlo. Nunca resolveremos este caso, pensó. Nunca jamás. Estamos..., buscó las palabras mientras le quitaba el candado a la bici y comenzó a pedalear, estamos en manos de un asesino que es mucho más inteligente que nosotros, que va tantos pasos por delante de nosotros que lo cierto es que no merece la pena continuar. Está jugando con nosotros. Nos manda cartas y relatos enteros, miente y dice la verdad según le convenga, y nosotros bailamos al son de su flauta como marionetas abúlicas y de encefalograma plano. Ha matado a cinco personas en un mes y saldrá indemne. Como mínimo, cinco personas. A lo mejor son siete, quizá ocho. Joder.

Y ahora ya había acabado. Si había algo que parecía evidente, era esto. La última señal de vida que habían recibido por su parte era de hacía dos semanas, cuando envió el documento de Mousterlin desde El Cairo. Barbarotti había leído en alguna parte que si querías esfumarte, desaparecer discretamente de la faz de la Tierra, había una ciudad en el mundo que era más idónea que ninguna otra. El Cairo.

Desde hacía dos martes reinaba el silencio. Caso cerrado. El asesino había terminado de matar y ya no tenía nada más que decir al respecto. Me cago en todo, pensó Barbarotti, casi desearía que hubiese otra carta esperando en el felpudo de casa. Aunque implicara que hubiese un nuevo nombre en ella.

Solo para disponer de una pista más. Un nuevo resquicio, una posibilidad de empezar desde otro lado. El informe prometido de Leblanc no había llegado durante el día, pero Gunnar Barbarotti sentía que, cuando lo hiciera, no sería más que una nueva dificultad. Y la hipótesis de que la niña y su abuela fueran dos turistas extranjeras en una autocaravana..., ¿cómo iban a poder investigar una cosa así? ¿Y si eran gitanas rumanas que no aparecían en ningún registro de todo el planeta? ¿Por qué no? No costaba demasiado imaginar que todo el caso se extendía casi hasta el infinito en el espacio y el tiempo, ni tampoco imaginarse a sí mismo y a sus compañeros sentados hojeando los mismos papeles y las mismas listas e informes al cabo de cinco, diez, quince años. Lo dicho, me cago en todo.

Por otro lado, le he dado veinticuatro horas a Nuestro Señor, se recordó a sí mismo. Aunque había bastantes cosas que sugerían que era poco tiempo.

En el cruce de la calle Skolgatan con Munkgatan habían abierto una nueva cafetería. Barbarotti se dijo que no había nadie esperándolo en casa, frenó, apoyó la bici contra la pared y entró. Pidió un cortado, cogió una revista de entretenimiento y comenzó a mirar distraídamente la cartelera. Tengo que hacer algo diferente, pensó. Tengo que hacer como Leblanc, dejar el trabajo en el trabajo. Había conseguido hacerlo durante dos días, cuando Marianne había estado en su casa, pero ahora ya volvía a ser la historia de siempre. Todo burbujeaba en su cabeza como un viejo ragú que nadie disfrutaría jamás y, si no le ponía remedio, seguiría haciendo chup chup toda la noche hasta que por fin lograra quedarse dormido, en algún momento pasada la medianoche probablemente.

Y luego soñaría con ello, además. Con el caso y la investigación y el elusivo asesino en una nueva compota diabólica —o ragú, mejor dicho—, junto con el resto de los ingredientes de su caótica vida.

Marianne. Los chicos. Sara. Göran Persson.

¿Göran Persson?, pensó. No, joder, Göran Persson no.

Lo llamaron al móvil.

Era Asunander.

¿Qué demonios...?, pensó Barbarotti. ¿Asunander? Él no llama nunca.

—Disculpa —dijo.

Eso no era menos excepcional.

—No pasa nada —contestó Barbarotti.

—¿Dónde estás?

—Solo estoy tomándome un café por ahí.

—¿Cuándo estarás en casa? Preferiría hablar contigo con calma.

Barbarotti se percató de que había bastante ruido a su alrededor. Y de que seguramente le doblaba la edad al segundo cliente más viejo de la cafetería.

—¿De qué se trata?

—Luego te lo cuento. Si te puedo llamar a casa, quiero decir.

—Por supuesto —dijo Barbarotti—. Claro. Llegaré dentro de un cuarto de hora.

—Quedamos así. —Y Asunander colgó.

Gunnar Barbarotti apuró su café y salió de la cafetería.

—Me gustaría conversar contigo de una cosa.

—Ajá —dijo Barbarotti.

—El caso.

—¿Sí?

—Hoy no he ido al trabajo. Me he quedado en casa, leyendo y pensando un poco. Tengo una teoría.

Gunnar Barbarotti se pellizcó el brazo. En efecto, estaba despierto. Era Asunander con quien estaba hablando. Pensó un momento y cayó en la cuenta de que no había visto al comisario en todo el día.

Pero ¿una teoría? ¿Asunander?

—Te propongo que vengas a mi casa. Así podremos discutir el tema. Si no estás demasiado ocupado, claro.

—No, por supuesto —dijo Barbarotti—. No estoy ocupado. ¿Cuándo quieres...?

—¿Te parece a las ocho? Te invito a un trago. Calle Storgatan, número 14, el código del portal es 1958. El mundial de fútbol en Suecia.

—De acuerdo. Ahora nos vemos.

Después de colgar se descubrió pensando en que no había oído ni un solo chasquido de dentadura postiza en toda la conversación.

Capítulo 39

¿Un trago?, pensó Gunnar Barbarotti mientras caminaba en dirección a Storgatan. No estaba a más de diez minutos de su casa, una calle bastante discreta, pese a llamarse «calle mayor», pero a lo mejor en otra época había sido más importante. ¿Por qué demonios va a invitarme Asunander a una copa? ¿Y presentarme una teoría?

Sobre el caso.

Nunca había estado en casa del comisario. Y dudaba mucho que alguno de los demás hubiera estado. Backman o Sorgsen o Toivonen. Quizá uno de los jefes de los otros departamentos sí, pero, a decir verdad, también lo dudaba. Asunander no era de los que invitaban a su casa. En cualquier caso, no desde que las cosas estaban así. Después del accidente. El bate de béisbol y el fracaso de la nueva dentadura.

Barbarotti pensó un momento. Ya hacía once años. En 1996 Asunander acababa de empezar como jefe, llegaba de Halmstad y no llevaba ni medio año en su nuevo puesto cuando tuvo lugar el incidente.

En el callejón Bellas Gränd, detrás de la estación ferroviaria. Una tarde de noviembre, cuatro macarras y un bateo en toda regla. Asunander estaba de servicio, pero iba vestido de civil, y durante el juicio los agresores aseguraron que no había sido ninguna casualidad que la víctima fuera un oficial de policía de cargo elevado.

Después había estado cuatro meses de baja. Luego su mujer lo había dejado. Tenían una casa en el barrio de Pampas, y tras el divorcio el comisario se había comprado este piso en la calle Storgatan. Para resumir una historia larga y triste.

Había conservado su puesto como jefe del departamento, se había ido aislando más y más con cada año que pasaba. Pero siguió. No salía nunca a hacer trabajo de campo. Aunque si te habían reventado la dentadura estando de servicio, de una cosa podías estar seguro: no te iban a despedir.

Qué destino tan jodido, se dijo Barbarotti. ¿Por qué no me he parado a pensar nunca en ello? De hecho, ¿hay alguien que se haya preocupado nunca por Asunander?

Pero también había otra cara de la moneda. Este no era de trato fácil. No lo había sido durante la breve época previa al bate de béisbol, y luego la cosa no mejoró. Creía recordar que Backman había tratado de aproximarse, y quizá otros que también lo habían intentado. Pero no había servido de nada.

Eso concluyó Barbarotti al mismo tiempo que salía del túnel de la estación y doblaba a la derecha para enfilar Storgatan. Y si había creído que se habían terminado todos los giros peculiares en este caso, estaba claro que aún le quedaba uno de lo más peculiar.

Beber y teorizar en casa de Asunander.

Asunander le estrechó la mano y le dio la bienvenida.

—Gracias —dijo Barbarotti—. Me parece que es la primera vez que veo dónde vives.

—Lo sé —contestó Asunander—. Soy un poco como un llanero solitario, me temo. Las cosas han ido así.

Era lo más personal que recordaba haber oído decir jamás al comisario. Y no se quedó en eso.

—Tenía a la perra, pero en primavera llegó el momento de sacrificarla. No pasó de los ocho años.

—Vaya.

—Las caderas, al final apenas podía caminar. Tuvo demasiados cachorros. Sí, ya sé que me consideráis un poco raro. Y sé que tengo mis cosas.

Gunnar Barbarotti asintió con la cabeza y lo siguió hasta un gran salón. Había tres paredes cubiertas de estanterías que llegaban hasta el techo. Un solo cuadro. Un gran óleo entre las dos ventanas que representaba un árbol solitario y azotado por el viento en mitad de una planicie desolada y amarilla.

—Pero me quedan tres años para poder retirarme con una buena jubilación, así que antes de eso no os desharéis de mí.

—Yo nunca he... —comenzó a decir Barbarotti, pero el comisario hizo un aspaviento con la mano y lo interrumpió.

—No hace falta que intentes quedar bien. Ya sé cómo están las cosas, y tú también. No estamos aquí para hablar de eso. ¿Quieres un whisky o un coñac?

—Whisky —respondió—. Con un chorrito de agua del grifo, por favor.

—Excelente —dijo Asunander—. Estamos en la misma onda. Lamento haberlo llamado copa.

—No pasa nada —le aseguró Barbarotti.

Se acomodaron en sendos sillones de cuero gastado con una mesita de centro entre ellos de una madera casi negra. Caoba, quizá. ¿Cómo habían podido gastarse tanto los dos sillones?, pensó sin querer. ¿Los va turnando cada tarde? ¿O su mujer solía sentarse en uno y él en otro? Sí, eso debía de acercarse más a la realidad, pues ya tenían unos cuantos años a la espalda. Asunander había sacado botellas, vasos y una jarra de agua. Y dos boles, uno con olivas y otro con frutos secos. Un cenicero con pipa y cerillas. Echó un par de centímetros de whisky en los vasos, le hizo un gesto a Barbarotti para que echara él mismo el agua.

—Dices que tienes una teoría —empezó este.

—Así es —afirmó Asunander—. Por cierto, ¿has notado que hoy no me chasquean los dientes?

—Sí, lo he pensado —admitió Barbarotti.

—Estoy probando un adhesivo nuevo. Parece que funciona muy bien, toquemos madera.

—¿Por qué no se lo cuentas a Jonnerblad y a los demás? La teoría, quiero decir.

Asunander guardó unos segundos de silencio.

—Por dos motivos —explicó luego—. Jonnerblad no me cae bien. Tú y Backman me caéis mejor. Pero no puedes invitar a una mujer a casa a tomarse un whisky.

—Hummm —dijo Barbarotti.

—Y tenía la sensación de que iba a hacer falta algo fuerte.

—Creo que Backman puede aguantar un whisky —repuso Barbarotti.

—¿Ah, sí? Bueno, la segunda razón es que no me atrevo a confiar en ella. En mi teoría, me refiero. Y no tengo ningunas ganas de que los pringados de Estocolmo se rían en mi cara. Primero quería ver qué te parece a ti.

—Me haces sentir curiosidad.

—Bien —declaró Asunander—. Serías un poli jodidamente malo si no sintieras curiosidad. Salud.

—Salud —repitió el inspector.

Bebieron. El comisario estiró los labios hasta esbozar una sonrisa amarga y dejó el vaso. Barbarotti observó el árbol azotado por el viento y esperó en silencio mientras el otro se encendía la pipa. Dio un par de caladas placenteras y sopló una nube de humo hacia el techo. De pronto no sabía si estaba despierto o si estaba durmiendo. Toda la situación tenía un claro aire de introducción de una pesadilla.

—Yo también he hecho un par de comprobaciones discretas durante la jornada —le explicó Asunander—. Para mi gran alegría, puedo confirmar que apuntan en la dirección correcta.

—Cuéntamelo ya —le instó Barbarotti.

—Con mucho gusto. Mi punto de partida es que este caso contiene un montón de peculiaridades que nos tocan las narices.

—Estoy de acuerdo —convino Barbarotti.

Asunander se inclinó hacia delante con los codos en las rodillas.

—Deja que recapitule un poco. El asesino te manda cartas. Las comparte con la prensa. Avisa de a qué personas va a matar, pero en la mayoría de los casos ya están muertas cuando tú recibes las cartas. No mata a una de las personas que menciona. Escribe un documento larguísimo en el que nos cuenta unos acontecimientos extraños ocurridos en Finistère hace cinco años. Te lo envía por correo desde El Cairo. La pregunta es: ¿por qué hace todo esto?

—También mata a cinco personas —señaló Barbarotti.

—Sin duda. Pero ¿por qué hace todo lo demás? ¿Qué motivos tiene?

—No lo sé.

—¿No lo sabes?

—No.

—Aun así, llevamos buscando una razón desde que todo esto empezó —constató Asunander, y dejó la pipa sobre la mesa. Se metió dos olivas en la boca—. Y también hemos mencionado el motivo correcto en numerosas ocasiones.

—¿Ah, sí? —dijo Barbarotti, y de pronto comenzó a sospechar que el comisario le estaba tomando el pelo. O que le habían vuelto a batear la cabeza.

—En numerosas ocasiones —repitió—. Lo hemos dicho cada día.

—Ve al grano —le exhortó Barbarotti.

—Despistarnos —indicó el comisario, y se escupió los dos huesos de aceituna en la mano—. Lo hace para despistarnos. Enredar nuestro trabajo. Desviar nuestra atención y hacernos mirar en la dirección equivocada. ¿Verdad? ¿No lo hemos dicho?

—Desde luego —contestó Gunnar—. Te sigo, no he dejado de darle vueltas a eso.

—Yo también. El problema es que nos ha costado horrores ceñirnos a esa línea de trabajo. En cuanto ha surgido algo nuevo nos hemos lanzado de inmediato a analizarlo y a tomar medidas.

Barbarotti se quedó pensando.

—En lugar de aceptar que, en realidad, nada tiene sentido —continuó Asunander—. No hay ninguna lógica, no hay ningún motivo detrás de todas esas cartas. Ni de que las recibieras tú, concretamente. En ningún momento tuvo intención de matar a ningún Hans Andersson. No se le cayó ninguna niña al agua y no hay ninguna abuela enterrada en algún sitio en Mousterlin.

—¿Cómo? —dijo Barbarotti.

—Es todo una invención.

Volvió a coger la pipa, pero no la encendió. Barbarotti negó con la cabeza y trató de comprender lo que Asunander acababa de decir y lo que estaba afirmando.

—Pero mató a los demás...

—Sin duda. Y ahí sí que tiene un motivo. Al menos con un par de ellos.

—¿Un par de ellos? Ahora... ahora no te sigo del todo —reconoció Barbarotti, y dio un trago de whisky. Para su sorpresa, al dejar el vaso se percató de que le temblaba la mano.

—Pero ¿has seguido mi razonamiento hasta aquí? —preguntó el comisario, y lo observó con una mirada ligeramente entornada y evaluadora que Barbarotti nunca le había visto antes.

—Sí —respondió él—. Eso creo.

—Bien —dijo Asunander—. Entonces, vamos a tomarnos otro whisky y te contaré cómo creo yo que encaja todo.

Cuando salió del piso del comisario Asunander en la calle Storgatan eran las once y cuarto y había empezado a llover. Era una lluvia muy fría y caladora, pero él no se dio cuenta de nada. La teoría que Asunander le había presentado —y que luego habían estado discutiendo durante dos horas mientras se terminaban la botella de whisky, un Glenmorangie Single Highland Malt de diez años— le llenaba la cabeza y la conciencia hasta tal punto que, probablemente, no habría reaccionado ni aunque hubiesen caído dos metros de nieve y el ayuntamiento estuviera en llamas.

No puede ser, pensó. No me jodas, no puede ser.

Aun así, comprendía que sí podía ser. Que así era como encajaba todo, y que ahora solo quedaba atar el saco para que el asesino no se escapara.

Los caminos del Señor son inescrutables, pensó el inspector Barbarotti, y abrió el portal del número 12 de la calle Baldersgatan. Sin duda alguna. ¿Eran tres puntos lo que habían acordado?

VII

29 – 31 de agosto de 2007

Capítulo 40

Barbarotti y Backman se encargaron del interrogatorio. Jonnerblad, Tallin y Sorgsen estaban al otro lado del espejo unidireccional, observando. Asunander había decidido que iban a hacerlo así.

También lo grababan. Tanto en un casete como en DVD, por si acaso. Eso también lo había decidido Asunander, que estaba sentado en otro cuarto mirando el monitor.

La mujer se llamaba Ulrika Hearst. Tenía treinta y siete años, se apellidaba Lindquist de soltera, y estaba casada con un inglés. Habían dado con ella el día antes.

—¿Hoss & Boss? —inquirió Barbarotti.

—Se hacían llamar así —dijo Ulrika Hearst—. Ya de pequeños. A lo mejor el nombre se lo inventó otro, no lo sé.

—¿Tú siempre los has llamado así?

—Sí. Hoss y Boss. Nunca uso su nombre real.

—¿Y los conoces de toda la vida?

—Sí, claro, somos primos. Su madre y la mía son hermanas. Ellos vivían en Varberg, nosotros en Kungsbacka. Teníamos bastante relación, yo soy hija única. Hoss y Boss son los únicos primos que tengo.

Se pasó un mechón de su pelo rubio por detrás de

la oreja. Paseó sus ojos azules de un inspector a la otra, como si tratara de decidir a quién debería dirigirse.

—Quien nos interesa es Hoss, sobre todo —señaló Backman tomando las riendas.

—Eso me había parecido entender —contestó Ulrika Hearst.

—¿Podrías hablarnos un poco de él?

La mujer se lo pensó un momento.

—Era... difícil —dijo—. Eran difíciles los dos.

—¿Difíciles? —repitió Eva Backman.

—No sé muy bien cómo describirlos —explicó Ulrika Hearst—. De pequeña yo no tenía muchos amigos. En la escuela iba sola y eso. Hoss y Boss estaban incluidos en mi imagen del mundo, y ahí das por hecho que todo es normal, ¿no? Al menos, cuando eres una niña. Entiendo que eso es lo que significa hacerse adulta. Ajustar cuentas con las fantasías y los mitos de la infancia.

Backman asintió en silencio.

—Entiendo a qué te refieres. ¿Y cuándo descubriste que eran difíciles?

—Nos mudamos a Estocolmo cuando yo tenía dieciséis —explicó ella—. Empecé en un instituto bueno e hice nuevos amigos. Me distancié un poco de mis primos, por así decirlo. Sí, creo que fue entonces cuando me di cuenta de que eran especiales.

—¿En qué sentido eran especiales? —preguntó Barbarotti.

—En primer lugar, eran unos sabihondos —dijo Ulrika Hearst—. Supongo que competían entre ellos por ver quién era el que sabía más de todo, pero cuando yo iba a verlos era como si se unieran y fueran a por mí. Yo era la prima tonta, la que no se enteraba de nada..., además, era diez meses más pequeña: soy de diciembre, ellos son de febrero. A veces competían a ver quién me engañaba más.

—¿Competían por engañarte? —repitió Backman—. No suena muy agradable.

—No lo era —admitió—. Una vez, me parece que yo tendría unos ocho años, Hoss me dijo que se le había caído un monedero lleno de dinero en un pozo, pero que ni él ni Boss podían bajar a buscarlo porque sufrían una enfermedad rara en los oídos que les prohibía bajar a espacios pequeños. Pero que si yo lo hacía, me daría la mitad del dinero. Para bajar había unas varas de hierro corrugado clavadas en la pared del pozo. Obviamente, abajo no había ninguna cartera, y en cuanto llegué abajo pusieron la tapa. Tuve que quedarme allí a oscuras más de una hora. Recuerdo que me meé encima, pero nunca me atreví a contarle a mi madre por qué.

—Menudos cabrones —dijo la inspectora.

—Entonces ¿son gemelos? —quiso saber Barbarotti.

—Uy, sí —dijo Ulrika Hearst—. Nunca ha sido posible distinguirlos al uno del otro, a menos que sepas que Hoss tiene una pequeña marca de nacimiento bajo la oreja izquierda. También es un centímetro más alto y veinte minutos mayor, pero por lo demás son idénticos.

—¿Y no hay más hermanos? —preguntó Backman.

—No, solo eran ellos. Y estaban tremendamente unidos. Sé que Maud e Yngve, sus padres, intentaron contrarrestarlo. Probaron varias formas de separarlos un poco, pero era imposible. Por ejemplo, nunca quisieron tener habitaciones separadas, pese a vivir en una casa de siete habitaciones. Y en el colegio los pusieron en clases diferentes, pero se ve que entonces se negaron a participar ni hacer nada. Creo que nunca tuvieron más amigos, tampoco. Solo el uno al otro.

—¿Qué pasó luego? —inquirió Barbarotti—. Cuando se hicieron mayores.

Ulrika Hearst negó lentamente con la cabeza y algo asomó en su mirada. Volvió a recolocarse el pelo y tomó un poco de agua.

—No estoy muy segura —dijo—. Pero algo iba mal. Terminaron el instituto en 1989, los dos. Misma clase, mismas notas; yo estuve en su fiesta de graduación. Fue un poco raro, solo estaba la familia. Diez o doce personas. Yo había tenido mi propia fiesta en Estocolmo dos semanas antes y éramos por lo menos cincuenta personas. Sí, creo que fue la primera vez que me di cuenta de lo realmente raros que eran. Los dos tenían las notas más altas del instituto, los dos querían estudiar medicina en Gotemburgo, y entraron sin problemas, claro. Y sus padres les compraron un piso de dos habitaciones en la calle Aschebergsgatan, supongo que les pareció un alivio deshacerse de ellos, y los chicos no habían estado demasiado vinculados a ellos, tampoco. Total, que se fueron a vivir juntos y comenzaron a estudiar medicina.

—Continúa —le pidió el inspector—. ¿Estamos hablando del otoño de 1989?

—Sí —respondió Ulrika Hearst—. Los primeros tres o cuatro cuatrimestres todo fue sobre ruedas, me atrevería a decir. Aprobaron todos los exámenes parciales y finales y demás. Fui a verlos un par de veces que estuve en Gotemburgo por otros motivos. Eran dos estudiantes de medicina realmente metidos en el tema, con esqueletos y pósteres de anatomía por todos lados. Es cierto que de mayores me trataban con un poco más de respeto, ya no me engañaban para que me metiera en pozos y eso, pero aun así yo siempre me alegraba cuando me iba de su piso. Recuerdo que...

—¿Sí? —dijo Barbarotti.

Ulrika Hearst se rio.

—Recuerdo que solía parar un momento a respirar en la acera delante de la casa. A insuflarme el mundo normal de ahí fuera, era..., sí, era una experiencia puramente física. Yo estudié economía en Uppsala, y se debatía mucho sobre quién era más aburrido, si los economistas o los médicos, y recuerdo que pensaba que tan solo con conocer a mis primos en Gotemburgo ya quedaba claro cuál era la respuesta.

Eva Backman sonrió fugazmente.

—Pero luego pasó algo, ¿correcto?

—Sí. —Ulrika Hearst enderezó la espalda y se puso seria—. Boss conoció a una chica. Fue en mayo del 91. Yo había ido a ver a mi madre a Nacka por su cumpleaños y fue entonces cuando ella me lo contó. En cualquier otra familia normal habría sido la cosa más natural del mundo, pero en la nuestra fue algo bastante extraordinario. Y no fue menos extraordinario cuando en verano nos informaron de que iban a casarse y mudarse a Australia. Ella era estudiante de intercambio y vivía en las afueras de Brisbane.

—¿Y lo hicieron? —preguntó Backman.

—Sí, lo hicieron. Boss y Bessie, así se llamaba ella, se casaron y se mudaron a Australia en las Navidades de 1991, y llevan viviendo en las afueras de Sídney desde entonces.

—¿Has ido a visitarlos?

—Pues la verdad es que sí. Estuve un mes en Australia con mi novio hace..., ¿cuánto hará? Pues hará unos doce años, a estas alturas, y aprovechamos para ir a verlos. Tenían una hija pequeña y parecía que todo les iba sobre ruedas. Boss se había vuelto más cariñoso, no era tan despreocupado como un australiano normal, claro, pero bueno. Había bastante diferencia.

—Pero solo los viste en aquella ocasión.

—Sí. Y tampoco estuvimos mucho. Solo pasamos una noche en su casa, así que no sé muy bien. Pero a Gustaf, mi novio de entonces, también le parecieron simpáticos, eso lo recuerdo.

Barbarotti asintió con la cabeza.

—¿Y Hoss? ¿Cómo reaccionó él cuando su hermano desapareció de repente?

Ulrika Hearst tomó un trago de agua antes de responder. Se recorrió los labios con la punta de la lengua.

—Ese es el tema —dijo—. No se sabe. Hoss nunca ha compartido sus sentimientos con nadie. Mi madre no sabía nada. Sus padres solo nos informaron de que Boss se había casado y se había ido a vivir a Sídney. Cuando vi a Hoss en junio de 1992, quedamos para ir a tomar café en Haga y me dijo que iba todo bien. Pero en otoño dejó la carrera de medicina y comenzó a estudiar filosofía. Nunca le explicó a nadie por qué lo había hecho. Apenas tuve ningún contacto con él durante un par de años, en aquella época yo vivía en Inglaterra, pero cuando volví a Suecia, en 1997, él se había casado y se estaba sacando un doctorado. Me parece que escaló rápidamente dentro del mundo de la lógica. Presentó una solicitud en 1999 y le concedieron la plaza en la universidad ese mismo año.

—¿Conociste a su esposa?

—Sí, la vi un par de veces. La primera, justo después del cambio de milenio. Estaba embarazada y acababan de comprarse una casa en Mölndal. Ella trabajaba en el hospital de Sahlgrenska; supongo que se conocieron cuando él aún estudiaba medicina. Unos meses más tarde perdió al bebé... Al final no tuvieron hijos.

—¿Qué impresión te dio la relación que tenían? —preguntó Eva Backman.

Ulrika Hearst se lo pensó, pero solo un instante.

—Él me pareció bastante dominante —dijo—. Ella, bastante tímida, aunque más tarde me enteré de que había sido criada en una familia religiosa muy estricta y de que Hoss la salvó de eso.

—¿La salvó? —repitió Backman—. Sí, creo que lo entiendo.

—Luego volví a verla unos años más tarde —añadió Ulrika Hearst—. Solo a ella, nos cruzamos en Estocolmo por casualidad, y casi ni la reconocí. Había..., era como si hubiera crecido, de alguna manera. Como si se hubiera convertido en una mujer independiente, se podría decir, si no fuera una expresión tan manida.

—Hay buenas razones por las que algunas expresiones se usan tanto —manifestó la inspectora.

—Supongo que sí.

—¿Cuándo? —quiso saber Barbarotti—. ¿Cuándo te la encontraste en Estocolmo?

—Lo he estado pensando —dijo Ulrika Hearst—, y he llegado a la conclusión de que debió de ser en enero o febrero de 2006.

—O sea, hace un año y medio.

—Sí.

—¿Y Hoss? ¿A él lo has visto alguna vez estos últimos años?

—Solo una —les contestó Ulrika Hearst encogiéndose de hombros como para excusarse—. En la Feria del Libro de Gotemburgo del año pasado. A ver, en realidad no quedamos ni nada..., él participaba en un seminario. No recuerdo cuál era el tema, pero vi su nombre y fui porque sentía un poco de curiosidad. Me dio una impresión bastante mediocre. No llegamos a saludarnos, noté que me vio entre el público, pero cuando terminó el seminario él salió por otro lado.

—¿Sabes algo más de su relación? —preguntó Eva Backman.

—En realidad no —dijo Ulrika Hearst—. Pero recuerdo que hace un par de años mi madre dijo que no le gustaría estar en su pellejo.

—¿En el pellejo de la esposa de Hoss?

—Sí.

—¿Te dijo por qué?

Ulrika Hearst sonrió un poco.

—A mi madre le gustaba analizar las relaciones —señaló—. Se divorció de mi padre cuando tenía quince años, podría decirse que a partir de ahí las relaciones y las separaciones fueron de los temas más importantes de su vida.

—¿Cuándo murió tu madre?

—El año pasado. Cáncer, fue cuestión de meses.

—Pero ¿trabajaba como terapeuta familiar?

—Sí. Solía decir que se había casado con el trabajo en lugar de con mi padre, y esta vez era amor verdadero.

Eva Backman asintió en silencio.

—Entonces, cuando decía que no le gustaría estar en el pellejo de Katarina Malmgren, sabía de lo que estaba hablando.

—Me atrevería a decir que sí —contestó Ulrika Hearst.

—Disculpadme —dijo Astor Nilsson—. Pero estaría muy agradecido si me explicarais qué tiene que ver todo esto. Y cómo hemos llegado hasta aquí.

Nilsson no había estado presente durante la reunión con Ulrika Hearst. Había estado tomando declaración a un par de personas en la Universidad de Gotemburgo.

Pero ahora estaba en la comisaría de Kymlinge. Eran las tres de la tarde, todos los implicados estaban reunidos en el despacho de Jonnerblad y Tallin.

—Sí, es verdad que la cosa se ha acelerado un poco, ahora al final —reconoció Jonnerblad—. Pero no parece haber lugar a dudas. Nuestro hombre es Henrik Malmgren. Creo que también debemos quitarnos el sombrero ante el comisario Asunander; sin su análisis tan perspicaz aún estaríamos dando vueltas como pollos sin cabeza.

—No hay de qué —dijo Asunander.

—¿Podemos empezar por el método? —pidió Astor Nilsson—. ¿Cómo coño lo ha hecho? Si pasamos de todo lo que ha escrito y nos centramos en el modus operandi, me refiero.

—En ese caso, ignoremos también el móvil por ahora —sugirió Tallin.

—De acuerdo —convino Eva Backman—. Lo cierto es que cuando lo miras con la solución en la mano tampoco es tan complicado.

—¿Tú crees? —refunfuñó Astor Nilsson.

—Pues sí, la verdad —dijo Backman, y abrió su libreta—. Viene hasta aquí desde Gotemburgo y mata a Erik Bergman y Anna Eriksson el día 31 de julio. Debía de estar al corriente del hábito de Bergman de salir a correr, pero tampoco es tan difícil de enterarse. Se queda esperando entre los setos y lo pilla por sorpresa cuando pasa por allí, así de simple. Le clava el puñal unas cuantas veces y lo deja ahí.

—Unas horas más tarde va a casa de Anna Eriksson, con quien ha quedado de antemano —continuó

Barbarotti—. O al menos podemos suponer que así lo ha hecho. Se conocieron en la Bretaña, a lo mejor él le dice que tiene algo para ella.

—¿Cómo puedes saber eso? —preguntó Sorgsen.

—Solo estoy especulando —declaró Barbarotti—. En cualquier caso, ella lo deja entrar y él la mata. De hecho, a lo mejor utiliza una llave inglesa de las que menciona en el texto, pero podemos dejarlo en que no se sabe. La envuelve en plástico por el tema del olor, quiere que pasen unos días antes de que la descubran, y se marcha de allí.

—Os sigo —dijo Astor Nilsson—. Joder. ¿Y luego?

—Luego escribe varias cartas y procura pasar desapercibido durante unos días... Se pone en contacto con la prensa, en parte para distraernos, pero quizá también para que las dos víctimas que quedan no vean ninguna conexión con aquellas semanas en Francia. Se estuvieron relacionando lo suyo allí abajo, hace cinco años, pero no olvidéis que el documento de Mousterlin es ficción de principio a fin. Sobre todo lo relacionado con la niña y la abuela.

—Sobre todo eso, sí —convino Eva Backman.

—Pero ¿cómo coño pudo...? —comenzó a decir Nilsson, pero Asunander lo interrumpió.

—Después lo comentamos. Continúa, Barbarotti.

—Sí, y al cabo de una semana, más o menos, va a Hallsberg. Ahora lleva un arma consigo, porque no sabe muy bien cómo va a reaccionar Gunnar Öhrnberg. Öhrnberg y su esposa, Katarina, son las víctimas importantes, a Anna Eriksson y Erik Bergman los mata para que el texto de Mousterlin encaje. Para que nos tragáramos toda esta historia, vaya.

—Dios mío —repuso Astor Nilsson sorprendido—. ¿Y a Gunnar Öhrnberg lo mata porque...?

—Porque tiene una relación con Katarina, sí —indicó Barbarotti—. De hecho, conseguí una pequeña pista cuando hablé con su amigo el buzo. Él me dijo que había una mujer casada del oeste de Suecia a quien Öhrnberg iba a visitar en secreto. Pero ¿cómo demonios iba a saber yo que se llamaba Katarina Malmgren?

—Eso, ¿cómo? —dijo Tallin—. Continúa.

—Seguro que se toma su tiempo para matar a Gunnar Öhrnberg, a lo mejor lo hace tal y como pone en el manuscrito. En cualquier caso, me da la impresión de que disfruta con este asesinato. Obviamente, es un tema de los de psiquiatría.

Dio un sorbo de agua. Backman buscó una nueva hoja en su libreta y tomó la palabra.

—Después de colocar a su tercera víctima en el famoso campo de trigo, vuelve a su casa en Gotemburgo y carga el coche junto con su esposa para irse una semana de vacaciones a Dinamarca. Cogen el ferri nocturno entre el domingo y el lunes, como estaba planeado, salen un rato a cubierta, él la estrangula y la lanza por la borda. Baja a tierra a pie en Frederikshavn, llega hasta Copenhague y se sube a un avión en Kastrup. Veinticuatro horas más tarde se encuentra en El Cairo y envía su manuscrito de Mousterlin.

Se hizo el silencio durante cinco segundos.

—Increíble —murmuró Astor Nilsson—. Absolutamente increíble.

—Disculpad —dijo Sorgsen—. ¿Qué pasa con el pasaporte y eso?

—Lo hemos comprobado —respondió Backman—. Hay un pasajero Malmgren de Copenhague a Atenas el 14 de agosto. Bertil Malmgren. Podemos suponer que el hermano le ha enviado su pasaporte desde Australia. Al menos si tenemos en cuenta la declaración de Ulrika Hearst. ¿Verdad?

—Eso parece, sí —señaló Jonnerblad.

—Está bien. —Nilsson suspiró—. Muy listo. Sí, supongo que a nivel técnico esto funciona. Pero que todo se deba a que su mujer haya conocido a otro..., a ver, suena un poco flojo, si me permitís que dé mi opinión.

—Debe de gustarle planificar —explicó Eva Backman—. Elaborar un plan y ceñirse a él. De joven estuve saliendo con un chico así. Cruzamos toda Europa en coche, y el mapa era mucho más importante que Europa.

Volvió a hacerse el silencio, y luego Asunander se aclaró la garganta.

—Debemos recordar una cosa —dijo—, y es que el móvil pocas veces es proporcional al crimen.

—Explícate —le pidió Jonnerblad.

—Excepto en la cabeza del autor de los hechos, claro —precisó Asunander—. Desde fuera los motivos casi siempre parecen pequeños e insignificantes, y a menudo lo son. Los celos, la sed de venganza, la codicia. Aunque se expresan de formas bastante diferentes.

—Sí, ni que lo digas —dijo Tallin—. ¿Cómo has encontrado la solución, si se puede saber?

Asunander tenía la cabeza un tanto gacha y parecía observarse las manos entrelazadas un momento antes de responder.

—Reducción. Era lo único que quedaba. La única posibilidad.

—Yo también he intentado reducir —repuso Astor Nilsson—. Todo el rato. El problema es que nunca ha quedado nada. Nada de nada.

—También hay un detalle —dijo Asunander tras una breve pausa.

—¿Un detalle? —repitió Tallin.

—Sí. En las notas.

—¿Qué detalle? —preguntó Jonnerblad—. Me las he leído... no sé cuántas veces. Por lo menos cuatro.

—Creo que me lo guardo para mí —indicó el comisario.

—Pero ¿qué...? —comenzó a decir Nilsson, pero Asunander lo interrumpió levantando un dedo.

—Es cosa mía —declaró. Luego cruzó los brazos sobre el pecho, paseó la mirada por toda la compañía y de su cuerpo salió un leve sonido vibrante que a Barbarotti le recordó a un gato ronroneando. Está loco, pensó. Está como una cabra.

Pero había resuelto el caso. ¿Un detalle? ¿Qué maldito detalle podía ser?

—E hiciste una especie de... ¿comprobación? —tanteó Tallin.

Asunander asintió en silencio.

—Nada del otro mundo. Pero tengo un viejo amigo que conoce bien el mundo de los bancos. Malmgren vendió todas sus acciones a finales de mayo. Casi un millón y medio, ninguna compra nueva. Supongo que necesitaba un pequeño capital, allí abajo. Backman tiene toda la razón, había mucha planificación detrás de todo esto. Mucha.

—Podría haberlo hecho de forma más sencilla —señaló Astor Nilsson.

—Puede ser —dijo Asunander—. Su objetivo era matar a la esposa y al amante, pero creo que también había otros móviles.

—¿Como cuáles? —quiso saber Sorgsen—. Más concretamente.

—Algo pasó allí, en la Bretaña —señaló Eva Backman tras haber recibido un asentimiento con la cabeza por parte de Asunander—. Anna Eriksson y Erik

Bergman tienen algo que ver, pero no sabemos exactamente qué. Ya veremos si lo explica él mismo.

—¿Y el Sexto Hombre? —dijo Nilsson.

—No sabemos quién es —observó Barbarotti—. Un chico que se quedó con Erik Bergman una semana o así, pero a lo mejor no tiene ninguna relevancia en la historia.

—Pero aparece en las fotografías.

—¿Y dónde encontramos las fotografías? —recordó Eva Backman—. ¿Lo has olvidado? En el álbum de los Malmgren.

—Joder —soltó Nilsson—. ¿También?

—Sí —dijo Barbarotti—. También.

Dos horas más tarde estaba con Backman en el aparcamiento para bicicletas delante de la comisaría. El aire olía a lluvia; para su sorpresa se dio cuenta de que tenía frío y cruzó los dedos para que el cielo decidiera no abrirse.

—Me parece que no era ninguna exageración lo que has dicho —dijo.

—¿El qué? —preguntó Backman.

—Que algo pasó en la Bretaña. Al menos a ojos de Henrik Malmgren debió de ser algo totalmente decisivo, ¿verdad?

Ella pensó un momento.

—Sí —contestó—, pero por lo menos no hay ninguna niña ni ninguna abuela que murieran. ¿Tú qué crees que fue?

—¿Has leído las *Notas de Mousterlin* después de saber que es Henrik Malmgren quien las escribió?

—No —dijo Eva Backman—. No he tenido tiempo. Y no tengo ni la menor idea de cuál es el detalle al que se refería Asunander.

—Yo tampoco —reconoció Barbarotti—. Pero lo releí todo anoche otra vez. Hay un montón de claves singulares en el texto, cuando sabes que es Henrik Malmgren quien está sentado al bolígrafo. Y que piensa matarlos a todos... Sí, todo cambia, es una historia completamente diferente.

—¿Una historia completamente diferente? —dijo ella—. Sí, está claro. ¿Sabes de qué me muero de ganas?

—¿De las vacaciones?

—De eso también. Pero, sobre todo, de poder sentarme a interrogarlo. ¿Tú no?

Gunnar Barbarotti se quedó pensando un momento.

—A lo mejor sí —convino—. Pero aún no lo han localizado. No tengo del todo claro que vayas a tener el placer de sentarte cara a cara con él.

—Aguafiestas —dijo la inspectora—. Solo han tenido ocho horas y, además, me parece que en Sídney acaba de despuntar el día.

—Es cierto. —Él miró su reloj de pulsera de antaño al fin en perfecto funcionamiento—. Pero si hay algún momento del día en que se debería poder encontrar a la gente es por la noche, ¿no? A mí me da que se les va a escapar, creo que tendrás que conformarte con hablar con Boss.

—Hoss y Boss —resopló Backman—. A algunos hombres se les tuerce la cosa desde un buen comienzo. Y luego se mantiene así. Pero estabas insinuando que hay otro tipo de verdad en el manuscrito de Mousterlin, ¿no? Aparte del detalle de Asunander, quiero decir.

—Léelo tú misma y verás —propuso Barbarotti.

Backman se encogió de hombros y metió su macuto en el cesto de la bicicleta.

—Si consigo hablar con él, le preguntaré por su necesidad de control —comentó—. Ese es el tornillo que anda suelto.

—¿Ah, sí?

—Sí, claro. Primero lo abandona su hermano, probablemente la única persona en el mundo que significa algo para él. Debió de sentarle como una auténtica amputación. Aun así, consigue juntarse con una mujer, pero con el tiempo él se le queda corto y comprende que ella tiene intención de dejarlo. Supongo que eso es lo que se empieza a oler ese verano. Y cuando pasa a ser un hecho, arranca todo este circo tétrico para vengarse, desaparecer y comenzar una nueva vida en Australia. Debió de darle un subidón de la hostia, y lo más horrible de todo es que hay cierta lógica en todo ello.

—Lógica, sí —dijo Barbarotti, y recordó de pronto lo que Marianne le había dicho. Sacó su bicicleta del aparcamiento—. Es profesor de filosofía, la madre de todas las ciencias. Los científicos me dan un poco de pena en comparación.

Backman sonrió.

—Pero ¿sabes qué? ¿Sabes qué es lo que resulta casi lo más extraordinario de toda esta historia tan extraordinaria?

—No —contestó Barbarotti.

—Que has empezado a tomar whisky con Asunander.

—Me parece que eso es transitorio —señaló el inspector.

—Espero que no —indicó Backman—. Porque me gustaría que le preguntaras una cosa la próxima vez que quedéis para echar un trago.

—¿El qué? —preguntó él.

—Por qué usa una dentadura postiza, si se puede saber. Me lo llevo preguntando más de diez años, pero nunca me he atrevido a decirle nada. Hoy en día todos los jubilados tienen implantes dentales. Las dentaduras postizas son de la edad de piedra.

Barbarotti se quedó pensando.

—Aún no tengo tanta confianza con él —admitió—. Así que me temo que tendrá que esperar.

—Cobarde —dijo Eva Backman—. Pero está bien, nos vemos mañana. Esta noche voy a volver a leerme el manuscrito. ¿Vamos en la misma dirección?

—Me parece que no. Primero tengo que pasar por el colegio.

—¿El colegio? —Backman se extrañó—. ¿Por qué?

—Otro día te lo cuento —dijo Barbarotti.

Capítulo 41

—¿Puedes hablar más alto? —dijo Barbarotti—. Se oye un poco mal.

Era jueves por la mañana. El reloj marcaba las nueve y diez minutos. No tenía ni la menor idea de qué hora podía ser en Australia.

—*Sure, mate!* —gritó el inspector Crumley, y de pronto sonó tan cerca que parecía que estuviera sentado en el hombro de Barbarotti—. *We got'em! Got'em both in fact!*

—¿Los tenéis a los dos? —preguntó Barbarotti en su mejor inglés académico. El inglés académico del inspector Crumley dejaba bastante que desear, en su opinión—. ¿Es eso lo que estás diciendo? ¿Que tenéis a los dos hermanos Malmgren en custodia?

—¡Exacto! —exclamó Crumley—. Hoss y Boss Malmgren. Estaba viviendo en casa de su hermano, tal y como tú sospechabas. ¿Los queréis a los dos o solo a uno? La verdad es que nos está costando un poco distinguirlos.

—Me parece que los necesitamos a los dos —dijo Barbarotti—. Puedes dejar de gritar, ya se oye mucho mejor. A ver, a nuestro sospechoso no creo que tengamos ningún impedimento para hacer que lo trasladen, pero voy a mirar ahora mismo cómo lo hacemos con...

—Boss Malmgren lo acompañará por voluntad propia —lo interrumpió Crumley—. Lo ha repetido como setenta veces desde que lo detuvimos. Quiere acompañar a su hermano a *Sweden* y estar a su lado. *Come what may*.

—¿No tiene familia? —quiso saber Barbarotti—. Boss Malmgren.

—Ya no —repuso Crumley—. Se divorció hace tres años. Por lo que parece, se han echado mucho de menos los dos hermanos. Casi se comportan como dos crías de mono de esas a las que se olvidaron de separar cuando eran pequeñas, no sé si sabes a qué me refiero.

Barbarotti no estaba seguro de saberlo, pero creía entender en qué sentido lo decía.

—Comprendo —dijo—. Entonces nos encargaremos de hacerlos venir a los dos. Me ocupo de todo el papeleo y te lo mando. Tú solo vigila que no se escapen ni se suiciden. Hoss carga con la vida de cuatro personas en su conciencia.

—No parece tener conciencia alguna —replicó el inspector Crumley—. Aunque a lo mejor ese es el problema.

—Seguramente —convino Barbarotti—. ¿Has podido preguntarle lo que te comenté?

—¿El Sexto Hombre?

—Sí.

—*Yes mate* —dijo Crumley, y carraspeó varias veces—. Se lo he preguntado sin saber qué estaba preguntando, pero estoy acostumbrado a ello. Primero se ha quedado callado un buen rato, como si no lograra decidir si debía contestar o no. Pero luego ha asentido con la cabeza como para sí mismo y ha dicho que se llamaba Stephen.

—¿Stephen?

—Sí. Y que era un mochilero que estaba cruzando Europa en autostop. Vivía en Johannesburgo, en Sudáfrica. *Does that make sense?*

Barbarotti se lo pensó un segundo. Supuso que los casos criminales suecos ocuparían poco espacio en la prensa sudafricana, y dijo que sí. *It made sense.*

—¿Alguna cosa más? —quiso saber Crumley.

—Te lo mando por correo electrónico —dijo Barbarotti, y luego se despidieron.

—Entonces ¿has conseguido localizar a la amiga esa, también?

—Sí —dijo Astor Nilsson—. La verdad es que tenía ciertas ganas de hablar con la policía.

—¿Por qué?

—Porque sufrió un shock al enterarse de que habían sido asesinados. Pero no tenía ningún motivo para pensar que guardaba relación con lo que Katarina le había podido contar sobre el amante aquel.

—¿Y qué es lo que le había contado, concretamente?

—Que se llamaba Gunnar y que ella lo amaba. Diría que eso es todo. Además de que quería dejar a Henrik pero que no sabía de dónde sacar el valor para hacerlo.

—¿Le tenía miedo?

—Eso parece —dijo Astor Nilsson—. Jessica, la amiga esta, asegura que la estuvo animando durante más de un año para que se atreviera a dar el paso.

—O sea que no era sabido. Que Katarina Malmgren tenía un amante.

Nilsson negó con la cabeza.

—No, la he presionado bastante en ese punto, y ella está bastante convencida de ser la única que lo sabía.

Katarina Malmgren no tenía un gran círculo de amistades. Ninguna manada de mujeres como las que rodean a ciertas mujeres. Él la miraba con lupa, no sé si me explico.

—Te explicas —dijo Barbarotti.

No me importaría trabajar otra vez con Astor Nilsson, pensó de pronto. Con él se podía tener conversaciones constructivas. De alguna manera, las cosas avanzaban por sí solas. Por desgracia, con algunas personas ocurría todo lo contrario. Después de hablar con ellas había que aislarse durante una hora entera, en silencio, para poder tan solo reactivar el cerebro.

Aunque también podía haber gente que corría a esconderse después de haber estado con Barbarotti. Mejor no exaltarse.

—Katarina Malmgren y esa tal Jessica eran compañeras de trabajo, ¿verdad?

—Correcto —dijo Nilsson—. Y, sin duda, algo pasó durante aquel verano en la Bretaña, Katarina le había contado que fue entonces cuando ella y Gunnar se vieron por primera vez. No es que se liaran ni nada por el estilo, pero fue aquel verano cuando ella se dio cuenta, según Jessica.

—¿Se dio cuenta de qué?

Astor Nilsson se encogió de hombros.

—Yo qué sé. Aunque supongo que no es tan difícil especular. A lo mejor vio la vida tan miserable que tenía. Y con quién estaba casada. En la Bretaña vio un atisbo de cómo podrían ser las cosas, al menos así se lo describió a la amiga. Eran cinco, en aquel grupo de suecos, cuatro que se lo pasaban bien y Henrik Malmgren.

—Pero ¿no sabía que su marido la había pillado? En la época actual, me refiero.

—Jessica cree que no, y Henrik no había dicho absolutamente nada. Aunque es un tipo retorcido, eso lo ha dejado claro. Solo lo había visto una vez, pero lo que Katarina le contaba casi la asustaba. Él quería controlarla por completo, y al mismo tiempo ella se iba alejando un poco más de él con cada día que pasaba. Así lo ha dicho. «Se iba alejando de él.» Parece mentira las vidas que tiene la gente, cuando echas un vistazo por detrás de la fachada.

Gunnar Barbarotti se quedó un rato sentado con la barbilla apoyada en la mano y cavilando.

—¿Cuándo fue la última vez que vio a Katarina Malmgren?

—Como una semana antes de que se fueran a Dinamarca. Katarina había pasado una noche con Gunnar, debió de ser cuando él estaba haciendo su viaje de buceo, y..., bueno, la amiga cree que Katarina había tomado una decisión.

—¿De explicarle la situación a su marido? ¿Que pensaba dejarlo?

—Sí. Jessica no lo ha dicho directamente, pero es lo que ha dado a entender.

—Y a esas alturas, ¿él ya había empezado a matar a los demás?

—Eso es. Pero ella no tenía la menor idea. Ella tenía un plan, su marido tenía otro.

—Madre mía. Casi parece que lo hubieran acordado.

—Cierta sincronización llevaban, está claro. Ella se fue de viaje a la península de Jutlandia para contarle a su marido que quería el divorcio. Él fue para asesinarla y arrojarla al mar. Podría decirse que él iba unos pasos por delante. Y Jessica Lund afirma rotundamente que Katarina no debía de tener ni idea de lo que

Henrik estaba haciendo. Por supuesto, sabía que estaba loco, pero no que lo estuviera tanto.

—No —dijo Barbarotti—. ¿Cómo iba a saberlo?

—Supongo que también estaría un poco cegada —añadió Astor Nilsson con semblante lúgubre—. Es difícil identificar la locura cuando vives sumergido en ella. Lo cierto es que yo pasé una época de mi vida así. Pero uno de los compañeros de trabajo de Malmgren dijo una cosa interesante. Que habría recortado voluntariamente su vida en treinta años a cambio de gloria y fama.

—¿Henrik Malmgren?

—Sí.

—Menudo negocio.

—Ni que lo digas —convino Nilsson—. Pero esa clase de personas existe. Si aceptas morir a los cincuenta y dos, te llevas el premio Nobel. Sin premio, llegas a los ochenta y dos..., pero no sé si estaba en lo cierto, el compañero. Entre las vidas que Malmgren recortó no estaba la suya.

—Llegará a mediados de la semana que viene —recordó Barbarotti para empezar a zanjar el tema—. A ver qué decimos de él cuando hayamos estado un rato cara a cara.

—A ver —dijo Astor Nilsson—. Lo que tengo claro es que pienso montármelo como sea para estar presente. ¿Verdad que es triste que tenga ganas de analizar a monstruos como ese? O al menos de conocerlos.

—Es un deseo que compartes con el resto de la humanidad —comentó Gunnar Barbarotti.

—Sí, soy consciente —dijo Nilsson—. Lo cual no mejora la situación. Pensar que los demás son exactamente igual de perversos que yo. Aunque los tipos como Henrik Malmgren no dejan de ser bastante excepcionales, por suerte.

—¿Cómo crees que es su hermano? —preguntó Barbarotti.

—Al parecer su esposa le ha dejado conservar la vida, así que debe de ser un buen chico —bromeó Astor Nilsson—. Oye, ya no me apetece seguir hablando de esto.

—A mí tampoco —dijo Barbarotti—. Acaba cansando.

Tras la conversación con Astor Nilsson, Gunnar Barbarotti se quedó de pie mirando por la ventana. Es lo que siempre hacían los polis inteligentes en las novelas. Echar un vistazo entre las lamas de la persiana para ver París en un día gris y lluvioso, o un cielo con una pátina de color cinabrio y promesas de nieve en Gotemburgo. Dejar que el mundo exterior (la ciudad, el terreno de juego del crimen) se correspondiera con el mundo interior (el cerebro del poli) de una manera sublimemente literaria. El problema de Barbarotti era que cuatro quintas partes de sus vistas las ocupaba la fachada lateral de Lundholm e Hijos, la fábrica de zapatos abandonada. Llevaba más de veinte años vacía y en desuso, todas las ventanas estaban reventadas, y Barbarotti deseaba que algún día los administradores de la ciudad decidieran echarla abajo. A ser posible, para hacer un parque o algún otro tipo de edificio bajo, para que por fin pudiera ver algo.

Pero lo cierto era que, si se acercaba a la ventana y dirigía la mirada en diagonal hacia arriba y a la derecha, podía ver parte de la corona de un árbol y un pedacito de cielo. Aunque Backman tenía razón cuando decía que el balcón de su casa era un sitio mucho mejor para el análisis y la reflexión. Sin duda, muchísimo mejor.

Por otro lado, quizá no eran unas buenas vistas lo que hacía falta para entender a Henrik Malmgren. Más bien lo contrario: la capacidad de meterse en un espacio muy apretado, en una especie de universo reducido o incluso invertido. ¿Por qué no un pozo como aquel del que había hablado Ulrika Hearst? Pero, claro, pensó Barbarotti, si habías construido tu imagen del mundo con tan pocas piezas, seguramente querías que todas estuvieran en su sitio. Si una pieza tan grande como un hermano o una esposa desaparecía, había un elevado riesgo de que toda la obra se derrumbara.

¿Se le podía entender en esos términos? Astor Nilsson había dicho que en el gremio de filósofos tenía bastante renombre. Los grandes filósofos solían florecer ya cumplidos los cincuenta —y, sobre todo, después de morir—, pero Henrik Malmgren había sido una promesa. En especial en lo referente a lógica multivalente y sistemas deductivos matemático-lógicos. En lo referente a sus capacidades un poco más humanas había poco que decir, según le había explicado Astor Nilsson. Lo cual era un tanto bochornoso.

Pero ¿elaborar una historia como aquella? ¿Una niña ahogada y su abuela? ¿Y el nombre de la niña? ¿*The Root Of All Evil*?

Y cómo se había descrito a sí mismo a través de la mirada de su asesino ficticio. ¿Era aquí donde se había delatado?, se preguntaba Barbarotti. ¿Era aquí donde Asunander había intuido que algo estaba mal? No lo sabía. Barbarotti nunca había sospechado nada. Asunander solo había dicho que se había dado cuenta de que algo no encajaba, tras leerse las *Notas de Mousterlin* por tercera o cuarta vez. Había sido entonces cuando había encontrado el detalle ese. A lo mejor terminaría de desarrollarlo todo si repetían una sesión de whisky, o tal vez pensaba guardárselo para siempre. Asunander era un cabrón retorcido, y quizá era justo el perfil que se necesitaba para comprender a otros cabrones retorcidos. Como Henrik Malmgren.

Durante la jornada del día anterior había tenido lugar otro asunto llamativo. Cuando Barbarotti había ido a la tienda, se había topado con Axel Wallman, quien sorprendentemente se encontraba en la ciudad. Por lo visto, había leído el nombre de Henrik Malmgren en algún diario —en concepto de víctima, no de asesino—. Había parado a Barbarotti y había querido hablarle de él.

—Creo que deberíais echar las redes y sacar a ese filósofo muerto del mar —le había dicho—. Es de los que necesitan una estaca clavada en el corazón para morir bien muertos.

Cuando Barbarotti —sin revelarle ningún detalle de los últimos desarrollos del caso— le había preguntado qué quería decir con eso, Wallman se había limitado a abrirse de brazos y explicar que una vez había participado en un seminario junto con Malmgren y que este le había dejado ver de qué pasta tan mala estaba hecho.

Pero en ningún momento Wallman había señalado que Malmgren fuera de la provincia de Halland; de eso se había acordado Barbarotti por sí solo.

Llamaron a la puerta. Apartó la mirada de la fábrica de zapatos Lundholm e Hijos e interrumpió su análisis.

—Jonnerblad ha comprado dos pasteles —le informó Backman—. Por lo visto va a haber una especie de comida de exequias por el caso.

—Ahora voy —dijo Barbarotti.

Pero la conclusión final más importante no se sacó durante el festejo.

La sacó después, a solas con Eva Backman cuando ya iban a volver a casa. Solía ocurrir así.

—A ver, ¿qué hemos aprendido de todo esto?

Backman se había pasado un buen rato sentada en silencio en la butaca para visitas de Barbarotti antes de hacer la pregunta.

—No lo sé —dijo Barbarotti sin levantar la vista de los papeles—. Pero me imagino que ya tienes la respuesta, dado que preguntas. Así que dime, ¿qué hemos aprendido?

—Solo por el tono que empleas me dan ganas de no decir nada —repuso ella—. Pero vale, veo que estás mínimamente receptivo, a pesar de todo.

Barbarotti se la quedó mirando.

—Sabes que jamás olvido ni una palabra de lo que dices —le aseguró él—. Las cosas más inteligentes me las apunto en una libreta que me he comprado especialmente para ello.

—Bien —contestó Eva Backman—. Pues pienso lo siguiente: que por mucho que diez maderos trabajen durante cien días y hagan mil interrogatorios, no siempre sirve de ayuda.

—Buena introducción —dijo el inspector.

—Lo sé, no me interrumpas. Cuando estamos persiguiendo a un solo cerebro perverso, podría ser más importante que nosotros también tengamos un cerebro que funciona de la misma manera. Uno que tenga predisposición a entender al asesino. Si Asunander no se hubiese quedado un día en casa para pensar, en lugar de ir al trabajo, no habríamos resuelto este caso.

Es justo lo que estaba pensando yo hace una hora, constató Barbarotti para sí.

—¿Estás diciendo que necesitamos a Asunander porque es un cerebro perverso? —dijo—. ¿*El silencio de los corderos* no iba de eso? La próxima vez que me invite a whisky le preguntaré si por casualidad su nombre de pila es Hannibal.

—Se llama Leif —contestó Eva Backman—. Lo he comprobado. No, lo que quiero decir es que hay casos que exigen algo más que mucha investigación.

—¿Sentarse en un balcón a filosofar un rato con la puesta de sol? —propuso Barbarotti, y pensó que menuda murga le estaba dando hoy su cabeza con el dichoso balcón.

—Si yo tuviera tu balcón, habría resuelto el caso en tres días —declaró Backman.

—No creo que lo tenga por mucho más tiempo —comentó él.

—¿Cómo? ¿Por qué?

—Creo... creo que voy a aumentar la familia.

Al principio Eva Backman parecía no entender de qué estaba hablando. Luego esbozó una sonrisita torcida y se levantó de la butaca.

—Felicidades —dijo—. ¿Cuántos van a ser?

—Aún no lo tengo claro —respondió Barbarotti—. Pero sean los que sean, mi piso de dos habitaciones se quedará un poco pequeño.

—Pues ya está —concluyó ella—. Dentro de tres semanas me cuentas más cosas de tu nueva vida. Ahora me voy de vacaciones. Aunque a lo mejor paso un momento a echarle un vistazo rápido a Malmgren.

—Hazlo. Y disfrútalas mucho. Pero, oye, ¿qué es lo que tenía que apuntarme en la libreta?

—Nunca te fíes de un escritor —contestó Eva Backman—. Pensaba que el mensaje había quedado perfectamente claro.

Capítulo 42

Salió de la consulta de la doctora Olltman el viernes poco después de las cinco de la tarde. Habían conversado durante casi tres horas, aunque hubiesen acordado cuarenta y cinco minutos. No habían apalabrado ninguna sesión más, pero Olltman le había asegurado a Barbarotti que podía llamarla cuando quisiera, si sentía la necesidad. Al darle las gracias, también había tenido en la punta de la lengua el decirle que le habría gustado estar casado con una mujer como ella, pero se lo calló. A lo mejor, pensó, a lo mejor Marianne es una mujer así.

Y no creía que fuera a tener necesidad. Algo me ha ocurrido estas últimas semanas, pensó Gunnar Barbarotti al pasar por delante de la cafetería de la calle Skolgatan, sin entrar.

No tengo claro el qué, pero algo.

Que el caso hubiese sido resuelto tenía un papel destacado, sin duda alguna. Los dos hermanos Malmgren llegarían a Kastrup el martes. Según Crumley, habían hecho algunas confesiones, así que probablemente el resto de la historia era cosa de fiscales, abogados y psiquiatras. Pero el filósofo loco también había puesto en marcha una especie de maquinaria dentro de Barbarotti, ¿verdad?

Una suerte de correspondencia que no era fácil de describir con palabras, pero que se podía sentir y sopesar. ¿El qué, concretamente? A lo mejor no era más que una polvareda de nieve mental, pero si aun así hacía un intento...

Bueno, que no era capaz de ver la vida como lo hacía Henrik Malmgren, quizá era tan simple como eso. Si la existencia era un juego, y debía de serlo —al menos en algunos aspectos—, las personas debían asumir un papel de peón en el juego, no de líder. Sin que por ello tuvieran que doblegarse ante otros peones, ni aceptar reglas y demandas y tonterías que los restringieran.

Dicho en pocas palabras, la vieja milonga de Alcohólicos Anónimos. Habían hablado de estas cosas, él y Olltman, en absoluto en estos términos que ahora le rondaban por la cabeza a Barbarotti, pero aun así. Era de esto de lo que se trataba. Libertad y responsabilidad, estas piedras angulares tan gastadas. El yo y el mundo exterior y el prójimo y la presencia; sobre todo lo último, estar presente en cada momento, al menos todo lo que se pudiera. En esto había patinado, muchas veces había patinado en ese punto. Se metió en el supermercado ICA de la calle Frejgatan y rezó una rápida oración por la existencia.

Oh, Señor, gracias por un verano lleno de aprendizajes. Ahora procura mantenerme en buen estado de salud y deja que las cosas se vayan cerrando —ya sabes a qué me refiero— y te daré tres puntitos. Por lo demás, cabe decir que a estas alturas llevas existiendo más de once meses seguidos, lo cual es un récord, y está muy bien hecho por tu parte, teniendo en cuenta las circunstancias tanto internas como externas, es algo que me gustaría reconocerte. Pasta fresca, olivas, alcaparras y queso parmesano. Tendrá que servir para un día como hoy, ¿o qué me dices? Es una combinación celestial, aunque a lo mejor no hace falta que te lo diga.

Nuestro Señor no respondió más que con un murmullo muy bajito e inarticulado que salió de un armario congelador en desequilibrio. Pero sonó afable y reconfortante, así que el inspector Barbarotti comenzó a llenar su cesta no sin cierto optimismo.

Mientras estaba comiendo la pasta lo llamó Sara.

Su hija ni siquiera le pidió que la llamara él, sino que se puso a llorar.

—Sara, por el amor de Dios, ¿qué te ocurre? —le preguntó él—. ¿Qué ha pasado?

Ella hipó un rato y él repitió su pregunta varias veces, cambiando la combinación de palabras. Dios mío, pensó. Está embarazada. Como mínimo. Tiene sida, lo sabía. Se va a morir.

—Me gustaría volver a casa, papá —dijo cuando por fin comenzaron a salirle palabras en vez de lágrimas.

—Pues claro —respondió Gunnar Barbarotti—. Ven, ven. Súbete a un avión mañana a primera hora.

—¿Puedo?

—¿Qué?

—¿Puedo volver a vivir contigo?

—Pero ¿qué clase de pregunta es esa, Sara? Pues claro que puedes volver a casa. Es lo que más deseo en el mundo.

—Gracias.

—Pero ¿qué ha pasado, cariño? Tienes que contármelo. ¿Estás enferma?

Ella se rio. Una risa lastimosa.

—No, papá, no estoy enferma. Y tampoco estoy embarazada, seguro que era la siguiente pregunta.

Pero ya no quiero quedarme aquí. ¿Podemos esperar con las explicaciones hasta que nos veamos?

—Por supuesto —dijo Barbarotti—. ¿Quieres que te mire los vuelos y esas cosas? ¿Tienes dinero para el billete?

—Ya me las arreglo yo. Y me parece que tengo dinero suficiente. ¿Me prestarías un poco más, si no?

—Solo faltaría —contestó él—. Aún me quedan sesenta coronas en la cuenta. Empieza a hacer las maletas y llámame cuando sepas a qué hora llegas.

—Gracias, papá —dijo Sara—. Lamento que las cosas hayan ido así, no era mi intención.

—No te preocupes. *Shit happens*. Por cierto, aquí en casa también está habiendo algunos cambios, pero lo hablamos cuando llegues.

—¿Cambios? —repuso Sara extrañada—. ¿Qué cambios?

Gunnar Barbarotti lo sopesó todo un segundo. Por ejemplo, cuánto costaba una llamada internacional por el móvil.

—No, lo hablamos cara a cara. Esto también.

Sara guardó unos segundos de silencio, luego aceptó la situación y después colgaron.

Barbarotti se terminó lo que quedaba de pasta mientras pensaba. Y calculaba.

Siete, concluyó. Serían siete en total. Marianne y dos hijos; él con sus tres.

¿Siete? Cielo santo.

Fregó los platos, cogió el periódico y fue a sentarse en el balcón. Como era viernes había un suplemento de inmuebles. Comenzó a hojearlo.

¿Siete? Si se juntaran en ese balcón le tocaría medio metro cuadrado a cada uno. No era gran cosa y, además, seguramente se desplomaría entero.

Una casa, pensó. Va a hacer falta una casa.

De siete u ocho habitaciones o así.

Unos quince segundos más tarde la había encontrado. Una vieja casa de unos mayoristas en el cabo de Kymmen. Nueve habitaciones y cocina, ponía. Necesitaba algunas reformas. Gran jardín y embarcadero propio. Un millón y medio, solo.

Que ni pintado. Iba a necesitar las sesenta y dos coronas.

Marcó el número, habló con un hombre afable durante diez minutos, quien lo invitó a ver la casa el domingo a la una.

Justo se había trasladado hasta el ordenador del escritorio para poder ver su futuro en fotografías cuando lo llamó Marianne.

Sonaba contenta.

A decir verdad, casi siempre sonaba así, pero esta vez había algo más.

—¿Sabes qué? —dijo ella, y se rio—. He estado haciendo algunas gestiones.

—¿Ah, sí? —Ha encontrado un pastor pequeño, pensó él—. ¿Como cuáles?

—He hablado con el hospital de Kymlinge. Pueden darme plaza fija a partir del 1 de noviembre. ¿Qué te parece?

—¿El 1 de noviembre?

—Sí.

—Siempre lo he sabido —aseguró Barbarotti—. A ti no hay nadie que pueda decirte que no.

—Exagerado —repuso Marianne—. Y Johan y Jenny siguen abiertos a mudarse, así que en verdad te llamo para decirte que ahora ya tenemos que tomar una decisión.

—Pensaba que ya lo habíamos hecho. Aunque me parece que vamos a necesitar algo más grande que lo que habíamos hablado.

—¿Más grande? ¿Por qué?

—Hummm —reflexionó Gunnar Barbarotti—. Han pasado algunas cosas con relación a mis hijos. Por lo visto..., bueno, parece ser que de aquí en adelante voy a tener que encargarme yo de los tres.

—¿Cómo?

—Pues eso —dijo él, y de pronto sintió que le faltaba el aire. O bien era otra cosa, una especie de membrana correosa que hacía de barrera y se negaba a dejar pasar las palabras que tenían que salir sí o sí—. Las cosas han ido así —consiguió pronunciar—. Lars y Martin llegan mañana mismo, y hace un momento me ha llamado Sara desde Londres diciendo que volvía a casa, así que..., bueno, pues que al final, contando a tus hijos, seríamos siete personas.

—¿Siete?

—Siete, sí. Pero el domingo voy a ir a ver una casa y...

Se hizo el silencio al otro lado. Alzó la mirada y vio una bandada de grajillas posándose en uno de los olmos delante de Katedralskolan.

Ahora, pensó el inspector Barbarotti. Ahora se decide todo. El cementerio, las vacas, la colza, el bosque. Dentro de tres segundos lo sabré.

Descubre la serie protagonizada por el peculiar Inspector Gunnar Barbarotti.

Y no te pierdas la tercera entrega de la serie en Ediciones Destino.